아틀라스 1

ATLAS SHRUGGED by AYN RAND
Copyright © 1957 by Ayn Rand
All rights reserved

This Korean edition was published by Humanist Publishing Group in 2013 by arrangement with Curtis Brown Ltd., New York through KCC(Korea Copyright Center Inc.), Seoul.

이 책은 ㈜한국저작권센터(KCC)를 통한 저작권자와의 독점계약으로 휴머니스트 출판그룹에서 출간되었습니다. 저작권법에 의해 한국 내에서 보호를 받는 저작물이므로 무단전재와 복제를 금합니다.

아틀라스
1

에인 랜드 지음 **민승남** 옮김

Humanist

차례

1부

비(非)모순

주제 9

사슬 66

꼭대기와 밑바닥 106

부동의 동자들 152

단코니아 가(家)의 정점 209

비영리적인 사람들 299

착취하는 사람들과 착취당하는 사람들 381

존 골트 노선 506

신성한 것과 세속적인 것 590

와이엇의 횃불 681

아틀라스 2
2부 양자택일

세상에 어울리는 남자
연줄에 의한 귀족
선의의 협박
당하는 자의 허용
계좌 한도 초과
기적의 금속
두뇌에 내려진 정지 명령
사랑하기 때문에
고통도, 두려움도, 죄책감도 없는 얼굴
달러 표시

아틀라스 3
3부 A는 A다

아틀란티스
탐욕의 유토피아
반(反)탐욕
반(反)생명
형제들의 보호자
해방의 협주곡
"내가 존 골트입니다"
이기주의자
발전기
우리가 지닌 가장 고귀한 것의 이름으로

옮긴이의 말

1부

비(非)모순

주제

"존 골트가 누구요?"

날이 저물고 있어 에디 윌러스는 부랑자의 얼굴을 자세히 볼 수 없었다. 부랑자는 무표정한 얼굴로 에디 윌러스에게 물었다. 하지만 에디 윌러스의 이유 없는 불안감을 겨냥한 질문이기라도 하듯 거리 저 끝의 노란 황혼 빛을 받은 부랑자의 두 눈이 그를 똑바로 응시하고 있었다. 고요한 그 눈빛에는 조롱이 어려 있었다.

"그건 왜 묻죠?" 에디 윌러스가 긴장한 목소리로 물었다.

부랑자는 건물 현관 옆에 기대었다. 그의 뒤 쐐기 모양으로 깨진 유리창에 금속성의 노란 황혼 빛이 반사되었다.

"왜 신경 쓰는 거요?" 부랑자가 물었다.

"신경 안 써요." 에디 윌러스가 쏘아붙였다.

그는 황급히 주머니를 뒤졌다. 부랑자는 그를 불러 세워

돈을 구걸하더니 성가신 일을 미루기 위해 시간을 끄는 것처럼 딴소리를 하기 시작했다. 요사이 길거리에는 구걸하는 사람들이 많아 굳이 그의 사정을 들을 필요가 없었다. 게다가 에디 윌러스는 부랑자의 딱한 사정을 자세히 알고 싶지도 않았다.

"가서 커피나 사 마셔요." 에디 윌러스는 얼굴 없는 그림자에게 10센트를 주며 말했다.

"고맙소."

부랑자는 무심하게 말하고 잠시 얼굴을 앞으로 내밀었다. 풍상에 찌든 주름진 얼굴에 피로와 냉소적 체념이 덕지덕지 붙어 있었지만 눈빛만은 이지적이었다.

에디 윌러스는 다시 걸음을 옮기며 왜 날마다 이맘때만 되면 근거 없는 두려움이 엄습하는지에 대해 생각했다. 아니, 두려움은 아니었다. 두려워할 게 없으니까. 그것은 근원도, 대상도 없는 도시 전체에 만연해 있는 우려였다. 그는 이미 그 감정에 익숙해졌지만 그것에 대해 설명할 수는 없었다. 하지만 부랑자는 에디 윌러스가 그 감정을 느끼고 있음을 아는 것처럼, 그 감정을 느껴야 마땅한 것처럼, 더 나아가 그 이유를 아는 것처럼 말했다.

에디 윌러스는 의식적으로 어깨를 곧게 폈다. 그는 자꾸만 이상한 상상에 빠졌고 그래서는 안 된다고 생각했다. 그런 감정은 태어날 때부터 느꼈을까? 그는 지금 서른두 살이었다. 그는 과거의 기억을 더듬었다. 아니, 태어날 때부터는 아니었다. 하지만 언제부터 그런 감정을 느끼기 시작했는지는 기억이 나지 않았다. 그 감정은 아무 때나 불쑥불쑥 찾아왔고, 지금은 그 어느 때보다 자주 그를 괴롭혔다. '황혼 때문이야. 난 황혼이 싫어.' 그는 그렇게 결론지었다.

하늘 높이 솟은 고층 건물들과 그 너머 구름들이 낡은 유화처럼 갈색으로 변해갔다. 그것은 빛이 바래가는 걸작의 색깔이었다. 매연에 찌든 날씬한 건물 외벽에는 꼭대기부터 기다란 띠 모양의 땟자국들이 죽죽 그어져 있었다. 어느 건물 옆면에는 번개 모양의 금이 가 있었는데, 그 길이가 10층 정도는 되었다. 지붕들 위로 울퉁불퉁한 물체 하나가 높이 솟아 있었다. 황혼 빛에 반짝이는 첨탑 반쪽이었는데, 나머지 반쪽의 금박은 벗겨진 지 오래였다. 조용히 타오르는 붉은 노을은 마치 하늘에 비친 불 그림자 같았다. 활활 타오르는 불이 아니라 꺼져가는 불. 되살리기에는 너무 늦어버린.

'아니, 도시의 풍경은 심란할 게 없어. 도시는 늘 그대로니까.' 에디 윌러스는 그렇게 생각했다.

그는 사무실로 돌아갈 시간이 이미 지났다는 것을 깨닫고 계속 걸었다. 그는 사무실에 가서 해야 할 일이 마음에 들지 않았지만, 어차피 할 일이었기에 미룰 생각 같은 건

하지 않았다. 그는 걸음을 재촉했다.

모퉁이를 돌았다. 검은 실루엣을 이룬 두 개의 건물 사이로 하늘에 걸린 거대한 달력이 보였는데, 마치 살짝 열린 문틈으로 보이는 듯했다.

시민들이 시계탑을 보고 시간을 알 수 있듯이 날짜도 알 수 있게 하기 위해 작년에 뉴욕 시장이 어느 건물 꼭대기에 세운 달력이었다. 도시 위에 걸린 흰 직사각형 달력이 거리의 시민들에게 날짜를 알려주었다. 그 직사각형 달력은 오늘 저녁 녹슨 빛깔의 황혼 속에서 9월 2일을 가리키고 있었다.

에디 윌러스는 시선을 돌렸다. 그는 그 달력을 좋아한 적이 없었다. 그것을 볼 때마다 뭐라고 설명하거나 정의할 수 없는 심란함을 느꼈다. 그 심란함은 불안함과 같은 것이었다.

그는 하늘의 달력이 나타내는 것과 같은 의미를 지닌 문구가 있다는 생각이 불현듯 떠올랐다. 하지만 그 문구 자체는 생각이 나지 않았다. 그는 머릿속에 알맹이 없는 형체로 존재하는 그 문구의 기억을 더듬었다. 그 알맹이를 채울 수도, 그냥 떨쳐버릴 수도 없었다. 그는 뒤를 획 돌아보았다. 지붕들 위로 솟은 흰 직사각형 달력이 확고하게 '9월 2일'을 나타내고 있었다.

에디 윌러스는 시선을 돌려 어느 갈색 사암 주택 현관 계단 앞에 놓여 있는 채소 수레를 쳐다보았다. 그곳에는 금빛으로 빛나는 당근과 싱싱한 초록 줄기가 달려 있는 양파가 가득했다. 열려 있는 창으로 깨끗한 흰색 커튼이 펄럭이는 게 보였다. 버스 한 대가 능숙하게 모퉁이를 도는 것도 보였다. 그는 자신이 왜 안도감을 느끼는지, 그러다 그것들이 보호받지 못하고 빈 공간에 그대로 노출되어 있는 게 왜 갑자기 안타까워지는 것인지 도무지 알 수 없었다.

5번가에 이르자 그는 길가 쇼윈도를 보며 걸었다. 꼭 필요하거나 사고 싶은 물건은 없었지만 인간들이 만들고 사용하는 상품이 진열되어 있는 것을 보고 싶었다. 그는 번화가 구경하는 것을 좋아했다. 비록 네 군데 중 하나꼴로 상점들이 문을 닫아 간간이 불 꺼진 텅 빈 쇼윈도가 눈에 띄긴 했지만, 이곳 5번가를 걷는 게 무척이나 즐거웠다.

별안간 떡갈나무 생각이 났다. 떡갈나무를 연상시킬 만한 것은 아무것도 없었다. 그런데 뜬금없이 그 떡갈나무가, 태거트 가(家) 사유지에서 보낸 어린 시절의 여름들이 떠올랐다. 그는 어린 시절 대부분을 태거트 가 자녀들과 함께 보냈고, 지금은 그들 밑에서 일하고 있었다. 그의 아버지와 할아버지가 그들의 아버지와 할아버지 밑에서 일했던 것처럼.

그 거대한 떡갈나무는 태거트 가 사유지의 한적한 곳, 허드슨 강을 굽어보는 언덕 위에 서 있었다. 일곱 살 에디 윌러스는 그 나무를 보러 가는 것을 좋아했다. 그 떡갈나무는 그 자리에 수백 년 동안 서 있었고, 에디 윌러스는 그 나무가 영원히 거기 그렇게 서 있을 것이라고 생각했다. 땅속으로 뻗은 뿌리가 언덕을 단단히 움켜쥐고 있어서 거인이 나무 꼭대기를 휘어잡고 흔들면 뿌리가 뽑히는 대신 마치 실에 매달린 공처럼 언덕과 지구 전체가 흔들릴 것만 같았다. 에디 윌러스는 떡갈나무와 함께 있으면 마음이 든든했다. 무슨 일이 닥쳐도 꿈쩍하지 않을 그 떡갈나무는 어린 에디 윌러스에게 가장 위대한 힘의 상징이었다.

어느 날 밤, 그 떡갈나무가 번개를 맞았다. 다음 날 아침 에디는 그 떡갈나무를 보러 갔다. 떡갈나무는 두 동강이 난 채 쓰러져 있었다. 에디는 검은 터널 입구를 들여다보듯 나무줄기 속을 살펴보았다. 나무줄기는 텅 빈 껍질에 불과했다. 속은 오래전에 썩어 없어졌고, 약한 바람에도 허공으로 흩어지는 잿빛 먼지만 남아 있었다. 나무의 생명력은 사라졌고 뒤에 남겨진 형체는 생명력 없이는 지탱할 수가 없었던 것이다.

세월이 흐른 뒤 그는 어린 시절 죽음이나 고통, 공포를 처음 알게 되었을 때의 충격을 막아주는 장치가 필요하다는 말을 듣게 되었다. 하지만 그의 경우에는 죽음이나 고통, 공포가 충격을 주지 않았다. 그에게 충격을 준 것은 바로 떡갈나무의 검은 구멍이었다. 그것은 엄청난 배신이었고, 도대체 무엇에 대한 배신인지 모르기에 더욱 끔찍했다. 그에 대한 배신도, 그의 신뢰에 대한 배신도 아닌 다른 것에 대한 배신이었다. 에디는 아무 말 없이 한참 동안 그렇게 서 있다가 집으로 돌아갔다. 그리고 아무에게도 그 떡갈나무에 대한 이야기를 하지 않았다.

삐걱거리는 녹슨 신호등의 신호가 바뀌자 에디 윌러스는 횡단보도 앞에서 걸음을 멈추고 고개를 흔들었다. 그는 자신에게 부아가 치밀었다. 그는 오늘 저녁 그 떡갈나무를 떠올릴 이유가 없었다. 그 나무는 이제 그에게 아무런 의미도 없었고, 그저 희미한 슬픔의 그림자일 뿐이었다. 또한 그의 마음속에서 유리창을 타고 흐르는 빗물처럼 물음표를 그리며 움직이다가 이내 사라지는 한 방울의 고통일 뿐이었다.

에디 윌러스는 슬픔을 자신의 어린 시절과 결부시키고 싶지 않았다. 그는 어린 시절의 기억들이 좋았다. 그의 기억 속 어린 시절에는 언제나 고요하고 찬란한 햇살이 가득했다. 그리고 그 햇살 몇 줄기가 현재까지 이어지고 있는 듯했다. 아니, 그것은 햇살이 아니라 스포트라이트처럼 이따금 잠깐씩 그의 일을, 쓸쓸한 아파트를, 조용하고 성실한 삶의 행보를 비춰 반짝거리게 해주었다.

그는 열 살 때의 어느 여름날을 떠올렸다. 그날 숲 속 빈터에서 그의 소중한 친구가 커서 무엇을 할 것인지에 대해 말했다. 친구의 말은 햇살처럼 무자비하고 강렬했다. 그는 감탄과 경이에 젖어 그 말을 들었다. 친구가 그에게 나중에 커서 무엇을 하고 싶은지 묻자 그는 주저 없이 대답했다.

"옳은 일."

그리고 이렇게 덧붙였다. "넌 훌륭한 일을 해야 돼……그러니까, 우리 둘이 함께."

"그게 뭔데?" 그녀가 물었다.

"그건 나도 몰라. 앞으로 찾아야지. 네가 말한 일들 이상의 것. 사업이나 먹고살 돈을 벌기 위한 일 이상의 것. 전쟁에서 승리한다든가, 불 속에서 사람들을 구한다든가, 산에 오르는 그런 일." 그가 대답했다.

"무엇을 위해서?" 그녀가 물었다.

"지난 일요일에 목사님이 그러셨어. 우리가 지닌 가장 고귀한 것을 추구하며 살아야 한다고. 우리가 지닌 가장 고귀한 것이 뭘까?"

"몰라."

"그럼 알아내야지."

그녀는 아무 대꾸도 없이 시선을 돌려 철로를 바라보았다.

에디 윌러스는 미소를 머금었다. 22년 전에 그는 '옳은 일'을 하겠다고 말했다. 지금까지 그는 그 말에 의심을 품어본 적이 없었다. 사실 다른 의문들은 모두 기억 속에서 희미해졌다. 너무 바빠서 그런 의문들에 신경 쓸 겨를이 없었다. 하지만 사람이 옳은 일을 해야 하는 것은 자명한 이치라는 믿음에는 변함이 없었다. 그는 다른 사람들이 그렇게 살지 않는다는 것을 알게 되었지만 그들이 어떻게 그럴 수 있는지는 도무지 알 수 없었다. 에디 윌러스에게 그 문제는 단순하고 이해 불가능했다. 세상사가 옳아야 한다는 것은 단순했고, 현실이 그렇지 못하다는 것은 이해 불가능했다. 에디 윌러스는 이제 세상사가 옳지 못하다는 것을 알게 되었다. 그는 그런 생각을 하며 모퉁이를 돌아 위대한 태거트 대륙횡단철도 빌딩 앞에 도착했다.

건물은 그 거리에서 가장 높고 자랑스러운 구조물로서 위풍당당하게 서 있었다. 에디 윌러스는 그 건물만 보면 저절로 미소가 지어졌다. 줄줄이 이어진 건물의 창문들은 이웃한 건물들의 창문들과는 달리 깨진 곳이 없었다. 또한 건물은 어느 한 군데 부서진 귀퉁이나 마모된 모서리 없이 하늘 위로 거침없이 솟아 있었다. 세월도 그 건물을 비껴가는 듯했다. 에디 윌러스는 그 건물이 영원히 그 자리에 서 있을 것이라고 생각했다.

그는 태거트 빌딩에 들어설 때마다 편안하고 안전한 기분을 느꼈다. 그곳은 능력과 힘의 상징이었다. 건물 복도 바닥은 대리석으로 만들어진 거울이었다. 젖빛 직사각형 전등들은 견고한 빛의 덩어리였다. 유리벽 너머로 타이피스트들이 줄지어 앉아 기차 바퀴 굴러가는 소리를 내며 타자를 치고 있었다. 그리고 이따금 그에 응답하는 메아리처럼 건물 아래에서 올라오는 소리에 벽들이 가만히 진저리를 쳤다. 건물 지하에 수 세대에 걸쳐 대륙을 횡단해온 기차들이 출발하고 도착하는 거대한 터미널이 있었는데, 그곳에서 올라오는 소리였다. 태거트 대륙횡단철도. "대양에서 대양까지"…… 그가 어린 시절부터 들어온 그 자랑스러운 구호는 성경 구절보다 더 성스럽고 빛나는 것이었다. '대양에서 대양까지, 영원히.' 에디 윌러스는 다시금 헌신을 다짐하는 자세로 그렇게 생각하며 티끌 하나 없는 복도를 지나 건물의 심장부, 태거트 대륙횡단철도 사장 제임스 태거트의 사무실로 들어섰다.

제임스 태거트는 책상에 앉아 있었다. 그는 사춘기에서 청년기라는 중간 단계를 거치지 않고 늙어버린, 쉰 살에 가까운 남자처럼 보였다. 작은 입은 성마른 느낌을 주었고, 훤한 이마에는 머리카락 몇 올이 달라붙어 있었다. 그리고 자세는 큰 키와 호리호리한 몸에 저항하듯 매가리 없고 엉성해서, 귀족의 당당한 풍모에 어울리는 우아한 선을 가진 몸이 시골뜨기처럼 볼품없어 보였다. 얼굴 피부는 창백하고 부드러웠다. 베일에 덮인 듯한 옅은 빛깔의 눈은 사물들의 존재 자체에 분노를 품고 쉼 없이 천천히 미끄러지듯 움직였다. 그는 완고하고 진이 빠진 듯해 보였다. 그의 나이는 서른아홉 살이었다.

문 열리는 소리에 그는 짜증스럽게 고개를 들었다.

"성가시게 하지 마. 성가시게 하지 마. 성가시게 좀 하지 말라고." 제임스 태거트가 말했다.

에디 윌러스는 책상으로 다가갔다.

"제임스, 중요한 일이에요." 그가 목소리를 높이지 않고 말했다.

"좋아, 좋아. 뭔데?"

에디 윌러스는 사무실 벽에 붙어 있는 지도를 보았다. 유리 액자 속 지도 색깔이 바래 있었다. 그는 얼마나 많은 태거트 사장들이 얼마나 오랜 세월 그 앞에 앉아 있었을까 궁금해졌다. 뉴욕에서부터 샌프란시스코까지 빛바랜 대륙을 가로질러 뻗어나가 태거트 대륙횡단철도를 나타내는 붉은 선들이 마치 혈관 조직 같았다. 오래전에 혈액이 대동맥으로 방출되었고 곳곳에서 과부하를 이기지 못한 혈액이 정맥으로 빠져나가 전국으로 퍼지게 된 듯했다. 붉은 선 하나가 와이오밍 샤이엔에서 출발해 구불구불 텍사스 엘패소까지 이어졌다. 태거트 대륙횡단철도 리오 노르테 노선이었다. 최근에 그 붉은 선이 엘패소 너머까지 남쪽으로 더 연장되었다. 에디 윌러스는 그 지점에 시선이 머물자 황급히 고개를 돌렸다.

그는 제임스 태거트를 보며 말했다. "리오 노르테 노선 문제예요."

그는 제임스의 시선이 책상 귀퉁이로 내려가는 것을 놓치지 않았다.

"또 사고가 났어요."

"철도 사고는 날마다 일어나. 그런 일로 나를 성가시게 해야겠어?"

"내 말뜻을 알잖아요. 리오 노르테 노선은 상태가 심각해요. 아주 결딴났다고요. 전체가 다요."

"새로 레일을 깔고 있잖아."

에디 윌러스는 제임스의 대답을 못 들은 것처럼 계속해서 말했다.

"아주 결딴이 났다고요. 그곳으로 기차를 보내려고 해봐야 아무 소용 없어요. 사람들이 그 기차를 타지 않으려고 하니까요."

"미국 철도회사치고 적자 노선 몇 개쯤 갖고 있지 않은 곳은 없어. 우리만 그런 게 아니라고. 그건 국가적인 문제야. 일시적인 국가적 문제."

에디는 선 채로 조용히 그를 응시했다. 제임스 태거트는 사람 눈을 똑바로 쳐다보는 에디 윌러스의 버릇이 마음에 들지 않았다. 에디는 푸른 눈을 크게 뜨고 질문하듯 쳐다보고 있었다. 그는 금발과 네모진 얼굴을 갖고 있었는데, 그 세심하고 순진한 표정 이외에는 특징이라고는 없는 인상이었다.

"원하는 게 뭐야?" 제임스가 날카롭게 물었다.

"난 제임스가 알아야만 하는 걸 말해주러 온 거예요. 누군가는 말해줘야 하니까요."

"또 사고가 났다는 거?"

"리오 노르테 노선을 포기할 수 없다는 거요."

제임스 태거트는 여간해선 고개를 들지 않았다. 그가 사람들을 올려다볼 때는 묵직한 눈꺼풀을 들고 훤하게 벗겨진 이마 아래에서 시선만 올렸다.

"누가 리오 노르테 노선을 포기한댔어? 그 노선을 포기하는 건 생각해본 적도 없어. 자네가 그런 이야길 꺼낸 것조차 기분 나빠. 아주 기분 나빠."

"하지만 우린 지난 6개월 동안 운행 일정을 제대로 지킨 적이 없어요. 늘 크고 작은 사고가 발생했죠. 지금 화물주가 다 떨어져나가고 있어요. 이렇게 얼마나 버틸 수 있을까요?"

"에디, 자넨 너무 비관적이야. 믿음이 부족해. 그런 태도는 조직의 사기를 꺾어놓지."

"그럼, 리오 노르테 노선을 그냥 방치하겠다는 건가요? 아무 손도 안 쓰고?"

"난 그런 말은 하지 않았어. 새 선로작업이 끝나면……."

"제임스, 새 선로작업은 불가능해요."

에디 윌러스는 제임스 태거트의 눈꺼풀이 천천히 올라가는 것을 보았다.

"지금 어소시에이티드 철강에서 오는 길이에요. 오런 보일을 만나고 왔어요."

"그가 뭐래?"

"1시간 반이나 이야기했는데 시원한 대답 한 마디 못 들었어요."

"뭐 하러 그를 성가시게 했나? 첫 주문 레일 납품 기한이 다음 달은 되어야 하는데."

"석 달 전에 납품하기로 한 걸 미룬 거죠."

"그거야 예기치 못한 사태 탓이었지. 오런도 어쩔 수 없는."

"그것도 6개월 전에 납품하기로 한 걸 미룬 거였고요. 제임스, 우린 지금 어소시에이티드 철강에서 레일을 납품받으려고 13개월을 기다리고 있어요."

"그래서 나더러 어쩌라고? 내가 오런 보일 대신 그 회사를 경영할 수도 없잖아."

"손놓고 기다리고만 있을 순 없어요."

제임스 태거트가 조롱과 경계심이 섞인 목소리로 천천히 물었다. "내 여동생은 뭐라고 하던가?"

"내일에나 돌아올 거예요."

"그래, 내가 어떻게 했으면 좋겠나?"

"그건 제임스가 결정해야지요."

"다른 말은 다 해도 좋지만 리어든 철강 이야기는 꺼내지 마."

에디는 잠시 뜸을 들인 뒤 조용히 대답했다. "좋아요. 그 이야기는 하지 않기로 하죠."

"오런은 내 친구야."

에디는 아무 대꾸도 하지 않았다.

"자네 태도가 마음에 안 드는군. 오런 보일은 사정만 허락한다면 즉시 레일을 납품할 거야. 우린 레일이 없어서 공사를 못 하는 것일 뿐이니 아무도 우리를 비난하지 않을 테고."

"제임스! 지금 무슨 말을 하는 거예요? 누가 우리를 비난하건 안 하건 리오 노르테 노선이 무너지고 있다는 걸 모르겠어요?"

"사람들은 이해하고 받아들일 거야. 그래야만 하고. 피닉스-두랑고 노선만 아니라면."

그는 에디의 얼굴이 굳어지는 것을 보았다.

"피닉스-두랑고 노선이 생기기 전까지는 리오 노르테 노선에 대해 불평하는 사람이 아무도 없었어."

"피닉스-두랑고 노선은 아주 훌륭히 잘 해내고 있어요."

"감히 피닉스-두랑고 노선이 태거트 대륙횡단철도와 경쟁하다니! 10년 전만 해도 우유 열차나 다니는 지방철도였던 주제에."

"이제 애리조나, 뉴멕시코, 콜로라도 화물 운송의 대부분을 확보하고 있어요."

제임스 태거트는 대꾸하지 않았다.

"제임스, 우린 콜로라도를 잃어선 안 돼요. 콜로라도는 우리의 마지막 희망이니까요. 모두의 마지막 희망. 정신 바짝 차리지 않으면 콜로라도 주의 큰 화물주들을 피닉스-두랑고에 전부 빼앗기고 말 거예요. 와이엇 정유도 잃었어요."

"왜 다들 와이엇 정유 이야기를 자꾸 꺼내는지 모르겠군."

"그야 엘리스 와이엇이 천재적인……."

"염병할, 엘리스 와이엇!"

에디는 문득 이런 생각이 들었다. '그 유전들, 그것들은 지도 위 혈관들과 어떤 공통점이 있지 않을까? 오래전 태거트 대륙횡단철도의 붉은 선들이 전국으로 뻗어나간 것은 지금 생각하면 믿기 어려운 위업이 아닌가?' 에디는 유전들에서 분출된 검은 물줄기가 피닉스-두랑고 노선을 달리는 열차들이 실어나를 수 있는 것보다 더 빠른 속도로 대륙을 가로지르는 광경을 상상했다. 그 유전들은 오래전 고갈되어 방치된 콜로라도 산지의 바위투성이 땅덩어리들에 불과했다. 엘리스 와이엇의 아버지는 그 고갈되어가는 유전들에서 나오는 보잘것없는 수입으로 초라하게 살다가 세상을 떠났다. 그런데 누가 그 산의 심장에 아드레날린이라도 주사한 듯 심장이 요란하게 고동치며 바위틈으로 검은 피가 분출하기 시작했다. 에디 윌러스는 그 검은 액체가 당연히 피라고 생각했다. 피는 생명력을 부여하는 것이고 와이엇 정유가 콜로라도 산지를 다시 살려냈으니까. 그 검은 액체는 불모의 경사지들에 충격을 가해 별안간 생동하게 만들었다. 지도상에서 눈에 띄지도 않던 지역에 새 도시와 발전소, 공장들이 생겨나게 했다. 기존의 거대 산업들로부터의 화물 운송 수입이 해마다 서서히 감소하고 있을 때에 새 공장들이 들어서고, 유명 유전 펌프들이 차례로 가동을 멈추고 있을 때에 비옥한 새 유전이 생겨났으며, 소 떼와 사탕무밖에 없을 것 같은 지역이 새로운 사업지대로 탈바꿈하게 되었다. 한 사람이 8년 만에 그 모든 것을 이루었다. 에디 윌러스는 학창 시절 교과서에서 읽었던 도무지 믿기 어려운 기적적인 이야기들과 같다는 생각이 들었다. 더구나 교과서에 실린 이야기의 주인공들은 미국이 생겨난 지 얼마 되지 않았을 때의 인물들이었다. 그는 엘리스 와이엇을 만나보고 싶었다. 엘리스 와이엇에 대한 소문은 무성했지만 그를 직접 만난 사람은 드물었다. 그는 뉴욕에 거의 발걸음을 하지 않았다. 소문에 의하면 엘리스 와이엇은 서른세 살이고, 성격이 난폭하다고 했다. 그는 고갈된 유전을 되살리는 방법을 발견했고 그것을 실행에 옮겼다.

"엘리스 와이엇은 돈밖에 모르는 탐욕스러운 놈이야. 인생에는 돈 버는 것보다 중요한 일들이 많이 있지." 제임스 태거트가 말했다.

"지금 무슨 말을 하는 거예요? 그게 무슨 상관이……."

"게다가 놈은 우릴 배신했어. 우린 오랫동안 와이엇 정유에 최상의 서비스를 제공해왔어. 그의 아버지 시절에는 유조 열차를 일주일에 한 번씩 운행하기도 했어."

"제임스, 지금은 그의 아버지 시대가 아니에요. 피닉스-두랑고 노선이 유조 열차를 하루 두 번씩 운행하고 있고요. 그것도 운행 일정을 정확히 지키면서요."

"엘리스 와이엇이 우리에게 함께 성장할 기회를 줬다면……."

"그는 시간을 허비할 수 없었어요."

"우리보고 어쩌라고? 다른 고객들은 다 버리고, 국가 경제를 희생시키면서 와이엇 정유 운송만 해주라고?"

"그는 우리에게 아무 요구도 하지 않아요. 그냥 피닉스-두랑고와 거래하고 있을 뿐이죠."

"그 자식은 파괴적이고 비양심적인 악당이야. 무책임한 벼락부자이고 터무니없이 과대평가되어 있어."

놀랍게도 제임스 태거트의 생기 없는 목소리에 감정이

실렸다.

"난 그 자식의 유전이 그렇게 대단히 유익한 업적이라고는 믿지 않아. 그 자식은 국가 경제 전체를 혼란에 빠뜨렸어. 콜로라도가 산업 지역이 될 거라고 예상한 사람은 아무도 없었어. 그런 식으로 계속해서 세상이 변하면 불안해서 어떻게 살고 계획이란 걸 어떻게 세워?"

"맙소사, 제임스! 그는……."

"그래, 알아. 안다고. 그 자식은 돈을 잘 벌고 있지. 하지만 난 그걸로 한 인간의 사회적 가치를 잴 수 없다고 생각해. 그리고 피닉스-두랑고만 아니었다면 와이엇 정유는 우리에게 기어와서 다른 화물주들처럼 순서를 기다렸을 거야. 자기 몫 이상의 것을 요구하지 않고. 우린 그런 식의 파괴적인 경쟁 앞에서는 어쩔 수가 없어. 아무도 우릴 비난할 수 없어."

에디 윌러스는 가슴과 관자놀이가 짓눌리는 듯한 압박감을 느꼈다. 그는 이번에야말로 그 문제를 분명하게 짚고 넘어가리라 결심했다. 사실 그 문제는 너무나 분명해서 제대로 전달만 한다면 제임스 태거트가 이해하지 못할 수가 없었다. 그래서 열심히 전달했는데 제임스 태거트와의 대화가 늘 그렇듯이 도무지 소통이 되지 않고 있었다. 어떤 말로 뜻을 전달하려고 해도 서로 딴소리만 하고 있는 듯했다.

"지금, 그건 또 무슨 소리예요? 아무도 우리를 비난할 수 없는 게 뭐가 중요해요? 철도가 무너지고 있는 판국에."

제임스 태거트가 미소를 흘렸다. 재미있다는 듯한 차갑고 엷은 미소였다.

"에디, 감동적이군. 태거트 대륙횡단철도에 대한 자네의 충성심이 대단히 감동적이야. 그러다 봉건시대 농노라도 되겠어."

"제임스, 이미 그래요."

"나와 이런 문제를 의논하는 게 자네 업무인가?"

"아니요."

"그럼 우리 회사에는 이런 일을 처리하는 부서가 따로 있다는 것을 알아주기 바라네. 이런 문제는 담당자에게 보고하는 게 어떻겠나? 나의 소중한 여동생한테 하소연하지 그러나?"

"제임스, 내가 이런 이야기 할 위치가 아니란 거 잘 알아요. 하지만 지금 회사 돌아가는 상황을 이해할 수가 없어요. 당신에게 조언할 자격이 있는 사람들이 당신에게 어떤 조언을 해주고 있는 건지, 그들이 왜 당신에게 상황을 제대로 이해시키지 못하고 있는 건지 모르겠어요. 그래서 내가 직접 말하려고 찾아온 거예요."

"에디, 우리의 어린 시절 우정은 나도 소중히 생각하네. 하지만 우리가 어린 시절에 우정을 나눈 사이라고 해서 자네가 시도 때도 없이 멋대로 내 방에 들어올 수 있는 자격이 있다고 생각하나? 자네 신분을 고려한다면 내가 태거트 대륙횡단철도 사장이라는 사실을 명심해야 되는 것 아닌가?"

헛수고였다. 에디 윌러스는 늘 그랬듯이 마음의 상처 같은 것은 받지 않은 채 그저 당혹스러워하며 물었다.

"그럼 리오 노르테 노선을 그대로 방치할 작정인가요?"

"난 그런 말 한 적 없네. 그런 말은 꺼내지도 않았다고." 제임스 태거트는 지도 위 엘패소 남쪽의 붉은 선을 보고 있었다.

"산세바스티안 광산이 문을 열고 우리 멕시코 지선에서 수익이 나기 시작하면……."

"제임스, 우리 그 이야기는 하지 말아요."

제임스 태거트는 전에 없이 에디의 목소리에 날 선 분노가 담겨 있는 것을 깨닫고 깜짝 놀라 고개를 돌렸다.

"왜 그러나?"

"왜 그러는지 알잖아요. 당신 여동생이……."

"빌어먹을 여동생!" 제임스 태거트가 말했다.

에디 윌러스는 꿈쩍도 하지 않고 아무 대꾸도 하지 않았다. 앞만 똑바로 보고 서 있었다. 하지만 그는 제임스 태거트도, 사무실 안의 그 어떤 것도 보고 있지 않았다.

잠시 후 그는 가볍게 고개 숙여 인사하고 밖으로 나왔다.

비서실 직원들이 퇴근하려고 불을 끄고 있었다. 하지만 비서실장 팝 하퍼는 아직 책상을 지키고 앉아서 반쯤 분해한 타자기 레버를 돌리고 있었다. 회사의 전 직원은 팝 하퍼가 바로 그 자리, 그 책상에서 태어났고 죽을 때까지 그곳을 떠나지 않을 것이라는 인상을 받았다. 그는 제임스 태거트의 아버지 때부터 비서실장으로 일해오고 있다.

팝 하퍼는 사장실에서 나오는 에디 윌러스를 흘끗 올려다보았다. 에디가 철도에 문제가 생겨 사장실에 들어갔지만 결국 헛수고만 하고 나온다는 것을 아는, 하지만 아무 관심도 없는 느릿하고 현명한 시선이었다. 그것은 에디 윌러스가 아까 길모퉁이에서 만난 부랑자의 눈빛에서 보았던 냉소적 무관심이었다.

"어이, 에디. 어디 가면 모직으로 된 내복 윗도리를 살 수 있는지 아나? 시내를 다 뒤졌는데도 파는 데가 없어." 팝 하퍼가 물었다.

"몰라요. 그걸 왜 저한테 물으세요?" 에디가 걸음을 멈추며 말했다.

"만나는 사람마다 다 묻는 거야. 혹시 아는 사람이 있을까 해서."

에디는 불편한 마음으로 그 공허하고 쇠약한 얼굴과 흰 머리를 바라보았다.

"이 건물은 추워. 올해는 더 추울 거야." 팝 하퍼가 말했다.

"뭐 하세요?" 에디가 타자기 부품들을 가리키며 물었다.

"빌어먹을 타자기가 또 고장이 났어. 수리 보내봐야 소용없어. 지난번에도 수리하는 데 석 달이나 걸렸어. 그래서 내 손으로 대충 고쳐보려고. 어차피 오래 못 갈 거야." 팝 하퍼는 주먹으로 타자기 자판을 쾅 치며 말했다.

"정든 친구야, 너도 쓰레기장으로 갈 때가 됐구나. 살날이 얼마 남지 않았어."

에디는 흠칫 놀랐다. '살날이 얼마 남지 않았다.' 아까 기억하려고 애쓰던 문구였다. 하지만 무엇 때문에 기억하려고 했는지는 생각이 나지 않았다.

"에디, 소용없어." 팝 하퍼가 말했다.

"뭐가요?"

"아무것도. 무엇이든."

"팝, 왜 그러세요?"

"새 타자기 구입 신청은 안 할 거야. 요새는 주석으로 타자기를 만들거든. 낡은 타자기들이 사라지면 타자의 시대도 끝날 거야. 아침에 지하철 사고가 있었네. 브레이크가 말을 안 들어서. 에디. 집에 가서 라디오로 신나는 댄스 음악이나 듣게. 다 잊어버리고. 자넨 취미가 없는 게 문제야. 누가 우리 아파트 계단 전구들을 또 훔쳐갔어. 그리고 아침에 기침을 해서 가슴이 아픈데 기침약을 구할 수가 없었어. 우리 동네 약국이 지난주에 망했거든. 지난달에는 텍사스-웨스턴 철도회사가 망했지. 어제는 퀸스보로 다리를 공사한다고 폐쇄했고. 아, 무슨 소용이람. 존 골트가 누구지?"

◆

 그녀는 기차 창가 자리에 앉아 고개를 뒤로 젖힌 뒤 한쪽 다리를 쭉 뻗어 맞은편 빈자리에 올려놓았다. 창틀이 기차 속도에 맞춰 흔들렸고 창유리는 텅 빈 어둠 위에 걸려 있었다. 이따금 빛의 점들이 반짝이는 줄무늬를 그리며 유리를 가로질러 지나갔다.
 광택이 나는 꽉 죄는 스타킹으로 각선미를 살린 그녀의 곧게 뻗은 긴 다리는 활 모양의 발등과 하이힐 속 발끝으로 이어져 있었다. 그 여성적인 우아함은 먼지투성이 객차와는 어울리지 않았고 그녀의 다른 부분과도 묘한 부조화를 이루었다. 그녀는 낡은 고급 낙타털 코트로 가냘픈 몸을 아무렇게나 감싸고 있었다. 코트의 옷깃은 비스듬하게 기울어진 모자의 챙 가까이까지 세워져 있었다. 뒤로 빗어 넘긴 갈색 머리는 어깨선에 살짝 닿을 정도였다. 그녀의 얼굴은 각진 평면들로 이루어진 듯했고 선명하고 육감적인 입술은 단호하게 꼭 다물어져 있었다. 그녀는 양손을 코트 주머니에 찌르고 정지 상태에 화가 난 듯 긴장한 자세를 하고 있었다. 그리고 자신이 여자의 몸이라는 사실을 의식하지 못하는 듯 여성스럽지 않았다.

그녀는 음악을 듣고 있었다. 승리의 교향곡이었다. 위를 향해 흐르는 음들은 상승을 표현하고 있었고 그 자체가 상승이었다. 위를 향한 움직임의 본질이자 형태였다. 상승이 동기인 모든 인간의 행동과 사고를 구현한 것이었다. 구름을 뚫고 퍼져나가는 햇살과도 같은 음들은 해방의 자유와 목적의 긴장감을 지니고 있었다. 그 음들은 공간을 깨끗이 정화시키고 방해받지 않는 노력의 기쁨만을 남겨놓았다. 소리의 희미한 울림만이 그 음악이 어디에서 해방되었는지를 말해주었는데, 이제 추악함이나 고통은 없다는(애초에 그런 것들이 있을 필요가 없었다는) 사실을 발견하고 놀라서 웃는 목소리였다. 그것은 거대한 해방의 노래였다.

그녀는 생각했다. '잠시, 음악이 흐르는 동안은 다 내려놓아도 좋아. 모든 걸 잊고 음악을 느끼는 거야. 다 내려놔. 괜찮아.'

마음 한 귀퉁이에서 음악에 깔린 기차 바퀴 소리가 들려왔다. 기차 바퀴는 규칙적인 리듬에 맞춰 덜커덩거렸는데, 목적의식을 강조하기라도 하듯 네 번째 덜커덩거림마다 소리가 고조되었다. 그녀는 기차 바퀴 소리에 긴장을 풀 수 있었다. 그녀는 교향곡에 귀를 기울이며 생각했다. '이게 바로 기차 바퀴가 계속 굴러가야 하는 이유이며, 기차

바퀴가 향하는 목적지이다.'

그녀는 그 교향곡을 처음 들었지만 그것이 리처드 핼리의 작품이란 것을 알 수 있었다. 리처드 핼리 특유의 격정과 강렬함이 담겨 있었다. 주제 역시 그의 스타일이 엿보였다. 이제 아무도 멜로디를 쓰지 않는 때에 분명하고 복잡한 멜로디가 있었다……. 그녀는 객차 천장을 올려다보고 있었으나 천장이 눈에 들어오지 않았고 자신이 어디 있는지도 잊고 있었다. 자신이 지금 오케스트라 연주로 교향곡 전체를 듣고 있는지 주제 부분만 듣고 있는지조차 알지 못했다. 어쩌면 그녀는 마음속 오케스트라 연주를 듣고 있는 것일 수도 있었다.

그녀는 리처드 핼리의 모든 작품 속에 이 주제에 대한 예고가 들어 있었음을 어렴풋이 기억했다. 오랜 세월 음악과 사투를 벌이다 중년에 이르러 명성을 얻었지만 결국 그 명성 때문에 파멸한 비운의 작곡가 리처드 핼리. 어쩌면 그가 벌인 사투의 목표가 이것이었는지도 몰랐다. 그녀는 리처드 핼리가 그동안 발표한 작품들 속에 어렴풋이 나타난 이 주제를 향한 시도들을, 이 주제를 약속하는 악구들을, 시작은 했으되 이 주제에는 이르지 못한 불완전한 멜로디의 파편들을 기억했다. 리처드 핼리는 이 곡을 쓸 때…… 그녀는 흠칫 놀라 허리를 꼿꼿이 폈다. '리처드 핼리가 **언제** 이 곡을 썼지?'

바로 그 순간 그녀는 자신이 지금 어디 있는지를 깨달았고, 그제야 처음으로 음악이 어디에서 들려오는지 궁금해졌다.

몇 발짝 떨어진 객차 끄트머리에서 승무원 하나가 에어컨을 손보고 있었다. 금발의 청년이었다. 그가 교향곡 주제 부분을 휘파람으로 불고 있었다. 그녀는 그 청년이 아까부터 휘파람을 불고 있었고 자신이 들은 음악이 청년이 분 휘파람임을 깨달았다.

그녀는 도저히 믿을 수가 없어서 청년을 한참 쳐다보다가 목소리를 높여 물었다.

"그 곡이 뭔지 알려주겠어요?"

청년이 그녀 쪽으로 고개를 돌렸다. 청년은 그녀를 똑바로 응시하며 친구와 마음을 주고받는 듯 솔직하고 열띤 미소를 보냈다. 그녀는 청년의 얼굴이 마음에 들었다. 요즘 사람들에게서 흔히 볼 수 있는, 근육이 형태 유지 의무를 회피하고 축 늘어져 있는 그런 얼굴이 아니었다. 얼굴선이 날카롭고 선명했다.

"핼리 협주곡요." 청년이 미소 띤 얼굴로 대답했다.

"몇 번이죠?"

"5번요."

그녀는 잠시 후 천천히, 아주 조심스럽게 말했다.

"리처드 핼리는 협주곡을 네 곡밖에 안 썼죠."

청년의 얼굴에서 미소가 사라졌다. 그녀가 몇 분 전에 그랬던 것처럼 흠칫 놀라 현실로 돌아온 듯했다. 덮개가 쾅 하고 내려진 듯 청년의 얼굴이 무표정하게 바뀌었다. 이제 그의 얼굴은 비인간적이고 무관심하며 공허하게 보였다.

"네, 물론이죠. 제 말이 틀렸어요. 제가 실수했네요."

"그럼 무슨 곡이죠?"

"어딘가에서 들은 거예요."

"제목이 뭔데요?"

"몰라요."

"어디서 들었는데요."

"기억 안 나요."

그녀는 무력감에 입을 다물었다. 청년이 더 이상 흥미 없다는 듯 그녀에게서 시선을 돌렸다.

"핼리의 주제 같은데. 난 그가 쓴 곡은 다 알아요. 하지만 이 곡은 처음 들어요." 그녀가 말했다.

다시 그녀에게로 고개를 돌린 청년의 얼굴에는 정중함이 살짝 어려 있을 뿐 여전히 무표정했다. 청년이 물었다.

"리처드 핼리의 음악을 좋아하세요?"

"아주 많이 좋아해요."

청년은 망설이듯 잠시 그녀를 바라보다가 돌아섰다. 그녀는 청년이 전문가답게 효율적으로 에어컨을 손보는 것을 지켜보았다. 청년은 말없이 일만 했다.

그녀는 이틀 밤을 새웠지만 잠을 청할 수 없었다. 처리할 문제가 산더미 같은데 시간이 별로 없었다. 기차는 이른 아침 뉴욕에 도착할 예정이었다. 그녀에게는 시간이 필요했지만 기차가 더 빨리 달렸으면 하는 생각이 들었다. 그러나 이 기차는 미국에서 제일 빠른 '태거트 혜성특급'이었다.

그녀는 생각에 몰입하려고 애썼다. 하지만 음악이 마음 한구석에 남아 마치 멈추게 할 수 없는 어떤 존재의 준엄한 발소리처럼 계속 들려왔다. 그녀는 화가 나서 고개를 흔들고는 모자를 벗어던진 뒤 담뱃불을 붙였다.

그녀는 자지 않으리라 생각했다. 내일 밤까지 버틸 수 있었다. 기차 바퀴의 덜커덩거리는 리듬이 고조되었다. 그녀에게 그 소리는 너무나 익숙해서 의식적으로 듣지는 않았지만 그녀의 마음을 평온하게 해주었고…… 담뱃불이 다 타들어가자 잠시만, 몇 분만 더 있다가 담뱃불을 붙이기로 하고…….

그녀는 까무룩 잠이 들었다가 흠칫 놀라 잠에서 깼다. 뭔가 문제가 생겼음을 직감했고 기차 바퀴가 멈추었음을 깨달았다. 기차는 야간등의 푸르스름한 불빛 속에서 조용히 서 있었다. 그녀는 흘낏 손목시계를 보았다. 기차가 멈출 이유가 없었다. 그녀는 창밖을 내다보았다. 기차는 텅 빈 벌판 한가운데 멈춰 서 있었다.

그녀는 통로 건너편 의자에서 부스럭거리는 소리를 듣고 그쪽을 향해 물었다.

"기차가 얼마나 오래 서 있었던 거죠?"

무심히 대답하는 남자 목소리가 들렸다.

"1시간쯤요."

그녀가 벌떡 일어나 문 쪽으로 달려가자 그 남자는 졸린 눈으로 놀라 쳐다보았다.

밖에는 찬바람이 불었고 텅 빈 하늘 아래 텅 빈 땅이 펼쳐져 있었다. 어둠 속에서 잡초들의 살랑거리는 소리가 들려왔다. 저 앞쪽 기관차 옆에 서 있는 남자들과 그들 머리 위로 공중에 동그마니 걸린 빨간 신호등이 보였다.

그녀는 줄줄이 늘어선 정지된 기차 바퀴들을 지나 그들 쪽으로 빠르게 걸어갔다. 그녀가 다가와도 아무도 관심을 보이지 않았다. 승무원들과 승객 몇 명이 붉은 신호등 아래 모여 있었다. 그들은 잡담을 끝내고 차분한 무관심 속에서 기다리고 있는 듯했다.

"무슨 일이죠?" 그녀가 물었다.

기관사가 놀라서 돌아보았다. 그녀의 질문이 승객의 아마추어적 호기심이 아니라 명령처럼 들렸던 것이다. 그녀는 코트 깃을 올리고 주머니에 손을 찌른 채 서 있었다. 머리카락이 바람에 날려 그녀의 얼굴을 때렸다.

"빨간 불이에요." 기관사가 엄지손가락으로 위를 가리

키며 말했다.

"얼마나 오래 켜져 있었죠?"

"1시간요."

"기차가 본선에서 벗어난 거죠, 그렇지요?"

"맞아요."

"왜요?"

"모르겠어요."

기관사가 목소리를 높여 말했다. "기차가 측선으로 빠질 이유가 없어요. 전철기가 제대로 작동하지 않은 거예요."

그는 고갯짓으로 붉은 신호등을 가리키며 말을 이었다. "이것도 작동이 안 되고 있어요. 신호가 바뀔 것 같지 않아요. 고장난 것 같아요."

"그럼 지금 뭐 하고 있는 거죠?"

"신호가 바뀌길 기다리고 있죠."

그녀가 놀라고 화가 나서 입을 다물고 있는 사이 부기관사가 낄낄대며 말했다.

"지난주에도 애틀랜틱 서던 특급열차가 측선에서 2시간이나 서 있었어요. 누군가의 실수로."

"이건 태거트 혜성특급이에요. 태거트 혜성특급은 연착한 적이 없다고요." 그녀가 말했다.

"미국에서 유일하게 연착 기록이 없는 기차지요." 기관사가 말했다.

"기록은 깨질 수도 있죠." 부기관사가 말했다.

"숙녀 분이 철도에 대해 모르시는구먼. 이 나라엔 쓸 만한 신호장치나 배차원은 눈을 씻고 찾아봐도 없어요." 한 승객이 나섰다.

그녀는 그 승객에게는 눈길도 주지 않고 기관사에게 말했다. "신호등이 고장이라면 어쩔 작정이죠?"

기관사는 그녀의 권위적인 말투가 못마땅했고, 그녀가 너무나 자연스럽게 그런 가정을 하는 이유를 알 수 없었다. 그녀는 소녀처럼 앳돼 보였으나 입과 눈은 삼십 대처럼 보였다. 그녀의 날카로운 진회색 눈은 본질을 꿰뚫어보는 듯해 상대를 불편하게 만들었다. 기관사는 그녀의 얼굴이 왠지 낯이 익다고 생각했지만 어디서 보았는지 기억이 나지 않았다.

"숙녀 분, 나는 위험을 무릅쓸 생각은 없어요." 그가 대답했다.

"지시를 기다리는 게 우리의 임무라는 뜻이죠." 부기관사가 대신 설명했다.

"당신들 임무는 이 기차를 달리게 하는 거예요."

"그래도 신호를 지켜야죠. 정지 신호인데 달릴 수는 없어요."

"숙녀 분, 빨간 불은 위험을 뜻합니다." 아까 그 승객이 나섰다.

"우린 모험은 하지 않아요. 이게 누구 탓인지는 몰라도 지금 우리가 움직이면 우리에게 비난이 돌아오게 되어 있어요. 그러니 우린 누군가 지시를 내릴 때까지 움직일 수 없어요." 기관사가 말했다.

"아무도 지시를 안 내리면요?"

"조만간 누군가 나타날 거예요."

"그럼 얼마나 더 기다리라는 건가요?"

기관사는 어깨를 으쓱했다.

"존 골트가 누구죠?"

"아무도 대답할 수 없는 질문은 하지 말라는 뜻이죠." 부기관사가 설명했다.

그녀는 선로 위의 빨간 불을 흘끗 쳐다보고는 어둠 속으로 걸어가며 말했다. "다음 신호기까지 조신해서 가보죠. 다음 신호기가 정상적으로 작동하고 있으면 본선으로 진입하고요. 가다가 문을 연 사무실이 있으면 거기서 정차하는 거예요."

"뭐요? 누가 그러라는데요?"

"내가요."

"당신이 누군데요?"

그녀는 예기치 못한 질문에 놀라 잠시 멈칫했고 그제야 그녀 얼굴을 자세히 살펴본 기관사는 그녀의 대답과 동시에 신음을 뱉어냈다.

"이럴 수가!"

그녀는 공격적이지 않게, 다만 그런 질문을 자주 듣지 않는 사람처럼 대답했다.

"대그니 태거트예요."

"글쎄, 난……."

부기관사가 무심코 나섰다가 입을 다물었고 모두 침묵을 지켰다.

그녀가 여전히 자연스럽게 권위가 묻어나는 목소리로 말했다. "본선으로 들어가서 문을 연 사무실이 있으면 거기서 잠깐 정차해줘요."

"네, 알겠습니다."

"허비한 시간을 만회해야 해요. 오늘 밤 안에요. 기차 도착 시간에 맞추세요."

"네."

그녀가 돌아서서 가려는데 기관사가 물었다. "문제가 생기면 책임져주시겠습니까?"

"그래요."

객차로 돌아가는 그녀를 차장이 따라왔다. 그가 당혹스러워하며 말했다.

"아니…… 일반칸에 좌석 하나만 잡으셨습니까? 아니, 왜요? 왜 미리 알려주지 않으셨습니까?"

그녀가 편안한 미소를 지었다.

"격식을 차릴 시간이 없었어요. 내 전용 객차를 시카고에서 22호 열차에 연결했는데 클리블랜드에서 내렸다가 다시 타려고 보니 22호 열차가 너무 느려서 그냥 보냈어요. 혜성특급이 다음에 와서 탔는데, 침대칸에 자리가 없었어요."

차장은 고개를 저었다.

"사장님이었다면…… 일반칸은 안 타셨을 겁니다."

그녀는 웃음을 터뜨렸다.

"맞아요. 안 탔을 거예요."

기관차 옆에 서 있던 남자들은 그녀의 뒷모습을 바라보고 있었다. 아까 휘파람을 불던 승무원도 거기 있었다. 그가 그녀를 가리키며 물었다.

"누구예요?"

"태거트 대륙횡단철도를 운영하는 분이지. 운행 담당 부사장님이야." 기관사가 진심으로 존경 어린 목소리로 말했다.

기차가 덜커덩거리며 출발하고 기적 소리가 들판 너머로 잦아들 때 그녀는 창가에 앉아 담뱃불을 붙였다. 그녀는 생각에 잠겼다. '이런 식으로 무너져가고 있어. 전국에서. 언제, 어디서나 볼 수 있는 일이지.' 하지만 그녀는 분노나 불안을 느끼지는 않았다. 그런 감정을 느낄 시간이 없었다.

이번 일은 그녀가 처리해야 할 많은 문제 중 하나일 뿐이었다. 그녀는 오하이오 지부장의 무능함과 그가 제임스 태거트의 친구라는 것을 알고 있었다. 그녀가 오래전부터 그를 해고하자고 주장하지 못했던 것은 마땅한 후임자를 구할 수 없었기 때문이다. 좋은 인재는 이상하리만큼 찾기 힘들었다. 하지만 어차피 오하이오 지부장은 몰아내야 하고 그녀는 오언 켈로그를 그 자리에 앉힐 작정이었다. 오언 켈로그는 뉴욕 태거트 터미널 책임자 밑에서 일하는 젊은 기술자로 매우 유능했고 그곳에서 실질적인 책임자 역할을 하고 있었다. 그녀는 한동안 그를 지켜봐왔다. 그녀는 가망 없는 황무지에서 다이아몬드를 캐는 사람처럼 늘 능력의 광채를 찾아 두리번거렸다. 지부장 자리를 맡기기에는 켈로그가 아직 너무 어려 1년 더 두고 보고 싶었지만 더 이상 기다릴 시간이 없었다. 그녀는 뉴욕으로 돌아가는 즉시 그를 만나 이야기해볼 생각이었다.

차창 밖으로 어슴푸레하게 보이는 대지가 이제 더 빠른 속도로 내달리며 잿빛 흐름을 이루었다. 그녀는 이런저런 계산으로 머리가 복잡한 가운데에서도 뭔가를 느낄 여유가 있었다. 그것은 움직임이 주는 강렬하고 신명나는 기쁨이었다.

◆

 혜성특급이 울부짖는 바람을 앞세우고 뉴욕 시 지하 터널로 돌진해 들어가자 대그니 태거트는 허리를 꼿꼿이 폈다. 그녀는 기차가 지하로 들어갈 때마다 늘 이런 열성과 희망, 은밀한 흥분을 느꼈다. 평소의 삶이 흐릿하게 찍힌 사물들의 사진이라면 이 순간의 삶은 몇 번의 예리한 손놀림으로 사물들을 선명하고 중요하고 가치 있게 만들어놓는 스케치였다.

 그녀는 차창 밖으로 흘러가는 터널들을 바라보았다. 콘크리트 벽, 그물 모양을 이룬 파이프와 전선들, 물감 방울 같은 초록과 빨강의 불빛들이 걸려 있는 검은 구멍들 속으로 뻗은 거미줄 같은 선로들 그곳에는 그 풍경을 희석시킬 다른 것들이 없어서 그것들을 이루어낸 목적과 독창성에 경탄을 보낼 수 있었다. 그녀는 지금 이 순간 자신의 머리 위에 서 있는, 하늘을 향해 우뚝 솟아 있는 태거트 빌딩을 생각했다. '이 터널들은 태거트 빌딩의 뿌리야. 땅속으로 구불구불 뻗어 내려가 도시에 자양분을 공급하는 속이 빈 뿌리.'

 기차가 멈추자 그녀는 플랫폼에 내려섰다. 콘크리트 바닥에 울리는 자신의 구두 소리를 듣자 몸이 가벼워지고 마음이 들떴으며 어서 행동을 취해야 한다는 조바심이 일었다. 그녀는 걸음의 속도가 자신이 느끼는 것들에 형체를 부여할 수 있기라도 하듯 빠르게 걷기 시작했다. 그리고 잠시 뒤에야 자신이 휘파람을 불고 있음을 깨달았다. 핼리의 〈5번 협주곡〉 주제 부분이었다.

그녀는 누군가의 시선을 느끼고 돌아보았다. 어젯밤에 그 곡을 휘파람으로 불었던 승무원이 긴장한 눈빛으로 지켜보고 있었다.

◆

그녀는 제임스 태거트의 책상 앞에 놓인 커다란 의자 팔걸이에 앉아 있었다. 코트 단추를 풀자 여행 중에 구겨진 옷이 드러났다. 에디 윌러스가 저편에 앉아 가끔 메모를 하고 있었다. 그의 직책은 운행 담당 부사장 특별보좌관이었고, 그녀가 시간을 낭비하지 않도록 도와주는 것이 주요 업무였다. 그녀는 이런 면담을 할 때는 꼭 그를 동석시켰다. 그래야 나중에 그에게 따로 설명할 필요가 없기 때문이었다. 제임스 태거트는 자라목을 하고 책상에 앉아 있었다.

"리오 노르테 노선은 전체가 고철 덩어리야. 내가 생각했던 것보다 훨씬 더 심각해. 하지만 우린 그 노선을 살릴 거야." 그녀가 말했다.

"물론이지." 제임스 태거트가 대꾸했다.

"일부는 복구가 가능해. 많은 부분도 아니고 오래가지도 않겠지만. 먼저 콜로라도 산지에 새 레일을 까는 작업부터 시작할 거야. 두 달 안에 새 레일이 들어올 거야."

"아, 그럼 오런 보일이 납품을 하겠다고……."

"리어든 철강에 주문했어."

에디 윌러스가 억눌린 가냘픈 소리를 냈는데 환호성을 참는 소리였다.

제임스 태거트는 바로 대꾸하지 않았다. 잠시 후 그가 까탈스러운 목소리로 말했다.

"대그니, 의자에 제대로 좀 앉지 그러니? 이런 식으로 업무회의를 하는 사람은 없어."

"나 있잖아."

그녀는 입을 다물고 기다렸다. 이윽고 제임스 태거트가 그녀의 시선을 피하며 물었다.

"리어든에 선로를 주문했다고?"

"어제 저녁에. 클리블랜드에서 그에게 전화했어."

"하지만 이사회 허락이 안 떨어졌잖아. 나도 허락하지 않았고. 넌 나한테 의논도 하지 않았어."

그녀는 팔을 뻗어 책상 위의 수화기를 들어 그에게 건넸다.

"리어든에게 전화해서 취소해." 그녀가 말했다.

제임스 태거트는 뒤로 몸을 뺐다.

"난 취소하겠다는 말 안 했어. 그런 말은 꺼내지도 않았다고." 그가 화난 목소리로 대꾸했다.

"그럼 진행하는 거야?"

"그런 말도 하지 않았어."

그녀가 에디 쪽으로 고개를 돌렸다.

"에디, 리어든 철강과의 거래 계약서 작성하라고 해. 제임스가 서명할 거야."

그녀는 주머니에서 구겨진 메모지를 꺼내 에디에게 던졌다.

"가격하고 조건이야."

"하지만 이사회에서 아직……." 제임스 태거트가 말했다.

"이사회 허락 같은 건 필요 없어. 13개월 전에 이사회에서 오빠한테 레일 구매 권한을 위임했잖아. 어디서 구매할지는 오빠 결정에 달렸어."

"이사회 의견도 안 들어보고 그런 결정을 내리는 건 적절치 못해. 내가 왜 책임을 떠맡아야 하는지도 모르겠고."

"내가 책임질게."

"비용은 어쩌고?"

"리어든 철강이 오런 보일의 어소시에이티드 철강보다 가격이 싸."

"그래, 그럼 오런 보일은 어쩌고?"

"계약 취소했어. 이미 6개월 전부터 취소할 권리가 있었어."

"언제 취소했는데?"

"어제."

"오런 보일한테 확인 전화가 안 왔는데."

"안 올 거야."

제임스 태거트는 책상을 내려다보았다. 대그니는 리어든과 거래해야만 하는 것에 대해 그가 왜 분노하는지, 그의 분노가 왜 그토록 이상하고 회피적인지 의아했다. 리어든 철강은 처음 용광로에 불을 때기 시작한 이후로 10년 동안 태거트 대륙횡단철도의 주 납품업체였다. 그러니까 그녀 아버지가 사장 자리에 있던 때부터 시작된 거래였다. 10년 동안 태거트 대륙횡단철도의 레일 대부분이 리어든 철강에서 만들어졌다. 현재 미국 내에는 주문받은 물건을 제날짜에 납품하는 회사가 많지 않았다. 리어든 철강은 그 몇 안 되는 회사 중 하나였다. 대그니는 만일 자신이 실성했다면 리어든이 최고의 효율성을 발휘하며 일을 해내기 때문에 오빠가 리어든과 거래하기 싫어한다는 결론을 내렸을 것이라고 생각했다. 하지만 인간이라면 그런 이유로 리어든을 싫어할 수 없기 때문에 그렇게 결론지을 수 없었다.

"그건 불공평해." 제임스 태거트가 말했다.

"뭐가?"

"우리가 리어든하고만 거래하는 거. 다른 사람에게도 기회를 줘야지. 리어든은 굳이 우리가 필요하지도 않아. 이미 거물이 됐으니까. 우린 작은 회사들이 발전할 수 있게 도와야 해. 안 그러면 독점을 부추기는 꼴이 된다고."

"오빠, 헛소리하지 마."

"우리가 왜 항상 리어든 물건을 써야 하는 거지?"

"물건을 잘 대주니까."

"난 헨리 리어든이 마음에 안 들어."

"난 마음에 들어. 하지만 그 사람이 마음에 들건 안 들건 그게 무슨 상관이야? 우린 레일이 필요하고 우리에게 그걸 제공할 수 있는 사람은 그뿐이야."

"인간적인 면도 중요한 거야. 넌 인간미가 전혀 없어."

"오빠, 우린 지금 철도를 살리는 문제에 대해 이야기하고 있어."

"그래, 물론이지, 물론이야. 어쨌든 넌 인간미가 전혀 없어."

"그래, 없어."

"우리가 리어든에게 그렇게 대량의 강철 레일을 주문하면……."

"강철 레일이 아니야. 리어든 금속 레일이지."

대그니는 사적인 감정을 내보이지 않는 것을 원칙으로 삼고 살았지만 오빠의 얼굴 표정을 보자 그 원칙을 깨지 않을 수 없었다. 그녀는 별안간 웃음을 터뜨렸다.

'리어든 금속'은 리어든이 10년간의 실험을 통해 개발한 새로운 합금 물질이었다. 리어든은 최근 그 제품을 시장에 내놓았다. 하지만 아직 주문도, 고객도 확보하지 못하고 있었다.

제임스 태거트는 대그니가 웃다가 갑자기 냉혹한 목소리로 이야기하는 까닭을 알 수 없었다.

"오빠, 그만둬. 오빠가 무슨 말을 하려는지 다 알아. '리어든 금속은 아무도 사용한 적이 없다. 리어든 금속은 아무에게도 인정받지 못했다. 그것에 관심 있는 사람도, 그것을 원하는 사람도 없다.' 그래도 우리 철도는 리어든 금속으로 만들어질 거야."

"하지만, 하지만…… 그건 아무도 사용한 적이 없어!"

제임스 태거트는 대그니가 화가 나서 침묵하는 것을 만족스럽게 지켜보았다. 그는 사람의 감정을 관찰하는 것을 좋아했다. 감정은 타인의 인격이라는 미지의 어둠 속에 줄지어 걸린 붉은 등 같은 것으로 취약한 부분들을 나타냈다. 하지만 어떻게 금속 합금에 사적인 감정을 느낄 수 있으며, 그런 감정이 무엇을 나타내는지 그로선 도무지 알 수 없었기에 이번 발견은 쓸모가 없었다.

그가 말했다. "야금 분야 최고 권위자들의 공통된 의견은 리어든 금속에 대단히 회의적이고……."

"오빠, 그만둬."

"그럼 넌 누구 의견을 따른 건데?"

"난 다른 사람의 의견 같은 건 상관없어."

"그럼 무엇에 따르는데?"

"판단."

"그럼 누구 판단에 따랐는데?"

"내 판단."

"누구랑 의논했는데?"

"의논 같은 건 안 했어."

"그럼 도대체 네가 리어든 금속에 대해 뭘 알아?"

"지금까지 세상에 나온 상품 중 최고지."

"왜?"

"강철보다 튼튼하면서 더 싸고 기존의 어떤 금속보다 오래갈 테니까."

"누가 그래?"

"오빠, 난 대학에서 공학을 공부했어. 그러니까 보면 알아."

"뭘 봤는데?"

"리어든의 제조법과 성능 실험."

"그게 쓸모가 있다면 사람들이 사용했겠지. 그런데 아무도 그걸 쓴 사람이 없어." 그는 대그니의 눈빛에 분노가 번득이는 것을 보고 초조하게 말을 이었다. "그게 좋다는 걸 네가 어떻게 **알아**? 어떻게 확신하느냐고. 네가 어떻게 결정할 수 있어?"

"오빠, 누군가는 그런 결정을 내려야 해. 그게 누구지?"

"글쎄, 난 왜 우리가 첫 번째로 나서야 하는 건지 모르겠어. 도저히 모르겠다고."

"리오 노르테 노선을 살리고 싶은 거야, 아니야?"

제임스 태거트는 대답하지 않았다.

"사정만 허락한다면 레일을 다 뜯어내고 리어든 금속으로 교체하고 싶어. 전체를 다 교체해야 하니까. 전부 다 오래 못 갈 테니까. 하지만 지금 우린 그럴 만한 여유가 없어. 우선 수렁에서 빠져나와야 해. 오빠는 우리가 이 고비를 넘기길 원해, 원하지 않아?"

"우린 여전히 국내 최고의 철도회사야. 다른 회사들은 사정이 더 나빠."

"그럼 이대로 수렁에 처박혀 있고 싶어?"

"난 그런 말 안 했어! 넌 왜 항상 그런 식으로 모든 걸 지나치게 단순화시키니? 돈이 걱정이라면 피닉스-두랑고가 그쪽에서 우리 사업을 다 강탈하고 있는 마당에 왜 리오 노르테 노선에 돈을 낭비하는지 모르겠다. 우리 투자를 망칠 경쟁자에 맞설 대책도 없이 왜 돈을 써?"

"피닉스-두랑고는 훌륭한 철도이고 난 리오 노르테 노선을 그보다 더 훌륭하게 만들 거니까. 그리고 필요하다면 피닉스-두랑고를 멋지게 물리칠 생각이니까. 콜로라도에

선 두세 개 철도가 큰 수익을 낼 수 있게 될 테니 굳이 그럴 필요도 없겠지만 말이야. 그리고 난 엘리스 와이엇의 유전 근처에 지선을 만들기 위해서라면 어떤 투자도 아끼지 않을 작정이니까."

"엘리스 와이엇 이야기는 넌덜머리가 난다."

그는 대그니가 빤히 쳐다보는 게 기분 나빴다.

그가 기분 상한 목소리로 말했다. "지금 당장 행동을 취할 필요는 없다고 생각해. 넌 태거트 대륙횡단철도의 현재 상황이 뭐가 그렇게 심각하다고 생각하는 거야?"

"오빠가 취한 정책들의 결과가."

"무슨 정책?"

"예를 들면, 어소시에이티드 철강을 13개월씩이나 시험한 거. 멕시코 투자 참패도 그렇고."

제임스 태거트가 황급히 말했다. "어소시에이티드 철강 계약 건은 이사회 승인을 받은 거야. 산세바스티안 노선 건설도 이사회 투표를 거쳤고. 게다가 난 네가 그걸 왜 참패라고 부르는지 모르겠구나."

"멕시코 정부가 그 노선을 곧 국유화할 테니까."

"그건 거짓말이야!"

그의 목소리는 비명에 가까웠다.

"그건 악소문에 불과하다고! 정통한 내부 소식통에 의하면……"

"오빠, 겁먹은 거 보이지 마."

대그니가 경멸적으로 말했다. 제임스 태거트는 대꾸하지 않았다.

"이제 겁먹어봐야 아무 소용 없으니까. 우리가 할 수 있는 건 타격을 완화시키는 것뿐이야. 타격이 엄청날 거야. 4,000만 달러나 되는 손실을 쉽게 만회할 수 없어. 하지만 태거트 대륙횡단철도는 지금까지 많은 시련을 이겨냈지. 난 이번에도 반드시 이겨낼 거야."

"난 산세바스티안 노선이 국유화될 가능성은 고려하지 않겠어. 절대로!"

"그래. 고려하지 마."

대그니는 침묵을 지켰다. 제임스 태거트가 방어적으로 말했다.

"기회란 걸 가져본 적 없는 낙후된 나라의 발전에 참여하는 걸 잘못으로 여기는 네가 엘리스 와이엇에게 기회를 주는 것에는 왜 그렇게 열성적인지 알 수가 없구나."

"엘리스 와이엇은 누구에게도 기회를 달라고 한 적 없어. 그리고 난 기회를 주기 위해 사업을 하는 게 아니야. 난 철도를 운영하고 있어."

"그건 지극히 편협한 시각인 것 같은데. 난 왜 우리가 나라 전체 대신 한 사람을 도와주고 싶어해야 하는지 모르겠다."

"난 누구를 돕는 것에는 관심 없어. 돈을 벌고 싶을 뿐이지."

"그건 비현실적인 태도야. 수익에 대한 이기적인 탐욕은 구시대적인 거야. 어떤 사업이든 사회 전체의 이익을 최우선으로 삼아야 한다는 것이 이 시대의 통념이고……."

"오빠, 언제까지 핵심은 피하고 딴소리만 늘어놓을 거야?"

"핵심이라니?"

"리어든 금속 주문 건."

제임스 태거트는 대답하지 않았다. 그는 조용히 앉아서 여동생을 유심히 살펴보았다. 녹초가 되어 금세라도 구부정하게 꺾일 것 같은 가냘픈 몸을 곧은 어깨가 꼿꼿이 지탱하고 있었고 그 어깨는 의식적인 노력으로 버티고 있었다. 그녀의 얼굴을 좋아하는 사람은 거의 없었다. 그녀의 얼굴은 너무 차갑고, 눈빛은 너무 강렬해 부드러운 매력을 풍길 만한 데가 전혀 없었다. 그는 시야 한가운데에 있는, 의자 팔걸이에서 비스듬히 내려온 아름다운 다리가 눈에 거슬렸다. 그녀의 다리는 나머지 부분들에 대한 그의 평가를 무색하게 만들었다.

대그니가 침묵을 지켜 그가 입을 열 수밖에 없었다.

"그런 식으로, 순간적인 충동에 따라 전화로 주문한 거야?"

"이미 6개월 전에 결정한 일이야. 행크 리어든이 생산 준비를 마치기를 기다리고 있었어."

"**행크**(행크는 헨리의 애칭-옮긴이) 리어든이라고 부르지 마. 저속하니까."

"다들 그렇게 불러. 말 돌리지 마."

"왜 어젯밤에 그에게 전화한 거지?"

"어젯밤에야 연락이 닿았어."

"뉴욕에 돌아와서 나와 상의한 후에……"

"리오 노르테 노선을 내 눈으로 직접 봤거든."

"난 생각할 시간이 필요해. 이사회에 안건으로 올리고 최고 권위자들의 자문도 구하고……"

"그럴 시간 없어."

"나한테 의견을 정할 시간도 안 줬잖아."

"오빠 의견에는 관심 없어. 난 오빠나 이사회, 자문위원들과 입씨름할 생각 없어. 오빠는 선택을 해야 하고, 지금 당장 해야 돼. '예스'인지 '노'인지만 말해."

"그건 비상식적이고 고압적이고 독단적인 태도……"

"예스야, 노야?"

"넌 그게 문제야. 매사에 '예스' 아님 '노'지. 세상일은 그렇게 절대적이지 않아. 절대적인 건 없다고."

"금속 레일은 절대적이야. 그걸 사느냐 마느냐도 그렇고."

대그니는 기다렸다. 제임스 태거트는 대답하지 않았다.

"어쩔 거야?" 대그니가 물었다.

"네가 책임질 거야?"

"응."

"맘대로 해."

제임스 태거트는 그렇게 말하고 바로 덧붙였다. "네 책임이야. 주문을 취소하진 않겠지만 이사회에서 어떻게 말할지에 대해선 책임 못 져."

"오빠가 말하고 싶은 대로 말해."

대그니는 방에서 나가려고 일어섰다. 제임스 태거트는 이렇게 분명하게 면담을 끝내고 싶지 않아서 책상 위로 몸을 기울였다.

"물론, 이 문제를 처리하려면 긴 절차가 필요하다는 건 알고 있겠지. 그렇게 간단한 일이 아니야."

그것을 바라는 듯한 말투였다.

"아, 물론이지. 에디가 자세한 보고서를 작성해 올릴 거야. 오빤 읽지 않겠지만. 업무 처리는 에디가 도울 거야. 난 오늘 밤 리어든을 만나러 필라델피아로 가야 해. 그와 함께 할 일이 많거든."

대그니는 그렇게 말하고 덧붙였다. "오빠, 그렇게 간단한 일이야."

그녀가 이미 돌아선 후 그가 다시 입을 열었다. 하지만 지금까지의 이야기와는 아무 상관도 없는 뚱딴지같은 소리였다.

"너야 괜찮지. 행운아이니까. 다른 사람들은 그렇게 하지 못해."

"뭘?"

"다른 사람들은 인간적이야. 감정을 지녔지. 그들은 쇠붙이와 기관차에 평생을 바칠 수 없어. 넌 행운아야. 감정이란 걸 가져본 적이 없으니까. 아무것도 느끼지 못하니까."

그를 바라보는 대그니의 진회색 눈동자가 놀라움에서 평온함으로, 그리고 지친 표정으로 천천히 바뀌었다. 그녀의 지친 표정은 이런 일을 한두 번 겪은 게 아님을 말해주었다.

그녀가 조용히 말했다. "그래, 오빠. 난 아무것도 느끼지 못하는 것 같아."

에디 윌러스는 대그니를 따라 그녀의 사무실로 들어갔다. 그는 대그니가 출장에서 돌아올 때마다 세상이 분명하고 단순하고 대면하기 쉽게 바뀐 듯한 기분을 느꼈고, 형체 없는 두려움에 시달리던 순간들을 잊었다. 비록 대그니가 여자이기는 하지만 거대한 철도회사 운행 담당 부사장이 된 것이 너무나 자연스러운 일임을 아는 사람은 그뿐이었다. 그가 열 살 때 그녀는 언젠가는 철도회사를 운영할 거라고 말했다. 그때 숲 속 빈터에서 그 말을 들었을 때나 지금이나 그에게는 놀라운 일이 아니었다.

대그니가 자기 사무실 책상에 앉아 그가 남긴 메모들을 훑어보는 모습을 보자 에디는 차에 타고 시동을 걸 때의 기분을 느꼈다.

그는 사무실을 나서려다가 대그니에게 보고하지 않은 일이 있음을 떠올렸다.

"터미널의 오언 켈로그가 면담을 요청하던데." 그가 말했다.

대그니가 놀라서 고개를 들었다.

"재미있군. 그러잖아도 그를 부르려고 했는데. 올라오라고 해. 그에게 할 말이 있으니까……"

그러더니 갑자기 덧붙였다. "에디, 아이어스 음악 출판사의 아이어스와 통화하고 싶으니까 비서한테 전화 좀 연결하라고 해."

"음악 출판사?" 에디가 믿기지 않는 듯 물었다.

"응. 그에게 물어볼 게 있어."

아이어스 씨가 정중하고 열띤 목소리로 무슨 일로 전화했는지 묻자 대그니가 말했다.

"혹시 리처드 핼리가 새 피아노 협주곡, 그러니까 5번을 작곡했는지 알고 싶어서요."

"〈**5번** 협주곡〉요? 아, 그야 물론 안 했죠."

"확실한가요?"

"그럼요. 그는 지난 8년 동안 작곡을 하지 않았습니다."

"아직 살아 있나요?"

"아, 네…… 그건 확실하게 말씀드릴 수가 없네요. 공식적인 무대에서 완전히 자취를 감춰버렸으니까요. 하지만 만일 죽었다면 소식이 있었을 겁니다."

"만일 그가 곡을 썼다면 사장님께서 아셨겠죠?"

"물론이죠. 우리가 제일 먼저 알았을 겁니다. 그의 작품들은 전부 우리가 출판하니까요. 하지만 그는 작품 활동을 중단했습니다."

"알겠어요. 고맙습니다."

오언 켈로그가 들어서자 대그니는 만족스럽게 그를 바라보았다. 그의 모습을 어렴풋이 기억하고 있던 그녀는 자신이 생각했던 인상이 맞는 것을 눈으로 확인하자 기쁨을 느꼈다. 오언 켈로그는 기차에서 휘파람을 불던 청년처럼 대화가 통할 것 같은 인상이었다.

"앉아요, 켈로그."

대그니가 말했다. 하지만 그는 책상 앞에 그대로 서 있었다.

"부사장님, 일자리를 바꾸겠다는 결심이 서면 알려달라고 말씀하셨죠. 그래서 그만두겠다는 말씀을 드리러 왔습니다." 그가 말했다.

전혀 예상하지 못했던 말이라 대그니는 잠시 후에야 조

용히 물었다.

"왜죠?"

"개인적인 이유입니다."

"우리 회사가 불만족스러웠나요?"

"아닙니다."

"더 좋은 조건의 스카우트 제안을 받았나요?"

"아닙니다."

"어느 철도회사로 가는 거죠?"

"철도회사로 가는 게 아닙니다."

"그럼 무슨 일을 하려고요?"

"아직 결정하지 못했습니다."

대그니는 약간 불안함을 느끼며 그를 유심히 바라보았다. 그의 얼굴에 적대감은 없었다. 그는 그녀를 똑바로 쳐다보면서 솔직하게 대답하고 있었다. 아무것도 감출 게 없는 듯한, 그리고 과시할 것도 없는 듯한 말투였고 그의 표정은 공손하면서도 공허했다.

"그럼 왜 그만두려는 거죠?"

"개인적인 문제 때문입니다."

"어디가 아픈가요? 건강 문제인가요?"

"아닙니다."

"뉴욕을 떠나나요?"

"아닙니다."

"유산이라도 상속받아서 일을 할 필요가 없는 건가요?"
"아닙니다."
"그럼 생계를 위해 일을 계속할 작정인가요?"
"네."
"그렇지만 태거트 대륙횡단철도에서는 일하고 싶지 않다고요?"
"네."
"그렇다면 그런 결심을 하게 만든 사건이 있었던 거군요. 뭐죠?"
"그런 거 없습니다."
"말해줬으면 좋겠어요. 난 그 사실을 알아야 할 이유가 있어요."
"제 말을 믿어주시겠습니까?"
"그래요."
"이곳에서의 제 일과 관련된 어떤 사람이나 문제, 사건도 제가 내린 결정과 무관합니다."
"태거트 대륙횡단철도에 특별한 불만이 없다고요?"
"네."
"그럼 내 제안을 들으면 재고해볼 수도 있겠군요."
"죄송하지만 그럴 수 없습니다."
"내 생각을 말해도 될까요?"
"원하신다면요."

"우선 말해두고 싶은 건, 지금 내가 당신에게 하려는 제안은 당신이 내게 면담을 요청하기 전에 이미 결정되었다는 사실이에요. 내 말 믿어줄 수 있어요?"

"전 부사장님 말씀은 모두 믿습니다."

"오하이오 지부장 자리를 주겠어요."

철도에 대해서는 들어본 적도 없는 야만인처럼 그 말이 아무 의미도 없는 듯 그의 얼굴에는 반응이 없었다.

"사양하겠습니다." 그가 대답했다.

얼마의 시간이 흐른 뒤 대그니가 딱딱한 목소리로 말했다. "켈로그, 당신이 원하는 대로 들어주겠어요. 원하는 조건을 말해봐요. 난 당신이 우리 회사에 남기를 원해요. 다른 철도회사에서 제안하는 건 다 맞춰줄 수 있어요."

"저는 다른 철도회사로 가려는 게 아닙니다."

"난 당신이 자신의 일을 사랑한다고 생각했어요."

오언 켈로그가 처음으로 감정을 드러냈다. 눈이 조금 커지고 묘하게 힘이 들어간 목소리로 그가 조용히 대답했다.

"맞습니다."

"그럼 당신을 붙잡으려면 무슨 말을 해야 하는지 말해줘요!"

그녀가 무심결에 너무 솔직한 태도를 보이자 오언 켈로그는 마음이 움직인 듯 그녀를 바라보았다.

"어쩌면 이렇게 부사장님께 찾아와서 그만둔다는 말을

하고 있는 것 자체가 잘못인지도 모르겠습니다. 맨 처음 부사장님께서 제게 일자리를 바꾸고 싶으면 말해달라고 하셨던 건 대안을 제안할 기회를 갖기 위해서였다는 것을 저도 잘 압니다. 그러니 부사장님을 찾아오는 건 협상할 의사가 있다는 뜻이겠죠. 하지만 전 그렇지가 않습니다. 제가 부사장님을 찾아온 건 그저…… 부사장님께 한 약속을 지키고 싶어서였습니다."

그는 목이 메어 잠깐 말을 잇지 못했다. 그것은 그녀의 관심과 요구가 그에게 너무나 큰 의미임을, 그리고 그가 쉽게 결심을 한 것이 아님을 알려주는 섬광과도 같은 것이었다.

"켈로그, 당신의 마음을 움직일 수 있는 제안이 없다는 건가요?" 대그니가 물었다.

"없습니다. 절대로."

그가 돌아섰다. 대그니는 난생처음 무력감과 패배감을 느꼈다.

"왜?" 그녀가 혼잣말처럼 물었다.

켈로그가 멈추어 섰다. 그는 어깨를 으쓱하며 미소를 지었다. 그는 그 순간 살아 있었고 대그니는 그런 이상한 미소를 본 적이 없었다. 그 미소에는 은밀한 즐거움과 실의, 그리고 무한한 비통함이 담겨 있었다. 그가 물었다.

"존 골트가 누구죠?"

사슬

 그것은 몇 개의 불빛들로 시작되었다. 태거트 노선의 열차가 필라델피아에 가까워지면서 어둠 속에서 드문드문 흩어져 있는 불빛 몇 개가 나타났다. 그 불빛들은 빈 들판에 아무 목적도 없이 존재하는 듯했다. 그러나 목적이 없다고 하기에는 너무 강렬했다. 승객들은 무심히 그 불빛들을 바라보았다.

 그러고는 하늘을 배경으로 겨우 알아볼 수 있는 시커먼 구조물의 형체가 나타났고, 이내 철로 가까이에 있는 큰 건물이 보였다. 그 건물은 캄캄했고 단단한 유리벽에 비친 기차의 불빛들이 줄무늬처럼 이어졌다.

 마주 오는 화물열차가 시야를 가리며 돌진하는 소음의 얼룩으로 차창들을 가득 메웠다. 갑자기 무개화물차(목재, 레일 등의 긴 물건을 싣는 납작하고 덮개나 지붕이 없는 화물열차―옮긴이)들이 이어지며 시야가 트였고, 멀리 불그스름한 하늘 아래 구조물들이 보였다. 마치 그 구조물들이 숨을 쉬듯 하늘의 불그스름한 빛이 불규칙적으로 경련을 일으켰다.

이윽고 화물열차가 사라지자 수증기의 소용돌이에 휩싸인 각진 건물들이 보였다. 몇 개의 강렬한 불빛이 쏘아내는 광선들이 수증기의 소용돌이를 칼로 자른 듯 나누어놓았다. 수증기도 하늘처럼 붉은빛이었다.

다음에 나타난 것은 건물처럼 보이지 않았다. 눈부시게 강렬한 오렌지빛 화염 속의 들보와 크레인, 트러스들을 에워싼 바둑판무늬의 유리 조개껍질 같았다.

수 킬로미터에 걸쳐 이어진 하나의 도시와도 같은 그곳은 사람 하나 보이지 않는데도 활기에 차 있었고 승객들은 그 복잡한 구조를 이해할 수 없었다. 그들은 뒤틀린 고층 빌딩 같은 탑들과 허공에 매달린 다리들, 단단한 벽들로부터 별안간 솟구치는 불길을 보았다. 그리고 밤의 어둠 속에서 일렬로 움직이는 불타는 원통들도 보았는데, 그 원통들은 시뻘겋게 달구어진 금속이었다.

철로 가까이 사무실 건물이 나타났다. 건물 지붕의 대형 네온사인이 지나가는 기차 내부를 칸칸이 비추었다. 네온사인에는 다음과 같이 쓰여 있었다. **리어든 철강**.

경제학 교수인 한 승객이 함께 여행 중인 친구에게 말

했다.

"우리 산업시대의 거대한 집단적 성취에서 한 개인이 어떤 중요성을 가질 수 있을까?"

언론인인 승객은 나중에 자신의 칼럼에 쓸 문구를 메모했다. '행크 리어든은 손대는 것마다 자신의 이름을 붙이는 그런 사람이다. 그것만으로도 행크 리어든의 성격을 짐작할 수 있을 것이다.'

기차가 속도를 내 어둠 속으로 질주할 때 긴 구조물 뒤에서 붉은빛이 하늘로 솟구쳤다. 승객들은 아무런 관심도 보이지 않았다. 그들에게는 강철의 열처리가 주목할 만한 사건이 아니었다.

그것은 첫 주문을 받은 리어든 금속의 첫 열처리 과정이었다.

제철소 용광로의 쇳물이 빠지는 출강구에서 작업하던 사내들은 처음 모습을 드러낸 쇳물을 보고 새벽을 맞이하는 듯한 감각에 젖었다. 출강구를 통해 공중으로 뿜어져 나오는 가느다란 쇳물 줄기는 햇살과 같은 순백색이었다. 강렬한 붉은색 줄무늬가 그어진 검은 수증기가 소용돌이치며 올라갔다. 고동치듯 경련하며 분출되는 불똥들이 마치 절단된 동맥에서 쏟아지는 피 같았다. 맹렬한 화염이 반사된 공기는 갈가리 찢어발겨질 듯했고, 공중에서 소용돌이치며 질주하는 붉은 반점들은 인간이 만든 구조물 안에 갇혀 있지 않고 기둥과 들보, 크레인들을 집어삼키려는 듯했다. 하지만 쇳물 자체에는 폭력성이 없었다. 순백색의 흰 곡선을 이룬 쇳물은 새틴의 매끄러운 결과 다정한 미소의 광채를 지니고 있었다. 쇳물은 약한 점토로 만들어진 관을 따라 얌전히 흘러 허공으로 6미터를 낙하해 200톤들이 쇳물목으로 들어갔다. 쇳물의 잔잔하고 매끄러운 표면에서 반사된 별처럼 반짝이는 빛이 쇳물 위로 함께 흐르고 있었는데, 그 빛은 레이스처럼 섬세하고 아이들의 눈빛처럼 순수했다. 가까이에서 자세히 들여다보아야만 그 흰 새틴이 끓고 있는 것을 알 수 있었다. 이따금 쇳물이 튀어 바닥에 떨어졌는데, 땅에 닿는 동안 식어서 쇠가 되어 불꽃을 내뿜었다.

강철보다 더 단단해질 200톤의 금속이 섭씨 2,000도의 액체로 흐르고 있었고, 그것은 제철소의 모든 벽과 근처에서 일하는 사람들을 괴멸시킬 힘을 지니고 있었다. 하지만 흐름의 경로와 압력, 그 안에 들어 있는 분자의 내용까지 10년 동안의 연구 결과에 의거해 철저히 통제되고 있었다.

어둠 속에서 흔들리는 강렬한 붉은빛이 저쪽 구석 기둥에 기대서서 지켜보는 한 남자의 얼굴로 연신 달려들었다. 그 빛은 연푸른 얼음 같은 그의 눈과 엷은 금발, 쇠기둥의 검은 거미줄, 그리고 그의 트렌치코트 벨트와 손을 넣은 주머니에 순간적으로 쐐기처럼 박혔다. 그는 키가 크고 수

척했다. 그는 항상 주위 사람들보다 지나치게 키가 컸다. 광대뼈가 튀어나온 그의 얼굴에는 선명한 주름 몇 개가 있었다. 그 주름은 나이가 들어서 생긴 것이 아니라 원래부터 있던 것이다. 스무 살 때는 주름 때문에 나이에 비해 늙어 보였지만 마흔다섯 살인 지금은 오히려 나이보다 젊어 보였다. 그는 어려서부터 얼굴이 못생겼다는 말을 들어왔다. 완고하고 냉혹한 인상에다 무표정했기 때문이다. 지금 쇳물을 바라보는 그의 얼굴도 무표정했다. 그는 행크 리어든이었다.

쇳물이 쇳물목을 가득 채우더니 도도히 넘쳐흘렀다. 눈부시게 흰 쇳물 방울들이 붉은 갈색으로 변했고 다음 순간 검은 고드름 모양의 금속이 되어 부서지기 시작했다. 갈색 봉우리를 이룬 쇠똥들이 마치 지각의 표면처럼 보였다. 속에서는 아직 흰 액체가 끓고 있는 쇠똥 봉우리들이 겉에서부터 굳어가며 몇 개의 분화구들이 생겨났다.

한 남자가 공중에서 크레인을 타고 다가왔다. 그가 한 손으로 자연스럽게 크레인 레버를 잡아당기자 쇠사슬에 연결된 강철 갈고리들이 내려와 쇳물목 손잡이를 잡아 우유 양동이처럼 사뿐히 들어올렸다. 그리고 200톤의 쇳물이 허공을 가로질러 일렬로 늘어서서 기다리고 있는 주조틀들을 향해 나아갔다.

행크 리어든은 눈을 감으며 몸을 뒤로 기댔다. 크레인의 굉음에 쇠기둥이 진동하는 것이 느껴졌다. 작업이 끝난 것이다.

일꾼 하나가 그를 보고 이해한다는 듯 미소를 보냈다. 그 키 큰 금발 남자가 오늘 밤 왜 여기 와 있어야만 하는지 아는, 감격적인 기쁨을 함께 나누는 동지의 미소였다. 리어든은 그에게 미소로 응답했다. 그것이 오늘 그가 받은 유일한 인사였다. 그는 자신의 사무실로 발걸음을 옮겼는데, 어느새 다시 무표정한 얼굴이 되어 있었다.

그날 밤 행크 리어든은 늦은 시각이 되어서야 제철소를 나서 집을 향해 걸어갔다. 인적 없는 시골길을 수 킬로미터나 걸어야 집에 도착할 수 있었지만 왠지 걷고 싶었다.

그는 팔찌를 쥔 손을 주머니에 넣고 걸었다. 사슬 모양의 그 팔찌는 리어든 금속으로 만든 것이었다. 그는 이따금 손가락을 움직여 팔찌의 감촉을 느꼈다. 그 팔찌를 만드는 데 10년이 걸렸다. 그는 10년은 긴 시간이라고 생각했다.

길은 캄캄했고 양쪽으로 나무들이 늘어서 있었다. 고개를 드니 하늘의 별들을 배경으로 나뭇잎 몇 개가 보였다. 금세라도 떨어질 듯 시들고 뒤틀린 나뭇잎들이었다. 멀리서 드문드문 인가의 불빛이 보였지만, 그 불빛들은 길을 더 고적하게 만들 뿐이었다.

그는 행복할 때를 제외하고 고독을 느껴본 적이 없었다.

그는 가끔 고개를 돌려 제철소 위의 붉게 타오르는 하늘을 바라보았다.

그는 그 10년을 생각하지 않았다. 그 10년이 오늘 밤의 그에게 남긴 것은 뭐라고 이름 붙일 수 없는, 그저 조용하고 장엄하다고밖에 표현할 수 없는 느낌이었다. 그 느낌은 하나의 총합이었고 그는 그 총합을 이룬 부분들을 다시 열거할 필요가 없었다. 하지만 굳이 떠올리지 않아도 그 부분들은 느낌 속에 엄연히 존재했다.

- 제철소 연구소 안의 활활 타오르는 화덕 앞에서 보낸 밤들.
- 그의 집 작업실에서 제조법을 빼곡히 적어놓은 종이들을 들여다보다가 실패에 격분해 발기발기 찢어버리던 밤들.
- 그가 뽑은 소수 정예의 젊은 과학자들로 구성된 연구원이 희망 없는 전투를 치를 각오를 한 병사들처럼 그의 지시를 기다리던 날들. 그들은 아무리 머리를 쥐어짜도 방법을 찾지 못했지만 기꺼이 그를 돕고자 했다. 그러나 침묵 속에서 그들이 차마 하지 못한 "리어든 씨, 불가능한 일입니다"라는 말이 허공에서 맴돌았다.
- 식사 중에 별안간 새로운 아이디어가 떠올라 그 아이디어를 바로 시도해보기 위해 자리를 박차고 뛰어나간 일들. 하지만 몇 개월 간의 실험 끝에 그것 역시 실

패로 끝나고…….

- 회의나 계약 체결 중에, 국내 최고의 제철소를 운영하는 경영자의 업무를 수행하는 중에 밀회라도 즐기듯 죄책감을 느끼며 잠깐씩 연구 생각을 하던 순간들.
- 10년 동안 그의 마음속에 확고하게 자리했던 한 가지 생각. 그는 무엇을 하든, 무엇을 보든 그 생각의 지배를 받았다. 그는 도시의 건물이나 철도의 선로, 멀리 있는 농장의 창문 불빛, 연회에서 과일을 자르는 아름다운 여인의 손에 들린 칼을 볼 때면 강철을 능가하는 금속 합금, 강철이 철을 대체했듯이 강철을 대체할 금속만을 생각했다.
- 희망이나 실패한 샘플을 버릴 때마다 자신이 지쳤다는 것을 알지 못하게 하고, 뭔가를 느낄 시간을 주지 않으면서 이 정도로는 안 된다고, 만족스럽지 못하다고 스스로를 채찍질하며 꼭 해낼 수 있다는 신념으로 계속 앞으로 나아간 자학적인 노력들.
- 결국 꿈이 이루어지고 그 결실이 리어든 금속이라고 불리게 된 날.
- 그것들이 백열 상태로 그의 안에서 융합되어 만들어진 합금은 기묘하고 조용한 감정이었다. 그를 캄캄한 시골길에서 미소짓게 만들고 어째서 행복이 아플 수 있는지 의아해하게 만드는 감정이었다.

잠시 후 그는 자신이 과거를 회상하고 있음을 깨달았다. 마치 과거의 특정한 날들이 다시 그의 앞에 펼쳐진 듯했다. 그는 그날들을 보고 싶지 않았다. 그는 추억에 잠기는 것을 무의미한 탐닉으로 여기며 경멸했다. 하지만 오늘 밤 과거를 기억하는 것은 주머니 속 금속을 축하하는 행위임을 깨닫고 굳이 그날들을 외면하지 않았다.

과거의 어느 날, 그는 땀 한 줄기가 관자놀이에서 목으로 흘러내리는 것을 느끼며 광산 바위에 서 있었다. 그때 그는 열네 살이었고, 미네소타 철광에서 처음 일하게 된 날이었다. 그는 가슴이 타들어가는 고통을 견디며 숨을 쉬기 위해 애썼다. 그는 지치지 않으리라 굳게 결심한 터라 나약한 자신을 나무랐다. 잠시 후 그는 고통은 작업을 중단할 타당한 이유가 되지 못한다는 결론을 내리고 다시 일을 시작했다.

어느 날 그는 자신의 사무실 창가에 서서 광산을 바라보았다. 그날 아침 광산은 그의 소유가 되었다. 그는 서른 살이었다. 고통이 문제가 되지 않았던 것처럼 그동안 겪은 일들은 아무 문제가 되지 않았다. 그는 광산에서, 주물공장에서, 북부의 제철소에서 일하며 자신의 목표를 향해 나아갔다. 그 당시의 기억이 하나 남아 있다면 주위에서 일하는 사람들이 자신이 무엇을 하고 있는지도 모르는 채 살아가는 듯한 인상을 준 것이었다. 하지만 그는 자신이 무엇을 하고 있는지 잘 알고 있었다. 그는 왜 그토록 많은 광산이 문을 닫는지 의아했던 기억도 떠올랐다. 이 광산 역시 문을 닫으려는 것을 그가 인수한 것이다. 그는 멀리 있는 바위 턱을 바라보았다. 길 끝에 있는 문에 인부들이 새 간판을 걸고 있었다. '리어든 철광.'

어느 날 밤, 그는 사무실 책상에 힘없이 엎드려 있었다. 늦은 시각이라 직원들이 모두 퇴근해 그는 사람들 눈에 띄지 않고 혼자 있을 수 있었다. 그는 녹초 상태였다. 마치 몇 년 동안 자신의 몸을 상대로 경주를 벌여온 듯했고, 그동안 외면해온 누적된 피로가 한꺼번에 밀려와 그를 책상 위에 쓰러뜨린 듯했다. 그는 움직이고 싶지 않은 욕구 이외에는 아무것도 느낄 수 없었다. 무언가를 느낄 힘조차 남아 있지 않았다. 고통스러워할 힘조차 없었다. 너무 많은 일을 시작하고, 너무 많은 힘을 분출해 이제 힘이 완전히 고갈되어버린 것이다. 그는 다시는 일어설 수 없을 것만 같은 지금의 자신에게 필요한 힘을 줄 수 있는 사람이 있을까 생각했다. 그는 자신이 첫걸음을 떼고 계속 앞으로 나아갈 수 있게 했던 존재가 누구였는지 스스로에게 물었다. 그러고는 고개를 들었다. 그는 사력을 다해 천천히 몸을 일으켜 똑바로 앉았다. 그는 한 손으로 책상을 짚고 떨리는 팔로 몸을 지탱했다. 그리고 다시는 그 질문을 하지 않았다.

어느 날 그는 언덕 위에 서서 한때 철강공장이었으나 이제는 음울한 폐건물만 남아 있는 황무지 같은 땅을 바라보았다. 그는 지난밤 그 공장을 매입했다. 바람이 거세게 불고 구름 사이를 비집고 잿빛 햇살이 한 줄기 비치고 있었다. 그 햇살 속에서 거대한 크레인들에 피처럼 엉겨 붙은 적갈색 녹과 빈 창틀만 남은 벽들 발치의 깨진 유리 조각 더미 사이로 무성하게 자란, 배부른 식인종 같은 밝은 초록빛 잡초들이 보였다. 멀리 정문에 모여 있는 남자들의 검은 형체도 보였다. 그들은 한때 번영을 누리던 도시의 쓰러져가는 판잣집에 사는 실직자들이었다. 그들은 그가 정문 앞에 세워놓은 반짝이는 고급 승용차를 조용히 바라보며 언덕 위에 서 있는 사람이 소문으로 듣던 그 행크 리어든인지, 또 공장이 다시 문을 여는 것이 사실인지 궁금해하고 있었다. 어느 신문에는 "펜실베이니아 제강산업은 분명 하강기에 들어섰으며 전문가들은 헨리 리어든의 제강업에 대한 모험적 투자가 성공 가망이 없다는 데 의견을 같이하고 있다. 세상을 떠들썩하게 한 성공의 주인공 헨리 리어든, 이제 곧 그의 종말이 세상을 떠들썩하게 만들지도 모른다"라는 글이 실리기도 했다.

그게 10년 전이었다. 오늘 밤 그의 얼굴을 때리는 찬바람은 그날의 바람 같았다. 그는 뒤를 돌아보았다. 하늘에서 숨쉬는 제철소의 붉은빛이 마치 일출처럼 활력을 주었다.

그에게 그런 날들은 정거장과도 같았다. 급행열차가 쉬었다 가는 정거장. 그 사이사이의 나날들은 속도가 이룬 줄무늬처럼 흐릿해져서 분명하게 기억이 나지 않았다.

그는 그동안 아무리 긴장과 고뇌에 시달렸어도 보람이 있었다고 생각했다. 그 덕에 오늘에 이를 수 있었으며, 첫 주문을 받은 리어든 금속이 오늘 태거트 대륙횡단철도 선로로 만들어지기 위해 용광로를 거쳐 주조틀에 부어졌으니까.

그는 처음 나온 금속으로 만든 주머니 속 팔찌를 만졌다. 아내에게 선물할 생각이었다.

그는 팔찌를 만지며 그 '아내'는 자신과 결혼한 여자가 아니라 추상적 개념의 아내임을 깨달았다. 팔찌를 만들지 말 걸 그랬다는 후회가 날카로운 비수처럼 가슴에 꽂혔고, 다음 순간 그런 후회를 한 것에 대한 자책감이 밀려들었다.

그는 고개를 저었다. 지금은 해묵은 의구심에 빠져들 때가 아니었다. 그 누구의 어떤 잘못도 용서할 수 있을 것 같았다. 행복은 마음을 정화시키는 특효약이니까. 그는 오늘 밤 살아 있는 모든 존재가 자신의 행운을 빌어줄 것이라고 확신했다. 그는 누군가를 만나고 싶었다. 처음 만나는 낯선 사람 앞에서 아무 경계심 없이 솔직하게 말하고 싶었다. "나를 보시오." 그가 늘 그랬듯이 다른 사람들도 기쁨의 광경에 굶주려 있을 터였다. 다른 사람들도 도무지 이해할 수 없고 불필요하게만 보이는 잿빛 고통의 짐에서 잠시나마 해방되기를 갈구하고 있을 터였다. 그는 사람들이 왜 불행해야만 하는지 이해할 수 없었다.

캄캄한 길이 언덕 꼭대기를 향해 완만하게 경사져 있었다. 그는 걸음을 멈추고 돌아섰다. 제철소 위의 붉은빛은 저 멀리 서쪽 하늘에서 가느다란 띠 모양을 이루고 있었다. 그 위의 검은 하늘에서 수 킬로미터의 거리 때문에 작아진 네온사인 글씨가 반짝이고 있었다. '리어든 철강.'

그는 판사석 앞에 서 있는 것처럼 똑바로 섰다. 오늘 밤 다른 지역에서 다른 네온사인들이 어둠 속에서 반짝이고 있을 터였다. '리어든 철광', '리어든 석탄', '리어든 석회.' 그는 지난 세월을 생각했다. 그리고 그 세월 위에 네온사인 하나를 더 밝히고 싶었다. '리어든 인생'이라고.

그는 돌아서서 걷기 시작했다. 집에 가까워질수록 걸음이 느려지고 왠지 김이 빠지는 듯한 기분이 들었다. 집에 들어가기 싫은 생각이 슬그머니 고개를 들었지만 애써 억눌렀다. '아니, 오늘 밤은 다를 거야. 오늘 밤만은 이해해 줄 거야.' 하지만 그는 가족들에게 무엇을 이해받고 싶은 것인지 알지 못했다. 그 자신도 그것을 분명히 정의한 적이 없었다.

거실 창문에서 불빛이 새어 나왔다. 언덕 위의 집은 거대한 흰 몸처럼 그의 앞에 솟아 있었다. 집의 장식이라고는 마지못해 세운 반(半)식민지풍 기둥 몇 개뿐이라 벌거벗은 듯한 인상을 풍겼지만 굳이 노출할 가치도 없는 생기 없는 모습이었다.

그는 거실로 들어서며 아내가 자신을 보았는지 확신하지 못했다. 아내는 벽난로 옆에 앉아 이야기하고 있었는데, 굴곡진 팔을 움직여 자신의 말을 우아하게 강조했다. 그녀의 말이 잠깐 끊기자 그는 아내가 자신을 본 모양이라고 생각했지만 그녀는 시선을 돌리지 않고 다시 매끄럽게 말을 이어갔다.

"……문화인은 소위 물질적 독창성이란 것에는 싫증을 느낀다는 거예요. 그래서 배관을 보고 흥분하지 않는 거죠."

그러더니 그녀가 고개를 돌려 긴 거실 건너편 어둠 속의 리어든을 보고 양팔을 백조 모가지처럼 우아하게 벌렸다. 그녀가 밝고 즐거운 목소리로 말했다.

"어머나, 여보. 퇴근하기엔 너무 이른 시각 아닌가요? 쇠똥을 치우거나 용광로 바람구멍을 닦아야 하잖아요?"

리어든의 어머니, 동생 필립, 그들의 오랜 친구 폴 라킨이 모두 그에게로 고개를 돌렸다.

"미안하오. 늦은 거 알고 있소." 리어든이 대답했다.

"미안하다는 말은 하지 마라. 미리 전화를 해줄 수도 있었잖아." 어머니가 말했다.

리어든은 어머니를 바라보며 기억을 더듬었다.

"오늘 저녁식사 함께하기로 했잖아."

"아, 맞아요. 그랬지요. 죄송해요. 하지만 오늘 쇳물을 붓는 날이라……."

그는 거기서 말을 끊었다. 오늘 집에 와서 하고 싶었던 말을 할 수 없게 만든 것이 무엇인지 그는 알지 못했다. 그는 이렇게만 덧붙였다.

"왜 그랬냐 하면…… 깜빡 잊었어요."

"어머니 말씀이 바로 그거잖아." 필립이 나섰다.

"오, 그이에게 적응할 시간을 주세요. 아직 정신은 제철소에 있거든요." 리어든의 아내가 쾌활하게 말했다.

"헨리, 외투나 벗어요."

폴 라킨은 소심한 개의 충성 어린 시선으로 리어든을 바라보았다.

"어이, 폴. 언제 왔나?" 리어든이 물었다.

"아, 뉴욕에서 5시 35분에. 잠깐 들렀어."

라킨은 리어든이 관심을 보여준 것이 고마워 미소를 보냈다.

"무슨 문제라도 있어?"

"요즘 문제없는 사람이 어디 있겠나?"

그의 발언이 단순히 철학적인 것임을 나타내듯 라킨의 미소가 순종적으로 변했다.

"하지만 이번엔 특별한 문제는 없네. 그냥 얼굴이나 보려고 왔지."

리어든의 아내가 웃으며 말했다. "폴, 그이를 실망시켰네요." 그러고는 리어든을 향해 말을 이었다. "헨리, 그건 열등감에 의한 콤플렉스인가요, 아니면 우월감인가요? 당신을 위해 당신을 만나고 싶어하는 사람은 없다고 믿는 건가요? 아니면 당신 도움 없이는 아무도 잘살 수 없다고 믿는 건가요?"

리어든은 화를 내며 반박하고 싶었지만 그의 아내는 농담이었다는 듯 미소를 보냈다. 그는 그런 말장난에는 소질이 없었으므로 아예 대꾸하지 않았다. 그는 자신이 도무지 이해할 수 없었던 일들에 대해 생각하며 아내를 바라보았다.

릴리언 리어든은 대체로 미인 축에 속했다. 그녀는 키가 크고 몸매가 우아했다. 그녀가 즐겨 입는 엠파이어 스타일(프랑스 나폴레옹 1세 시대 여성들의 의상 스타일—옮긴이)의 하이웨이스트 드레스가 아주 잘 어울렸다. 그녀의 아름다운 옆얼굴은 나폴레옹 시대 카메오에 새겨진 얼굴 모습 그대로였다. 그 순수하고 당당한 얼굴선과 고전적인 단순한 스타일의 윤기 흐르는 연갈색 곱슬머리는 황후에게 어울리는 위엄 있는 아름다움을 자아냈다. 하지만 그녀가 정면으로 고개를 돌리면 사람들은 실망감에 약간의 충격에 빠졌다. 그녀의 얼굴은 아름답지 않았다. 눈이 문제였다. 그녀의 눈은 회색도, 갈색도 아닌 어중간한 엷은 색이었고 생기 없이 무표정했다. 리어든은 아내가 그토록 자주 즐거워하면서도 얼굴에는 도무지 쾌활함이 없는 것이 늘 놀라웠다.

"여보, 우리 처음 만난 사이는 아니죠." 그가 말없이 뚫어지게 바라보자 그녀가 비아냥거렸다. "당신은 확신을 못 하는 것 같지만 말이에요."

"헨리, 저녁은 먹었니?" 그의 어머니가 물었다.

아들이 굶은 것이 자신에 대한 모욕이기라도 한 것처럼 책망 어린 초조한 목소리였다.

"네…… 아니요……. 배가 안 고파서요."

"그럼 저녁을 차리라고 해야……."

"아니에요, 어머니. 괜찮아요."

"넌 늘 그게 문제야. 너에게는 잘 해주려고 해봐야 아무 소용이 없어. 고마운 줄도 모르니까. 널 제대로 먹이기가 왜 이리 힘든지."

어머니는 아들을 보지 않고 허공을 향해 탄식했다.

"형은 일을 너무 열심히 해. 건강에 안 좋아." 필립이 말했다.

"난 일이 좋아." 리어든이 웃으며 대꾸했다.

"그건 자기 최면이지. 그것도 하나의 노이로제라고. 사람이 스스로 일에 파묻히는 건 무언가로부터 도망치기 위해서야. 형도 취미를 가져야 해."

"필립, 제발!"

리어든은 짜증스럽게 말하고는 이내 후회했다.

필립은 늘 건강이 좋지 않았지만 의사들은 그의 호리호리하고 매가리 없는 몸에서 별다른 이상을 찾아내지 못했다. 그는 이제 서른여덟 살이었지만 만성피로 때문에 형보다 늙은 듯한 인상을 주었다.

"형도 즐기는 법을 배워야 해. 그렇지 않으면 둔감하고 편협해져. 융통성 없는 사람이 된다고. 형은 그 좁고 답답한 껍질을 깨고 나와 넓은 세상을 봐야 해. 형도 그렇게 인생을 그냥 흘려보내고 싶진 않을 거야."

리어든은 분노와 싸우며 필립이 형을 걱정해서 하는 말이라고 자신을 달랬다. 그러므로 분노를 느끼는 것은 온당치 못했다. 가족들은 그가 진심으로 걱정되어 마음을 써주는 것이었다. 하지만 그는 가족들이 그런 식으로 마음을 써주는 것이 그리 달갑지 않았다.

"필립, 오늘 난 아주 즐거운 시간을 보냈어."

리어든은 미소를 지으며 대답했다. 그는 필립이 무슨 일이 있었는지 물어주지 않는 게 의아했다.

그는 한 사람이라도 그걸 물어주길 바랐다. 그는 현실에 집중하기 어려웠다. 쇳물이 흐르는 광경이 아직도 눈에 선해 마음은 온통 그곳에 가 있었다.

"네가 사과를 했다면 좋았을 텐데. 하기야 그걸 기대하는 내가 잘못인지도 모르지."

어머니의 목소리에 리어든은 고개를 돌렸다. 어머니가 약자의 기나긴 인내를 나타내는 상처받은 눈길로 그를 바라보고 있었다.

"비첨 부인이 저녁 먹으러 왔었다." 어머니가 책망하듯 말했다.

"뭐라고요?"

"비첨 부인. 내 친구 비첨 부인."

"네?"

"너한테 비첨 부인 이야기를 했어. 그것도 숱하게. 넌 내가 한 말은 도무지 기억을 하지 못하는구나. 비첨 부인이 너를 몹시 만나고 싶어했는데 저녁만 먹고 그냥 갔어. 바쁜 사람이라 널 기다릴 시간이 없었거든. 비첨 부인은 교구 학교에서 우리가 얼마나 멋진 일들을 하고 있는지 너에게 꼭 말해주고 싶어했어. 금속공예 수업과 빈민가 아이들이 고사리 같은 손으로 만든 멋진 연철 문손잡이에 대해서도 이야기해주고 싶어했지."

리어든은 어머니에 대한 배려심을 총동원해 억지로 침착하게 대꾸했다.

"어머니, 실망시켜 드렸다면 죄송해요."

"말로만 죄송하다지. 넌 마음만 먹었다면 일찍 올 수 있었어. 하지만 넌 늘 자기밖에 모르지. 넌 가족들에겐 관심도 없어. 우리가 하는 일에는 신경도 안 쓴다고. 돈만 벌어다주면 된다고 생각하지, 그렇지? 돈! 넌 그저 돈밖에 몰라. 네가 우리에게 주는 건 돈뿐이지. 우리에게 시간을 내준 적이 있니?"

리어든은 어머니가 아들 얼굴을 더 많이 보고 싶어서 그러는 거라면 그건 아들에 대한 애정 때문이고, 그렇다면 지금 자신이 혐오감이라는 무겁고 음울한 기분을 느끼는 것은 온당치 못하다고 생각했다. 그는 목소리에서 혐오감이 드러날까 봐 아무 말도 하지 못하고 있었다.

어머니가 책망 반 애원 반의 목소리로 말했다. "넌 신경도 안 쓰지. 오늘 릴리언이 아주 중요한 결정을 내려야 해서 너와 의논하고 싶어했지만 내가 릴리언한테 말했다. 너와 의논해봐야 아무 소용 없다고."

"오, 어머니, 그건 중요한 일이 아니에요! 헨리한테는요." 릴리언이 말했다.

리어든은 아내에게로 고개를 돌렸다. 그는 자신에게는 도무지 현실이 될 수 없는 비현실 속에 갇힌 듯 아직 트렌치코트도 벗지 않은 채 거실 한가운데 서 있었다.

"전혀 중요하지 않아요." 릴리언이 쾌활하게 말했다.

리어든은 그게 유감스러워하는 목소리인지 아니면 자랑

인지 알 수 없었다.

"사업적인 게 아니니까요. 완전히 비상업적인 일이니까요."

"무슨 일이오?"

"파티를 열려고요."

"파티?"

"오, 놀란 얼굴 하지 말아요. 내일 밤에 열 건 아니니까. 당신이 대단히 바쁜 사람이라는 거 잘 알아요. 하지만 석 달 후에 열 거고, 아주 성대하고 아주 특별한 파티를 만들고 싶으니까 그날 밤 미네소타나 콜로라도, 캘리포니아가 아닌 이곳에 있을 거라고 약속해줄 수 있어요?"

그녀는 너무나도 가벼우면서 동시에 너무나 단호하게 말하고는 묘한 태도로 그를 바라보았다. 그녀의 미소는 순진함을 지나치게 강조하면서 트럼프 카드 같은 것이 숨겨져 있음을 암시했다.

"석 달 후라고? 하지만 당신도 알다시피 난 언제 급한 일이 생겨 출장을 떠날지 모르는 몸이오." 리어든이 말했다.

"오, 알아요! 하지만 미리 공식적인 약속을 잡으면 안 될까요? 철도회사 간부나 자동차 제조업자, 고물(고철 말이에요)상과 약속을 잡듯이. 당신은 그런 약속은 철저히 지킨다고 하던데. 물론 파티 날짜는 당신이 편리한 날로 잡겠어요."

고개를 살짝 숙인 채 그를 올려다보고 있는 그녀의 모습에서 여성적인 매력이 풍겼다. 그녀가 좀 지나칠 정도로 가벼우면서 지나칠 정도로 조심스럽게 물었다.

"내가 마음에 둔 날짜는 12월 10일인데, 9일이나 11일이 좋겠어요?"

"내겐 다 똑같소."

"헨리, 12월 10일은 우리 결혼기념일이에요." 릴리언이 부드럽게 말했다.

거실 안에 있던 사람들이 일제히 리어든의 얼굴을 쳐다보았다. 그들은 그의 죄책감 어린 표정을 기대했으나 그들이 본 것은 재미있어하는 엷은 미소였다. 리어든은 아내가 일부러 덫을 놓은 것일 리는 없다고 생각했다. 그게 덫이라면 그가 자신의 건망증에 대한 비난을 받아들이지 않고 아내를 달래주지 않는 것으로 그 덫에서 쉽게 빠져나갈 수 있다는 것을, 아내의 유일한 무기는 그의 애정이라는 것을 아내도 알기 때문이었다. 리어든은 아내가 남편의 애정을 시험하고 자신의 애정을 고백하는 간접적인 시도를 한 것이라고 생각했다. 파티는 그가 아닌 그녀의 축하방식이었다. 그에게 파티 같은 것은 아무 의미도 없었지만 그녀에게는 남편과 결혼생활에 바치는 최고의 찬사 같은 것이었다. 리어든은 아내와 가치관도 다르고 아내에게서 찬사를 받고 싶은 마음이 아직 남아 있는지 확신도 없었다. 하지만 그래도 아내의 뜻을 존중해주어야 한다고 생각했다. 아내가 자비를 베풀어달라고 매달리고 있으니 그녀에게 져주어야겠다고 생각했다.

리어든은 아내의 승리를 인정하는 솔직하고 분노 없는 미소를 지으며 조용히 말했다.

"좋소, 릴리언. 12월 10일 밤에 이곳에 있겠다고 약속하겠소."

"고마워요, 여보."

그녀의 미소는 폐쇄적이고 모호했다. 리어든은 자신의 태도가 모두를 실망시킨 것 같은 기분이 드는 까닭이 무엇인지 의아했다.

그는 아내가 자신을 신뢰한다면, 아직 자신에 대한 아내의 애정이 식지 않았다면 아내의 신뢰에 부응하리라 생각했다. 그는 그 말을 해야만 했다. 말은 마음을 집중시키는 렌즈와도 같았고 오늘 밤 그는 다른 것을 위해 말을 이용할 수가 없었다.

"릴리언, 늦어서 미안하오. 오늘 밤 제철소에서 리어든 금속의 첫 작품이 만들어졌소."

잠시 침묵이 흘렀다. 필립이 가장 먼저 입을 열었다.

"그거, 잘 됐군."

다른 사람들은 아무 말도 없었다.

리어든은 주머니에 손을 넣었다. 팔찌에 손이 닿자 그

존재감이 다른 모든 것을 밀어냈다. 그는 쇳물이 허공으로 분출될 때의 기분을 느꼈다.

"릴리언, 당신에게 줄 선물이 있소."

리어든은 조그만 금속 사슬을 아내의 무릎에 떨어뜨릴 때 자신이 똑바로 서서 전쟁에서 돌아온 십자군 전사가 사랑하는 여인에게 전리품을 바치는 동작을 취하고 있는 것을 알지 못했다.

릴리언 리어든은 팔찌를 두 손가락 끝에 걸고 불빛을 향해 들어올렸다. 고리들은 무겁고 조잡했으며 불빛에 비친 금속은 묘한 초록빛이 감도는 푸른빛을 띠고 있었다.

"이게 뭐죠?" 릴리언이 물었다.

"첫 주문을 받아 제작한 리어든 금속으로 처음 만든 것이오."

"그러니까 철도 레일만큼 귀중한 것이란 뜻인가요?" 릴리언이 말했다.

리어든은 멍하니 그녀를 바라보았다.

릴리언은 불빛을 받아 반짝이는 팔찌를 흔들어 짤랑거리는 소리를 냈다.

"헨리, 경이 그 자체예요! 이 독창성이란! 난 뉴욕을 떠들썩하게 만들 거예요. 다리 들보, 트럭 모터, 부엌 스토브, 타자기, 그리고 여보, 지난번에 당신이 뭐라고 했죠? 그래, 수프 냄비와 같은 재료로 만든 장신구를 하고 다니면요."

"맙소사, 형. 자부심이 지나쳐!" 필립이 말했다.

"저이는 감상주의자예요. 남자들은 다 그렇죠. 여보, 그래도 난 고마워요. 이건 선물이 아니라 마음이니까." 릴리언이 웃으며 말했다.

리어든의 어머니가 나섰다. "그 마음은 지독한 이기심이지. 다른 남자라면 아내에게 선물을 주고 싶으면 다이아몬드 팔찌를 가지고 올 거야. 자신이 아니라 **아내의** 기쁨을 생각할 테니까. 하지만 헨리는 자기가 새로운 쇠를 만들어냈다고 그게 모든 사람에게 다이아몬드보다 귀한 물건이 되어야만 한다고 생각하지. 자기가 그걸 만들었다는 이유만으로 말이야. 헨리는 다섯 살 때부터 그랬어. 세상에서 가장 우쭐대는 녀석이었지. 난 그때부터 헨리가 세상에서 제일 이기적인 인간이 될 줄 알고 있었어."

그러자 릴리언이 말했다. "아니에요, 예뻐요. 매력적이고요."

릴리언은 팔찌를 탁자에 놓고 일어나 리어든의 어깨에 양손을 얹고 발꿈치를 들어 그의 뺨에 키스했다.

"고마워요, 여보."

리어든은 움직이지 않았다. 그녀를 향해 고개를 숙이지도 않았다.

잠시 후 그는 돌아서서 코트를 벗고 다른 사람들과 떨어져 불가에 앉았다. 극도의 피로감밖에 느껴지지 않았다.

그는 식구들의 대화를 귀담아듣지 않았다. 릴리언이 그의 역성을 들며 어머니와 입씨름하는 소리가 어렴풋이 들렸다.

그의 어머니가 말했다. "내 아들에 대해선 내가 너보다 잘 알아. 행크 리어든은 사람이건 짐승이건 잡초건 자신이나 일과 관련이 없으면 관심을 갖질 않아. 오직 자신과 일만 생각하지. 어릴 때부터 겸손을 가르치려고 갖은 애를 썼지만 결국 실패하고 말았어."

리어든은 어머니가 원하는 곳에서 원하는 삶을 살 수 있도록 얼마든지 돈을 대주겠다고 했지만 어머니는 그와 함께 살겠다고 고집했다. 그래서 그는 자신의 성공이 어머니에게 의미가 있는 모양이라고 생각했다. 만일 그렇다면 그것이 모자간의 유대라고 할 수 있었고 그와 어머니 사이의 유대는 그것뿐인 듯했다. 어머니가 성공한 아들의 집에서 한자리를 차지하고 싶다면 그는 그것을 거부하지 않을 작정이었다.

"어머니, 형을 성자로 만들고 싶어하는 건 부질없는 짓이에요. 형은 애초에 그럴 재목이 못 돼요." 필립이 말했다.

"어머, 그건 아니죠! 그 말은 틀렸어요! 헨리는 성자의 자질을 다 갖췄어요. 그게 문제죠." 릴리언이었다.

'저들은 내게 무엇을 원하는 걸까? 무엇을 찾는 걸까?'

리어든은 그런 생각이 들었다. 그는 가족들에게 아무것도 요구한 적이 없었다. 하지만 가족들은 그를 소유하려 하고 그에 대한 권리를 요구했다. 그 요구는 애정의 탈을 쓰고 있었지만 그에게는 그 어떤 증오보다 견디기 힘든 것이었다. 그는 노력 없이 얻은 부를 경멸하듯이 이유 없는 애정을 경멸했다. 가족들은 어떤 알 수 없는 이유로 그를 사랑한다고 공언하면서도 그가 사랑받을 수 있는 이유가 되길 원하는 것들은 모두 무시해버렸다. 그는 가족들이 그런 식으로 자신에게서 어떤 반응을 얻을 수 있을 것인지 알 수 없었다. 그들이 원하는 것이 그의 반응이라면 말이다. 그들이 원하는 것은 그의 반응이었다. 그것이 아니라면 왜 그의 무관심에 대해 끝없이 불평하고 비난을 해대겠는가? 마치 상처받기를 기다리고 있는 것처럼 고질적인 의심을 품고 있는 이유가 무엇이겠는가? 그는 그들에게 상처를 주고 싶은 적이 단 한 번도 없었지만 그들은 늘 방어적이고 책망 어린 태도로 그에게서 상처받기를 기대했다. 그들은 그가 무슨 말을 하건 상처를 받는 듯했다. 그의 말이나 행동이 문제가 아니라 마치…… 마치 그의 존재 자체에 상처를 받는 듯했다. '말도 안 되는 상상은 그만두자.' 그는 냉철한 정의감으로 엄격하게 그 수수께끼에 맞서려고 애썼다. 그는 그들을 이해하지 못한 채 무작정 비난할 수는 없었다.

'나는 가족들을 좋아하는가? 아니다. 그들을 좋아하기를 원했던 때도 있었지만 그것은 좋아하는 것과는 다르다. 인간에 대한 기대가 있었을 때는 그것을 원했다. 하지만 이제는 가족들에게 아무 감정도 없다. 그저 무정하리만큼 철저한 무관심밖에 남아 있지 않고 상실감 같은 것조차 느끼지 않는다. 내 삶의 일부가 되어줄 존재가 필요한가? 과거에 내가 느끼고 싶어했던 그 감정이 아쉬운가? 아니다. 그것이 아쉬웠던 적이 있는가? 그렇다. 젊은 시절에는 그랬다. 하지만 지금은 아니다.'

그는 피로감이 커져갔고 그것이 지루함임을 깨달았다. 하지만 가족들에게 지루함을 드러낼 수는 없었기에 꼼짝도 하지 않고 앉아서 육체적인 고통이 되어가고 있는 지독한 졸음과 맞서 싸웠다.

눈이 감기려는 순간 부드럽고 촉촉한 손가락 두 개가 손에 닿는 것이 느껴졌다. 폴 라킨이 둘만의 대화를 나누기 위해 그의 옆으로 의자를 끌고 와 앉아 그에게로 몸을 기울이고 있었다.

"행크, 업계에서 뭐라고 하든 난 상관하지 않네. 자넨 리어든 금속이라는 위대한 제품을 만들어냈고, 그걸로 큰돈을 벌게 될 거야. 자네가 손대는 건 모두 그랬던 것처럼."

"그래, 그럴 거야." 리어든이 대답했다.

"난 다만…… 다만, 자네가 곤경에 빠지지 않았으면 좋겠네."

"곤경이라니?"

"글쎄, 모르지……. 요즘 세상 돌아가는 게…… 그런 사람들이 있잖나, 왜……. 우리가 어떻게 알겠나?…… 무슨 일이든 벌어질 수 있고……."

"무슨 곤경?"

라킨은 구부정하게 앉아서 애원하는 듯한 온화한 시선으로 리어든을 올려다보았다. 그의 땅딸막한 몸은 늘 불완전하고 위태롭게 보여서 살짝 손만 닿아도 숨어 들어갈 껍질이 필요할 것만 같았다. 그리고 그의 동경 어린 눈과 호소하는 듯한 무기력한 미소가 그 껍질 역할을 하고 있었다. 그 미소는 불가해한 우주에 자신을 내맡긴 소년의 미소처럼 상대를 무장해제시켰다. 하지만 그는 쉰세 살이었다.

"행크, 자넨 홍보가 잘 되고 있다고 볼 수 없네. 자넨 늘 언론의 비판을 받지." 라킨이 말했다.

"그래서?"

"행크, 자넨 인기가 없네."

"내 고객들에게선 불평을 들어본 적이 없네."

"내 말은 그게 아닐세. 대중에게 **자네**를 잘 팔 수 있는 유능한 홍보 전문가를 두게."

"뭐하러? 난 쇠만 팔면 되네."

"하지만 대중을 적으로 만들고 싶진 않을 것 아닌가. 여론의 힘은 무시할 수 없어."

"대중이 날 미워한다고는 생각하지 않네. 대중이 날 좋아하든 미워하든 중요하지도 않고."

"신문들이 자넬 공격하고 있어."

"그들은 낭비할 시간이 있지. 난 없고."

"행크, 난 그게 마음에 걸리고 걱정스러워."

"뭐가?"

"자네에 대한 기사들."

"내용이 뭔데?"

"자네도 알잖나. 자넨 고집쟁이다. 무자비하다. 제철소 운영에 다른 사람은 의견조차 못 내게 한다. 자네의 유일한 목표는 쇠를 만들어 돈을 버는 것이다."

"그게 내 유일한 목표 **맞네**."

"하지만 그렇게 말하면 안 되지."

"왜? 그럼 어떻게 말해야 되는데?"

"아, 나도 모르겠네……. 하지만 자네 제철소는……."

"그래, **내** 제철소지, 안 그런가?"

"그렇긴 하지만…… 그걸 사람들에게 지나치게 그리고 요란하게 강조해선 안 된다네……. 요즘 세상이 어떤지 자네도 알잖나……. 사람들이 자네 태도를 반사회적이라 여기고 있어."

"사람들이 뭐라고 생각하든 관심 없네."

폴 라킨은 한숨을 내쉬었다.

"폴, 왜 그러나? 무슨 말을 하고 싶은 건가?"

"아니…… 특별히 하고 싶은 말은 없네. 다만, 요즘 같은 때 무슨 일이 생길지 아무도 모르니…… 몸을 사려야 하지……."

리어든은 껄껄 웃었다.

"지금 나를 걱정해주려고 애쓰는 건 아니지, 응?"

"행크, 친구니까 해주는 말이네. 친구니까. 내가 자넬 얼마나 높이 평가하는지 알잖나."

폴 라킨은 평생 운이 따르지 않았다. 그가 손대는 일치고 잘 된 것이 하나도 없었다. 완전한 실패도, 성공도 없었다. 그는 사업가였지만 어느 한 가지 사업에서 오래 버티지를 못했다. 현재 그는 광산장비를 만드는 소규모 공장을 운영하느라 고전하고 있었다.

그는 몇 해 동안 리어든에게 경외에 찬 감탄을 보내며 매달렸다. 그는 조언을 구하거나 가끔 돈을 빌리러 왔다. 그러나 자주는 아니었고 빌리는 돈도 큰 액수는 아니었다. 항상 기한을 지킨 것은 아니지만 꼬박꼬박 돈을 갚았다. 허약한 사람이 야만스러울 정도로 활기가 넘쳐흐르는 사람에게서 기를 받듯 그도 리어든과 친구 관계를 유지하며 힘을 얻는 듯했다.

리어든은 라킨의 애쓰는 모습에서 마치 개미가 성냥개

비를 옮기기 위해 사투를 벌이는 광경을 지켜보는 듯한 기분을 느꼈다. 자신에게는 쉽기만 한 일이 라킨에게는 너무나 어려운 듯했다. 그래서 그는 시간만 되면 언제든 라킨의 고민을 들어주고 조언도 해주며 적절하고 지속적인 관심을 보여주었다.

"행크, 난 자네 친구야."

리어든은 그것을 왜 강조하는지 묻는 듯한 시선을 보냈다.

라킨은 뭔가를 고민하는 듯 시선을 피했다. 그러다 잠시 후 조심스럽게 물었다.

"자네가 워싱턴에 심어놓은 사람은 어떤가?"

"괜찮겠지."

"잘 확인해보게. 중요한 문제니까."

라킨은 리어든을 올려다보며 괴로운 도덕적 의무라도 내려놓듯 재차 강조해서 말했다.

"행크, 아주 중요한 문제야."

"그렇지."

"사실은 자네한테 그 말을 해주러 온 걸세."

"그럴 만한 특별한 이유라도 있나?"

라킨은 잠시 고민하다가 이미 의무에서 벗어났다는 결정을 내렸다.

"아니." 그가 대답했다.

리어든은 그런 이야기를 싫어했다. 그는 의회에 자신의 방패막이가 되어줄 사람이 있어야 한다는 것을 알고 있었다. 사업가들은 다들 의회에 자기 사람이 있었다. 하지만 그는 그런 쪽에는 크게 관심을 기울이지 않았으며 그게 꼭 필요하다는 확신도 없었다. 그 문제에 대해 고려하려고 할 때마다 결벽증과 권태로 이루어진 혐오감이 제동을 걸었다.

"폴, 문제는 그런 일을 맡는 인간들이 죄다 형편없는 저질이란 거지."

그가 엉겁결에 자신의 생각을 입 밖에 냈다.

"인생이 그런 거지." 라킨이 시선을 피하며 대꾸했다.

"도대체 이유를 모르겠어. 자네가 말해주겠나? 세상이 어떻게 된 건지?"

라킨은 슬프게 어깨를 으쓱했다.

"쓸데없는 질문을 왜 하나? 바다는 얼마나 깊은가? 또 하늘은 얼마나 높은가? 존 골트가 누구지?"

"아니, 아니야. 그런 식으로 생각할 이유가 없어." 리어든이 꼿꼿이 앉으며 날카롭게 대꾸했다.

그는 벌떡 일어섰다. 사업 이야기가 나오자 피로가 싹 가셨다. 갑자기 반항심이 고개를 들었고 아까 집으로 걸어올 때 지녔던, 지금은 모종의 방식으로 위협받고 있는 듯한 자신의 인생관을 당당히 주장하고 싶은 충동이 밀려들었다.

그는 다시 힘이 솟는 것을 느끼며 거실 안을 서성거렸다. 그는 가족들을 바라보았다. 그들 모두가 당혹감에 사로잡힌 불행한 아이들 같았다. 어머니까지도. 그들의 어리석음에 분노하는 것은 바보짓이었다. 그 어리석음은 악의가 아닌 무력감에서 나온 것이니까. 오히려 그가 그들을 이해하는 법을 배워야만 했다. 그는 줄 것이 너무나 많고 그들은 결코 그의 즐겁고 무한한 힘을 공유할 수 없으니까.

리어든은 거실 반대편에 서서 그들을 바라보았다. 어머니와 필립이 열성적으로 대화를 나누고 있었다. 아니, 자세히 보니 그들은 열성적인 게 아니라 신경질적이었다. 필립은 낮은 의자에 앉아 배를 쑥 내밀고 어깨뼈에 체중을 싣고 있었는데 보는 이들을 고통스럽게 하기 위해 일부러 그런 비참할 정도로 불편한 자세를 취하고 있는 듯했다.

"필립, 무슨 일이니? 몹시 지쳐 보이는구나." 리어든은 동생에게 다가가며 물었다.

"오늘 힘들었어." 필립이 시무룩하게 대답했다.

"너만 열심히 일하는 건 아니다. 다른 사람들도 문제를 안고 살지. 너처럼 거금이 걸린 거창한 문제는 아닐지라도." 어머니가 말했다.

"그거 잘됐군요. 그러잖아도 필립이 흥미를 붙일 수 있는 일을 찾아야 한다고 생각했는데."

"잘돼? 동생이 건강을 해칠 정도로 고생하는 게 보기 좋다는 거냐? 넌 재미있겠지, 그렇지? 내 그럴 줄 알았다."

"아니에요, 어머니. 도와주고 싶어서 그러는 거예요."

"도와줄 필요 없다. 넌 우리한테 신경 쓸 필요 없어."

리어든은 동생이 무엇을 하고 있는지, 무엇을 하고 싶어 하는지 도통 알 수가 없었다. 대학까지 보내주었지만 필립은 특별히 하고 싶은 일을 정하지 못했다. 리어든의 기준으로는 남자가 직업을 가질 생각을 하지 않는 것은 문제가 있었지만 그는 동생에게 자신의 기준을 강요하지 않았다. 동생이 놀고먹어도 얼마든지 부양할 수 있었다. 그는 동생이 생계에 대한 압박감 없이 느긋하게 직업을 선택할 수 있도록 몇 년을 기다려주었다.

"필립, 오늘 무슨 일을 했니?" 리어든이 참을성 있게 물었다.

"형의 관심을 끌 만한 일이 아니야."

"관심 있어. 그러니까 묻는 거지."

"여기서부터 레딩, 윌밍턴까지 돌아다니며 사람을 스무 명이나 만났어."

"무슨 일로?"

"세계진보친우회 기금을 모으고 있어."

리어든은 필립이 몸담은 수많은 단체를 다 기억할 수도,

그 단체들이 어떤 활동을 하는지 정확히 알 수도 없었다. 그는 지난 6개월 동안 필립이 이 단체에 대해 막연하게 이야기하는 것을 듣긴 했다. 심리학, 민속음악, 협동농장에 대한 무료 강좌를 여는 그런 단체인 듯했다. 리어든은 그런 단체들을 경멸했고 그것들에 대해 자세히 물어볼 이유를 느끼지 못했다.

그는 침묵을 지켰다. 묻지도 않았는데 필립이 설명을 늘어놓았다.

"아주 중요한 프로그램을 위해 1만 달러가 필요한데 그 돈을 마련하기가 순교자 노릇만큼 힘들더군. 사람들이 사회적 양심이라곤 눈곱만큼도 없어. 오늘 만난 거만하고 욕심 많은 부자들을 생각하면…… 그보다 큰돈도 기분 내키는 대로 쓰는 인간들이 단돈 100달러도 내놓지 않더라니까. 100달러만 기부해달라고 사정했는데. 도대체 도덕적 의무감 따윈 없는 인간들이야……. 왜 웃는 거야?"

필립이 날카롭게 물었다. 리어든이 그의 앞에 서서 웃고 있었다.

리어든은 동생의 암시와 모욕이 정말이지 유치하리만큼 뻔뻔스럽고 가망 없을 정도로 서툴다고 생각했다. 모욕으로 응수해서 필립의 코를 납작하게 만드는 것은 너무나 쉬운 일이었다. 하지만 모욕으로 응수하면 동생은 치명상을 입을 게 뻔했다. 그건 진실을 말하는 것이니까. 그래서 차마 입을 열 수가 없었다. 리어든은 이런 생각이 들었다. '저 불쌍한 바보 녀석은 이제 내 처분만 기다릴 수밖에 없다는 것을, 자기가 상처받을 짓을 했다는 것을 알고 있다. 그러므로 녀석에게 굳이 모욕을 줄 필요도 없다. 그냥 가만히 있는 것이 최선의 대응이며 녀석도 그것을 알 것이다. 도대체 삶이 얼마나 불행하기에 저토록 지독하게 꼬인 걸까?'

다음 순간 리어든은 동생에게 기쁨의 충격을 주어서, 그의 가망 없는 욕망을 예기치 않게 만족시켜주어서 그 고질적인 불행을 깨버릴 수도 있겠다는 생각이 들었다. '필립의 욕망의 본질에 대해 내가 왜 신경 써야 하는가? 그건 그의 것이다. 리어든 금속이 나의 것인 것처럼. 리어든 금속이 내게 소중하듯 필립에게는 그것이 소중할 것이다. 단 한 번만이라도 필립이 행복해하는 모습을 보자. 그럼 필립도 배우는 게 있을 것이다. 아까 난 행복이 마음을 정화시키는 특효약이라고 생각하지 않았던가. 난 오늘 밤을 축하하고 있다. 그러니 필립에게도 기쁨을 주자. 내게는 아무것도 아니지만 필립에게는 너무나 엄청난 일이 될 것이다.'

리어든이 미소지으며 말했다. "필립, 내일 내 사무실 아이브스 양에게 전화해. 만 달러짜리 수표를 준비하라고 지시해놓을 테니까."

필립은 멍하니 그를 바라보았다. 그것은 충격도, 기쁨도 아닌 흐리멍덩한 눈의 공허한 응시일 뿐이었다.

"아."

필립은 그렇게 말한 후 덧붙였다. "정말 고마워."

그 목소리에는 아무 감정이 실려 있지 않았다. 하다못해 탐욕조차 없었다.

리어든은 자신의 기분을 이해할 수가 없었다. 마음속에서 납덩이같으면서도 공허한 것이 무너져 내리는 듯 무게와 공허함이 함께 느껴졌다. 그는 그것이 실망임을 알았지만 왜 그토록 음울하고 추한 것인지 알 수 없었다.

"형, 정말 고마워. 놀랐어. 기대도 안 했는데 뜻밖이야." 필립이 냉담하게 말했다.

"필립, 아직 모르겠어요? 헨리는 오늘 자신의 금속을 만들었어요."

릴리언이 유난히 맑고 경쾌한 목소리로 말한 후 리어든에게 물었다.

"여보, 오늘을 국경일로 정할까요?"

"헨리, 정말 착하구나."

리어든의 어머니가 그렇게 말하고는 덧붙였다. "이런 일이 너무 가끔이라 문제지만."

리어든은 뭔가를 기다리듯 필립을 바라보고 있었다.

필립은 시선을 외면했다가 자신도 리어든을 자세히 살펴보는 것처럼 리어든의 시선을 마주 받았다.

"형은 불우한 사람들을 돕는 일에 사실 관심이 없지, 그렇지?" 필립이 물었다.

리어든은 그 목소리에 책망이 담겨 있음을 느끼고 자신의 귀를 의심했다.

"그래, 필립. 전혀 관심 없어. 난 네가 행복해지기를 바랐을 뿐이야."

"하지만 그 돈은 나를 위한 게 아니야. 난 사적인 동기로 돈을 모으는 게 아니라고. 내 이기적인 이익을 위해 하는 일이 아니야."

그의 목소리는 냉랭했고 정의감에 차 있었다.

리어든은 고개를 돌렸다. 그는 갑자기 혐오감을 느꼈다. 필립의 말이 위선적이어서가 아니라 진실했기 때문이다. 필립은 진심이었다.

"그건 그렇고. 형, 아이브스 양에게 현금으로 준비하라고 지시해줄 수 있어?"

필립의 말에 리어든은 어리둥절해 그에게 다시 고개를 돌렸다.

"알다시피 '세계진보친우회'는 매우 진보적인 단체이고 형이 이 나라의 사회적 퇴보의 핵심적인 존재라고 주장해왔거든. 그런데 우리 기부자 명단에 형 이름이 올라가면 당혹스럽잖아. 행크 리어든의 돈을 받는다고 비난을 받게 될 수 있으니까."

리어든은 필립의 뺨을 갈기고 싶었다. 하지만 견딜 수 없는 경멸감에 그냥 눈을 감았다.

"좋아. 현금으로 주지." 그가 조용히 말했다.

그는 거실 끝 창가로 걸어가 멀리서 빛나는 제철소 불빛을 바라보았다.

뒤에서 라킨이 외쳤다. "빌어먹을, 행크, 돈을 주지 말았어야 했어!"

이어 릴리언의 차갑고 쾌활한 목소리가 들려왔다. "폴, 틀렸어요. 그건 당신이 잘못 생각한 거예요! 자선을 베풀 대상인 우리가 없다면 헨리가 허영심을 어떻게 만족시키겠어요? 마음대로 지배할 약한 사람들이 없다면 그의 힘이 무슨 의미가 있겠어요? 그에게 의지할 우리가 곁에 없다면 그가 무엇을 하며 살겠어요? 하지만 괜찮아요. 정말로요. 난 헨리를 비난하는 게 아니에요. 그게 인간 본성의 법칙인걸요."

그녀는 금속 팔찌를 들어 램프 불빛에 갖다대며 말했다. "사슬. 적절하네요, 안 그래요? 그이는 사슬로 우리 모두를 묶어놓고 있으니까요."

꼭대기와 밑바닥

 천장이 지하실 천장처럼 너무 낮고 육중해서 사람들은 둥근 천장을 어깨로 떠받치기라도 한 듯 구부정하게 걸어 다녔다. 검붉은 가죽으로 된 원형 칸막이 좌석들이 세월과 습기가 좀먹은 것처럼 보이는 돌벽에 붙어 있었다. 창문은 없고 돌 틈으로 들어오는 푸른 빛줄기만 보였는데 등화관제 때 쓰면 좋을 침침한 푸른빛이었다. 그곳은 땅 속으로 깊이 뻗은 듯한 좁은 계단을 통해 들어갈 수 있었다. 그곳은 뉴욕에서 가장 비싼 술집이었고 고층 건물 지붕 위에 있었다.

 남자 넷이 테이블에 앉아 있었다. 그들은 도시 위 60층 높이에 있었지만 탁 트인 정상에서 이야기하듯 요란하게 떠들지 않고 지하실에 어울리는 조그만 목소리로 숙덕거렸다.

"제임스, 조건과 상황이 인간의 통제를 완전히 벗어났네. 우린 레일을 만들 준비를 다 갖췄는데 예방이 불가능한 돌발 사태가 터진 것이네. 제임스, 자네가 우리에게 기회를 줬더라면 좋았을 텐데." 오런 보일이 말했다.

"분열이 모든 사회 문제의 근원인 것 같아요. 내 여동생은 우리 주주들 일부에게 확실한 영향력을 갖고 있어요. 그들의 분열 전략이 늘 실패로 끝날 수는 없고." 제임스 태거트가 느릿느릿 말했다.

"맞는 말이네, 제임스. 분열, 그게 문제지. 우리의 복잡한 산업사회에서는 다른 기업들의 고충을 함께 나누지 않고는 그 어떤 기업도 성공할 수 없다는 게 나의 절대적인 신념이네."

제이스 태거트는 술을 한 모금 마시고 술잔을 내려놓으며 말했다. "저 바텐더 좀 잘랐으면 좋겠어."

"예를 들어 어소시에이티드 철강을 생각해보세. 우린 미국에서 가장 현대적인 공장과 최고의 조직을 갖췄네. 그건 논란의 여지가 없는 사실이지. 우린 작년에 《글로브》잡지에서 주는 산업능률상까지 받았으니까. 그러니 우린 최선을 다했다고 주장할 수 있고 아무도 우릴 비난할 수 없지. 하지만 철광석이 전국적인 문제가 된 이상 우리도 어쩔 수가 없네. 제임스, 우린 철광석을 구할 수가 없었네."

제임스 태거트는 아무 말도 하지 않았다. 그는 테이블

위에 팔꿈치를 넓게 벌려 올려놓고 앉아 있었다. 테이블이 불편할 정도로 좁은데다 그가 그런 자세를 하고 있어서 나머지 세 사람은 더 불편했지만 그들은 그의 특권을 문제 삼지 않는 듯했다.

"이제 아무도 철광석을 구할 수가 없어. 광산이 고갈되고, 장비도 낡고, 자재도 부족하고, 수송도 어렵고, 다른 불가피한 사정도 생기고." 보일이 말했다.

"철광산업이 무너지고 있어요. 그 여파로 광산장비사업이 죽어가고 있고." 폴 라킨이 말했다.

"모든 사업이 다른 사업에 의존하고 있다는 게 입증되었지. 그렇기 때문에 모두 다른 사람들의 짐을 함께 나누어져야 해." 오런 보일이 말했다.

"맞는 말입니다."

웨슬리 마우치가 말했다. 하지만 아무도 웨슬리 마우치에게는 관심을 기울이지 않았다.

"내 목적은 자유경제를 존속시키는 거야. 자유경제가 시험대에 올랐다는 것이 오늘날의 일반적인 인식이지. 자유경제가 그 사회적 가치를 입증하고 사회적 책임을 다하지 않는다면 사람들의 지지를 받을 수 없을 거야. 공공정신을 기르지 못하면 끝나는 거라고. 틀림없는 사실이야." 오런 보일이 말했다.

오런 보일은 5년 전 혜성처럼 나타나 전국적으로 발행

되는 모든 시사잡지의 표지를 장식하기 시작했다. 그는 자신의 돈 10만 달러와 정부 대출금 2억 달러로 사업을 시작했다. 현재 그는 많은 작은 회사를 삼킨 거대 기업을 이끌고 있었다. 오런 보일은 그것이 아직 개인의 능력만으로도 성공할 수 있는 세상임을 증명한다고 즐겨 말했다.

"사유재산을 정당화하는 방법은 공공봉사뿐이지." 오런 보일이 말했다.

"의심할 바 없는 사실이죠." 웨슬리 마우치가 말했다.

오런 보일은 술을 벌컥벌컥 들이켰다. 그는 박력 있는 거구의 사내로 쭉 째진 작은 검은 눈을 제외하면 온몸에 활기가 넘쳤다.

그가 말했다. "제임스, 리어든 금속은 대사기극인 것 같네."

"그럼요." 제임스 태거트가 대답했다.

"그것에 대해 호의적인 평가를 내린 전문가가 단 한 사람도 없다고 들었네."

"그래요, 단 한 사람도 없어요."

"우린 몇 세대에 걸쳐 강철 레일의 질을 향상시키며 무게를 늘려왔지. 그런데 리어든 금속으로 만든 레일이 제일 싸구려 강철보다 더 가벼울 거라는 게 사실인가?"

"맞아요. 더 가볍대요." 제임스 태거트가 대답했다.

"제임스, 그건 말이 안 되네. 물리적으로 불가능한 일이야. 고속열차가 달리는 자네 회사의 튼튼한 간선 철도에 그런 걸 깐다고?"

"맞아요."

"자넨 재앙을 자초하고 있어."

"내 여동생이 벌인 일이에요."

제임스 태거트는 두 손가락으로 술잔의 손잡이 부분을 잡고 천천히 돌렸다. 잠시 침묵이 흘렀다.

"전국금속산업위원회에서 리어든 금속 문제 조사위원회 임명 결의안이 통과됐네. 그것의 사용이 공공의 안전을 위협할 수도 있으니까." 오런 보일이 말했다.

"현명한 처사예요." 웨슬리 마우치가 한마디 했다.

제임스 태거트가 갑자기 날카로운 목소리로 말했다. "모두가 동의하는데, 만장일치가 이루어졌는데 한 개인이 어떻게 이의를 제기할 수 있죠? 무슨 권리로? 내가 알고 싶은 건 바로 그거예요. 무슨 권리로?"

보일은 제임스 태거트에게 시선을 돌렸지만 실내의 침침한 불빛 때문에 얼굴을 똑똑히 볼 수가 없었다. 제임스 태거트의 얼굴은 그저 희미한 푸른 얼룩으로만 보였다.

보일이 부드럽게 말했다. "천연자원 고갈 문제가 심각한 마당에 중요한 원자재를 무책임한 개인적 실험에 허비하다니. 철광석을……."

그는 말꼬리를 흐리고 다시 제임스 태거트를 흘끗 쳐다

보았다. 하지만 제임스 태거트는 보일이 자신의 호응을 기다리고 있다는 것을 알면서도 침묵을 즐기는 듯했다.

"제임스, 철광석 같은 천연자원은 대중과 중요한 이해관계가 얽혀 있네. 따라서 대중은 반사회적 개인이 그것을 제멋대로, 이기적으로 낭비하는 것에 무관심할 수가 없어. 결국 사유재산은 전체 사회의 이익을 위해 신탁받은 것이지."

제임스 태거트는 보일을 흘끗 보며 미소지었다. 자신의 말 속에 보일의 말에 대한 대답이 담겨 있음을 암시하는 듯한 미소였다.

"이 집 술은 형편없어요. 온갖 어중이떠중이들과 섞여서 술을 마시지 않기 위해 우리가 치러야 하는 대가겠죠. 이 집 주인은 손님들이 전문가들이라는 걸 알아야 해요. 나 경제권을 쥔 사람으로서 내 마음대로 가치 있게 돈을 쓰고 싶어요."

보일은 대꾸하지 않았다. 그의 얼굴이 시무룩해져 있었다. 그가 무겁게 입을 열었다.

"이보게, 제임스……."

제임스 태거트가 웃으며 말했다. "뭐죠? 말해보세요."

"제임스, 독점보다 파괴적인 건 없다는 사실에 자네도 분명 동의할 걸세."

"한편으론 그렇죠. 하지만 다른 한편으로는 고삐 풀린

경쟁의 폐해도 무시할 수 없어요." 제임스 태거트가 대꾸했다.

"맞아. 맞는 말이야. 무엇이든 중도가 좋지. 그래서 난 양극단을 잘라내는 것이 사회의 의무라고 생각하네, 안 그런가?"

"그렇죠." 제임스 태거트가 대답했다.

"철광석 업계의 실태를 생각해보게. 전국적인 생산량이 무서운 속도로 떨어지고 있네. 철강산업 전체의 존립을 위협할 만큼. 전국에서 제철소들의 폐업이 속출하고 있네. 이런 상황에서 멀쩡히 버틸 수 있을 만큼 운이 좋은 광산 회사는 단 하나뿐이지. 거긴 생산량도 많고 납품 기한을 척척 맞추는 모양이더군. 하지만 그 덕에 이득을 보는 사람이 누구겠어? 그 회사 주인 말고는 이득 볼 사람이 없지. 그걸 공정하다고 할 수 있겠어?"

"아니, 공정하지 못하죠." 제임스 태거트가 말했다.

"우리 대부분은 철광을 소유하지 못하고 있네. 그러니 하느님이 주신 천연자원을 손에 쥔 사람과 우리가 어떻게 경쟁할 수 있겠나? 우리는 원료를 확보하지 못해 발만 동동 구르다가 고객을 잃고 망해가는데 그는 물건을 잘도 만들어 납품하는 게 놀라운 일인가? 한 개인이 산업 전체를 무너뜨리도록 놔두는 것이 공익을 위한 일인가?"

"아니죠." 제임스 태거트가 대답했다.

"난 산업 전체의 존립을 위해 국가에서 정책적으로 모든 철강회사에 철광석을 공평하게 분배해야 한다고 생각하네. 자넨 그렇게 생각하지 않나?"

"그렇게 생각해요."

보일은 한숨지었다. 그러고는 조심스럽게 말했다.

"하지만 워싱턴에는 진보적 사회정책을 이해하는 능력을 가진 사람들이 많지 않은 것 같네."

제임스 태거트가 천천히 말했다. "그렇지 않아요. 물론 그런 사람들이 많지도, 접근하기 쉽지도 않지만 분명 존재해요. 내가 그들과 이야기해보죠."

보일은 듣고 싶은 대답은 다 들은 듯 잔을 들어 한입에 털어넣었다.

"오런, 진보적인 정책 이야기가 나와서 말인데 운송량이 부족해 많은 철도회사가 파산하고, 놀고 있는 철도가 많은 마당에 기존 업체들이 역사적 우선권을 갖고 있는 영역에 새 업체들이 들어와 서비스가 중복되고 파괴적인 경쟁을 벌이는 작태를 용인하는 건 공익을 위한 일인지 생각해보세요." 제임스 태거트가 말했다.

"그것도 생각해봐야 할 문제로군. 전국철도연맹에 있는 내 친구들과 이야기해보겠네." 보일이 유쾌하게 말했다.

그러자 제임스 태거트가 공상에 젖은 듯 한가로운 목소리로 말했다.

"우정은 황금보다 귀한 것이죠."

그러더니 갑자기 라킨에게로 고개를 돌렸다.

"폴, 안 그래요?"

"그야…… 그렇지. 물론이지." 라킨이 놀라서 대답했다.

"당신 친구들을 믿어요."

"응?"

"당신의 많은 친구를 믿는다고요."

라킨이 왜 바로 대답을 못 하는지 모두 아는 듯했다. 라킨의 어깨가 축 처졌다.

"모두가 공동의 목표를 향해 나아갈 수 있다면 아무도 상처받는 일이 없겠지!"

그가 갑자기 외쳤는데 말의 내용과 어울리지 않는 절망적인 목소리였다. 제임스 태거트가 쳐다보자 그는 애원하듯 덧붙였다.

"난 우리가 누구에게도 상처를 줄 필요가 없었으면 하네."

"그건 반사회적 태도예요. 누군가를 희생시키는 것을 두려워하는 사람들은 공동의 목표에 대해 이야기할 자격이 없어요." 제임스 태거트가 느리게 말했다.

"하지만 난 역사학도야. 역사적 필요성을 안다고." 라킨이 황급히 말했다.

"다행이군요." 제임스 태거트가 말했다.

"나라고 세상의 흐름을 거스를 순 없지, 안 그런가? 안 그래?"

라킨은 애원하는 듯했으나 누군가를 향한 애원은 아니었다.

"그래요, 라킨 씨. 우리는 순리를 따르는 것뿐이니 비난받을 이유가……." 웨슬리 마우치가 나섰다.

라킨이 고개를 홱 돌렸는데 마치 몸서리를 치는 듯했다. 그는 마우치를 보고 있을 수가 없었다.

"오런, 멕시코에는 잘 다녀왔어요?"

제임스 태거트가 요란하고 무심한 목소리로 돌변하며 물었다. 그들 모두가 오늘 이 자리에 모인 목적이 이루어졌고 알아낼 것은 다 알아냈다고 여기는 듯했다.

보일이 쾌활하게 대답했다. "멕시코, 경이로운 곳이지. 대단히 자극적이고 많은 생각을 하게 만드는 나라야. 식량 배급제는 지독했지만. 오죽하면 병이 났다니까. 하지만 국가의 자립을 위한 노력만큼은 대단하더군."

"그곳 상황은 어때요?"

"아주 좋아. 내가 보기에는 아주 좋아. 지금 당장은 좀…… 하지만 그들이 목표하고 있는 건 미래이지. 멕시코는 위대한 미래를 맞이할 거야. 몇 년 내로 모든 분야에서 우리를 앞설 거라고."

"산세바스티안 광산에는 가봤어요?"

테이블의 네 사람이 모두 긴장하며 똑바로 앉았다. 모두 산세바스티안 광산 주식에 거액을 투자했기 때문이다.

보일은 잠시 뜸을 들이다 대답했는데 그 목소리가 갑작스럽고 부자연스러울 정도로 요란하게 들렸다.

"아, 그럼, 당연하지. 내가 제일 가보고 싶었던 곳인데."

"그런데요?"

"그런데 뭐?"

"사정이 어떻던가요?"

"좋아. 아주 좋아. 그 광산은 지구상에서 구리 매장량이 가장 많은 게 분명해."

"바빠 보이던가요?"

"내 평생 그렇게 정신없이 바쁜 곳은 처음 봤어."

"뭐 하느라 바쁘던가요?"

"글쎄, 현장 감독이 스페인계라 말을 반도 못 알아듣겠더라고. 하지만 바쁜 건 분명했어."

"혹시…… 무슨 문제라도 있던가요?"

"문제? 산세바스티안은 아무 문제도 없어. 개인 소유니까. 멕시코에 마지막 남은 사유재산. 그래서 다른 것 같았어."

제임스 태거트가 조심스럽게 물었다. "오런, 멕시코에서 산세바스티안 광산을 국유화할 계획이라는 소문에 대해 어떻게 생각해요?"

보일이 성난 목소리로 말했다. "헛소문이야. 순전히 악의적인 거짓말이라고. 내가 확실히 알아. 문화부장관과 저녁을 먹었고, 나머지 모든 장관과도 점심을 먹었거든."

"무책임한 헛소리를 방지하는 법이 있어야 한다니까. 한 잔 더 하죠." 제임스 태거트가 말했다.

그는 웨이터를 향해 짜증스럽게 손을 흔들었다. 어두운 구석에 작은 바가 있었고 그곳에서 늙고 주름진 바텐더가 오랜 시간 움직임 없이 서 있었다. 손님이 불러도 그는 경멸하듯 천천히 움직였다. 그의 직업은 손님들이 기분 좋게 즐길 수 있도록 봉사하는 것인데 더러운 병이라도 고치는 적의에 찬 돌팔이 의사 같은 태도를 보였다.

네 남자는 웨이터가 술을 가져올 때까지 침묵을 지켰다. 웨이터가 테이블에 놓은 술잔들이 어둠침침한 실내에서 네 개의 가스 불빛처럼 희미한 푸른빛을 발했다. 제임스 태거트가 술잔을 향해 손을 뻗으며 갑자기 미소를 흘렸다.

"역사적 필요의 희생양들을 위해 건배." 그가 라킨을 보며 말했다.

잠시 정적이 흘렀다. 불이 환히 밝혀져 있었다면 두 남자가 눈싸움 벌이는 장면이 연출되었겠지만 그들은 서로의 눈구멍만 쳐다보고 있었다. 이윽고 라킨이 술잔을 들었다.

"이 자리는 내가 주최한 모임이죠." 술을 마시며 제임스 태거트가 말했다.

아무도 할 말을 찾지 못하다가 이윽고 보일이 무관심하게 물었다.

"참, 제임스. 자네한테 물어본다는 걸 깜빡 잊고 있었군. 자네 회사 산세바스티안 노선은 대체 무슨 문제가 있는 거야?"

"아니, 그게 무슨 소리예요? 무슨 문제가 있다니요?"

"하루에 달랑 여객열차 한 대만 운행되니……."

"**한** 대요?"

"너무 빈약해. 게다가 열차 상태는 어떻고! 자네 증조부 때부터 쓰던 객차들을, 그것도 아주 알뜰하게도 써먹었던 걸 물려받은 게 분명해. 게다가 도대체 나무를 때서 가는 기관차는 어디서 구한 건가?"

"**나무를** 때요?"

"그래, 나무. 나도 그동안 사진으로만 보았지 실물로 보기는 처음이었다니까. 어느 박물관에서 끌어낸 건가? 모르고 있었던 것처럼 연기하지 말고 대체 어떻게 된 건지 말해보게."

제임스 태거트가 황급히 대답했다. "물론 알고 있었죠. 어떻게 된 거냐 하면…… 일주일 동안 동력에 작은 문제가 있었어요. 하필 당신이 그때 기차를 탔군요. 새 기관차를 주문했는데 납품이 좀 지연되어서요. 요즘 우리가 기관차 제조업체들 때문에 얼마나 골치가 아픈지 당신도 알잖아요. 하지만 일시적인 현상이죠."

"납품 지연이라면 어쩔 수 없지. 아무튼 난 그런 이상한 기차는 처음 타봤네. 창자까지 흔들리더라니까."

잠시 후 그들은 제임스 태거트가 침묵에 빠져든 것을 발견했다. 그는 혼자만의 고민에 빠져 있는 듯했다. 그가 양해의 말도 없이 갑자기 벌떡 일어서자 모두 명령이라도 받은 듯 함께 일어섰다.

라킨이 지나치게 활기찬 미소를 보내며 웅얼거렸다. "제임스, 즐거웠네. 즐거웠어. 위대한 계획들은 이렇게 탄생되는 법이지. 친구들의 술자리에서."

"사회 개혁은 속도가 느리죠. 그러니까 인내하고 조심하는 게 좋아요." 제임스 태거트가 차갑게 말했다.

그러고는 처음으로 웨슬리 마우치에게 눈길을 주며 말했다. "마우치, 당신은 말이 많지 않아서 좋아요."

웨슬리 마우치는 리어든이 워싱턴에 심어놓은 사람이었다.

제임스 태거트와 오런 보일이 거리로 나섰을 때 하늘에는 아직 일몰의 잔광이 남아 있었다. 빛의 변화에 그들은 약간의 충격을 느꼈다. 막혀 있는 술집에서 나가면 한밤의 어둠을 기대하기 마련이었다. 고층 건물 하나가 마치 높이 든 칼처럼 날카롭고 곧게 서 있었다. 그리고 그 너머로 멀리 달력이 걸려 있었다.

바깥바람이 차가워 제임스 태거트는 짜증스럽게 코트 깃을 더듬으며 단추를 채웠다. 원래 회사로 다시 돌아가지 않고 바로 퇴근할 작정이었으나 다시 돌아가야만 했다. 여동생을 만나야만 하니까.

보일이 말하고 있었다. "……제임스, 우린 어려운 과업을 앞두고 있네. 어려운 과업. 위험도 많고 복잡하고 문제도 많고……."

제임스 태거트가 천천히 대답했다. "모든 게, 그걸 가능하게 할 수 있는 사람들을 아는 것에 달려 있어요. 누가 그걸 가능하게 하느냐…… 그걸 알아야 해요."

◆

대그니 태거트가 장차 태거트 대륙횡단철도를 경영하겠노라고 결심한 것은 아홉 살 때였다. 그녀는 철도 한가운데 홀로 서서 강철로 만들어진 두 개의 직선이 저 멀리서 하나로 합쳐지는 것을 보며 그렇게 다짐했다. 그녀는 숲을 뚫고 당당히 뻗어나간 철도를 보며 오만한 기쁨에 젖었다. 철도는 숲의 고목들과 하나가 되지는 못했지만, 초록 덤불과 고독한 들꽃을 만나기 위해 아래로 굽은 초록 가지들과 한데 어우러지지는 못했지만 그곳에 엄연히 존재했다. 두 개의 강철 레일이 햇살 아래 눈부시게 반짝였고, 철도 사이의 검은 침목들은 그녀가 올라가야 할 사다리의 가로대 같았다.

그것은 갑작스러운 결정이 아니었다. 그녀가 오래전부터 알고 있던 걸 말로 표현한 것이었다. 그녀와 에디 윌러스는 굳이 말이 필요하지 않은 서약이라도 한 것처럼 무언의 이해 속에서, 어린 시절 처음 의식이란 것을 갖게 된 날부터 철도에 온 마음을 바쳤다.

그녀는 자신을 둘러싼 세상이 따분하기만 했다. 그녀는 우둔한 인간들 사이에 갇힌 것을 유감스런 사고로 받아들였고, 한동안은 인내로 견뎌야 한다고 생각했다. 그녀는 어딘가에 존재하는 다른 세상을 알았다. 기차, 철교, 전선, 그리고 밤의 어둠 속에서 깜빡이는 신호등을 만들어낸 세상. 그녀는 인내하며 그 세상을 향해 성장해야 한다고 생각했다.

그녀는 자신이 철도를 왜 좋아하는지 설명하려고 한 적이 없었다. 다른 사람들이 철도에 대해 어떤 감정을 갖고 있든 그녀의 것과는 상대가 될 수 없음을 알기 때문이었다. 그녀는 학교에 다닐 때 유일하게 좋아한 과목인 수학 시간에도 그런 감정을 느꼈다. 문제를 풀 때의 흥분, 새로운 문제에 도전해 힘들이지 않고 풀어냈을 때의 오만한 기쁨, 더 어려운 시험에 도전하고 싶은 열의. 그러면서 한편으로는 적에 대한, 너무나 분명하고 엄격하며 합리적인 학문에 대한 존경심이 커져갔다. 그녀는 수학을 공부하며 너무나 순수한 마음으로 '이것을 해낸 사람들은 얼마나 위대한가!', '내가 수학을 잘하는 건 얼마나 멋진 일인가!' 하고 감탄했다. 수학에 대한 경탄의 즐거움과 자신의 능력에 대한 기쁨이 함께 커져갔다. 철도에 대한 감정도 똑같았다. 그녀는 철도를 만들어낸 기술을 숭배했다. 그 기술을 가능하게 한 명석하고 이성적인 정신의 독창성을 숭배했다. 그러면서도 장차 철도를 더 발전시킬 방법을 찾아내겠다는 각오를 담은 은밀한 미소를 머금었다. 그녀는 겸허한 학생답게 철도와 차고 주위를 맴돌았다. 하지만 그 겸허함에는 앞으로 그녀가 노력을 통해 얻게 될 자부심의 씨앗이 들어 있었다.

"넌 참을 수 없을 만큼 교만하다." 그녀가 어린 시절 내내 듣던 두 가지 말 중 하나였다. 그녀가 자신의 능력을 떠벌이지도 않았는데 말이다. 나머지 하나는 "넌 이기적이야"였다. 그녀는 그 말이 무슨 뜻인지 물었지만 대답을 들은 적은 없었다. 그녀는 그런 말을 하는 어른들을 빤히 쳐다보며 그런 막연한 비난에 어떻게 죄책감을 느끼기를 기대하는지 이해할 수 없다고 생각했다.

그녀는 열두 살 때 에디 윌러스에게 나중에 크면 철도회사를 경영하겠다고 말했다. 그리고 열다섯 살 때 처음으로 여자는 철도회사를 경영하지 않으며, 사람들이 반대할 것이라는 생각이 들었다. '알 게 뭐람.' 그녀는 그렇게 생각을 정리했고 다시는 그런 걱정을 하지 않았다.

그녀는 아버지의 허락을 받아 열여섯 살 때 태거트 대륙횡단철도에서 일하기 시작했다. 아버지는 어린 딸이 그런 부탁을 하는 게 재미있기도 하고 호기심도 생겼던 것이다. 맨 처음 맡은 일은 작은 시골역의 야간 전화교환원이었다. 처음 몇 년 동안은 공과대학에 다니며 밤에 일해야 했다.

제임스 태거트도 그때부터 회사 홍보부에서 일을 시작했는데, 그의 나이 스물한 살이었다.

대그니는 태거트 대륙횡단철도 운행 부서에서 경쟁자 없이 빠르게 승진했다. 그녀 외에는 책임 있는 자리를 맡을 사람이 없었다. 그녀 주위에는 인재가 거의 없었고 그나마 해가 갈수록 줄었다. 그녀의 상관들은 권한이 있어도 그 권한을 행사하기 두려워하는 듯했고 결정을 회피하느라 바빴다. 그래서 그녀가 지시를 내렸고 직원들은 그녀가 시키는 대로 일했다. 승진할 때마다 그녀는 이미 오래전부터 그 일을 해오고 있었다. 마치 빈 방들을 지나가는 것 같았다. 아무도 그녀에게 대항하지 않았지만 그렇다고 그녀의 전진을 호의적으로 받아들이는 사람도 없었다.

그녀의 아버지는 놀라고 자랑스러워하는 듯했지만 아무 말도 하지 않았고 회사에서 딸을 볼 때면 눈에 슬픔이 가득했다. 그녀가 스물아홉 살 되던 해에 아버지는 세상을 떠났다. "태거트 가문에는 대대로 철도회사를 경영할 인물이 하나씩 있었지." 그가 딸에게 마지막으로 한 말이었다. 그는 경의와 연민이 담긴 묘한 눈길로 딸을 바라보았다.

태거트 대륙횡단철도를 지배할 만한 주식을 물려받은 사람은 제임스 태거트였다. 그는 서른네 살의 나이로 사장 자리에 올랐다. 대그니도 이사회에서 그를 사장으로 선출하리라고 예상은 했지만 그들이 왜 그렇게 열성적으로 그를 밀어주는지 도무지 이해할 수 없었다. 그들은 전통을 내세우며 대대로 태거트 가 장남이 사장 자리에 올랐다고 강조했다. 그들은 사다리 밑으로 지나가기를 피하는 심리로 제임스 태거트를 사장으로 선출했다. 그들은 제임스 태거트가 '철도의 인기를 높이는' 재능이 있고 '언론의 호평'을 받고 있으며, '워싱턴 정치력'도 뛰어나다고 말했다. 사실 그는 워싱턴 정계의 환심을 사는 능력이 남달랐다.

대그니는 '워싱턴 정치력'에 대해서 아는 것이 없었고 그런 능력이 무엇을 의미하는지도 몰랐다. 하지만 그런 능력이 필요한 것 같기는 했다. 그녀는 세상에는 하수구 청소처럼 더럽지만 꼭 해야만 하는 일들이 많으며 누군가는 그런 일들을 해야 하니까, 그리고 마침 제임스가 그 일을 좋아하니까 그냥 맡겨버리자고 생각했다.

그녀는 사장이 되고 싶은 마음은 없었다. 오로지 운행 부서에만 관심이 있었다. 그녀가 현장에 나가면 제임스를 싫어하는 늙은 철도원들이 생전에 그녀의 아버지가 보내던 눈길로 그녀를 바라보며 이렇게 말했다. "태거트 가문에는 대대로 철도회사를 경영할 인물이 하나씩 나오지."

대그니는 제임스가 철도회사를 완전히 망쳐놓을 만큼 똑똑하지 못하며, 그가 어떤 손실을 끼치든 자신이 얼마든지 만회할 수 있다는 신념으로 단단히 무장하고 있었다.

그녀는 열여섯 살 때 전화교환원 책상에 앉아 철도 위를 달려가는 태거트 열차들의 불 켜진 창들을 바라보며 자신의 세상에 들어왔다고 생각했다. 하지만 시간이 흐르면서 그녀는 그렇지 않음을 깨달았다. 그녀가 맞서 싸워야 할 적은 겨루거나 이길 가치조차 없었다. 그녀의 적은 우월한 능력이 아니었다. 바로 어리석음이었다. 회색 목화솜을 펼쳐놓은 것처럼 부드럽고 흐늘거려서 아무 저항력도 없는 듯하지만 이상하게도 그녀의 앞길을 방해하는 어리석음. 그녀는 그것을 가능하게 만드는 수수께끼 앞에 무방비 상태로 서 있었다. 도저히 그 수수께끼의 답을 알 수 없었다.

하지만 인간의 능력을, 명료하고 단단하며 빛나는 능력을 보고 싶어서 속으로 절규한 것도 처음 몇 해뿐이었다. 그 몇 해 동안 그녀는 자신보다 뛰어난 친구나 적을 갈구하며 고통에 몸부림쳤다. 하지만 그 갈구의 시기는 지나갔다. 그녀에게는 일이 있었다. 그녀는 고통을 느낄 시간이 없었다.

제임스 태거트가 사장 자리에 앉아 가장 먼저 추진한 사업은 산세바스티안 노선 건설이었다. 그 일에 책임이 있는 사람은 많았지만 대그니는 그 모험적인 사업을 생각할 때마다 선명하게 떠오르는 이름이 있었다. 그 이름은 다른 모든 이름을 지워버릴 수 있을 정도로 강렬했다. 5년간의 고생, 수 킬로미터에 걸쳐 뻗어 있는 사용되지 않는 철도, 낫지 않는 상처에서 끊임없이 흘러나오는 붉은 피를 연상시키는 태거트 대륙횡단철도의 손실액이 기록된 서류를 볼 때면 그 이름이 떠올랐다. 세상의 모든 주식 거래 시세표, 구리를 녹이는 시뻘건 용광로 굴뚝, 스캔들 기사, 수세기 동안 이어져온 귀족의 혈통이 기록된 양피지, 세 개의 대륙에 흩어져 있는 여인들의 침실에 놓인 꽃다발에 꽂힌 카드로 상징되는 이름.

그 이름은 바로 프란시스코 단코니아였다.

프란시스코 단코니아는 스물세 살에 유산을 물려받았을 때 이미 세계적인 구리왕으로 명성을 떨치고 있었다. 서른여섯 살이 된 지금 그는 세계 제일의 부자이자 바람둥이로 유명했다. 그는 아르헨티나 최고 귀족 가문의 후손이었다. 그는 목장과 커피 농장, 그리고 칠레에 있는 대부분의 구리 광산을 소유하고 있었다. 그는 남아메리카 절반을 소유하고 있었고, 미국 전역에 흩어져 있는 잡다한 광산들은 푼돈에 불과했다.

프란시스코 단코니아가 갑자기 멕시코에 있는 수 킬로미터에 이르는 헐벗은 산을 사들이자 그곳에 엄청난 양의 구리가 매장되어 있다는 소문이 돌았다. 그는 그 광산 주식을 팔려고 애쓸 필요도 없었다. 주식을 사겠다는 사람들이 줄을 섰고 그는 그들 중 마음에 드는 사람을 고르기만 하면 되었다. 그의 재산 증식 능력은 경이적이었다. 그는 어떤 거래에서도 실패한 적이 없었다. 손대는 사업마다 성공해 그의 재산은 갈수록 불어났다. 그를 가장 비난하던 이들이 제일 먼저 그의 능력에 편승해 돈을 벌 기회를 잡았다. 제임스 태거트와 오런 보일, 그리고 그들의 친구들은 프란시스코 단코니아가 산세바스티안 광산이라고 이름 붙인 회사의 대주주가 되었다.

대그니는 제임스 태거트가 누구의 영향으로 텍사스에서 산세바스티안 황야까지 철도를 건설하기로 결심했는지 알 수 없었다. 제임스 자신도 모르는 듯했다. 그는 바람막이 없는 들판처럼 어느 기류에든 노출되어 있었고 최종적인 결과는 우연에 의해 이루어졌다. 태거트 대륙횡단철도 이사들 중 몇 명은 그 사업에 반대했다. 리오 노르테 노선 복구에 총력을 기울여야 했고 두 가지 사업을 함께 진행할 수 없었기 때문이다. 하지만 제임스 태거트는 최고 경영자였고 재임한 첫해였다. 결국 그가 승리했다.

멕시코 정부는 열성적으로 협조하며 사유재산이 인정되

지 않는 나라에서 태거트 대륙횡단철도 측이 200년 동안 철도 소유권을 갖도록 보장해주는 내용의 계약서에 서명했다. 프란시스코 단코니아도 산세바스티안 광산에 대해 똑같은 내용의 보장을 받았다.

대그니는 산세바스티안 노선 건설을 반대했다. 그녀는 자신의 말에 귀 기울여줄 사람이 있을 것이라는 믿음을 가지고 싸웠다. 하지만 그녀는 운행부 차장에 불과했고 너무 어렸으며 권한도 없었다. 그리고 아무도 그녀의 말에 귀를 기울이지 않았다.

그녀는 그때나 지금이나 산세바스티안 노선 건설을 결정한 사람들의 동기를 이해할 수 없었다. 그녀는 무력한 구경꾼으로, 소수파로 이사회 자리에 앉아 이사들의 발언에서 뭔가를 회피하는 듯한 묘한 분위기를 느꼈다. 그런 결정을 내린 진짜 이유를 밝힌 사람은 아무도 없었지만 그녀를 제외한 모든 이사가 그 이유를 분명히 알고 있는 듯했다.

이사들은 장차 멕시코와의 교역의 중요성에 대해, 물밀듯 밀려들 화물에 대해, 무궁무진한 구리를 독점적으로 운송함으로써 얻게 될 엄청난 수익에 대해 이야기했다. 프란시스코 단코니아가 지금까지 이룬 성공들을 증거 자료처럼 열거했다. 그들은 산세바스티안 광산의 광물학적 사실에 대한 이야기는 꺼내지도 않았다. 단코니아가 내놓은 정보는 그리 구체적이지 못해서 산세바스티안 광산 관련 자료는 거의 없다시피 했지만 그들은 사실 같은 것은 알고 싶지도 않은 듯했다.

그들은 멕시코인들이 얼마나 가난한지, 그들에게 철도가 얼마나 절실한지에 대해 장황하게 떠들어댔다.

"그들은 기회란 걸 가져본 적이 없어요."

"낙후된 국가의 발전을 돕는 건 우리의 임무예요. 모름지기 국가란 이웃 나라들의 보호자 노릇을 해야 합니다."

대그니는 그들의 말을 들으며 그동안 태거트 대륙횡단철도가 포기해야만 했던 많은 지선에 대해, 위대한 태거트 대륙횡단철도의 수익이 오래전부터 천천히 떨어지고 있는 것에 대해 생각했다. 태거트 대륙횡단철도는 전체적으로 철로 상태가 엉망이라 복구작업이 절실했다. 회사의 철두 유지관리 정책은 고무줄을 조금씩 늘여가는 게임 같은 것이지 정책이라고 볼 수도 없었다.

"멕시코인들은 매우 근면한 사람들인데 원시적인 경제에 짓눌려 있어요. 그들에게 아무도 손을 내밀지 않는다면 그들이 어떻게 산업화를 이룰 수 있겠습니까?"

"우리는 투자를 고려할 때 물질적인 요인들보다는 인간을 우선시해야 한다는 게 내 생각입니다."

대그니는 철도 이음매 판이 깨져서 리오 노르테 노선 옆 개울에 처박혀 있던 기관차를 생각했다. 낙석방지용 옹벽이 무너져 돌덩어리들이 철도 위로 산더미처럼 쏟아져 내리는 바람에 리오 노르테 노선의 열차 운행이 닷새나 중지되었던 일을 떠올렸다.

"인간이라면 자신보다는 형제들의 이익을 먼저 생각해야 하듯이 국가도 자국보다 이웃 나라들을 먼저 생각하는 것이 도리예요."

대그니는 혜성처럼 나타나 사람들의 주목을 받기 시작한 엘리스 와이엇에 대해 생각했다. 죽어가던 콜로라도 지역에 물자가 격류처럼 쏟아지도록 첫 물꼬를 튼 사람이 바로 그였다. 리오 노르테 노선은 최고의 효율성을 발휘해야 할 시점에 안타깝게도 최후의 몰락을 향해 치닫고 있었다.

"물질적 탐욕이 다가 아닙니다. 비물질적인 이념들도 고려해야 한다고요."

"멕시코인들은 철도라고 해봐야 볼품없는 한두 개 노선밖에 없는데, 우리에겐 거대 철도망이 있다는 것을 생각하면 솔직히 부끄러워요."

"경제적 자급자족이라는 구시대적 이론은 오래전에 타파되었어요. 세계가 굶주리고 있는데 한 나라만 번영을 구가하는 건 불가능합니다."

대그니는 태거트 대륙횡단철도를 오래전의 위대한 철도로 돌려놓으려면 레일, 대못, 돈 등 구할 수 있는 모든 것을 구해야 하는데, 구할 수 있는 게 절망적일 정도로 적다는 생각을 했다.

이사들은 국가의 모든 것을 완벽하게 장악하고 있는 멕시코 정부의 효율성에 대해서도 이야기했다. 그들은 멕시코가 위대한 미래를 맞이할 것이며 앞으로 몇 년 안에 미국의 위험한 경쟁자가 될 것이라고도 했다.

"멕시코엔 기강이 있어요."

이사들은 부러움 섞인 목소리로 거듭 말했다.

제임스 태거트는 미완의 문장들과 애매한 암시들로 그의 워싱턴 친구들이(이름은 언급하지 않았다) 멕시코에 철도가 건설되기를 원한다고, 그런 철도는 국가 외교에 큰 도움이 된다고, 전 세계의 호의적인 여론을 얻는 것이 태거트 대륙횡단철도의 투자금을 회수하는 것보다 더 중요하다고 이사들을 설득했다.

결국 3,000만 달러를 들여 산세바스티안 노선을 건설하는 것으로 결정이 났다.

대그니는 회의장을 나와 거리의 맑고 차가운 공기를 마셨다. 그때 그녀는 무감각하고 공허한 마음속에서 하나의 단어가 분명하고 집요하게 메아리치는 것을 들었다. 떠나라…… 떠나라…… 떠나라.

그녀는 깜짝 놀랐다. 그녀에게 있어 태거트 대륙횡단철도를 떠난다는 것은 상상도 할 수 없는 일이었다. 그녀는 그 생각이 아니라 자신이 그런 생각을 품도록 만든 문제에 공포를 느꼈다. 대그니는 격하게 고개를 저으며 이제부터 태거트 대륙횡단철도는 그 어느 때보다 더 그녀를 절실히 필요로 하게 될 것이라고 다짐했다.

이사 두 명이 사임하고 운행 담당 부사장도 떠났다. 그리고 제임스 태거트의 친구가 그 자리를 차지했다.

멕시코 사막을 가로질러 강철 레일이 깔렸다. 멕시코의 어느 마을 흙먼지 풀풀 날리는 광장에는 대리석 기둥과 거울로 장식된 철근 콘크리트역이 세워졌다. 한편 리오 노르테 노선은 형편없이 망가져 열차 속도를 줄이라는 지시가 내려졌고, 또 레일이 갈라져 유조차가 제방 아래로 굴러 불타는 쓰레기더미에 처박히기도 했다. 엘리스 와이엇은 제임스 태거트의 주장대로 이 사고가 불가항력의 사고인지 법정의 판결이 내려질 때까지 기다리지 않았다. 그는 피닉스-두랑고에 원유 수송을 맡겼다. 피닉스-두랑고는 작고 보잘것없는 철도회사로 그동안 고전을 면치 못하고 있었지만 용케 버텨낸 보람이 있었다. 원유 수송을 맡으면서 성공 궤도에 오르게 된 것이다. 피닉스-두랑고가 와이엇 정유와 근처 계곡의 공장들과 함께 성장하는 동안 태거트 대륙횡단철도는 멕시코의 울퉁불퉁한 옥수수밭 사이로 한 달에 약 3킬로미터의 속도로 철도를 깔고 있었다.

대그니는 서른두 살 때 제임스 태거트에게 회사를 그만두겠다고 말했다. 직함도, 권한도 없이 운행 부서를 실질적으로 이끌어온 지 3년째였다. 운행 담당 부사장 자리를 차지하고 있는 제임스 친구의 방해공작을 피하느라 시간을 허비하는 것에 신물이 났기 때문이다. 부사장에게는 정책이란 것이 없었다. 그가 내리는 모든 결정은 대그니의 머릿속에서 나온 생각들을 실현 불가능하게 만들려고 갖은 애를 쓰다가 결국 어쩔 수 없이 받아들인 것이었다. 대그니는 오빠에게 최후통첩을 했다. 그러자 제임스는 숨을 헐떡거리며 말했다.

"하지만 대그니, 넌 여자야! 여자가 운행 담당 부사장을? 전례가 없는 일이야! 이사회에선 고려도 안 할 거야!"

"그럼 그만두지." 대그니가 말했다.

그녀는 남은 평생 무슨 일을 하고 살 것인지 생각하지 않았다. 그녀에게 태거트 대륙횡단철도를 떠나는 것은 두 다리를 절단하는 것과도 같았다. 그래도 그녀는 회사를 그만두고 그 결과를 받아들일 각오였다.

이사회에서 만장일치로 그녀를 운행 담당 부사장으로 선출했다. 대그니는 어떻게 그런 일이 일어난 것인지 도무지 알 수 없었다.

결국 산세바스티안 노선 건설을 마무리한 것은 그녀였다. 대그니가 그 일을 맡았을 때 공사는 벌써 3년째 진행 중이었는데, 레일은 3분의 1밖에 깔지 못했고 공사비는 이미 승인된 예산을 초과한 상태였다. 대그니는 제임스의 친구들을 해고하고 공사를 1년 안에 마무리할 토건업자를 찾아냈다.

산세바스티안 노선은 현재 운행 중이었다. 하지만 국경을 넘어 밀려드는 교역품도, 구리를 실은 열차들도 없었다. 드문드문 화물열차가 산세바스티안 산지에서 덜커덩거리며 내려올 뿐이었다. 프란시스코 단코니아는 광산이 아직 개발 단계라고 말했다. 태거트 대륙횡단철도의 손실은 끝나지 않았다.

지금 그녀는 으레 그렇듯 늦은 밤까지 사무실 책상에 앉아 어떤 노선들이 어느 정도의 기간 안에 회사를 구할 수 있을까 하는 문제와 씨름하고 있었다.

리오 노르테 노선을 재건하면 회사를 구원할 수 있었다. 그녀는 눈덩이처럼 불어나는 손실이 기록된 서류를 들여다보며 멕시코 사업의 길고 무의미한 고통에 대해서는 생각하지 않았다. 행크 리어든과의 전화 통화에 대해 생각했다.

"행크, 우리를 구해줄 수 있어요? 최대한 빠른 시간 안에 우리에게 레일을 공급해줄 수 있나요? 대금은 최대한 늦게 지불하는 조건으로요."

그러자 조용하고 침착한 목소리가 들려왔다.

"그럼요."

그녀는 그와의 통화 내용을 생각하자 갑자기 책상 위의

서류에 집중이 잘 되었다. 필요할 때 든든한 버팀목이 되어줄 대상이 생긴 것이다.

제임스 태거트는 반시간 전 술집에서 친구들과 함께 있을 때 품었던 확신을 가지고 대그니의 방 앞 비서실을 가로질러 걸어갔다. 하지만 문을 열자 확신은 사라지고 말았다. 그는 나중에 커서 두고 보자는 앙심을 품고 벌을 받으러 끌려가는 어린아이처럼 대그니의 책상을 향해 걸어갔다.

그는 서류 위로 숙이고 있는 머리와 스탠드 불빛을 받아 반짝이는 헝클어진 머리카락, 앙상한 어깨 위에 주름이 느슨하게 잡힌 헐렁한 흰 셔츠를 보았다.

"오빠, 무슨 일이야?"

"산세바스티안 노선에 무슨 짓을 꾸미고 있는 거야?"

대그니가 고개를 들었다.

"무슨 짓을 꾸미다니? 왜?"

"그 노선 운행 일정이 어떻게 되는 거야? 어떤 열차가 운행되고?"

대그니는 웃음을 터뜨렸다. 쾌활하면서도 조금 지친 듯한 웃음소리였다.

"오빠, 사장실로 올려보내는 보고서를 가끔이라도 읽어봐야겠어."

"무슨 뜻이야?"

"산세바스티안 노선의 운행 일정과 열차는 3개월 동안

그대로야."

"하루에 여객열차 **하나**?"

"아침에. 그리고 이틀에 한 번씩 밤에 화물열차를 운행하지."

"맙소사! 그런 중요한 지선에?"

"그 중요한 지선에서 그 열차 두 대 운행비도 안 나와."

"하지만 멕시코 국민들은 우리가 제대로 된 철도 서비스를 제공하기를 기대하고 있어!"

"물론 그렇겠지."

"그들에겐 기차가 필요해!"

"뭐 때문에?"

"그야…… 지역산업들의 발전을 위해서지. 우리가 운송수단을 제공하지 않으면 그들이 발전하기를 어떻게 기대할 수 있겠어?"

"난 그런 기대 안 하는데."

"그건 네 개인적인 생각이고. 네가 무슨 권리로 멋대로 운행 일정을 축소했는지 모르겠다. 구리 운송만으로도 모든 비용이 빠질 거야."

"언제?"

제임스 태거트는 상대에게 상처를 줄 수 있는 말을 하려는 사람의 만족스런 얼굴로 동생을 쳐다보았다.

"그 구리 광산의 성공을 의심하는 건 아니겠지? 프란시스코 단코니아가 하는 건데."

그는 동생의 반응을 지켜보며 그 이름을 강조해서 말했다.

"그가 오빠 친구라고 해서……." 대그니가 말했다.

"내 친구? 난 네 친구라고 생각했는데."

"10년 전에 끝났어." 대그니가 침착하게 말했다.

"그것 참 유감이구나, 안 그래? 어쨌든 그는 지구상에서 제일 똑똑한 사업가 중 한 사람이지. 그는 **사업적으로** 모험을 걸어 실패한 적이 없고, 자기 돈 수백만 달러를 그 광산에 투자했어. 그러니까 그의 판단을 믿을 수밖에."

"프란시스코 단코니아가 아무런 가치도 없고 방탕한 인간으로 변한 걸 언제쯤 깨달을 거야?"

제임스 태거트는 쿡쿡 웃었다.

"난 원래부터 그렇게 생각했어. 그의 인격에 대해서는. 하지만 넌 나와 생각이 달랐지. 완전히. 아주 정반대였어! 우리가 그 문제로 다투었던 거 기억나지? 네가 그에 대해 한 **말**을 인용해볼까? 네가 한 **행동**들에 대해선 그저 추측만 할 수 있을 뿐이지만."

"프란시스코 단코니아에 대해 이야기하고 싶어? 그래서 온 거야?"

제임스 태거트의 얼굴에 실패의 분노가 나타났다. 대그니가 아무 표정도 보이지 않았기 때문이다.

꼭대기와 밑바닥

"내가 왜 왔는지 잘 알잖아!" 그가 날카롭게 말했다.

"멕시코의 우리 열차에 관한 믿을 수 없는 이야기를 들었어."

"무슨 이야기?"

"도대체 어떤 열차를 운행하고 있는 거야?"

"내가 찾아낼 수 있는 제일 나쁜 열차."

"네 입으로 인정하는 거야?"

"오빠한테 올린 보고서에 이미 썼는데."

"나무를 때서 가는 기관차를 쓰는 게 사실이야?"

"에디가 루이지애나에 있는 누군가의 버려진 기관차 차고에서 찾아냈어. 그 철도 이름조차 알 수 없다더군."

"그걸 태거트 열차로 쓰고 있단 말이야?"

"그래."

"도대체 무슨 꿍꿍이야? 무슨 일이 벌어지고 있는 거야? 무슨 일인지 알고 싶다고!"

대그니는 그를 똑바로 보면서 침착하게 말했다. "알고 싶다면 말해주지. 난 산세바스티안 노선에 고물만 남겨놓았어. 그것도 꼭 필요한 만큼만. 전철기, 작업용 연장, 심지어 타자기와 거울까지 옮길 수 있는 건 다 멕시코에서 빼냈어."

"도대체 왜?"

"그 노선이 국유화될 때 약탈자들에게 최대한 적게 빼앗기려고."

제임스 태거트가 벌떡 일어서며 말했다. "이번엔 절대 그냥 못 넘어가! 절대로! 200년 소유를 약속하는 계약서까지 있는 마당에……. 어디서 악소문을 듣고…… 그런 야비하고 입에 올릴 수조차 없는 짓을…… 뻔뻔스럽게……."

대그니가 천천히 말했다. "오빠, 우리 철도 어디에서도 객차나 기관차, 석탄을 빼낼 형편이 안 돼."

"용납 못 해. 우리 도움이 필요한 친절한 멕시코인들에게 그런 비인간적인 정책을 쓰는 건 절대로 용납 못 한다고. 물질적 탐욕이 전부가 아니야. 비물질적인 배려도 있는 거라고. 넌 이해하지 못하겠지만!"

대그니는 메모지를 끌어당긴 뒤 펜을 집어 들며 물었다. "좋아. 산세바스티안 노선에 열차를 몇 대나 운행하고 싶은 거야?"

"뭐?"

"어떤 노선에서 얼마만큼 감축시켜 산세바스티안에 디젤기관차와 강철 객차를 투입할까?"

"난 어떤 노선에서도 감축시키고 싶지 않아!"

"그럼 멕시코에 투입할 열차를 어디서 구하지?"

"그건 네가 알아서 해야지. 네 일이니까."

"난 그럴 능력이 없어. 그러니까 오빠가 결정해."

"그 더러운 수법을 또 쓰는구나. 나한테 책임을 전가하는!"

"오빠, 얼른 지시를 내려줘."

"그런 수법에 안 걸려들어!"

대그니는 펜을 내려놓았다.

"그럼 산세바스티안 운행 일정은 그대로 유지하지."

"다음 달 이사회에서 보자. 운행 부서의 월권행위를 어디까지 허용해야 하는지 확실하게 결정해달라고 이사회에 요구할 테니까. 넌 이 문제에 대한 답변을 준비해야 할 거야."

"그러지 뭐."

대그니는 제임스 태거트가 나가고 문이 채 닫히기도 전에 다시 일을 시작했다.

그녀가 일을 끝내고 서류를 옆으로 밀어놓으며 시선을 들었을 때 창문 너머 하늘은 캄캄했고, 도시 전체에 석조 부분은 없고 불 켜진 창들만 펼쳐져 있는 듯했다. 대그니는 마지못해 일어섰다. 그녀는 피로를 느끼는 것조차 작은 패배로 여기고 싶어했지만 오늘 밤은 피로를 인정하지 않을 수 없었다.

직원들이 모두 퇴근한 운행부 사무실은 어둡고 한적했다. 에디 윌러스만 넓은 사무실 한구석의 유리 칸막이 자리에 앉아 있었는데, 그곳만 불이 환하게 밝혀진 모습이 마치 빛으로 이루어진 정육면체 같았다. 대그니는 사무실을 나서며 그에게 손을 흔들었다.

그녀는 건물 로비가 아니라 태거트 터미널 중앙 홀로 내려가는 엘리베이터를 탔다. 그녀는 퇴근할 때 그곳을 지나는 것을 좋아했다.

그녀는 늘 그곳이 사원처럼 느껴졌다. 아득한 천장을 올려다보면 거대한 화강암 기둥들이 받치고 있는 희끄무레한 둥근 천장과 검게 반짝이는 초대형 창문 꼭대기들이 눈에 들어왔다. 대성당의 장엄한 평화를 품은 둥근 천장은 분주히 움직이는 인간들의 머리 위 저 높은 곳에 보호막처럼 펼쳐져 있었다.

승객들은 늘 보는 광경이라 별 관심을 기울이지 않았지만 터미널 중앙 홀에는 태거트 대륙횡단철도의 창업자 너새니얼 태거트의 동상이 우뚝 서 있었다. 오직 대그니만이 그 동상의 존재를 잊지 않고 지켜보며 늘 의미 있게 받아들였다. 중앙 홀을 가로질러 지나갈 때마다 그 동상을 보는 것이 그녀가 아는 유일한 기도 방법이었다.

너새니얼 태거트는 뉴잉글랜드에서 건너온 무일푼의 모험가였지만 처음 강철 레일이 나온 시기에 대륙을 횡단하는 철도를 건설했다. 그의 철도는 아직 남아 있지만 철도 건설을 위해 그가 치른 전투는 전설 속으로 사라졌다. 사람들이 그 사실을 이해하려고도, 그런 일이 가능하다고 믿으려 하지도 않기 때문이다.

그는 다른 사람들이 자신을 막을 수 있다는 생각은 한 번도 해본 적이 없는 인물이었다. 그는 목표를 정한 후 철도처럼 똑바로 그 목표를 향해 나아갔다. 그는 정부로부터 대출, 채권, 보조금, 토지 무상 불하, 법적 특혜 등을 받고자 하지 않았다. 그는 돈을 가진 사람들을 직접 찾아다니며 자금을 모았다. 은행가의 마호가니문부터 외딴 농장의 판자문까지 가리지 않고 찾아가 문을 두드렸다. 그는 그들에게 자신의 철도에 투자하면 큰 수익을 얻을 수 있을 것이라고 말했다. 그러면서 자신이 왜 큰 수익을 예상하는지 그 이유에 대해 설명했다. 그 이유들은 그럴듯했다. 그 후로 몇 세대가 지나면서 태거트 대륙횡단철도는 망하지 않고 살아남은 몇 안 되는 철도회사 중 하나이자 창업자의 후손이 지배적인 경영권을 갖고 있는 유일한 철도회사가 되었다.

그가 살아 있는 동안 '냇 태거트'라는 이름은 악명이 높았다. 그 이름을 말하는 목소리에는 경의가 아닌 분노 어린 호기심이 담겨 있었다. 그를 존경하는 사람이 있었다면 그것은 성공한 악한에 대한 존경이었다. 하지만 그는 강제로 빼앗거나 사기를 쳐서 모은 돈은 단 한 푼도 없었다. 그는 자신의 힘으로 일군 재산이 자기 것임을 결코 잊지 않았다는 사실 외에는 아무 죄도 없었다.

그에 대한 많은 소문이 떠돌았다. 그가 중서부 황야에서 철도 건설 허가를 취소시키려고 한 주의원을 살해했다는 소문도 있었다. 그 주에 철도를 반쯤 깐 상태에서 일부 주의원들이 태거트 주식을 공매해 거금을 챙길 속셈으로 허가 취소를 추진했던 것이다. 냇 태거트는 살해범으로 기소되었지만 증거 불충분으로 풀려났다. 그 후로 그는 의원들과 아무런 문제도 겪지 않았다.

냇 태거트는 철도를 위해 여러 번 목숨을 걸었고 한 번은 목숨 이상을 건 적도 있었다. 자금 부족으로 철도 건설이 보류되면서 돈이 절실했던 때 그는 정부 융자금을 알선해주겠다는 어느 고명한 신사의 제안을 매몰차게 거절했다. 그리고 나서 아내의 동의하에 그의 아내를 흠모하던 어느 백만장자에게 아내를 담보로 돈을 빌렸다. 다행히 빌린 돈을 기한 내에 갚아 아내를 넘겨주지 않아도 되었다. 냇 태거트의 아내는 남부 최고 귀족 가문 출신의 빼어난 미인이었는데, 냇 태거트가 초라한 청년 모험가였던 시절 그와 사랑의 도피를 감행해 상속권을 박탈당하는 신세가 되었다.

대그니는 이따금 냇 태거트가 자신의 조상인 것이 유감스러웠다. 그녀가 냇 태거트에 대해 가지고 있는 감정은 무조건적인 가족애의 범주에 속해 있지 않았다. 그녀는 자신이 선택하지도 않은 삼촌이나 할아버지에게 가족이라는 이유만으로 무조건 애정을 느끼고 싶지는 않았다. 그녀는 스스로 선택한 대상이 아니면 사랑할 수 없었고, 누가 그녀에게 사랑을 강요하면 분노했다. 하지만 조상을 선택할 수 있었다면 자발적인 경의와 감사한 마음으로 냇 태거트를 선택했을 터였다.

냇 태거트의 동상은 어느 화가의 스케치를 바탕으로 만든 것이었다. 그의 모습이 담긴 자료는 그 스케치뿐이었다. 그는 꽤 오래 살았지만 그 스케치에 담긴 젊은이의 모습으로만 기억되었다. 어린 시절 대그니는 그 동상을 보면서 처음으로 숭고함의 의미를 깨달았다. 나중에 교회와 학교에서 사람들이 그 단어를 쓰는 것을 들었을 때 그녀는 냇 태거트의 동상을 떠올리며 그 의미를 안다고 생각했다.

그 동상은 키가 크고 호리호리하며 각진 얼굴을 한 젊은이의 모습이었다. 고개를 당당히 치켜들고 있는 모습이 도전에 직면해 자신에게 그 도전에 대응할 능력이 있다는 것에 희열을 느끼는 듯했다. 대그니가 인생에서 바라는 것은 그처럼 고개를 당당히 들고 살아가는 것이었다.

오늘 밤도 그녀는 중앙 홀을 가로질러 걸으며 동상을 바라보았다. 뭐라고 표현할 수 없는 짐이 잠시나마 가벼워지고 산들바람이 그녀의 이마를 어루만지는 듯했다.

터미널 중앙 홀 정문 옆 귀퉁이에 작은 신문 가판대가 있었다. 가판대 주인은 교양 있는 인상의 조용하고 공손한 남자로 20년 동안 그 가판대를 지켜왔다. 한때는 담배공장을 경영하기도 했지만 공장이 망하자 모든 것을 체념하고 낯선 사람들의 소용돌이 한복판에서 작은 가판대를 지키며 쓸쓸하고 눈에 띄지 않는 삶을 살고 있었다. 그는 가족도, 친구도 없었다. 그의 유일한 기쁨이자 취미는 전 세계에서 생산되는 담배를 수집하는 것이었다. 그는 세상에 나온 적이 있는 담배 상표명은 모두 알고 있었다.

대그니는 그의 가판대에 들르는 것을 좋아했다. 가판대 주인도 태거트 터미널의 일부인 듯했다. 그곳을 지키기에는 너무 약해졌지만 그 충직한 존재만으로도 안심이 되는 늙은 경비견 같았다. 가판대 주인도 대그니가 다가오는 모습을 지켜보는 것을 좋아했다. 군중 속에 묻혀 급히 걸어오는 캐주얼 재킷과 비스듬히 쓴 모자 차림의 젊은 여성이 중요성을 아는 사람은 자신뿐이라는 흐뭇함 때문이었다.

대그니는 여느 때처럼 가판대 앞에 멈추어 담배 한 갑을 샀다.

"수집은 잘 되세요? 새로 구한 물건 있나요?" 그녀가 물었다.

가판대 주인은 슬픈 미소를 지으며 고개를 저었다.

"아닙니다, 태거트 양. 세계 어디에서도 새로 나온 담배가 없습니다. 오히려 있던 것도 하나씩 사라지고 있지요. 이제 대여섯 종류만 팔리고 있습니다. 수십 가지는 되었는데. 사람들이 더 이상 새로운 걸 만들지 않고 있어요."

"앞으로 만들 거예요. 일시적인 현상일 뿐이에요."

가판대 주인은 그녀를 흘끗 보고는 대꾸하지 않았다. 그러더니 이렇게 말했다.

"태거트 양, 저도 담배를 좋아합니다. 사람 손에 불이 들려 있는 게 좋아요. 위험한 힘인 불이 사람 손에서 얌전하게 길들여지는 게요. 저는 사람이 혼자 앉아 담배 연기를 바라보며 생각에 잠겨 있는 시간들에 대해 경이감을 느낍니다. 그런 시간들이 위대한 일들을 창조해내지요. 사람은 생각을 할 때 마음속에 불꽃 하나가 타오릅니다. 그러므로 빨갛게 타는 담뱃불을 들고 생각에 잠기는 건 매우 어울리는 일이지요."

"사람들이 생각이란 걸 하나요?"

대그니는 무심코 질문을 던졌다가 얼른 입을 다물었다. 그건 그녀의 사적인 괴로움이었고 그 문제에 대해 토론을 하고 싶지 않았다.

노인은 대그니가 갑자기 입을 다문 이유를 아는 듯했다. 그가 다른 이야기를 꺼냈다.

"태거트 양, 지금 사람들에게 일어나고 있는 일이 영 달갑지가 않네요."

"무슨 일이요?"

"모르지요. 하지만 저는 여기서 20년 동안 사람들을 지켜봤고 변화를 느꼈습니다. 예전에는 사람들이 바삐 움직이는 모습이 아주 보기 좋았어요. 자신이 어디로 가고 있는지 알고, 어서 그곳에 닿기를 열망하는 사람들이었으니까요. 그런데 이제 사람들은 두려움 때문에 서두르고 있어요. 그들을 몰아대는 건 목적이 아니라 두려움이지요. 그들은 어디로 가고 있는 것이 아니라 도망치고 있는 겁니다. 그들은 자신들이 무엇으로부터 도망치고 싶어하는지도 모르는 것 같아요. 그들은 서로에게 눈길도 주지 않아요. 서로 몸이 스치면 반사적으로 움츠러들어요. 그들에게는 웃음이 지나치게 많지만 그건 추한 웃음이지요. 기쁨이 아닌 애원의 표현이니까요. 세상이 어떻게 돌아가고 있는 건지 모르겠어요."

그는 어깨를 으쓱하더니 이렇게 덧붙였다. "어쩔 수 없지요. 존 골트가 누굴까요?"

"그건 의미 없는 말장난일 뿐이에요."

대그니는 자신의 날카로운 목소리에 놀라서 사과하듯 덧붙였다. "전 그 무의미한 은어가 싫어요. 그게 무슨 뜻이죠? 어디서 나온 거죠?"

"그건 아무도 모릅니다." 노인이 천천히 대답했다.

"왜 사람들이 자꾸 그 말을 하는 걸까요? 그게 무엇을 뜻하는지 아무도 설명하지 못하면서 마치 다들 그 뜻을 알고 있는 것처럼 쓰고 있다니까요."

"왜 그 말이 마음에 걸리나요?" 노인이 물었다.

"사람들이 그 말을 할 때 나타내는 뜻이 마음에 안 들어요."

"저도 그렇습니다, 태거트 양."

◆

에디 윌러스는 태거트 터미널 직원 식당에서 저녁을 먹었다. 건물 안에 간부들이 주로 이용하는 레스토랑이 있었지만 그는 그곳을 좋아하지 않았다. 철도의 일부인 것 같아서 직원 식당이 더 편안하게 느껴졌다.

직원 식당은 지하에 있었다. 넓은 홀 벽면에 흰 타일을 붙여놓았는데 타일이 전등 불빛을 받아 은빛 능라처럼 반짝였다. 천장이 높고 유리와 크롬으로 된 반짝이는 카운터들이 놓여 있어서 넓고 환한 느낌을 주었다.

에디 윌러스는 이곳에서 가끔 만나는 철도 노동자가 있었다. 에디는 그의 얼굴이 마음에 들었다. 그들은 우연히 이야기를 한 번 나눈 후로 이곳에서 만나면 자연스럽게 합석했다.

에디는 자신이 그 노동자의 이름이나 하는 일에 대해 물어본 적이 있는지 기억이 나지 않았다. 옷이 남루하고 기름때가 묻어 있는 것으로 보아 대단한 일을 하는 사람 같지는 않았다. 에디에게 그 노동자는 한 인간이기보다는 그의 삶의 의미라고 할 수 있는 태거트 대륙횡단철도에 지대한 관심을 보이는 조용한 존재일 뿐이었다.

오늘도 늦은 시간에 내려와 보니 그 노동자가 반쯤 빈 홀 구석 테이블에 앉아 있었다. 에디는 반갑게 웃으며 손을 흔들고 식판을 들고 그에게로 다가갔다.

사람들 눈에 띄지 않는 조용한 구석 자리에 앉자 에디는 마음이 편안해지고 길고 힘든 하루의 긴장이 풀리는 것을 느꼈다. 그는 마주 앉은 노동자의 열심히 경청하는 눈을 바라보며 다른 누구에게도 말하지 않을 마음속 이야기들을 주절주절 늘어놓았다.

"리오 노르테 노선은 우리의 마지막 희망이에요. 그 노선이 우리를 구할 거예요. 우리는 상태가 좋은 노선을 적어도 하나는 갖게 될 거예요. 수요가 가장 많은 곳에. 그 노선이 나머지를 구할 거고……. 우습지 않아요? 태거트 대륙횡단철도의 마지막 희망을 운운하다니. 누군가 당신에게 유성 하나가 지구를 파멸시킬 거라고 말한다면 그 말을 진지하게 받아들이겠어요?…… 나도 그래요. 진지하게 받아들일 수가 없죠……. '대양에서 대양까지, 영원히.' 우리가 어린 시절 내내 들어온 구호죠. 그녀와 내가. '영원히'라는 말은 없었지만 그런 뜻이었어요……. 알다시피 난 위대한 인물이 못 돼요. 나라면 그런 철도를 만들지 못했

꼭대기와 밑바닥

을 거예요. 철도가 사라지면 난 다시 만들지 못할 거예요. 철도와 함께 사라져야죠……. 나한테 관심 갖지 말아요. 내가 왜 이런 말을 하고 있는지 모르겠군요. 오늘 밤 좀 피곤해서 그런 것 같아요…… 그래요, 늦게까지 일했어요. 그녀가 남으라고 한 건 아니었지만 그녀의 방 문틈으로 불빛이 새어 나왔어요. 다른 사람들이 모두 퇴근한 뒤에도 한참이나…… 그래요, 그녀는 이제 집에 갔어요……. 문제가 생겼냐고요? 아, 문제는 항상 생기죠. 하지만 그녀는 걱정하지 않아요. 자신이 해결할 수 있다는 것을 아니까……. 물론, 심각해요. 사실은 당신이 알고 있는 것보다 사고가 훨씬 많이 일어나고 있어요. 지난주에 또 디젤기관차를 두 대나 잃었어요. 하나는 수명이 다했고, 나머지 하나는 정면충돌 사고로…… 그래요, 유나이티드 기관차 회사에 주문을 넣어놓긴 했어요. 하지만 벌써 2년째 기다리고 있죠. 기관차를 납품받을 수 있을지나 모르겠어요……. 아, 간절히 필요한데! 동력, 그게 얼마나 중요한지 당신은 상상도 하지 못할 거예요. 그게 모든 것의 핵심이니까……. 왜 웃는 거죠?…… 아무튼 상태가 심각해요. 그래도 다행히 리오 노르테 노선 문제는 해결됐어요. 몇 주 내로 첫 번째 레일 선적분이 현장에 도착할 거예요. 1년 내로 새 철도에 열차를 운행할 수 있을 거예요. 이번에는 아무것도 우릴 막을 수 없어요……. 물론 누가 레일을 깔지 알고 있어요. 클리블랜드의 맥나마라. 산세바스티안 노선 공사를 마무리해준 토건업자죠. 일을 제대로 할 줄 아는 사람이 적어도 한 명은 있어요. 그러니까 우린 안전한 거죠. 믿을 수 있는 인물이에요. 괜찮은 토건업자들이 많이 남아 있질 않아요……. 요즘 정신없이 바쁘지만 난 그게 좋아요. 평소보다 1시간 빨리 출근하는데 그녀한텐 졌어요. 그녀가 늘 일등으로 출근하지요……. 뭐라고요?…… 그녀가 밤에 뭘 하는지는 모르겠어요. 아마 별로 하는 게 없을 거예요……. 아니, 그녀는 데이트 같은 건 안 해요. 대개는 집에 앉아서 음악을 듣죠. 레코드를 틀어놓고……. 당신이 무슨 상관이죠? 무슨 레코드냐고요? 리처드 핼리. 그녀는 리처드 핼리의 음악을 좋아해요. 철도 말고 그녀가 사랑하는 건 그것뿐이죠."

부동의 동자들[*]

대그니는 황혼 속에서 태거트 빌딩을 올려다보며 생각했다. '이 건물에 가장 필요한 건 동력이다. 이 건물을 서 있게 하는 동력. 이 건물이 움직이지 않게 하는 움직임. 이 건물을 지지하고 있는 것은 화강암에 박아 넣은 기둥들이 아니라 대륙을 횡단하는 기관차들이다.'

그녀는 희미한 불안감을 느꼈다. 뉴저지에 있는 유나이티드 기관차공장의 사장을 직접 만나고 돌아오는 길이었다. 하지만 알아낸 게 아무것도 없었다. 납품 지연 이유도, 언제쯤 디젤기관차들이 생산될 것인지도 알 수 없었다. 그녀는 유나이티드 기관차 사장과 2시간이나 이야기를 나누

---

[*] Immovable Mover. 자신은 움직이지도 변화하지도 않으면서 다른 존재를 움직이고 변화시키는 존재, 아리스토텔레스가 규정한 개념—옮긴이.

었지만 그는 동문서답만 했다. 그는 대그니가 구체적인 이야기로 넘어가려고 할 때마다 그녀가 세상 사람들은 다 아는 불문율을 깨는 본데없는 짓이라도 저지른 듯 책망하는 태도를 보였다.

대그니는 공장을 지나는 길에 마당 한구석에 방치된 거대한 기계를 발견했다. 오래전에 쓰이던 정밀 공작기계로 지금은 어디에서도 살 수 없는 것이었다. 그 기계는 닳아서 못 쓰게 된 것이 아니라 관리를 하지 않아 녹슬고 더러운 검은 기름이 잔뜩 묻은 채 썩어가고 있었다. 대그니는 얼른 고개를 돌렸다. 그런 광경만 보면 분노가 치밀어 잠시 눈이 멀었다. 그녀는 그 이유를 알지 못했고 자신의 감정을 정의할 수도 없었다. 다만, 그 감정 속에 부당함에 대한 저항의 외침이 들어 있음을, 그리고 그 감정은 낡은 기계를 넘어선 어떤 것에 대한 반응임을 알 뿐이었다.

사무실로 들어서자 직원들은 모두 퇴근하고 에디 윌러스만 남아서 기다리고 있었다. 대그니는 무슨 일이 터졌음을 직감했다. 에디의 눈빛이, 그리고 조용히 그녀를 따라오는 모습이 그걸 말해주었다.

"에디, 무슨 일이야?"

"맥나마라가 그만뒀어."

대그니는 에디를 멍하니 쳐다보았다.

"그게 무슨 소리야? 그만두다니?"

부동의 동자들

"떠났다고. 은퇴했다고. 사업을 접었다고."

"우리 일을 맡은 맥나마라가?"

"응."

"그럴 리가 없어!"

"나도 알아."

"무슨 일이 있었던 거지? 왜?"

"아무도 몰라."

대그니는 일부러 천천히 코트 단추를 풀고 책상에 앉아 장갑을 잡아당겨 벗기 시작했다. 그러고는 이렇게 말했다.

"에디, 처음부터 말해봐. 앉아."

에디는 그냥 선 채로 조용히 말했다. "맥나마라 회사 기술 책임자와 장거리 통화를 했어. 기술 책임자가 클리블랜드에서 전화를 했더라고. 그가 말해준 건 그게 전부였어. 자기도 거기까지밖에 모른다고."

"그가 뭐라고 말했는데?"

"맥나마라가 사업을 접고 떠났다고."

"어디로?"

"모른대. 아무도 모른대."

대그니는 한쪽 장갑을 벗고 나머지 한쪽을 반쯤 벗은 다음 장갑의 빈 손가락 두 개를 잡고 멍하니 앉아 있다가 장갑을 마저 벗어서 책상 위에 던졌다.

에디가 말했다. "일거리가 잔뜩 쌓여 있어서 거금을 벌 수 있었는데 다 버리고 떠났대. 앞으로 3년 동안 스케줄이 꽉 차 있었는데……."

대그니는 아무 말도 없었다.

에디가 조그만 소리로 덧붙였다. "그럴 만한 사정이 있었다면 덜 놀랐을 텐데…… 도무지 이유를 알 수가 없으니……."

대그니는 계속 침묵을 지켰다.

"미국 최고의 토건업자였는데."

두 사람은 서로를 바라보았다. 대그니는 "에디, 어쩌면 좋아!"라고 외치고 싶었지만 대신 차분한 목소리로 이렇게 말했다.

"걱정 마. 다른 토건업자를 찾으면 돼."

대그니는 늦게야 사무실을 나섰다. 그녀는 건물 앞 보도에서 걸음을 멈추고 거리를 바라보았다. 모터가 탁탁거리다가 멈춘 것처럼 갑자기 모든 에너지와 목적의식, 욕망이 빠져나가버린 듯한 기분이 들었다.

건물들 뒤에서 희미한 빛줄기가 하늘로 흘러들고 있었다. 미지의 무수한 불빛들의 반사광이며 도시의 전기 숨결이었다. 그녀는 쉬고 싶었다. 쉬면서 다른 곳에서 즐거움을 찾고 싶었다.

일은 그녀가 가진 모든 것이자 그녀가 원하는 모든 것이기도 했다. 하지만 오늘 밤처럼 이렇게 갑작스럽고 기묘한

부동의 동자들

공허감을 느낄 때가 있었다. 그건 텅 빈 것이 아니라 조용한 것이었고 절망한 것이 아니라 정지한 것이었다. 그녀 안에서 파괴된 건 아무것도 없지만 모든 것이 멈추어버린 듯했다. 대그니는 외부에서 잠시라도 기쁨을 얻고 싶었다. 위대한 작품이나 광경을 수동적인 구경꾼이 되어 지켜보고 싶었다. 자신이 아닌 다른 사람이 이룬 위대성을 받아들이고 그것에 반응하고 감탄하고 싶었다. 그녀는 계속 전진하기 위해서는 자신에게 그런 시간이 필요하다고 생각했다. 기쁨은 마음의 연료이니까.

대그니는 즐거움과 고통이 섞인 엷은 미소를 머금고 눈을 감았다. 그녀는 늘 자신의 행복의 동력이 되어왔다. 처음으로 그녀는 타인의 성취에서 힘을 얻고 싶은 욕구를 느꼈다. 어두운 초원지대 사람들이 그녀의 성취인 달려가는 기차의 불 켜진 창들을 바라보는 것을 좋아하듯, 그 힘과 목적의식이 넘치는 광경이 캄캄한 허허벌판에서 그들에게 위안을 주듯 그녀도 잠시나마 타인의 성취에서 위안을 느끼고 싶었다. 잠깐 인사라도 나누고 손을 흔들며 이렇게 말하고 싶었다. "누군가가 어딘가로 가고 있다⋯⋯."

대그니는 코트 주머니에 손을 찌르고 천천히 걷기 시작했다. 비스듬히 쓴 모자챙의 그림자가 얼굴을 반쯤 가리고 있었다. 주위 건물들이 어찌나 높은지 고개를 들어도 하늘이 보이지 않았다. 그녀는 이런 생각이 들었다. '이 도시를

만들기 위해 너무나 많은 것이 들어갔으니 이 도시가 제공하는 것도 그만큼 많아야 한다.'

어느 상점 문 위에 달린 라디오 스피커의 검은 구멍에서 소리가 흘러나오고 있었다. 시내 어딘가에서 열리고 있는 교향악 콘서트 중계방송이었다. 옷과 살을 마구 찢어발기는 듯한 소리가 이어졌다. 그 소리는 멜로디도, 하모니도, 리듬도 없이 제멋대로 흩어졌다. 음악이 감정이고 감정이 생각에서 나오는 것이라면 이 음악은 혼돈, 비이성, 무력감, 인간의 자포자기의 절규였다.

대그니는 계속 걸었다. 그녀는 서점의 쇼윈도 앞에서 걸음을 멈추었다. 갈색에 가까운 자주색 표지를 씌운 책이 피라미드 모양으로 전시되어 있었는데, 제목이 《털갈이하는 대머리수리》였다. 포스터에는 "이 시대의 소설", "한 사업가의 탐욕을 날카롭게 파헤쳐 인간의 타락상을 대담하게 폭로하다"라는 광고 문구들이 쓰여 있었다.

대그니는 영화관을 지나쳤다. 그 블록 절반 정도가 영화관 불빛들에 묻혀 사라지고 거대한 사진 하나와 공중에서 반짝이는 글자들만 보였다. 그 사진의 주인공은 미소짓고 있는 젊은 여자였는데, 처음 보았는데도 몇 년 동안 본 듯한 싫증나는 얼굴이었다. 글자 내용은 "……여자도 말을 해야 할까? 이 위대한 질문에 대답해주는 엄청난 드라마!"였다.

대그니는 나이트클럽 문을 지나쳤다. 남녀 한 쌍이 비틀거리며 나와 택시를 타러 갔다. 여자는 몽롱한 눈과 땀에 젖은 얼굴을 하고 있었다. 그녀는 아름다운 드레스에 족제비털 망토를 두르고 있었다. 드레스 한쪽 어깨가 칠칠치 못한 주부의 목욕 가운처럼 흘러내려와 가슴이 지나치게 드러났지만 그건 대담한 노출이 아니라 일에 지친 여자의 무관심이었다. 그녀의 팔을 잡고 있는 남자는 낭만적인 모험을 기대하는 어른의 표정이 아니라 담벼락에 야한 낙서를 하려는 소년의 짓궂은 표정을 하고 있었다.

'내가 뭘 보길 바란 거지?' 대그니는 그렇게 생각하며 계속 걸었다. '이것이 인간들의 삶의 모습이다. 인간들의 정신이고 문화이며 즐거움이다.' 그녀는 어느 곳에서도 다른 모습을 볼 수가 없었다. 아주 오랫동안.

대그니는 집 근처 길모퉁이에서 신문을 하나 사서 집으로 들어갔다.

그녀는 고층 빌딩 꼭대기 층의 방 두 개짜리 아파트에 살고 있었다. 거실 코너 창 때문에 아파트가 항해하는 선박의 뱃머리처럼 보였고, 도시의 불빛들은 강철과 돌로 이루어진 검은 물결에 비친 인광 같았다. 불을 켜자 몇 개 안 되는 각진 가구들의 길쭉한 삼각형 그림자들이 텅 빈 벽에 기하학적 무늬를 만들었다.

그녀는 거실 한가운데에, 하늘과 도시 사이에 홀로 서

있었다. 오늘 밤 그녀가 느끼고 싶은 감정을 줄 수 있는 것은 오직 하나뿐이었다. 그녀가 발견한 단 하나의 즐거움. 그녀는 축음기를 틀고 리처드 핼리의 레코드판을 올려놓았다.

그의 마지막 작품은 〈4번 협주곡〉이었다. 도입부 화음이 힘차게 울리자 아까 거리에서 본 광경들은 모두 잊혔다. 이 협주곡은 위대한 저항의 외침이었다. 대대적인 고문을 향해 던지는 '아니다'라는 외침, 고통의 거부였다. 고통으로부터 벗어나려는 몸부림이었다. 이 곡은 하나의 목소리로 말하고 있었다. "고통받아야 할 필요 같은 건 없다. 그런데 왜, 고통의 필요성을 받아들이지 않는 사람들에게 가장 큰 고통이 가해지는 것일까? 사랑과 기쁨의 비결을 알고 있는 우리, 그로 인해 우리가 받게 된 벌은 어떤 것이며, 그 벌을 내리는 자는 누구인가?" 고통의 소리들은 저항이 되었고, 고뇌의 표현은 그 어떤 시련도(지금의 이것조차도) 견디며 지켜낼 가치가 있는 저 높은 꿈을 향한 성가가 되었다. 리처드 핼리의 협주곡은 저항의 노래, 필사적인 추구의 노래였다.

대그니는 눈을 감고 조용히 앉아서 음악을 들었다.

리처드 핼리에게 무슨 일이 일어났는지 아무도 모른다. 그의 인생을 들여다보면 위대성을 매도하기 위한 목적으로 위대성이 인간에게 요구하는 희생들을 일부러 모아놓기라도 한 듯했다. 다락방과 지하실을 전전하며 보낸 세월. 강렬한 색채감이 넘치는 음악을 만드는 사람이 칙칙한 잿빛 벽에 갇혀서 산 세월. 셋집의 불도 없는 긴 계단과 얼어터진 파이프, 퀴퀴한 냄새가 풍기는 조제식품 가게에서 산 싸구려 샌드위치, 멍한 눈을 하고 음악을 듣는 사람들을 견뎌야 했던 암울한 삶. 차라리 맞서 싸울 적이라도 있었으면 속 시원히 싸우기라도 했을 터였다. 그의 앞에는 귀머거리 벽뿐이었다. 최고의 방음효과를 갖춘 벽. 주먹질도 화음도 절규도 모두 삼켜버리는 무관심. 소리로 최고의 웅변을 할 수 있는 그가 침묵의 전투를 치러야만 했다. 무명과 고독의 침묵. 간혹 오케스트라가 그의 작품을 연주하는 밤의 침묵. 그런 밤이면 그는 어둠을 응시하며 자신의 영혼이 라디오 송신탑에서 떨리는 전파를 타고 도시 전체로 퍼져나가고 있는데, 거기에 주파수를 맞추는 사람이 없음을 느꼈다.

"리처드 핼리의 음악은 영웅성을 지녔다. 그것은 구시대적인 것이다." 어느 비평가의 말이었다. 또 다른 비평가는 "리처드 핼리의 음악은 우리 시대와 맞지 않는다. 그의 음악에는 황홀경이 들어 있다. 요즘 누가 황홀경을 좋아하는가?"라고 말하기도 했다.

그의 인생은 사후 100년쯤 지나서야 그 가치를 인정받아 공원에 기념비가 세워지는 인물들의 삶과 다르지 않게 되었다. 다른 것이 하나 있다면 리처드 핼리는 제때 죽지 못했다는 점이다. 그는 너무 오래 살아서 역사의 법칙에 따라 보아서는 안 될 것을 보고 말았다. 그가 마흔세 살이 되던 해, 〈파에톤〉 초연이 있던 밤의 일이었다. 〈파에톤〉은 그가 스물네 살 때 작곡한 오페라였다. 그는 그리스 신화에 등장하는 태양신 헬리오스의 아들 파에톤의 이야기를 새롭게 각색했다. 무모하게 아버지의 태양마차를 몰고 하늘로 올라간 파에톤은 신화 속에서는 죽음을 맞이했지만 핼리의 오페라에서는 멋지게 살아남았다. 그 오페라는 19년 전 처음 세상에 선보였을 때는 관객의 야유를 받고 1회 공연 만에 무대에서 내려지는 수모를 당했다. 그날 밤, 리처드 핼리는 도무지 답을 알 수 없는 의문에 새벽 동이 틀 때까지 거리를 헤매고 다녔다.

19년 후 그 오페라가 다시 무대에 올려진 날 밤, 마지막 음악이 끝나기가 무섭게 그 오페라 하우스가 생긴 이래 가장 우렁찬 기립 박수가 터져 나왔다. 환호의 물결은 오페라 하우스의 낡은 벽을 넘어 로비로, 계단으로, 거리로, 그리고 19년 전 그 거리를 헤매던 청년에게로 전해졌다.

대그니도 그때 그 객석에 있었다. 그녀는 훨씬 전부터 리처드 핼리의 음악을 알고 있던 몇 안 되는 사람들 중 하나였지만 그를 직접 본 적은 없었다. 그녀는 리처드 핼리가 무대로 등 떠밀려 나와 요란하게 흔들어대는 팔들과 환호하는 얼굴들의 거대한 물결을 마주하고 서는 모습을 보았다. 머리가 희끗희끗한 키 크고 여윈 남자는 꼼짝도 않고 서 있었다. 객석을 향해 절을 하지도, 미소를 보내지도 않고 관객들만 바라보았다. 그는 의문에 잠긴 조용하고 진지한 표정을 짓고 있었다.

"리처드 핼리의 음악은 인간에 속해 있다. 그것은 인간의 위대성을 표현한 작품이다." 이튿날 아침 어느 비평가가 쓴 글이었다. 또 한 목사는 "리처드 핼리의 인생에는 우리에게 영감을 주는 교훈이 들어 있습니다. 그는 혹독한 시련을 겪었습니다. 하지만 그게 무슨 문제가 됩니까? 그가 형제들의 삶을 풍요롭게 해주고 그들에게 위대한 음악의 아름다움을 즐기는 법을 가르쳐주기 위해 그들의 손에서 박해와 부당한 대우, 고통을 당하며 견뎌낸 것은 올바르고 고귀한 일입니다"라고 말했다.

오페라 초연 다음 날 리처드 핼리는 은퇴했다.

그는 거래하던 출판업자들에게 아무런 설명도 하지 않고 더 이상 곡을 쓰지 않겠다고만 말했다. 그는 이제 저작권 수입으로 큰돈을 벌 수 있게 된 것을 알면서도 출판업자들에게 얼마 안 되는 금액에 저작권을 넘겼다. 그러고는 주소도 남기지 않고 떠나버렸다. 그게 8년 전이고, 그 후로 그를 본 사람은 아무도 없었다.

대그니는 고개를 뒤로 젖히고 눈을 감은 채 〈4번 협주곡〉

을 들었다. 그녀는 소파 귀퉁이에 반쯤 길게 누워 꼼짝도 하지 않고 있었지만 갈망으로 긴장된 육감적인 입술이 움직임 없는 얼굴에서 도드라져 보였다.

잠시 후 그녀는 눈을 떴다. 아까 소파 위에 던져놓은 신문이 눈에 들어왔다. 그녀는 따분한 머리기사들이 보이지 않게 뒤집어놓으려고 무심코 신문을 향해 손을 뻗었다. 신문이 바닥에 떨어지며 펼쳐졌다. 아는 사람의 사진과 기사 제목이 보였다. 그녀는 신문을 접어서 옆으로 던져버렸다.

사진 속 얼굴은 프란시스코 단코니아였다. 기사 제목은 그가 뉴욕에 도착했음을 알리고 있었다. '그래서 뭐?' 그녀는 그렇게 생각했다. 그를 만날 일은 없을 터였다. 벌써 몇 년이나 만나지 않았으니까.

대그니는 소파에 앉아 바닥의 신문을 내려다보았다. '읽지 마. 보지 마. 그런데 얼굴은 하나도 변하지 않았어. 사람이 달라졌는데 얼굴은 어떻게 그대로일 수 있을까?' 대그니는 그의 미소짓는 얼굴이 신문에 실린 게 유감스러웠다. 그런 미소는 신문과 어울리지 않았다. 그것은 존재의 영광을 보고 알고 창조해낼 줄 아는 사람의 미소였다. 명석한 지성의 조롱 어린, 도전적인 미소였다. '읽지 마. 지금은. 이 음악을 들을 때는. 제발, 이 음악을 들을 때는!'

대그니는 손을 뻗어 신문을 펼쳤다.

세뇨르 프란시스코 단코니아를 웨인 포클랜드 호텔 스

위트룸에서 인터뷰한 기사였는데, 내용은 다음과 같았다. 그는 두 가지 중요한 이유로 뉴욕에 왔는데 하나는 '컵 클럽' 물품보관소 여직원을 만나는 것이고, 다른 하나는 3번가의 조제식품 가게에서 간으로 만든 소시지를 사먹기 위해서라고 말했다. 그는 길버트 베일 부부의 이혼 재판에 대해서는 할 말이 없다고 했다. 귀족 출신의 빼어난 미인인 베일 부인은 몇 개월 전 젊고 출중한 남편을 총으로 쏘고, 사랑하는 프란시스코 단코니아를 위해 남편을 없애고 싶었다고 공개적으로 밝혔다. 그녀는 자신의 은밀한 로맨스에 대해 언론에 자세히 공개했다. 공개한 내용에는 안데스에 있는 단코니아의 빌라에서 보낸 새해 전야의 이야기도 포함되어 있었다. 총을 맞았지만 살아남은 그녀의 남편은 이혼 소송을 제기했다. 그녀도 맞소송을 걸어 수백만 달러에 이르는 남편의 재산 절반을 위자료로 요구하며 남편의 사생활을 폭로하는 자료를 제출하기도 했다. 남편에 비하면 자신은 깨끗하다는 것이 그녀의 주장이었다. 그 사건은 몇 주 동안 신문을 요란하게 장식했다. 하지만 기자들이 그 사건에 대해 묻자 세뇨르 단코니아는 아무 할 말이 없다고 대답했다. 그럼 베일 부인의 주장을 부인하는 것이냐고 묻자 그는 "난 아무것도 부인한 적 없습니다"라고 대답했다. 기자들은 그가 갑자기 뉴욕에 나타난 것에 놀랐다. 그들은 재판이 다가오면서 추악한 폭로 기사가 신문 1면을 장식하기 직전이라 그가 뉴욕을 피하고 싶을 것이라고 생각했기 때문이다. 하지만 기자들의 예상은 빗나갔다. 프란시스코 단코니아는 뉴욕을 방문한 이유가 하나 더 있다고 했다. "그 코미디를 직접 구경하고 싶었거든요."

대그니는 신문을 바닥에 떨어뜨렸다. 그녀는 허리를 푹 꺾고 두 팔로 얼굴을 받쳤다. 그렇게 꼼짝도 하지 않고 앉아 있었지만 무릎 위로 늘어진 머리카락이 이따금 갑작스럽게 출렁거렸.

리처드 핼리의 위대한 화음들이 실내를 가득 채운 뒤 유리창을 뚫고 도시 전체로 흘러나갔다. 대그니는 음악을 듣고 있었다. 그것이 **그녀의** 추구이고 외침이었다.

◆

제임스 태거트는 자신의 아파트 거실을 둘러보며 몇 시쯤 되었을까 생각했다. 하지만 손목시계를 찾아서 시간을 확인하고 싶지는 않았다. 그는 구겨진 잠옷 차림으로 안락의자에 맨발로 앉아 있었다. 슬리퍼를 찾아 신기가 귀찮았던 것이다. 창밖 잿빛 하늘의 빛 때문에 아직 잠에 취한 눈이 따가웠다. 두개골 속에서 두통의 전조 증상인 고약한 무거움이 느껴졌다. 그는 짜증이 치밀어서 자신이 거실로 왜 나왔는지를 생각해보았다. '아, 그래, 시간을 보러 나

왔지.'

 의자 팔걸이에 비스듬히 눕자 먼 건물에 있는 시계가 보였다. 12시 20분이었다.

 침실의 열린 문 사이로 화장실에서 베티 포프가 양치질하는 소리가 들렸다. 의자 옆 바닥에 쌓인 그녀의 옷가지 중에서 거들이 보였다. 거들은 빛바랜 분홍색이었고, 밴드 고무줄이 부분부분 끊어져 있었다.

 "서두를 수 없어? 나 옷 입어야 돼." 그가 짜증스럽게 외쳤다.

 그녀는 대답하지 않았다. 그녀가 화장실 문을 열어두어 입안 헹구는 소리가 들렸다.

 '내가 왜 그런 짓을 하는 거지?' 제임스 태거트는 지난밤을 떠올리며 그렇게 생각했다. 하지만 대답을 찾기가 너무 귀찮았다.

 베티 포프가 오렌지색과 자주색 마름모꼴 체크무늬가 들어간 새틴 네글리제를 질질 끌며 거실로 나왔다. 제임스 태거트는 네글리제를 입은 그녀의 모습이 끔찍하다고 생각했다. 신문 사교계란에 실린 사진처럼 승마복 입은 모습이 훨씬 나았다. 그녀는 뼈만 앙상했고 느슨한 관절들이 부드럽게 움직이지를 못했다. 얼굴은 못생기고 안색도 나빴으며 최고 상류층 출신의 오만한 겸손함을 지니고 있었다.

 "오, 젠장!"

그녀는 스트레칭을 하며 구체적인 대상도 없이 탄식했다.

"제임스, 손톱깎이 어디 있어요? 발톱 좀 다듬어야겠어요."

"몰라. 나 머리 아파. 집에 가서 해."

"당신은 아침엔 매력이 없어요. 꼭 달팽이 같다니까." 그녀가 무관심하게 말했다.

"입 좀 다물 수 없어?"

베티 포프는 거실 안을 이러저리 돌아다니며 별 감정 없이 말했다. "집에 가기 싫어요. 난 아침이 싫어. 할 일 없는 하루가 또 시작되니까. 오늘은 오후에 리즈 블레인의 집에서 다과 모임이 있지만. 아, 재미있을 거예요. 리즈는 암캐 같은 여자니까."

그녀는 잔을 들어 남아 있는 김빠진 술을 마셨다.

"에어컨 수리 좀 하지 그래요? 집에서 냄새가 나잖아요."

"화장실은 다 쓴 거야? 나 옷 입어야 돼. 오늘 중요한 일이 있어."

"들어가요. 난 괜찮으니까. 당신하고 같이 쓰면 되지, 뭐. 난 재촉하는 거 싫어."

제임스 태거트는 면도를 하면서 베티 포프가 열린 화장실 문 앞에서 옷 입는 것을 보았다. 그녀는 한참이나 시간을 들여 몸을 뒤틀며 거들을 입고, 스타킹에 가터를 연결하고, 비싸기만 했지 볼품없는 트위드 정장을 입었다. 유행을 선도하는 패션 잡지에 난 광고를 보고 산 마름모꼴 체크무늬 네글리제는 특별할 때만 입는 유니폼 같은 것으로 특별한 목적을 위해 의무적으로 입었다가 벗어 내팽개쳤다.

그녀와 제임스 태거트의 관계도 마찬가지였다. 열정도, 욕망도, 진짜 쾌락도, 심지어 수치심도 없었다. 그들에게 성행위는 즐거움도 죄도 아니었다. 그리고 아무 의미도 없었다. 그들은 남자와 여자는 함께 자는 것이라고 들었고 그래서 그렇게 하는 것일 뿐이었다.

"제임스, 오늘 밤 아르메니아 식당에 데려가줄래요? 나 시시 케밥(잘게 썬 양고기를 꼬치에 꿰어 불에 구운 요리—옮긴이) 좋아해요." 그녀가 말했다.

"안 돼. 오늘 바빠."

제임스 태거트가 얼굴에 비누 거품을 잔뜩 묻힌 채 짜증스럽게 말했다.

"취소하면 안 돼요?"

"뭘?"

"뭐든지."

"아주 중요한 일이야. 이사회라고."

"오, 그 빌어먹을 철도회사 갖고 거드름 피우지 말아요. 지겨우니까. 난 사업가 싫어요. 재미가 없어."

제임스 태거트는 대꾸하지 않았다.

베티 포프는 교활한 눈빛으로 그를 흘끗 보고는 활기찬 목소리로 느리게 말했다. "작 벤슨 말로는 회사 운영은 당신 동생이 다 하고 당신은 거저먹기로 사장 자리에 앉아 있다던데요."

"아, 그랬단 말이지?"

"당신 동생은 끔찍해요. 여자가 수리공처럼 굴면서 거물 기업가라도 된 듯이 폼 잡고 다니는 건 역겨운 일이에요. 너무 여성스럽지 못해요. 당신 동생, 자기가 뭐라고 생각하는 거예요?"

제임스 태거트가 문 쪽으로 왔다. 그는 문설주에 기대어 베티 포프를 살펴보았다. 그의 얼굴에 냉소적이고 확신에 찬 엷은 미소가 어려 있었다. 그는 생각했다. '우리가 서로 통하는 데가 있었군.'

"자기가 흥미로워할 만한 얘길 해주지. 오늘 오후에 내 동생을 쓰러뜨릴 거야."

"설마! 진짜예요?" 베티 포프가 솔깃해하며 말했다.

"그래서 오늘 이사회가 중요하다는 거야."

"정말 동생을 몰아낼 거예요?"

"아니. 그럴 필요도 없고 바람직한 일도 아니지. 그냥 제자리만 찾게 해줄 거야. 그동안 기다려온 기회가 온 거지."

"약점이라도 잡았어요? 스캔들이라도 있는 거예요?"

"아니, 아니야. 자기는 이해하기 힘들 거야. 이번에는 그

애가 너무 지나쳤어. 그래서 기를 좀 눌러놓으려고. 의논도 없이 용서할 수 없는 술수를 부렸거든. 우리의 멕시코 이웃들에게 큰 무례를 범했지. 이사들이 그 사실을 알게 되면 운행 부서에 몇 가지 제재를 가할 거고 그럼 내 동생을 다루기가 좀 수월해질 거야."

"제임스, 당신은 똑똑해요."

"얼른 옷 입어야지." 제임스 태거트가 기분 좋은 목소리로 말했다.

그가 다시 세면대로 돌아가며 쾌활하게 덧붙였다. "어쩌면 오늘 밤에 시시 케밥을 사줄 수 있을지도 몰라."

전화벨이 울렸다.

그가 수화기를 들었다. 교환원이 멕시코시티에서 온 장거리 전화라고 말했다.

그가 멕시코에 심어놓은 정치인의 히스테릭한 목소리가 전화선을 타고 날아왔다.

"제임스, 나도 어쩔 수가 없었소!" 숨넘어가는 소리였다. "어쩔 수가 없었소!…… 아무 예고도 없이…… 하늘에 맹세코 아무도, 아무도 짐작조차 못 한 일이오. 제임스, 난 최선을 다했으니 원망하지 말아요. 마른하늘에 날벼락이 떨어진 거니까! 오늘 아침에, 바로 5분 전에 포고령이 떨어졌소. 예고도 없이! 멕시코 정부가 산세바스티안 광산과 산세바스티안 철도를 국유화했소."

◆

"……따라서 패닉에 빠질 일은 아니라는 점을 이사 여러분께 자신 있게 밝힙니다. 오늘 아침의 사태는 매우 유감스럽지만 저는 워싱턴 내부의 외교정책 수립 절차를 잘 알고 있으며, 우리 정부가 멕시코 정부와 공정한 조정을 이루어 우리가 전액 보상을 받을 수 있도록 해줄 것임을 믿어 의심치 않습니다."

제임스 태거트는 긴 테이블 앞에 서서 이사들을 향해 연설했다. 명확하고 단조로운 그의 목소리는 안전을 암시했다.

"다행히 저는 그런 돌발 사태의 가능성을 예견하고 태거트 대륙횡단철도의 재산을 지키기 위해 가능한 모든 예방 조치를 취해두었습니다. 몇 개월 전, 저는 운행 부서에 지시해 산세바스티안 노선 열차 운행을 하루 한 번으로 줄이고 우리의 최고 동력과 차량, 그리고 이동 가능한 모든 장비를 철수시켰습니다. 멕시코 정부가 손에 넣을 수 있는 건 목제차 몇 대와 노후한 기관차 한 대뿐이었습니다. 저의 결정으로 수백만 달러를 아끼게 된 것이지요. 차후에 정확한 액수를 계산해서 다시 보고하겠습니다. 하지만 우리 주주들은 이 사업의 주요 책임자들의 과실을 문책할 권리가 있습니다. 따라서 산세바스티안 노선 건설을 권고한 경제 고문 클래런스 에딩턴과 멕시코시티 대리인 줄 모트 씨의 해임을 요청합니다."

긴 테이블에 둘러앉은 사람들은 조용히 경청하고 있었다. 그들은 자신이 무엇을 해야 할지에 대해 생각하지 않고 자신을 뽑아준 주주들에게 뭐라고 말해야 할지에 대해 궁리했다. 제임스 태거트의 연설이 그들의 고민을 해결해주었다.

◆

제임스 태거트가 자신의 방으로 돌아와 보니 오런 보일이 기다리고 있었다. 제임스 태거트는 그와 둘만 남게 되자 태도가 돌변했다. 그는 맥 풀린 새하얀 얼굴로 힘없이 책상에 기댔다.

"어떻게 됐어요?" 그가 물었다.

보일은 무력하게 손을 펼쳐 보였다.

"제임스, 알아보았네. 단코니아가 그 광산에 1,500만 달러를 투자한 게 확실해. 사기나 술책 같은 건 없었어. 자기 돈을 투자했다가 날린 거야."

"그래서 앞으로 어떻게 한대요?"

"그건…… 나도 몰라. 아무도 몰라."

"거금을 강탈당하고 그냥 있지는 않을 거 아니에요. 머리가 얼마나 잘 돌아가는 인간인데. 뭔가 비책이 있을 거예요."

"그랬으면 좋겠네."

"그는 세상에서 제일 교활한 돈벌레들도 물리쳤어요. 멕시코 정치인들이 포고령 하나 내렸다고 그대로 당할 것 같아요? 그는 그들의 약점을 쥐고 있을 거고, 최후 수단을 강구할 거예요. 우리도 반드시 거기 편승해야만 하고!"

"제임스, 그건 자네한테 달렸어. 그와 친구잖아."

"친구는 무슨 빌어먹을 친구! 내가 그 인간을 얼마나 싫어하는데."

제임스 태거트는 벨을 눌러 비서를 불렀다. 비서가 난감한 얼굴로 주저하며 들어왔다. 그는 젊지만 어리다고는 할 수 없었고, 가정교육을 잘 받은 가난한 상류층 자제이 예의바른 태도와 핏기 없는 얼굴을 하고 있었다.

"프란시스코 단코니아와 만날 약속 잡았어?" 제임스 태거트가 날카롭게 물었다.

"못 잡았습니다, 사장님."

"빌어먹을, 내가 전화해서 약속 잡으라고······."

"전화는 했지만 약속은 못 잡았습니다."

"그럼 다시 전화해."

"약속을 잡을 수가 없었습니다."

"왜?"

"그쪽에서 거절했습니다."
"그가 나와 만나는 걸 거절했다고?"
"네, 그렇습니다."
"나를 안 만나겠다고?"
"네, 사장님."
"그와 직접 통화했어?"
"아닙니다. 비서와 통화했습니다."
"비서가 뭐래? 뭐라고 했냐고."
젊은 비서는 더욱 난처한 얼굴로 머뭇거렸다.
"뭐라고 했냐니까?"
"세뇨르 단코니아가 사장님이 지겹다고 했답니다."

◆

그날 통과된 안은 '과열경쟁방지 규정'이었다. 찬반 투표가 진행될 때 전국철도연맹 회원들은 늦가을 저녁의 깊어가는 황혼 속에서 대형 회의장에 앉아 서로의 눈길을 피했다.

전국철도연맹은 철도산업의 번영을 도모하기 위한 목적으로 조직된 단체였다. 그런 목적은 공동의 목표를 위한 협력 방안을 개발하고, 모든 회원이 개인보다는 철도산업 전체의 이익을 우선으로 삼는다는 서약을 지킴으로써 이루어질 수 있었다. 철도산업 전체의 이익은 다수결로 결정되고 모든 회원은 다수의 결정에 따라야만 했다.

전국철도연맹 창립자들은 다음과 같이 선언했다. "동일 직업이나 산업의 구성원들은 단결해야 한다. 우리 모두는 동일한 문제와 관심, 그리고 적을 가지고 있다. 우리는 공동전선을 맺어 세상과 싸우지 않고 내부 싸움으로 에너지를 낭비하고 있다. 힘을 합치면 우리 모두가 함께 성장하고 번영할 수 있다."

그러자 한 회의론자가 물었다. "누구에게 대항하기 위해 연맹을 조직하는 것인가?"

창립자가 대답했다. "누구에게 '대항하기' 위해서가 아니다. 하지만 굳이 그런 표현을 쓴다면 화물주들이나 제조업자들, 우리를 착취하려는 모든 이에게 대항하기 위해서라고 말할 수 있다. 그럼 노동조합은 누구에게 대항하기 위해 만들어지는가?"

그러자 회의론자가 말했다. "나도 그게 궁금하다."

과열경쟁방지 규정은 전국철도연맹 연례회의에서 회원 전체 투표에 부치면서 공식적으로 처음 언급되었다. 하지만 비공식적으로는 오래전부터 그런 논의가 있어왔고, 특히 지난 몇 달 동안은 더 집요하게 회원들 입에 오르내렸기에 모두가 알고 있었다. 회의장에 앉아 있는 사람들은 철도회사 사장들로 그들은 과열경쟁방지 규정을 좋아하지 않았고, 그 안이 상정되지 않기를 은근히 바랐다. 하지만 그 안이 상정되자 찬성표를 던졌다.

투표에 앞선 연설들에서 특정 철도회사의 이름은 언급되지 않았다. 연설들은 공공복지에 대해서만 다루었고 골자는 이랬다. 운송수단 부족으로 공공복지가 위협받고 있는 마당에 철도회사들이 '잔혹한 과열경쟁 정책'에 의거한 사악한 경쟁으로 서로를 파괴하고 있다. 철도 서비스가 중단되어 교통이 열악한 지역들이 있는가 하면 철도가 하나만 있어도 충분한데 두 개 이상의 철도회사가 경쟁하고 있는 지역들도 있다. 교통이 열악한 지역은 신생 철도회사들에게는 좋은 기회가 있는 곳이다. 현재로서는 그런 지역들에서 수익을 얻기가 어려운 것이 사실이지만 공공정신이 있는 철도회사라면 그런 지역의 고생하는 주민들에게 운송수단을 제공해야 한다. 철도회사의 가장 중요한 목적은 수익이 아니라 공공 서비스이기 때문이다.

그리고 이런 내용도 있었다. 대규모 철도망을 구축한 전통 있는 철도회사들은 공공복지를 위해 없어서는 안 될 존재들이다. 그런 회사가 무너진다면 그것은 국가적인 대재앙이 될 것이다. 그런 회사가 국제 친선에 기여하기 위한 공공정신에 입각한 투자에 실패해 결정적인 손실을 입게 되었다면 공공의 지원을 받을 자격이 있다.

이름이 언급된 철도회사는 없었다. 하지만 의장이 손을

들어 투표 시작을 엄숙하게 알리자 모두들 피닉스-두랑고 철도회사 사장 댄 콘웨이 쪽을 보았다.

반대표를 던진 사람은 다섯 명뿐이었다. 하지만 의장이 안건이 통과되었음을 선언했을 때 환호성은 나오지 않았다. 모두 아무 움직임도 없었고 무거운 침묵만이 흘렀다. 그들은 마지막 순간까지 자신들이 그 안건을 통과시키지 못하도록 누군가 막아주기를 바라고 있었던 것이다.

과열경쟁방지 규정은 오래전 의회에서 통과된 법들이 '더 잘 시행될 수 있도록' 마련된 '자발적 자기통제' 장치라고 설명되었다. 그 규정에 따르면 전국철도연맹 회원들은 '파괴적 경쟁' 행위를 할 수 없고, 경쟁이 금지된 지역에서는 하나의 철도회사밖에 운행할 수 없었다. 그런 지역에서는 현재 운행 중인 가장 오래된 철도회사에 우선권을 부여하고, 그 회사의 영역을 부당하게 침범한 신생 회사들은 운행 정지 명령을 받은 후 9개월 안에 그 지역에서 운행을 중단해야만 했다. 그리고 경쟁 금지 지역 결정권은 연맹 이사회가 갖고 있었다. 회의가 끝나자 모두 황급히 자리를 떠났다. 사적으로 담소를 나누거나 얼쩡거리는 사람은 아무도 없었다. 큰 회의장이 유례없이 삽시간에 텅 비었다. 댄 콘웨이에게 눈길을 주거나 말을 거는 사람도 없었다.

제임스 태거트는 로비에서 오런 보일을 만났다. 약속은

하지 않았지만 제임스 태거트는 대리석 벽 앞에 서 있는 거구를 보자 얼굴을 확인하지 않고도 그가 누구인지 알 수 있었다. 둘은 서로 가까이 다가갔다. 보일이 미소를 보냈으나 평소만큼 마음을 진정시켜주지는 못했다.

"제임스, 난 약속 지켰으니까 이제 자네 차례네."

보일의 말에 제임스 태거트가 시무룩하게 대꾸했다.

"여기까지 올 필요는 없었는데 왜 왔어요?"

그러자 보일이 대답했다. "아, 그냥 재미삼아서."

댄 콘웨이는 빈 회의장에 여자 청소부가 청소하러 올 때까지 홀로 앉아 있었다. 청소부가 인사를 건네자 그는 조용히 일어나 문을 향해 무거운 발걸음을 옮겼다. 통로에서 청소부와 마주치자 그는 주머니를 뒤져 5달러를 꺼내 청소부 얼굴도 보지 않고 조용히 건넸다. 그는 자신이 무엇을 하고 있는지조차 모르는 듯했다. 팁을 주고 나가야 하는 장소에 와 있는 줄로 착각한 것 같았다.

대그니가 늦게까지 일하고 있는데 제임스 태거트가 문을 벌컥 열고 달려들어왔다. 그가 그렇게 들어오기는 처음이었다. 그의 얼굴이 열에 들떠 있었다.

대그니는 산세바스티안 광산이 국유화된 이후로 그를 처음 보는 것이었다. 그가 그 문제에 대해 그녀와 이야기하고 싶어하지 않았고 그녀 역시 아무 말도 하지 않았다. 자신이 옳았다는 게 확실히 입증되었으니 굳이 말이 필요치 않다고 생각했던 것이다. 그녀는 오빠에 대한 예의와 동정심에서 그 사태에서 얻을 수 있는 결론에 대해서도 말하지 않았다. 그가 얻을 수 있는 결론은 한 가지밖에 없었다. 대그니는 그가 이사회에서 한 연설에 대해 전해 듣고 경멸감과 재미있어하는 마음으로 어깨를 으쓱했다. 그녀의 공을 자기 것으로 돌려 그의 목적을 이루는 데 도움이 되었다면 이제부터는 자기이익을 위해서라도 그녀가 하는 일을 방해하지 않을 것이기 때문이었다.

"넌 이 회사를 위해 무슨 일이든 할 수 있는 사람은 너뿐이라고 생각하지?"

대그니는 어리둥절해서 그를 바라보았다. 그는 잔뜩 흥분해 그녀의 책상 앞에 서서 새된 목소리를 냈다.

"넌 내가 회사를 망쳤다고 생각하지, 그렇지? 이제 회사를 구할 사람은 너뿐인 줄 알지? 내가 멕시코 투자로 입은 손실을 만회할 방법이 없다고 생각하지?" 그가 외쳤다.

대그니가 천천히 물었다. "원하는 게 뭐야?"

"너한테 전해줄 소식이 있어. 내가 몇 달 전에 말한 철도연맹 과열경쟁방지 규정 기억나지? 넌 그걸 좋아하지 않았어. 전혀."

"기억나. 그게 어째서?"

"통과됐어."

"뭐가 통과돼?"

"과열경쟁방지 규정. 바로 몇 분 전에. 연맹 총회에서. 앞으로 9개월 후면 콜로라도에 피닉스-두랑고 철도는 없을 거야!"

대그니가 벌떡 일어서자 책상 위에 있던 유리 재떨이가 바닥으로 떨어졌다.

"더러운 개자식들!"

제임스 태거트는 꼼짝도 하지 않고 서 있었다. 그는 미소를 흘리고 있었다.

대그니는 자신이 그의 앞에서 무방비 상태로 부들부들 떨었고, 그가 자신의 그런 모습을 즐기고 있다는 것을 알았지만 아무 상관 없었다. 그녀는 그런 그의 미소를 보자 맹렬한 분노가 한순간에 싹 가셨다. 그녀는 아무것도 느끼지 않았다. 그녀는 차갑고 냉정한 호기심으로 그 미소를 유심히 바라보았다.

그들은 서로 마주 보고 서 있었다. 제임스 태거트는 처음으로 대그니가 두렵지 않은 듯했다. 그는 빙글거리며 웃고 있었다. 그 일은 그에게 경쟁자를 파멸시킨 것 이상의 의미가 있었다. 그것은 댄 콘웨이에 대한 승리가 아니라 대그니에 대한 승리였다. 대그니는 왜, 어떻게 그럴 수 있는지 알 수 없었지만 그는 그것을 알고 있음을 확신했다.

여기, 그녀 앞에, 제임스 태거트 안에, 그리고 그를 미소 짓게 하는 것 안에 그녀가 알지 못하는 비밀이 숨어 있으며, 그 비밀을 반드시 알아내야 한다는 생각이 대그니의 뇌리를 스쳤다. 하지만 그 생각은 바로 사라졌다.

그녀는 찬바람이 일 정도로 휙 돌아서서 옷장의 코트를 꺼냈다.

"어디 가는 거야?"

제임스 태거트가 물었다. 실망과 약간의 걱정이 어린 목소리였다.

대그니는 대답하지 않고 사무실 밖으로 뛰쳐나갔다.

◆

"댄, 당신은 그들과 맞서 싸워야 해요. 제가 돕겠어요. 제가 가진 걸 다 동원해서 당신을 위해 싸우겠어요."

댄 콘웨이는 고개를 저었다.

그는 책상에 앉아 있었다. 그의 책상에는 달랑 낡은 압지만 깔려 있었고, 사무실 한 귀퉁이에 희미한 전등이 밝혀져 있었다. 대그니는 피닉스-두랑고 뉴욕 사무실로 곧장 달려왔던 것이다. 콘웨이는 아직 사무실에 있었다. 그는 대그니가 들어오는 것을 보고 미소를 지었다.

"재미있군. 당신이 올 거라고 생각했소." 콘웨이가 말했다.

그의 목소리는 부드러웠으나 생기가 없었다. 두 사람은

서로 잘 아는 사이는 아니었지만 콜로라도에서 몇 번 만난 적이 있었다.

"아니, 부질없는 일이오." 콘웨이가 다시 말했다.

"철도연맹에 한 서약 때문에 그런가요? 그 서약은 문제가 되지 않을 거예요. 이건 명백한 재산 몰수예요. 법정에서도 지지하지 않을 거예요. 제임스가 약탈자들이 내세우는 '공공복지'를 들고 나오면 제가 증언대에 서서 태거트 대륙횡단철도는 콜로라도의 물동량 전체를 소화할 수 없다고 말하겠어요. 재판에서 져도 앞으로 10년 동안 계속 항소하면 돼요."

"그래요. 그럴 수 있겠지…… 이긴다는 확신은 없지만 노력은 해볼 수 있지. 그렇게 몇 년 더 철도에 매달릴 수 있겠지……. 하지만 난 법적인 문제 때문에 이러는 게 아니오. 그런 게 아니오."

"그럼 뭐죠?"

"대그니, 난 싸우고 싶지 않아요."

대그니는 믿을 수 없다는 듯 그를 빤히 쳐다보았다. 댄 콘웨이는 평생 그런 말을 한 적이 없었음이 분명했다. 늦은 나이에 사람이 그렇게 바뀔 수는 없었다.

댄 콘웨이는 쉰을 바라보는 나이였다. 둔감하고 고집스런 인상을 주는 네모진 얼굴은 회사 사장보다는 거친 화물 기사에 더 어울렸다. 그것은 젊은 구릿빛 피부와 희끗희끗한 머리를 가진 전사의 얼굴이었다. 그는 애리조나의 작은 철도회사를 인수했는데, 순수익이 장사 잘 되는 식료품점만도 못한 불안정한 회사였다. 그런 회사를 그가 남서부 최고의 철도회사로 키워놓았다. 그는 말수가 적었고 책은 거의 읽지 않았으며 대학은 문턱에도 가보지 못했다. 그는 세상사에 무관심했고 사람들이 교양이라고 부르는 것과는 담을 쌓고 살았다. 하지만 그는 철도를 알았다.

"왜 싸우고 싶지 않은 거죠?"

"그들에게는 그럴 권리가 있으니까."

"댄, 지금 제정신이에요?"

"난 평생 약속을 깬 적이 없소. 법정에서 어떤 판결이 내려지든 상관없소. 나는 다수의 뜻에 따르기로 약속했소. 그러므로 그렇게 해야만 해요." 그가 억양 없는 목소리로 말했다.

"다수가 당신에게 이런 짓을 할 거라고 예상했나요?"

"아니요."

콘웨이의 둔감한 얼굴에 희미한 경련이 일었다. 그는 아직 무력한 충격에서 벗어나지 못한 상태였다.

"예상하지 못했소. 1년 넘게 그런 이야기가 들렸지만 설마 했소. 투표가 진행될 때도 설마 했고." 그는 대그니를 보지 않고 부드럽게 말했다.

"애초에 뭘 기대한 거죠?"

"난…… 우리가 공익을 지향한다는 말을 믿었소. 그리고 내가 콜로라도에서 일을 잘했다고 생각했소. 모두를 위해."

"오, 당신은 바보예요! 바로 그래서 당신이 벌을 받았다는 걸 모르나요? 너무 잘해서?"

콘웨이는 고개를 저었다.

"난 이해할 수가 없소. 하지만 그래도 빠져나갈 길은 없소."

"그들에게 스스로 파멸하겠다고 약속했나요?"

"우리에겐 선택권이 없는 듯하오."

"그게 무슨 뜻이죠?"

"대그니, 지금 전 세계가 끔찍한 상태에 있소. 뭐가 잘못된 건지 모르겠지만 뭔가 심각하게 잘못 됐소. 모두가 힘을 합쳐 빠져나갈 길을 찾아야 해요. 그런데 다수가 아니라면 누가, 어떤 길을 택할지 결정할 수 있겠소? 나는 그것만이 공정한 결정 방법이라고 생각해요. 다른 방법은 모르겠소. 누군가는 희생되어야 해요. 그게 나라고 해도 난 불평할 권리가 없소. 권리는 다수에게 있으니까. 모두가 단결해야 해요."

대그니는 분노에 떨며 애써 차분히 말했다. "그게 단결의 대가라면 난 어떤 인간들과도 함께 어울려 살고 싶지 않아요! 절대로! 다른 사람들이 우리를 파멸시켜야만 생존

할 수 있다면 우리가 왜 그들의 생존을 희망해야 하죠? 그 무엇도 자기희생을 정당화시킬 수는 없어요. 그 무엇도 그들에게 사람을 희생양으로 만들 권리를 줄 수 없어요. 그 무엇도 최고를 파괴하는 걸 도덕적 행위로 만들 수는 없다고요. 잘한다고 벌을 받는 건 말이 안 돼요. 능력이 있다고 벌을 받을 수는 없어요. 만일 그게 옳다면 차라리 우리는 서로를 학살하는 게 나아요. 세상에는 권리란 게 존재하지 않을 테니까."

콘웨이는 대꾸하지 않았다. 그는 무력하게 대그니를 바라보고만 있었다.

"이 세상이 그런 곳이라면 우리가 어떻게 여기서 살 수 있겠어요?" 대그니가 물었다.

"모르겠소······." 콘웨이가 속삭이듯 대답했다.

"댄, 정말로 그게 옳다고 생각해요? 진짜로 마음속 깊이 그렇게 생각하는 건가요?"

"아니요."

콘웨이는 눈을 감고 대답했다. 그러더니 눈을 뜨고 대그니를 쳐다보았다. 대그니는 그의 눈에서 처음으로 고통을 보았다.

"그걸 이해해보려고 지금까지 이렇게 앉아 있었던 거예요. 그게 옳다고 생각해야 하는데 그럴 수가 없소. 말을 하려는데 혀가 움직이지 않는 듯한 기분이에요. 콜로라도에 있는 내 철도의 침목, 신호기, 교량이 생각나고, 그 철도를 위해 지새운 밤들이 주마등처럼 떠올라서……." 그는 팔에 얼굴을 묻었다. "아, 이건 너무 불공평해!"

대그니가 이를 악물고 말했다. "댄, 싸워요."

콘웨이는 고개를 들었다. 공허한 눈빛이었다.

"아니오. 그건 옳지 않아요. 내가 이기적이라 그런 거지."

"오, 그 말도 안 되는 소리 좀 그만해요! 다 알면서!"

"난 몰라요……."

몹시 지친 목소리였다.

"아까부터 앉아서 생각하고 또 생각했지만…… 뭐가 옳은 건지 알 수가 없소……."

그러고는 이렇게 덧붙였다. "이제 상관도 없고."

그 순간 대그니는 더 이상 설득해보아야 아무 소용 없고 댄 콘웨이는 이제 다시는 적극적인 활동을 보이지 않을 것임을 깨달았다. 하지만 무엇 때문에 그런 확신이 들었는지는 알 수 없었다. 그녀가 의아해하며 말했다.

"당신은 싸움을 포기하는 사람이 아니었어요."

"맞소. 그랬지……."

콘웨이의 조용한 목소리에 무관심한 놀라움이 담겨 있었다.

"난 폭풍우, 홍수, 낙석, 레일 균열과 싸워왔소……. 난 그것들과 어떻게 싸워야 하는지 알았고 그 싸움을 즐겼소……. 하지만 이런 싸움은, 이런 싸움은 할 수 없소."

"왜죠?"

"모르겠소. 세상이 왜 이렇게 생겼는지 누가 알겠소? 존 골트가 누구요?"

대그니는 움찔했다.

"그럼 이제 뭘 할 건가요?"

"모르겠소……."

"제 말은……." 대그니는 입을 다물었다.

그녀의 말이 무슨 뜻인지 그도 알고 있었기 때문이다.

"할 일이야 있지……. 경쟁 금지 지역은 콜로라도와 뉴 멕시코뿐일 거요. 내겐 아직 애리조나 노선이 있소." 콘웨이가 확신 없이 말했다.

그러고는 이렇게 덧붙였다. "20년 전에 그랬듯이…… 그곳 일만으로도 바쁠 거예요. 대그니, 난 지쳐가고 있소. 그동안 바빠서 몰랐는데 그런 것 같소."

대그니는 아무 말도 할 수 없었다.

"난 교통이 열악한 지역에 철도를 새로 건설하지 않을 거예요. 연맹에서 위로의 한 방법으로 그런 제안을 하는데, 말로만 떠드는 거지. 수백 킬로미터에 이르는 지역에 주민이라곤 자기 식구 먹을 만큼도 안 되는 농사를 짓는 농부 두엇뿐인데, 그런 곳에 철도를 만들어서 무슨 이문이 남겠소? 그리고 누가 이문도 안 남는 사업을 하겠소? 난 그런 지역에 철도를 건설한다는 것을 이해할 수 없소. 저들은 자신들이 무슨 말을 하고 있는지도 모르고 있소." 콘웨이가 여전히 무심한 목소리로 말했다.

"오, 교통이 열악한 지역 따위, 알 게 뭐예요! 제가 걱정하는 건 당신이에요. 앞으로 어떻게 살 건가요?"

대그니는 그 말을 하지 않을 수 없었다.

"모르겠소……. 그동안 시간이 없어서 하지 못한 일들이 많아요. 예를 들면 낚시 같은 거. 난 낚시를 좋아해요. 책도 좀 읽고 싶었고. 이제부터 느긋하게 살아볼 참이에요. 낚시나 다니면서. 애리조나에 좋은 곳이 많아요. 평화롭고, 조용하고, 사람이라곤 그림자도 찾아볼 수 없는……."

그는 대그니를 흘낏 보더니 덧붙였다. "신경 쓰지 말아요. 당신이 왜 내 걱정을 하는 거지요?"

"댄, 당신 개인에 관한 문제가 아니에요. 제가 당신의 싸움을 도우려는 건 당신을 위해서가 아니에요."

콘웨이의 얼굴에 엷은 미소가 번졌다. 다정한 미소였다.

"알고 있소."

"동정이나 자비심 따위로 이러는 게 아니에요. 난 콜로라도에서 당신과 혈전을 치르려고 했던 사람이에요. 필요하다면 당신과 경쟁해서 당신을 궁지로 몰아 아예 거기서 밀어내려고 했던 사람이라고요."

콘웨이가 쿡쿡 웃었다. 이해한다는 웃음이었다.

"당신이라면 멋지게 해냈을 거예요."

"하지만 그럴 필요가 없었죠. 우리가 함께 있어도 될 만큼 철도 수요가 많았으니까요."

"그랬지."

"하지만 만일 그렇지 않았다면 난 당신을 상대로 싸웠을 거예요. 그래서 우리 철도를 당신네 철도보다 더 훌륭하게 만들어 당신 회사를 무너뜨렸을 거고, 당신이 어떻게 되건 신경도 안 썼을 거예요. 하지만 이건…… 댄, 난 지금 우리 회사의 리오 노르테 노선을 보고 싶지도 않아요. 난…… 오, 세상에 댄, 난 약탈자는 되고 싶지 않아요!"

콘웨이는 잠시 조용히 그녀를 응시했다. 아주 멀리서 바라보는 듯한 기묘한 시선이었다. 그가 부드럽게 말했다.

"대그니, 당신은 100년 전쯤 태어났어야 했소. 그랬다면 기회를 얻을 수 있었을 거예요."

"상관없어요. 난 스스로 기회를 만들 거예요."

"나도 당신 나이 때 그런 생각을 했었지."

"당신은 성공했어요."

"내가?"

대그니는 앉은 채로 몸이 굳어버린 듯한 기분을 느꼈다.

콘웨이가 꼿꼿이 앉으며 명령이라도 내리듯 날카롭게 말했다. "당신은 리오 노르테 노선을 보고 싶지도 않다고 했는데 보는 게 좋을 거예요. 그것도 되도록 빨리. 우리가 떠나기 전에 우리 자리를 대신할 준비를 해둬요. 만일 그렇지 못하면 엘리스 와이엇을 비롯한 그곳의 기업가들은 끝장나는 거니까. 그들은 미국에 남아 있는 최고의 기업가들이에요. 그러니까 그런 사태가 일어나게 해서는 안 돼요. 이제 그 모든 게 당신에게 달려 있소. 콜로라도에서 경쟁자인 내가 없어지면 당신네 회사는 훨씬 더 힘들어질 거란 사실을 당신 오빠는 아무리 설명해줘도 모르겠지. 하지만 당신과 나는 알고 있소. 그러니까 당장 시작해요. 당신이 무얼 하건 약탈자가 되지는 않을 거요. 약탈자라면 그 지역에서 철도를 운행하며 버틸 수 없으니까. 당신이 그곳에서 무엇을 얻든 그건 당신 스스로 이룬 거요. 당신 오빠 같은 인간들은 아무것도 아니지. 이제 당신에게 달렸소."

대그니는 그를 바라보며 저런 사람을 패배시킨 것은 무엇일까 하고 궁금증이 일었다. 그녀는 그게 제임스 태거트는 아님을 알았다.

콘웨이도 궁금증과 씨름하는 듯 그녀를 바라보고 있었다. 그러더니 미소를 지었는데 놀랍게도 슬픔과 연민이 담긴 미소였다.

"나에 대해 애석해할 것 없어요. 우리 둘 중에 더 큰 고난을 앞두고 있는 사람은 당신이니까. 당신은 나보다 더 힘든 일을 겪게 될 테니까."

◆

대그니는 제철소로 전화를 걸어 오후에 행크 리어든과 만날 약속을 잡았다. 그녀는 수화기를 내려놓고 책상 위에 펼쳐진 리오 노르테 노선 지도를 들여다보았다. 그때 사무실 문이 열렸다. 대그니는 흠칫 놀라 고개를 들었다. 예고도 없이 문이 열리는 것은 생각지도 못한 일이었다.

사무실 안으로 들어선 사람은 모르는 얼굴이었다. 그는 젊고 키가 컸으며 왠지 폭력적인 느낌을 주었다. 그가 풍기는 첫인상이 오만에 가까운 자제력이라, 대그니는 무엇 때문에 그에게서 폭력적인 느낌을 받았는지 납득할 수 없었다. 그는 검은 눈동자에 헝클어진 머리를 하고 있었고, 옷은 비싸 보였지만 자신이 무엇을 입는지 신경도 쓰지 않고 그냥 걸친 듯했다.

"엘리스 와이엇이오." 그가 자신을 소개했다.

대그니는 무의식적으로 벌떡 일어났다. 밖에서 왜 아무도 그를 막지 못했는지 이제야 알 것 같았다.

"와이엇 씨, 앉으세요." 그녀가 미소를 지으며 말했다.

"그럴 필요 없소. 난 긴 회의는 안 하는 사람이니까." 와이엇이 웃음기 없는 얼굴로 대꾸했다.

대그니는 일부러 천천히 시간을 끌면서 의자에 앉아 뒤로 기대며 그를 응시했다.

"무슨 일이시죠?" 그녀가 물었다.

"이 썩어빠진 회사에 머리가 있는 사람은 당신뿐이라 당신을 만나러 왔소."

"내게 뭘 원하시나요?"

"내 최후통첩을 들어주시오." 와이엇은 지나치리만큼 또박또박 분명하게 말했다.

"난 태거트 대륙횡단철도가 앞으로 9개월 후에 콜로라도에서 우리의 철도 수요를 충족시킬 수 있기를 기대하오. 만일 당신들이 피닉스-두랑고를 상대로 부린 비열한 술수가 노력하지 않고 버티기 위한 목적이었다면 내가 이 자리에서 분명히 말해두는데, 그 대가를 톡톡히 치르게 될 거요. 내가 원하는 서비스를 당신들이 제공하지 못했을 때 난 당신들에게 아무 요구도 하지 않고 내가 원하는 서비스를 제공해줄 수 있는 철도회사를 찾아냈소. 지금 당신들은 나와 억지로 거래하려 하고 있소. 내가 당신들을 선택할 수밖에 없도록 만들고, 당신네 마음대로 조건을 정하려 하고 있소. 무능한 당신네 수준에 맞춰 내 사업을 끌어내리려 하고 있소. 그건 계산 착오라는 말을 하려고 왔소."

대그니가 애써 천천히 말했다. "콜로라도에서 어떤 서비스를 제공할 계획인지에 대해 말씀드릴까요?"

"아뇨. 난 토론이나 계획 같은 것에는 관심 없소. 운송만 잘해주면 되니까. 그걸 어떻게 해낼지는 당신네 문제이지 내가 신경 쓸 일이 아니오. 난 경고하러 왔을 뿐이오. 나와 거래하려면 내 조건에 따라야 하오. 난 무능력자와 타협하지 않소. 내가 생산한 석유를 운송해 돈을 벌고 싶다면 당신네도 나처럼 유능해야만 하오. 무슨 뜻인지 이해했기를 바라오."

"이해했습니다." 대그니가 조용히 말했다.

"당신이 내 최후통첩을 심각하게 받아들여야 하는 이유를 설명하느라 시간을 낭비하진 않겠소. 이런 썩은 회사가 그래도 제구실을 할 수 있도록 이끌어갈 머리가 있는 사람이라면 굳이 설명하지 않아도 알 테니까. 태거트 대륙횡단 철도가 5년 전과 같은 방식으로 콜로라도에서 열차를 운행한다면 내 사업을 망쳐놓으리란 건 우리 둘 다 이미 알고 있소. 그리고 당신들이 지금 그럴 작정이란 걸 난 알고 있소. 당신들은 내 시체를 뜯어먹으며 다음 희생양이 나타나기를 기다리겠지. 그게 오늘날 대부분의 인간들이 살아가는 방식이니까. 내 최후통첩은 이것이오. 이제 당신들은 나를 파멸시킬 힘을 가졌고, 나는 최후를 맞게 될지도 모르오. 하지만 난 결코 혼자 쓰러지지는 않을 거요. 당신들도 다 파멸시킬 테니까."

대그니는 무감각하게 그 매질을 받아들이고 있었지만 가슴 한구석이 불에 덴 듯 아팠다. 그녀는 엘리스 와이엇 같은 사람들과 함께 일하고 싶어서 그런 사람들을 찾으며 보낸 세월에 대해 이야기하고 싶었다. 그의 적이 곧 자신의 적이고 자신도 그와 똑같은 싸움을 벌이고 있다고 말하고 싶었다. 그녀는 엘리스 와이엇에게 이렇게 외치고 싶었다. "난 당신의 적이 아니라고요!" 하지만 그럴 수 없음을 잘 알고 있었다. 그녀에게는 태거트 대륙횡단철도의 이름으로 행해지는 모든 것에 대한 책임이 있었고, 지금은 자신을 변명할 자격이 없었다.

그녀는 꼿꼿이 앉아서 엘리스 와이엇처럼 차분하고 솔직한 눈빛으로 그를 마주 보며 침착하게 말했다.

"와이엇 씨, 당신은 원하는 운송서비스를 받게 될 겁니다."

엘리스 와이엇의 얼굴에 놀라움이 스쳤다. 그가 예상했던 태도나 대답이 아니었던 것이다. 어쩌면 그는 대그니가 말하지 않은 것에 더 놀란 것인지도 몰랐다. 그녀는 방어적인 말을 하거나 핑계를 대지 않았다. 와이엇은 잠시 그녀를 빤히 쳐다보았다. 그러고는 한결 부드러운 목소리로 말했다.

"좋아요. 고맙습니다. 그럼 이만."

대그니는 고개를 살짝 숙였다. 와이엇은 고개를 숙여 인사하고 밖으로 나갔다.

◆

"행크, 그렇게 된 거예요. 난 리오 노르테 노선 공사를 12개월 내로 끝내기 위해 거의 불가능한 일정을 세워놨어요. 그런데 이제 그 일정을 9개월로 단축시켜야 해요. 당신은 1년에 걸쳐 우리에게 레일을 납품하기로 되어 있었죠. 그걸 9개월로 단축시킬 수 있을까요? 가능하다면 꼭 그렇게 해주세요. 안 그러면 달리 방법을 강구해봐야 하니까요."

리어든은 책상에 앉아 있었다. 그의 수척한 얼굴에 수평으로 절개해놓은 듯한 두 개의 차가운 푸른 눈이 수평 상태를 유지하며 무심히 반쯤 감겨 있었다. 그가 차분히 대꾸했다.

"그러지요."

대그니는 뒤로 기대앉았다. 그 짤막한 대답은 충격이었다. 그 순간 그녀가 느낀 것은 단순한 안도감이 아니었다. 그의 대답이 확실한 보장이 된다는 깨달음이었다. 그녀에게는 증거도, 질문도, 설명도 필요치 않았다. 자신이 하는 말의 의미를 아는 남자의 짤막한 한마디로 복잡한 문제가 해결된 것이다.

"그렇게 노골적으로 안도감을 드러내면 안 되지요." 리어든이 조롱하듯 말했다.

그는 가늘게 뜬 눈으로 대그니를 바라보며 수수께끼 같은 미소를 지었다.

"그럼 내가 태거트 대륙횡단철도를 마음대로 조종할 수 있다고 생각할 수도 있으니까."

"이미 당신은 그걸 알고 있잖아요."

"그래요. 난 그걸 이용할 생각이고요."

"예상한 일이에요. 얼마를 원하시죠?"

"오늘 이후 납품분에 대해 톤당 20달러씩 더 받지요."

"엄청난 인상이군요. 그게 당신이 제시할 수 있는 최선의 가격인가요?"

"아니요, 내가 받으려는 가격이지요. 내가 그 두 배를 불러도 당신은 받아들일 수밖에 없어요."

"맞아요. 하지만 당신은 두 배는 부르지 않을 거예요."

"왜죠?"

"당신도 리오 노르테 노선이 완성되기를 원하니까요. 그 노선은 리어든 금속의 첫 전시장이 될 테니까요."

리어든은 조용히 웃었다.

"맞아요. 난 상대가 호의를 베풀 거라는 환상을 품지 않는 사람과 거래하는 게 좋아요."

"당신이 가격을 더 올려달라고 했을 때 내가 왜 안도했는지 알아요?"

"왜죠?"

"호의를 베푸는 척하지 않는 사람과 처음으로 거래하게 됐으니까요."

리어든은 즐거운 미소를 지었다.

"당신은 늘 솔직하군요, 안 그래요?" 그가 물었다.

"당신도 그런 걸로 알고 있어요."

"난 그럴 수 있는 사람이 나뿐인 줄 알고 있었어요."

"행크, 그런 면에서 보면 난 아직 건재해요."

"언젠가는 내가 당신을 무너뜨리게 될 거예요."

"왜요?"

"늘 그러고 싶었으니까."

"겁쟁이는 지금 있는 사람들만으로도 충분하지 않나요?"

"바로 그런 이유로 당신을 무너뜨리고 싶은 거지요. 당신만이 유일한 예외이니까. 그러니까 당신은, 내가 당신의 위기를 이용해 최대한 이익을 챙겨야 한다고 생각하는 건가요?"

"물론이죠. 난 바보가 아니니까요. 당신은 내 편의를 봐주기 위해 사업을 하는 게 아니잖아요."

"그걸 바라는 마음은 없어요?"

"행크, 난 남을 등쳐먹는 사람이 아니에요."

"레일 값을 지불하기 벅차지 않겠어요?"

"그건 내 문제예요. 당신이 신경 쓸 일이 아니에요. 난 레일을 원해요."

"톤당 20달러씩을 더 주고?"

"그래요, 행크."

"좋아요. 레일을 공급해주겠어요. 엄청난 수익을 올리겠군. 수금 전에 태거트 대륙횡단철도가 망할 수도 있지만."

대그니는 웃음기 없는 얼굴로 말했다. "9개월 내로 공사를 끝내지 못하면 태거트 대륙횡단철도는 **망할** 거예요."

"당신이 있는 한 그런 일은 없을 거예요."

미소가 가신 리어든의 얼굴은 활기가 없었지만 차갑고 명석한 두 눈만은 살아서 반짝이고 있었다. 하지만 그 두 눈으로 지각한 것들을 통해 무엇을 느끼는지는 아무도 알 수 없었다. 어쩌면 그 자신도 모를 수 있었다.

"그들이 발악을 해서 결국 당신을 더 힘들게 만들었군요, 안 그래요?" 그가 말했다.

"맞아요. 콜로라도가 우리 태거트 철도를 구해줄 거라고 믿고 있었는데, 이제 내가 콜로라도를 구해야 할 처지예요. 9개월 후면 댄 콘웨이는 콜로라도에서 철수할 거예요. 그때까지 모든 준비가 끝나지 않으면 다 헛수고가 되고 말아요. 일주일, 한 달은 고사하고 하루만 운송이 멈춰도 상황은 심각해져요. 그곳 기업들의 무시무시한 성장 속도를 감안하면 갑자기 멈췄다가 다시 움직이는 건 불가능해요. 시속 300킬로미터로 달리는 열차에 급브레이크를 밟는 것과 같으니까요."

"알아요."

"난 철도를 잘 운영할 수 있어요. 하지만 순무도 제대로 못 키워내는 소작농들이 사는 지역에서는 철도를 운영할 수 없어요. 난 우리 열차들이 실어나를 화물을 공급해줄 엘리스 와이엇 같은 사람들이 필요해요. 그래서 앞으로 9개월 안에 그에게 철도와 열차를 제공해야만 해요. 그러기 위해선 우리 모두 지옥의 강행군을 견뎌야 한다고 해도 말이에요!"

리어든이 재미있어하는 미소를 지었다.

"결심이 아주 대단하군요."

"당신은 안 그런가요?"

리어든은 미소만 지을 뿐 대답하지 않았다.

"당신은 그 일에 관심이 없나요?" 대그니가 거의 화난 목소리로 물었다.

"없어요."

"그럼 그 일의 의미를 알지 못하는 건가요?"

"앞으로 9개월 내로 나는 레일을 만들어내고 당신은 그걸 설치할 거라는 것만 알고 있지요."

대그니는 화를 누그러뜨리며 미소를 지었다. 지친 듯하면서 약간 겸연쩍어하는 미소였다.

"그래요. 우린 해낼 거예요. 제임스와 그 일당들에게 분노해봐야 소용없는 일이죠. 우리에겐 그럴 시간이 없어요. 먼저 난 그들이 벌여놓은 일을 수습해야 해요. 그리고 그 다음엔……."

그녀는 말을 끊고 생각하다가 고개를 저으며 어깨를 으쓱했다.

"그들 따윈 안중에도 없을 거예요."

"맞아요. 그럴 거예요. 나도 과열경쟁방지 규정에 대해 듣고 구역질이 났어요. 하지만 그 염병할 자식들에 대해선 걱정하지 말아요."

그의 얼굴과 목소리가 차분해 '염병할 자식들'이라는 말이 충격적일 정도로 거칠게 들렸다.

"당신과 난 늘 그들이 벌인 짓들의 결과로부터 이 나라를 구하고 있을 거예요." 그는 벌떡 일어나서 서성거리며 말했다.

"콜로라도는 멈추지 않을 거예요. 당신은 해낼 거예요. 그럼 댄 콘웨이도 돌아올 거예요. 다른 사람들도. 지금의 광기는 일시적인 것으로 오래가지 못할 거예요. 발광한 거니까 결국 자멸할 수밖에 없어요. 당신과 내가 당분간 조금 더 열심히 뛰면 되는 거예요."

대그니는 사무실을 서성이는 키가 큰 그를 지켜보았다. 사무실은 그와 잘 어울렸다. 사무실에는 그에게 필요한 가구 몇 점밖에 없었다. 모두 근본적인 목적에 맞게 엄격히 단순화된 가구들로 최고급 자재와 빼어난 디자인이 돋보이는 엄청난 고가품이었다. 사무실이 마치 하나의 모터 같았다. 대형 유리창이라는 유리상자 안에 든 모터. 하지만 놀라운 소품이 하나 눈에 띄었다. 서류 캐비닛 위에 놓인 비취 화병이었다. 단단한 암녹색 돌을 반들반들하게 다듬어 만든 것으로, 그 매끄러운 곡선을 만져보고 싶은 충동을 억제하기 힘들었다. 그 육감적인 모습은 엄격한 느낌의 사무실 집기들과 부조화를 이루어 놀라움을 주었다.

"콜로라도는 위대한 곳이에요. 미국에서 가장 위대한 땅이 될 거예요. 내가 그곳에 관심이 있다는 걸 모르겠어요? 콜로라도 주는 내 최고의 고객이 될 거예요. 당신 회사의 화물 운송에 관한 보고서를 읽어보면 알겠지만."

"알아요. 읽었어요."

"몇 년 내로 그곳에 공장을 지을 생각이에요. 내 고객들이 당신 회사에 지불하는 운송비를 절약할 수 있도록. 그렇게 되면 철강 화물이 심각하게 줄어들 거예요." 리어든이 대그니를 흘낏 보며 말했다.

"그렇게 하세요. 난 당신 공장에서 쓰는 물품, 거기서 일하는 사람들을 위한 식료품, 당신 공장을 따라 들어올 공장들의 화물을 운송하는 것으로 만족할 테니까요. 어쩌면 철강 화물이 줄어든 걸 깨달을 틈도 없게 될지도…… 왜 웃는 거죠?"

"놀라운 일이에요."

"뭐가요?"

"당신이 다른 모든 사람처럼 반응하지 않는 것이."

"그래도 당분간은 당신 회사가 태거트 대륙횡단철도의 가장 중요한 고객이란 걸 인정하지 않을 수 없어요."

"내가 그걸 모를 것 같아요?"

"그래서 제임스의 행동을 이해할 수가……." 대그니는 말을 멈추었다.

"그가 내 사업을 방해하려고 기를 쓰는 것 말인가요? 그건 당신 오빠 제임스가 멍청하기 때문이지요."

"맞아요. 하지만 단순히 그것만은 아니에요. 멍청한 것보다 더 심각한 뭔가가 있어요."

"그를 이해하려고 애쓰면서 시간 낭비할 필요 없어요. 멋대로 하도록 내버려둬요. 그는 아무에게도 위협이 되지 못하니까. 제임스 태거트 같은 인간들은 세상을 시끄럽게 만들기만 할 뿐이지요."

"그런 것 같아요."

"참, 내가 레일 납품을 앞당길 수 없다고 했으면 어쩔 작정이었어요?"

"측선을 뜯어내거나 지선을 폐쇄시켜 낡은 레일으로라도 리오 노르테 노선 공사를 제때 마무리할 생각이었어요."

리어든은 조용히 웃었다.

"그래서 내가 태거트 대륙횡단철도에 대해선 걱정을 하지 않는 거예요. 하지만 측선의 낡은 레일을 뜯어낼 필요는 없어요. 내가 사업을 하고 있는 한은."

대그니는 그가 감정이 없는 사람이라고 생각했던 자신의 판단이 틀렸음을 깨달았다. 그의 태도 뒤에는 즐거움이 숨겨져 있었다. 그러고 보니 그와 함께 있을 때면 늘 마음이 편안했고 그도 마찬가지인 듯했다. 그녀가 아는 사람 중에 긴장하거나 애쓰지 않고 편안히 대화할 수 있는 상대는 그뿐이었다. 리어든은 그녀가 존경하는 정신이며 도전해서 싸울 가치가 있는 역경이었다. 하지만 그에게서는 늘 닫힌 문 같은 묘한 거리감이 느껴졌다. 그의 태도에는 결코 닿을 수 없는 무언가를 품은 사람의 비인간적인 느낌이 있었다.

리어든은 창가에 서서 밖을 내다보고 있었다.

"오늘 레일 첫 선적분이 인도되는 날이라는 거 알고 있어요?" 그가 물었다.

"물론 알고 있죠."

"이리 와봐요."

대그니는 그가 있는 곳으로 다가갔다. 그가 말없이 창밖을 가리켰다. 저 멀리 제철소 건물 너머 철도 측선에서 곤돌라가 한 줄로 서서 대기하고 있었다. 그 위로 하늘에 걸린 듯한 크레인이 움직이고 있는 것이 보였다. 크레인의 둥근 자석판에 레일들이 달라붙어 있었다. 하늘에는 잿빛 구름이 잔뜩 끼어 있어서 해가 보이지 않았지만 레일들이 허공에서 빛을 받기라도 한 것처럼 반짝거렸다. 레일 금속은 초록빛이 도는 푸른색이었다. 크레인의 거대한 사슬이 화물열차 위에서 멈추어 하강하다가 짤막한 경련을 일으키며 레일들을 화물열차에 쏟아놓았다. 그러고는 당당하고 무심하게 되돌아갔다. 그 모습은 마치 지상의 인간들 머리 위에 거대하게 그려진 기하학의 법칙 같았다.

두 사람은 창가에 서서 그 광경을 유심히 바라보았다. 대그니는 크레인이 다시 초록빛이 도는 푸른 금속을 하늘로 들어올릴 때까지 침묵을 지키고 있다가 입을 열었다. 그녀가 처음으로 한 말은 레일이나 철도, 납품 기한을 지키는 주문에 관한 것이 아니었다. 그녀는 새로운 자연현상을 맞이하기라도 하듯 말했다.

"리어든 금속……."

리어든은 그 말뜻을 알아챘지만 아무 말도 하지 않았다. 그는 대그니를 흘낏 쳐다본 후 다시 창밖을 보았다.

"행크, 정말 대단해요."

"그래요."

리어든이 단순하고 솔직하게 말했다. 그의 목소리에는 우쭐한 기쁨도, 겸손함도 들어 있지 않았다. 그것은 자신의 위대성을 상대가 인정해주는 것을 알고 스스로도 인정하는 행위로 결국 대그니에 대한 경의의 표시였다. 희귀한 사람이 또 다른 희귀한 사람에게 표하는 경의.

대그니가 말했다. "그 금속이 어떤 기적을 이뤄낼지 생각하면……. 행크, 지금 세상에서 가장 중요한 일이 일어나고 있는데 아무도 그걸 모르고 있어요."

"우린 알고 있지요."

그들은 서로를 바라보지 않았다. 크레인을 지켜보았다. 대그니는 저 멀리 있는 기관차 정면의 TT(Taggart Transcontinental, 태거트 대륙횡단철도의 약자−옮긴이)라고 쓰인 글씨를 알아보았다. 그녀는 태거트 철도에서 가장 혼잡한 공장 측선을 알아볼 수 있었다.

"디젤기관차를 만들 수 있는 공장을 찾아내는 즉시 리어든 금속으로 만든 디젤기관차를 주문하겠어요." 그녀가 말했다.

"당신에게 꼭 필요한 물건이 될 거예요. 지금 리오 노르테 노선에서 열차가 얼마나 빨리 달릴 수 있죠?"

"지금요? 운 좋으면 시속 30킬로미터요."

리어든은 화물열차들을 가리켰다.

"저 레일을 깔면 시속 400킬로미터도 가능할 거예요."

"몇 년 안에 그렇게 될 거예요. 강철 무게의 반밖에 안 되면서 안전도는 두 배나 높은 리어든 금속으로 만든 열차를 확보하게 되면요."

"비행기에도 경계심을 가져야 할 거예요. 우린 지금 리어든 금속으로 비행기를 만드는 연구를 하고 있으니까. 무게는 거의 나가지 않으면서 무엇이든 실어나를 수 있는 비행기. 당신은 장거리 중화물 항공 운송의 시대를 보게 될 거예요."

"난 그 금속이 모터를(어떤 모터든) 어떻게 바꿔놓을지, 어떤 물건이 고안될 수 있을지에 대해 생각해왔어요."

"닭장 철망은 어떻게 바꿔놓을지 생각해봤어요? 리어든 금속으로 만든 평범한 닭장 철망. 가격은 1킬로미터에 몇 페니밖에 안 되면서 수명은 200년 정도 되는 그런 철망. 싸구려 잡화점에서 산 닭장 철망을 대를 물려 쓰는 거지요. 그리고 어뢰를 맞아도 끄떡없는 대양 정기선도 만들 거예요."

"내가 리어든 금속으로 만든 통신선을 시험 중이라는 말을 했나요?"

"난 시험을 하도 많이 하고 있어서 사람들에게 리어든 금속으로 뭘 어떻게 만들 수 있을지 다 보여줄 수도 없을 지경이에요."

그들은 리어든 금속과 그 무궁무진한 가능성들에 대해 이야기했다. 그들은 마치 산꼭대기에 서서 끝도 없이 펼쳐진 평원과 사방으로 뻗은 길들을 내려다보고 있는 듯했다. 하지만 그들은 그저 수치, 무게, 압력, 내구성, 비용에 대한 이야기를 하고 있을 뿐이었다.

대그니는 오빠와 철도연맹에 대해서는 까맣게 잊고 있었다. 늘 그녀의 시야를 가려온 모든 문제와 사람, 사건도 잊고 있었다. 무시하고 얼른 지나쳐버려야 할, 진짜 삶과는 거리가 먼 것들. '**이런 게** 진짜 삶이다. 분명한 윤곽, 목적, 가벼움, 희망.' 대그니는 그런 생각이 들었다. 이것이 오래전부터 그녀가 원했던 삶의 방식이었다. 그녀는 진짜가 아닌 삶은 살고 싶지 않았다.

그녀가 리어든을 바라본 순간 리어든도 그녀에게 시선을 돌렸다. 그들은 서로 아주 가까이 서 있었다. 그녀는 그의 눈을 보고 그도 자신과 같은 것을 느끼고 있음을 알 수 있었다. 그녀는 이렇게 결론지었다. '만일 기쁨이 존재의 목적이자 핵심이라면, 그리고 우리에게 기쁨을 줄 수 있는 것이 우리의 가장 깊은 비밀로서 늘 안전하게 보호받고 있다면 지금 이 순간 우리는 서로의 적나라한 모습을 본 것이나 다름없다.'

리어든이 뒤로 한 발 물러서며 냉정한 경이감이 깃든 이상한 목소리로 말했다. "우린 한 쌍의 악당이로군요, 안 그래요?"

"왜요?"

"우린 정신적인 목표나 자질이 없으니까. 우리가 추구하는 건 물질적인 것들뿐이니까. 우린 물질적인 것들에만 신경 쓰니까."

대그니는 이해할 수 없다는 듯 그를 빤히 쳐다보았다. 하지만 리어든은 그녀를 지나쳐 멀리 있는 크레인을 바라보았다. 대그니는 그가 그런 말을 하지 않았으면 좋았을 것이라고 생각했다. 그런 비난이 마음에 걸리는 것은 아니었다. 그녀는 자신을 그런 식으로 생각해본 적이 단 한 번도 없었고 죄의식 같은 건 전혀 느낄 수 없었다. 하지만 뭐라고 설명할 수 없는 막연한 두려움이 일었다. 그가 그런 말을 하도록 만든 것이 무엇인지는 몰라도 심각한 중요성을 지녔으며 그에게 위험한 것이라는 느낌 때문이었다. 리어든은 무심코 그 말을 뱉은 게 아니었다. 하지만 그의 목소리에는 아무런 감정도 실려 있지 않았다. 애원도, 수치심도 없었다. 사실을 이야기하듯 무관심하게 말했을 뿐이다.

대그니는 리어든의 얼굴을 바라보았다. 그러자 두려움이 사라졌다. 리어든은 창밖 자신의 제철소를 보고 있었다. 그의 얼굴에는 죄책감도, 의혹도 없었다. 꺾이지 않은 자신감을 나타내는 침착함만이 있었다.

"대그니, 우리가 무엇이든 세상을 움직이는 건 우리이고, 그 일을 끝까지 해낼 사람들도 우리예요." 그가 말했다.

단코니아 가(家)의 정점

처음 그녀의 눈에 들어온 것은 신문이었다. 신문은 대그니의 사무실로 들어서는 에디의 손에 꽉 쥐어져 있었다. 대그니는 에디의 얼굴을 살폈다. 긴장하고 당혹스러워하는 얼굴이었다.

"대그니, 많이 바빠?"

"왜?"

"그에 대한 이야기 싫어하는 건 알지만 이건 꼭 읽어봐야 할 것 같아서."

대그니는 말없이 신문을 향해 손을 내밀었다.

1면에 산세바스티안 광산을 국유화한 멕시코 정부가 그 광산이 무가치하다는 사실을 발견했다는 기사가 실려 있었다. 그곳에는 5년간의 공사와 수백만 달러의 투자금을 정당화할 만한 게 아무것도 없고 힘들여 파놓은 빈 갱도들

뿐이었다. 구리가 조금 묻혀 있기는 했지만 채굴작업을 할 만큼의 양은 못 되었다. 그곳에는 엄청난 광맥이 존재하지도, 존재할 가능성이 있지도 않았고, 사람을 현혹시킬 만한 특징 같은 것도 없었다. 멕시코 정부는 속았다는 생각에 분해서 어쩔 줄 모르며 비상 회의를 열고 있다고 했다.

대그니는 기사를 다 읽고 난 후에도 한참이나 신문을 들여다보고 있었다. 에디는 처음 그 기사를 본 순간 이유를 알 수 없는 공포가 엄습하는 것을 느꼈는데 자신의 그런 예감이 옳았음을 지금 확인할 수 있었다.

에디는 잠자코 기다렸다. 대그니가 고개를 들었다. 하지만 에디를 보지는 않았다. 그녀는 저 먼 곳에 있는 형체를 알아보려고 애쓰듯 허공을 골똘히 응시하고 있었다.

에디가 낮은 목소리로 말했다. "프란시스코는 바보가 아니야. 그가 아무리 타락했다고 해도(난 이제 그가 타락한 이유를 알아내는 걸 포기했지만) 어쨌건 그는 바보가 아니야. 그가 그런 실수를 저질렀을 리 없어. 불가능한 일이야. 난 도무지 이해할 수 없어."

"난 이해가 되려고 하는데."

대그니는 몸서리치듯 경련을 일으키며 꼿꼿이 앉았다.

그녀가 말했다. "웨인 포클랜드 호텔에 전화해서 그 개자식한테 내가 만나자고 한다고 전해."

"대그니, 프리스코 단코니아지."

에디가 책망 어린 슬픈 목소리로 말했다.
"옛날에는 그랬지."

◆

대그니는 황혼이 깔리기 시작한 거리를 걸어 웨인 포클랜드 호텔로 갔다. "언제든 찾아오래." 에디가 전해준 말이었다. 구름 아래 높은 창문 몇 개에 불이 밝혀져 있었다. 고층 건물들은 마치 더 이상 배들이 다니지 않는 텅 빈 바다에 꺼져가는 약한 신호를 보내는 방치된 등대 같았다. 눈발 몇 송이가 빈 상점들의 검은 유리창을 지나 인도 진흙에 떨어져 녹았다. 어둠 속으로 아스라이 뻗은 거리에 붉은 등들이 일렬로 걸려 있었다.

그녀는 자신이 왜 달리고 싶은지, 달려야만 할 것 같은 기분을 느끼는지 의아했다. 하지만 이 거리를 달리고 싶은 것은 아니었다. 태거트 가 사유지의 태양이 작열하는 초록 언덕을 달려 내려가고 싶었다. 언덕 아래 허드슨 강변의 도로를 향해. 에디가 "프리스코 단코니아다!" 하고 외치면 그녀는 늘 그렇게 달렸다. 그녀와 에디는 프란시스코 단코니아가 탄 차를 향해 언덕을 나는 듯 달려 내려갔다.

어린 시절 프란시스코 단코니아는 그들이 손꼽아 기다리던 손님이었다. 그가 올 때면 셋에서 달리기 경주를 벌였다. 도로와 집 중간쯤에 자작나무 한 그루가 있었는데, 대그니와 에디는 프란시스코보다 더 빨리 달려 그 나무를 지나쳐 그를 만나려고 애를 썼다. 하지만 매년 여름 그들은 그 나무에 이르지 못했다. 프란시스코가 먼저 그 나무를 지나쳐 달려 올라왔던 것이다. 늘 모든 것에서 이겼던 프란시스코는 그 달리기에서도 어김없이 이겼다.

프란시스코의 부모는 태거트 가와 오랜 친분이 있었다. 외아들인 프란시스코는 전 세계를 돌아다니며 자랐다. 아들이 나중에 세계를 무대로 활동하기를 바란 그의 아버지 뜻에 의해서였다. 대그니와 에디는 그가 겨울을 어디서 보내는지 알지 못했다. 하지만 여름이면 꼭 엄격한 남아메리카인 가정교사가 그를 태거트 저택으로 데려와 한 달을 보냈다.

프란시스코는 태거트 가 자녀들이 자신의 친구로 선택된 것을 당연하게 여겼다. 그가 단코니아 구리회사 상속자이듯 그들도 태거트 대륙횡단철도 상속자들이었기 때문이다.

"우린 이 세상에 남은 유일한 귀족이야. 돈의 귀족. 그게 진짜 귀족이지. 사람들은 그 의미를 알지 못하지만." 그가 열네 살 때 대그니에게 한 말이었다.

그에게는 자신만의 계급제도가 있었다. 그에게 태거트 가의 자녀들은 제임스와 대그니가 아니라 대그니와 에디였다. 그는 제임스의 존재를 인정하지 않았다. 한번은 에디가 이렇게 물었다.

"프란시스코, 넌 아주 높은 귀족이잖아, 안 그래?"

그러자 프란시스코가 대답했다. "아직은 아니야. 우리 가문이 이렇게 오랫동안 이어져올 수 있었던 것은 대대로 자신이 태어날 때부터 단코니아라는 생각을 품지 못하게 했기 때문이야. 우린 단코니아로 태어나는 게 아니라 스스로 노력해서 단코니아가 되어야 해."

그는 단코니아라는 이름으로 듣는 이의 뺨을 때리고 기사 작위를 수여하기를 바라기라도 하는 것처럼 그 이름을 발음했다.

그의 조상 세바스티안 단코니아는 수백 년 전, 스페인이 세계 최강국이고 그 자신이 스페인의 가장 자랑스러운 인물 중 한 사람일 때 그곳을 떠났다. 그가 스페인을 떠난 것은 궁정 연회에서 종교재판소장이 그의 사고방식이 마음에 안 든다며 고치라고 했기 때문이다. 세바스티안 단코니아는 술잔의 술을 종교재판소장의 얼굴에 끼얹고 체포되기 전에 스페인을 탈출했다. 그는 거금과 사유지, 대리석 저택, 사랑하는 여인까지 남겨둔 채 맨몸으로 배를 타고 신세계로 떠났다.

아르헨티나에서 그의 첫 거처는 안데스 산맥 기슭의 판잣집이었다. 세바스티안 단코니아가 그의 첫 광산에서 구리를 캘 때 판잣집 문 위에 못으로 박아놓은 은(銀)으로 된 단코니아 가문 문장(紋章)에서 태양빛이 횃불처럼 이글거리며 타오르고 있었다. 그는 몇 년 동안 직접 곡괭이를 들고 새벽부터 밤까지 바위를 깼고, 인부라고는 탈영병, 도망친 죄수, 굶주린 인디언 같은 낙오자 몇 명뿐이었다.

스페인을 떠난 지 15년 만에 세바스티안 단코니아는 사랑하는 여인을 데려올 수 있었다. 그녀는 아직 그를 기다리고 있었다. 아르헨티나에 도착한 그 여인은 대리석 저택 입구에 붙어 있는 은으로 된 문장과 광대한 사유지의 정원들, 멀리 보이는 구멍이 숭숭 뚫린 산을 보았다. 세바스티안 단코니아가 그녀를 안고 문지방을 넘었다. 그는 그녀가 마지막으로 보았을 때보다 더 젊어 보였다.

"내 조상과 네 조상이 만났다면 서로 좋아했을 거야." 프란시스코가 대그니에게 말했다.

대그니는 어린 시절 내내 미래에서 살았다. 그녀가 발견하고자 하는 세상, 경멸이나 권태를 느낄 필요가 없는 세상. 하지만 해마다 한 달 동안은 자유를 만끽했다. 그 한 달 동안은 현재에서 살 수 있었다. 프란시스코 단코니아를 마중하러 언덕을 달려 내려갈 때 그녀는 감옥에서 풀려났다.

"안녕, 굼벵이!"

"안녕, 프리스코!"

처음에는 둘 다 자기 별명을 싫어했다. 대그니가 성난 목소리로 프란시스코에게 물었다.

"그게 무슨 뜻이라고 생각하는 거야?"

"혹시 네가 모를 수도 있어서 말해주겠는데, 기관차 화실의 큰 불을 그렇게 부르지." 프란시스코가 대답했다.

"그런 말은 어디서 주워들었어?"

"태거트에서 일하는 사람들한테서."

그는 5개국어를 할 줄 알았고, 영어는 외국인의 억양이 전혀 없는 정확하고 교양 있는 말씨로 적절히 속어를 섞어가며 썼다. 대그니는 보복하려고 그를 프리스코라고 불렀다. 그는 재미있어하면서도 화가 나서 웃음을 터뜨렸다.

"너희 야만인들이 자신들의 위대한 도시 이름을 이상한 별명으로 불러서(미국의 도시 샌프란시스코의 별명이 프리스코이다—옮긴이) 격을 떨어뜨리는 것까진 어쩔 수 없다고 해도 나한테까지 그럴 필요는 없잖아."

하지만 그들은 점점 자신의 별명을 좋아하게 되었다.

그 일은 그들이 함께 보낸 두 번째 여름, 프란시스코가 열두 살, 대그니가 열 살이었을 때 시작되었다. 그해 여름 프란시스코는 아침마다 이유 없이 종적을 감추기 시작했다. 그는 동트기 전에 자전거를 타고 나가서 점심식사 시간에 맞추어 테라스 테이블에 차려놓은 식탁에 나타났다. 그는 예의바르게 시간을 잘 지켰고, 좀 지나칠 만큼 순진한 태도를 보였다. 대그니와 에디가 어디 갔다 왔는지 묻자 그는 웃기만 하고 대답해주지 않았다. 그들은 차가운

단코니아 가(家)의 정점

새벽어둠을 뚫고 그를 미행한 적도 있었지만 중간에 포기하고 말았다. 그가 미행당하는 것을 원하지 않을 때 그를 미행할 수 있는 사람은 아무도 없었다.

얼마 후 대그니의 어머니 태거트 부인은 걱정이 되어 조사를 해보기로 결심했다. 알고 보니 프란시스코는 1.5킬로미터쯤 떨어진 태거트 대륙횡단철도 분기점에서 미성년자 고용 금지법을 어떻게 피했는지 배차원과 비공식적인 계약을 맺고 연락원으로 일하고 있었다. 그 배차원은 태거트 부인이 몸소 찾아오자 깜짝 놀랐다. 그는 자신이 연락원으로 쓰고 있는 아이가 태거트 가의 손님인 줄은 꿈에도 몰랐던 것이다. 프란시스코는 그곳 직원들에게 프랭키라는 이름으로 불렸다. 태거트 부인은 그들에게 그의 진짜 이름을 알려주고 싶지는 않았다. 그래서 그 아이가 부모의 동의 없이 일하고 있고 당장 그만두어야 한다고만 말했다. 배차원은 몹시 아쉬워하며 프랭키는 지금까지 일했던 연락원 중에서 최고였다고 말했다.

"저는 그 아이를 계속 쓰고 싶습니다. 그 아이의 부모님을 설득해볼 수는 없을까요?" 그가 말했다.

"그렇게는 안 될 거예요." 태거트 부인이 힘없이 대답했다.

그녀는 프란시스코를 집으로 데려오며 물었다. "프란시스코, 네 아버지가 아시면 뭐라고 하시겠니?"

"제가 그 일을 잘했는지 물으실 거예요. 아버진 그것만 알고 싶어하실 거예요."

"얘야, 난 심각하게 하는 말이다."

프란시스코는 공손히 그녀를 바라보았다. 그의 예의바른 태도는 수백 년간 이어져온 귀족 가문의 자제다웠지만 눈빛에는 그 공손함을 의심하게 만드는 무언가가 들어 있었다.

"지난겨울에는 단코니아 구리를 나르는 증기화물선에서 사환으로 일했는걸요. 아버지가 저를 석 달이나 찾으셨지만 제가 집에 돌아갔을 때 그것만 물으셨어요."

"겨울을 그렇게 보낸단 말이지?"

제임스 태거트가 말했다. 그의 미소에는 승리감이 어려 있었다. 경멸을 느낄 이유를 발견한 승리감.

그러자 프란시스코가 순진하고 태평한 목소리를 유지하며 유쾌하게 대답했다. "그건 지난겨울이고. 그 전 겨울은 마드리드에서 보냈어. 알바 공작 댁에서."

"왜 철도 일을 하고 싶었던 거야?" 대그니가 물었다.

그들은 서로를 바라보며 서 있었다. 대그니의 눈에는 감탄이, 프란시스코의 눈에는 조롱이 어려 있었는데 그 조롱은 악의적인 것이 아니라 경의의 표시였다.

"철도가 어떤 건지 배우려고, 이 굼벵아. 그리고 너보다 먼저 태거트 대륙횡단철도에서 일했다는 말을 너한테 하고 싶어서." 그가 대답했다.

대그니와 에디는 겨울이면 열심히 새로운 기술을 익혔다. 단 한 번만이라도 프란시스코를 놀라게 만들고 이겨보기 위해서였다. 하지만 번번이 좌절을 겪었다. 그들이 프란시스코가 한 번도 해본 적이 없는 방망이로 공을 치는 게임의 시범을 보였을 때, 그는 잠시 지켜보다가 이렇게 말했다.

"어떻게 하는지 알 것 같다. 내가 해보지."

방망이를 받아 쥔 그는 공을 쳐서 들판 끝에 줄지어 선 떡갈나무들 너머로 날려 보냈다.

제임스가 생일 선물로 모터보트를 받았을 때였다. 제임스가 강사에게 모터보트 운전법을 배우는 동안 모두 강가 선착장에 서서 지켜보았다. 그들 중에는 모터보트를 몰아본 사람이 아무도 없었다. 총알 모양의 반짝이는 흰 보트가 서툴게 갈지자로 움직이고 있었다. 모터보트가 수면에 남긴 자국은 떨림의 기록 같았고, 모터는 연신 딸꾹질을 해댔다. 제임스 옆에 앉은 강사는 제임스가 못미더워 자꾸 핸들을 잡아주었다. 그런데 제임스가 갑자기 고개를 번쩍 들더니 프란시스코에게 외쳤다.

"넌 더 잘할 수 있을 것 같아?"

"난 할 수 있어."

"그럼 해봐!"

보트가 선착장으로 돌아오고 제임스와 강사가 내리자 프란시스코는 미끄러지듯 운전석에 앉았다.

"잠깐만요. 한 번 살펴볼게요." 그가 선착장에 있는 강사에게 말했다.

그리고 강사가 미처 움직일 사이도 없이 보트가 총알처럼 강 가운데로 튀어나갔다. 선착장의 사람들이 눈앞의 광경을 파악하기도 전에 보트는 번개처럼 질주했다. 보트가 저 멀리 햇살 속에서 작아져가는 동안 대그니에게는 그것이 세 개의 곧은 선으로만 보였다. 보트가 수면에 남긴 자국, 모터가 내지르는 긴 비명, 그리고 운전석에 앉은 사람의 목표.

대그니는 사라져가는 모터보트를 바라보는 아버지의 얼굴에서 이상한 표정을 발견했다. 아버지는 말없이 지켜보고 있었다. 대그니는 전에도 한 번 아버지의 그런 표정을 본 적이 있었다. 프란시스코가 열두 살 때의 일로, 그는 대그니와 에디에게 바위에서 허드슨 강으로 다이빙하는 법을 가르쳐주고 있었다. 프란시스코는 바위 꼭대기로 올라가는 승강기를 만들기 위해 도르래를 이용한 복잡한 장치를 만들어냈고, 그것을 본 대그니의 아버지는 지금과 같은 표정을 지었다. 프란시스코가 계산해놓은 종이들이 바닥에 흩어져 있었는데, 대그니의 아버지는 그 종이들을 집어 들고 살펴보더니 프란시스코에게 물었다.

"대수는 얼마 동안 배웠니?"

"2년요."

"누가 가르쳐줬니?"

"아, 제가 생각해낸 거예요."

대그니는 아버지가 그 구겨진 종이에서 본 것이 어설프나마 미분방정식의 형태를 취하고 있음을 알지 못했다.

세바스티안 단코니아의 자손들은 대대로 맏아들이 가문의 후계자가 되었고, 그들 모두가 가문의 이름을 지키는 법을 알고 있었다. 자신이 물려받은 것보다 더 많은 재산을 남기지 못하고 죽는 것을 가문의 수치로 여기는 것이 단코니아 가의 전통이었다. 하지만 지금까지 가문에 수치를 안겨준 사람은 아무도 없었다. 아르헨티나에 전설처럼 전해져 내려오는 이야기가 하나 있었는데, 단코니아가 성자들처럼 기적의 손을 가졌다는 것이다. 그것은 치유의 기적이 아니라 생산의 기적이었다.

단코니아 가의 후계자들 모두가 비범한 능력의 소유자들이었지만 프란시스코 단코니아는 훗날 그 중 단연 최고가 될 것이 분명했다. 수백 년의 세월을 거치면서 가문의 유전인자들이 고운 체로 걸러져 부적절하고 보잘것없고 약한 것들은 모두 버려지고 순수한 재능만 남은 듯했다. 우연이 비우연적 실체를 완성한 유일한 경우라고 볼 수 있었다.

프란시스코는 하고자 하는 일은 무엇이든 해냈다. 힘도 들이지 않고 누구보다 잘 해냈다. 하지만 자랑하거나 뽐내지 않았고 비교의식도 없었다. 그의 태도는 '난 그걸 너보다 잘할 수 있어'가 아니라 그냥 '난 그걸 할 수 있어'였다. 그리고 그가 해낸다는 것은 최고로 잘 해내는 것을 의미했다.

프란시스코는 아버지의 엄격한 교육 계획에 따라 어떤 훈련을 받아도, 어떤 과목을 배워도 쉽고 재미있게 소화했다. 그의 아버지는 그를 매우 사랑했지만 그런 마음을 신중하게 감추었고, 빛나는 가문의 가장 빛나는 인재를 키우고 있다는 자부심도 함부로 드러내지 않았다. 사람들은 프란시스코가 단코니아 가의 정점이 될 것이라고 말했다.

한번은 태거트 부인이 이렇게 말했다. "단코니아 가이 문장에 어떤 가훈이 있는지는 모르겠지만 분명 프란시스코가 그걸 '뭘 위해서?'로 바꾸게 될 거야."

프란시스코는 어떤 일을 권하면 꼭 그렇게 물었고, 납득할 만한 대답을 듣지 않으면 절대 그 일을 하지 않았다. 그는 태거트 저택에서 보내는 여름 한 달 동안 로켓처럼 날아다녔지만 멋대로 보내는 듯한 매순간의 목적을 말할 수 있었다. 그에게는 불가능한 것이 두 가지 있었다. 하나는 가만히 서 있는 것이고, 나머지 하나는 목적 없이 움직이는 것이었다.

그는 무슨 일을 벌일 때마다 대그니와 에디에게 "알아내보자"나 "만들어보자"라고 말했다. 그 두 가지가 그의 유일한 즐거움이었다.

"난 할 수 있어." 그가 허드슨 강 절벽에 승강기를 만들며 한 말이었다. 그는 절벽에 매달려 두 팔을 전문가처럼 능숙하게 움직이며 금속쐐기를 박고 있었는데, 손목에 감은 붕대에서 피가 새 뚝뚝 떨어지는 것도 모르고 있었다.

"아니야, 에디, 교대 못 해. 넌 어려서 망치질 못 해. 넌 잡초나 치워서 길이나 내줘. 나머지는 내가 알아서 할 테니까……. 무슨 피? 아, 아무것도 아니야. 어제 벤 거야. 대그니, 집에 가서 새 붕대 좀 갖다줘."

제임스가 그들을 지켜보고 있었다. 그들은 그를 혼자 내버려두었지만 그가 멀리서 프란시스코를 유심히 지켜보는 모습을 종종 발견했다.

제임스는 프란시스코가 있는 곳에서는 거의 말을 하지 않았다. 하지만 대그니를 한쪽으로 끌고 가서 이렇게 비웃었다.

"주관이 확실한 강철 여인처럼 잔뜩 폼 잡고 다니더니! 넌 줏대 없는 걸레에 불과해. 저 잘난 척하는 자식 부하 노릇 하는 거 역겨워서 못 봐주겠다. 저자식은 널 멋대로 조종하고 있어. 넌 자존심도 없는 애야. 저자식이 휘파람을 불면 쪼르르 달려가는 꼴이라니! 저자식 구두는 왜 안 닦

아주냐?"

"닦아달라고 안 했으니까." 대그니가 대꾸했다.

프란시스코는 그 지역에서 열리는 어느 경기에서든 충분히 우승할 수 있었다. 하지만 그는 경기에 참가하지 않았다. 그는 주니어 컨트리클럽을 지배할 수도 있었지만, 세상에서 가장 유명한 상속자를 회원으로 유치하기 위한 컨트리클럽의 열성적인 노력에도 아랑곳하지 않고 클럽회관 근처에도 가지 않았다. 그에게 친구는 대그니와 에디뿐이었다. 두 사람은 자신들이 그를 소유한 것인지, 아니면 그에게 완전히 소유된 것인지 알지 못했지만 아무래도 상관없었다. 그를 소유한 것이든 그에게 소유당한 것이든 다 기뻤다.

셋은 아침마다 모험에 나섰다. 어느 날 태거트 부인의 친구인 늙은 문학 교수가 고물 처리장을 지나다가 그들이 고물더미 위에서 폐차를 분해하고 있는 모습을 보았다. 문학 교수는 걸음을 멈추고 고개를 흔들며 프란시스코에게 말했다.

"자네 같은 지위에 있는 젊은이라면 도서관에서 세계의 문화를 공부하며 시간을 보내야지."

"제가 지금 뭘 하고 있다고 생각하세요?" 프란시스코가 물었다.

근처에는 공장이 없었지만 프란시스코가 대그니와 에디

에게 태거트 열차에 몰래 올라타서 먼 지역까지 가는 법을 알려주었고, 그들은 담을 넘어 공장 마당으로 들어가거나 창턱에 매달려 다른 아이들이 영화를 보듯 기계를 구경했다.

"내가 태거트 대륙횡단철도를 운영하게 되면……." 대그니가 가끔 하는 말이었다.

"내가 단코니아 구리를 운영하게 되면……." 프란시스코도 말했다.

그들은 나머지는 서로에게 설명할 필요가 없었다. 서로의 목표와 동기를 잘 알고 있었으니까.

그들은 열차에 몰래 탔다가 이따금 차장에게 들키기도 했다. 150킬로미터쯤 떨어진 곳에 있는 역장이 태거트 부인에게 전화해 "무임승차한 아이들을 잡았는데 그 아이들 말이……"라고 말하면, 태거트 부인은 한숨지으며 이렇게 대답했다.

"네, 맞아요. 집으로 돌려보내주세요."

"프란시스코, 넌 전 세계를 다 돌아다녀봤잖아. 세상에서 제일 중요한 게 뭐야?"

어느 날 태거트 철도역 선로 옆에 서서 에디가 물었다.

"이거."

프란시스코가 기관차 정면의 'TT' 마크를 가리키며 말했다.

그러고는 이렇게 덧붙였다. "냇 태거트를 만날 수 있었다면 좋았을 텐데."

대그니가 흘낏 쳐다보았으나 프란시스코는 더 이상 아무 말도 하지 않았다. 하지만 몇 분 후 축축한 흙과 이끼와 햇살이 있는 숲 속 오솔길을 걸으며 그가 말했다.

"대그니, 난 언제나 문장에 경의를 표할 거야. 귀족의 상징을 숭배할 거야. 나도 귀족이 될 게 아니냐고? 내 말은 낡아빠진 망루나 일각수 따위에는 관심이 없다는 거야. 우리 시대의 문장들은 광고판이나 대중잡지 광고에서 볼 수 있을 거야."

"그게 무슨 뜻이야?" 에디가 물었다.

"에디, 상표를 말하는 거야." 프란시스코가 대답했다.

그때 프라시스코는 열다섯 살이었다.

"내가 단코니아 구리를 운영하게 되면……." "난 단코니아 구리를 운영하게 될 때를 대비해서 광산학과 광물학을 공부하고 있어……." "난 지금 전기공학을 공부하고 있어. 전력회사들은 단코니아 구리의 최고 고객이니까……." "철학을 공부할 작정이야. 단코니아 구리를 보호하기 위해 필요하니까……."

"넌 단코니아 구리 생각밖에 안 하고 사니?" 제임스가 물었다.

"응."

"세상에는 다른 것들도 많은데."

"그것들은 다른 사람들이 생각하겠지."

"그건 아주 이기적인 태도 아닌가?"

"맞아."

"넌 추구하는 게 뭐야?"

"돈."

"돈이라면 충분히 갖고 있지 않아?"

"우리 조상들은 모두 생전에 단코니아 구리 생산량을 10퍼센트씩 높여놨어. 난 100퍼센트쯤 높이려고."

"**뭘 위해서?**" 제임스가 프란시스코의 말투를 흉내내며 물었다.

"난 죽어서 천국에 가고 싶거든. 도대체 천국이 어떤 곳인지는 몰라도 말이야. 거기 입장료 내려고."

"천국의 입장료는 미덕이지." 제임스가 거만하게 말했다.

"제임스, 내 말이 그 말이야. 돈을 버는 게 최고의 미덕이니까."

"사기꾼도 돈은 벌 수 있어."

"제임스, 말에는 정확한 의미가 있다는 걸 언젠가는 깨닫게 되겠지."

프란시스코는 빛나는 미소를 지었는데, 그것은 조롱의 미소였다. 대그니는 그들을 바라보며 프란시스코와 제임스의 다른 점을 깨달았다. 둘 다 조롱하는 미소를 짓긴 했지만 프란시스코는 훨씬 더 훌륭한 것을 보았기 때문에 비웃는 듯했고, 반면에 제임스는 훌륭한 것을 용납하지 않는 것처럼 비웃었다.

대그니는 프란시스코의 미소가 지닌 특별함을 다시 느낄 기회를 갖게 되었다. 밤에 에디와 셋이 숲 속에서 모닥불을 피워놓고 앉아 있을 때였다. 모닥불 불빛이 마치 살아 움직이는 울타리처럼 그들을 감쌌고, 불빛의 울타리 안에는 나무줄기와 가지, 먼 하늘의 별들이 함께 있었다. 대그니는 그 울타리 너머에는 아무것도 없는 캄캄한 허공뿐이지만 숨이 멎을 만큼 충격적인 약속이…… 미래의 약속이 도사리고 있는 듯한 기분을 느꼈다. 그녀는 그 미래가 프란시스코의 미소 같은 것이리라고 생각했다. 소나무 가지 아래에서 불빛을 받은 프란시스코의 얼굴에는 미래의 열쇠가, 미래의 모습이 담겨 있었다. 그 순간 그녀는 견딜 수 없는 행복감에 젖었다. 너무나 충만하고 도무지 그것을 표현할 방법이 없어서 견딜 수 없는 행복감. 그녀는 에디를 흘끗 쳐다보았다. 에디도 프란시스코를 바라보고 있었다. 에디도 조용한 침묵 속에서 그녀와 같은 것을 느끼고 있었다.

"넌 프란시스코를 왜 좋아해?"

몇 주 후 프란시스코가 떠나고 없을 때 그녀가 에디에게 물었다.

에디는 놀란 얼굴이었다. 그 감정이 질문의 대상이 될 수 있다는 생각을 해본 적이 없는 듯했다.

"안전한 기분을 느끼게 해주니까." 그가 대답했다.

"난 흥분과 위험을 기대하게 되는데." 대그니가 말했다.

이듬해 여름, 대그니는 열여섯 살이 된 프란시스코와 강가 절벽 꼭대기에 단둘이 서 있었다. 절벽을 타고 올라오느라 반바지와 셔츠가 찢어져 있었다. 그들은 허드슨 강을 내려다보았다. 맑은 날에는 멀리 뉴욕이 보인다고 했지만 지금 그들에게는 강과 하늘과 태양이 내는 세 가지 다른 빛이 합쳐져 생긴 아지랑이밖에 보이지 않았다.

대그니는 바위에 무릎을 꿇고 앉아 몸을 앞으로 구부려 뉴욕의 모습을 찾으려 애쓰고 있었다. 바람에 날린 머리카락이 눈을 가렸다. 문득 어깨너머로 위를 올려다본 그녀는 프란시스코가 먼 곳을 보고 있지 않음을 알아챘다. 그는 그녀를 내려다보고 있었다. 강렬하고 웃음기 없는 묘한 시선이었다. 대그니는 두 손을 벌려 바위를 짚고 팔에 체중을 실은 자세로 잠시 그대로 있었다. 왠지 그의 시선은 자신의 자세와 찢어진 셔츠 사이로 드러난 어깨, 바위에서 땅으로 비스듬히 늘어뜨린 햇볕에 타고 상처난 긴 다리를 의식하게 만들었다. 그녀는 화가 나서 벌떡 일어나 그에게서 뒷걸음질치며 물러났다. 그녀는 고개를 쳐들고 성난 눈으로 그의 준엄한 눈을 마주 응시했고, 그의 눈빛이 비난과 적의를 담고 있다고 확신하며 웃음으로 저항하는 듯한 목소리로 물었다.

"내가 왜 좋아?"

프란시스코는 웃었고, 대그니는 기겁하며 자신이 왜 그런 말을 했는지 의아했다. 프란시스코가 멀리 보이는 태거트 철도의 반짝이는 레일을 가리키며 대답했다.

"저기 저것 때문에."

"저건 내 것이 아니야." 대그니가 실망해서 말했다.

"네 것이 될 거라는 사실 때문에 좋아."

대그니는 솔직하게 기뻐하는 것으로 그의 승리를 인정했다. 그녀는 프란시스코가 왜 그런 이상한 눈으로 자신을 보았는지는 알 수 없었지만 자신의 몸과 언젠가 철도를 지배할 힘을 줄 마음속 무언가의 연관성을 본 것이라고 느꼈다. 그녀 자신은 그 연관성이 무엇인지 알 수 없었다.

"뉴욕이 보이나 보자."

프란시스코가 퉁명스럽게 말하며 그녀의 팔을 잡아끌고 절벽 끝으로 갔다. 대그니는 그가 자신의 팔을 이상하게 비틀어 잡아서 그와 몸이 밀착된 채 서 있게 된 것을 그는 의식하지 못하는 것 같다고 생각했다. 그녀는 자신의 다리와 맞닿은 그의 다리에서 태양의 열기를 느꼈다. 그들은 저 먼 곳을 응시했지만 빛의 아지랑이밖에 보이지 않았다.

그해 여름 프란시스코가 떠나자 대그니는 그가 어린 시

절의 경계를 넘었다는 생각이 들었다. 가을에 대학에 들어가게 되었기 때문이다. 그 다음에는 그녀 차례가 될 터였다. 대그니는 그가 미지의 위험 속으로 뛰어들기라도 한 것처럼 두려움 섞인 조바심에 휩싸였다. 몇 년 전 그가 처음으로 절벽에서 허드슨 강으로 다이빙하는 모습을 보았을 때와 같은 심정이었다. 그때 그녀는 절벽 위에서 프란시스코가 검은 물속으로 사라지는 모습을 지켜보며 그가 곧 수면으로 떠오를 것이고 다음은 자기 차례라고 생각했다.

대그니는 두려움을 떨쳐버렸다. 프란시스코에게 위험은 또 다른 빛나는 성취의 기회일 뿐이니까. 그는 어떤 싸움에서도 지지 않고, 어떤 적에게도 지지 않으니까. 하지만 다음 순간, 몇 년 전에 들은 말이 문득 떠올랐다. 이상한 말이었고, 그 말을 들을 당시에는 터무니없는 소리라고 생각했는데 아직 기억에 남아 있는 것이 이상했다. 그 말을 한 사람은 늙은 수학 교수였다. 그는 대그니 아버지의 친구로 그때 딱 한 번 태거트 저택에 찾아왔다. 대그니는 그 교수의 얼굴이 마음에 들었고, 어느 저녁 이울어가는 빛 속에서 테라스에 앉아 정원에 있는 프란시스코를 가리키며 대그니의 아버지에게 그 말을 할 때의 그의 슬픈 눈빛도 생생히 기억났다.

"저 아이는 위태로워. 기쁨의 용량이 너무 커. 저런 아이가 기쁠 일이 거의 없는 이 세상을 어떻게 살아갈 수 있을까?"

 프란시스코는 그의 아버지가 오래전에 선택해놓은 훌륭한 미국 학교에 입학했다. 세상에 남아 있는 가장 우수한 교육기관인 클리블랜드의 패트릭 헨리대학이었다. 그해 겨울 프란시스코는 뉴욕으로 대그니를 찾아오지 않았다. 하룻밤 여행이면 닿을 수 있는 거리였는데도 말이다. 그들은 편지도 주고받지 않았다. 원래 편지 같은 것은 주고받은 적이 없었다. 하지만 대그니는 그가 여름에 다시 찾아올 것임을 알고 있었다.

 그해 겨울 대그니는 몇 차례 막연한 두려움에 휩싸였다. 그 교수의 말이 하나의 경고처럼 자꾸만 생각이 났다. 그녀는 그 말을 떨쳐냈다. 프란시스코를 생각하면 미래의 전진이며 그녀가 꿈꾸는 미래가 진짜로 존재한다는 증거인 그와의 여름 한 달을 다시 맞이하게 될 것이라는 확신에 마음이 안정되었다.

 "안녕, 굼벵이!"
 "안녕, 프리스코!"
 언덕에 서서 그를 다시 본 순간 대그니는 자신과 프란시스코가 다른 모든 사람에게 맞서 지켜온 세계의 본질을 깨달았다. 비록 잠깐이었지만 그녀는 바람에 날린 자신의 면 스커트가 무릎에서 펄럭이고 눈꺼풀에 햇살이 내리쬐고 엄청난 안도감이 솟구치는 것을 느꼈다. 그녀는 새털처럼 가벼워진 몸이 하늘로 붕붕 떠오를까 봐 샌들을 신은 발을 풀 속으로 비벼 넣었다.

그것은 자신이 프란시스코의 일상에 대해 알지 못한다는 갑작스런 깨달음에서 온 해방감과 안도감이었다. 그녀는 그의 일상을 시시콜콜 알았던 적이 없었고 알 필요도 없었다. 우연의 지배를 받는 세계, 그러니까 가족, 식사, 학교, 사람들, 어떤 알 수 없는 죄책감에 짓눌려 목표도 없이 살아가는 사람들의 세계는 그들의 것이 아니었고, 그들을 변화시킬 수 없었으며, 그들에게 아무런 문제도 될 수 없었다. 프란시스코와 그녀는 일상에서 일어난 일들에 대해서는 이야기한 적이 없었다. 다만, 자신이 무엇을 생각하는지, 앞으로 무엇을 할 것인지에 대해서만 이야기했다. 대그니는 조용히 프란시스코를 바라보았고 마음속으로 이렇게 말했다. '지금 존재하는 것들이 아니라 우리가 만들어낼 것들…… 우린 결코 멈추지 않을 거야……. 내가 사람들에게 너를 빼앗길지도 모른다고 생각했다면 나의 두려움을 용서해줘. 나의 의심도 용서해줘. 그들의 손길은 네게 닿지 못할 거야. 다시는 너에 대해 그런 두려움을 품지 않을 거야.'

프란시스코도 잠시 멈추어 서서 그녀를 바라보고 있었는데, 부재 후의 인사가 아니라 날마다 그녀를 생각한 사람의 시선이었다. 하지만 너무나 짧은 순간의 일이라 대그니는 자신이 받은 느낌을 확신할 수 없었다. 프란시스코는 몸을 돌려 뒤에 있는 자작나무를 가리키며 경주를 하던 어린 시절의 목소리로 말했다.

"달리기 좀 배워라. 항상 내가 먼저 도착해서 기다리잖아."

"나를 기다려줄 거야?" 대그니가 쾌활하게 물었다.

프란시스코는 웃음기 없는 얼굴로 대답했다. "언제나."

태거트 저택을 향해 언덕을 올라가는 동안 프란시스코는 에디와 대화를 나누었고, 대그니는 그의 옆에서 말없이 걸었다. 프란시스코와 대그니 사이에는 침묵이 많아졌는데 이상하게도 그게 새로운 친밀감처럼 느껴졌다.

대그니는 프란시스코에게 대학에 대해 묻지 않았다. 며칠이 지난 후 대학이 마음에 드는지만 물었다.

"요즘은 대학에서 쓸데없는 걸 많이 가르치지만 내가 좋아하는 과목도 몇 개 있어." 프란시스코가 대답했다.

"거기서 친구는 사귀었어?"

"둘."

프란시스코는 그 이상의 이야기는 하지 않았다.

제임스는 뉴욕에 있는 대학에 다녔는데 새 학기가 되면 4학년이 되었다. 그는 대학에 들어간 후로 새로운 무기라도 발견한 것처럼 이상하게 흥분하며 호전적인 태도를 보였다. 한번은 잔디밭 한가운데에서 프란시스코를 붙잡고 공격적이고 독선적인 태도로 말했다.

"너도 이제 대학에 들어갔으니까 이상에 대해 배워야 해. 너의 이기적인 탐욕을 버리고 사회적 책임에 대해 생각할 때가 된 거야. 왜냐하면 네가 상속받게 될 엄청난 재산은 너의 개인적 쾌락을 위한 것이 아니라 가난하고 불우한 사람들을 위해 네게 맡겨진 것이니까. 그것을 깨닫지 못하는 인간은 세상에서 제일 타락한 인간이지."

프란시스코가 정중히 대답했다. "제임스, 묻지도 않은 의견을 말하는 건 바람직한 일이 못 돼. 듣는 사람에게 그 의견이 얼마나 가치 없는지 알게 되면 본인만 창피하니까."

그 자리를 뜨며 대그니가 프란시스코에게 물었다. "세상에 제임스 같은 사람들이 많아?"

프란시스코는 웃음을 터뜨렸다.

"아주 많지."

"그래도 괜찮아?"

"그럼. 난 그런 사람들과 상대할 필요가 없으니까. 그건 왜 묻지?"

"그들은 위험한 존재일 수도 있으니까……. 어떻게 위험한지는 모르겠지만……."

"이런, 대그니! 나한테 제임스 같은 인간들을 두려워하라고?"

며칠 후 둘이 강가 숲 속을 거닐다가 대그니가 물었다.

"프란시스코, 제일 타락한 인간은 어떤 인간일까?"

"목적이 없는 인간."

대그니는 갑작스럽게 펼쳐진 빛나는 거대한 공간을 배경으로 서 있는 곧은 나무줄기들을 바라보았다. 숲은 어둡고 선선했지만 바깥쪽 나뭇가지들은 강물에서 반사된 뜨거운 은빛 햇살을 받고 있었다. 그녀는 주위의 시골 풍경에 무관심하기만 했던 자신이 왜 그 광경을 즐기고 있는지, 그리고 자신의 즐거움과 동작들, 걷고 있는 자신의 몸을 왜 이토록 의식하는지 의아했다. 그녀는 프란시스코를 보고 싶지 않았다. 그를 보고 있지 않으면 그의 존재를 더 강렬하게 느낄 수 있을 것 같아서였다. 햇살이 강물에서 오듯 그녀의 예리해진 자의식도 그에게서 나오기라도 하는 것처럼

"넌 스스로 훌륭하다고 생각하지, 그렇지?" 프란시스코가 물었다.

"늘 그렇게 생각했지." 대그니가 그에게 시선을 돌리지 않고 도전적으로 대답했다.

"그럼 그걸 나한테 증명해봐. 네가 태거트 대륙횡단철도와 함께 얼마나 높이 올라갈 수 있는지 보여줘. 네가 지금 비록 훌륭하다 해도 네가 가진 모든 걸 짜내서 더 훌륭해지도록 노력해봐. 그리고 전력을 다해 목표에 도달한 후 다른 목표에 도전해봐."

"내가 왜 너한테 그런 걸 증명해 보이고 싶어할 거라고 생각하는데?" 대그니가 물었다.

"대답해줄까?"

"아니."

대그니는 멀리 강 건너편에 시선을 박고 속삭이듯 말했다.

프란시스코가 조용히 웃더니 잠시 후 말했다. "대그니, 인생에는 중요한 게 없어. 자신의 일을 얼마나 잘하는가 말고는. 중요한 건 그것뿐이야. 네가 어떤 존재가 되느냐는 바로 거기서 결정되는 거야. 그게 인간의 가치를 평가하는 유일한 척도이지. 사람들이 억지로 강요하는 도덕은 사기꾼들이 미덕을 강탈하려고 내미는 지폐 같은 거야. 능력이 절대적인 기준에서의 유일한 미덕이야. 너도 더 크면 내 말뜻을 알게 될 거야."

"지금도 알아. 하지만…… 프란시스코, 왜 우리 둘만 그걸 아는 걸까?"

"다른 사람들한테 왜 신경 써?"

"세상을 이해하고 싶으니까. 그런데 사람들에겐 이해할 수 없는 면이 있어."

"그게 뭔데?"

"나, 학교에서 항상 인기가 없었는데 사실 그런 것에 신경도 안 썼지만 이제 그 이유를 깨달았어. 그건 말도 안 되는 이유야. 애들이 날 싫어하는 건 내가 공부를 못해서가 아니라 잘하기 때문이야. 내가 반에서 항상 일등이라 싫어하는 거라고. 난 공부할 필요조차 없어. 그래도 늘 A를 받지. 내가 일부러 D를 받아서 학교에서 제일 인기 있는 여학생이 되어야 한다고 생각해?"

프란시스코는 걸음을 멈추고 그녀를 보더니 느닷없이 뺨을 때렸다.

그녀의 마음속에서 휘몰아치는 감정에 발아래의 땅이 흔들렸다. 다른 사람이 그녀를 때렸다면 죽여버리고 말았을 터였다. 그녀는 살인이라도 저지를 수 있는 격렬한 분노를 느꼈지만 상대가 프란시스코라는 사실에 그만큼 강렬한 쾌감에 휩싸였다. 그녀는 뺨의 둔중하고 얼얼한 아픔과 입가의 피맛에서 쾌감을 느꼈다. 그 순간 프란시스코를, 그리고 자신을, 그리고 그가 그런 행동을 한 동기를 이해하게 된 것에서 쾌감을 느꼈다.

대그니는 어지럼증을 견디기 위해 발에 힘을 주었다. 그녀는 새롭게 얻은 힘을 의식하며 난생처음 그와 동등해진 것을 느끼고 승리자의 조롱 어린 미소를 머금고 그를 똑바로 쳐다보았다.

"내 말에 그렇게까지 상처받았어?" 그녀가 물었다.

프란시스코는 놀란 표정이었다. 그 질문과 미소는 어린 아이의 것이 아니었다.

"그래. 그 대답이 널 기분 좋게 해준다면." 그가 대답했다.

"기분 좋아."

"다시는 그러지 마. 그런 농담은 하지 마."

"바보처럼 굴지 마. 도대체 내가 인기를 얻고 싶어한다고 생각한 이유가 뭐야?"

"너도 더 크면 네가 얼마나 끔찍한 말을 했는지 깨닫게 될 거야."

"지금도 알아."

프란시스코가 갑자기 몸을 돌리더니 손수건을 꺼내 강물에 적셨다.

"이리와." 그가 명령했다.

"오, 아냐. 그대로 두고 싶어. 지독하게 부어올랐으면 좋겠어. 난 이게 좋아."

대그니는 뒤로 물러서며 웃었다.

프란시스코는 한참이나 그녀를 바라보았다. 그가 천천히, 무척이나 진지하게 말했다.

"대그니, 넌 멋진 애야."

"원래부터 그렇게 생각하는 줄 알았는데." 대그니가 오만할 정도로 태연하게 말했다.

대그니는 집에 돌아가 어머니에게 바위에 부딪혀서 입술이 찢겨졌다고 둘러댔다. 그녀가 유일하게 한 거짓말이었다. 그것은 프란시스코를 보호하기 위해서가 아니었다.

그 사건은 아무에게도 말하고 싶지 않은 소중한 비밀이었기 때문이다.

이듬해 여름 다시 프란시스코가 왔을 때 대그니는 열여섯 살이었다. 그녀는 프란시스코를 향해 언덕을 달려 내려가다가 우뚝 멈추어 섰다. 프란시스코도 그런 그녀를 보고 멈추어 섰고 두 사람은 잠시 길게 뻗은 푸른 언덕을 사이에 두고 멀리서 마주 보았다. 그러다 프란시스코가 먼저 그녀를 향해 천천히 올라왔고 그녀는 그대로 서서 기다렸다.

프란시스코가 다가오자 대그니는 그와 게임을 벌인 것도, 그리고 그 게임에서 이긴 것도 전혀 의식하지 않는 듯 순진한 미소를 지었다.

"나 철도회사에서 일해. 록데일에서 야간 교환원으로."
그녀가 말했다.

프란시스코가 웃음을 터뜨렸다.

"좋아, 태거트 대륙횡단철도, 이제부터 그게 우리의 경주야. 누가 더 조상을 명예롭게 하나 보자. 넌 냇 태거트를, 난 세바스티안 단코니아를 명예롭게 하는 거야."

그해 겨울, 대그니는 삶을 기하화법처럼 단순화시켰다. 그녀의 삶은 몇 개의 직선들(매일 시내에 있는 공과대학 오가기, 밤마다 직장인 록데일 역 오가기)과 하나의 닫힌 원(모터 설계도와 강철 구조물 설계도, 철도 시간표가 잔뜩 어질러져 있는 그녀의 방)으로 이루어져 있었다.

태거트 부인은 그런 딸의 모습을 지켜보며 못마땅해하고 당혹스러워했다. 그녀는 다른 것은 다 용서해도 딸이 남자에게 아무 관심도 없고 낭만적인 성향이라고는 도무지 찾아볼 수 없는 것은 견디지 못했다. 그녀는 극단적인 것을 좋아하지 않아서 딸이 반대쪽 극단에 서 있었어도 마땅치 않아했겠지만 이쪽 극단이 더 심각하다고 생각했다. 그녀는 열일곱 살이나 되는 딸에게 구혼자가 단 한 사람도 없다는 사실을 인정해야만 할 때 당혹감을 느꼈다.

"대그니와 프란시스코 단코니아? 오, 아냐. 연애하는 게 아니야. 그들의 관계는 일종의 국제 카르텔이라고 볼 수 있지. 그들은 사업밖에 관심이 없어."

친구들이 프란시스코와 대그니의 관계에 대해 호기심을 보이자 태거트 부인은 슬픈 미소를 지으며 그렇게 말했다.

어느 날 저녁, 태거트 부인은 제임스가 손님들 앞에서 흡족한 목소리로 이렇게 말하는 것을 들었다.

"대그니, 넌 냇 태거트 할아버지의 부인 대그니 태거트의 이름을 따긴 했지만 빼어난 미인으로 유명했던 대그니 태거트보다는 냇 태거트를 더 닮았어."

태거트 부인은 심기가 몹시 불편했다. 제임스가 그런 말을 했기 때문인지, 아니면 대그니가 그 말을 칭찬으로 받아들이고 좋아했기 때문인지는 그녀 자신도 판단이 서지 않았다.

태거트 부인은 딸의 속을 알 수가 없었다. 쇼걸처럼 긴 다리와 날씬한 몸에 옷깃을 세운 가죽 재킷과 짧은 치마를 입고 서둘러 집을 빠져나갔다가 서둘러 다시 돌아오는 겉모습밖에 볼 수 없었다. 대그니의 걸음걸이는 남성적이고 투박했지만 그 민첩하고 긴장된 동작에는 묘하게도 도전적인 여성스러움과 우아함이 있었다.

태거트 부인은 이따금 딸의 얼굴에서 도무지 뭐라고 설명할 수 없는 표정을 발견했다. 그것은 쾌활함보다 훨씬 강렬한, 때묻지 않은 순수한 기쁨의 표정이었다. 태거트 부인은 그것 또한 비정상적이라고 생각했다. 모름지기 젊은 처녀라면 삶에서 아무런 슬픔도 발견하지 못할 만큼 무신경해서는 안 되기 때문이었다. 태거트 부인은 딸이 감정이라는 것을 느끼지 못한다는 결론을 내렸다.

태거트 부인이 딸에게 물었다. "대그니, 넌 즐거운 시간을 가져보고 싶지 않은 거니?"

그러자 대그니가 믿을 수 없다는 듯한 눈길로 바라보며 대답했다. "제가 어떤 시간을 보내고 있다고 생각하시는 거예요?"

딸을 사교계에 공식 데뷔시키기로 결심한 태거트 부인은 고민이 이만저만이 아니었다. 뉴욕 사교계에 첫발을 디딜 딸이 사교계 인명록의 대그니 태거트일지, 록데일 역 야간 교환원일지 알 수 없었다. 사실 후자에 더 가까웠다.

게다가 대그니가 사교계 데뷔를 거부할 것만 같았다. 그래서 대그니가 평소답지 않게 어린애처럼 열성적으로 그 제안을 받아들이자 놀라지 않을 수 없었다.

태거트 부인은 대그니가 파티복으로 차려입었을 때 또 한 번 놀랐다. 파티복은 대그니가 처음 입은 여성스러운 옷으로, 구름처럼 둥실둥실 피어오르는 듯한 치마가 달린 흰 시폰 드레스였다. 태거트 부인은 딸이 드레스와 전혀 어울리지 않을 것이라고 생각했는데 너무나 아름답게 잘 어울렸다. 거울 앞에 서서 일찍이 냇 태거트의 아내가 그랬을 것처럼 고개를 꼿꼿이 든 대그니는 평소보다 더 성숙하면서도 눈부시게 순수해 보였다.

"대그니, 네가 마음만 먹으면 얼마나 아름다워질 수 있는지 알겠지?" 태거트 부인이 책망하듯 부드럽게 말했다.

"네." 대그니가 아무 감흥 없이 대답했다.

웨인 포클랜드 호텔 무도회장에서 열린 파티는 예술가적 취향을 가진 태거트 부인의 지시에 따라 꾸며졌다.

"대그니, 빛, 색깔, 꽃, 음악을 유심히 보고 듣는 법을 배웠으면 좋겠구나. 그것들은 네가 생각하는 것처럼 무시해도 되는 것들이 아니란다."

어머니의 충고에 대그니가 행복하게 대답했다. "그것들을 무시해도 된다고 생각한 적 없어요."

태거트 부인은 처음으로 딸과의 유대감을 느꼈다. 대그

니가 어린아이 같은 감사 어린 신뢰가 담뿍 담긴 눈으로 그녀를 바라보고 있었다.

"그것들은 인생을 아름답게 만들어준단다. 대그니, 오늘 밤이 네게 정말 아름다운 시간이 되었으면 좋겠구나. 첫 무도회는 인생에서 가장 낭만적인 행사이니까." 태거트 부인이 말했다.

태거트 부인은 불빛 아래에서 무도회장을 바라보고 있는 대그니를 본 순간 깜짝 놀랐다. 대그니는 더 이상 어린아이도, 소녀도 아니었다. 그녀는 너무나 자신만만하고 위험한 힘을 지닌 여인의 모습이었다. 태거트 부인은 충격과 감탄에 젖어 딸을 바라보았다. 태평하고 냉소적이며 무관심한 일상이 지배하는 시대에, 스스로를 고깃덩어리로 보는 사람들 사이에서 대그니의 태도는 대단히 파격적이었다. 대그니는 남자들의 감탄을 얻기 위해 반라의 몸을 내보이는 것이 대담한 행동이었던, 그리고 모든 사람에게 커다란 모험으로 인식되었던 시대인 수백 년 전의 여성들이 보였을 법한 태도를 취하고 있었다. 태거트 부인은 그런 딸이 성적 능력이 전혀 없다고 믿었던 자신에게 웃음이 났다. 그녀는 커다란 안도감을 느꼈고, 그런 것에 안도감을 느끼는 자신이 우습다는 생각이 들었다.

하지만 그 안도감은 몇 시간밖에 가지 못했다. 파티가 끝날 때쯤 태거트 부인은 대그니가 무도회장 구석 난간에 바지 차림으로 담장에 걸터앉은 것처럼 시폰 드레스 아래로 다리를 덜렁거리며 앉아 있는 모습을 보았다. 그녀는 어쩔 줄 몰라 하는 청년 둘과 이야기하고 있었는데 경멸에 찬 공허한 표정이었다.

차를 타고 집으로 돌아오는 길에 모녀 사이에는 아무런 대화도 오가지 않았다. 하지만 몇 시간 후 태거트 부인은 참지 못하고 딸의 방으로 갔다. 대그니는 아직 흰 드레스를 입은 채 창가에 서 있었는데 마치 구름이 너무나도 가냘픈 몸을, 어깨가 축 늘어진 그 자그마한 몸을 받치고 있는 듯했다. 창밖의 구름은 새벽빛 속에서 잿빛을 띠고 있었다.

대그니가 돌아섰을 때 태거트 부인이 딸의 얼굴에서 본 것은 당혹스러운 무력감뿐이었다. 딸의 얼굴은 차분했지만 태거트 부인은 딸이 인생의 슬픔을 발견하기를 바랐던 것이 후회되었다.

"어머니, 그들은 정반대로 생각하고 있는 걸까요?" 대그니가 물었다.

"뭘?" 태거트 부인이 당황하며 되물었다.

"어머니가 말씀하셨던 것들에 대해서요. 빛과 꽃 같은 것들. 사람들은 그것들이 자신을 낭만적으로 만들어주길 바라는 건가요? 그 반대가 아니라?"

"애야, 그게 무슨 뜻이니?"

대그니가 생기 없는 목소리로 대답했다. "그것들을 즐기는 사람이 한 명도 없었어요. 뭔가를 느끼거나 생각하는 사람도요. 그들은 이리저리 돌아다니며 어디에서나 하는 재미없는 이야기들만 했어요. 화려한 조명이 그걸 눈부시게 만들어줄 거라고 생각한 것 같아요."

"애야, 넌 매사에 너무 진지한 게 탈이야. 무도회장에서는 지성적일 필요가 없단다. 그냥 즐겁기만 하면 되는 거야."

"어떻게요? 바보가 되어서요?"

"내 말은, 예를 들면 청년들을 만나는 게 즐겁지 않았니?"

"어떤 청년들요? 전부 저한테 끽소리 못 하고 당했어요."

며칠 후 대그니는 록데일 역 자신의 책상에 앉아 즐겁고 편안한 기분으로 그 파티에 대해 생각하며 자신이 실망했던 것이 한심해서 어깨를 으쓱했다. 그녀는 시선을 들었다. 계절은 봄이었고, 밖의 어둠 속에서 나뭇가지에 달린 잎사귀들이 보였다. 바람 한 점 없는 포근한 날씨였다. 그녀는 자신이 그 파티에서 무엇을 기대했는지 스스로에게 물어보았다. 자신도 알 수가 없었다. 하지만 지금 그녀는 낡은 책상에 웅크리고 앉아 어둠 속을 바라보며 다시 그때의 기분을 느끼고 있었다. 대상 없는 막연한 기대감이 따뜻한 액체처럼 천천히 그녀의 몸을 타고 올라왔다. 그녀는 피로감도, 일하고 싶은 욕구도 없이 나른하게 책상 위에 엎드렸다.

그해 여름, 프란시스코가 오자 그녀는 그 파티에 대해, 그리고 자신이 느꼈던 실망감에 대해 이야기했다. 프란시스코는 그녀가 아닌 다른 사람들에게만 보내던 흔들림 없는 조롱이 담긴 시선으로 그녀를 바라보면서 조용히 듣고 있었다. 그의 시선은 너무나 많은 것을 보는 듯했다. 대그니는 자신이 이야기하지 않은 것까지 그가 다 알고 있는 듯한 기분을 느꼈다.

대그니는 어느 날 저녁 예정보다 일찍 그의 곁을 뜨면서도 그의 그런 시선을 보았다. 그들은 단둘이 강가에 앉아 있었다. 대그니에게는 록데일 역으로 출발해야 하는 시간까지 1시간이 남아 있었다. 하늘에는 길고 가느다란 빛줄기들이 걸려 있었고, 강물에는 붉은 불꽃들이 한가로이 일렁거렸다. 프란시스코는 아까부터 침묵하고 있었다. 대그니가 갑자기 벌떡 일어나며 가겠다고 말해도 프란시스코는 굳이 그녀를 잡으려 하지 않았다. 몸을 뒤로 젖혀 풀 위에 팔꿈치를 짚고 그녀를 빤히 쳐다보기만 했다. 그녀의 속마음을 다 알고 있다는 듯한 시선이었다. 대그니는 화가 나서 집을 향해 황급히 언덕을 올라가며 자신이 왜 갑자기 자리를 박차고 일어났을까 생각해보았다. 지금까지도 정체를 알 수 없는 막연한 기대감에 갑자기 불안해져 그런 것이었다는 것 이상은 알 수가 없었다.

대그니는 밤마다 집에서 8킬로미터 정도 떨어진 록데일

역까지 차를 몰고 출근했다. 그리고 새벽에 퇴근해 몇 시간 눈을 붙인 후 다른 식구들과 같은 시간에 일어났다. 그녀는 자고 싶은 욕구가 없었다. 동틀 무렵 잠자리에 들기 위해 옷을 벗으며 새로 시작되는 하루를 맞이할 생각에 긴장되고 즐겁고 까닭 없는 조바심을 느꼈다.

대그니는 테니스장 네트 너머로 프란시스코의 조롱하는 시선을 다시 보았다. 그녀는 시합이 어떻게 시작되었는지 기억이 나지 않았다. 두 사람은 자주 테니스 시합을 했고 늘 프란시스코가 이겼다. 하지만 이번에는 꼭 자신이 이기겠다고 결심한 게 언제였는지도 기억이 나지 않았다. 그녀가 그 결심을 의식하게 되었을 때 그것은 결심이나 바람을 넘어 조용한 분노로 솟구치고 있었다. 그녀는 자신이 왜 이겨야만 하는지, 왜 그것이 그토록 절실한지 알 수 없었다. 다만, 꼭 이겨야만 하고 이길 것이라는 사실만 인지했다.

대그니는 시합을 펼치기가 쉬웠다. 마치 그녀의 의지는 사라지고 다른 사람이 그녀를 위해 싸워주고 있는 듯했다. 그녀는 프란시스코의 큰 키와 날랜 몸, 흰 반팔 티셔츠를 입어 더욱 강조되어 보이는 구릿빛 팔을 바라보았다. 그녀는 그의 뛰어난 솜씨를 보며 오만한 기쁨을 느꼈다. 그녀가 그를 이길 것이기 때문이었다. 그의 눈부신 운동신경과 프로 선수 같은 동작이 그녀의 승리를 더욱 빛내줄 것이기 때문이었다.

대그니는 극도의 피로로 인한 통증을 느꼈다. 하지만 그것이 통증인 줄은 몰랐다. 순간적으로 몸의 한 부분을 날카롭게 인식했다가 다음 순간 잊어버리는 식이었다. 어깨 관절, 어깨뼈, 흰 반바지가 찰싹 달라붙은 엉덩이, 공을 치려고 펄쩍 뛰어올랐다가 자신도 모르는 사이에 땅에 착지한 다리의 근육, 하늘이 검붉게 변하고 공이 소용돌이치는 흰 화염 같은 모습으로 어둠을 뚫고 날아올 때의 눈꺼풀, 그녀의 발목에서 솟구쳐 등을 타고 올라가 프란시스코 쪽으로 공을 몰고 날아가는 뜨겁고 가느다란 줄. 대그니는 희열에 젖었다. 그녀의 몸에서 시작된 모든 격통은 그의 몸에서 끝날 것이니까. 그도 그녀처럼 녹초가 되어가고 있으니까. 그녀가 자신에게 가하는 행위는 그에게 가하는 것이기도 하니까. 그녀가 느끼는 것은 그가 느끼는 것이기도 하니까. 그녀가 느끼는 고통은 그녀의 것이 아니라 그의 것이니까.

순간순간 그의 얼굴을 볼 때마다 그는 웃고 있었다. 그는 모든 것을 알고 있다는 듯 그녀를 보고 있었다. 그는 이기기 위해서가 아니라 그녀를 더욱 힘들게 만들기 위해 전력을 다하고 있었다. 그녀가 뛰어다니도록 먼 곳으로 공을 날리고, 그녀가 고통스럽게 몸을 뒤틀어 백핸드하는 모습을 보기 위해 점수를 잃고, 공이 날아오는 것을 보면서도 그녀가 방심하도록 가만히 서 있다가 마지막 순간에 자연스럽게 팔을 뻗어 강하게 공을 쳐서 그녀가 공을 받을 수 없게 만들었다. 대그니는 기진맥진해 꼼짝도 하지 못할 것 같다가도 자신도 모르는 사이 반대쪽 가장자리로 몸을 날려 공을 받아쳤다. 공을 산산조각 내기라도 할 듯, 공이 프란시스코의 얼굴이기를 바라기라도 하듯 힘껏 때렸다.

딱 한 번만 더, 팔이 부러지더라도…… 딱 한 번만 더, 터질 듯 부풀어오른 기도로 헐떡이며 삼킨 공기가 그대로 멈추어버린다고 해도…… 그러다 아무것도 느껴지지 않았다. 통증도, 근육도. 그저 그를 이겨야 한다는 일념뿐이었다. 그가 지쳐 쓰러지는 것을 보고야 말겠다는 일념. 그럼 죽어도 여한이 없으니까.

그녀가 이겼다. 어쩌면 그의 웃음이 그를 처음으로 패배하게 만든 것인지도 몰랐다. 그는 네트 쪽으로 걸어와 꼼짝도 않고 서 있는 그녀의 발치에 라켓을 던졌다. 그녀가 원한 것이 그것임을 알기라도 하듯. 그러고는 테니스장을 벗어나 잔디밭에 쓰러져 팔베개를 하고 누웠다.

그녀는 천천히 그에게 다가갔다. 그녀는 자신의 발치에 늘어져 있는 그의 몸을, 땀에 젖은 셔츠와 팔 위로 쏟아져 내린 머리카락을 내려다보았다. 그가 머리를 들었다. 그의 시선이 천천히 그녀의 다리를 타고 올라가 반바지와 블라우스를 지나 눈에서 멈추었다. 그녀의 옷을 뚫고 마음속까지 훤히 들여다보는 듯한 조롱 어린 시선이었다. 그 시선은 자신이 이겼다고 말하는 듯했다.

그날 밤 대그니는 낡은 기차역 책상에 홀로 앉아 창에 비친 하늘을 바라보고 있었다. 그녀가 제일 좋아하는 시간이었다. 유리창 윗부분이 점점 밝아지면서 철로가 유리창 아랫부분에서 흐릿한 은빛으로 형체를 드러냈다. 그녀는 책상 등을 끄고 움직임 없는 대지 위로 조용히 내려앉는 빛의 광대한 움직임을 지켜보았다. 하늘이 서서히 빛을 잃고 반짝이는 수면처럼 변하는 동안 지상에서는 아무런 움직임도 없었다. 나뭇가지의 잎사귀 하나도 흔들리지 않았다.

그 시간이면 태거트 철도 전체의 움직임이 멎기라도 한 것처럼 책상 위의 전화도 침묵했다. 그때 갑자기 문을 향해 다가오는 발소리가 들렸다. 프란시스코였다. 그는 한 번도 대그니가 일하는 곳에 찾아온 적이 없었지만 대그니는 그를 보고 놀라지 않았다.

"이 시간에 여기서 뭐 하는 거야?" 그녀가 물었다.

"잠이 안 와서."

"여기까지 어떻게 왔어? 차 소리 못 들었는데."

"걸어왔어."

대그니는 몇 분이 지나서야 자신이 그에게 왜 왔는지 묻지 않았고 굳이 묻고 싶지도 않다는 것을 깨달았다.

프란시스코는 사무실 안을 돌아다니며 벽에 덕지덕지 붙은 화물 송장들과 보는 이를 향해 당당히 돌진하는 태거트 혜성특급의 사진이 담긴 달력을 바라보았다. 그는 편안해 보였다. 두 사람이 함께 있는 곳에서는 늘 그랬듯이 그곳이 두 사람만의 공간인 것처럼 느껴지는 모양이었다. 하지만 대화를 나누고 싶은 것 같지는 않았다. 그는 대그니의 일에 대해 몇 마디 묻고는 침묵을 지켰다.

날이 밝아오면서 철도의 움직임도 활발해져 전화벨이 울려대기 시작했다. 대그니는 일에 열중했다. 프란시스코는 구석에 있는 의자에 앉아 한쪽 다리를 팔걸이에 올린 채 그녀의 일이 끝나기를 기다렸다.

대그니는 지나치리만큼 맑아진 머리로 민첩하게 일했다. 그녀는 신속 정확하게 움직이는 자신의 손에서 쾌감을 느꼈다. 그녀는 날카롭고 밝은 전화벨 소리와 열차 번호, 객차 번호, 예약 번호에 집중했다. 다른 것은 의식하지 않았다.

하지만 얇은 종이 한 장이 바닥으로 떨어져 주우려고 몸을 굽히자 갑자기 그 순간이, 자기 자신이, 그리고 자신의 움직임이 강하게 의식되었다. 그녀는 자신의 회색 리넨 치마와 소매를 걷어올린 회색 블라우스, 종이를 향해 뻗은 팔을 의식했다. 기대감에 가슴이 터질 듯 부풀어오르고 심장이 멎는 듯했다. 그녀는 종이를 주워 다시 일에 집중했다.

이제 날이 거의 밝아 있었다. 기차 한 대가 멈추지 않고 역을 그냥 지나쳐갔다. 맑은 아침 햇살 속에서 길게 이어진 객차 지붕들이 은빛 띠 모양을 이루었고, 기차가 지면에 닿지 않고 공중에 조금 떠서 달리는 듯했다. 역사 바닥이 진동하고 유리창이 덜컹거렸다. 대그니는 흥분된 미소를 머금고 기차의 비행을 지켜보았다. 프란시스코 쪽을 흘낏 보니 그도 같은 미소를 지으며 그녀를 보고 있었다.

주간 교환원이 출근하자 대그니는 그와 업무 교대를 하고 프란시스코와 함께 아침 공기 속으로 걸어나갔다. 아직 해가 떠오르지 않아서 공기가 해를 대신해 빛을 발하는 듯했다. 대그니는 피곤하지 않았다. 밤새 푹 자고 방금 일어난 듯한 기분이었다.

그녀가 자신의 차를 향해 가려고 하자 프란시스코가 말했다. "걸어가자. 차는 나중에 찾으러 오고."

"좋아."

대그니는 놀라지 않고 8킬로미터를 걸어가는 것이 싫지도 않았다. 오히려 그것이 더 자연스러워 보였다. 그 순간의 너무나 명징한 세계(모든 것과 단절된, 마치 안개 벽에 둘러싸인 환한 섬 같은 세계, 술에 취했을 때 느끼는 절대적이고 강렬한 세계)에서는 그것이 더 자연스러웠다.

길이 숲 속으로 이어져 있었다. 그들은 고속도로를 벗어나 사람들의 발길이 닿지 않은 숲 속으로 수 킬로미터에 걸쳐 구불구불 이어진 오솔길로 들어갔다. 주위는 인간의 흔적이라고는 찾아볼 수 없었다. 풀로 뒤덮인 오래된 바퀴

자국들이 공간적인 거리에 시간적인 거리까지 더해 인간의 존재가 더 멀게 느껴졌다. 땅에는 아직 새벽안개가 깔려 있었지만 나뭇가지의 잎사귀들은 초록빛으로 눈부시게 반짝이며 숲을 밝혀주고 있었다. 나뭇잎들은 미동도 없이 매달려 있었다. 그들은 움직임 없는 세계를 걷고 있었다. 대그니는 둘이 오랫동안 아무 대화도 나누지 않았음을 문득 깨달았다.

그들은 숲 속 빈터에 이르렀다. 깎아지른 듯 솟은 바위 언덕 아래 우묵하게 팬 작은 공간이었다. 풀밭을 가로질러 개울이 흘렀고 땅에 닿을 듯 휘어진 나뭇가지들이 초록 액체로 만들어진 커튼 같았다. 물 흐르는 소리가 정적을 더 깊게 했다. 그리고 멀리 보이는 하늘이 그곳을 더 은밀하게 만들어주었다. 저 위쪽 바위 언덕 꼭대기에서 나무 한 그루가 새벽 햇살을 받고 있었다.

두 사람은 걸음을 멈추고 서로를 바라보았다. 대그니는 그가 행동을 취한 후에야 그가 그렇게 할 것임을 자신이 진작부터 알고 있었음을 깨달았다. 그가 그녀를 끌어안았고 그녀는 그의 입속에 있는 자신의 입술을, 격렬히 반응하며 그를 붙잡고 있는 자신의 팔을 느꼈다. 그제야 비로소 자신이 이 순간을 얼마나 기다려왔는지 깨달았다.

대그니는 순간적으로 반항심과 두려움에 빠졌다. 그가 그녀를 안고 뜨겁고 집요하게 몸을 밀착시켜왔다. 그녀의 몸에 대한 주인으로서의 친밀감을 얻으려는 듯 손으로는 그녀의 가슴을 더듬고 있었다. 그녀의 동의도, 허락도 받을 필요도 없는 충격적인 친밀감. 그녀는 그에게서 몸을 빼려고 했지만 그의 품에서 몸을 뒤로 젖히고 그의 얼굴과 미소만 볼 수 있을 뿐이었으며, 그의 미소는 이미 오래전에 그녀가 허락했다고 말하고 있었다. 그녀는 도망쳐야 한다고 생각하면서도 자신이 먼저 그의 머리를 잡아당겨 입을 맞추었다.

그녀는 두려워해보아야 소용없음을, 그는 결국 원하는 대로 할 것임을, 결정은 그에게 달려 있음을, 자신에게 남은 선택은 자신이 가장 간절히 원하는 것, 순종뿐임을 알고 있었다. 그녀는 그의 목적을 의식적으로 깨닫지 못하고 있었다. 막연히 알고 있던 것도 지워져버렸고, 지금 이 순간에는 그것을 분명하게 믿을 힘이 없었다. 자신의 감정도 알 수 없었고 그저 두렵다는 것만 알 뿐이었다. 하지만 지금 그녀의 감정은 그에게 이렇게 외치는 것 같았다. "나한테 묻지 마…… 오, 제발 나한테 묻지 마……. 그냥 해!"

그녀는 발에 힘을 주고 버텼으나 그의 키스에 무너져 그와 함께 땅으로 쓰러졌다. 그녀는 꼼짝도 하지 않고 누워서 그가 주저 없이 정당하게 치르는 행위의 떨리는 대상이 되었다. 그 행위는 그들에게 견딜 수 없는 쾌감을 주었기에 정당했다.

프란시스코는 행위가 끝난 뒤 그것이 두 사람에게 어떤 의미인지를 설명했다.

"우린 서로를 통해 그걸 배워야만 했어."

대그니는 옆에 늘어져 누워 있는 그의 긴 몸을 바라보았다. 그는 검정 바지와 셔츠를 입고 있었는데 가느다란 허리에 단단히 졸라맨 허리띠에 시선이 닿자 자신이 그 몸의 주인이라는 자부심에 가슴이 터질 듯했다. 그녀는 똑바로 누워 하늘을 올려다보았다. 그녀는 움직이거나 생각하거나 이 순간 이후 시간의 존재에 대해 알고 싶은 욕구가 전혀 없었다.

대그니는 집에 돌아와 알몸으로 침대에 누웠다. 이제 그녀의 몸은 잠옷이 닿기에는 너무나 소중한, 새로운 소유물이 되었던 것이다. 그리고 알몸으로 누워 있는 것이, 자신의 침대의 흰 시트가 프란시스코의 몸에 닿는 듯한 기분을 느끼는 것이 무척이나 짜릿했다. 그녀는 잠을 청하면 이 경이로운 피로감을 잃게 될 것이기에 잠을 자지 않기로 결심했다. 그녀는 행복보다 위대한 감정을 느끼면서도 그 감정을 표현할 방법을 몰라 안타까웠던 순간들을 떠올렸다. 온 세상을 축복하고 싶은 감정, 자신이 이 세상에 존재한다는 사실을 사랑하게 만드는 감정. 그녀는 프란시스코를 통해 배운 행위가 그런 감정을 표현하는 방법이라고 생각했다. 그것이 어마어마하게 심각한 중요성을 지닌 생각이라고 해도 그녀는 그런 사실을 몰랐다. 아픔이라는 개념이 지워진 세계에서 심각한 것은 아무것도 없으니까. 그녀는 현실 세계에서 자신이 내린 결론의 중요성을 평가하고 있지 않았다. 꿈나라에 가 있었다. 아침 햇살이 가득한 환하고 조용한 방에서 입가에 엷은 미소를 머금고 잠들어 있었다.

그 여름에 대그니는 숲에서, 강가의 은밀한 곳에서, 버려진 오두막에서, 집 지하실에서 프란시스코와 밀회를 즐겼다. 그녀는 프란시스코와 사랑을 나누며 천장의 낡은 서까래나 머리 위에서 긴장감과 리듬감을 유지한 채 돌아가는 에어컨 날개를 올려다볼 때 삶의 아름다움을 느꼈다. 그녀는 바지나 면 원피스를 입었지만 자신을 꼼짝 못하게 만드는 쾌감을 주는 그의 능력을 솔직하게 인정하고 그가 하자는 대로 몸을 맡긴 채 그의 품에 안겨 있는 그녀의 모습이 그 어느 때보다 여성스러웠다. 프란시스코는 자신이 고안해낸 관능을 즐기는 법을 그녀에게 모두 가르쳐주었다.

"우리의 몸이 이렇게 많은 쾌감을 줄 수 있다는 게 놀랍지 않아?" 그가 아주 단순하게 말했다.

그들은 행복했고 눈부시게 순수했다. 그들은 환희가 죄가 될 수 있다고는 상상조차 하지 못했다.

그들은 둘의 관계를 다른 사람들에게는 비밀로 했다. 부끄럽고 죄스러워서가 아니라 다른 사람들의 논쟁이나 평가의 대상이 아닌 오롯이 자신들만의 것으로 간직하고 싶어서였다. 대그니는 섹스에 대한 세상의 통념을 알고 있었다. 일반적으로 섹스는 인간의 저급한 본능에서 나오는 추악한 나약함이며 유감스럽게도 묵인해주어야 하는 것으로 인식되고 있었다. 그녀는 자신의 몸의 욕구가 아니라 섹스에 대해 그런 인식을 가진 사람들에 대한 거부감에 몸이 움츠러들었다.

그해 겨울, 프란시스코는 뉴욕으로 갑작스럽게 찾아왔다. 클리블랜드에서 예고도 없이 일주일에 두 번씩 날아오기도 하고, 몇 달씩 모습을 보이지 않기도 했다. 대그니는 방바닥에 앉아 도표와 설계도에 둘러싸여 작업에 열중해 있다가 노크 소리가 들리면 "나 바빠요!" 하고 외쳤고, "정말로?" 하고 묻는 조롱 어린 목소리가 들려오면 벌떡 일어나 문을 열어젖혔다. 그럼 거기 프란시스코가 서 있었다. 그들은 프란시스코가 뉴욕의 조용한 동네에 빌려놓은 아파트로 갔다. 어느 날 대그니가 갑자기 놀란 얼굴로 물었다.

"프란시스코, 나 너의 여자지, 그렇지?"

"그래, 맞아." 프란시스코가 웃으며 대답했다.

대그니는 여자들이 아내라는 칭호를 얻었을 때 느낄 법한 자부심을 맛보았다.

대그니는 프란시스코가 몇 달씩 찾아오지 않아도 자신에 대한 그의 감정이 진실한지 의심하지 않았다. 그가 자신에게 진실하다는 것을 알고 있었기 때문이다. 그녀는 그 이유를 알기에는 아직 너무 어렸지만, 무분별한 욕망과 탐닉은 섹스와 자신을 사악하게 여기는 사람에게만 가능하다는 것을 알고 있었다.

그녀는 프란시스코의 삶에 대해서는 거의 알지 못했다. 그는 대학 졸업반이었는데 학교 이야기는 거의 하지 않았고, 그녀도 물은 적이 없었다. 다만, 그가 너무 열심히 공부하는 것은 아닐까 하는 생각은 들었다. 이따금 그의 얼굴에서 부자연스러울 정도로 밝은 표정을, 자신을 한계 이상으로 몰아붙이는 데서 오는 신명난 표정을 볼 수 있었다. 한번은 그녀가 자기는 태거트 대륙횡단철도 고참 직원인데, 그는 돈벌이를 해본 적도 없다며 우쭐댔다. 그러자 프란시스코가 말했다.

"아버지가 대학 졸업 전에는 단코니아 구리에서 일을 못 하게 해서."

"언제부터 그렇게 순종적이었어?"

"난 아버지 뜻을 존중해야만 돼. 아버지가 단코니아 구리 주인이니까……. 하지만 세상의 모든 구리회사의 주인은 아니지."

프란시스코는 그러면서 은밀한 즐거움이 어린 미소를 지었다.

대그니는 이듬해 가을 그가 대학을 졸업하고 부에노스

아이레스에 있는 아버지를 만난 다음 뉴욕으로 돌아온 후에야 그 이야기를 듣게 되었다. 그제야 프란시스코는 지난 4년 동안 두 곳에서 교육을 받았다고 털어놓았다. 한 곳은 패트릭 헨리대학이었고, 나머지 한 곳은 클리블랜드 외곽의 구리 주물공장이었다.

"난 스스로 독학하는 걸 좋아하지." 그가 말했다.

그는 열여섯 살 때 용광로 일꾼으로 들어가서 스무 살이 된 지금 그 주물공장 주인이 되었다. 그는 대학 졸업장을 받는 날 나이를 좀 속인 덕에 난생처음 소유권을 획득하게 되었고, 그 두 가지 증명서를 아버지에게 보냈다.

프란시스코는 대그니에게 주물공장 사진을 보여주었다. 세월의 무게에 추레해지고 내리막길을 걸어 만신창이가 된 작고 지저분한 곳으로, 정문 위에는 버려진 배의 돛대에 새로 걸린 깃발처럼 '단코니아 구리'라는 간판이 걸려 있었다.

뉴욕의 단코니아 구리 홍보 담당자는 그것을 보고 화를 내며 앓는 소리를 했다.

"프란시스코 도련님, 이러면 안 됩니다! 사람들이 어떻게 생각하겠어요? 이런 쓰레기 같은 곳에 **그** 이름을 걸다니!"

"내 이름인걸요." 프란시스코가 대답했다.

부에노스아이레스에 있는 아버지의 사무실로 들어선 프란시스코는 아버지의 책상 맞은편 가장 눈에 잘 띄는 곳에 클리블랜드 주물공장 사진이 걸려 있는 것을 보았다. 마치 실험실처럼 엄격하고 현대적인 느낌을 주는 그 넓은 사무실의 유일한 장식품은 벽에 걸린 단코니아 구리의 소유물(세계 곳곳에 있는 최고의 광산들과 광석 부두들, 그리고 주물공장들) 사진뿐이었다.

아버지의 시선이 사진에서 책상 앞에 선 프란시스코의 얼굴로 옮겨졌다.

"좀 이르지 않니?" 아버지가 물었다.

"4년 동안 강의만 들으며 지낼 수는 없었어요."

"그걸 사들일 계약금은 어디서 마련했니?"

"주식으로 돈을 좀 벌었어요."

"**뭐**? 그건 누가 가르쳐줬지?"

"어떤 기업이 성공하고 실패할지 판단하는 건 어려운 일이 아니에요."

"주식 살 돈은 어디서 구했고?"

"아버지가 보내주신 용돈과 제 봉급을 모았어요."

"주식 시장을 지켜볼 시간이 언제 있었지?"

"아리스토텔레스의 '부동의 동자' 이론이 그 이후의 형이상학 체계들에 미친 영향에 대한 논문을 쓰는 동안에요."

그해 가을 프란시스코는 뉴욕에 오래 머물 수 없었다. 그의 아버지가 몬태나에 있는 단코니아 광산 부감독 자리를 맡겼기 때문이다. 그는 웃으며 대그니에게 이렇게 말했다.

"아버진 내가 너무 빨리 올라가는 걸 바람직하지 않게 여기시지. 나도 아버지께 신임해달라고 부탁하진 않을 거야. 아버지가 실질적인 증명을 원하시면 그렇게 해드려야지."

이듬해 봄, 프란시스코는 단코니아 구리 뉴욕 지사장이 되어 돌아왔다.

그리고 2년 동안 대그니는 그를 자주 만날 수 없었다. 대그니는 그와 만나고 하루만 지나도 그가 어느 도시, 어느 대륙에 있는지 알 수 없었다. 그는 늘 예고 없이 불쑥 들이닥쳤는데, 대그니는 그게 좋았다. 언제 비칠지 모르는 구름에 가려진 햇빛처럼 그가 늘 자신 곁에 존재하는 것 같았기 때문이다.

대그니는 그가 사무실에서 일하는 모습을 볼 때마다 모터보트를 몰던 그의 손이 떠올랐다. 그는 모터보트를 몰 때처럼 그렇게 매끄럽고 자신만만하면서도 위험할 정도로 속도를 내어 사업을 경영했다. 하지만 그녀에게 충격으로 남은 작은 사건이 하나 있었다. 그에게 어울리지 않는 일이었다. 어느 날 저녁, 대그니는 그가 자신의 사무실 창가에 서서 겨울의 갈색 황혼을 바라보는 모습을 보았다. 그는 오랫동안 움직이지 않았다. 돌처럼 딱딱하게 굳은 그의 얼굴에는 비통하고 무력한 분노가 담겨 있었다. 대그니는 그가 그런 감정을 품을 수 있다는 것이 도무지 믿기지 않았다.

"세상이 뭔가 잘못됐어. 늘 그래왔지. 아무도 뭐라고 이름 붙이거나 설명한 적 없는 뭔가가 잘못됐어." 프란시스코가 말했다.

하지만 그게 무엇인지는 말하지 않았다.

그를 다시 만났을 때 그의 태도에는 그 사건의 흔적이 전혀 남아 있지 않았다. 봄이었고, 두 사람은 어느 레스토랑의 지붕 테라스에 서 있었다. 대그니의 가벼운 실크 원피스 자락이 바람에 날려 검은 정장을 입은 그의 훤칠한 몸에 닿아 펄럭거렸다. 그들은 도시를 바라보고 있었다. 그들 뒤의 식당에서는 리처드 핼리의 연주회용 연습곡이 흘러나왔다. 핼리의 이름은 많은 사람에게 알려져 있지 않았지만 그들은 그의 음악을 발견하고 사랑하게 되었다.

"우린 멀리 있는 고층 빌딩들을 볼 필요가 없어, 안 그래? 이미 그것들에 닿았으니까." 프란시스코가 말했다.

"내 생각엔 그것들을 지나치고 있는 것 같은데…… 난 두려울 지경이야……. 우린 고속 엘리베이터 같은 걸 타고 있어." 대그니가 미소지으며 대답했다.

"맞아. 뭐가 두려워? 속도를 더 내자고. 왜 한계가 존재해야 하지?"

프란시스코가 스물세 살이 되던 해 그의 아버지가 세상을 떠나자 그는 이제 자신의 소유가 된 부에노스아이레스의 단코니아 저택으로 들어갔다. 그리고 3년 동안 대그니는 그를 만나지 못했다.

프란시스코는 처음에는 가끔 편지를 보내왔다. 단코니아 구리, 세계 시장, 태거트 대륙횡단철도에 영향을 미치는 문제들에 관한 내용이었다. 편지는 짧았고 직접 손으로 밤에 쓴 것이었다.

대그니는 그가 옆에 없는 것이 불행하지 않았다. 그녀 역시 미래의 왕국을 지배하기 위한 첫걸음을 떼고 있었다. 그녀는 산업계 지도자들과 아버지 친구들 사이에서 단코니아 가의 젊은 상속자를 잘 지켜보아야 한다는 이야기가 도는 것을 알고 있었다. 단코니아 구리는 과거에도 위대했지만 이제 새 주인의 경영 아래 세계를 지배하게 될 것이라고들 했다. 대그니는 놀라지 않고 미소만 지었다. 갑작스럽게 그에 대한 그리움이 북받쳐 오를 때가 있었지만 그것은 아픔이 아니라 조바심일 뿐이었다. 그녀는 그와 자신이 원하는 모든 것을(서로를 포함해서) 갖게 될 미래를 위해 열심히 일하고 있다는 신념으로 그리움을 달랬다. 언제부턴가 편지가 뚝 끊겼다.

그녀가 스물네 살이던 어느 봄날, 태거트 빌딩 그녀의 책상 위에 있는 전화기가 울렸다. "대그니." 그녀는 그 목소리의 주인을 단박에 알 수 있었다.

"나 지금 웨인 포클랜드에 있어. 이리 와서 저녁 같이 먹자. 7시에."

마치 하루 전에 헤어진 사이처럼 그는 인사도 없이 그 말만 했다. 잠시 숨쉬는 법을 잊은 대그니는 그 목소리가 자신에게 어떤 의미를 지니는지 처음으로 깨달았다.

"좋아…… 프란시스코." 그녀가 대답했다.

두 사람에게는 더 이상의 말이 필요 없었다. 대그니는 수화기를 내려놓으며 이렇게 갑작스럽게 돌아온 것은 그다운 일이라고, 이런 식으로 찾아오리라고 예상하고 있었다고 생각했다. 하지만 자신이 그의 이름을 부르고 싶은 충동을 느낀 것과 그 이름을 부르며 격렬한 행복감에 젖은 것은 예상하지 못했던 일이었다.

그날 저녁 그의 호텔 방에 들어선 대그니는 우뚝 멈추어 섰다. 그가 방 한가운데 서서 그녀를 바라보고 있었는데, 그동안 웃는 법을 잊었다가 갑자기 생각나서 놀라기라도 한 것처럼 무의식적인 미소가 얼굴에 천천히 번지고 있었다. 그는 그녀의 모습을, 아니면 자신이 받은 느낌을 믿을 수 없다는 듯한 눈길로 그녀를 응시했다. 그것은 애원의 눈길이었고 울 줄 모르는 사람이 구원을 청하는 울부짖음이었다. 그녀가 들어섰을 때 그는 옛날처럼 별명을 부르며 인사하려다가 "안녕……"이라고만 하고 말았다. 대신 잠시 후에 이렇게 말했다.

"대그니, 아름답구나."

그녀의 아름다움이 고통스러운 듯한 목소리였다.

"프란시스코, 나……."

프란시스코는 그들이 서로에게 해본 적이 없는 그 말이 그녀 입에서 나오지 못하도록 고개를 저었다. 하지만 그 순간 둘 다 그 말을 하고 들었음을 그들은 알고 있었다.

프란시스코는 그녀에게 다가가 그녀를 안고 입을 맞춘 후 오랫동안 포옹을 풀지 않았다. 그녀가 고개를 들어 그의 얼굴을 보았을 때 그는 자신만만하고 조롱 어린 미소를 보내고 있었다. 이제 자신에 대한, 그녀에 대한, 그리고 모든 것에 대한 통제력을 되찾았으니 방금 보았던 것은 모두 잊으라고 명령하는 듯한 미소였다.

"안녕, 굼벵이." 그가 말했다.

그녀는 질문을 해서는 안 된다는 것 외에는 아무런 확신도 없는 상태에서 미소를 보내며 말했다.

"안녕, 프리스코."

그녀는 세상의 어떤 변화도 이해할 수 있었지만 방금 본 것들은 도저히 이해할 수 없었다. 프란시스코의 얼굴에는 활기나 즐거움이 없었다. 그는 준엄한 얼굴이 되어 있었다. 그가 보냈던 애원은 나약함이 아니었다. 그는 무자비한 인상을 주는 결의에 찬 태도를 보이고 있었다. 감당할 수 없을 정도로 무거운 짐을 지고 꼿꼿이 서 있는 사람처럼 행동했다. 대그니는 도무지 믿을 수 없는 모습을 보았다. 그의 얼굴에는 고통이 남긴 주름이 있었다.

"대그니, 내가 무슨 짓을 하더라도 놀라지 마. 앞으로도." 그가 말했다.

프란시스코는 그 말만 하고 더 이상 설명할 게 없다는 듯이 행동했다.

대그니는 희미한 불안감만 느낄 수 있을 뿐이었다. 그의 운명에 대해 두려움을 품거나 그의 앞에서 공포를 느끼는 것은 불가능한 일이니까. 그가 웃자 대그니는 다시금 허드슨 강가 숲으로 돌아간 기분을 느꼈다. 그는 변하지 않았고 앞으로도 절대 변하지 않을 것 같았다.

그들은 방에서 저녁을 먹었다. 대그니는 유럽의 궁전처럼 잘 꾸며진 호텔 방에서 엄청난 고가에 어울리는 차가운 격식에 맞추어 차려진 식탁에서 그와 마주 앉아 있는 것이 즐거웠다.

웨인 포클랜드는 세계 최고의 호텔이었다. 그 사치스러움과 벨벳 커튼, 벽의 장식판자, 촛불이 그 기능과 의도적인 대조를 이루는 듯했다. 세계적인 거래를 하기 위해 뉴욕을 찾는 사람들만이 그 호텔의 서비스를 즐길 수 있었다. 식사 시중을 드는 웨이터들의 매너에서는 특별한 손님에 대한 특별한 경의가 엿보였지만 프란시스코는 의식하지 못하는 듯했다. 그는 무심하고 편안해 보였다. 이미 오래전에 자신이 단코니아 구리의 주인 세뇨르 단코니아라는 사실에 익숙해진 듯했다.

대그니는 그가 자신의 일에 대한 이야기를 하지 않는 것이 이상했다. 그녀는 프란시스코의 관심사는 일뿐이고, 자신과도 일 이야기를 제일 먼저 할 것이라고 예상했다. 하지만 그는 일 이야기는 꺼내지도 않았다. 대신 그녀의 일과 진전 상황, 태거트 대륙횡단철도에 대한 의견을 듣고 싶어했다. 대그니는 자신의 열정적인 헌신을 이해할 수 있는 사람은 프란시스코뿐이라는 생각으로 늘 그랬던 것처럼 모든 것을 허심탄회하게 털어놓았다. 프란시스코는 자신의 의견을 말하지 않고 주의 깊게 듣기만 했다.

웨이터가 식사 배경 음악으로 라디오를 틀어놓았는데 그들은 전혀 관심을 기울이지 않고 있었다. 그런데 갑자기 지하에서 일어난 폭발이 벽을 뒤흔드는 듯한 굉음이 들렸다. 충격을 준 것은 소리의 크기가 아니라 성질이었다. 핼리가 최근에 작곡한 〈4번 협주곡〉이었다.

그들은 조용히 앉아서 저항의 소리를, 고통을 받아들이기를 거부하는 위대한 희생자들의 승리의 송가를 들었다. 프란시스코는 창밖의 도시를 내다보고 있었다.

그가 아무런 예고도 없이 불쑥 물었다. 이상할 정도로 단조로운 목소리였다.

"대그니, 내가 너에게 태거트 대륙횡단철도를 떠나라고 한다면, 네 오빠 손에 맡겨 쓰러지게 내버려두라고 한다면 어쩔 거야?"

"네가 나한테 자살을 고려해보라고 한다면 내가 뭐라고 할 것 같아?" 대그니가 화난 목소리로 대답했다.

프란시스코는 침묵했다.

"왜 그런 말을 하는 거지? 농담은 아니었을 거야. 너답지 않아." 대그니가 날카롭게 따졌다.

프란시스코의 얼굴에서는 농담기를 찾아볼 수 없었다. 그가 조용히, 심각하게 말했다.

"물론 아니야. 그런 말은 하지 말았어야 했어."

대그니는 프란시스코의 일에 대해 물었다. 그는 묻는 말에만 대답했다. 그녀는 산업계 지도자들이 단코니아 구리의 눈부신 미래를 예언하고 있다는 이야기를 전했다.

"그건 사실이지." 프란시스코가 생기 없는 목소리로 말했다.

대그니는 갑작스런 불안감에 충동적으로 물었다. "프란시스코, 뉴욕에는 왜 온 거야?"

프란시스코가 천천히 대답했다. "친구가 불러서."

"사업 때문에?"

프란시스코는 그녀를 지나쳐 허공을 응시하며 마치 자신의 생각에 답하듯 씁쓸한 미소를 머금고, 이상할 정도로 부드럽고 슬픈 목소리로 대답했다.

"응."

자정이 한참 지난 시간에 대그니는 그의 옆에서 잠이 깼다. 아래에 있는 도시에서는 아무 소리도 들려오지 않았다. 방 안의 정적에 잠시 삶이 정지된 듯한 기분이 들었다. 행복감과 기진맥진함으로 나른해진 그녀는 프란시스코 쪽으로 시선을 돌렸다. 그는 베개에 등을 받치고 반쯤 누워 있었다. 대그니는 창문의 흐릿한 불빛을 배경으로 그의 옆얼굴을 바라보았다. 그는 눈을 뜨고 있었다. 그리고 견딜 수 없는 고통을 굳이 감추려 하지 않고 체념 상태로 누워 있는 듯 입을 꾹 다물고 있었다.

대그니는 너무 놀라서 몸을 움직일 수가 없었다. 프란시스코가 그녀의 시선을 느끼고 그녀에게 고개를 돌렸다. 그는 갑자기 진저리를 치며 이불을 홱 걷어 그녀의 알몸을 보더니 그녀의 가슴에 얼굴을 묻었다. 그는 그녀의 어깨를 잡고 발작적으로 매달리며 그녀의 살에 눌린 목소리로 말했다.

"난 포기할 수 없어! 포기할 수 없어!"

"뭘?" 대그니가 속삭였다.

"너."

"도대체 왜……."

"그리고 모든 것."

"왜 포기해야 하는 건데?"

"대그니! 내가 남아 있을 수 있게 도와줘. 거부할 수 있게. 그가 옳다고 해도!"

"프란시스코, 뭘 거부해?" 대그니가 침착하게 물었다.

프란시스코는 대답하지 않고 그녀에게 더 깊숙이 얼굴을 묻었다.

대그니는 매우 신중해야 한다는 생각밖에 들지 않아서 꼼짝도 하지 않고 누워 있었다. 그녀는 그의 머리카락을 부드럽고 침착하게 쓰다듬으며 천장을 올려다보았다. 어둠 속에서 희미하게 드러난 천장의 꽃무늬 조각을 바라보며 공포에 마비된 채 조용히 기다렸다.

"그게 옳은 일이지만 너무 힘들어! 아, 너무 힘들어!" 프란시스코가 신음하듯 말했다.

잠시 후 그가 고개를 들었다. 그리고 똑바로 일어나 앉았다. 그는 더 이상 떨고 있지 않았다.

"프란시스코, 무슨 일이야?"

"말할 수 없어."

프란시스코의 목소리는 단순 솔직했고 고통을 위장하려는 노력도 없었다. 이제 스스로에게 복종하는 목소리였다.

"넌 아직 들을 준비가 안 돼 있어."

"도와주고 싶어."

"넌 도와줄 수가 없어."

"거부할 수 있게 도와달라고 했잖아."

"난 거부할 수 없어."

"그럼 나도 고통을 함께 나누도록 해줘."

프란시스코는 고개를 저었다. 그는 망설이는 듯한 눈길로 그녀를 내려다보았다. 그러다가 자신에게 답하듯 다시 고개를 저었다.

"나도 그걸 견딜 수 있을지 확신이 없는데 네가 어떻게?" 그가 이상하게도 부드러워진 목소리로 말했다.

대그니는 비명을 지르지 않으려고 애쓰며 말했다. "프란시스코, 난 알아야겠어."

"날 용서해줄래? 네가 겁먹은 것도 알고 이게 잔인한 짓이란 것도 알아. 하지만 날 위해…… 아무것도 묻지 말고 그냥 넘어가줄래?"

"난……."

"네가 날 위해 해줄 수 있는 건 그게 다야. 그래 줄래?"

"응, 프란시스코."

"나 때문에 두려워하지 마. 이번 한 번뿐이니까. 다시는 이런 일 없을 거야. 나중엔…… 훨씬 쉬워질 거야."

"혹시 내가……."

"아니. 그냥 자, 내 사랑."

프란시스코가 그런 애칭을 쓴 것은 처음이었다.

아침에 그는 대그니의 걱정스러운 눈길을 피하지 않고 솔직하게 대했지만 그 일에 대해서는 아무 말도 하지 않았다. 대그니는 그의 차분한 얼굴에서 평온함과 고통을 함께 볼 수 있었는데, 그것은 고통의 미소와도 같은 표정이었다. 그는 미소짓고 있지 않았지만 말이다. 묘하게도 그런 표정이 그를 더 어려 보이게 만들었다. 이제 그는 고통을 견디고 있는 사람이 아니라 고통의 가치를 아는 사람처럼 보였다.

대그니는 그에게 아무것도 묻지 않았다. 다만, 헤어지기 전에 "우리 언제 또 만나?"라고만 물었다.

프란시스코가 대답했다. "모르겠어. 대그니, 나 기다리지 마. 다음에 만나면 넌 나를 보고 싶어하지 않을 거야. 내가 앞으로 하게 될 행동들에는 이유가 있어. 하지만 너에게 그 이유를 말해줄 수 없고, 넌 나를 비난할 자격이 충분할 거야. 무조건 나를 믿어달라고 애원하는 경멸받을 만한 짓은 하지 않겠어. 넌 자신의 생각과 판단에 의해 살아야 하니까. 넌 나를 저주하게 될 거야. 넌 나 때문에 상처받게 될 거야. 그렇지만 너무 많이 상처받지는 마. 내가 이런 말을 했다는 걸 기억해둬. 내가 너에게 할 수 있는 말은 이게 전부야."

그 후로 1년 동안 대그니는 그에게서 아무 연락도 받지 못했고 그에 관한 소문도 듣지 못했다. 그러다 프란시스코 단코니아에 관한 소문과 신문기사들을 접하자 도무지 믿을 수가 없었다. 하지만 시간이 지나면서 믿지 않을 수 없었다.

대그니는 프란시스코가 발파라이소 항구에 정박한 자신

의 요트에서 연 파티에 관한 기사를 읽었다. 손님들이 모두 수영복을 입었고 밤새 샴페인으로 만든 인공 비와 꽃잎이 갑판에 뿌려졌다는 것이었다.

프란시스코가 알제리 사막 휴양지에서 연 파티에 관한 기사도 읽었다. 얼음으로 정자를 지어놓고 모든 여자 손님에게 족제비털 망토를 나누어주며 얼음벽이 녹는 속도에 맞춰 망토, 드레스, 그리고 나머지 옷 모두를 벗도록 했다는 것이었다.

대그니는 그가 가끔씩 벌이는 사업에 관한 기사들도 읽었다. 그의 사업들은 엄청난 성공을 거두며 경쟁자들을 무너뜨렸다. 하지만 그는 가끔 취미를 즐기듯 사업을 했다. 한바탕 기습공격을 퍼붓고 단코니아 구리의 경영을 고용인들 손에 맡기고 1, 2년 자취를 감추는 식이었다.

프란시스코는 어느 인터뷰 기사에서 이렇게 말했다. "내가 왜 돈을 벌고 싶어해야 합니까? 지금 가진 돈으로도 앞으로 3대가 나처럼 평생 즐기며 살 수 있는데."

대그니는 뉴욕 대사가 주최한 리셉션에서 프란시스코를 만날 수 있었다. 프란시스코는 그녀에게 정중히 머리 숙여 인사한 뒤 미소를 지으며 둘 사이에 아무런 과거도 존재하지 않는 듯한 눈길로 그녀를 바라보았다. 대그니는 그를 한쪽으로 끌고 가서 물었다.

"프란시스코, 왜지?"

"왜? 뭐가?" 프란시스코가 되물었다.

대그니가 돌아섰다. 그러자 프란시스코가 말했다.

"내가 경고했잖아."

그 후로 대그니는 그를 만나려고 애쓰지 않았다.

그녀는 견뎌냈다. 고통을 믿지 않았기에 견뎌낼 수 있었다. 그녀는 자신이 고통스러워하고 있다는 추악한 사실에 놀라고 분노하며 그것을 무시해버리려고 애썼다. 고통은 무의미한 사고 같은 것이었고 그녀가 생각하는 삶의 일부가 될 수 없었다. 그녀는 고통이 중요하게 부각되는 것을 허용하지 않았다. 그녀는 자신의 저항에 대해, 그 저항의 근원이 되는 감정에 대해 뭐라고 정의할 수는 없었지만, 그녀의 마음속에서 그것과 상응하는 말은 '그것은 중요하지 않다', '그것은 심각하게 받아들일 필요가 없다'였다. 그녀는 마음속에 비명밖에 남아 있지 않고 자신의 의식이 결코 진실일 수 없는 것이 진실이라고 말하지 못하도록 아예 의식이 존재하지 않았으면 좋겠다고 생각할 때조차도 그 말을 기억했다. 마음속의 흔들림 없는 확신이 계속 되풀이해서 속삭였다. '심각하게 받아들이지 마라', '고통과 추함은 결코 심각하게 받아들일 필요가 없는 것들이다.'

그녀는 그것과 싸웠다. 그리고 이겨냈다. 그녀는 세월의 도움으로 담담히 추억을 떠올릴 수 있는 날을 맞이했고, 그 다음에는 추억을 떠올릴 필요도 없게 되었다. 이제는 끝난 일이고 그녀와 무관한 일이 되었다.

그녀에게 다른 남자는 없었다. 그래서 불행했는지는 자신도 몰랐다. 그것을 알 시간이 없었다. 그녀는 일에서 자신이 원하는 순수하고 눈부신 삶을 발견했다. 한때 프란시스코가 그런 삶을 안겨주었었다. 그녀의 일, 그녀의 세계에서만 찾을 수 있는 삶. 그와 헤어진 후에 만난 남자들은 그녀가 첫 무도회에서 만났던 남자들과 똑같았다.

그녀는 추억과의 싸움에서 승리했다. 하지만 세월도 지울 수 없는 고통이 하나 있었으니 "왜?"라는 의문이 주는 고통이었다.

프란시스코가 어떤 비극을 겪었는지는 모르겠지만 왜 그런 추악하기 짝이 없는 도피 방법을 택한 것일까? 왜 그런 친박힌 알코올중독자 같은 방법을 택했을까? 그녀가 어릴 적부터 알아온 프란시스코는 그런 쓸모없는 겁쟁이로 전락할 수가 없었다. 그 독보적인 정신의 소유자가 자신의 재주를 얼음 파티장을 만드는 데 썼을 리가 없었다. 하지만 프란시스코는 그런 꼴이 되고 말았고 대그니는 그 이유를 알지 못했기에 마음 편히 이해하고 잊어버릴 수가 없었다. 그녀는 과거의 그도, 지금 그가 변해버렸다는 사실도 의심할 수 없었고 그 두 가지 사실은 양립할 수 없었다. 이따금 그녀는 자신의 합리성을, 합리성의 존재 자체를 의심하기까지 했다. 다른 사람들이 그런 의심을 품는 걸 결코 용납하지 못하는 그녀가 말이다. 그런데도 아무런 설명도, 이유도, 그럴듯한 이유의 실마리도 주어지지 않았고 10년 동안 그녀는 "왜?"라는 의문의 답을 얻지 못했다.

'아니, 답이 없을 수는 없어. 하지만 이제 그 답을 알려고 애쓰지 않을 거야. 이제 상관없으니까.' 대그니는 잿빛 황혼 속에 방치된 상점들을 지나 웨인 포클랜드 호텔로 걸어가며 그렇게 생각했다.

그녀의 마음에 남은 격정의 잔재는, 가느다란 떨림을 일으키는 감정은 지금 그녀가 만나러 가는 남자를 향한 것이 아니었다. 그것은 신성모독에 대한, 위대했던 것의 몰락에 대한 저항의 외침이었다.

빌딩들 사이로 타워형의 웨인 포클랜드 건물이 보였다. 그녀는 폐와 다리에 가벼운 동요를 느끼고 잠시 걸음을 멈추었다. 하지만 다시 차분히 걸음을 옮겼다.

웨인 포클랜드 호텔의 대리석 로비를 지나 엘리베이터를 타고 올라가 벨벳 카펫이 깔린 넓고 조용한 복도를 걸을 때쯤에는 그녀에겐 차가운 분노밖에 남아 있지 않았고, 그 분노는 걸음을 옮길 때마다 더 차가워져갔다.

문을 노크할 때 그녀의 분노는 확고했다. "들어와요." 그의 목소리가 들렸다. 그녀는 문을 벌컥 열고 안으로 들어갔다.

프란시스코 도밍고 카를로스 안드레스 세바스티안 단코

니아는 바닥에 앉아 구슬치기를 하고 있었다.

프란시스코 단코니아가 미남인지 아닌지 따지는 사람은 아무도 없었다. 그것은 중요하지 않은 듯했다. 그가 들어오면 다른 사람에게 시선을 돌리는 행위는 불가능했다. 그의 훤칠하고 호리호리한 몸은 현대적이기에는 너무나 고귀한 품격을 지니고 있었고, 등 뒤로 망토를 펄럭이듯 걸어다녔다. 사람들은 그가 건강한 동물의 활력을 지녔다고 설명했지만 그러면서도 그 표현이 옳지 않다는 것을 어렴풋이 알고 있었다. 그는 건강한 인간의 활력을 지녔고 그것이 워낙 희귀해서 아무도 몰라볼 뿐이었다. 그는 확실성의 힘을 지니고 있었다.

아무도 그의 외모를 라틴적이라고 묘사하진 않았으나 그는 라틴적이었다. 하지만 현대적인 의미에서가 아니라 본래의 의미에서 라틴적이었다. 그러니까 스페인 사람이 아니라 고대 로마인의 외모를 갖고 있었다. 그의 몸은 호리호리함과 단단한 살집, 긴 다리, 민첩한 동작에 맞추어 만들어진 듯했다. 그리고 이목구비는 조각해놓은 듯 분명했다. 검고 곧은 머리카락은 뒤로 넘겨져 있었다. 햇볕에 탄 피부는 놀라운 눈동자 색깔을 더욱 강조해주었다. 그의 눈동자는 맑고 투명한 푸른색이었다. 그의 얼굴은 솔직했고 빠른 표정 변화가 그의 감정을 모두 드러냈다. 하지만 푸른 눈은 고요하고 변화가 없어서 그가 무슨 생각을 하고 있는지 전혀 드러내지 않았다.

프란시스코는 얇은 검정 실크 잠옷을 입고 응접실 바닥 카펫 위에 앉아 있었다. 그의 주위에 흩어져 있는 구슬들은 그의 조국에서 나는 준보석인 홍옥수와 수정으로 만든 것이었다. 대그니가 들어와도 그는 일어나지 않았다. 앉은 채로 그녀를 올려다보았다. 그의 손에서 수정 구슬 하나가 눈물방울처럼 떨어졌다. 그가 어린 시절의 그 오만하고 눈부신 미소를 지었다.

"안녕, 굼벵이!"

대그니는 자신이 하릴없이, 행복하게 대답하는 소리를 들었다.

"안녕, 프리스코!"

그녀는 그의 얼굴을 바라보았다. 그녀가 아는 얼굴이었다. 그동안 살아온 삶의 흔적도, 둘이 마지막으로 만났던 날 밤에 그녀가 보았던 모습도 전혀 남아 있지 않았다. 그 얼굴에서 비극이나 쓰라림, 긴장은 찾아볼 수 없었다. 성숙해지고 강조된 빛나는 조롱, 위험하리만큼 예측 불가능한 즐거움, 위대하고 결백한 평온함이 담긴 얼굴이었다. 대그니는 속으로 생각했다. '이럴 순 없어. 이건 지금까지 일어났던 모든 일보다 더 충격적이야.'

그의 눈이 그녀를 주의 깊게 살펴보고 있었다. 어깨가 반쯤 벗겨질 정도로 풀어헤친 낡은 외투, 사무실 유니폼 같은 회색 정장 속의 가냘픈 몸.

"네가 얼마나 사랑스러운지 내가 알아보지 못하게 하려고 일부러 그렇게 입고 온 거라면 그건 오산이야. 넌 사랑스러워. 여자의 얼굴에서 지성을 보는 게 내게 얼마나 큰 위안이 되는지 너에게 말해주고 싶어. 하지만 넌 듣고 싶지 않겠지. 넌 그런 말을 들으러 온 게 아니니까."

그의 말은 여러 면에서 부적절했지만 너무나 가볍게 말하는 바람에 그녀가 현실로, 분노로, 그리고 이곳에 온 목적으로 돌아갈 수 있게 해주었다. 대그니는 그에게 사적인 감정을 내보이지 않으려고 무표정한 얼굴을 하고 서서 그를 내려다보았다. 그녀가 말했다.

"묻고 싶은 게 있어서 왔어."

"물어봐."

"신문 인터뷰에서 뉴욕에 온 목적이 코미디를 직접 구경하기 위해서라고 했는데, 무슨 코미디를 말한 거지?"

프란시스코는 뜻밖의 것을 즐길 기회가 거의 없는 사람처럼 웃음을 터뜨렸다.

"대그니, 그래서 내가 널 좋아하는 거야. 현재 뉴욕에는 700만 명이나 되는 사람들이 살고 있어. 700만 명 중에서 그 코미디가 베일 부부의 이혼사건을 말하는 게 아닐 거라는 생각을 할 수 있는 사람은 너뿐이지."

"그럼 뭘 두고 한 말이지?"

"뭐 같은데?"

"산세바스티안 사건."

"그게 베일 부부의 이혼사건보다 훨씬 더 재미있지, 안 그래?"

대그니가 검사처럼 엄숙하고 냉정한 목소리로 말했다. "넌 의식적으로 냉혹하게, 그리고 철저히 의도적으로 일을 벌였어."

"외투 벗고 앉는 게 낫지 않겠어?"

대그니는 자신도 모르게 격한 감정을 드러내는 실수를 저질렀음을 깨달았다. 그녀는 냉랭하게 돌아서서 코트를 벗어 옆으로 던졌다. 프란시스코는 일어나서 옷을 받아주지 않았다. 대그니는 안락의자에 앉았다. 프란시스코는 그녀와 거리를 두고 바닥에 앉아 있었지만 마치 그녀의 발치에 앉아 있는 듯한 느낌을 주었다.

"내가 철저히 의도적으로 벌인 일이 뭔데?" 프란시스코가 물었다.

"산세바스티안 사기사건."

"내 **의도**가 뭐였는데?"

"내가 알고 싶은 게 그거야."

프란시스코는 대그니가 평생 연구해야 하는 복잡한 과학을 간단히 설명해달라고 요청하기라도 한 것처럼 조용히 웃었다.

"넌 산세바스티안 광산이 아무 가치도 없다는 것을 알고 있었어. 그 한심한 사업을 시작하기 전부터 알고 있었다고." 대그니가 말했다.

"그런데 내가 왜 사업을 시작한 걸까?"

"너도 얻은 게 없다는 변명 따윈 하지 마. 나도 알고 있으니까. 네가 1,500만 달러를 잃었다는 거 알고 있어. 그래도 고의적인 것이었어."

"내가 왜 그랬는지 알 것 같아?"

"아니. 상상조차 할 수 없는 일이니까."

"그래? 넌 내가 위대한 정신과 엄청난 지식, 대단한 생산능력이 있어 무슨 일을 벌이든 성공할 수밖에 없다고 생각하지. 그러면서도 내가 멕시코를 위해 최선의 노력을 기울일 의도는 없었다고 주장하고 있어. 상상조차 할 수 없는 일이라고?"

"넌 그 광산을 사들이기 전부터 멕시코 정부가 약탈자들의 손아귀에 들어가 있는 걸 알고 있었어. 그러니까 넌 멕시코를 위해 광산사업을 시작할 필요는 없었던 거야."

"맞아, 그랬지."

"넌 멕시코 정부에 대해서는 관심조차 없었어. 왜냐하면……."

"그건 틀렸어."

"왜냐하면 멕시코 정부가 조만간 광산을 국유화할 걸 알고 있었으니까. 네가 노렸던 건 산세바스티안 광산의 미국인 주주들이었어."

"그건 맞아."

프란시스코는 대그니를 똑바로 쳐다보며 웃음기 없는 진지한 얼굴로 덧붙였다. "그것도 진실의 일부이지."

"나머지 진실은 뭔데?"

"내가 노렸던 게 그것만은 아니라는 것."

"뭘 또 노렸지?"

"그건 네가 알아내야 해."

"내가 여기 온 건 네 목적을 간파하기 시작했다는 걸 알려주기 위해서야."

"네가 내 목적을 알아냈다면 여기 오지 않았을 거야." 프란시스코는 미소를 지으며 말했다.

"맞아. 사실 난 네 목적을 알지 못해. 그리고 앞으로도 영원히 알 수 없을 거야. 그저 그 일부만을 간파했을 뿐이지."

"어떤 부분?"

"넌 온갖 추잡한 짓은 다 저지르고 새로운 스릴을 맛보기 위해 제임스와 그 친구들 같은 사람들을 속여 그들이 고통에 몸부림치는 꼴을 구경하려 하고 있어. 인간이 얼마나 타락하면 그런 걸 즐길 수 있는지 모르겠지만 넌 그걸 구경하러 뉴욕에 온 거야."

"그들은 고통에 몸부림치는 장관을 연출해냈지. 특히 네 오빠 제임스는 아주 볼만했어."

"그들은 썩어빠진 멍청이들이야. 하지만 이번 경우 그들에게 죄가 있다면 널 믿은 것뿐이야. 그들은 네 이름과 명예를 믿었어."

대그니는 프란시스코의 얼굴에서 다시 진지한 표정을 보았고 그것이 진짜라는 것을 확신했다.

"그래. 그들은 나를 믿었지. 나도 알아." 프란시스코가 말했다.

"넌 그게 재미있어?"

"아니. 전혀 재미있지 않아."

프란시스코는 다시 구슬치기를 했는데 이따금 멍하니 무의식적으로 구슬을 하나씩 맞혔다. 그는 손목만 살짝 움직여 구슬을 카펫 위로 굴려 다른 구슬을 정확하게 맞혔다. 대그니는 그의 어린 시절을, 그가 하는 일은 무엇이든 최고일 거라는 예언들을 떠올렸다.

"아니, 재미가 없어. 네 오빠 제임스와 그 친구들은 구리 광산에 대해 아무것도 몰랐어. 돈 버는 것에 대해서도 아는 게 없었고. 그들은 그런 모든 것을 배울 필요가 없다고 생각했지. 그들은 지식은 쓸데없고 판단력은 없어도 된다고 생각했어. 그들은 내가 세상에 존재하고 그런 사실을 알고 있다는 것을 명예로 여긴다는 것에 주목했지. 그리고 내 명예를 믿을 수 있다고 생각한 거야. 그런 믿음은 저버려지지 않으니까, 안 그래?"

"그럼 고의적으로 그 믿음을 저버렸단 말이야?"

"그건 네가 알아서 판단해. 그들의 믿음과 내 명예에 대해 말한 사람은 너니까. 난 이제 그런 식으로 생각하지 않아."

프란시스코는 어깨를 으쓱하며 덧붙였다. "난 네 오빠 제임스와 그 친구들에게는 아무 관심도 없어. 그들의 이론은 전혀 새로울 게 없는, 이미 수백 년 전부터 먹혀왔던 거니까. 하지만 절대적인 안전이 보장되는 이론은 아니지. 그들이 간과한 게 하나 있어. 그들은 내 인생 목표가 부라는 가정하에 내 두뇌에 편승하는 게 안전하다고 여겼던 거야. 그들의 계산은 내가 돈을 벌고 싶어한다는 전제에 기반을 두었던 거지. 만일 내가 돈을 벌고 싶지 않았다면?"

"돈을 벌고 싶지 않았다면 뭘 원한 건데?"

"그들은 내게 그걸 묻지 않았어. 그들 이론의 핵심 요소인 나의 목표나 동기, 욕구에 대해 묻지 않았어."

"돈을 벌고 싶었던 게 아니라면 다른 어떤 동기가 있었던 거지?"

"그야 많지. 예를 들면 돈을 쓰는 것."

"실패할 게 뻔한 사업에 돈을 쓴다고?"

"그 광산이 실패하리란 걸 내가 어떻게 알겠어?"

"네가 어떻게 그걸 모를 수 있어?"

"그건 아주 간단하지. 그것에 대해 아무 생각도 하지 않는 거야."

"아무 생각도 하지 않고 그 사업을 시작했다고?"

"아니, 꼭 그렇지는 않아. 만일 내가 실패한 거라면? 나도 인간이야. 내가 실수를 저지른 거지. 실패한 거라고. 일을 망친 거라고."

그는 손목을 움직여 반짝이는 수정 구슬을 튕겼고, 수정 구슬은 방 반대쪽 끝에 있는 갈색 구슬에 세게 부딪쳤다.

"안 믿어." 대그니가 말했다.

"그래? 난 인간으로 받아들여질 자격도 없단 말인가? 난 다른 사람들 실수는 다 책임지면서 절대로 실수를 저질러서는 안 되는 거야?"

"너답지 않아."

"그래?"

프란시스코는 카펫에 벌러덩 누워 나른하게 몸을 쭉 뻗었다.

"넌 내가 의도적으로 그랬다고 생각해서 내가 아직 목적이란 것을 가지고 있다고 인정해주고 싶은 거야? 내가 건달이라는 걸 아직도 받아들이지 못하겠어?"

대그니는 눈을 감았다. 프란시스코의 웃음소리가 들렸다. 세상에서 가장 쾌활한 소리였다. 그녀는 황급히 눈을 떴지만 프란시스코의 얼굴에서는 잔인함을 찾아볼 수 없었다. 순수한 웃음만 보았다.

"대그니, 나의 동기? 세상에서 가장 순수한 동기인 순간적인 충동이라는 생각은 안 들어?"

대그니는 생각했다. '아니, 그건 사실이 아니야. 그가 저렇게 웃고 있다면. 그가 저런 표정을 짓고 있다면. 무책임한 바보들은 저런 순수한 즐거움을 느낄 수가 없어. 부랑자들은 온전한 평화를 지닐 수가 없어. 저런 웃음은 가장 심오하고 엄숙한 사고의 결과물이야.'

대그니는 발치에 누워 있는 프란시스코를 냉정하게 내려다보며 그의 모습에서 어떤 기억이 떠오르는지 관찰했다. 그의 긴 몸을 강조해주는 검정 잠옷, 벌어진 목깃 사이로 보이는 햇볕에 그을린 매끄럽고 젊은 피부⋯⋯. 어느 새벽 그녀 옆 풀밭에 누워 있던 검정 바지를 입은 그가 떠올랐다. 그때 그녀는 그의 몸을 소유하게 된 것에 자부심을 느꼈고 지금까지도 그 자부심을 간직하고 있었다. 그녀는 문득 그와 나누었던 뜨거운 사랑의 행위들이 상세히 떠올랐다. 이제 그 기억은 그녀에게 불쾌한 일이어야 했지만 그렇지가 않았다. 그것은 여전히 후회도 희망도 없는 자부심으로, 그녀의 마음에 닿을 수도 없고 그렇다고 그녀가 파괴할 수도 없는 감정이었다.

대그니는 감정의 불가사의한 연상작용에 의해 프란시스코의 완전한 기쁨에서 최근 자신에게도 그런 기쁨을 주었던 것을 떠올렸다.

"프란시스코, 우린 둘 다 리처드 핼리의 음악을 좋아했어." 그녀가 부드럽게 말했다.

"난 지금도 좋아해."

"그를 만난 적 있어?"

"응. 왜?"

"혹시 그가 〈5번 협주곡〉을 썼는지 알아?"

프란시스코는 미동도 하지 않았다. 대그니는 그가 충격 같은 것은 받지 않는 줄 알았는데 그렇지가 않았다. 하지만 그녀는 자신이 지금까지 한 말들 중에서 왜 유독 그 말이 그에게 충격을 주었는지 도무지 짐작할 수가 없었다.

"왜 그가 〈5번 협주곡〉을 썼을 거라고 생각하는데?" 프란시스코가 침착하게 말했다.

"그럼, 쓴 거야?"

"핼리 협주곡은 네 개밖에 없다는 거 알잖아."

"그래. 하나를 더 쓴 게 아닐까 해서."

"그는 작곡을 그만뒀어."

"알아."

"그런데 왜 그런 질문을 한 거야?"

"그냥 그런 생각이 들어서. 그는 지금 뭘 하고 있어? 어디 있어?"

"나도 몰라. 오랫동안 만나지 못했으니까. 〈5번 협주곡〉이 있다고 생각한 이유가 뭐야?"

"있다는 말은 안 했어. 있는지 물어봤을 뿐이지."

"왜 하필 지금 리처드 핼리 생각을 한 거야?"

대그니는 자제력이 조금 흔들리는 것을 느꼈다.

"왜냐하면, 내 마음은 리처드 핼리의 음악에서…… 길버트 베일 부인에게로 건너뛸 수 없으니까."

프란시스코는 안도하며 웃었다.

"아, 그거?…… 참, 말이 나왔으니 하는 말인데, 나에 관한 기사들을 읽었다면 길버트 베일 부인의 이야기에 재미난 모순이 있다는 걸 알아채지 못했어?"

"난 그런 기사 안 읽어."

"읽었어야 했는데. 그녀는 안데스에 있는 내 빌라에서 보낸 지난 새해 전야에 대해 아주 아름답게 묘사했어. 산꼭대기에 비친 달빛, 열린 창가의 덩굴식물에 핀 핏빛 꽃들. 그 풍경에 뭔가 잘못된 게 있는 것 같아?"

"그 질문은 내가 해야겠지만 하지 않겠어." 대그니가 조용히 대꾸했다.

"아, 그 풍경에는 잘못된 게 없어. 문제는 내가 그날 텍사스 엘패소에서 태거트 대륙횡단철도 산세바스티안 노선 개통식을 주재하고 있었다는 거지. 넌 그 행사에 참석하지 않았지만 기억할 거야. 그날 네 오빠 제임스와 세뇨르 오런 보일과 어깨동무하고 찍은 사진도 있거든."

대그니는 그게 사실이라는 것과 신문에서 본 베일 부인

의 이야기를 떠올리며 놀라서 숨이 막혔다.

"프란시스코, 그게…… 그게 무슨 뜻이야?"

프란시스코는 킥킥 웃었다.

"결론은 네가 내려…… 대그니."

그의 얼굴이 심각해지며 물었다. "왜 핼리가 〈5번 협주곡〉을 썼다고 생각한 거야? 교향곡이나 오페라가 아니고? 왜 협주곡이지?"

"그걸 왜 신경 쓰는데?"

"신경 안 써."

프란시스코는 그렇게 대꾸하고는 부드럽게 덧붙였다. "대그니, 난 아직도 그의 음악을 사랑해." 그러고는 다시 가볍게 말을 이었다. "하지만 그의 음악은 다른 시대 것이지. 우리 시대는 다른 종류의 여흥을 제공하고 있어."

그는 몸을 빙글 돌려 바닥에 등을 대고 누워서 깍지 낀 손을 베고 천장에서 펼쳐지는 코미디 영화를 감상하기라도 하듯 위를 올려다보았다.

"대그니, 산세바스티안 광산 건으로 멕시코 정부에서 벌어진 구경거리가 재미있지 않았어? 멕시코 정부 담화문과 신문 사설들은 읽어봤어? 내가 그들을 속인 파렴치한 사기꾼이라고 하더군. 그들은 알짜배기 광산을 몰수한 줄 알았거든. 난 그들에게 그런 실망을 안겨줄 자격이 없다는 거야. 어떤 비열한 관료가 나를 고소해야 한다고 주장했다는 기사 읽었어?"

그는 웃으며 두 팔을 옆으로 쭉 뻗어 몸으로 십자가를 만들었다. 무장해제된 듯한 편안하고 젊은 모습이었다.

"투자한 돈이 아깝지 않은 구경거리였어. 난 그 정도쯤은 투자할 여유가 있었고. 내가 의도적으로 벌인 일이라면 네로 황제의 기록을 깼다고 볼 수 있지. 지옥 뚜껑을 열어 사람들에게 보여준 건데 도시 하나를 불태운 것과 비교나 되겠어?"

그는 일어나 앉아 구슬 몇 개를 집어 들고는 멍하니 흔들었다. 구슬들이 서로 부딪치며 맑고 부드러운 소리를 냈다. 대그니는 그가 구슬을 가지고 노는 것이 그에게는 의도적인 가식이 아니라 불안감의 표현임을 깨달았다. 그는 오랫동안 움직이지 않고 있을 수 없는 사람이었다.

"멕시코 정부는 국민들에게 인내심을 가지고 고난을 조금만 더 참아달라고 호소하는 성명서를 발표했어. 산세바스티안 광산의 구리 개발이 중앙계획위원회에서 세운 계획의 일부인 모양이야. 그 계획이란 멕시코 국민들의 생활 수준을 높이고, 일요일마다 모든 남자와 여자, 어린아이, 미숙아에게까지 돼지고기를 먹이는 거였지. 그들은 국민들에게 정부를 비난하지 말고 부자들의 타락을 탓하라고 호소하고 있어. 내가 그들이 기대했던 탐욕스러운 자본가가 아닌 무책임한 바람둥이로 판명됐으니까. 내가 자기네

들을 실망시키리란 것을 어떻게 알았겠느냐고 호소하고 있지. 맞는 말이야. 그들이 그걸 어떻게 알았겠어?"

대그니는 그가 구슬을 만지작거리는 모습을 지켜보았다. 그는 자신의 행동을 의식하지 못하고 먼 곳을 응시하고 있었지만, 대그니는 그의 그런 행동이 그에게 위안을 준다는 것을 확신했다. 그는 손가락을 천천히 움직여 구슬의 매끄러운 감촉에서 관능적인 쾌감을 즐기고 있었다. 대그니는 그런 행동이 불쾌하기는커녕 이상하리만큼 매력적으로 느껴졌다. 마치 관능성이 전혀 육체적인 것이 아니라 정신의 섬세한 식별력에서 나오는 것인 듯.

"그들이 몰랐던 건 그것만이 아니었어. 그들이 알아야 할 게 더 있지. 산세바스티안 노동자들을 위한 주택단지가 있는데, 800만 달러를 들여 주성한 거야. 철골구조로 지은 데다가 배관, 전기, 냉방시설까지 갖췄지. 학교, 교회, 병원, 영화관까지 있고. 그동안 물에 떠내려온 부목이나 쓰레기 깡통으로 지은 집에서 살던 사람들을 위한 주택단지지. 난 그걸 제공하고 받은 대가라곤 목숨만 건져서 간신히 빠져나온 것뿐이었어. 그것도 멕시코 국민이 아니라서 특별히 봐준 거였지. 그 노동자 주택단지도 그들 계획의 일부였어. 진보적인 국가주택. 사실 그 철골구조 주택들은 주로 판자로 지어졌어. 판자에 그럴싸하게 코팅을 입혔지. 1년도 못 버틸 거야. 배관 파이프들은 광산설비와 마찬가지로 부에노스아이레스와 리우데자네이루의 쓰레기장에서 물건을 대는 업자들한테 산 거야. 파이프는 앞으로 5개월, 전기시설은 6개월쯤 가겠지. 우리가 멕시코를 위해 1,200미터 돌산에 닦아놓은 멋진 도로도 겨울을 두 번 이상 넘기지 못할 거야. 기초공사도 없이 싸구려 시멘트만 발라놨고, 급경사 부분의 버팀대도 판자에 페인트칠만 해놓았거든. 큰 산사태만 한 번 일어나면 끝장날 거야. 교회는 튼튼하게 지었어. 그들에게 필요할 테니까."

"프란시스코, 고의적으로 그런 거였어?" 대그니가 속삭이듯 물었다.

프란시스코가 고개를 들었다. 대그니는 그가 너무나 지친 표정을 짓고 있어 흠칫 놀랐다.

"고의적이었건, 태만해서였건, 어리석음 때문이었건 결국 다를 게 없다는 걸 모르겠어? 어차피 똑같은 게 빠진 거니까." 그가 말했다.

대그니는 자제력을 잃지 않겠다는 굳은 결심을 했건만 부들부들 떨며 외쳤다.

"프란시스코! 지금 이 세상에서 어떤 일이 벌어지고 있는지 안다면, 네가 말한 모든 것을 이해한다면 넌 결코 웃을 수 없어! 넌 제일 먼저 나서서 그들과 싸워야 해!"

"누구?"

"약탈자들. 그리고 세계적인 약탈을 가능하게 만드는 사람들. 멕시코 정부 같은 부류."

프란시스코가 위험한 미소를 지으며 말했다. "아니, 내 사랑. 내가 싸워야 할 상대는 너지."

대그니는 멍하니 그를 바라보았다. "무슨 말을 하려는 거야?"

프란시스코가 냉엄한 목소리로 천천히 강조해서 말했다. "무슨 말을 하려는 거냐면, 산세바스티안 노동자 주택 단지 건설비용은 800만 달러였어. 그 판잣집들을 짓는 데 들어간 돈은 철골구조 주택들을 살 수도 있는 금액이었지. 다른 것들도 마찬가지이고. 그 돈은 그런 방법들로 부를 얻는 사람들 손으로 들어갔어. 그런 사람들은 오랫동안 부를 유지할 수 없지. 돈은 제 갈 길을 찾아 떠나게 되어 있으니까. 돈은 가장 생산적인 사람이 아니라 가장 부패한 사람에게로 가지. 이 시대의 기준에 따르면 제일 공이 적은 사람이 승자가 되지. 그 돈은 산세바스티안 광산 같은 사업들에 들어가게 되어 있어."

대그니가 힘겹게 물었다. "네가 추구하는 게 그거야?"

"그래."

"그게 재미있어?"

"그래."

대그니는 비난해보아야 소용없음을 알면서도 말했다. "난 지금 단코니아라는 이름을 생각하고 있어. 물려받은 것보다 더 많은 재산을 남기는 게 단코니아 가문의 전통이야."

"아, 그래. 내 조상들은 적절한 시기에 적절한 일을 해내는 능력이 탁월했지. 적절한 투자를 하는 능력도. 물론 '투자'는 상대적인 용어야. 이루고자 하는 목표가 무엇인지에 달려 있는. 산세바스티안을 예로 들어보자고. 난 거기에 1,500만 달러가 들어갔지만 태거트 대륙횡단철도는 4,000만 달러를, 제임스 태거트와 오런 보일 같은 주주들은 3,500만 달러를 투자했고, 그로 인해 파생된 결과들로 인해 수억 달러가 날아가게 됐지. 대그니, 그 정도면 괜찮은 투자 아닐까?"

대그니는 꼿꼿이 앉아 있었다.

"지금 자신이 무슨 말을 하고 있는지 알아?"

"아주 잘 알지! 내가 초래한 결과들을 이야기해볼까? 첫째, 난 태거트 대륙횡단철도가 그 터무니없는 산세바스티안 노선에서 얻은 손실을 회복하지 못할 거라고 생각해. 넌 회복 가능하다고 생각하겠지만 불가능해. 둘째, 산세바스티안은 네 오빠 제임스가 피닉스-두랑고를 파괴하도록 도왔지. 유일하게 남아 있는 쓸 만한 철도를 말이야."

"그걸 다 알고 있었어?"

"그 외에도 많은 걸 알고 있지."

"그럼, 엘리스 와이엇을 알아?"

대그니는 왜 그걸 물어야 하는지 몰랐지만 엘리스 와이엇의 격정적인 검은 눈이 자신을 바라보고 있는 듯했다.

"그럼."

"이 일이 그에게 어떤 결과를 미치게 될지도 알아?"

"응. 다음엔 그가 파멸할 차례이지."

"아니…… 그게…… 재미있어?"

"멕시코 정부의 파멸보다 훨씬 더 재미있어."

대그니는 벌떡 일어났다. 그녀는 그가 타락했다는 것을 이미 알고 있었고, 그것이 두려웠으며, 그 사실을 잊으려고 애썼다. 하지만 타락의 정도가 얼마나 심한지는 전혀 모르고 있었.

그녀는 그를 보지 않았고, 그가 과거에 한 말을 자신이 인용하고 있다는 것도 의식하지 못했다.

"……누가 더 조상을 명예롭게 하나보자. 넌 냇 태거트를, 난 세바스티안 단코니아를……"

"내가 그 광산에 나의 위대한 조상의 이름을 붙인 거 몰라? 조상님도 좋아하셨을 거야."

대그니는 잠시 눈앞이 보이지 않았다. 그녀는 신성모독이 어떤 것인지, 그것을 목도했을 때의 기분이 어떤지 이제야 비로소 알 것 같았다.

프란시스코는 일어서서 정중한 자세로 그녀에게 미소를 보냈다. 그것은 감정을 내보이지 않은 차가운 미소였다.

대그니는 떨고 있었지만 그건 문제가 되지 않았다. 그녀는 프란시스코가 무엇을 보고 짐작하고 비웃건 상관없었다.

"난 네가 왜 이런 삶을 선택하게 됐는지 알고 싶어서 온 거야." 그녀가 담담한 목소리로 말했다.

"난 이미 그 이유를 말해줬어. 네가 믿고 싶어하지 않는 거지." 프란시스코가 엄숙하게 대답했다.

"난 진짜 너를 지켜봐왔고, 그 모습을 잊을 수 없어. 네가 이렇게 변한 건, 그건 이성의 세계에선 불가능한 일이야."

"그래? 지금 네가 살고 있는 세상도 이성과는 거리가 멀지, 안 그래?"

"넌 세상에 대한 환멸로 무너질 그런 사람이 아니었어."

"맞아."

"그런데…… 왜?"

프란시스코는 어깨를 으쓱했다.

"존 골트가 누구지?"

"그 쓰레기 같은 말 좀 하지 마!"

프란시스코는 그녀를 흘낏 보았다. 그의 입가에는 여전히 미소가 감돌았지만 두 눈은 차분하고 진지했으며 불편할 정도로 날카로웠다.

"왜?" 대그니가 다시 물었다.

프란시스코는 10년 전 바로 이 호텔에서 했던 대답을 되풀이했다.

"넌 그걸 들을 준비가 안 돼 있어."

그는 대그니를 문까지 배웅하지 않았다. 대그니는 손잡이를 잡고 돌아섰다. 프란시스코는 저만치 서서 그녀를 바라보고 있었다. 그녀는 그 시선의 의미를 알고 있었고 그 시선에 붙들려 꼼짝도 할 수가 없었다.

"난 아직도 너랑 자고 싶어. 하지만 난 그럴 수 있을 정도로 행복하지 못해." 프란시스코가 말했다.

"그럴 수 있을 정도로 행복하지 못하다고?" 대그니가 당혹감을 감추지 못하며 말했다.

프란시스코는 웃음을 터뜨렸다.

"네가 오늘 처음 해야 할 대답이 이런 거라도 괜찮을까?"

그는 대답을 기다렸지만 대그니는 침묵을 지켰다.

"너도 원하지, 그렇지?"

대그니는 '아니'라고 대답하려고 했지만 진실은 그것보다 더 고약하다는 것을 깨달았다.

"그래. 하지만 난 이제 그것조차도 아무 상관 없어." 그녀가 차갑게 대답했다.

프란시스코는 그 말을 할 수 있게 되기까지 그녀에게 얼마나 많은 힘이 필요했는지 솔직하게 인정하며 미소를 보냈다.

"대그니, 넌 대단한 용기를 지녔어. 언젠가는 충분히 갖게 될 거야."

　문을 열고 나가려는 그녀에게 그 말을 하는 프란시스코의 얼굴에는 웃음기가 없었다.
　"뭘? 용기?"
　프란시스코는 대답하지 않았다.

비영리적인 사람들

　리어든은 거울에 이마를 대고 생각을 멈추려고 애썼다.
　생각을 멈추어야만 파티를 견딜 수 있다고 스스로에게 말했다. 그는 거울의 차가운 감촉이 주는 위안에 정신을 집중시키며 어떻게 인간이 억지로 마음을 공허하게 만들려는 노력을 기울일 수 있는 것일까 하고 의아해했다. 더구나 자신의 이성적 능력을 확고히, 가차 없이 발휘하는 것을 인생의 가장 최우선적인 의무로 여기며 평생을 살아온 인간이 말이다. 그는 지금까지 살아오면서 어떤 도전에 맞서서도 능력의 한계를 느껴본 적이 없었지만 지금은 빳빳이 풀 먹인 흰 와이셔츠에 검은 진주로 만든 장식 단추 몇 개를 끼울 힘조차 끌어모을 수가 없었다.
　오늘은 그의 결혼기념일이었고, 그는 릴리언이 원하는 대로 오늘 밤에 파티가 열릴 것임을 석 달 전부터 알고 있었다. 애초에 그가 파티에 꼭 참석하겠노라고 아내에게 약속했던 때는 아직 날짜가 많이 남아 있었고, 늘 과중한 일정을 모두 소화해내듯 때가 되면 그것도 어찌어찌 해치우게 되리라 낙관했기 때문이다. 그리고 지난 석 달 동안 하루 18시간씩 일하면서 그 파티에 대해서는 행복하게 잊고 있었다. 그런데 30분 전, 저녁식사 시간이 훨씬 지나서 비서가 그의 방으로 들어오더니 단호하게 말했다.

"사장님, 파티요."

리어든은 "이런!" 하고 외치며 벌떡 일어나 허둥지둥 집으로 달려가 계단을 뛰어올라가 옷을 갈아입었다. 목걸 같은 것은 안중에도 없었고 오로지 서둘러야 한다는 생각뿐이었다. 그러다 목걸을 깨닫자 기습적인 일격을 당한 듯 동작을 멈추었다.

'사업밖에 모르는 사람.' 그가 평생 비난처럼 들어온 말이었다. 그는 사업이 순진한 보통 사람들에게는 강요되지 않는 은밀하고 수치스러운 사교(邪敎)로, 행해져야 하되 입에 올려서는 안 되는 필요악으로 여겨진다는 것을 알고 있었다. 회사 이야기를 하는 것은 고귀한 정서를 해치는 짓이고, 퇴근하기 전 손에 묻은 기계기름을 씻어내듯 거실에 들어서기 전 마음에 묻은 사업의 때도 벗겨내야 한다고 여겨지는 것도 알고 있었다. 그 자신은 그런 생각에 동조하지 않았지만 그의 가족이 그것을 신봉하는 것은 당연하게 받아들였다. 그는 사악한 종교의 순교자처럼 자신이 열렬히 사랑하는 믿음을 위해 헌신한 결과 사람들 사이에서 따돌림당하고 그들의 공감을 얻지 못하는 것을 묵묵히 받아들였으며, 그것은 어린 시절에 형성되어 맹목적으로 지니고 사는 습관 같은 것이었다.

그는 사업과 무관한 존재로서 남편 노릇을 하는 것이 아내에 대한 의무라는 생각을 받아들였다. 하지만 도저히 그것을 실천할 수가 없었고 그것에 대한 죄의식도 느껴본 적이 없었다. 그는 자신을 바꿀 수도, 그런 자신을 비난하는 아내를 원망할 수도 없었다.

그는 몇 달 동안(아니, 몇 년 동안, 결혼생활 8년 동안) 릴리언에게 시간을 내준 적이 없었다. 그는 아내의 취미를 위해 시간을 할애할 생각이 없었고 아내의 취미가 무엇인지도 몰랐다. 릴리언에게는 친구가 많았다. 그들이 미국 문화계의 핵심을 이룬다는 이야기는 들었지만, 그들을 직접 만나보기는커녕 그들이 이룬 성과들을 알아보고 그들의 명성을 인정해줄 시간조차 없었다. 신문 가판대에 진열된 잡지 표지에서 그들의 이름을 자주 보았을 뿐이다. 릴리언이 그의 태도에 분개한다 해도 사실 나무랄 입장이 아니었다. 그녀가 그에게 불쾌한 태도를 보인다고 해도 그는 할 말이 없었다. 가족들이 그를 냉혈한이라고 부른다 해도 틀린 말이 아니었다.

그는 어떤 문제에도 몸을 사린 적이 없었다. 제철소에서 문제가 발생하면 맨 먼저 자신의 실수가 무엇인지 파악했다. 그는 다른 사람이 아닌 자신의 잘못을 찾아내려고 노력했다. 그는 늘 자신에게 완벽을 요구했다. 그는 지금도 자신에게 자비를 베풀지 않고 비난을 감수했다. 하지만 제철소에서는 자신의 실수를 바로잡겠다는 의지에 따라 즉각 행동에 나설 수 있었지만 지금은 아무것도……. 그는 눈을 감은 채 거울에 기대서서 생각했다. '몇 분만 더.'

그는 마음속에서 분출하는 말들을 막을 수가 없었다. 마치 고장난 소화전을 맨손으로 틀어막으려고 애쓰는 것과 같았다. 일부는 말이고, 일부는 그림인 자극적인 분출물들이 머릿속에서 계속 솟구쳤다. 몇 시간 동안 손님들의 눈을 보고 있어야만 한다. 술에 취하지 않았다면 지루함을 견디지 못해 점점 무거워지고, 술에 취했다면 흐리멍덩해질 그들의 눈. 하지만 그런 변화를 못 본 척하며 그들에게 할 말을 짜내야만 한다. 그들에게 할 말이 없는데……. 아무 설명도 없이 갑자기 사표를 던진 압연공장 공장장 후임을 알아보아야 할 시간에……. 그 일은 시급하다. 그런 사람들은 구하기가 무척 어려우니까. 태거트 레일 압연작업 중인데……. 그는 가족들에게 사업에 대한 열정을 들켰을 때마다 그들의 눈에 어려 있던 무언의 책망을, 비난의 표정을, 오랜 인내와 냉소를 떠올렸다.…… 리어든 철강이 자신에게 어떤 의미인지 들키지 않으려고 침묵을 지켜보아야 소용없다. 사람들은 이미 그의 수치스러운 약점을 모두 알고 냉소하며 지켜보고 있는데 마치 술에 무관심한 척하는 알코올중독자처럼…….

"어제 새벽 2시에 들어오는 소리가 들리던데, 어디 있었던 거냐?"

저녁 식탁에서 어머니가 묻자 릴리언이 대신 대답했다.
"아, 그야 당연히 제철소죠."

마치 '술집이죠'라고 말하는 듯한 투로. ……릴리언이 다 알고 있다는 듯 엷은 미소를 머금고 물었다.

"어제 뉴욕에서 뭐 했어요?"

"남자들끼리 모임이 있었소."

"사업적인 건가요?"

"그렇소."

"그럴 줄 알았어요."

그러면서 릴리언은 고개를 돌려버렸다. 그는 차라리 남자들만의 난잡한 파티에 간 것으로 아내가 오해했으면 더 좋았을 거라는 수치스러운 깨달음에……. 리어든 철광석 수천 톤을 실은 수송선이 미시간 호에서 폭풍을 만나 침몰했다. 수송선들 상태가 엉망이었다. 그가 직접 나서서 새 배들을 구할 수 있도록 도와주지 않으면 운수업체들은 파산할 것이고 그렇게 되면 미시간 호를 운행하는 수송선이 없어질 터였다…….

"저것 말이에요?"

릴리언이 응접실의 소파와 커피 탁자를 가리키며 말했다.

"어머, 아니에요, 헨리. 새로 바뀐 게 아니에요. 하지만 당신이 겨우 3주 만에 알아보았다니 어깨가 으쓱해지는데요. 유명한 프랑스 궁전의 모닝룸을 흉내내본 거예요. 하지만 여보, 그런 것들은 당신의 관심을 끌 수가 없죠. 주식 시세로 나타낼 수가 없는 것들이니까요."

……6개월 전에 주문한 구리가 아직 도착하지 않고 있었다. 약속 날짜를 세 번이나 미루었는데 "리어든 씨, 우리도 어쩔 수 없습니다"라는 말뿐이었다. 구리 공급이 점점 불확실해져 다른 거래처를 찾아보아야 했다.…… 필립은 어머니 친구들 앞에서 자신이 가입한 단체에 대해 설명하다가 고개를 들었을 때 미소짓고 있지는 않았지만 "아니, 형은 별로 관심이 없을 거야. 사업이 아니니까. 사업과는 전혀 무관하니까. 철저히 비영리적 활동이니까"라고 말할 때 그의 늘어진 얼굴에는 우월감 어린 미소가 숨겨져 있었다.…… 대규모 공장 개조공사를 하는 디트로이트의 한 업자에게 리어든 금속 공장 설계를 맡겼다. 디트로이트로 가서 그를 직접 만나보아야 하는데, 일주일 전에 만났어야 했는데, 오늘 밤 갈 수 있다면 좋을 텐데…….

"듣지 않고 있구나." 아침 식탁에서 어머니가 말했다.

어머니가 지난밤에 꾼 꿈 이야기를 하고 있었는데 그는 석탄 가격 지수에 대해 생각하고 있었던 것이다.

"넌 다른 사람 말을 들어주는 법이 없지. 자신에게밖에 관심이 없으니까. 넌 사람에게 관심이 없어. 이 세상 누구에게도."

……그의 사무실 책상 위에 리어든 금속으로 만든 비행기 모터 시험 보고서가 놓여 있었다. 어쩌면 지금 이 순간 그가 가장 간절히 원하는 것은 그 보고서를 읽는 것인지도 모른다. 그 보고서는 벌써 사흘째 그의 책상 위에 놓여 있었지만 읽을 짬을 내지 못해 손도 대지 못했다. 지금 그것을 읽을 수 있다면…….

그는 세차게 고개를 저으며 눈을 뜨고 거울에서 떨어졌.

그는 와이셔츠의 잠시 단추로 손을 뻗었다. 하지만 그의 손은 화장대 위 우편물 뭉치로 향했다. 오늘 밤 안에 꼭 읽어야 할 긴급 우편물들이었는데 사무실에서는 읽을 시간이 없었다. 사무실을 나서는데 비서가 그의 주머니에 우편물 뭉치를 찔러 넣었고 아까 옷을 벗으며 화장대 위에 던져놓았던 것이다.

신문기사 스크랩 하나가 팔락거리며 바닥으로 떨어졌다. 비서가 빨간 펜으로 분노에 찬 사선을 그어놓은 사설이었다. 제목은 '기회의 균등'이었다. 리어든은 그 사설을 읽지 않을 수 없었다. 지난 석 달 동안 그 문제에 대한 논의가 불길할 정도로 활발히 이루어졌다.

그는 사설을 읽기 시작했다. 아래층에서 들려오는 사람들 목소리와 억지 웃음소리가 손님들이 도착하고 있음을 알려주었다. 파티는 이미 시작되었고 아래층으로 내려가면 가족들의 비난에 찬 신랄한 시선을 받아야 할 터였다.

사설은 생산이 감소하고 시장이 축소되고 생계를 꾸려갈 기회가 사라지고 있는 시대에 한 사람이 몇 개의 기업체를 독차지하는 것은 불공평하며, 몇몇이 모든 자원을 독점하는 것은 파괴적인 일이라고 주장하고 있었다. 경쟁은 사회의 필수요소이지만 그 어떤 경쟁자도 그와 경쟁하기를 원하는 사람의 능력 범위를 초월하지 못하도록 하는 것이 사회의 의무라는 것이었다. 그리고 어떤 개인이나 기업도 하나 이상의 사업체를 소유할 수 없도록 금지하는 법안이 통과될 것이라고 예언하고 있었다.

리어든이 워싱턴에 심어놓은 웨슬리 마우치는 걱정하지 말라고, 힘든 싸움이 되겠지만 결국 그 법안은 통과되지 못할 것이라고 했다. 리어든은 그런 싸움에 대해 알지 못했다. 그래서 마우치에게 맡겼다. 그는 마우치가 워싱턴에서 보내오는 보고서들을 훑어보고 그가 싸움 비용으로 요구하는 수표에 서명할 시간을 내기도 힘들었다.

리어든은 그 법안이 통과될 것이라고 믿지 않았다. 도저히 믿을 수가 없었다. 평생 금속, 기술, 생산 같은 분명한 실체들만 다루다보니 비상식적인 것이 아닌 합리적인 것에만 관여하고, 옳은 것만을 추구해야 하며(옳은 것이 늘 승리하므로), 몰지각하고 그릇되고 부당한 것은 통하지도 않고 성공할 수도 없으며, 결국 자멸하고 만다는 신념을 갖게 되었던 것이다. 그런 법안 같은 것들과의 싸움은 그에게는 터무니없고 당혹스러울 뿐이었다. 그건 마치 숫자점으로 강철의 혼합을 계산하는 사람과 경쟁하라는 갑작스러운 요구를 받은 듯한 기분이었다.

그는 그 문제의 위험성을 스스로에게 경고했다. 하지만 그 히스테릭한 사설의 요란한 절규는 그에게 아무 감정도 불러일으키지 못했다. 리어든 금속의 실험 보고서에서 소수점 하나만 바뀌어도 벌떡 일어나 열광하거나 두려움에 떠는 그였지만 다른 것에 쏟을 에너지는 남아 있지 않았다.

그는 사설을 구겨 쓰레기통에 던졌다. 일할 때는 느껴본 적이 없는 납덩이같은 피로감이 엄습했다. 그 피로감은 어딘가에 매복해 있다가 그가 일 이외의 문제들에 관심을 돌릴 때마다 기습공격을 가하는 듯했다. 그는 자고 싶다는 갈망밖에는 아무런 욕구도 느낄 수 없었다.

그는 파티에 참석해야만 한다고, 그의 가족은 그가 파티에 참석할 것을 요구할 권리가 있다고, 가족을 위해 즐기는 법을 배워야만 한다고 스스로를 타일렀다.

리어든은 그 동기가 자신에게 추진력을 주지 못하는 것

이 의아했다. 평생 그는 어떤 행동이 옳다는 확신만 들면 그것을 실행에 옮길 힘이 저절로 생겨났다. '나에게 무슨 일이 벌어지고 있는 걸까? 옳은 것을 실행하기를 꺼려하는 터무니없는 갈등, 그건 도덕적 타락의 기본 공식이 아닐까? 자신의 죄를 알면서도 냉혹하고 뿌리 깊은 무관심만을 느끼는 것, 그건 내 삶과 자부심의 원동력이었던 것에 대한 배반이 아닐까?'

그는 스스로에게 그 대답을 찾을 시간을 주지 않았다. 그는 빠르고 무자비하게 옷단장을 마쳤다.

그는 검정 양복 재킷 가슴 주머니에 흰 손수건을 꽂고 타고난 권위가 느껴지는 자연스럽고 당당한 자세로 응접실을 향해 천천히 계단을 내려갔다. 위대한 기업가의 이미지를 완벽하게 구현한 그 모습은 밑에서 지켜보는 귀부인들을 흡족하게 만들기에 충분했다.

그는 계단 발치에 서 있는 릴리언을 보았다. 레몬색 엠파이어 스타일 드레스의 귀족적인 선이 그녀의 우아한 몸매를 강조해주었고, 그녀는 자신의 멋진 배경을 당당히 통제하고 있는 사람처럼 서 있었다. 리어든은 미소지었다. 그는 아내의 행복한 모습을 보는 게 좋았다. 그것이 파티에 어느 정도의 정당성을 부여했다.

그는 아내를 향해 가다가 우뚝 멈추어 섰다. 보석을 효과적으로 이용하는 법을 아는 릴리언은 절대 보석을 주렁 주렁 매달지 않았다. 하지만 오늘 밤 그녀는 과시라도 하듯 다이아몬드 목걸이, 귀걸이, 반지, 브로치로 치장하고 있었다. 그러나 팔은 대조적으로 눈에 띄게 허전했다. 팔의 장식이라곤 오른쪽 손목에 찬 리어든 금속 팔찌뿐이었다. 번쩍거리는 화려한 보석들과 비교되어 그 팔찌는 싸구려 잡화점에서 산 초라한 장신구처럼 보였다.

그녀의 팔에서 얼굴로 시선을 옮긴 리어든은 그녀가 자신을 바라보고 있음을 깨달았다. 그녀는 눈을 가늘게 뜨고 있었는데 그는 그 표정을 뭐라고 설명할 수가 없었다. 그것은 베일에 싸여 있으면서도 의미심장한 표정으로 안전하게 감추어진 것을 과시하는 듯한 느낌을 풍겼다.

리어든은 그녀의 팔찌를 벗기고 싶었다. 하지만 그런 충동을 억누르고 아내가 쾌활한 목소리로 소개하는 옆에 있는 귀부인에게 무표정한 얼굴로 고개 숙여 인사했다.

"인간? 인간이 뭡니까? 과대망상을 품은 화학물질의 집합체에 지나지 않아요."

저쪽에서 프리쳇 박사가 사람들을 모아놓고 이야기하고 있었다. 프리쳇 박사는 크리스털 접시에서 카나페 하나를 집어 통째로 입에 넣었다.

"인간이 형이상학적 존재를 자처하는 건 터무니없는 일이에요. 추하고 비천한 생각들과 감정들로 가득 찬 한심한 원형질인 주제에 자신이 중요한 존재인 양 착각하다니! 바로 그게 이 세상 모든 문제의 근원이에요." 프리쳇 박사가 말했다.

"교수님, 그럼 어떤 생각들이 추하거나 비천하지 않은 건가요?" 남편이 자동차공장을 갖고 있는 진지한 부인이 물었다.

"없어요. 인간의 생각 중에는 없어요." 프리쳇 박사가 대답했다.

한 청년이 주저하며 물었다. "하지만 우리가 훌륭한 생각을 할 수 없다면 우리의 생각들이 추하다는 걸 어떻게 알죠? 그러니까 어떤 기준에 의해서요?"

"기준 같은 건 없어요."

그 말이 모두를 침묵하게 했다.

프리쳇 박사가 계속해서 말했다. "과거의 철학자들은 피상적이었어요. 그래서 우리 시대에 철학의 목적에 대한 재정의가 이루어져야 해요. 철학의 목적은 사람들로 하여금 인생의 의미를 찾도록 도와주는 것이 아니라 인생에 의미 같은 건 없음을 증명하는 겁니다."

아버지가 석탄 광산을 가지고 있는 매력적인 젊은 여인이 분개해서 따졌다.

"누가 우리에게 그런 말을 할 수 있죠?"

"내가 그러려고 하고 있소." 프리쳇 박사가 대꾸했다.

그는 지난 3년간 패트릭 헨리대학의 철학과 학과장 자

리를 지켜왔다.

릴리언 리어든이 불빛을 받아 번쩍이는 보석들을 휘감고 다가왔다. 그녀의 얼굴에는 머리카락의 웨이브처럼 보일 듯 말 듯한 희미한 미소가 어려 있었다.

"의미에 대한 집착은 인간을 다루기 힘든 존재로 만들지요. 인간은 이 광활한 우주 속에서 자신이 아무런 중요성도 갖고 있지 못하고, 자신의 활동에도 아무 의미를 부여할 수 없으며, 자신이 살건 죽건 중요할 게 없다는 사실을 깨닫게 되면 훨씬…… 온순한 존재가 될 겁니다." 프리쳇 박사가 말했다.

그는 어깨를 으쓱하고는 카나페를 향해 손을 뻗었다. 한 사업가가 거북해하며 말했다.

"교수님, 전 기회균등 법안에 대해 어떻게 생각하시는지 물었습니다."

"아, 그거요? 나는 자유경제를 옹호하기 때문에 그 법안에 찬성한다고 분명히 밝힌 것 같은데요. 자유경제는 경쟁 없이는 존재할 수 없어요. 그러므로 사람은 경쟁을 하도록 강요되어야만 해요. 사람들이 자유로워지도록 만들기 위해서는 그들을 통제해야만 하지요." 프리쳇 박사가 대답했다.

"하지만 그건 좀…… 모순 아닌가요?"

"고차원적인 철학적 의미에서는 그렇지 않아요. 구식 사고의 정적 정의에 얽매이지 않는 시각을 가져야 해요. 우주에서 정적인 건 없어요. 만물이 유동적이지요."

"하지만 이성적으로······."

"이봐요, 이성은 미신 중에서도 제일 고지식한 거예요. 이 시대에 최소한 그것만큼은 일반적으로 인정되고 있지요."

"하지만 전 도무지 이해가······."

"세상일이 이해될 수 있다고 믿는 대중적 망상에 시달리고 있군요. 당신은 우주가 철저한 모순 덩어리란 사실을 모르고 있어요."

"무엇과 모순이 되는 거죠?" 귀부인이 물었다.

"그것 자체와요."

"어떻게요······. 어떻게 그럴 수가 있죠?"

"부인, 사상가들의 의무는 설명하는 것이 아니라 아무것도 설명될 수 없음을 증명하는 것이지요."

"물론 그렇지만······ 단지······."

"철학의 목적은 지식을 추구하는 것이 아니라 인간에게 지식이 불가능함을 증명하는 것이고요."

"그럼 그게 증명되면 뭐가 남죠?" 젊은 여인이 물었다.

"본능이지요." 프리쳇 박사가 경건하게 말했다.

응접실 저쪽 끝에서는 한 무리의 사람들이 밸프 유뱅크의 말을 듣고 있었다. 그는 조금만 긴장을 풀어도 옆으로 퍼지는 경향이 있는 얼굴과 몸에 대항해 안락의자 끄트머리에 꼿꼿이 앉아 있었다.

"과거의 문학은 천박한 기만이었어요. 갑부들의 비위를 맞추려고 인생을 그럴듯하게 포장했지요. 도덕, 자유의지, 성취, 해피엔딩, 영웅적 존재로서의 인간 등 그 모든 게 우리에게는 우스울 뿐이에요. 우리 시대는 삶의 진정한 본질을 드러냄으로써 역사상 최초로 문학에 깊이를 부여했지요." 밸프 유뱅크가 말했다.

흰 드레스를 입은 앳된 아가씨가 수줍게 물었다. "유뱅크 씨, 삶의 진정한 본질이 뭔가요?"

"고통. 패배와 고통이지요." 밸프 유뱅크가 대답했다.

"하지만…… 왜요? 사람들은 행복하잖아요. 가끔은…… 안 그런가요?"

"그건 피상적인 감정을 지닌 사람들의 망상일 뿐이에요."

아가씨가 얼굴을 붉혔다. 정유회사를 상속받은 부유한 여자가 죄스럽게 물었다.

"유뱅크 씨, 사람들의 문학적 취향을 높이려면 우리가 어떻게 해야 할까요?"

"그건 아주 심각한 사회 문제지요." 밸프 유뱅크가 말했다.

그는 이 시대의 문학적 지도자로 추앙받고 있었지만 3,000부 이상 팔린 책을 써본 적이 없었다.

"개인적으로 나는 기회균등법을 문학에 적용시키는 것

이 해결책이라고 믿고 있습니다."

"오, 그럼 산업 분야에 대한 그 법에 찬성하시는 건가요? 사실 전 그것에 대해 어떻게 생각해야 좋을지 모르겠어요."

"물론 찬성하지요. 우리 문화는 물질주의의 늪에 빠졌어요. 사람들은 물질적 생산과 기술적 농간만 좇느라 정신적 가치를 모두 잃고 말았지요. 사람들은 너무 편안하게 살고 있어요. 그들에게 궁핍을 견디는 법을 가르친다면 보다 고귀한 삶으로 돌아갈 수 있을 거예요. 따라서 그들의 물질적 탐욕에 제한을 두어야만 합니다."

"그런 생각은 하지 못했어요." 여자가 사죄하듯 말했다.

"하지만 랠프, 기회균등법을 문학에 어떻게 적용시키겠다는 건가요? 내겐 생소해서요." 모트 리디가 물었다.

"내 이름은 **밸프**예요."

유뱅크가 화를 내고는 다시 말을 이었다. "당신한테는 생소할 수밖에요. 내 아이디어니까."

"좋아요, 좋아. 싸우자는 게 아니에요. 그냥 물어본 거지." 모트 리디가 미소를 보냈다.

그는 초조한 미소를 지으며 거의 모든 시간을 보냈다. 그는 구식 영화음악과 얼마 안 되는 관객을 위한 현대적인 교향곡을 만드는 작곡가였다.

밸프 유뱅크가 설명했다. "그건 아주 간단해요. 어떤 책이든 판매 부수를 만 권으로 제한하는 법을 만들면 돼요. 그럼 문학 시장이 새로운 재능과 참신한 아이디어, 비영리적 글쓰기를 향해 문을 활짝 열게 될 겁니다. 사람들이 시시한 작품을 100만 부씩 사는 걸 금지하면 더 훌륭한 책들을 읽을 수 있을 거예요."

"좋은 생각이긴 한데, 작가들 수입에 지장이 있지 않겠어요?" 모트 리디가 말했다.

"그럴수록 좋지요. 돈벌이가 목적이 아닌 사람들만 글을 쓰도록 허용해야 합니다."

"그렇지만 유뱅크 씨. 어떤 책을 만 명 이상의 사람들이 읽고 싶어한다면 어쩌죠?" 흰 드레스를 입은 앳된 아가씨가 물었다.

"어떤 책이든 독자는 만 명이면 충분해요."

"제 말은 그런 뜻이 아니라 독자들이 **원한다면** 어떻게 하느냐는 거예요."

"그건 현실성이 없어요."

"하지만 이야기가 재미있어서……."

"플롯은 문학에서 원시적이고 천박한 요소예요." 밸프 유뱅크가 경멸적으로 말했다.

프리쳇 박사가 술을 가지러 가다가 걸음을 멈추고 끼어들었다.

"그렇고말고요. 논리가 철학의 원시적이고 천박한 요소

인 것처럼."

"음악에서 멜로디가 원시적이고 천박한 요소인 것처럼." 모트 리디가 말했다.

"왜 이렇게 시끄럽죠?" 릴리언 리어든이 번쩍거리며 나타나서 말했다.

"나의 천사 릴리언, 나의 새 소설을 당신에게 바치겠다는 말을 했던가요?" 밸프 유뱅크가 점잔을 빼며 말했다.

"어머, 고마워요."

"새 소설 제목이 뭔데요?" 부유한 여자가 물었다.

"마음은 우유 배달부."

"무엇에 대한 이야기인가요?"

"좌절요."

"그렇지만 유뱅크 씨, 인생이 좌절이라면 뭘 위해 살죠?" 흰 드레스를 입은 앳된 아가씨가 심하게 얼굴을 붉히며 물었다.

"형제애." 밸프 유뱅크가 엄격하게 말했다.

버트럼 스커더는 웅크린 자세로 바에 기대서 있었다. 그의 길고 야윈 얼굴은 안으로 오그라든 것처럼 보였지만 입과 두 눈은 세 개의 부드러운 공처럼 돌출되어 있었다. 그는 《퓨처》 잡지 편집인으로 행크 리어든에 관해 '문어발'이라는 제목의 기사를 쓴 적이 있었다.

버트럼 스커더는 자신의 빈 잔을 말없이 바텐더에게 내

밀었다. 다시 채우라는 뜻이었다. 그는 새로 채운 술을 한 모금 마신 후 옆에 서 있는 필립 리어든의 잔이 빈 것을 보고 엄지손가락을 젖혀 바텐더에게 무언의 명령을 내렸다. 그는 필립 옆에 서 있는 베티 포프의 잔이 비어 있는 것은 모른 체했다.

버트럼 스커더가 필립을 향해 대충 시선을 맞추며 말했다. "이봐, 친구. 자네가 좋아하건 말건 기회균등법은 커다란 일보 전진을 나타내지."

"스커더 씨, 왜 내가 그 법을 좋아하지 않을 거라고 생각하죠?" 필립이 겸손하게 물었다.

"그것 때문에 쪼들릴 거야, 응? 사회의 긴 팔이 여기 차려진 오르되브르 비용을 좀 삭감하겠지."

비트럼 스커더는 그러면서 손을 흔들어 바를 가리켰다.

"왜 내가 그 법에 반대할 거라고 생각하죠?"

"아닌가?" 버트럼 스커더가 호기심 없이 물었다.

"그럼요! 난 언제나 개인적인 사정보다 공공의 이익을 우선시해왔어요. 지금도 세계진보친우회에서 기회균등법 안 통과 운동에 시간과 돈을 들이고 있고요. 한 사람이 모든 기회를 독점하고 다른 사람들에겐 아무것도 남겨주지 않는 건 너무 불공평한 일이라는 게 내 생각이에요." 필립이 열을 내며 말했다.

버트럼 스커더는 생각에 잠긴 눈으로 그를 바라보았으

나 특별한 관심은 없는 듯했다.

"매우 뜻밖의 훌륭한 태도군." 그가 말했다.

"스커더 씨, 도덕적인 문제들을 진지하게 받아들이는 사람들도 있죠." 필립이 살짝 자부심에 찬 목소리로 말했다.

"필립, 지금 무슨 말을 하고 있는 거죠? 우린 사업체를 하나 이상 소유한 사람을 알지도 못해요, 안 그래요?" 베티 포프였다.

"오, 조용히 해요!" 버트럼 스커더가 따분한 목소리로 말했다.

베티 포프가 경제 전문가 같은 어조로 공격적으로 말했다. "왜들 기회균등법을 갖고 난리 법석인지 모르겠어요. 사업가들이 왜 그걸 반대하는지 이유를 모르겠어요. 자기들한테 이로운 건데. 사람들이 다 가난해지면 그들은 물건을 팔 시장을 잃게 돼요. 하지만 그들이 이기심을 버리고 쟁여둔 물건들을 다른 사람들과 나눈다면, 그들은 열심히 일하고 더 많은 제품을 생산할 기회를 갖게 될 거예요."

"왜 우리가 사업가들 입장을 생각해줘야 하는지 모르겠어. 궁핍한 대중이 소유증서라고 불리는 종이 쪼가리 때문에 부자들 물건에 손을 대지 못할 거라고 기대하는 건 어리석은 짓이지. 소유권이란 미신적 관습일 뿐이야. 어떤 사람이 재산을 가질 수 있는 건 그 재산을 빼앗지 않는 사람들의 호의 덕이지. 사람들은 언제라도 그것을 빼앗을 수 있어.

빼앗을 수 있는데 왜 가만히 있겠어?" 스커더가 말했다.

"빼앗아야죠. 필요하니까. 필요만이 유일한 고려사항이니까. 뭔가가 필요하다면 우선 빼앗고 그것에 대한 이야기는 그 다음에 해야죠." 클로드 슬레이젠호프가 말했다.

클로드 슬레이젠호프가 슬쩍 다가와 티나지 않게 스커더를 밀어내고 필립과 스커더 사이로 비집고 들어왔다. 슬레이젠호프는 키나 덩치가 크지는 않았지만 네모지고 옹골진 체구와 부러진 코를 가지고 있었다. 그는 세계진보친우회 회장이었다.

"굶주림은 기다려줄 수가 없죠. 관념 따윈 흰소리에 불과해요. 굶주린 배는 확고한 사실이고요. 난 연설할 때마다 여러 소리 할 필요가 없다고 말합니다. 지금 사회는 사업 기회의 부족에 시달리고 있고, 따라서 우리는 기존의 기회를 잡을 권리가 있어요. 사회를 위해 좋은 것이면 무엇이든 옳지요." 슬레이젠호프가 말했다.

갑자기 필립이 날카롭게 외쳤다. "그가 혼자서 철광석을 캔 건 아니잖아요? 그는 수백 명의 노동자들을 고용했어요. 그들이 그 일을 해냈다고요. 그런데 왜 자기가 그렇게 잘났다고 생각하는 거죠?"

두 남자는 그를 돌아보았다. 스커더는 한쪽 눈썹을 올렸고, 슬레이젠호프는 아무 표정도 짓지 않았다.

"어머나!"

베티 포프가 리어든의 존재를 떠올리며 말했다.

행크 리어든은 응접실 끄트머리의 어둑하고 구석진 창가에 서 있었다. 그는 몇 분 동안만이라도 아무도 자신을 보지 않기를 바랐다. 그는 자신의 심령 체험에 대해 이야기하는 중년 부인에게서 이제 막 벗어난 참이었다. 그는 창밖을 내다보았다. 저 멀리서 리어든 철강의 붉은빛이 움직이고 있었다. 리어든은 그 불빛을 보면서 잠시 위안을 얻었다.

그러고는 돌아서서 응접실 쪽을 보았다. 그는 릴리언이 선택한 이 집이 처음부터 마음에 들지 않았다. 하지만 오늘 밤은 이리저리 움직이는 화려한 색깔의 드레스들 덕에 응접실에 축제 분위기가 넘쳤다. 그는 사람들이 즐거워하는 모습을 지켜보는 것이 좋았다. 비록 그 자신은 그런 즐거움을 이해할 수 없었지만 말이다.

리어든은 꽃들을, 크리스털 잔들에 이는 광채를, 여자들의 드러난 팔과 어깨를 바라보았다. 밖에는 비어 있는 광활한 대지 위로 찬바람이 불고 있었다. 그는 가녀린 나뭇가지들이 도와달라고 팔을 흔들 듯 바람에 나부끼는 모습을 보았다. 그 나무는 제철소 불빛을 배경으로 서 있었다.

그는 자신의 갑작스런 감정 변화를 뭐라고 설명할 수 없었다. 그 원인과 특징, 의미를 표현할 말이 없었다. 그 감정의 일부는 기쁨이었지만 누군가를 향해 모자를 벗는 행위처럼 엄숙하기도 했다.

그는 다시 손님들 사이로 들어가며 미소지었다. 하지만 새로운 손님이 들어서는 것을 본 순간 미소가 싹 사라졌다. 대그니 태거트가 도착한 것이다.

릴리언은 대그니 태거트를 맞이하며 호기심 어린 눈으로 그녀를 유심히 살펴보았다. 그들은 가끔 만나기는 했지만 드레스를 입은 대그니 태거트의 모습이 낯설게 보였다. 검은 드레스가 한쪽 어깨와 팔을 망토처럼 감싸고 있었지만 다른 쪽은 그대로 드러나 있었다. 드러난 어깨가 드레스의 유일한 장식이었다. 대그니 태거트가 정장을 입고 있을 때는 아무도 그녀의 몸매에 대해 생각하지 않았다. 그녀의 검은 드레스가 지나치게 노출된 듯한 느낌을 주었다. 놀랍게도 그녀의 어깨선이 연약하고 아름다운데다 손목의 다이아몬드 팔찌가 가장 여성적인 이미지, 즉 구속되어 있는 듯한 인상을 주었기 때문이다.

"태거트 양, 이렇게 와주다니 너무나도 놀랍고 기쁘네요." 릴리언 리어든이 말했다.

그녀의 얼굴 근육이 미소를 만들어내고 있었다.

"훨씬 중요한 일들을 미뤄두고 내 초대에 응해주리라곤 정말이지 감히 상상도 하지 못했어요. 우쭐해해도 되는 거죠?"

제임스 태거트도 누이와 함께 왔다. 릴리언은 그제야 그를 발견한 듯 마치 급히 추신을 다는 듯한 미소를 보냈다.

"안녕하세요, 제임스. 당신의 인기 때문에 치르는 대가예요. 당신 동생을 보고 놀라서 당신은 보이지 않기 쉬워요."

"릴리언, 인기야 당신을 따라갈 사람이 없지만 당신은 보이지 않을 수가 없죠." 제임스가 엷은 미소를 지으며 말했다.

"내가요? 오, 하지만 난 남편 그림자에 가려져서 사는 걸 기쁘게 받아들이고 있는걸요. 위대한 남자의 아내는 반사된 영광에 만족할 줄 알아야 한다는 사실을 겸허히 인정하고요. 태거트 양, 그렇게 생각하지 않나요?"

"그렇게 생각하지 않아요." 대그니가 말했다.

"태거트 양, 그건 칭찬인가요, 비난인가요? 난 어쩔 수 없이 그런 처지를 받아들여야만 하는 입장이죠. 누구를 소개해줄까요? 여긴 작가들과 예술가들뿐인데, 그들은 당신의 관심을 끌지 못할 게 뻔해서."

"행크를 찾아서 인사나 하고 싶어요."

"그야 물론이죠. 제임스, 밸프 유뱅크를 만나고 싶다고 했었죠? 그가 여기 와 있어요. 당신이 위트콤 부인 댁 만찬에서 그의 최근작을 격찬했다는 말을 전해줄게요!"

대그니는 응접실을 가로질러 걸어가며 자신이 왜 행크 리어든을 찾아서 인사를 하고 싶다고 말했는지, 이곳에 들어서는 순간 그를 보았다는 말을 왜 하지 못했는지 의아해했다.

리어든은 길쭉한 응접실 반대쪽 끝에 서서 그녀를 바라보고 있었다. 그는 대그니가 걸어오는 모습을 지켜보기만 할 뿐 그녀를 맞으러 다가가지 않았다.

"행크, 안녕하세요."

"안녕하세요."

그는 정중하고 냉담하게 고개를 숙였다. 그의 움직임이 격식을 갖춘 옷차림과 잘 어울렸다. 그는 미소를 짓지 않았다.

"오늘 밤 초대해주셔서 감사해요." 대그니가 쾌활하게 말했다.

"당신이 온다는 걸 알았다는 말은 못 하겠군요."

"그래요? 그럼 리어든 부인이 나를 잊지 않고 초대해줘서 기뻐요. 예외를 만들고 싶었거든요."

"예외요?"

"사실 난 파티에 잘 안 가거든요."

"이 파티를 예외로 선택해줘서 기쁘군요."

그는 '태거트 양'이라고 덧붙이지는 않았지만 그렇게 말한 듯한 느낌을 주었다.

대그니는 그의 형식적인 태도가 너무나 뜻밖이어서 적응하기 힘들었다.

"축하하고 싶었어요." 그녀가 말했다.

"내 결혼기념일을요?"

"어머, 결혼기념일 파티인가요? 몰랐어요. 행크, 축하해요."

"그럼 뭘 축하하고 싶었던 거죠?"

"나 자신에게 휴식을 줘야겠다고 생각했어요. 자축이죠. 당신과 나의."

"무슨 이유에서요?"

대그니는 콜로라도의 바위산 비탈에 새로 깔린 레일을, 와이엇 유전이라는 머나먼 목적지를 향해 천천히 뻗어가는 철도를 생각했다. 얼어붙은 대지의 말라비틀어진 잡초들, 헐벗은 바위들, 가난한 동네의 무너져가는 오두막들 사이에서 초록빛이 도는 푸른빛을 발하는 레일이 그녀의 눈에 선했다.

"첫 96킬로미터 구간에 리어든 금속 레일을 깐 것을 기념해서요." 그녀가 말했다.

"고맙군요." 리어든은 그렇게 말했지만 "그런 이야기는 처음 듣는군요"라고 말하는 듯한 어조였다.

대그니는 더 이상 할 말이 없었다. 마치 처음 만난 낯선 사람과 대화하는 듯한 기분이었다.

"아니, 태거트 양!"

쾌활한 목소리가 그들의 침묵을 깼다.

"바로 **이런** 걸 두고 내가 행크 리어든은 어떤 기적도 만들어낼 수 있는 사람이라고 말하는 거라니까!"

그들이 아는 사업가가 기쁨과 놀라움이 담긴 미소를 지으며 그들에게 다가왔다. 세 사람은 종종 화물 요금과 강철 인도에 관한 비상회의를 열었다. 대그니를 바라보는 그의 얼굴에는 그녀의 변화된 모습에 대한 솔직한 감탄이 담겨 있었다. 대그니는 그 변화를 리어든은 알아채지 못했다는 생각이 들었다.

대그니는 웃으며 그 사업가의 인사에 답했다. 그녀는 미처 예상치 못했던 실망감이, 저런 감탄의 표정을 리어든의 얼굴에서 보았더라면 좋았을 것이라는 생각이 마음속으로 비집고 들어올 틈을 주지 않았다. 그 사업가와 몇 마디 주고받은 후 주위를 둘러보니 리어든은 사라지고 없었다.

"저 여자 분이 당신의 유명한 동생인가요?"

밸프 유뱅크가 응접실 건너편의 대그니를 보면서 제임스 태거트에게 물었다.

"내 동생이 유명한 줄은 몰랐는데요."

제임스 태거트가 말했다. 신랄함이 묻어 있는 목소리였다.

"재계의 특이한 인물이니 사람들 입에 오르내릴 수밖에 없죠. 당신 동생은 우리 시대가 앓고 있는 병의 한 징후예요. 기계시대의 퇴폐적 산물. 기계는 인간성을 말살했어요. 인간을 땅에서 떼어놓고, 자연적인 기술들을 빼앗고, 영혼을 죽이고, 무감각한 로봇으로 만들어버렸죠. 저기 그

예가 있죠. 베틀의 아름다운 기술을 익히거나 아이를 낳는 대신 철도를 운영하는 여자."

리어든은 대화의 덫에 걸리지 않으려고 손님들 사이를 계속 돌아다녔다. 그곳에는 가까이 다가가고 싶은 사람이 하나도 없었다.

"아니, 행크 리어든. 사자 우리에 들어와서 이렇게 가까이 보니 당신은 전혀 나쁜 사람이 아니군요. 가끔 기자회견 좀 여셔야겠어요. 그럼 우리의 마음을 얻을 수 있을 겁니다."

고개를 돌린 리어든은 그 말을 한 사람을 도저히 믿기지 않는다는 듯한 눈빛으로 쳐다보았다. 급진적인 타블로이드 신문에서 일하는 새파란 저질 기자였다. 그 뻔뻔스러운 태도는 리어든이 자기 같은 사람은 상대하지 않으리란 것을 알고 일부러 무례하게 구는 듯한 느낌을 주었다.

리어든은 그런 인간은 제철소에는 절대 들이지 않았겠지만 릴리언이 초대한 손님이라 자제심을 발휘하며 냉담하게 물었다.

"원하는 게 뭐요?"

"당신은 그리 나쁘진 않아요. 당신은 재능이 있어요. 기술적인 재능. 하지만 물론 난 리어든 금속에 대해서는 당신 의견에 동조하지 않아요."

"내 의견에 동조해달라고 부탁한 적 없소."

"버트럼 스커더가 그러는데 당신의 정책은……."

기자는 바 쪽을 가리키며 호전적으로 말을 시작했다가 의도했던 선을 넘었다는 생각이 들었는지 뚝 그쳤.

리어든은 바에 웅크리고 기대 있는 단정치 못한 인물을 보았다. 아까 릴리언이 소개해주었지만 이름을 귀담아듣지 않았다. 그는 홱 돌아서서 기자가 따라붙는 것을 금하는 듯한 태도로 그 자리를 떠났다.

한 무리의 손님들과 담소를 나누던 릴리언은 리어든이 다가오자 그의 얼굴을 보고 말없이 무리에서 빠져나왔다. 그러고는 사람들이 자신과 남편의 대화를 들을 수 없는 한적한 구석으로 갔다.

"《퓨처》의 스커더요?" 그가 바에 있는 남자를 가리키며 물었다.

"맞아요."

리어든은 도무지 믿을 수가 없어서, 이 상황을 이해할 생각의 실마리를 찾을 수가 없어서 말없이 아내를 바라보았다. 아내도 그를 바라보고 있었다.

"어떻게 저 사람을 초대할 수 있지?" 리어든이 물었다.

"헨리, 우리 우습게 굴지 말아요. 속 좁게 굴고 싶은 건 아니죠? 당신은 다른 사람들의 의견을 듣고 그들의 표현의 자유를 존중하는 법을 배워야 해요."

"내 집에서?"

"오, 너무 딱딱하게 그러지 말아요!"

리어든은 아무 말도 하지 않았다. 조리 있는 설득에 넘어가서가 아니라 그를 집요하게 노려보고 있는 듯한 두 개의 장면 때문이었다. 우선 버트럼 스커더가 쓴 기사 '문어발'이 보였다. 그것은 생각의 표현이 아니라 공개적으로 오물 양동이를 뒤집어씌우는 짓이었다. 그 기사에는 사실이라곤 날조된 것조차 들어 있지 않았다. 분명한 것은 온통 냉소와 형용사들만 가득했으며 증거는 제시할 생각도 없이 비난만 퍼부으려는 추잡한 악의밖에 없었다. 그리고 또 다른 장면은 그가 결혼하면서 릴리언에게 기대했던 당당한 순수함을 볼 수 있는 그녀의 옆얼굴 선이었다.

리어든은 그녀를 다시 본 순간 그녀의 옆얼굴은 마음의 눈으로 본 것임을 깨달았다. 그녀는 얼굴을 정면으로 돌리고 그를 바라보고 있었다. 리어든은 퍼뜩 정신을 차리고 현실로 돌아오며 그녀의 눈에 즐거움이 담겨 있다고 생각했다. 하지만 다음 순간 그는 자신이 제정신이라면 그것은 불가능한 일임을 상기했다.

"당신이 내 집에 저 XXX을 초대하는 건 이번이 처음이자 마지막이 될 거요."

그가 말한 상스러운 욕은 감정이 담기지 않은 정확한 표현이었다.

"당신이 어떻게 그런······."

"릴리언, 자꾸 따지면 지금 당장 저 인간을 쫓아내겠소."

리어든은 아내가 대답하거나 반항하거나, 원한다면 비명을 지를 시간을 주었다. 릴리언은 그를 보지 않고 침묵을 지켰다. 그녀의 부드러운 뺨이 바람 빠진 풍선처럼 살짝 찌그러졌다.

리어든은 빛과 목소리, 향수의 소용돌이를 헤치고 무턱대고 걸으며 차가운 두려움을 느꼈다. 그는 릴리언에 대해 생각했다. 그녀의 성격에 대한 수수께끼의 답을 찾아야만 한다는 것을, 조금 전 그녀에게서 엿본 걸 결코 그냥 지나쳐서는 안 된다는 것을 알고 있었다. 하지만 그녀에 대해 더 이상 생각하지 않았다. 그리고 이미 오래전부터 그 답이 자신에게는 중요하지 않게 되었다는 것을 알고 있었기에 두려웠다.

다시 피로감이 물밀듯이 밀려들었다. 그 커져가는 물결이 눈에 보이는 듯했다. 그건 그의 내부가 아니라 외부에 있었다. 응접실 가득 퍼져나가고 있었다. 순간적으로 그는 쓸쓸한 사막 한가운데 홀로 남겨졌고, 도움이 필요하지만 아무 도움도 받을 수 없는 듯한 기분을 느꼈다.

그는 우뚝 멈추어 섰다. 저 멀리 불 켜진 현관에서 키 크고 오만하게 생긴 남자가 안으로 들어오기 전에 잠시 서 있는 모습이 보였다. 리어든은 그를 직접 만난 적은 없었지만 신문 지면을 요란하게 장식하는 악명 높은 얼굴 중

그가 가장 경멸하는 인물이었다. 그는 프란시스코 단코니아였다.

리어든은 버트럼 스커더 같은 자들에 대해서는 별로 생각해본 적이 없었다. 하지만 엄청난 부를 상속받고도 그 고마움을 모르고 멋대로 탕진하고 있는 프란시스코 단코니아를 경멸하지 않을 수 없었다. 리어든은 미네소타 광산 노동자부터 시작해서 지금의 부를 이루기 위해 평생 피땀 흘려 일해온 것을 긍지로 여기는 사람으로서 돈과 그 의미를 마음 깊이 존중하기 때문이었다. 그는 프란시스코 단코니아가 가장 경멸스러운 인간을 대표한다고 생각했다.

리어든은 프란시스코 단코니아가 안으로 들어와 릴리언에게 인사한 다음 처음 온 이 응접실이 자기 것이라도 되는 양 손님들 사이로 들어가는 모습을 지켜보았다. 프란시스코 단코니아가 지나가자 조종줄로 당기기라도 한 것처럼 사람들의 시선이 일제히 그에게로 향했다.

리어든은 다시 릴리언에게 다가가 분노 없는 목소리로 말했다. 그의 목소리에 담겨 있는 경멸감이 흥미로움으로 바뀌고 있었다.

"당신이 저 사람을 아는 줄은 몰랐소."

"파티에서 몇 번 만났어요."

"저 사람도 당신 친구요?"

"물론 아니죠!"

그녀의 날카로운 분노는 진심이었다.

"그럼 왜 초대한 거지?"

"그가 이 나라에 있는 동안에는 그를 초대하지 않으면 훌륭한 파티로 인정받을 수 없어요. 그가 오면 불쾌하지만, 그가 오지 않으면 사교계에서 점수를 잃게 되죠."

리어든은 웃음을 터뜨렸다. 릴리언은 방심한 상태였다. 다른 때 같았으면 그런 사실을 인정하지 않았을 터였다. 그가 지친 목소리로 말했다.

"난 당신 파티를 망칠 생각은 없소. 하지만 저 사람은 나한테 가까이 오지 못하게 해요. 소개 같은 건 해줄 생각도 말고. 난 저 사람과 만나고 싶지 않으니까. 당신이 그걸 어떻게 해낼지 모르겠지만 당신은 노련하니까 그렇게 해요."

대그니는 프란시스코가 다가오는 것을 보고 가만히 서 있었다. 그가 옆으로 지나치며 고개를 숙여 인사했다. 그는 걸음을 멈추지 않았으나 마음으로는 멈추었다는 것을 그녀는 알고 있었다. 프란시스코는 자신이 무언가를 간파했으나 그것을 인정하지 않겠다는 뜻을 의도적으로 강조하는 희미한 미소를 머금고 있었다. 대그니는 몸을 돌렸다. 저녁 내 그를 피하고 싶었다.

프리쳇 박사의 무리에 합류한 밸프 유뱅크가 시무룩한 표정으로 말하고 있었다.

"······아니, 사람들이 고차원의 철학을 이해하리라고 기대할 순 없어요. 우리는 돈만 아는 사람들 손에서 문화를 빼앗아야만 합니다. 문학 분야에 국가 장려금이 필요해요. 예술가들이 장사꾼 취급을 받고 예술작품이 비누처럼 팔리는 건 수치스러운 일이에요."

"그러니까 예술작품이 비누처럼 **안 팔려서** 불만이라는 건가요?" 프란시스코 단코니아가 물었다.

그가 다가오는 것을 아무도 모르고 있었다. 순간, 대화가 뚝 끊겼다. 대부분의 사람들이 프란시스코 단코니아를 직접 만난 적은 없었지만 모두 그를 단박에 알아보았다.

"내 말은……."

밸프 유뱅크는 화가 나서 반박하려다가 입을 다물었다. 사람들의 얼굴에서 뜨거운 관심을 보았던 것이다. 하지만 그것은 더 이상 철학에 대한 관심이 아니었다.

"안녕하십니까, 교수님!"

프란시스코가 프리쳇 박사에게 고개를 숙여 인사했다.

프리쳇 박사는 인사에 답하고 사람들에게 프란시스코를 소개했지만 유쾌한 표정은 아니었다.

"우린 매우 흥미로운 주제에 대해 토론하고 있었답니다. 프리쳇 박사님이 중요한 것은 아무것도 없다는 말씀을 해주시고 계셨죠." 열성적인 귀부인이 말했다.

"그 문제에 대해서라면 확실히 프리쳇 박사님이 어느 누구보다 잘 아실 겁니다." 프란시스코가 엄숙하게 말했다.

"세뇨르 단코니아, 프리쳇 박사님에 대해 그렇게 잘 알고 있는 줄은 몰랐어요."

귀부인이 말하며 그 말에 교수가 왜 불쾌한 표정을 짓는지 의아하게 여겼다.

"현재 프리쳇 박사님께서 재직하고 계신 위대한 패트릭 헨리대학 졸업생이거든요. 하지만 전 프리쳇 박사님의 전임자 중 한 분이신 휴 액스턴 교수 밑에서 공부했죠."

"휴 액스턴!"

매력적인 젊은 여자가 놀라서 숨을 헉하고 들이마시며 말했다.

"세뇨르 단코니아, 그럴 리 없을 텐데요! 그 정도로 나이가 많지는 않잖아요. 그분은 지난 세기의 석학이신데……."

"부인, 정신이 지난 세기의 것이겠지요. 사람이 아니라."

"하지만 그분은 몇 년 전에 돌아가신 걸로 아는데요."

"아, 아닙니다. 아직 살아계십니다."

"그런데 왜 그분 소식을 들을 수가 없죠?"

"9년 전에 은퇴하셨어요."

"이상하지 않나요? 정치인이나 영화배우가 은퇴하면 신문 1면에 나는데 철학자가 은퇴하면 사람들은 알지도 못하죠."

"결국 알게 될 겁니다."

한 청년이 놀라서 말했다. "휴 액스턴은 이제 철학사 분야에서만 다루는 고전 철학자인 걸로 알고 있었는데요. 최근 어느 기사에서 그분을 최후의 이성 옹호자로 칭한 걸 봤어요."

"휴 액스턴이 정확히 뭘 가르쳤죠?" 열성적인 귀부인이 물었다.

"그분은 모든 것이 중요하다고 가르치셨죠." 프란시스코가 대답했다.

"세뇨르 단코니아, 스승에 대한 의리는 칭찬할 만하오. 당신을 그의 가르침이 낳은 현실적인 결과물의 사례로 받아들여도 되겠소?" 프리쳇 박사가 냉담하게 말했다.

"그렇습니다."

제임스 태거트가 다가와서 사람들이 주목해주기를 기다리고 있었다.

"잘 있었나, 프란시스코."

"그래, 제임스."

"여기서 자넬 만나다니, 이런 놀라운 우연이 있나! 그러잖아도 자넬 꼭 만나고 싶었는데."

"별일이군. 자네가 날 만나고 싶었다니."

"여전히 농담을 잘하는군."

제임스 태거트는 프란시스코를 사람들 무리에서 끌어내려고 자연스럽게 천천히 무리에서 벗어났다.

"이 파티장에서 자네와 이야기를 나누고 싶어하지 않는

사람이 한 명도 없다는 걸 잘 알면서."

"그래? 난 그 반대인 것 같은데."

프란시스코는 잠자코 제임스를 따라가다가 다른 사람들이 자신들의 대화를 들을 수 있는 거리를 벗어나지 않고 멈추어 섰다.

"자네와 연락하려고 온갖 방법을 동원했네만…… 상황이 허락하질 않더군." 제임스 태거트가 말했다.

"내가 자네와 만나기를 거부한 사실을 나에게까지 숨기려는 건가?"

"글쎄…… 그건…… 왜 거부한 거지?"

"자네가 나한테 무슨 할 말이 있는지 이해가 안 가서."

"그야 산세바스티안 광산 문제지!" 태거트의 목소리가 조금 높아졌다.

"그게 왜?"

"아니…… 이봐, 프란시스코. 이건 심각한 문제야. 재앙이라고. 전례가 없는 재앙. 아무도 그 일을 납득할 수가 없어. 나도 어떻게 생각해야 할지 모르겠네. 도무지 이해를 하지 못하겠어. 난 알 권리가 있다고."

"권리? 제임스, 그건 좀 구식 아닌가? 알고 싶은 게 뭔데?"

"우선, 국유화 문제. 그 문제에 어떻게 대처할 작정인가?"

"아무것도 안 할 거야."

"아무것도 안 한다고?"

"자네 설마 내가 무슨 방법이라도 쓰길 원하는 건 아니겠지. 내 광산과 자네의 철도는 국민들의 뜻에 따라 몰수된 거야. 내가 국민들의 뜻을 거스르길 원하는 건 아니지, 그렇지?"

"프란시스코, 농담할 일이 아니야!"

"나도 그렇게 생각한 적 없네."

"난 설명을 들을 자격이 있어! 자넨 주주들에게 그 망신스러운 사건의 전말을 설명해야 할 의무가 있다고! 왜 아무 가치도 없는 광산을 택한 거지? 왜 그 엄청난 돈을 낭비한 거야? 무슨 썩어빠진 사기였느냔 말이야!"

프란시스코는 정중한 놀라움을 나타내며 그를 빤히 쳐다보았다.

"아니, 제임스. 난 자네가 찬성할 줄 알았는데?"

"찬성?!"

"난 자네가 산세바스티안 광산을 최고의 도덕적 이상을 현실로 구현한 사례로 여길 줄 알았어. 옛날에 우리가 의견 충돌이 잦았던 것을 상기하면서 내가 자네의 원칙들에 따라 행동한 걸 자네가 고마워할 거라고 생각했지."

"무슨 소릴 하는 거야?"

프란시스코는 유감스럽다는 듯이 고개를 저었다.

"자네가 내 행동을 썩어빠졌다고 말하는 이유를 모르겠군. 지금 온 세상이 설파하고 있는 것을 실천하려는 정직한 노력이라고 인정해주리라 믿었는데. 모두 이기적인 건 악한 거라고 믿고 있지 않나? 난 산세바스티안 사업에 관한 한 철저히 비이기적이었네. 사적인 이익을 추구하는 것은 악이 아닌가? 나는 이익을 추구하지 않았네. 손해를 봤지. 기업의 목적과 명분은 생산이 아니라 종업원들의 생계 유지라는 데 모두 동의하지 않나? 산세바스티안 광산은 산업 역사상 가장 성공적인 사업이었지. 구리는 생산하지 않고 수천 명에 이르는 사람들에게 생계수단을 제공했으니까. 평생 동안 산세바스티안 광산에서 하루 일해 받은 돈만큼도 벌지 못할 사람들에게 말이야. 일반적으로 기업주는 기생충에 차쳐자이고, 생산을 가능하게 하는 건 노동자들이라고 여겨지지 않나? 난 아무도 착취하지 않았네. 산세바스티안 광산에 쓸데없이 붙어 있으면서 짐이 되지 않고 중요한 사람들 손에 넘겼지. 난 그 광산의 가치를 직접 평가하지도 않았네. 광산 전문가에게 맡겼지. 그는 아주 뛰어난 전문가는 아니었지만 그에겐 그 일거리가 절실하게 필요했지. 사람을 고용할 때 그의 능력보다는 그에게 그 일거리가 필요한지를 고려해야 하는 것 아닌가? 물건을 얻기 위해서 그걸 필요로 하기만 하면 된다는 것이 세상 사람들의 생각 아닌가? 나는 이 시대의 모든 도덕적 가르침을 실천했네. 그래서 당연히 감사와 찬사를 기대했지. 그런데 왜 비난을 받는 건지 이해할 수가 없네."

그 말을 들은 모든 사람이 침묵을 지켰다. 그러나 유일하게 베티 포프만이 갑자기 낄낄거리기 시작했다. 그녀는 프란시스코가 한 말을 전혀 이해하지 못했지만 제임스 태거트의 얼굴에 어린 무력한 분노를 보았던 것이다.

사람들은 제임스 태거트의 대답을 기다리며 그를 주시하고 있었다. 그들은 그 문제에는 무관심했고 당혹스러워하는 사람을 구경하는 것에만 흥미가 있었다. 제임스 태거트는 가까스로 선심 쓰는 듯한 미소를 지었다.

"내가 그 말을 진담으로 받아들일 거라고 기대하는 건 아니겠지?" 그가 물었다.

"나도 한때는 그걸 진담으로 받아들일 수 있다는 게 믿기지 않았네. 하지만 잘못된 생각이었어."

"말도 안 돼! 공적인 책임을 그렇게 가볍게 취급하다니, 있을 수 없는 일이야!"

제임스 태거트가 언성을 높이더니 돌아서서 황급히 자리를 떴다. 프란시스코는 어깨를 으쓱하며 양 손바닥을 들어올렸다.

"난 자네가 나와 이야기하고 싶어하지 않을 줄 알았다니까."

리어든은 응접실 반대쪽 끝에 혼자 서 있었다. 필립이

그를 보고 다가오더니 릴리언을 손짓해 불렀다.

"형수님, 형이 즐거운 시간을 보내고 있는 것 같지가 않네요. 우리가 어떻게 좀 해줄 수 없을까요?" 필립이 웃으면서 말했다.

필립의 웃음에 담긴 조롱이 릴리언을 향한 것인지, 아니면 리어든을 향한 것인지 알 수 없었다.

"쓸데없는 소리!" 리어든이 말했다.

"필립, 나도 어떻게 해줘야 하는지 알았으면 좋겠어요. 난 늘 헨리가 느긋하게 긴장을 푸는 법을 배웠으면 하는 마음이에요. 매사에 너무 심각해서. 헨리는 너무나 엄격한 청교도예요. 그가 술에 취한 모습을 한 번이라도 보는 게 내 소원이었죠. 하지만 포기했어요. 무슨 방법 있어요?"

"아, 모르겠어요! 어쨌든 혼자 저렇게 서 있으면 안 되죠."

"그만둬." 리어든이 말했다.

그는 아내와 동생의 기분을 상하게 해서는 안 된다는 생각을 어렴풋이 하고는 있었지만 이렇게 덧붙이지 않을 수 없었다.

"내가 혼자 있으려고 얼마나 애썼는지도 모르면서."

"들었죠? 인생과 사람들을 즐기는 건 쇠를 만드는 것처럼 그렇게 쉽고 간단한 일이 아니죠. 지적 추구는 시장에서 배울 수 있는 게 아니에요." 릴리언이 필립에게 미소를 보내며 말했다.

필립이 쿡쿡 웃으며 말했다. "제가 걱정하는 건 지적 추구가 아니에요. 형수님, 형이 지나치게 청교도적이라고 하셨는데 얼마나 확신하세요? 제가 형수님이라면 형이 마음 놓고 주위를 둘러보게 놔두지 않을 거예요. 오늘 밤 이곳엔 미인들이 너무 많아서요."

"헨리가 부정한 생각을 품는다고요? 과한 칭찬이네요. 그의 용기를 과대평가하고 있어요."

릴리언은 짧은 순간 리어든에게 차가운 미소를 보내고 자리를 떴다.

리어든이 동생에게 따졌다. "너 도대체 지금 무슨 짓을 하고 있는 거야?"

"제발 청교도 흉내 좀 그만 내! 농담도 못 받아들여?"

대그니는 정처 없이 사람들 사이를 돌아다니며 자신이 왜 이 파티에 왔는지 생각했다. 그 답이 그녀를 놀라게 했다. 그녀는 행크 리어든을 만나고 싶어서 온 것이었다. 그녀는 사람들 속에 있는 리어든을 보면서 처음으로 그가 다른 사람들과 얼마나 대조되는지 깨달았다. 다른 사람들 얼굴은 서로 교환 가능한 이목구비들의 집합체 같았다. 모든 얼굴이 모두를 닮은 익명성 속으로 녹아드는 듯했다. 하지만 날카로운 윤곽과 연푸른색 눈, 은빛이 도는 금발로 이루어진 리어든의 얼굴은 얼음 같은 단단함을 지니고 있었다. 다른 얼굴들 사이에서 그 타협할 줄 모르는 뚜렷한 얼굴선은 한 줄기 빛을 받으며 안개 속을 헤쳐가고 있는 듯 보였다.

대그니는 자신도 모르게 자꾸 그에게로 시선이 갔다. 하지만 그가 자신에게 시선을 보내는 것은 한 번도 보지 못했다. 그녀는 그가 일부러 자신을 피하고 있다고는 생각하지 않았다. 그럴 만한 이유가 없으니까. 그런데도 그가 자신을 피하고 있는 것만 같은 기분이 들었다. 그녀는 그에게 다가가 자신이 오해한 것임을 확인하고 싶었다. 하지만 왠지 그에게 다가갈 수 없었다.

리어든은 어머니가 두 여자에게 아들이 젊어서 고생한 이야기를 늘어놓는 것을 꾹 참으며 듣고 있었다. 그는 어머니가 아들을 자랑스럽게 여겨서 그런 것이라고 자신을 타일렀다. 그런데 어머니의 태도에서 아들이 고생할 때 자신이 잘 보살폈고 아들의 성공이 자기 덕이라고 자꾸 암시하는 것이 느껴졌다. 그래서 어머니에게서 놓여나자 마음이 홀가분했다. 그는 다시 창가 구석으로 피신했다.

리어든은 창가에 서서 프라이버시가 물리적인 지지물이라도 되는 것처럼 그것에 기대어 있었다.

"리어든 씨."

옆에서 이상할 정도로 조용한 목소리가 들려왔다.

"내 소개를 하겠습니다. 단코니아입니다."

리어든은 흠칫 놀라 돌아섰다. 단코니아의 태도와 목소리에는 다른 사람들에게선 여간해서는 찾아볼 수 없는 진정한 존경이 담겨 있었다.

"안녕하시오."

리어든이 대답했다. 무뚝뚝하고 냉담한 목소리였다.

"리어든 부인께서 나를 당신에게 소개하기를 꺼려하는 것 같아서요. 그 이유는 짐작이 갑니다. 지금이라도 내가 떠나기를 원하시나요?"

문제를 피하지 않고 정면으로 맞서는 것이 다른 사람들과는 너무 달라서 리어든은 갑작스럽고도 놀라운 안도감을 느꼈다. 그는 잠시 침묵을 지키며 단코니아의 얼굴을 살폈다. 프란시스코는 비난이나 애원이 들어 있지 않은 꾸밈없는 태도로 말했고, 그것은 리어든과 자신의 위엄을 인정하는 태도였다.

"아닙니다. 당신이 어떻게 생각했는지는 몰라도 나는 그런 말은 하지 않았소." 리어든이 말했다.

"고맙습니다. 그럼 잠시 이야기 좀 나눌 수 있을까요?"

"왜 나와 이야기하고 싶은 거지요?"

"지금 당장은 내 생각이 당신의 관심을 끌 수 없을 겁니다."

"내 이야기도 전혀 당신의 관심을 끌 수 없을 겁니다."

"리어든 씨, 우리 둘 중 하나나 둘 모두에 대해 잘못 알고 계시군요. 내가 이 파티에 온 건 오직 당신을 만나기 위해서였습니다."

"처음에는 솔직하게 나오더니…… 계속 솔직해주시죠." 리어든의 목소리는 흥미에서 이제 경멸로 바뀌었다.

"솔직한 건데요."

"나를 만나고 싶었던 이유가 뭔가요? 돈을 잃게 만들려고요?"

"결국 그렇죠." 프란시스코가 똑바로 쳐다보며 대답했다. "이번엔 뭔가요? 금광?"

프란시스코는 천천히 고개를 저었다. 그 동작의 의식적인 신중함이 슬픔에 가까운 분위기를 자아냈다.

"아니요. 난 당신에게 무엇을 팔고 싶은 게 아닙니다. 사실 구리 광산도 제임스 태거트에게 팔려고 했던 게 아니었어요. 그가 사겠다고 찾아왔죠. 하지만 당신은 그러지 않을 거고요."

리어든은 조용히 웃었다.

"그걸 안다면 최소한 대화의 토대는 갖추어진 셈이군요. 이야기해요. 대단한 투자를 염두에 두고 있는 게 아니라면 왜 나를 만나고 싶었지요?"

"당신과 아는 사이가 되고 싶어서요."

"그건 대답이 아니에요. 같은 말을 다른 식으로 한 거지."

"리어든 씨, 그렇지 않습니다."

비영리적인 사람들

"그럼 내 신뢰를 얻기 위해서?"

"아니요. 나는 누군가의 신뢰를 얻기 위해 말하거나 생각하는 사람을 좋아하지 않습니다. 정직하게 행동하는 사람이라면 미리 다른 사람들의 신뢰를 얻을 필요가 없고 그들의 합리적 인식만 있으면 되니까요. 그런 식의 도덕적 백지수표를 갈구하는 사람은 스스로 인정하건 그렇지 않건 부정직한 의도를 지니고 있죠."

리어든은 놀란 눈으로 그를 바라보았다. 그것은 지지의 손길이 절실히 필요한 상황에서 자신도 모르게 손을 내미는 것과도 같았다. 그는 눈빛으로 지금 자기 앞에 서 있는 사람 같은 인물을 얼마나 간절히 만나고 싶었는지를 드러냈다. 하지만 리어든은 눈이 거의 감길 정도로 천천히 시선을 내리깔고 눈앞의 장면과 자신의 간절한 마음을 차단했다. 그의 얼굴이 굳어지며 엄격한 표정으로 바뀌었다. 그것은 자신을 향한 엄격함이었으며 준엄하고 고독해 보였다.

"좋아요. 내 신뢰가 아니라면 뭘 원하지요?" 그가 담담하게 말했다.

"당신을 이해하고 싶습니다."

"무슨 이유로?"

"그 이유는 지금은 당신이 신경 쓸 필요가 없는 것입니다."

"나의 어떤 점을 이해하고 싶은 건가요?"

프란시스코는 말없이 밖의 어둠을 내다보았다. 제철소 불이 꺼져가고 있었다. 지평선에 희미한 붉은 기운만 남아 폭풍과의 고통스런 싸움에서 무참히 찢긴 구름 조각들의 윤곽을 보여주었다. 거센 바람의 모습을 한 나뭇가지들의 흐릿한 형체들이 계속 스쳐 지나갔다.

"저 들판에서 폭풍을 만난 짐승들에게는 끔찍한 밤이죠. 바로 이런 때 우리는 인간으로 산다는 것의 의미를 깨달아야 합니다." 프란시스코 단코니아가 말했다.

리어든은 잠시 침묵한 후 마치 자신에게 대답하듯 경이감에 찬 목소리로 말했다.

"재미있군……."

"뭐가요?"

"내가 조금 전에 한 생각을 당신이 말로 표현했으니……."

"그랬나요?"

"……난 표현할 말을 찾지 못했지만."

"그럼 아직 하지 않은 말을 마저 다 할까요?"

"그래요."

"당신은 여기 서서 인간이 느낄 수 있는 가장 큰 자부심을 갖고 폭풍을 바라봤습니다. 이런 밤 당신의 거실을 여름 꽃들로 장식하고 반라의 여인들이 돌아다니게 할 수 있으니까요. 그것은 폭풍과의 싸움에서 당신이 승리했음을 의미하니까요. 당신이 없었다면 이곳에 있는 대부분의 사람들은 꼼짝없이 저 들판 한가운데에서 폭풍을 맞았겠지요."

"당신이 그걸 어떻게 알지요?"

리어든은 그 질문을 던지면서 프란시스코가 말로 표현한 것은 자신의 생각이 아니라 자신의 가슴속 깊은 곳에 꽁꽁 숨겨진 가장 사적인 감정이며, 아무에게도 마음속 감정들을 내보인 적 없는 자신이 그 질문을 통해 그 감정을 고백했음을 깨달았다. 프란시스코의 눈에 무언가를 확인한 듯한 미소가 보일 듯 말 듯 감돌았다.

"**당신이** 그런 자부심을 어떻게 알지요?"

그 두 번째 질문에 담긴 경멸로 첫 번째 질문의 신뢰를 지울 수 있기라도 하듯 리어든이 날카롭게 물었다.

"나도 느꼈던 적이 있으니까요. 어렸을 때."

리어든은 그를 바라보았다. 프란시스코의 얼굴에는 조롱도, 자기 연민도 없었다. 조각한 듯한 섬세한 얼굴선과 맑고 푸른 눈에는 조용한 평정이 담겨 있었다. 어떤 공격도 당당히 받아들일 준비가 된 얼굴이었다.

"왜 그 이야기를 하고 싶은 거지요?" 리어든이 순간의 마지못한 동정심에 이끌려 물었다.

"리어든 씨, 고마움의 표시라고 말해두죠."

"나에 대한?"

"당신이 받아들여준다면요."

리어든의 목소리가 딱딱해졌다.

"난 고마워해달라고 부탁한 적 없어요. 그런 건 필요하지도 않으니까."

"당신이 필요로 한다고 말하지는 않았습니다. 하지만 당신이 오늘 밤 폭풍에서 구해준 사람 중에서 고마움을 표시할 사람은 나뿐이죠."

잠시 침묵이 흐른 뒤 리어든이 물었다. 협박에 가까운 낮은 목소리였다.

"뭘 노리는 거요?"

"당신이 열심히 일해서 먹여 살리고 있는 사람들의 실체를 직시하도록 유도하는 겁니다."

"평생 단 하루도 일을 해보지 않은 사람이라면 그런 생각이나 말을 할 수 있지."

리어든의 경멸 어린 목소리에는 안도감이 담겨 있었다. 그는 자기 앞에 서 있는 적에 대해 오해하고 있었는지도 모른다는 의구심에 잠시 무장해제되었다가 이제 그 의구심을 떨쳐버렸다.

"당신은 이해하지 못하겠지만 일하는 사람은 자신을 위해 일하는 거요. 당신 같은 한심한 인간들을 먹여 살리기 위해 일하고 있다고 하더라도. 당신이 지금 무슨 생각을 하는지 **이제** 알겠어. 어서 말해요. 그건 악이라고. 나는 이기적이고 자만심에 차 있고 무정하고 잔인한 인간이라고. 난 그런 인간 맞아요. 내가 다른 사람들을 위해 일한다는 헛소리는 듣고 싶지 않아요. 난 그렇지 않으니까."

리어든은 처음으로 프란시스코의 눈에서 인간적인 반응을, 열성적이고 젊은 표정을 보았다.

"당신이 한 말 중에서 잘못된 것이 하나 있다면, 그걸 악이라고 부르도록 허용한 겁니다." 프란시스코가 대답했다.

리어든이 믿을 수 없다는 듯 침묵하자 프란시스코는 응접실의 사람들을 가리키며 물었다.

"왜 저 짐짝들을 짊어지려는 거죠?"

"저들은 살아남으려고 발버둥치는 비참한 어린아이들이고 난, 난 저들이 짐스럽지 않으니까."

"저 사람들에게 그걸 말해주지 그러세요?"

"뭘요?"

"당신은 저들이 아니라 당신 자신을 위해 일하는 거라고요."

"저들도 알고 있어요."

"오, 그럼요. 알고 있죠. 저 사람들 모두가 알고 있죠. 하지만 저들은 당신이 그 사실을 모른다고 생각하고 있어요. 그래서 당신이 계속 모르게 하려고 안간힘을 쓰고 있죠."

"그들이 어떻게 생각하건 내가 왜 신경 써야 합니까?"

"왜냐하면 이 싸움에선 자신의 입장을 분명히 해야 하니까요."

"싸움이라고요? 무슨 싸움? 난 칼자루를 쥔 사람이오. 무장하지 않은 상대와는 싸우지 않아요."

"저들이 무장을 안 했다고요? 저들은 당신에게 대항할 무기가 있어요. 단 하나뿐인 무기이지만 무시무시한 것이죠. 그게 뭔지 나중에 생각해보세요."

"그 증거라도 있나요?"

"당신이 불행하다는 용서할 수 없는 사실이 그 증거이지요."

리어든은 비난이나 모욕, 혹평은 얼마든지 받아들일 수 있었지만 단 한 가지, 동정만은 절대 용납할 수 없었다. 차갑고 반항적인 분노가 솟구치면서 그는 다시 냉철한 상황 파악이 가능해졌다. 그는 마음속에서 고개를 드는 감정을 인정하지 않으려고 애쓰며 말했다.

"이게 무슨 뻔뻔스러운 짓입니까? 이러는 이유가 뭐요?"

"언젠가 당신에게 필요할 말을 해주기 위해서라고 해두죠."

"나와 그런 주제에 대해 이야기하고 싶은 이유는?"

"나중에 당신이 기억하리라는 희망에서죠."

리어든은 자신이 이런 대화를 즐기고 있다는 납득할 수 없는 사실에 분노했다. 그는 희미한 배신감을 느꼈다. 그것은 미지의 위험에 대한 암시였다.

"내가 당신이 어떤 사람인지 잊을 거라고 기대하는 건가요?"

그는 자신이 이미 그것을 잊었음을 알면서 그렇게 물었다.

"당신이 나에 대해 생각하는 것 자체를 기대하지 않습니다."

리어든의 분노 밑바닥에는 그가 인정하지 않으려는 감정이 공표되지도, 생각되지도 않은 상태로 짓눌려 있었다. 그는 그것을 아픔의 암시로만 인식했다. 그가 그 감정을 직시했더라면 조금 전에 프란시스코가 한 말이 아직도 귓전에서 맴돌고 있음을 깨달았을 터였다. "고마움을 표시할 사람은 나뿐이죠······. 당신이 받아들인다면······." 리어든은 프란시스코의 그 말을, 그 조용한 목소리의 이상할 정도로 엄숙한 억양을, 그리고 자신의 불가해한 대답까지 듣고 있었다. 그의 마음 한 조각이 그렇다고, 받아들이겠다고 외치고 있었다. 프란시스코 단코니아에게 그것이 필요하다고 말하라고 외치고 있었다. 하지만 그가 필요로 하는 그것을 뭐라고 표현해야 할지 모르겠지만 고마움은 아니었다. 프란시스코 단코니아의 말이 의미한 것도 고마움은 아니었다.

리어든이 말했다. "애초에 난 당신과 대화할 생각이 없었어요. 당신이 먼저 대화를 원했으니 이 말을 해야겠소. 내게 인간의 타락은 한 가지뿐입니다. 목적이 없는 것."

"맞는 말입니다."

"나는 다른 사람들은 다 용서할 수 있어요. 그들은 악한 게 아니라 단지 무력한 것일 뿐이니까. 하지만 당신······ 당신은 용서받을 수 없는 인간이오."

"내가 당신에게 경고하고 싶었던 것도 바로 용서라는 죄를 짓지 말라는 겁니다."

"인생 최고의 기회를 가졌던 당신, 그런데 그걸 어떻게 했소? 당신이 지금까지 말한 모든 것을 이해할 수 있는 멀쩡한 정신을 가졌다면 어떻게 나한테 말을 걸 수 있소? 멕시코사업을 그렇게 무책임하게 망쳐놓고 어떻게 얼굴을 들고 다닐 수 있는 거요?"

"그 일로 나를 비난하는 것은 당신의 권리입니다."

대그니는 구서진 창가에서 그들의 대화를 듣고 있었다. 두 남자는 그녀가 그곳에 있다는 것을 눈치채지 못했다. 대그니는 두 사람이 함께 있는 모습을 보고 설명할 수도, 저항할 수도 없는 충동에 이끌려 무작정 다가갔다. 두 남자가 무슨 대화를 나누는지 꼭 알아내야만 할 것 같았다.

하지만 대그니는 그들의 대화 중에서 마지막 몇 마디만 들을 수 있었다. 그녀는 프란시스코가 지는 모습을 보게 되리라고는 상상조차 하지 못했다. 그는 어떤 상황에서, 어떤 적을 만나더라도 상대를 멋지게 해치울 수 있었다. 그런 그가 무방비 상태로 서 있었다. 그녀는 그게 무관심이 아니란 것을 알았다. 그의 얼굴을 잘 아는 그녀는 그가 침착함을 유지하느라 얼마나 애쓰고 있는지 짐작할 수 있었다. 그의 뺨 근육이 팽팽히 당겨져서 생긴 희미한 선이 그녀의 눈에 들어왔다.

"다른 사람들의 능력에 기대 사는 무리 중에서도 당신은 진짜 기생충이야." 리어든이 말했다.

"그렇게 생각할 만합니다."

"그런데 무슨 권리로 인간으로 산다는 것의 의미에 대해 떠드는 거요? 그걸 저버린 사람이 자신이면서."

"그렇게 생각할 만합니다. 기분 상하셨다면 미안합니다."

프란시스코는 고개를 숙이고 돌아섰다. 리어든은 그 질문이 자신의 분노를 부정하는 것임을, 프란시스코를 붙잡아두기 위한 구실임을 깨닫지 못한 채 자신도 모르게 물었다.

"나에 대해 이해하기 위해 뭘 알고 싶었던 겁니까?"

프란시스코가 다시 돌아섰다. 그의 얼굴에는 변함없이 정중한 존경이 어려 있었다.

"이미 알아냈습니다."

리어든은 그 자리에 선 채 손님들 틈으로 사라지는 프란시스코의 뒷모습을 지켜보았다. 크리스털 접시를 든 집사와 카나페를 고르려고 몸을 기울인 프리쳇 박사에게 가려져 프란시스코의 모습이 보이지 않았다. 리어든은 다시 밖을 내다보았지만 아무것도 보이지 않았다. 바람만 불고 있었다.

리어든이 구석진 곳에서 나오자 대그니는 그에게 다가서며 미소로 대화를 청했다. 리어든이 멈추어 섰다. 그녀에게는 마지못해 멈춘 것처럼 보였다. 그녀는 침묵을 깨려고 황급히 말을 건넸다.

"행크, 약탈자파 지식인들을 왜 이렇게 많이 초대한 거죠? 나 같으면 절대 집에 초대하지 않았을 텐데."

그녀가 하고 싶었던 말은 그게 아니었다. 하지만 그녀는 자신이 무슨 말을 하고 싶은지 알지 못했다. 그리고 그 앞에서 이토록 말이 궁했던 적도 없었다.

리어든의 눈이 마치 문이 닫히듯 가늘어졌다.

"난 그들을 파티에 초대해선 안 되는 이유를 모르겠군요." 그가 차갑게 대꾸했다.

"오, 손님들을 잘못 골랐다고 비난하는 게 아니에요. 다만…… 사실 난 저 사람들 중에서 버트럼 스커더가 누군지 알게 되지 않도록 애쓰고 있어요. 누군지 알게 되면 가서 뺨을 갈기게 될 테니까요."

대그니는 애써 태연한 목소리를 내며 말을 이었다. "소란을 피우고 싶진 않지만 감정을 자제할 수 있을지 확신이 없어서요. 리어든 부인이 그를 초대했다는 말을 듣고 도무지 믿을 수가 없었어요."

비영리적인 사람들

"**내가** 초대했어요."

"그렇지만…… 왜요?" 대그니는 힘 빠진 목소리로 물었다.

"난 이런 행사를 중요하게 여기지 않으니까요."

"미안해요, 행크. 당신이 그토록 관대한 줄은 몰랐어요. 난 그렇지 못하거든요."

리어든은 아무 말도 하지 않았다.

"당신이 파티를 좋아하지 않는다는 건 알고 있어요. 나도 그래요. 하지만 가끔은…… 파티를 즐길 수 있어야 하는 사람은 우리뿐이지 않을까 하는 생각이 들어요."

"난 그쪽으로는 소질이 없어요."

"이런 파티 말고요. 저 사람들 중에서 지금 파티를 즐기고 있는 사람이 있다고 생각하세요? 저 사람들은 평소보다 더 분별과 목적이 없는 상태가 되도록 애쓰고 있을 뿐이에요. 가볍고 사소한 존재가 되기 위해서……. 난 자신이 엄청나게 중요하게 느껴질 때 비로소 진정으로 가벼워질 수 있다고 생각해요."

"난 모르겠군요."

"가끔 나를 심란하게 하는 생각일 뿐이에요. 사교계 데뷔 무도회 때도 그런 생각을 했었고……. 파티는 축하의 자리여야 하고 축하할 것이 있는 사람만 축하의 자리를 가져야 한다는 생각이 자꾸 들어요."

"난 그런 생각은 해본 적 없어요."

대그니는 리어든의 딱딱한 태도에 맞추어 대화를 이끌어갈 수 없었고 그의 그런 태도가 믿기지 않았다. 그의 사무실에서 만났을 땐 늘 서로를 편안하게 대했다. 그런데 지금 리어든은 구속복이라도 입고 있는 듯했다.

"행크, 보세요. 당신이 저 사람들을 아무도 모른다면 저 광경이 아름답지 않겠어요? 조명들과 옷들, 그리고 저 광경을 가능하게 만든 모든 상상력……."

대그니는 응접실을 바라보았다. 그녀는 리어든의 시선이 자신을 따라오지 않는다는 것을 눈치채지 못했다. 리어든은 그녀의 드러난 어깨에 비친 그림자를 내려다보고 있었다. 그녀의 머리카락 사이로 떨어지는 불빛이 만든 부드러운 푸른 그림자.

"우리가 왜 바보들에게 저 모든 걸 맡겨버린 거죠? 우리 것이어야 하는데."

"어떤 식으로요?"

"모르겠어요……. 난 늘 파티는 신나고 근사한 것이리라고 기대했어요. 귀한 술처럼요."

대그니는 슬픈 웃음을 지으며 말을 이었다. "하지만 난 술도 좋아하지 않아요. 술도 본래의 의미와 다른 상징이죠."

리어든은 침묵을 지켰다.

대그니가 덧붙였다. "어쩌면 우리가 놓친 뭔가가 있을지도 몰라요."

"난 모르겠군요."

대그니는 쓸쓸한 공허감이 엄습하는 것을 느끼며 자신이 너무 많은 것을 내보였다는 어렴풋한 인식에 리어든이 이해하거나 반응하지 않은 것을 다행스럽게 여겼다. 하지만 자신이 무엇을 내보였는지는 알지 못했다. 그녀가 어깨를 으쓱하자 굴곡진 어깨가 약하게 경련을 일으키듯 움직였다.

"나의 오랜 환상일 뿐이에요. 1, 2년에 한 번씩 찾아오는. 최신 강철 가격 지수나 보여주세요. 그럼 그런 환상 같은 건 다 잊게 될 테니까요." 그녀가 무심하게 말했다.

그녀는 자리를 떴고 리어든의 시선이 자신을 따라오고 있는 것을 알지 못했다.

대그니는 아무도 보지 않으면서 천천히 파티장을 누비고 다녔다. 불 꺼진 벽난로 근처에 모여 있는 사람들이 눈에 들어왔다. 거실 안은 춥지 않았는데 그들은 존재하지도 않는 불에서 위안을 얻는 것처럼 그곳에 앉아 있었다.

"왜 그런지 모르겠지만 갈수록 어둠이 무서워져요. 아니, 지금은 아니고 혼자 있을 때요. 밤이 두려워요. 밤 그 자체가요." 교양과 절망감을 풍기는 노처녀가 말했다.

그 무리의 세 여자와 두 남자는 옷차림도 훌륭하고 얼굴 피부도 관리를 잘해서 매끄러웠지만 불안하고 조심스런 태도로 목소리를 낮춰서 이야기하고 있었다. 그들의 그런 태도 때문에 나이에 상관없이 모두 지친 듯한 창백한 얼굴빛을 하고 있는 것처럼 보였다. 사실 그건 어디서든 존경할 만한 사람들이 모여 있으면 볼 수 있는 표정이었다. 대그니는 걸음을 멈추고 그들의 대화를 들었다.

"아니, 왜 밤이 무섭죠?" 한 사람이 물었다.

"모르겠어요. 도둑이나 강도가 무서운 건 아니에요. 그런데도 뜬눈으로 밤을 지새워요. 그러다 하늘에 부옇게 동이 터오면 그제야 잠이 들죠. 정말 이상한 일이에요. 저녁마다 땅거미가 지기 시작하면 이게 마지막이고 다시는 해를 볼 수 없을 것 같은 기분이 들어요." 노처녀가 대답했다.

"메인 주 해안에 사는 내 사촌도 그런 편지를 보내왔어요." 한 여인이 말했다.

"어젯밤에는 총성 때문에 잠을 이루지 못했어요. 먼 바다에서 밤새 총성이 울리더라고요. 빛도 보이지 않고, 긴 간격을 두고 총성만 들려왔어요. 안개 낀 대서양 어딘가에서." 노처녀가 말했다.

"오늘 아침 신문에서 그 기사를 읽었어요. 해안경비대의 사격 연습이었대요."

그러자 노처녀가 무관심하게 말했다. "그게 아니에요. 해안에 사는 사람들은 다 알아요. 라그나르 다네스퀼 때문이었죠. 해안경비대가 그를 잡으려고 그런 거예요."

"라그나르 다네스퀼이 델라웨어 만에 나타났다고요?" 한 여인이 놀라서 숨을 삼키며 물었다.

"그래요. 처음이 아니래요."

"그래서, 잡았나요?"

"아니요."

"아무도 그를 잡지 못해요." 한 남자가 말했다.

"노르웨이에서는 그에게 현상금을 100만 달러나 걸었어요."

"해적에게 그런 엄청난 현상금을 걸다니."

"그렇지만 해적이 전 세계 바다를 누비고 다니면 어떻게 질서와 안전을 도모하고 계획이란 것을 세울 수 있겠어요."

"그가 어젯밤에 무슨 배를 나포했는지 아세요? 우리가 프랑스로 보내는 구호품을 실은 큰 배였대요." 노처녀가 말했다.

"그는 약탈한 물건들을 어떻게 처분한대요?"

"아, 그건…… 아무도 몰라요."

"그에게 공격당한 배에 탔던 선원을 만난 적이 있는데 그 선원은 그를 직접 봤대요. 그 선원 말이 라그나르 다네스퀼은 완벽한 금발에다 세상에서 제일 소름끼치는 얼굴이래요. 감정이 전혀 없는 듯한 얼굴. 심장 없이 태어난 사람이 존재할 수 있다면 그가 바로 그런 사람이래요. 그 선원이 그랬어요."

"내 조카가 어느 날 밤 스코틀랜드 연안에서 라그나르 다네스쾰의 배를 봤대요. 조카는 도저히 자신의 눈을 믿을 수 없었다고 편지에 썼더군요. 영국 해군이 보유한 어떤 전함보다 훌륭하대요."

"사람들 말이 그는 신도 인간도 찾아낼 수 없는 노르웨이 피오르에 숨어 산대요. 중세 바이킹들이 숨었던 곳이죠."

"포르투갈에서도 그에게 현상금을 걸었어요. 터키에서도요."

"노르웨이는 그 문제로 발칵 뒤집혔대요. 그가 노르웨이 최고 명문가 출신이거든요. 그 가문은 몇 세대 전에 부는 잃었지만 최고 명문가의 명예는 지켜오고 있었대요. 그들의 성 유적이 아직 남아 있대요. 그의 부친이 주교인데 아들과 의절하고 연락도 끊었대요. 그래도 소용없었대요."

"라그나르 다네스쾰이 미국에서 공부한 거 아세요? 패트릭 헨리대학에 다녔대요."

"설마요."

"맞다니까요. 확인해보세요."

"내가 걱정하는 건…… 난 그게 마음에 걸려요. 그가 우리 바다에까지 나타나는 게. 난 그런 일들은 황폐한 나라에서만 일어날 수 있다고 생각했거든요. 유럽 같은 곳에서만. 그런데 그런 거물급 해적이 델라웨어에까지 나타나다니! 이 시대에!"

"그는 낸터컷에서도 목격됐어요. 바 하버에서도요. 정부에서 신문에 내지 못하게 해서 그렇지."

"왜요?"

"해군이 그를 당해내지 못하는 걸 국민들이 알면 곤란하니까요."

"한심하고 우스꽝스럽군요. 지금이 무슨 중세시대도 아니고."

대그니는 흘낏 시선을 들었다. 몇 발짝 떨어진 곳에 프란시스코 단코니아가 서 있었다. 그는 호기심과 조롱이 가득한 눈으로 그녀를 지켜보고 있었다.

"세상이 이상하게 돌아가고 있어요." 노처녀가 목소리를 낮춰서 말했다.

그러자 한 여인이 담담하게 말했다. "신문에서 읽었는데, 고난의 시대가 우리에게 좋은 거래요. 사람들이 점점 더 가난해지는 게 좋은 거래요. 궁핍함을 받아들이는 것이 도덕적 미덕이고요."

"그런 것 같아요." 다른 사람이 자신 없게 말했다.

"우리는 걱정을 해선 안 돼요. 어떤 연설에서 들었는데, 걱정하거나 누군가를 비난하는 건 부질없는 짓이래요. 아무도 자기가 하는 일을 어쩔 수 없대요. 현실이 그렇게 만든 거니까. 우리는 무엇에 대해서도 아무것도 할 수 없대요. 그걸 견디는 법을 배워야 한대요."

"다 무슨 소용이에요? 인간의 운명이란 게 뭐죠? 늘 희망을 품고 살지만 결국 그 희망을 이루지 못하잖아요. 현명한 사람은 아예 희망을 품지 않는 사람이죠."

"그게 옳은 태도예요."

"모르겠어요……. 뭐가 옳은 것인지 더 이상 모르겠어요……. 우리가 그걸 어떻게 알 수 있겠어요?"

"그러게요, 존 골트가 누구죠?"

대그니는 돌아서서 그 자리를 떴다. 무리의 여자들 중 하나가 그녀를 따라왔다.

"하지만 난 알아요." 그 여자가 비밀을 털어놓듯 은밀하게 속삭였다.

"뭘요?"

"존 골트가 누군지 안다고요."

"누구요?" 대그니가 걸음을 멈추고 긴장한 목소리로 물었다.

"존 골트를 직접 아는 사람을 알아요. 우리 대고모의 옛 친구죠. 그분이 그 일을 현장에서 목격했대요. 태거트 양, 아틀란티스의 전설 알아요?"

"네…… 조금."

"행운의 섬. 수천 년 전 그리스인들은 그 섬을 그렇게 불렀죠. 아틀란티스는 영웅들이 지구상의 다른 사람들은 알지 못하는 행복을 누리며 살았던 땅이래요. 영웅의 정신을 가진 사람들만 들어갈 수 있었고, 그들에게는 생명의 비밀이 있어서 죽지 않고도 그곳에 이를 수 있었대요. 그때도 아틀란티스는 사람들 눈에 보이지 않았어요. 하지만 그리스인들은 아틀란티스가 존재한다는 것을 알고 있었죠. 그래서 아틀란티스를 찾으려고 애썼어요. 어떤 이들은 아틀란티스가 땅속 깊은 곳, 지구의 심장부에 있다고 말했어요. 하지만 대부분의 사람들은 아틀란티스가 섬이라고 말했죠. 서쪽 바다에 있는 찬란한 섬. 어쩌면 미국을 두고 한 말이었는지도 몰라요. 어쨌든 그들은 아틀란티스를 발견하지 못했죠. 그 후로 수세기 동안 사람들은 그것이 전설일 뿐이라고 말했어요. 그러면서도 아틀란티스를 찾으려는 노력을 멈추지 않았죠. 그곳을 꼭 발견해야만 한다는 것을 알고 있었으니까요."

"그런데 존 골트 이야긴 뭐죠?"

"그가 그곳을 찾아냈어요."

대그니는 관심이 사라졌다.

"그가 누군데요?"

"존 골트는 어마어마한 재산을 가진 갑부였어요. 그는 어느 날 밤 요트를 타고 대서양 한가운데를 지나다가 세계 역사상 최악의 폭풍우를 만났고, 그때 그곳을 발견했어요. 인간이 찾아오지 못하도록 바다 깊숙이 가라앉은 아틀란티스를요. 그는 바다 밑바닥에서 반짝이는 아틀란티스의 탑들을 보았어요. 그것은 지상의 모습은 더 이상 보고 싶지 않게 만드는 경이로운 장관이었죠. 존 골트는 일부러 요트를 침몰시켜서 선원들과 함께 그곳으로 내려갔어요. 모든 선원이 그러길 원했죠. 내가 아는 사람이 유일한 생존자였어요."

"그거 참 재미있네요."

여자는 대그니의 반응에 마음이 상해서 말했다. "그 사람이 직접 목격했어요. 오래전에. 하지만 존 골트의 가족은 그 일에 대해 입을 다물었죠."

"그럼 그의 재산은 어떻게 됐나요? 골트 가의 재산에 대해서는 들어본 기억이 없는데."

"그와 함께 바다에 가라앉았어요."

여자는 그렇게 말한 뒤 적의에 찬 목소리로 덧붙였다. "꼭 믿을 필요는 없어요."

"태거트 양은 안 믿어도 나는 믿어요." 프란시스코 단코니아가 말했다.

두 여자가 뒤를 돌아보았다. 프란시스코가 그들을 따라와서 과장되게 진지한 척하는 오만한 태도로 그들을 바라보고 있었다.

"세뇨르 단코니아, 믿음이란 걸 가져본 적 있나요?" 여자가 화난 목소리로 물었다.

"아니요, 부인."

여자가 홱 돌아서서 가버리자 프란시스코는 킥킥 웃었다.

대그니가 냉랭하게 물었다. "뭐가 우스워?"

"저 바보 같은 여자. 자기가 진실을 말했다는 것도 모르잖아."

"내가 그걸 믿을 것 같아?"

"아니."

"그런데 뭐가 그렇게 재미있어?"

"아, 여기서 벌어지는 아주 많은 일이. 넌 안 그래?"

"안 그래."

"흠, **그것도** 재미있는 일이군."

"프란시스코, 나 좀 혼자 내버려둘 수 없어?"

"지금까지 그래 왔는데. 오늘 밤에 먼저 말을 건 사람은 너였다는 거 몰라?"

"왜 나를 계속 지켜보는 거지?"

"호기심."

"무슨 호기심?"

"네가 재미있다고 여기지 않는 것들에 대한 네 반응에 대한 호기심."

"내 반응에 왜 신경 쓰는 거지?"

"나에겐 그게 즐거운 시간을 갖는 방법이지. 넌 즐거운 시간을 갖지 못하고 있지만 말이야, 안 그래, 대그니? 게다가 여기서 지켜볼 만한 여자는 너뿐이거든."

대그니는 반항적으로 버티고 서 있었다. 자신을 바라보는 프란시스코의 시선이 화를 내며 도망칠 것을 요구하고 있었기 때문이다. 그녀는 늘 그렇듯 고개를 빳빳이 들고 꼿꼿하게 서 있었다. 여성스럽지 못한 경영인의 자세였다. 하지만 그녀의 드러난 어깨는 검은 드레스 속의 가녀린 몸을 강조하고 있었고, 그런 자세가 그녀를 가장 진정한 여성으로 만들었다. 그녀의 당당한 힘은 다른 사람의 우월한 힘에 대한 도전이었지만 가녀린 몸이 그 도전이 무너질 수 있음을 상기시켰다. 그녀는 그것을 의식하지 못하고 있었다. 그것을 간파할 수 있는 사람을 만난 적이 없었기 때문이다.

프란시스코가 그녀의 몸을 내려다보며 말했다. "대그니, 이런 낭비가 있나!"

대그니는 돌아서서 도망쳐야 했다. 그녀는 몇 년 만에 처음으로 얼굴이 달아올랐다. 그녀가 오늘 저녁 내내 느꼈던 것을 프란시스코가 정확하게 표현했음을 깨달았던 것이다.

그녀는 아무 생각도 하지 않으려고 애쓰며 달렸다. 하지만 음악이 그녀를 멈추게 했다. 갑자기 라디오에서 음악이 흘러나왔다. 라디오를 튼 모트 리디가 친구들에게 손을 흔들며 외치고 있었다.

"이거야! 바로 이거야! 잘 들어봐!"

웅장하게 흘러나온 음악은 리처드 핼리의 〈4번 협주곡〉 도입부였다. 음악은 고통을 거부하고 아득한 비전을 찬미하는 고통스런 승리감 속에서 높아져갔다. 그러다가 선율이 깨졌다. 마치 진흙과 자갈을 한 줌 집어 음악에 던진 것 같았다. 그 다음에는 구르는 소리, 똑똑 떨어지는 소리가 이어졌다. 핼리의 협주곡을 대중음악으로 바꾼 것이다. 핼리의 멜로디를 찢어발기고 딸꾹질로 그 틈새를 메운 것이다. 위대한 환희의 표현이 술집의 낄낄거림으로 변해 있었다. 그래도 남아 있는 핼리의 멜로디가 음악에 형태를 부여하고 척추처럼 지탱해주는 역할을 하고 있었다.

"아주 멋지지, 응? 그해 최고의 영화음악이었어. 이 음악이 나에게 상을 안겨주고 또 장기 계약도 맺게 해줬지. 그래, 이게 내가 만든 〈당신의 뒤뜰에 천국이〉라는 영화음악이야."

모트 리디가 과시와 초조감이 함께 담긴 미소를 지으며 친구들에게 말했다.

대그니는 하나의 감각이 다른 감각을 지울 수 있기라도 하듯, 그래서 눈에 보이는 장면이 소리를 밀어낼 수 있기라도 하듯 응접실 안을 응시했다. 그녀는 닻을 내릴 곳을 찾으려고 천천히 고개를 돌렸다. 프란시스코가 가슴에 팔짱을 끼고 기둥에 기대서서 자신을 똑바로 쳐다보며 웃고 있는 것이 보였다.

'이렇게 흔들리면 안 돼. 여기서 나가자.' 분노가 솟는 것을 억누를 수가 없었다. '아무 말 하지 마. 똑바로 걸어. 여기서 나가는 거야.'

대그니는 아주 천천히, 조심스럽게 걷기 시작했다. 그러나 릴리언의 목소리를 듣고 걸음을 멈추었다. 오늘 밤 릴리언은 여러 차례 사람들의 질문을 받고 그 말을 했지만 대그니는 처음 듣는 말이었다.

"이거요?"

릴리언이 멋지게 차려입은 두 여자에게 손을 내밀어 금속 팔찌를 보여주며 말했다.

"어머, 아니에요. 철물점에서 산 게 아니고 남편이 준 아주 특별한 선물이에요. 오, 그래요, 물론 끔찍하죠. 하지만 모르시겠어요? 이건 값을 매길 수 없는 물건이에요. 물론 난 이걸 언제라도 흔한 다이아몬드 팔찌와 바꿀 의향이 있지만 누가 그런 제안을 하겠어요. 이게 아주아주 귀한 물건이긴 하지만요. 왜냐고요? 사실은요, 리어든 금속으로 만든 최초의 물건이거든요."

대그니는 응접실 안을 보지 않았다. 음악도 듣지 않았다. 완전한 정적이 고막을 짓누르는 듯한 느낌이었다. 그녀는 지나간 순간들도, 앞으로 다가올 순간들도 의식하지 않았다. 그 일과 관계된 사람들, 그러니까 자신과 릴리언, 리어든에 대해서도, 자신의 행동이 갖는 의미에 대해서도

의식하지 않았다. 그것은 완전하게 독립된 한순간이었다. 그녀는 릴리언의 말을 들었고 초록빛이 도는 푸른 금속 팔찌를 보고 있었다.

대그니는 자신의 손목에서 무언가가 벗겨지는 것을 느꼈고 자신의 목소리가, 아무 감정 없는 해골처럼 차가운 목소리가 아주 조용하고 차분하게 말하는 소리를 들었다.

"당신이 내가 생각하는 것처럼 겁쟁이가 아니라면 팔찌를 바꿀 거예요."

그녀는 자신의 팔찌를 릴리언에게 내밀었다.

"태거트 양, 농담이죠?" 한 여자가 말했다.

릴리언의 목소리는 아니었다. 릴리언은 대그니를 똑바로 쳐다보고 있었다. 그녀는 대그니가 농담으로 한 말이 아님을 알았다.

"그 팔찌 주세요."

대그니가 팔찌를 더 높이 들며 말했다. 손바닥 위에서 다이아몬드가 반짝거렸다.

"말도 안 돼!"

한 여자가 외쳤다. 그 외침은 이상하리만큼 날카로웠다. 그제야 대그니는 주위에 사람들이 둘러서 있고 그들 모두 침묵을 지키고 있음을 깨달았다. 그녀는 이제 소리를 들을 수 있었다. 저 멀리서 핼리의 난도질당한 협주곡이 들려왔다.

대그니는 리어든의 얼굴을 보았다. 그의 마음속 무언가도 음악처럼 난도질당한 것 같았다. 하지만 무엇 때문에 그것이 난도질당했는지는 알 수 없었다. 그는 대그니와 릴리언을 바라보고 있었다.

릴리언의 양쪽 입꼬리가 뒤집어진 초승달 모양으로 올라갔다. 미소를 짓고 있는 것 같았다. 그녀는 금속 팔찌를 풀어 대그니의 손바닥에 떨어뜨리고 다이아몬드 팔찌를 집었다.

"고마워요, 태거트 양." 그녀가 말했다.

대그니는 금속 팔찌를 감싸쥐었다. 오직 팔찌의 감촉만이 느껴졌고 다른 건 아무것도 느낄 수 없었다.

릴리언이 돌아섰다. 리어든이 그녀를 향해 다가오고 있었다. 리어든은 아내에게서 다이아몬드 팔찌를 빼앗아 손목에 채워준 다음 그녀의 손을 들어올려 키스했다.

그는 대그니에게는 눈길도 주지 않았다.

릴리언은 쾌활하고 편안하며 매력적인 웃음으로 그곳의 분위기를 정상으로 돌려놓았다.

"태거트 양, 마음이 바뀌면 언제든 돌려주겠어요." 그녀가 말했다.

대그니는 이미 돌아서 있었다. 그녀는 차분하고 자유로운 기분을 느꼈다. 압박감도 사라졌고 여기서 나갈 필요도 없었다.

비영리적인 사람들

대그니는 금속 팔찌를 손목에 찼다. 살갗에 느껴지는 금속의 무게감이 기분 좋았다. 그녀는 평생 단 한 번도 느껴본 적 없는 여자의 허영심에 젖어서 이 장신구를 하고 있는 모습을 다른 사람들에게 보여주고 싶었다.

멀리서 분노한 목소리들이 토막토막 들려왔다. "그런 무례한 행동은 처음 봐요.…… 사악해요.…… 릴리언이 그 제안을 받아들여서 다행이에요.…… 그런 식으로 수천 달러를 날리고 싶다면 잘된 거죠."

그 후로 리어든은 파티가 끝날 때까지 아내 곁을 지켰다. 갑자기 헌신적이고 자상하고 사랑 넘치는 남편이 되어 아내의 대화에 참여하면서 아내의 친구들과 웃었다.

릴리언의 무리에 있는 한 여자의 부탁으로 그가 음료 두 잔이 놓인 쟁반을 들고 응접실을 가로질러 걸어가고 있을 때(그가 지금껏 한 번도 보여준 적 없는, 그에게는 도무지 어울리지 않는 스스럼없는 행동이었다) 대그니가 그에게 다가갔다. 그녀는 걸음을 멈추고 그의 사무실에 단둘이 있는 것처럼 그를 똑바로 보았다. 경영인답게 고개를 빳빳이 들고 있었다. 리어든도 그녀를 보았다. 그의 시선이 닿는 그녀의 한쪽 손끝에서 얼굴까지 금속 팔찌를 빼면 아무것도 걸치지 않은 알몸이었다.

"행크, 미안해요. 하지만 그렇게 하지 않을 수 없었어요." 대그니가 말했다.

그래도 그의 눈은 무표정했다. 하지만 대그니는 그 순간 그의 기분을 간파했다. 그녀의 뺨을 갈기고 싶은 기분임에 확실했다.

"그럴 필요 없었어요."

그가 냉랭하게 대꾸하고 가버렸다.

◆

밤이 아주 깊어서야 리어든은 아내의 침실로 들어갔다. 릴리언은 자지 않고 있었다. 침대 옆 탁자 등도 켜져 있었다.

릴리언은 연초록색 리넨 베개들로 등을 받치고 누워 있었다. 그녀는 연초록색 새틴 잠옷을 쇼윈도 마네킹처럼 완벽하게 차려입고 있었는데, 광택 나는 옷 주름 사이사이에 아직 포장지의 바스락거림이 남아 있는 듯했다. 등갓을 씌워 사과꽃 색깔처럼 은은한 조명이 책 한 권과 과일주스 한 잔, 외과의사의 수술 도구처럼 반짝이는 은빛 화장용품들이 놓인 탁자를 비추었다. 릴리언의 팔이 도자기처럼 빛났다. 입술에는 연분홍 립스틱이 살짝 발라져 있었다. 그녀에게서는 파티 후의 지친 기색이라곤 찾아볼 수 없었다. 그녀가 침대에 누워 있는 모습은 실내 장식가가 꾸며놓은 하나의 진열품 같아서 흐트러뜨려서는 안 될 것 같았다.

리어든은 아직 파티복 차림이었다. 넥타이는 느슨하게 풀어져 있었고 머리카락 한 가닥은 얼굴로 흘러내려와 있었다. 릴리언은 그가 자기 방에서 어떤 시간을 보내다 왔는지 아는 듯 태연히 그를 보았다.

리어든은 조용히 그녀를 응시했다. 오랜만에 들어온 아내의 침실이었다. 그리고 지금 그는 이곳에 들어온 것을 후회하고 있었다.

"헨리, 이야기 좀 해야 하지 않겠어요?"

"원한다면."

"당신 제철소의 뛰어난 전문가 한 명만 집으로 보내줘요. 난방 좀 손보게. 파티 중에 난방이 안 되서 사이먼스가 다시 가동시키느라 얼마나 고생했는지 알아요?…… 웨스턴 부인이 오늘 파티에서 최고는 요리라고 칭찬했어요. 전채요리가 아주 훌륭했다고……. 밸프 유뱅크는 당신에 대해 아주 재미난 말을 하더군요. 당신은 공장 굴뚝 연기를 명예의 상징으로 여기는 전사래요.…… 당신이 프란시스코 단코니아를 좋아하지 않아서 기뻐요. 난 그를 견딜 수가 없어요."

리어든은 자신이 이곳에 온 이유를 설명하거나 패배를 감추려 애쓰고 싶지 않았다. 이대로 밖으로 나가버림으로써 패배를 인정하고 싶지도 않았다. 아내가 무엇을 짐작하거나 느끼건 아무 상관이 없었다. 그는 창가로 걸어가서 밖을 내다보았다.

'그녀는 왜 나와 결혼한 걸까?' 8년 전 결혼식을 올리던 날 밤에는 스스로에게 그런 질문을 던지지 않았다. 하지만 그 후로 그는 지독한 고독감에 시달리며 숱하게 그 질문을 했다. 아직 답은 얻지 못한 상태였다.

지위나 돈 때문은 아닐 터였다. 그녀는 그 두 가지를 모두 갖춘 전통 있는 가문 출신이니까. 비록 재산도 많지 않고 최고 명문가는 아니었지만 둘이 처음 만난 뉴욕 사교계에 들어가기에는 충분했다. 리어든은 9년 전 리어든 철강의 눈부신 성공과 함께 뉴욕에 혜성처럼 등장했다. 뉴욕 전문가들이 불가능하다고 생각한 성공이었다. 리어든을 주목받는 존재로 만든 것은 그의 무관심이었다. 사람들은 그가 돈으로 사교계에 들어오려고 하면 보기 좋게 거절하는 즐거움을 누리려고 잔뜩 기대하고 있었지만 그는 그런 사실을 몰랐다. 그리고 그들의 실망을 눈치챌 시간도 없었다.

몇몇 사람들이 그의 환심을 사려고 그를 파티에 초대했고 그는 마지못해 참석했다. 그의 정중한 태도는 성취의 시대는 지났다며 그를 무시하려고 했던 사람들에 대한 공손한 오만임을 그 자신은 몰랐지만 그 사람들은 알고 있었다.

리어든이 릴리언에게 끌린 것은 그녀의 금욕 때문이었다. 아니, 정확히 말하면 그녀의 금욕과 행동 사이의 갈등 때문이었다. 리어든은 누구를 좋아해본 적도, 누가 자신을 좋아하리라고 기대한 적도 없었다. 그는 분명 자신을 좋아하면서도 그게 본인의 의지에 반하는 나쁜 짓이라도 되는 것처럼 분명한 저항을 보이는 여자에게 마음이 끌렸다. 그녀는 그와 만나게 되도록 일을 꾸며놓고도 막상 그를 만나면 쌀쌀맞게 대했다. 말도 거의 하지 않았다. 그녀는 리어든에게 당신은 나의 당당한 초연함을 뚫고 들어올 수 없다고 말하는 듯한 신비감을 풍겼고 자신과 그의 욕망을 비웃는 듯했다.

리어든은 많은 여자를 알지 못했다. 그는 오직 목표만을 향해 나아갔고 그 목표와 무관한 것들에 대해서는 관심조차 갖지 않았다. 그의 일에 대한 헌신은 그가 다루는 불과 같았다. 불순물은 모두 태워 없애고 정련된 금속만을 남기는 불. 그는 어중간한 관심 같은 것은 가질 수가 없었다. 갑작스럽게 욕망이 분출할 때도 있었지만 그 욕망은 너무나 격렬해서 가벼운 만남으로 해소될 수 없었다. 그는 몇 번 그 욕망에 굴복해 자신이 좋아한다고 생각한 여자와 사랑을 나눈 적이 있었다. 하지만 매번 분노 어린 공허감만 남았다. 그는 승리의 행위를 추구했던 것인데 여자들은 그저 쾌락을 받아들이는 반응만 보였다. 그에게 그것은 아무 의미도 없었던 것이다. 그래서 사랑한 후에는 성취감이 아니라 타락한 듯한 기분이 들었다. 그는 자신의 욕망을 점점 혐오하게 되었다. 그는 욕망과 싸웠다. 그 욕망은 순전히 육체적인 것이라고 믿었다. 정신이 아닌 물질의 문제라고 믿었다. 자신의 육체가 선택의 자유를 지녔으며, 그 선택은 의지의 영향을 받지 않는다는 생각도 받아들이지 않았다. 광산과 제철소에서 일하며 두뇌의 힘을 이용해 자신의 뜻대로 물질의 형태를 만들어온 그는 자신의 육체라는 물질을 통제하지 못하는 것을 견딜 수 없었다. 그는 욕망과 싸웠다. 생명 없는 것들과의 싸움에선 늘 승리했던 그였지만 이 싸움에선 지고 말았다.

그가 릴리언을 원하게 된 것은 정복하기 어려워서였다. 그녀는 떠받들어 모셔주기를 기대하고 또 그럴 자격이 있는 것처럼 보였다. 그래서 리어든은 그녀를 자신의 침대로 끌어내리고 싶었다. 그는 그녀를 끌어내려야겠다는 생각에서 음흉한 쾌감을, 이길 만한 가치가 있는 승리감을 얻었다.

리어든은 그것이 음란한 짓이고 타락의 증거라고 생각하면서도 한 여자에게 자신의 아내라는 이름을 허락하는 것에서 깊은 긍지를 느끼는 이유를 알 수 없었다. 그 긍지는 엄숙하고 빛나는 것이었다. 또한 자신이 한 여자를 소유하는 행위에는 그녀를 명예롭게 해주기를 바라는 마음이 담겨 있었다. 릴리언은 그가 무의식중에 추구하던 이미지를 갖춘 듯했다. 그는 릴리언에게서 우아함, 긍지, 순수함을 보았다. 나머지는 그가 갖추고 있었다. 그는 자신이 릴리언에게서 본 것들이 투영된 그림자들임을 알지 못했다.

리어든은 릴리언이 갑자기 뉴욕에서 찾아와 제철소를 구경시켜달라고 했던 날을 기억했다. 제철소를 둘러보며 이것저것 묻는 그녀의 목소리는 낮고 조용하면서도 점점 더 경탄에 차서 숨이 막힐 듯했다. 리어든은 사나운 용광로 불길을 배경으로 움직이는 그녀의 우아한 모습을 바라보았다. 자신의 옆에서 쇳똥더미를 헤치고 결연히 걷는 그녀의 가볍고 민첩한 걸음걸이를 바라보았다. 쇳물을 붓는 광경을 지켜보는 그녀의 눈빛에는 그 자신의 감격이 투영되어 있는 듯했다. 그녀가 그에게로 시선을 돌렸을 때 그 감격은 더욱 고조되어 그녀를 무아지경으로 만든 듯했다. 그날 리어든은 저녁을 먹으며 그녀에게 청혼했다.

결혼 후 얼마의 시간이 지나서야 리어든은 결혼생활이 고통임을 스스로 인정했다. 그는 그 사실을 인정한 날 밤을 아직도 기억하고 있다. 그는 손목의 힘줄이 팽팽히 불거진 채 침대 옆에 서서 릴리언을 내려다보며 자신은 이런 고통을 받아 마땅하다고, 이 고통을 견뎌낼 것이라고 다짐했다. 릴리언은 그를 보지 않고 있었다. 그녀는 머리를 매만지고 있었다.

"이제 자도 돼요?" 그녀가 물었다.

릴리언은 그와의 잠자리를 거절한 적이 없었다. 그가 원할 때마다 순순히 응했다. 이따금 남편의 성적 도구가 되어주는 것을 자신의 의무로 여기는 듯한 태도였다.

그녀는 그를 비난하지 않았다. 결혼생활의 은밀하고 추한 부분인 남자들의 더러운 본능을 당연한 것으로 받아들였다. 그리고 은혜라도 베푸는 듯한 태도로 견뎌주었다. 그는 남편의 걱정에 혐오스러운 미소를 지으며 말했다. "정말 품위 없는 오락이지 뭐예요. 하기야 난 남자들이 동물보다 우월하다는 환상을 품어본 적이 없어요."

결혼 일주일 만에 리어든은 아내에 대한 욕정이 식어버렸다. 남은 것은 도무지 없애버릴 수 없는 성욕뿐이었다. 그는 매음굴에 가본 적은 없었지만 이따금 욕망에 못 이겨 아내의 침실로 들어갈 때의 기분은 매음굴에서 느끼게 될 자기혐오보다 더했면 더했지 덜하진 않을 것 같았다.

리어든은 아내이 책 읽는 모습을 종종 보았다. 그녀는 그와 관계할 때면 읽던 페이지에 흰 리본을 꽂아 책을 덮고 옆으로 치웠다. 그리고 관계가 끝난 후 그가 눈을 감고 숨을 헐떡거리며 늘어져 있을 때 불을 켜고 책을 집어 읽었다.

리어든은 자신이 고통을 당해 마땅하다고 생각했다. 다시는 아내에게 손도 대지 않겠다고 결심해놓고 그 결심을 지키지 못했으니까. 그는 그런 자신을 경멸했다. 이제 기쁨이나 의미는 찾아볼 수도 없고 그저 여자의 몸을 탐하는 것일 뿐인 자신의 욕망을 경멸했다. 그는 아내를 안고 있을 때 그게 아내임을 잊어야 했기에 모르는 여자의 몸을 안고 있는 것과 다름없었다. 그는 그 욕망을 타락이라고 믿게 되었다.

리어든은 릴리언을 비난하지 않았다. 그녀에게 쓸쓸하고 무관심한 존경을 느꼈다. 그는 자신의 욕망을 증오했기에 여자들은 순수하고 순수한 여자는 육체적 쾌락을 즐길 수 없다는 믿음을 갖게 되었다.

그는 조용한 고뇌 속에서 결혼생활을 견디면서도 부정을 저지르겠다는 생각은 단 한 번도 하지 않았다. 그는 결혼 약속을 지키고 싶었다. 그것은 릴리언에 대한 의리는 아니었다. 그가 명예를 지켜주고 싶었던 것은 릴리언이 아니라 자신의 아내란 존재였다.

리어든은 창가에 서서 그 생각을 하고 있었다. 그는 아내의 침실에 들어오고 싶지 않았다. 그래서 이곳에 오고 싶은 욕망과 싸웠다. 그리고 오늘 밤은 특히 더 그걸 견딜 수 없는 이유를 알고 싶지 않아서 거세게 몸부림쳤다. 그런데 릴리언을 본 순간 자신이 그녀 몸에 손을 대지 않을 것임을 깨달았다. 오늘 밤 그를 이 방으로 오게 한 이유가 그녀에게 손을 댈 수 없는 이유이기도 했다.

리어든은 욕망으로부터 자유로워진 기분을 느끼며 조용히 서 있었다. 자신의 몸과 이 방, 그리고 자신이 이곳에 와 있는 것에조차도 무관심해지면서 쓸쓸한 안도감이 밀려들었다. 그는 릴리언의 그럴싸하게 포장된 순결함을 보고 싶지 않아 돌아서서 창가로 온 것이었다. 그는 릴리언에게 존경심을 느껴야 한다고 생각했지만 강한 혐오감만 들었다.

"……하지만 프리쳇 박사는 미국 대학들이 정육업자들, 철강업자들, 아침식사용 시리얼 제조업자들의 기부금에 의존해야 해서 문화가 죽어가고 있다고 말했어요."

'저 여자는 왜 나와 결혼했을까?' 리어든은 다시 그런 생각이 들었다. 저 밝고 활기찬 목소리는 지금 아무렇게나 떠들어대고 있는 게 아니었다. 그녀는 그가 왜 왔는지 알고 있었다. 자신이 손톱을 다듬으며 쾌활하게 이야기하는 모습이 남편에게 어떤 영향을 미치는지 알고 있었다. 그녀는 파티 이야기를 하고 있었지만 버트럼 스커더나 대그니 태거트에 대해서는 언급하지 않았다.

'저 여자는 나와 결혼하며 무엇을 추구했던 걸까?' 리어든은 그녀가 냉혹하고 강한 목적을 지니고 있음을 느꼈지만 그녀를 비난할 거리가 없었다. 그녀는 그를 이용하려고 한 적이 없었다. 그에게 요구 같은 것도 하지 않았다. 그녀는 산업계에서의 명성을 즐기기는커녕 오히려 거부했으며 자신의 친구들을 더 좋아했다. 그녀는 돈을 추구하지도 않았다. 돈을 거의 쓰지 않았고 성공한 사업가의 아내로서 누릴 수 있는 사치에도 무관심했다. 그렇기 때문에 리어든은 그녀를 비난하거나 결혼을 깰 권리가 없었다. 릴리언은 명예로운 아내였다. 그에게 물질적인 것을 전혀 요구하지 않았다.

리어든은 돌아서서 지친 눈길로 아내를 보았다.

"다음부터 파티를 열 때는 당신 손님만 불러요. 내 친구들까지 초대하지 말고. 난 그들과 파티에서 만나고 싶지 않으니까." 그가 말했다.

릴리언은 놀랍고도 기쁜 표정으로 웃었다.

"당신을 이해해요."

리어든은 아무 대꾸도 하지 않고 밖으로 나갔다.

'그녀는 내게 무엇을 원하는 걸까? 무엇을 추구하는 걸까?' 그는 아무리 생각해도 그 답을 알 수가 없었다.

착취하는 사람들과 착취당하는 사람들

철길은 유정탑들을 향해 바위산 위로 뻗어 있었고 유정탑들은 하늘을 향해 솟아 있었다. 대그니는 철교 위에 서서 산 정상의 가장 높은 유정탑 꼭대기 금속부가 햇살에 반짝이는 모습을 바라보았다. 마치 눈에 덮인 와이엇 정유산 정상에 흰 횃불이 밝혀져 있는 듯했다.

대그니는 봄이 되면 저 철길이 샤이엔에서부터 깔기 시작한 철길과 만나게 될 거라고 생각했다. 그녀의 시선은 초록빛이 도는 푸른 레일을 따라 유정탑들에서 바위산을 타고 내려와 철교를 건너 자신을 지나쳐갔다. 그녀는 고개를 돌려 청명한 공기 속으로 수 킬로미터에 걸쳐 뻗어 내려간 철길을 바라보았다. 철길은 산허리를 끼고 거대한 커브를 그리며 멀리까지 이어졌고, 그 새로운 철길 끝에서는 뼈와 신경만 있는 팔처럼 생긴 크레인이 하늘을 배경으로 뻣뻣하게 움직이고 있었다.

초록빛이 도는 푸른 볼트를 실은 트랙터 한 대가 지나갔다. 철교 받침대 보강작업을 위해 인부들이 금속 케이블에 매달려 가파른 계곡 암벽을 깎고 있는 저 아래쪽에서 착암기 소리가 규칙적인 전율처럼 날아왔다. 아래쪽 철길에서도 인부들이 일하는 모습이 보였는데, 전기 타이탬퍼(철도의 왜곡을 교정하는 장비―옮긴이) 손잡이를 쥔 팔 근육이 불끈 솟아 있었다.

"근육. 근육만 있으면 이 세상에서 짓지 못할 것이 없습니다." 언젠가 토건업자 벤 닐리가 그녀에게 한 말이었다.

맥나마라 같은 토건업자는 어디에도 존재하지 않는 듯했다. 그래서 하는 수 없이 벤 닐리에게 일을 맡겼다. 남아 있는 사람 중에는 그가 최고였다. 하지만 태거트 대륙횡단철도 소속 엔지니어 중에는 그 일의 감독을 맡길 만한 사람이 없었다. 모두가 새 금속에 대해 회의적이었다.

"부사장님, 솔직히 말씀드리면 그건 지금까지 아무도 시도하지 않은 시험인데 제가 그 책임을 진다는 건 공평하지 않다고 생각합니다." 수석 엔지니어가 말했다.

"내가 책임지겠어요." 대그니가 대답했다.

수석 엔지니어는 나이가 사십 대인데 아직도 대학생처럼 철부지 같았다. 한때 태거트 대륙횡단철도에도 조용한 백발의 수석 엔지니어가 있었다. 그는 독학으로 공부한 사람이었지만 실력은 가히 독보적이었다. 하지만 그는 5년 전에 회사를 떠났다.

대그니는 철교 아래를 흘끗 내려다보았다. 그녀는 450미터 깊이의 협곡 위로 솟은 철교의 가느다란 강철 들보에 서 있었다. 저 멀리 협곡 바닥의 말라붙은 강과 바위 무더기들, 수세기의 세월에 뒤틀린 나무들의 윤곽이 희미하게 보였다. 대그니는 바위와 나무줄기, 근육들로 저 협곡에 철교를 놓을 수 있을지 궁금했다. 그리고 동굴생활을 하던 원시인들이 저 계곡 밑에서 벌거벗은 몸으로 오랜 세월 살았다는 생각이 왜 갑자기 떠올랐는지도 궁금했다.

대그니는 와이엇 유전을 올려다보았다. 철길은 유정들 사이의 측선들로 갈라졌다. 그녀는 눈 위에 점처럼 박힌 자음 위바 모양의 전철기들을 보았다. 그런 금속 전철기 수천 개가 전국에 눈에 띄지 않게 흩어져 있었지만 이곳의 전철기들은 햇살을 받아 초록빛을 띤 푸른색으로 빛나고 있었다. 대그니는 코네티컷 주의 어맬거메이티드 전철기&신호기 주식회사의 모언 사장이라는 중심 없는 과녁을 맞히기 위해 몇 시간 동안 조용하고 끈질기게 설득에 설득을 거듭하던 기억을 떠올렸다.

"하지만 태거트 양, 나의 소중한 태거트 양! 우리 회사는 오랫동안 당신 회사를 위해 일해왔어요. 당신 할아버지는 우리 할아버지의 첫 고객이셨죠. 우린 당신 부탁이라면 무엇이든 들어주고 싶어요. 하지만…… 리어든 금속으로 전철기를 만들라고요?"

"그래요."

"태거트 양! 그 금속을 쓰는 게 우리에게 어떤 의미인지 생각해봐요. 그 금속이 4,000도가 넘어야 녹는다는 걸 알고 있어요?…… 대단하다고요? 모터 제조업자들에겐 대단할 수도 있겠지요. 하지만 우린 그 금속으로 물건을 만들려면 새로운 용광로와 완전히 새로운 공정이 필요하고, 또 사람들도 다시 훈련시켜야 하고, 생산 일정에도 차질이 생기고, 규칙도 새로 만들어야 하는 등 모든 게 엉망이 돼요. 제대로 된 물건이 나올지도 미지수이고!…… 태거트 양, 당신이 어떻게 알아요? 처음 시도하는 건데 어떻게 아냐고요……. 아뇨, 그게 천재의 발명품인지, 아니면 많은 사람의 말대로 사기에 불과한지 난 모르겠어요. 태거트 양, 수많은 사람이…… 아, 난 어느 쪽이건 상관없어요. 내가 무슨 대단한 모험가라고 그런 모험을 해요?"

대그니는 가격을 두 배로 올려주었다. 리어든은 야금 전문가 두 명을 파견해서 모언의 직원들에게 모든 공정을 눈으로 직접 보여주며 가르쳐주었고 훈련 기간 동안 그 직원들 월급도 대신 부담해주었다.

대그니는 발치의 레일에 박힌 대못들을 보았다. 리어든 금속으로 대못을 만들어주겠다고 선뜻 나섰던 유일한 업체인 일리노이 주의 서밋 캐스팅사가 납품을 반밖에 하지 못한 상태에서 부도가 났다는 소식을 들었던 밤이 떠올랐다. 그녀는 그날 밤 시카고로 날아가 변호사 세 명과 판사 한 명, 그리고 주의원 한 명을 잠자리에서 불러냈다. 두 명은 뇌물로 매수하고 나머지 셋은 협박해서 긴급 허가증을 받아냈다. 그리고 그것으로 이미 자물쇠가 채워진 서밋 캐스팅사 공장 문을 열고 옷을 반은 벗다시피 한 직원을 끌어다가 새벽 동이 트기 전에 용해로를 가동시켰다. 공장 노동자들은 태거트 대륙횡단철도 엔지니어와 리어든 철강 야금 전문가의 감독하에 계속 작업을 진행했다. 그 덕에 리오 노르테 노선 재건공사는 중단되지 않았다.

대그니는 착암기 소리에 귀를 기울였다. 철교 받침대를 만드는 착암작업이 중단된 적이 있었다. 그때 벤 닐리가 화난 목소리로 항변했다.

"부사장님, 저도 어쩔 수가 없었어요. 착암기 헤드가 얼마나 빨리 닳는지 아시잖아요. 미리 주문을 해뒀는데 인코퍼레이티드 공구회사에 문제가 생겼어요. 그들도 어쩔 수 없는 일이었어요. 어소시에이티드 철강에서 강철 납품을 제때 해주지 않았으니까요. 결국 우리도 손놓고 기다릴 수밖에 없어요. 부사장님, 화내봐야 소용없어요. 저도 최선을 다하고 있다고요."

"난 일을 하라고 당신을 고용한 거예요. 최선을 다하라고 고용한 게 아니라고요."

"그것 참 이상한 말이네요. 부사장님, 그건 대중적이지 못한 태도예요. 아주 대중적이지 못해요."

"인코퍼레이티드 공구회사는 잊어요. 강철도. 리어든 금속으로 만든 착암기 헤드를 주문하세요."

"못 합니다. 그 빌어먹을 것으로 만든 레일 때문에 얼마나 고생이 많았는데. 내 장비를 망가뜨리고 싶지 않아요."

"리어든 금속으로 만든 착암기 헤드는 강철로 만든 것보다 수명이 세 배는 길 거예요."

"어쩌면요."

"주문 넣어요."

"돈은 누가 지불하죠?"

"내가요."

"그걸 만들 사람은 누가 물색하고요?"

대그니는 리어든에게 전화를 걸었다. 그가 오래전에 폐업한 연장 공장을 찾아냈다. 그는 1시간 만에 그 공장의 마지막 소유주의 친척으로부터 그 공장을 사들였다. 그리고 하루 만에 공장 문을 다시 열었다. 그로부터 일주일 만에 리어든 금속으로 만들어진 착암기 헤드들이 콜로라도 주의 철교로 배달되었다.

대그니는 철교를 바라보았다. 그 철교는 엉성하게 해결된 문제를 보여주었으나 그냥 받아들일 수밖에 없었다. 시커먼 입을 벌린 협곡을 가로지르는 360미터 길이의 그 강철 다리는 냇 태거트의 아들 시대에 세워진 것이었다. 그래서 안전한 단계를 지난 지 오래였다. 처음에는 강철 세로보를, 그 다음에는 철 세로보를, 그 다음에는 나무 세로보를 덧대 계속 보수를 해왔지만 이제 더 이상 보수할 가치도 없었다. 대그니는 리어든 금속으로 만든 새 철교를 생각하고 있었다. 그녀는 수석 엔지니어에게 새 철교의 설계도와 견적서를 제출하라고 했다. 그가 제출한 설계는 강철 다리를 강도가 훨씬 높은 새 금속에 맞게 대충 축소해 놓은 것일 뿐이었고, 비용도 철교 건설을 포기하게 만들 정도로 어마어마했다.

"부사장님, 죄송하지만 제가 그 금속의 장점을 살리지 못했다고 하셨는데 그게 무슨 뜻인지 모르겠습니다. 이 설계는 역사상 최고의 철교들을 응용한 겁니다. 뭘 기대하셨던 겁니까?" 수석 엔지니어가 불쾌한 목소리로 말했다.

"새로운 공법이요."

"새로운 공법이라니, 무슨 말씀이신가요?"

"사람들은 구조용 강철을 갖게 되었을 때 그걸로 목조 다리를 본뜬 강철 다리를 만들진 않았죠."

대그니는 그렇게 말한 뒤 지친 목소리로 덧붙였다. "지금 있는 낡은 철교를 앞으로 5년 더 버틸 수 있게 하려면 얼마나 필요한지 예상 경비나 뽑아줘요."

그러자 수석 엔지니어가 쾌활하게 말했다. "네, 부사장님, 강철로 보강하면……"

"리어든 금속으로 보강할 거예요."

"네, 부사장님." 수석 엔지니어가 냉랭하게 대답했다.

대그니는 눈 덮인 산을 바라보았다. 뉴욕에서는 일이 힘들 때가 가끔 있었다. 그녀는 사무실에서 정신없이 일하다가도 시간을 늘릴 수 없는 것에 좌절해 일손을 놓고 멍하니 앉아 있었다. 급한 약속이 연달아 잡혀 있는 날…… 리오 노르테 건설 현장에서 일어난 비상사태에 골머리를 앓으며 한편으로는 낡아빠진 디젤기관차들과 썩어가는 화물열차들, 고장난 신호장치들, 줄어가는 수입에 대해 걱정할 때…… 초록빛이 감도는 푸른 금속 철도를 머리에 그리며 사람들을 설득할 때…… 회의 중 문득 아침에 본 뉴스가 생각나서 리오 노르테 노선 공사를 맡고 있는 토건업자에게 장거리 전화를 걸어 이렇게 말할 때. "인부들 음식을 어디서 조달하죠? 그럴 줄 알았어요. 덴버 주의 바턴 앤드 존스사가 어제 부도가 났대요. 인부들 굶기지 않으려면 지금 당장 다른 공급업체를 알아보는 게 좋겠어요." 그녀는 뉴욕 사무실 책상에 앉아 철도를 건설하고 있었고 그때는 힘들게 느껴졌다. 하지만 직접 와서 보니 철도는 잘 건설되고 있었다. 제때 완성될 수 있을 듯했다.

대그니는 거칠고 급한 발소리를 듣고 고개를 돌렸다. 한 남자가 철길을 따라 다가오고 있었다. 키가 크고 젊은 검은 머리 남자로 찬바람 속에서도 모자를 쓰고 있지 않았다. 인부들이 입는 가죽 재킷을 걸쳤지만 인부 같아 보이진 않았다. 걸음걸이가 거만할 정도로 확신에 차 있었다. 대그니는 그가 가까이 다가와서야 얼굴을 알아보았다. 엘리스 와이엇이었다. 그녀의 사무실에서 만난 후 처음 보는 것이었다.

그가 걸음을 멈추더니 그녀에게 미소를 보냈다.

"대그니, 안녕하세요." 그가 말했다.

대그니는 충격 속에서 그 두 마디 말이 의미하는 모든 것을 깨달았다. 그건 용서, 이해, 인정이었다. 그리고 경의의 표시였다.

대그니는 행복감에 어린아이처럼 웃었다.

"안녕하세요." 그녀가 손을 내밀며 말했다.

엘리스 와이엇은 보통 하는 악수보다 조금 더 오래 그녀의 손을 잡고 있었다. 그것은 계약에 합의하고 서명하는 의미와도 같았다.

"닐리에게 그라나다 고개에 2.5킬로미터 정도 방설 울타리를 새로 설치하라고 하세요. 지금 있는 것은 다 낡았어요. 또 폭설이 내리면 무너질 거예요. 그에게 회전식 제설기를 보내주고요. 그가 갖고 있는 건 뒷마당 눈도 치우지 못하는 고물이에요. 언제 폭설이 내릴지 몰라요."

대그니는 잠시 그를 바라보다가 물었다. "얼마나 자주 이렇게 하세요?"

"뭘요?"

"현장을 둘러보는 거요."

"가끔요. 시간이 날 때마다. 왜요?"

"낙석 사고가 일어나던 날 밤에도 여기 있었나요?"

"그래요."

"사고 후 신속하게 철길을 치웠다는 보고를 받고 놀랐어요. 그래서 내가 닐리를 과소평가한 모양이라고 생각했죠."

"그렇지 않아요."

"인부들의 일용품을 현장으로 공급하는 체계를 마련해 준 사람이 당신인가요?"

"그래요. 인부들이 물건 구하러 다니느라 시간을 다 허비해서요. 닐리에게 물탱크 잘 살피라고 하세요. 밤에 얼어붙기 십상이니까. 그리고 도랑 파는 기계도 새것으로 보내줄 수 있는지 알아보고요. 지금 그가 갖고 있는 건 마음에 안 들어요. 배선도 점검해야 하고."

대그니는 그를 바라보며 말했다. "고마워요, 엘리스."

엘리스 와이엇은 미소를 보내고는 다시 걸음을 옮겼다. 대그니는 그가 철교를 건너 자신의 유정탑들을 향해 긴 산비탈을 걸어 올라가는 모습을 지켜보았다.

"저 사람은 이게 자기 건 줄 알죠."

대그니는 흠칫 놀라 고개를 돌렸다. 어느새 다가온 벤 닐리가 엄지손가락으로 엘리스 와이엇을 가리키고 있었다.

"이거요?"

"철도 말입니다. 부사장님의 철도요. 아마 세상이 다 자기 건 줄 알걸요."

벤 닐리는 덩치가 크고 퉁퉁한 얼굴에 시무룩한 표정을 짓고 있었다. 그의 두 눈은 고집스러우면서도 공허했다. 그리고 흰 눈에 반사된 푸르스름한 빛 속에서 피부는 버터 색깔을 띠고 있었다.

"여긴 왜 자꾸 나타난답니까? 다른 사람들은 다 바보고 자기만 똑똑한 줄 안다니까. 잘난 척하기 좋아하는 건방진 인간 같으니라고. 도대체 자기가 뭔 줄 아는 거야?" 벤 닐리가 말했다.

"빌어먹을!" 대그니가 목소리도 높이지 않고 담담하게 말했다.

닐리는 그녀가 왜 그런 말을 했는지 알 수 없었다. 하지만 알 것 같기도 했다. 대그니는 그가 충격받지 않는 것을 보고 오히려 자신이 충격을 받았다. 그는 아무 대꾸도 하지 않았다.

대그니는 멀리 지선에 있는 낡은 객차를 가리키며 지친 목소리로 말했다. "당신 숙소로 가요. 거기 메모할 사람 있어요?"

걸음을 옮기면서 벤 닐리가 황급히 말했다. "부사장님, 침목 말인데요. 태거트 대륙횡단철도 콜먼 씨가 이미 오케이했습니다. 그는 나무껍질이 너무 많다는 말은 없었어요. 그런데 왜 부사장님은……."

"교체하라면 하세요."

2시간 동안 인내심을 발휘하며 이것저것 지시하고 설명하느라 녹초가 된 상태로 객차에서 나온 대그니는 아래쪽 울퉁불퉁한 흙길에 주차된 차를 보았다. 검은색 2인승 자동차로 반짝거리는 새 차였다. 새 차는 어디서든 흔히 볼 수 없는 놀라운 물건이었다.

주위를 둘러본 대그니는 철교 아래쪽에 서 있는 키 큰 남자를 발견하고 놀라서 숨이 막혔다. 콜로라도에서 보게 되리라곤 상상도 하지 못한 행크 리어든이었다. 그는 연필과 노트를 손에 들고 계산에 열중해 있는 듯했다. 그는 심플한 트렌치코트를 입고 챙이 비스듬히 기울어진 모자를 쓰고 있었다. 그러나 그가 입은 옷이 너무 고급스럽고 비싼 옷이라 초라한 옷을 입은 사람들 사이에서 단연 돋보였으며 옷을 너무나 자연스럽게 소화하고 있어서 더욱 시선을 끌었다.

대그니는 자신도 모르게 그에게 달려가고 있었다. 피로감이 씻은 듯 사라졌다. 그러다 문득 파티 후로 처음 만나는 것임을 깨닫고 우뚝 멈추어 섰다.

리어든이 그녀를 보고 놀라고 반가워하는 표정으로 손을 흔들며 다가왔다. 그가 미소짓고 있었다.

"안녕하세요. 현장에 처음 나왔어요?" 그가 물었다.

"다섯 번째예요. 석 달 동안."

"여기 있는 줄 몰랐어요. 아무도 말을 안 해줘서."

"당신이 언젠가는 무너질 줄 알았어요."

"무너져요?"

"참지 못하고 보러 올 줄 알았다고요. 자, 당신의 금속으로 만든 철길이에요. 어떠세요?"

리어든은 주위를 둘러보았다.

"철도업계를 떠나고 싶어지면 나에게 연락해요."

"일자리라도 주시게요?"

"언제든지요."

대그니는 잠시 그를 바라본 후 말했다. "행크, 반은 진담이군요. 내가 당신에게 일자리를 구걸한다면 당신은 좋아할 거예요. 나를 고객이 아닌 직원으로 밑에 두고 명령을 내릴 수 있으니까."

"맞아요."

대그니가 굳은 얼굴로 말했다. "당신은 철강업계를 떠나지 마세요. 난 당신을 우리 철도회사에서 써주지 않을 거예요."

리어든이 웃으며 말했다. "애쓰지 말아요."

"뭘요?"

"내가 규칙을 정한 싸움에서 이기려고 애쓰지 말라고요."

대그니는 대꾸하지 않았다. 그의 말이 준 느낌에 정신이 아찔했다. 그것은 감정이 아니라 뭐라고 표현할 수도, 이해할 수도 없는 육체적인 쾌감이었다.

"사실 난 오늘 처음 온 게 아니에요. 어제도 왔었어요." 리어든이 말했다.

"그래요? 왜요?"

"사업차 콜로라도에 온 김에 한번 둘러보려고요."

"목적이 뭔데요?"

"왜 목적이 있을 거라고 생각하나요?"

"당신은 그냥 둘러보기 위해 시간을 낭비할 사람이 아니니까요. 한 번이라면 몰라도 두 번씩이나."

리어든은 웃음을 터뜨리며 철교를 가리켰다.

"맞아요. 내 목적은 저거예요."

"저게 왜요?"

"고물상으로 보낼 때가 됐어요."

"내가 그걸 모를 것 같아요?"

"당신이 철교 보수를 위해 넣은 리어든 금속 자재 주문 명세서를 봤어요. 그건 돈 낭비예요. 고작해야 몇 년밖에 버티지 못할 임시방편에 들어가는 비용이나 리어든 금속으로 철교를 새로 만드는 데 드는 비용이나 별 차이가 없어요. 그런데 박물관 전시용으로나 써야 할 철교를 굳이 보존하려고 하는 이유를 모르겠군요."

"나도 리어든 금속으로 철교를 새로 만들 생각을 해봤어요. 우리 회사 엔지니어들한테 견적도 뽑아보게 했고요."

"견적이 얼마나 나오던가요?"

"200만 달러요."

"맙소사!"

"당신 생각은요?"

"80만."

대그니는 그를 바라보았다. 그는 흰소리를 할 인물이 아니었다. 그녀가 애써 차분한 목소리로 물었다.

"어떻게요?"

"이렇게요."

리어든이 자신의 노트를 보여주었다. 대그니는 그가 여기저기 써놓은 수많은 숫자와 몇 개의 간단한 스케치들을 보았다. 그녀는 그가 설명을 마치기도 전에 그의 계획을 이해할 수 있었다. 두 사람은 어느새 얼어붙은 목재더미에 앉아 있었지만 대그니는 다리가 거친 널빤지에 닿아 얇은 스타킹 너머로 한기가 스미는 것도 모르고 있었다. 그들은 수천 톤의 화물을 빈 공간 위로 실어나를 수 있게 해줄 노트를 머리를 맞대고 들여다보았다. 추력, 인력, 하중, 풍압 등에 대해 설명하는 리어든의 목소리가 날카롭고 투명했다. 그는 360미터 길이의 단일 트러스로 이루어진 철교를 구상하고 있었다. 그는 새로운 형태의 트러스를 고안했다. 그런 트러스는 만들어진 적도 없었고, 리어든 금속의 견고함과 가벼움을 지닌 자재가 아니면 불가능했다.

"행크, 이틀 만에 구상해낸 건가요?" 대그니가 물었다.

"아, 아뇨. 리어든 금속보다 훨씬 이전에 '구상'했어요. 교량용 강철을 만들면서 생각했죠. 내가 새로운 금속으로 만들고 싶은 여러 물건 중 철교도 포함되어 있었어요. 내가 여기 온 건 당신의 골칫거리인 저 철교를 직접 보기 위해서였고요."

대그니는 고통스런 표정으로 입을 굳게 다물고 지금까지 소모적이고 재미없는 싸움을 벌여온 대상들을 지워버리듯 한 손으로 눈을 쓱 닦았다. 그 모습을 보며 리어든이 조용히 웃었다.

"이건 대략 안을 짜본 거지만 어떻게 나올지 당신은 알 거라고 믿어요."

"행크, 내가 아는 걸 말로 다 표현할 수가 없네요."

"신경 쓰지 말아요. 나도 아니까."

"당신은 벌써 두 번째 태거트 대륙횡단철도를 구해주는군요."

"사람 심리에 그렇게까지 둔하진 않았던 것 같은데."

"무슨 뜻이죠?"

"내가 왜 태거트 대륙횡단철도를 구하는 일에 신경 쓰겠어요? 난 리어든 금속으로 철교를 만들어서 사람들에게 보여주려는 의도밖에 없어요. 그걸 모르겠어요?"

"알아요, 행크."

"리어든 금속으로 만든 레일은 안전하지 못하다고 다들 아우성이에요. 그래서 사람들을 진짜 경악시킬 물건을 만들어야겠다고 생각했죠. 리어든 금속으로 만든 철교."

대그니는 그를 보면서 순수한 기쁨에 찬 웃음을 터뜨렸다.

"아니, 왜요?" 리어든이 물었다.

"그런 상황에서 사람들에게 그렇게 반응하겠다고 생각하는 사람은 처음 봐요. 이 세상에 그런 사람은 당신밖에 없을 거예요."

"당신은 어때요? 나와 함께 철교를 만들어서 사람들을 경악시킬 생각 없어요?"

"있다는 거 아시잖아요."

"그래요. 알아요."

리어든은 눈을 가늘게 뜨고 대그니를 바라보았다. 그는 그녀처럼 웃지는 않았지만 그의 시선은 웃고 있었다.

대그니는 파티에서의 마지막 만남이 문득 떠올랐다. 그날의 기억이 도무지 믿기지 않았다. 그들은 서로를 편안하게 여겼고(약간의 어지럼증을 동반한 그 야릇한 편안함은 서로에게서만 느낄 수 있는 것임을 그들은 알고 있었다) 적의 같은 것은 느낄 수가 없었다. 대그니는 그 파티를 똑똑히 기억하는데도 리어든은 그런 일이 없었던 것처럼 행동했다.

그들은 계곡 가장자리로 걸어갔다. 그리고 시커먼 절벽 밑과 그 너머로 솟은 바위산, 와이엇 정유 유정탑들 위로 높이 뜬 해를 바라보았다. 대그니는 바람에 맞서 얼어붙은 바위에 두 발을 벌리고 서 있었다. 비록 닿지 않아도 어깨 뒤에 서 있는 그의 가슴 선을 느낄 수 있었다. 바람에 날린 그녀의 코트가 그의 다리를 때렸다.

"행크, 철교를 제때 완성할 수 있을까요? 6개월밖에 남지 않았는데."

"그럼요. 다른 어떤 형태의 철교보다 시간과 노동력이 적게 들 거예요. 기본 설계안을 만들어 당신에게 보내겠어요. 부담 가질 것 없어요. 그냥 한번 보고 할 수 있을지 결정해요. 할 수 있을 거예요. 세부 설계는 당신 회사의 대졸 엔지니어들에게 맡기면 되고."

"금속은요?"

"다른 주문은 다 제쳐두고서라도 공급하겠어요."

"그렇게 촉박한데도 가능해요?"

"내가 납품 기한을 지키지 못한 적 있어요?"

"아뇨. 하지만 요즘 돌아가는 상황을 보면 당신도 어쩔 수 없는 경우가 생길 수 있으니까요."

"지금 누구와 이야기하고 있다고 생각해요? 오런 보일?"

대그니는 웃음을 터뜨렸다.

"좋아요. 되도록 빨리 설계도를 봤으면 좋겠어요. 설계도를 보고 48시간 내로 연락드릴게요. 그리고 우리 회사의 대졸 엔지니어들은……."

그녀는 얼굴을 찌푸리며 잠시 말을 끊었다.

"행크, 요즘은 좋은 인재를 구하기가 왜 이리 힘든 거죠?"

"모르겠어요……."

리어든은 하늘을 가로질러 뻗어나간 산줄기를 바라보았다. 먼 계곡에서 가느다란 연기가 솟아오르고 있었다.

"콜로라도의 새 도시들과 공장들 봤어요?" 그가 물었다.

"네."

"대단하지 않아요? 전국 각지에서 모여든 사람들 말이에요. 다들 젊고, 적은 자본으로 시작해 산을 움직일 정도로 컸으니."

"**당신**은 어떤 산을 움직일 작정이죠?"

"왜요?"

"콜로라도에 사업차 왔다면서요."

리어든이 빙그레 웃었다.

"광산을 알아보고 있어요."

"무슨 광산이요?"

"구리."

"세상에, 지금 하는 사업들만으로도 충분하지 않나요?"

"나도 복잡한 사업이란 거 알아요. 하지만 구리 공급이 불안정해지고 있어요. 이 나라에 쓸 만한 구리회사는 하나도 남지 않은 것 같아요. 단코니아 구리사와는 거래하고 싶지 않고. 난 그 바람둥이를 믿을 수 없으니까."

"그럴 만도 하죠." 대그니는 시선을 피하며 대꾸했다.

"구리를 캐낼 유능한 사업가가 없다면 내가 직접 캐야지요. 철광석을 캔 것처럼. 공급 부족 사태를 구경만 하고 있을 순 없어요. 리어든 금속에 엄청난 양의 구리가 필요하니까."

"광산을 샀나요?"

"아직. 우선 해결해야 할 문제가 몇 가지 있어요. 인력, 장비, 운송수단을 확보해야지요."

"아……! 내게 지선을 만들어달라고 하시겠네요?" 대그니가 조용히 웃으며 말했다.

"아마도. 이 주에는 무한한 가능성이 있어요. 이곳에 온갖 천연자원이 인간의 손길을 기다리고 있다는 사실 알고 있어요? 게다가 공장들은 얼마나 빠르게 성장하는지! 난 이곳에 올 때마다 10년은 젊어지는 기분이에요."

"난 안 그래요."

대그니는 산 너머 동쪽을 바라보며 말을 이었다. "태거트 철도의 나머지 구간들을 생각하면 정반대의 기분이 들어요. 해마다 생산량이 떨어지면서 운송량도 줄고 있어요. 마치…… 행크, 나라꼴이 어떻게 되어가는 걸까요?"

"모르겠어요."

"학교에서 배운 태양이 에너지를 잃어가고 있어서 지구가 점점 차가워지고 있다는 이야기가 자꾸 생각나요. 그때 난 세상의 종말은 어떤 모습일까 궁금했었어요. 지금 생각해보니…… 이럴 것 같아요. 점점 더 추워지면서 모든 게 멈추어가는."

"난 그 이야기를 믿지 않았어요. 태양에너지가 고갈되기 전에 우리 인간이 대체에너지를 찾아낼 거라고 생각했으니까요."

"그래요? 재미있네요. 나도 그런 생각을 했었는데."

리어든은 연기 기둥을 기울였다.

"저기 우리의 새로운 태양이 뜨고 있어요. 저것이 세상을 먹여 살릴 거예요."

"멈추지만 않는다면요."

"저게 멈출 수 있다고 생각해요?"

"아뇨." 대그니는 발아래 철길을 보며 대답했다.

리어든이 미소지었다. 그도 철길을 내려다보았다. 그의 시선이 철길을 따라 산허리를 지나 멀리 있는 크레인에 닿았다. 대그니는 그의 옆얼굴과 허공 속으로 소용돌이치며 뻗은 초록빛이 도는 푸른색 레일 띠를 보며 잠시 그녀의 시야에 그 두 가지만 들어 있는 듯한 착각에 빠졌다.

"우리가 해냈어요, 안 그래요?" 리어든이 말했다.

대그니는 그동안의 모든 노력, 하얗게 지새운 밤들, 절망을 이기려는 몸부림을 이 한순간으로 보상받은 기분이었다.

"그래요. 해냈어요."

그녀는 시선을 돌리다가 측선 위의 낡은 크레인이 눈에 띄자 저 케이블들도 교체해야 한다고 생각했다. 자신이 느낄 수 있는 모든 것을 느끼는 보상을 얻은 후 그녀는 감정을 초월한 명료한 눈으로 세상을 볼 수 있었다. 두 사람은 함께 성취하고 그것을 함께 인정하며 소유했다. 사람과 사람 사이에 그보다 더 큰 친밀감을 느낄 수 있을까? 이제 그녀는 아무리 사소하고 평범한 것도 마음놓고 걱정할 수 있었다. 그녀의 눈에 들어오는 것 중에는 무의미한 것은 없으니까. 대그니는 리어든도 자신과 같은 기분일 것이라는 확신이 드는 이유가 무엇일까 궁금했다. 리어든이 갑자기 홱 돌아서더니 차를 향해 걸어갔다. 그녀도 그를 따라갔다. 그들은 서로를 보지 않았다.

"1시간 내로 동부로 떠나야 해요." 리어든이 말했다.

대그니가 차를 가리키며 물었다. "저 차는 어디서 구했어요?"

"여기요. 해먼드 제품이에요. 콜로라도의 해먼드. 이제 좋은 차를 만들어내는 회사는 그곳뿐이죠. 이번에 와서 샀어요."

"멋진데요."

"그렇죠?"

"차를 몰고 뉴욕까지 가실 건가요?"

"아뇨. 화물로 부칠 거예요. 나는 내 비행기로 왔어요."

"어머, 그래요? 난 샤이엔에서부터 차를 몰고 왔어요. 철도를 봐야 해서. 이제 되도록 빨리 집으로 돌아가고 싶어요. 좀 데려다주실래요? 당신 비행기에 같이 타면 안 될까요?"

리어든은 바로 대답하지 않았다. 대그니는 그가 잠시 망설이는 것을 느꼈다.

"미안해요." 그가 대답했다.

대그니는 그의 목소리가 무뚝뚝하게 들리는 것이 자신의 착각인지 궁금했다.

"난 뉴욕으로 안 가요. 미네소타로 가요."

"아, 그럼 일반 비행기를 타야겠네요. 오늘 가는 게 있다면."

대그니는 리어든의 차가 구불구불한 길을 달려 사라지는 모습을 지켜보았다. 그리고 1시간 후 공항에 도착했다. 황량한 산악지대의 작은 평원에 위치한 공항이었다. 곰보자국처럼 패인 자국이 있는 단단한 땅에는 군데군데 잔설이 남아 있었다. 한쪽에 공항 등대가 서 있었는데 전선이 땅에까지 늘어져 있었다. 나머지 등대들은 폭풍우에 쓰러진 상태였다. 혼자 근무 중이던 공항 직원이 나왔다.

"태거트 양. 모레까지 비행기가 없습니다. 아시다시피 대륙 횡단 여객기가 이틀에 한 번 운항하는데 오늘 올 비행기가 애리조나에서 이륙을 하지 못하고 있습니다. 늘 그렇듯 엔진 고장이죠."

직원은 안타깝다는 듯 말한 후 덧붙였다. "조금만 더 일찍 도착하셨으면 좋았을 텐데. 방금 리어든 씨께서 전용 비행기로 뉴욕으로 떠나셨거든요."

"뉴욕으로 간 게 아니잖아요."

"아뇨. 뉴욕으로 간다고 하셨는걸요."

"확실해요?"

"오늘 밤 뉴욕에서 약속이 있다고 하셨습니다."

대그니는 꼼짝 않고 서서 멍하니 동쪽 하늘을 바라보았다. 리어든이 그런 거짓말을 한 이유를 도무지 알 수 없었다. 그것을 어떻게 받아들여야 할지 판단도 서지 않았.

◆

"빌어먹을, 도로가 엉망이야! 이러다 늦겠어." 제임스 태거트가 말했다.

대그니는 운전기사 등 너머로 앞쪽을 흘낏 보았다. 진눈깨비가 녹아 흘러내리는 앞 유리에서 와이퍼가 만든 동그라미를 통해 옴짝달싹 못 하고 서 있는 검고 낡고 물기가 반짝이는 자동차 지붕들의 행렬이 보였다. 저 멀리 낮게 걸린 흐릿한 붉은 등이 도로 굴착을 알리고 있었다.

"도로마다 멀쩡한 곳이 없다니까. 왜 고치질 않는 거야?" 제임스가 짜증스럽게 뇌까렸다.

대그니는 다시 뒤로 기대앉으며 외투 깃을 여몄다. 아침 7시에 사무실 책상에서 시작된 하루가 저물어가는 중이라 피로감이 밀려들었다. 뉴욕기업위원회 만찬에서 연설을 하기로 제임스와 약속한 터라 일을 다 마치지도 못하고 집으로 달려가 옷을 갈아입어야 했다.

제임스는 그녀에게 연설을 부탁했다.

"그들은 우리가 리어든 금속에 대해 이야기해주기를 원하고 있어. 그건 나보다 네가 훨씬 더 잘할 거야. 우리가 훌륭한 사례를 제시하는 게 아주 중요해. 리어든 금속을 둘러싼 논쟁이 뜨거우니까."

대그니는 지금 오빠 옆에 앉아서 연설 요청을 받아들인 걸 후회하고 있었다. 그녀는 뉴욕의 거리를 바라보며 금속과 시간, 리오 노르테 노선 레일과 흘러가는 시간의 경주를 생각했다. 움직일 줄 모르는 차 안에 갇혀 있자니 1시간도 허투루 보내면 안 되는 때에 하루 저녁을 낭비하고 있다는 죄책감에 신경이 팽팽하게 곤두섰다.

"어딜 가나 리어든을 공격하는 소리가 들리니 그에게도 친구가 좀 필요할 거야." 제임스가 말했다.

대그니는 믿을 수 없다는 듯 그를 흘낏 보았다.

"그 사람 편을 들고 싶은 거야?"

제임스는 바로 대꾸하지 않고 잠시 후 암담한 목소리로 물었다. "전국금속산업위원회 특별위원회 보고서에 따르면…… 넌 그것에 대해 어떻게 생각해?"

"내가 어떻게 생각하는지 알잖아."

"그 보고서에 따르면 리어든 금속은 공공안전에 위협이 된대. 화학적 조성도 불량하고, 약하고, 변질되기도 쉽고, 갑자기 예고도 없이 깨질 거야……."

그는 대답을 구걸하듯 말을 멈추었다.

대그니는 대답하지 않았다. 그러자 그가 걱정스럽게 물었다.

"넌 그것에 대한 생각이 바뀌지 않은 거지, 그렇지?"

"뭐 말이야?"

"그 금속."

"그래, 안 바뀌었어."

"하지만 그들은 전문가들이야…… 특별위원회 위원들. 최고 전문가들이지……. 거대 기업체에서 일하는 최고의 야금 전문가들로 전국의 대학에서 받은 학위만도 여러 개이고······."

그 전문가들이 내린 평가를 의심할 수 있도록 도와달라고 애걸하는 듯한 말투였다.

대그니는 혼란스러운 눈으로 그를 바라보았다. 그답지 않아서였다.

차가 갑자기 움직이기 시작했다. 차는 널빤지로 만든 울타리 틈새를 천천히 빠져나가 수도관이 터져 파놓은 구덩이를 지나갔다. 구덩이 옆에 새 파이프가 쌓여 있었는데 콜로라도 스톡턴 주물회사 상표가 붙어 있었다. 대그니는 시선을 돌렸다. 콜로라도에 대한 생각은 하고 싶지 않았다.

제임스가 비참한 목소리로 말했다. "이해가 안 가······. 전국금속산업위원회 최고 전문가들이······."

"오빠, 전국금속산업위원회 회장이 누구야? 오런 보일 아니야?"

"그 뚱보 자식이 농간을······."

제임스가 고개는 돌리지 않은 채 입을 딱 벌리고 말을 하다 말았다.

대그니는 길모퉁이 가로등을 바라보았다. 빛을 가득 담은 공 모양의 유리. 폭풍우에도 끄떡없는 가로등은 널빤지를 댄 창문들과 갈라진 인도를 비추며 유일한 파수꾼 노릇을 하고 있었다. 도로 끝 강 건너의 공장 불빛에 비친 발전소가 희미하게 보였다. 트럭 한 대가 그녀의 시야를 가리며 지나갔다. 발전소에 기름을 공급하는 유조차였다. 유조차에는 진눈깨비가 스며들지 못하는 산뜻한 초록색 페인트칠이 되어 있었고, 흰색 글씨로 '콜로라도, 와이엇 정유'라고 쓰여 있었다.

"대그니, 디트로이트에서 열린 철강노조 회의에서 무슨 이야기가 있었는지 알아?"

"아니. 무슨 이야기가 있었는데?"

"신문마다 기사가 났는데, 노조원들에게 리어든 금속 다루는 일을 허용할 것인지 금지할 것인지를 놓고 논쟁을 벌였대. 결론은 내리지 못했지만 리어든 금속을 써볼 생각을 하고 있던 토건업자들의 마음을 움직이기에는 충분했지. 그 사람은 바로 주문을 취소했어!······ 만약에······ 만약에 다들 그런 결정을 내린다면?"

"그러라지."

불빛 하나가 보이지 않는 고층 건물 꼭대기를 향해 일직선으로 올라가고 있었다. 대형 호텔 엘리베이터였다. 그들이 탄 차는 그 건물 뒷골목을 지나고 있었다. 사람들이 무거운 화물상자를 트럭에서 내려 건물 지하로 옮기고 있었다. 대그니는 화물상자에 있는 이름을 보았다. '콜로라도, 닐슨 모터.'

"뉴멕시코 초등교사 모임에서 통과된 결의안도 문제야." 제임스가 말했다.

"무슨 결의안?"

"그들은 태거트 대륙횡단철도 리오 노르테 노선이 완공되면 어린이들에게 그 노선을 지나는 기차를 타게 해선 안 된다는 결의안을 내놨어. 안전하지 못하다고……. **태거트 대륙횡단철도**의 새 노선이라고 꼭 꼬집어 말했다니까. 그 기사도 신문마다 다 실렸어. 우리에겐 끔찍한 악선전이지……. 대그니, 우리가 어떻게 대응해야 한다고 생각해?"

"얼른 리오 노르테 노선을 완공해서 열차를 운행해야지."

제임스는 한참 동안 침묵을 지켰다. 그는 이상할 정도로 낙담한 표정이었다. 대그니는 그가 고소해하거나 권위자들의 의견을 내세워 자신을 공격하지 않고 오히려 확신을 애걸하는 모습이 낯설기만 했다.

그때 차 한 대가 휙 지나갔다. 대그니는 짧은 순간이었지만 그 매끄럽고 자신 있는 움직임과 반짝이는 차체에서 힘을 볼 수 있었다. 그녀는 그 차의 제조사를 알고 있었다. 콜로라도, 해먼드.

"대그니, 근데 말이야…… 우리가 그 노선을…… 제때 완공할 수 있을까?"

그의 목소리에 단순한 감정이 실려 있는 게 낯설었다. 그 감정은 동물적인 공포였다.

"제때 완공하지 못하면 이 도시는 끝장나는 거지!" 대그니가 대답했다.

  차가 모퉁이를 돌았다. 도시의 검은 지붕들 위로 흰 스포트라이트를 받은 달력이 보였다. 1월 29일.

  "댄 콘웨이는 개자식이야!"

  더 이상 참을 수 없다는 듯 갑자기 터져 나온 말이었다.

  대그니는 어리둥절해서 오빠를 보며 물었다. "왜?"

  "우리한테 피닉스-두랑고 콜로라도 노선을 안 팔겠대."

  "오빠, 설마……."

  대그니는 잠시 멈추었다가 애써 목소리를 낮추어서 물었다. "그 사람한테 그걸 사려고 한 건 아니겠지?"

  "당연히 사려고 했지!"

  "그 사람이…… **오빠한테**……그걸 팔 거라고 기대했어?"

  "왜?"

  제임스는 평소의 병적으로 호전적인 태도로 돌아갔다.

  "난 누구보다 값을 후하게 쳐주겠다고 했어. 우린 그 레일을 뜯어낼 필요 없이 그대로 사용할 수도 있었어. 그 노선을 활용하면 홍보 효과도 엄청나지. 여론을 존중해서 리어든 금속으로 만든 철도를 포기하는 거니까. 홍보 효과 면에서도 전혀 아깝지 않은 투자였어! 그런데 그 개자식이 거절했어. 태거트 대륙횡단철도에는 절대 팔지 않겠다는 거야. 그래 놓고 아칸소나 다코타의 영세한 철도회사들에게 조금씩 떼어 팔고 있어. 내가 제시한 금액보다 훨씬 낮은 가격에 손해를 보면서 말이야. 개자식! 이익을 챙길 생각도 없는 거지! 그 자식한테 사람들이 새까맣게 몰려들고 있어! 다른 곳에선 레일을 구할 수가 없으니까!"

대그니는 고개를 숙이고 있었다. 도저히 오빠를 볼 수가 없었다. 제임스가 성난 목소리로 계속 떠들었다.

"그건 과열경쟁방지 규정의 취지에도 어긋나는 거야. 전국철도연맹의 취지와 목적은 노스다코타의 지선들이 아니라 핵심 철도망을 보호하는 데 있어. 하지만 지금은 연맹 총회를 열어 그 문제를 투표에 부칠 수도 없어! 다들 댄 콘웨이에게 몰려가 레일을 사들이려고 아귀다툼을 벌이고 있으니까."

대그니는 말을 곱게 하려고 애쓰는 것처럼 천천히 말했다. "내가 리어든 금속을 옹호해주기를 바라는 이유가 그거였군."

"도대체 무슨 소린지……."

"닥쳐." 대그니가 조용히 말했다.

제임스는 잠시 침묵하더니 고개를 뒤로 젖히며 반항적으로 느리게 말했다.

"리어든 금속을 잘 옹호해야 할 거야. 버트럼 스커더가 아주 냉소적으로 나올 수도 있으니까."

"버트럼 스커더?"

"그도 오늘 밤에 연설할 거야."

"다른 연설자가 있다는 말은 안 했잖아."

"그거야…… 뭐…… 그렇다고 달라질 건 없잖아. 그 사람이 두려운 거야? 그런 거야?"

"뉴욕기업위원회 만찬에…… 버트럼 스커더를 초대했다고?"

"안 될 게 뭐 있어? 머리 잘 쓴 거 아닌가? 그는 사실 기업가들에게 반감 같은 건 없어. 그래서 초대도 받아들인 거지. 그는 넓은 마음으로 모든 의견을 듣고 싶어해. 만일 그를 우리 편으로 끌어들일 수 있다면……. 아니, 왜 그렇게 쳐다보는 거야? 넌 그를 이길 수 있어, 안 그래?"

"……이긴다고?"

"방송에서. 라디오로 중계될 예정이거든. 넌 '과연 리어든 금속은 탐욕의 치명적 산물인가?'라는 주제를 놓고 그와 논쟁을 벌일 거야."

대그니는 앞으로 몸을 기울여 앞좌석 유리 칸막이를 열고 운전기사에게 지시했다.

"차 세워요!"

그녀는 제임스의 말을 듣지 않았다. 그의 절규가 어렴풋이 들릴 뿐이었다.

"다들 기다리고 있어!…… 만찬장에 500명이나 있고 전국에 중계될 거야!…… 너 나한테 이러면 안 돼!"

그는 대그니의 팔을 잡고 외쳤다. "아니, 왜?"

"이 멍청아, 내가 그런 논쟁을 벌일 것 같아?"

차가 멈추자 그녀는 차에서 뛰어내려 마구 달렸다.

한참 후 그녀가 처음 의식한 것은 자신의 신발이었다. 그녀는 정상적으로 천천히 걷고 있었고 검은 공단 구두의 얇은 밑창으로 전해지는 얼음처럼 찬 바닥의 감촉이 이상했다. 이마에 흘러내린 머리카락을 쓸어 올리자 진눈깨비 녹은 물이 손바닥에 묻었다.

이제 그녀는 진정된 상태였다. 맹목적인 분노는 사라지고 음울한 피로감만 남아 있었다. 머리가 약간 아프고 배도 고팠다. 만찬회에서 저녁을 먹을 계획이었다. 그녀는 계속 걸었다. 아무것도 먹고 싶지 않았다. 어디 가서 커피나 한 잔 마시고 택시를 타고 집으로 돌아가야겠다고 생각했다.

대그니는 주위를 둘러보았다. 택시는 보이지 않았다. 모르는 동네였다. 좋은 동네는 아닌 것 같았다. 길 건너편의 텅 빈 공간이 보였다. 버려진 공원이었는데, 멀리 보이는 고층 건물들과 공장 굴뚝들의 들쭉날쭉한 선에 둘러싸여 있었다. 낡은 집들의 창문을 밝힌 몇 개의 불빛과 밤이 되어 문을 닫은 작고 지저분한 상점들, 두 블록 떨어진 이스트 강의 안개도 보였다.

대그니는 돌아서서 도시 중심부를 향해 걷기 시작했다.

시커먼 폐건물이 앞에 나타났다. 오래전에 버려진 사무용 건물이었다. 앙상하게 드러난 철골조와 부서진 벽돌들의 잔해 사이로 하늘이 보였다. 폐건물의 그림자 속에 마치 죽은 거목의 뿌리에서 살아남으려고 몸부림치는 풀잎처럼 보이는 작은 간이식당이 있었다. 간이식당 창문들이 유리와 빛으로 만들어진 환한 띠를 이루고 있었다. 대그니는 식당 안으로 들어갔다.

반짝이는 크로뮴 테를 두른 깨끗한 카운터가 보였다. 밝은 금속의 커피기계도 보이고 은은하게 커피 향도 났다. 카운터 자리에 부랑자처럼 보이는 사람이 몇 명 앉아 있었고, 카운터 안쪽에는 깨끗한 흰 셔츠 소매를 팔꿈치까지 걷어올린 건장한 노인이 서 있었다. 대그니는 실내의 온기에 감사하며 자신이 추위에 떨고 있었음을 깨달았다. 그녀는 검은 벨벳 망토를 꼭 여미고 카운터 자리에 앉았다.

"커피 한 잔 주세요." 그녀가 주문했다.

남자들이 아무런 호기심 없이 그녀를 쳐다보았다. 빈민가 간이식당에 파티 드레스를 입은 여자가 들어온 것을 보고도 놀랍지 않은 모양이었다. 하기야 요즘에는 무엇을 보아도 놀라는 사람들이 없었다. 주인도 무표정하게 커피를 준비했다. 그의 둔감한 무관심에는 함부로 질문을 던지지 않는 배려심이 담겨 있었다.

대그니는 네 명의 손님이 거지인지 노동자인지 구분이

안 되었다. 요즘에는 옷차림이나 태도로는 구분하기가 힘들었다. 주인이 커피 잔을 그녀 앞에 내려놓았다. 대그니는 두 손으로 잔을 감싸며 그 따뜻함을 즐겼다.

그녀는 주위를 둘러보며 습관적으로 계산을 하면서 겨우 10센트로 이렇게 많은 것을 누릴 수 있다는 게 참으로 놀랍다고 생각했다. 그녀의 시선이 커피기계의 스테인리스 스틸 통에서 주철 프라이팬으로, 그리고 유리 선반, 에나멜 싱크대, 믹서의 크로뮴 칼날로 움직였다. 주인이 토스트를 만들고 있었다. 대그니는 얇게 자른 빵들이 시뻘겋게 달아오른 전기 코일을 지나도록 천천히 움직이는 컨베이어벨트 장치를 바라보는 게 즐거웠다. 토스터에 찍힌 이름이 눈에 들어왔다. 콜로라도, 마시.

대그니는 카운터 위의 팔에 머리를 떨어뜨렸다.

"아가씨, 부질없는 짓이에요." 옆에 앉은 노인이 말했다.

대그니는 고개를 들고 흥미로운 미소를 지었다.

"그런가요?" 그녀가 물었다.

"그래요. 잊어요. 자신을 속이는 것일 뿐이니까."

"무엇에 대해서요?"

"가치에 대해서. 아가씨, 세상에 가치 있는 건 아무것도 없어요. 사람들이 당신 가슴에 잔뜩 불어넣은 꿈들을 믿지 말아요. 그럼 상처받지 않을 테니까."

"어떤 꿈들요?"

"어렸을 때 들은 인간정신에 대한 이야기들. 인간정신 같은 건 없어요. 인간은 지성도, 영혼도, 미덕도, 도덕적 가치도 갖지 못한 하등한 동물일 뿐이에요. 먹고 번식하는 두 가지 능력밖에 없는 동물."

그의 눈빛은 날카로웠고 지금은 쭈그러든 이목구비가 젊어서는 섬세했을 것 같았다. 야위고 시들긴 했지만 아직 기품이 남아 있는 얼굴이었다. 전도사였거나 이름 없는 박물관에서 묵상하며 세월을 보낸 미학 교수였을 것 같았다. 대그니는 무엇이 그를 파괴했는지, 무슨 잘못으로 저 지경이 되었는지 궁금했다.

"사람들은 아름다움, 위대함, 숭고한 성취를 추구하며 살지요. 그런데 결국 뭘 발견하나요? 실내장식이 멋진 자동차나 스프링이 내장된 매트리스를 만드는 기계들뿐이죠." 그가 말했다.

"스프링이 내장된 매트리스가 뭐가 어때서요? 아가씨, 신경 쓸 것 없어요. 말하기 좋아하는 사람이라 그래요. 나쁜 뜻으로 하는 말은 아니에요." 트럭 기사처럼 보이는 남자가 말했다.

"인간이 지닌 재능은 육체의 욕구들을 만족시키기 위한 하등한 잔꾀뿐이에요. 그런 욕구들을 만족시키는 데는 지능이 필요하지도 않아요. 인간의 정신이니 이상이니 무한한 야망이니 하는 말들은 믿지도 말아요." 노인이 말했다.

"안 믿어요." 카운터 끝자리에 앉은 청년이 말했다.

그는 한쪽 어깨가 찢어진 코트를 입고 있었고, 네모진 입매에는 인생의 쓴맛이 담겨 있었다.

"정신? 물건을 제조하는 일이나 섹스에는 정신이 들어 있지 않아요. 그런데도 사람들은 그런 것들에만 관심을 갖지. 물질. 사람들이 알거나 신경 쓰는 건 그것뿐이에요. 예컨대 우리의 문명이라는 것의 유일한 성취물인 위대한 산업들도 돼지에게나 어울리는 목적과 관심, 도덕의식을 가진 천박한 물질주의자들이 만든 거예요. 공장 조립 라인에서 10톤 트럭을 만들어내는 데는 어떤 도덕도 필요치 않아요." 노인이 말했다.

"도덕이 뭐죠?" 대그니가 물었다.

"옳고 그름을 구분하는 판단력, 진실을 보는 눈, 그것을 실천하는 용기, 선한 것에 대한 헌신, 어떤 대가를 치르고라도 선의 편에 서는 고결성. 하지만 그걸 어디서 찾지?"

청년이 냉소적으로 킬킬대며 말했다. "존 골트가 누구죠?"

대그니는 커피를 마시며 뜨거운 액체가 몸속 동맥들에 활기를 주는 듯한 쾌감을 즐기는 데만 집중했다.

"사실 난 알지." 눈이 안 보일 정도로 모자를 푹 눌러 쓴 작고 쭈글쭈글한 부랑자가 말했다.

그 말을 듣거나 그에게 주의를 기울이는 사람은 아무도

없었다. 청년은 맹목적인 강렬한 눈길로 대그니를 주시하고 있었다.

"당신은 두렵지가 않군요."

청년이 뜬금없이 그녀에게 말했다. 그 무뚝뚝하고 생기 없는 목소리에 경이가 담겨 있었다.

대그니는 청년을 보며 대답했다. "그래요. 두렵지 않아요."

"난 존 골트가 누군지 알아요. 비밀이지만, 난 알아요." 부랑자가 말했다.

"누군데요?" 대그니가 흥미 없이 물었다.

"탐험가예요. 역사상 최고의 탐험가. 젊음의 샘을 발견한 사람." 부랑자가 대답했다.

"커피 한 잔 더 줘요. 블랙으로." 노인이 카운터 너머로 잔을 내밀며 말했다.

"존 골트는 오랫동안 그 샘을 찾아다녔어요. 바다를 건너고, 사막을 지나고, 땅속 깊은 곳에 있는 잊혀진 광산들에도 내려갔어요. 그러다 산꼭대기에서 샘을 찾았지요. 그는 그 산에 오르는 데만 10년이 걸렸어요. 그 과정에서 온몸의 뼈가 부러지고 손이 다 찢어지고 가정과 명성, 사랑을 잃었지요. 그래도 그는 포기하지 않았어요. 그는 젊음의 샘물을 사람들에게 가져다주고 싶었고, 결국 젊음의 샘을 발견했어요. 하지만 영영 돌아오지 않았지요."

"왜 돌아오지 않았죠?" 대그니가 물었다.
"그 샘물을 가져올 수 없다는 것을 알았으니까요."

◆

 리어든의 책상 앞에 앉아 있는 사람은 인상도 흐릿하고 박력이라고는 도무지 찾아볼 수 없었다. 얼굴의 특징도 다른 부분들보다 좀 지나치게 큰 주먹코뿐이었다. 그의 태도는 겉으로는 온순했지만 은근히 위협적이었다. 리어든은 그가 자신을 왜 찾아온 것인지 도무지 알 수 없었다. 그는 국립과학연구소의 포터 박사였다.
 "원하는 게 뭡니까?" 리어든이 벌써 세 번째 물었다.
 "리어든 씨, 사회적 측면을 고려해달라는 겁니다. 우리가 살고 있는 시대를 주목해달라고 요청하는 겁니다. 우리의 경제는 아직 준비되어 있지 않아요." 포터 박사가 부드럽게 말했다.
 "무슨 준비요?"
 "우리 경제는 지금 극도로 불안정한 상태예요. 우리 모두 힘을 합쳐 경제의 붕괴를 막아야 합니다."
 "그래서 나보고 어쩌라는 겁니까?"
 "그런 문제들에 주목해달라는 겁니다. 리어든 씨, 나는 국립과학연구소에서 나왔어요."

"그건 아까 이미 말씀하셨고, 도대체 무슨 용건으로 오셨냐고요."

"국립과학연구소에서는 리어든 금속에 대해 호의적인 의견을 갖고 있지 않아요."

"그 이야기도 아까 했고요."

"그것도 당신이 반드시 고려해야 할 사항이 아닌가요?"

"아니요."

사무실의 넓은 창들을 통해 들어오는 빛이 약해지고 있었다. 낮이 짧았다. 리어든은 포터 박사의 뺨에 드리워진 울퉁불퉁한 코의 그림자와 자신을 바라보는 엷은 색깔의 눈을 보았다. 그 시선은 흐릿했지만 방향만은 확실했다.

"리어든 씨, 국립과학연구소는 미국 최고의 두뇌들로 이루어져 있습니다."

"그렇다고 들었습니다."

"그들에게 맞서려는 건 물론 아니겠지요?"

"맞설 겁니다."

포터 박사는 리어든이 이미 오래전에 받아들였어야 하는 불문율을 깨기라도 한 듯, 제발 도와달라고 애걸하는 눈길을 보냈다. 리어든은 도와주지 않았다.

"알고 싶은 게 그게 다입니까?" 리어든이 물었다.

포터 박사가 달래듯 말했다. "리어든 씨, 시간문제일 뿐이에요. 조금만 연기하자는 겁니다. 우리 경제가 안정을 되찾을 때까지만요. 한 2년만 기다려주면……."

리어든이 경멸 어린 웃음을 터뜨렸다.

"당신들이 원하는 게 그건가요? 내가 리어든 금속을 시장에서 거둬들이는 것? 왜죠?"

"리어든 씨, 몇 년이면 됩니다. 그럼……."

"이제 내가 한 가지 묻겠습니다. 당신네 과학자들이 리어든 금속에 대한 내 주장이 틀렸다는 결론을 내린 건가요?"

"우린 그것에 대한 입장은 밝히지 않았습니다."

"그럼 리어든 금속이 좋지 않다는 결론을 내렸나요?"

"제품의 사회적 영향력을 고려해야 합니다. 우린 국가적인 차원에서 생각합니다. 공공복지와 작금의 끔찍한 위기를 염두에 두고……."

"리어든 금속이 좋습니까, 안 좋습니까?"

"무섭게 증가하는 실업률을 고려할 때……."

"리어든 금속이 좋나요?"

"철강 공급이 절대적으로 부족한 때에 한 기업의 독주를 허용할 수는 없습니다. 다른 기업들이 경쟁에서 도태되어 무너지면 경제 불균형이……."

"내 질문에 대답 안 할 겁니까?"

포터 박사는 어깨를 으쓱했다.

"가치의 문제는 상대적인 거죠. 리어든 금속이 좋지 않다면 대중에게 물리적 위험이 되고, 좋다면 사회적 위험이 되죠."

"리어든 금속의 물리적 위험에 대해 할 말 있으면 하세요. 다른 이야기는 그만두고. 난 그런 이야기는 하지 않으니까."

"하지만 사회복지 문제는 결코……."

"그만하세요."

포터 박사는 발아래 땅이 꺼지기라도 한 듯 당황해서 어쩔 줄 몰라 하는 표정이 되었다. 잠시 후 그가 무력하게 물었다.

"그럼 당신의 주된 관심은 뭐가요?"

"시장이요."

"그게 무슨 뜻이죠?"

"리어든 금속을 필요로 하는 시장이 존재하고, 나는 그 시장을 최대한 활용할 생각입니다."

"그 시장은 좀 가설적이지 않나요? 당신의 금속에 대한 대중의 반응은 그리 고무적이지 않아요. 태거트 대륙횡단철도에서 받은 주문을 제외하고는 아직 이렇다 할 주문도……."

"대중이 리어든 금속을 좋아하지 않을 거라고 생각한다면 도대체 뭘 걱정하는 겁니까?"

"리어든 씨, 대중이 좋아하지 않으면 당신은 엄청난 손실을 입게 될 겁니다."

"그건 내가 걱정할 일이고요."

"반면에 당신이 협조적인 태도로 몇 년만 기다려준다면……."

"내가 왜 기다려야 합니까?"

"국립과학연구소에서는 현재 야금술이 처한 상황에서 리어든 금속이 등장하는 것에 찬성하지 않는다고 분명히 말씀드린 것 같은데요."

"내가 왜 그런 것에 신경 써야 합니까?"

포터 박사는 한숨을 내쉬었다.

"리어든 씨, 정말 상대하기 힘든 사람이군요."

창유리에 비친 늦은 오후의 하늘이 점점 무거워져갔다. 선이 날카롭고 반듯한 가구들 사이에서 포터 박사의 형체가 흐릿한 얼룩처럼 보였다.

"내가 당신에게 시간을 내준 것은 당신이 아주 중요한 문제로 나와 이야기하고 싶다고 했기 때문입니다. 이야기 끝났으면 그만 가주셨으면 합니다. 난 지금 몹시 바쁘니까요." 리어든이 말했다.

포터 박사가 뒤로 기대앉으며 말했다. "당신이 리어든 금속 연구에 10년을 바친 것으로 알고 있습니다. 비용이 얼마나 들었습니까?"

리어든이 그를 흘낏 쳐다보았다. 포터 박사가 왜 갑자기

화제를 돌렸는지 알 수는 없었지만 그의 목소리가 노골적인 목적의식으로 단호해져 있었다.

"150만 달러요." 리어든이 대답했다.

"얼마면 되겠습니까?"

리어든은 잠시 말문이 막혔다. 도무지 그 말을 믿을 수가 없었다.

"뭐가요?" 그가 낮은 목소리로 물었다.

"리어든 금속에 대한 모든 권리요."

"나가주시는 게 좋겠습니다." 리어든이 말했다.

"그런 태도를 보일 필요는 없어요. 당신은 사업가이니까. 난 사업적인 제안을 하고 있는 겁니다. 원하는 가격을 말해보세요."

"리어든 금속에 대한 **권리**는 팔지 않습니다."

"난 거금을 제시할 수 있는 위치에 있습니다. **정부** 돈이에요."

리어든은 꼼짝 않고 앉아 있었다. 양쪽 뺨의 근육이 잔뜩 긴장되어 있었지만 시선은 무관심했다. 그저 병적인 호기심에 이끌려 상대를 보고 있을 뿐이었다.

"리어든 씨, 당신은 사업가예요. 지금 난 당신이 무시할 수 없는 제안을 하고 있고요. 당신은 불리한 여론에 맞서 위험한 도박을 하고 있고, 리어든 금속에 투자한 돈을 모두 잃을 가능성이 높아요. 하지만 우리의 제안을 받아들이면 위험과 책임을 피하면서 당신이 앞으로 20년간 그 금속을 팔아서 얻을 수 있는 수익보다 훨씬 더 큰 금액을 바로 챙길 수 있어요."

"국립과학연구소는 과학기관이지 상업기관이 아닙니다. 그런데 뭐가 그렇게 두려운 거죠?" 리어든이 물었다.

"리어든 씨, 그건 추하고 불필요한 말입니다. 난 지금 우호적인 입장에서 논의를 이끌어가려고 애쓰고 있어요. 심각한 사안이고요."

"그런 것 같다는 생각이 들기 시작하는군요."

"우린 당신에게 백지수표를 제안하고 있어요. 더 이상 뭘 바랍니까? 금액을 말해보세요."

"리어든 금속의 권리를 파는 문제에 대해서는 이야기하고 싶지 않습니다. 더 하실 말씀이 있으면 빨리 하고 가주세요."

포터 박사는 의자 뒤로 몸을 기대며 믿을 수 없다는 듯이 쳐다보았다.

"당신의 목적이 뭡니까?"

"나요? 그게 무슨 뜻이죠?"

"당신은 돈을 벌기 위해 사업을 하는 것 아닙니까?"

"맞습니다."

"당신은 되도록 큰 수익을 내고 싶죠?"

"네."

"그럼 왜 한 번에 거금을 챙길 수 있는 기회를 마다하고 굳이 고생스럽게 톤당 몇 푼씩 남기면서 팔겠다는 겁니까? 왜?"

"**내 것**이니까요. 이 말뜻을 알아요?"

"리어든 씨, 나중에 후회하는 일이 없기를 바랍니다."

포터 박사는 한숨을 푹 쉬고 자리에서 일어서며 말했지만 목소리에는 그 반대의 뜻이 담겨 있었다.

"안녕히 가세요." 리어든이 말했다.

"국립과학연구소에서 리어든 금속을 비난하는 공식 성명을 발표할 수도 있다는 점을 미리 알려드리지 않을 수 없군요."

"그건 그쪽 자유이고요."

"그런 성명이 발표되면 당신은 더 힘들어질 거예요."

"물론 그렇겠죠."

"그 여파로……."

포터 박사는 어깨를 으쓱하며 말을 이었다. "지금은 협력을 거부하는 사람들의 시대가 아닙니다. 친구가 필요한 시대예요. 리어든 씨, 당신은 인기 있는 사람이 아닙니다."

"무슨 말을 하려는 거죠?"

"다 알 텐데요."

"몰라요."

"사회는 복잡한 구조로 이루어져 있습니다. 무수한 문제들이 가느다란 끈에 매달려 결정을 기다리고 있죠. 그 섬세한 균형 속에서 어떤 문제가 언제 결정될지, 그리고 그때 무엇이 결정적 요인으로 작용할지 아무도 몰라요. 내 말 알아듣겠어요?"

"아니요."

용광로의 붉은 불꽃이 황혼을 뚫고 솟구쳤다. 짙은 금빛을 띤 오렌지빛이 리어든의 책상 뒤 벽을 물들였다. 그 빛이 리어든의 이마 위를 천천히 가로질러 지나갔다. 그의 얼굴에는 흔들림 없는 평온함이 어려 있었다.

"리어든 씨, 국립과학연구소는 **정부** 조직입니다. 지금 의회에는 계류 중인 법안들이 있고 그것들은 언제라도 통과될 수 있어요. 요즘 기업가들은 매우 취약한 존재들이죠. 이 정도면 알아들었을 겁니다."

리어든이 일어섰다. 그는 미소짓고 있었고 모든 긴장이 풀린 듯한 모습이었다.

"아니요, 포터 박사님. 알아듣지 못했어요. 만일 알아들었다면 당신을 죽였겠죠."

포터 박사는 문을 향해 걸어가다가 우뚝 멈추더니 처음으로 인간적인 호기심이 어린 시선으로 리어든을 보았다. 리어든은 빛이 움직이고 있는 벽을 배경으로 꼼짝 않고 서 있었다. 주머니에 손을 찌른 편안한 모습이었다.

"우리끼리 얘긴데…… 이건 순전히 개인적인 호기심에

서 묻는 건데, 왜 이러는 겁니까?" 포터 박사가 물었다.

리어든이 조용히 대답했다. "말씀드리죠. 당신은 이해하지 못하겠지만요. 그 이유는 리어든 금속이 좋은 것이기 때문입니다."

◆

대그니는 모언 사장의 의중을 알 수 없었다. 어맬거메이티드 전철기&신호기 주식회사에서 갑자기 물건을 납품할 수 없다는 통보가 왔다. 대그니는 도무지 그 이유를 알 수 없었고 어맬거메이티드 측에서는 아무런 설명도 해주지 않았다.

그녀는 코네티컷으로 달려가 모언 사장을 직접 만났지만 오히려 당혹감만 더 커졌다. 모언 사장은 더 이상 리어든 금속으로 전철기를 만들지 않겠노라고 선언했다. 그는 대그니의 시선을 피하며 이유를 말했다.

"그걸 싫어하는 사람들이 너무 많아요."

"뭐 말인가요? 리어든 금속이요, 아니면 당신이 그걸로 전철기를 만드는 거요?"

"둘 다요……. 사람들이 싫어해요……. 난 문제를 일으키고 싶지 않아요."

"무슨 문제요?"

"무슨 문제든."

"리어든 금속에 대한 비방 중에 사실인 게 하나라도 있나요?"

"사실인지 아닌지 어떻게 알아요?…… 전국금속산업위원회 결의안에도……."

"당신은 평생 금속을 다뤘어요. 지난 넉 달 동안 리어든 금속을 써봤고요. 그게 당신이 지금까지 다뤄본 금속 중에 최고라는 걸 모르겠어요?"

모언은 대답하지 않았다.

"정말 모르겠어요?"

그는 시선을 외면했다.

"사실인지 아닌지 모르겠어요?"

"태거트 양, 제발! 난 사업하는 사람이에요. 힘없는 존재예요. 난 돈을 벌고 싶을 뿐이에요."

"돈을 어떻게 버는 거라고 생각하세요?"

하지만 대그니는 소용없는 짓임을 알고 있었다. 그녀는 자꾸만 시선을 피하는 모언을 보면서 폭풍우에 전화선이 끊긴 외딴 철도에서 느꼈던 소통 불가능의 절망을 맛보았다.

모언을 붙들고 입씨름을 해보아야 헛수고였다. 상대의 주장을 받아들이지도, 반박하지도 않는 사람과 무슨 대화를 나누겠는가. 대그니는 뉴욕으로 돌아오는 기차에 앉아 초조한 마음으로 지금 중요한 것은 모언이 아니라고, 전철기를 만들 사람을 찾는 일이라고 생각했다. 그녀는 전철기 제조업자들의 명단을 떠올리며 그중에서 누가 제일 설득이나 애원, 또는 뇌물을 먹이기 쉬운지 궁리했다.

대그니는 사무실에 들어서는 순간 무슨 일이 터졌음을 직감했다. 사무실 안이 이상할 정도로 고요했고, 일제히 그녀를 향한 직원들 얼굴에서 모두 그녀가 돌아오기만을 기다리고 있었음을 알 수 있었다.

에디 윌러스가 자리에서 일어나 그녀의 방을 향해 걸어갔다. 그녀가 이해하고 따라올 것을 아는 듯한 태도였다. 대그니는 그의 얼굴을 살폈다. 무슨 일인지는 몰라도 그가 너무 많이 상심하지는 말았으면 하는 심정이었다.

그녀의 방에 둘만 있게 되자 에디 윌러스가 조용히 말했다. "국립과학연구소에서 국민들에게 리어든 금속에 대해 경고하는 성명을 발표했어. 라디오에도 나왔고, 석간신문에도 실렸어."

"뭐라고 했는데?"

"대그니, 그런 얘긴 없었어!⋯⋯ 그 이야기를 한 건 아닌데, 그래도 그 이야기였어⋯⋯. 하지만 아니었어. 바로 그게 소름끼쳐."

그는 목소리를 조용하게 유지하는 데만 골몰해서 말은 통제를 하지 못하고 있었다. 난생처음 대면한 악을 부정하며 절규하는 어린아이처럼 당혹감과 분노에 차서 횡설수

설했다.

"에디, 무슨 내용이었어?"

"무슨…… 직접 읽어 봐."

에디는 대그니의 책상 위에 놓아둔 신문을 가리켰다.

"리어든 금속이 나쁘다는 이야긴 없어. 안전하지 못하다는 이야기도 없어. 그들은……."

그는 무슨 소용이냐는 듯 양손을 올렸다가 내렸다.

대그니가 기사 내용을 읽었다. "일정 기간(그 기간은 예측할 수 없지만) 심하게 사용하면 갑작스런 균열이 나타날 가능성도 있다.…… 현재로서는 알 수 없는 분자 반응의 가능성도 전혀 배제할 수 없고…… 이 금속의 장력은 분명히 증명할 수 있지만 이상 압력하에서의 반응과 관련된 문제들도 배제할 수 없다.…… 이 금속의 사용을 금지해야 한다는 주장을 뒷받침하는 증거는 없지만 이 금속의 특성에 관한 추가 연구는 가치가 있다."

에디가 천천히 말했다. "우린 이 성명과 맞서 싸울 수가 없어. 이건 대응이 불가능하니까. 철회를 요청할 수도 없어. 우리의 시험 결과를 보여주거나 뭘 증명해 보일 수도 없어. 그들은 아무 말도 하지 않았으니까. 그들은 반박당하거나 공격받을 만한 이야기는 한 마디도 하지 않았어. 겁쟁이들의 짓이지. 사기꾼이나 공갈꾼들이 하는 짓이라고. 대그니! 이게 국립과학연구소에서 한 짓이야!"

대그니는 말없이 고개를 끄덕였다. 그녀는 창문 너머 한 곳에 시선을 박은 채 서 있었다. 어두운 거리 끝에서 네온사인 불빛들이 그녀에게 짓궂게 윙크하듯 깜빡거리고 있었다. 에디가 기운을 차리고 군대식으로 보고하듯 말했다.

"태거트 주식이 폭락했어. 벤 닐리는 떠났고. 전국도로철도노동조합에서는 조합원들에게 리오 노르테 노선 건설 현장에서 일하는 것을 금했어. 제임스는 뉴욕을 떠났고."

대그니는 모자와 코트를 벗고 방을 가로질러 걸어가 천천히, 아주 신중하게 책상에 앉았다.

책상에 커다란 갈색 봉투가 놓여 있었다. 리어든 철강 마크가 찍혀 있었다.

"네가 나간 직후에 택배로 왔어." 에디가 말했다.

대그니는 봉투 위에 손을 올려놓았지만 열어보지는 않았다. 그녀는 봉투 속에 무엇이 들어 있는지 알고 있었다. 철교 설계도였다.

잠시 후 그녀가 물었다. "누구 이름으로 성명을 발표했지?"

에디는 그녀를 흘낏 보고는 씁쓸한 미소를 지으며 고개를 저었다.

"아니야. 나도 그 생각을 했어. 그래서 국립과학연구소에 장거리 전화를 걸어 물어봤어. 연구소 최고 조정관 플로이드 페리스 박사가 발표한 거야."

대그니는 아무 말도 하지 않았다.

"그래도 그렇지! 스태들러 박사는 그 연구소 책임자야. 그가 바로 그 연구소나 마찬가지라고. 분명 그 일을 알고 있었을 거야. 그가 허락했을 거라고. 만일 그의 이름으로…… 로버트 스태들러 박사 이름으로 이루어진 일이라면…… 기억나? 우리 대학 다닐 때 세상의 위대한 인물들에 대해 이야기했었잖아. 순수 지식인들……. 그의 이름도 항상 거론됐었는데……." 그가 말을 끊었다.

"대그니, 미안해. 이런 이야기해봐야 소용없다는 거 알아. 다만……."

대그니는 손으로 갈색 봉투를 누르며 앉아 있었다.

에디가 낮은 소리로 물었다. "대그니, 사람들이 도대체 어떻게 되어가고 있는 건까? 어떻게 그런 성명이 먹혀들 수 있을까? 뻔한 중상모략인데. 속이 훤히 들여다보이는 야비한 짓거리인데. 생각이 제대로 박힌 사람이라면 시궁창에 던져버릴 내용인데. 어떻게."

그의 목소리가 조용하고 절망적이며 반항적인 분노로 갈라졌다.

"어떻게 그걸 받아들일 수가 있지? 그걸 읽지도 않았나? 보지도 않았나? 생각도 안 하나? 대그니! 도대체 사람들이 그런 짓을 눈감아주는 이유가 뭐지? 우리가 이런 세상에서 어떻게 살 수 있지?"

"조용히 해, 에디. 조용. 두려워하지 마."

◆

국립과학연구소 건물은 뉴햄프셔 강가에, 하늘과 강 중간쯤에 위치한 한적한 언덕 위에 자리하고 있었다. 멀리서 보면 처녀림 속에 홀로 서 있는 기념비처럼 보였다. 그곳에는 나무도 잘 심어놓았고, 도로도 공원처럼 잘 닦여 있었으며, 몇 킬로미터 떨어진 계곡에 있는 작은 마을의 지붕들도 보였다. 하지만 세상과 멀찌감치 떨어져 품격을 유지하고 있었다.

흰 대리석 벽은 고전적인 웅장함을, 직사각형들로 이루어진 구조는 현대식 건축의 깔끔함과 아름다움을 보여주었다. 그것은 영감을 받아 지어진 건물이었다. 사람들은 강 건너편에서 국립과학연구소를 경건한 눈으로 바라보며 건물의 곧은 선처럼 고결한 성품을 지닌 한 살아 있는 인간을 위한 기념비라고 생각했다. 출입구 위 대리석에는 이런 문구가 새겨져 있었다. "두려움을 모르는 정신을 위해. 신성한 진실을 위해." 카펫이 깔려 있지 않은 조용한 복도의 문들에 수십 개의 황동 명패들이 붙어 있었고, 그중 하나에 '로버트 스태들러 박사'라고 적혀 있었다.

로버트 스태들러 박사는 스물일곱 살에 우주광선에 관

한 논문을 썼는데, 앞선 과학자들이 주장한 거의 모든 이론을 뒤집는 내용이었다. 그 뒤를 이은 과학자들은 각자의 연구 분야의 토대에서 그의 업적을 발견할 수 있었다. 그는 서른 살에 당대 최고의 물리학자로 인정받았다. 서른두 살에는 패트릭 헨리대학 물리학과 학과장이 되었는데, 그 위대한 대학이 명예에 걸맞은 수준을 유지했던 시절의 일이었다. 한 작가는 로버트 스태들러 박사에 대해 이렇게 이야기했다. "그가 연구하고 있는 우주의 현상들 중에서 로버트 스태들러 박사 자신의 두뇌처럼 기적적인 것은 아마도 없을 것이다." 그리고 로버트 스태들러 박사는 한 학생에게 이렇게 이야기했다. "자유로운 과학 연구라고? '자유로운'이란 말은 굳이 붙일 필요 없네. 과학 연구 자체가 자유로운 것이니까."

로버트 스태들러 박사는 마흔 살 때 국립과학연구소 설립을 지지하는 대국민 연설을 했다. 그는 연설에서 "과학을 돈의 법칙에서 해방시켜주십시오"라고 호소했다. 이름 없는 과학자들이 조용히 뜻을 모아 국립과학연구소 설립 법안을 힘들게 의회에 상정시켰지만 미결 상태로 남아 있었다. 대중들이 선뜻 지지해주지 않고 얼마간의 의심과 알 수 없는 불안감을 품고 주저하는 태도를 보였던 것이다. 그러던 차에 로버트 스태들러 박사가 나서자 그의 이름은 그가 연구한 우주광선처럼 어떤 장벽도 뚫을 수 있는 가공할 힘을 발휘했다. 미국이 낳은 가장 위대한 인물 중 한 사람인 그에 대한 개인적인 선물로 흰 대리석 건축물이 지어졌다.

연구소에 있는 스태들러 박사의 방은 가난한 회사의 경리 직원 사무실처럼 작고 초라했다. 가구라고는 보기 흉한 누런 떡갈나무로 만든 싸구려 책상 하나와 서류 캐비닛 하나, 의자 두 개, 수학 공식들이 적힌 칠판 하나가 전부였다. 대그니는 빈 벽에 기대어놓은 의자에 앉아 그 방이 과시적이면서도 기품이 있다고 생각했다. 과시적인 것은 방의 주인이 그런 배경에서도 빛을 발할 수 있는 위대한 인물이라는 암시를 담고 있는 듯했기 때문이었고, 기품이 느껴지는 것은 진실로 그에게는 화려한 방이 필요치 않기 때문이었다.

대그니는 스태들러 박사를 몇 번 만난 적이 있었다. 거물급 기업가들이나 공학학회에서 숭고한 명분을 내세워 마련한 연회에서였다. 두 사람 다 마지못해 그런 자리에 참석했고 대그니는 스태들러 박사가 자신과의 대화를 즐긴다는 것을 알게 되었다. 한번은 그가 "태거트 양, 난 지성을 만나리란 기대는 접고 살아요. 그런데 이런 곳에서 만나게 되다니 얼마나 놀랍고 다행스러운지 몰라요!"라고 말한 적이 있다. 그녀는 그 말을 기억하고 찾아온 것이었다. 대그니는 과학자처럼 아무런 가정도 하지 않고, 감정을 배제하고 오직 관찰하고 이해하려는 자세로 그를 바라보았다.

스태들러 박사가 쾌활하게 말했다. "태거트 양, 난 당신에게 호기심이 생겨요. 난 무엇이든 선례를 뒤엎는 것에 호기심을 느끼지요. 사실 난 손님이 찾아오는 걸 싫어해요. 그런데 당신은 이렇게 반가우니 나 스스로도 놀라지 않을 수 없군요. 허구한 날 머리가 텅 빈 사람들을 상대로 억지로 이해시키려고 애쓰다가 대화가 통하는 사람을 만난 기분이 어떤지 알아요?"

그는 밝고 스스럼없는 태도로 책상 가장자리에 걸터앉았다. 그는 키가 크지 않았고 호리호리한 몸매에서는 소년의 열정에 가까운 젊은 에너지가 느껴졌다. 야윈 얼굴은 나이를 가늠할 수가 없었다. 못생긴 얼굴이었지만 지성적인 넓은 이마와 커다란 회색 눈이 강하게 시선을 사로잡아서 다른 것은 보이지도 않았다. 눈가에는 웃음 주름이, 입가에는 고통의 주름이 보였다. 그는 오십 대 초반으로 보이지 않았다. 희끗희끗한 머리만 실제 나이를 짐작케 했다.

"당신에 대해 더 이야기해줘요. 당신이 어떻게 어울리지도 않는 중공업 분야에서 일하고 있는지, 그 사람들을 어떻게 견딜 수 있는지 늘 묻고 싶었어요." 스태들러 박사가 말했다.

"박사님 시간을 너무 많이 빼앗을 순 없어요. 제가 여기

온 건 아주 중요한 용건이 있어서예요." 대그니가 정중하고 냉정한 태도로 말했다.

스태들러 박사가 웃음을 터뜨렸다.

"역시 사업가군요. 바로 본론으로 들어가고 싶어하는 걸 보니. 좋아요. 하지만 내 시간에 대해서는 걱정하지 말아요. 얼마든지 내줄 수 있으니까. 가만 있자, 무슨 용건이라고 했더라? 아, 그래, 리어든 금속. 사실 난 그것에 대해선 잘 모르지만 그래도 내가 도와줄 일이 있다면……."

그는 얼마든지 환영한다는 뜻의 손짓을 해보였다.

"이 연구소에서 리어든 금속에 대해 발표한 성명에 대해 아시나요?"

박사는 살짝 얼굴을 찌푸렸다.

"그래요. 들었어요."

"내용은 읽어보셨나요?"

"안 읽어봤어요."

"리어든 금속의 사용을 막기 위한 것이었죠."

"맞아요, 나도 그 정도는 알고 있어요."

"그 이유를 말씀해주시겠어요?"

박사가 손을 펼쳐 보였다. 예민한 에너지와 힘을 나타내는 길고 야위고 아름다운, 매력적인 손이었다.

"나야 모르지요. 페리스 박사 소관이니까. 분명 그럴 만한 이유가 있었을 거예요. 페리스 박사를 만나보겠어요?"

"아니요. 스태들러 박사님, 리어든 금속의 야금학적 성질에 대해 아시나요?"

"아, 조금요. 그런데 왜 그 문제에 그렇게 신경을 쓰는 건가요?"

대그니의 눈에 놀라움이 스쳤다. 그녀는 냉정함을 잃지 않은 목소리로 물었다.

"제가 리어든 금속으로 만든 레일로 지선을 건설 중인데……."

"아, 그거야 알지요! 나도 그 이야기는 들었어요. 미안해요. 내가 신문을 잘 안 챙겨봐서. 당신 회사에서 그 새 지선을 건설하고 있지요?"

"저희 회사 철도의 존폐는 그 지선의 완공에 달려 있고…… 결국 이 나라의 존폐까지 그 일에 달려 있다고 생각합니다."

박사의 눈가 주름이 깊어졌다.

"태거트 양, 어떻게 그렇게 자신 있게 그런 말을 할 수 있지요? 난 못 해요."

"이 경우에 대해서요?"

"어떤 경우든. 그 누구도 나라의 장래에 대해 속단할 수는 없어요. 그건 예측 가능한 흐름이 아니라 순간의 법칙에 지배되는 혼돈이니까."

"스태들러 박사님, 나라의 존립에 생산이 꼭 필요하다고 생각하세요?"

"그야 물론이지요."

"저희 철도 지선 건설이 이 연구소에서 낸 성명 때문에 중단됐어요."

박사는 웃지도, 대답하지도 않았다.

"그 성명이 리어든 금속의 성질에 대한 박사님의 의견인가요?" 대그니가 물었다.

"읽어보지 않았다고 했잖소." 박사의 목소리가 날카로워졌다.

대그니는 가방을 열고 신문기사 스크랩을 꺼내 그에게 내밀었다.

"이걸 읽어보시고 과연 과학적인 의견이라고 할 수 있는지 말씀해주시겠어요?"

스태들러 박사는 기사를 읽은 뒤 경멸 어린 미소를 지으며 혐오스러운 듯 옆으로 던져놓았다.

"역겹지요? 하지만 사람들을 상대하려면 어쩔 수 없어요."

대그니는 그의 말을 이해하지 못하고 그를 바라보며 물었다. "박사님은 이 성명에 찬성하지 않으시죠?"

스태들러 박사가 어깨를 으쓱했다.

"내가 찬성하고 안 하고는 중요하지 않아요."

"스태들러 박사님, 리어든 금속에 대한 개인적인 결론을 내리셨나요?"

"사실 야금학은 정확히, 뭐라고 해야 하나? 내 전문 분야가 아니에요."

"리어든 금속에 관한 자료를 분석해보신 적이 있나요?"

"태거트 양, 질문의 의도를 모르겠군요."

그의 목소리에 조바심이 희미하게 깔려 있었다.

"리어든 금속에 대한 박사님의 개인적인 평가를 듣고 싶습니다."

"무슨 목적으로요?"

"언론에 내려고요."

박사가 벌떡 일어섰다.

"그건 말도 안 돼요."

대그니는 스태들러 박사의 이해를 얻기 위해 애쓰는 목소리로 말했다. "박사님께서 최종적인 판단을 내리시는 데 필요한 자료는 모두 제공해드리겠습니다."

"난 그 문제에 대해 공적인 의견을 낼 수 없어요."

"왜요?"

"쉽게 설명해줄 수 있는 상황이 아니에요. 아주 복잡해요."

"하지만 리어든 금속이 엄청난 가치를 지닌 물건이라는 사실을 알게 되면……."

"중요한 건 그게 아니에요."

"리어든 금속의 가치가 중요한 게 아니라고요?"

"사실의 문제 말고 다른 문제들도 있어요."

대그니는 자신의 귀를 의심하며 물었다. "과학은 사실의 문제에만 관심 갖는 것이 아닌가요? 도대체 다른 어떤 문제들이 있다는 거죠?"

스태들러 박사의 입가에 미소가 어리며 고통의 주름들이 선명해졌다.

"태거트 양, 당신은 과학자들의 고충을 모르고 있어요."

대그니는 말을 하면서 비로소 깨닫는 것처럼 천천히 말했다. "박사님은 리어든 금속의 실체를 알고 계세요."

스태들러 박사는 어깨를 으쓱했다.

"그래요. 알아요. 내가 알고 있는 정보만으로도 그 금속은 놀라운 물건 같더군요. 대단히 눈부신 성취예요. 기술에 관한 한은."

그는 방 안을 초조히 서성이며 말을 이었다. "사실 나도 언젠가는 리어든 금속처럼 고온에서 견딜 수 있는 특수한 실험용 모터를 주문하고 싶어요. 내가 연구하고 싶은 몇 가지 현상들을 지켜보는 데 큰 도움이 될 테니까. 입자들의 운동 속도를 빛의 속도에 가깝게 높이면……."

"스태들러 박사님, 진실을 알면서도 공개적으로 밝힐 수는 없다는 건가요?" 대그니가 천천히 물었다.

"태거트 양, 우린 지금 실제 현실의 문제를 다루고 있는

데 당신은 추상적 용어를 사용하고 있군요."

"우린 과학의 문제를 다루고 있어요."

"과학? 좀 혼동하고 있는 것 같군요. 오직 순수과학의 영역에서만 진실이 절대적 기준이 될 수 있어요. 응용과학, 즉 기술을 다루는 건 사람을 다루는 것이에요. 그리고 사람을 다룰 때는 진실 이외의 문제들도 고려해야 해요."

"어떤 문제들이요?"

"태거트 양, 나는 기술을 다루는 공학자가 아니에요. 나는 사람을 다루는 재주도 없고 그쪽으로는 취미도 없어요. 난 소위 실용적인 문제들에는 관여할 수 없어요."

"그 성명은 박사님 이름으로 발표됐어요."

"난 그것과 아무 상관도 없어요!"

"이 연구소 이름으로 나오는 것은 모두 박사님 책임이에요."

"그건 완전히 부당한 가정이에요."

"사람들은 박사님의 명성이 이 연구소의 모든 행위를 보증한다고 생각해요."

"내가 사람들의 생각까지 책임질 수는 없어요. 그들이 생각이란 걸 한다면!"

"사람들은 박사님의 성명을 받아들였어요. 거짓인데도요."

"대중을 다룰 때 어떻게 진실할 수 있겠소?"

"이해할 수가 없어요." 대그니가 아주 조용하게 말했다.

"사회적인 것에는 진실의 문제가 끼어들 수 없어요. 그 어떤 원칙도 사회에는 영향을 미칠 수 없어요."

"그럼 사람들은 무엇에 따라 행동하죠?"

스태들러 박사는 어깨를 으쓱했다.

"그때그때의 편의."

"스태들러 박사님, 우리 철도 지선 건설공사의 중단이 갖는 의미와 그 결과에 대해 말씀드려야겠군요. 역사상 최고의 레일을 사용하고 있다는 이유로, 공공의 안전이라는 미명하에 공사가 중단됐어요. 6개월 내에 그 지선을 완공하지 못하면 이 나라 최고의 공업지대에 운송수단이 끊기고 그곳은 파괴될 수밖에 없어요. 그곳이 최고의 공업지대이고, 그 일부를 차지하는 것이 자신의 편의에 맞는다고 생각하는 사람들이 있기 때문이죠."

"그건 부도덕하고 부당하고 재난과도 같은 일이지만, 그게 사회예요. 누군가는 희생당하기 마련이고 그 희생은 대개 부당하지요. 사람들과 어울려 살려면 다른 방법이 없어요. 한 개인이 뭘 어쩔 수 있겠어요?"

"박사님은 리어든 금속에 관한 진실을 발표하실 수 있어요."

스태들러 박사는 대답하지 않았다.

"저를 구하기 위해 그렇게 해달라고 애원할 수도 있어

요. 국가적인 재난을 피하기 위해 그렇게 해달라고 애걸할 수도 있고요. 하지만 그렇게 하지 않겠어요. 그것들은 이유가 될 수 없으니까요. 이유는 한 가지뿐이에요. 그것이 진실이니까 밝혀야만 해요."

"그 성명은 나와 의논하고 낸 게 아니라니까요!"

자신도 모르게 터져 나온 외침이었다.

"의논했다면 허락하지 않았을 거예요! 나도 당신 못지않게 그 성명이 싫어요! 하지만 반박 성명을 낼 순 없어요!"

"박사님께 의논을 하지 않았다고요? 그럼 그런 성명을 낸 이유를 밝혀내고 싶지 않으신가요?"

"연구소를 파멸로 몰아갈 순 없어요!"

"그 이유를 밝히고 싶지 않으시냐고요!"

"난 그 이유를 알아요! 그들은 말하려고 하지 않겠지만 난 알고 있어요. 그리고 그들을 비난할 수도 없어요."

"그 이유를 말씀해주시겠어요?"

"원한다면 말해주지요. 당신이 원하는 건 진실이니까, 안 그래요? 이 연구소 기금을 결정하는 머저리들이 결과를 내놓으라고 우기면 페리스 박사도 어쩔 수가 없어요. 그들은 추상과학이라는 것 자체를 이해하지 못해요. 그들을 위해 생산된 최신 기계로 과학을 평가하지요. 난 페리스 박사가 이 연구소를 어떻게 지켜왔는지 알진 못하지만 그의 현실적인 능력에 감탄하고 있어요. 그는 비록 일류 과학자는 못 되지만 과학의 귀중한 시종이지요! 난 그가 최근에 중대한 문제에 봉착했다는 걸 알아요. 내가 신경 쓸까 봐 내겐 비밀로 하고 있지만 나도 소문은 듣고 있으니까. 사람들은 우리 연구소가 만족할 만한 성과를 내지 못한다고 비판하고 있어요. 대중은 경제성을 요구하지요. 그들의 안락한 삶이 위협받고 있는 지금과 같은 때에 가장 먼저 희생되는 것은 과학이지요. 남아 있는 건 이 연구소뿐이에요. 이제 사설 연구재단은 사실상 한 군데도 없어요. 우리의 산업들을 이끌어가는 탐욕스런 악한들을 봐요. 과학을 지원해줄 인간들이 아니지요."

"지금 박사님을 지원해주는 건 누구죠?" 대그니가 낮은 목소리로 물었다.

스태들러 박사는 어깨를 으쓱했다.

"사회."

대그니가 힘들게 말했다. "성명을 발표한 이유를 말씀해주시기로 했죠."

"내 이야기를 들으면 그 이유를 추론해내기 어렵지 않을 거예요. 이 연구소는 13년간 야금학 연구부를 두고 2,000만 달러 이상을 썼지만 성과라곤 새로운 은식기 광택제와 부식 방지제밖에 얻지 못했고, 솔직히 그리 혁신적인 제품들도 못 돼요. 그런데 한 개인이 야금학 전체에 대변혁을 일으킬 물건을 발명해서 어마어마한 성공을 거둔다면 대중이 어떤 반응을 보이겠어요!"

대그니는 고개를 숙이고 아무 말도 하지 않았다.

스태들러 박사가 성난 목소리로 말했다. "난 우리 야금학 연구부를 비난할 생각 없어요! 그런 종류의 성과는 시간의 문제가 아니니까. 하지만 대중은 이해해주지 않을 거예요. 그럼 우리가 뭘 희생시켜야 할까요? 뛰어난 발명품 하나? 아니면 지상에 남은 마지막 과학연구소? 이 연구소는 지식의 미래라고 할 수 있어요. 둘 중 하나를 선택해야 해요."

대그니는 고개를 숙인 채 앉아 있었다. 잠시 후 그녀가 말했다.

"알겠습니다, 스태들러 박사님. 더 이상 할 말이 없군요."

스태들러 박사는 그녀가 가방을 더듬어 찾는 것을 보았다. 그녀는 자리에서 일어서는 데 필요한 동작들을 기억하려고 애쓰는 듯했다.

"태거트 양." 스태들러 박사가 조용히 불렀다.

그건 애원에 가까웠다. 대그니가 고개를 들었다. 그녀는 침착하고 공허한 표정을 짓고 있었다.

스태들러 박사가 그녀에게 가까이 다가갔다. 그는 팔로 그녀를 껴안고 싶기라도 한 듯 그녀의 머리 위 벽에 한 손을 짚었다. 그가 타이르는 듯한 부드러운 목소리로 쓰라린 진실을 전했다.

"태거트 양, 난 당신보다 인생을 더 많이 살았어요. 그러니까 내 말을 믿어요. 이 세상을 살아가는 데는 다른 방법이 없어요. 세상 사람들은 진실이나 이성을 받아들이지 않아요. 그들에겐 이성적 설득이 통하지 않아요. 정신은 그들 앞에서 무력해요. 하지만 당신은 그들을 상대해야만 해요. 뭔가를 이루려면 그들을 속여서 우리를 방해하지 못하게 만들어야 해요. 아니면 강제하거나. 그 방법 외에는 통하지 않아요. 그들이 지성적인 노력이나 정신적 목표를 지지해줄 거라고 기대해선 안 돼요. 그들은 사악한 동물들에 지나지 않으니까. 그들은 탐욕스럽고 방종하고 돈만 아는……."

"저도 돈만 아는 사람이죠." 대그니가 낮은 목소리로 말했다.

"당신은 아직 인생을 오래 살지 않아서 인간의 어리석음이 어느 정도인지 모르는 특별하고 명석한 어린아이예요. 난 평생을 인간의 어리석음과 싸웠지요. 그래서 몹시 지쳤고요……."

진심에서 우러난 목소리였다. 스태들러 박사는 천천히 그녀에게서 물러섰다.

"나도 한때는 그들이 망쳐놓은 세상의 참상을 보면서 절규했던 적이 있었지요. 난 그들에게 더 나은 삶을 사는 법을 가르쳐줄 수 있다고, 내 말에 귀 기울여 달라고 애원했지만 내 말을 듣는 사람은 아무도 없었어요. 내 말을 알아들을 수 있는 귀가 없었으니까. 지성? 그건 인간들 사이에서 어느 순간 반짝 나타났다가 이내 사라지는 아주 희귀하고 약한 섬광 같은 것이지요. 누구도 그것의 본질이나 운명에 대해 알 수 없어요."

대그니가 일어서려는 몸짓을 했다.

"태거트 양, 가지 말아요. 당신을 이해시키고 싶으니까."

대그니는 무관심한 표정으로 얼굴을 들어 그를 보았다. 그녀의 얼굴은 창백하지는 않았지만 피부가 색깔을 잃은 것처럼 이상하리만큼 윤곽이 또렷해 보였다.

스태들러 박사가 말했다. "태거트 양은 젊어요. 나도 그 나이 때는 이성의 무한한 힘을 믿었어요. 인간을 이성적인 존재로 보는 눈부신 비전을 지니고 있었지요. 하지만 그 후로 많은 것을 봤어요. 너무나 많은 환멸을 겪었고……. 그중 하나만 이야기해주죠."

스태들러 박사는 창가에 서 있었다. 밖은 어느새 어두워져 있었다. 그 어둠은 저 아래쪽 검은 강에서 피어오른 듯했다. 강 건너편 언덕에서 나온 빛들이 수면에서 흔들리고 있었다. 하늘은 아직 저녁의 짙은 푸른색을 띠고 있었다. 하늘에 낮게 걸린 외로운 별 하나가 부자연스러울 정도로 커 보였고, 하늘을 더 어두워 보이게 했다.

"패트릭 헨리대학에 있었을 때 내겐 제자가 세 명 있었어요. 똑똑한 학생들을 많이 가르치기는 했지만 그 셋은 하늘이 내린 선물 같은 존재들이었지요. 모든 선생의 꿈인 최고의 정신을 지닌 젊은 제자들. 그들은 장차 세상을 바꿀 눈부신 지성의 소유자들이었어요. 그들은 자라온 환경은 많이 달랐지만 떨어질 수 없는 절친한 사이였지요. 그들은 학과 선택도 특이했어요. 복수 전공을 했는데 나의 물리학과 휴 액스턴의 철학이었어요. 요즘에는 볼 수 없는 조합이었지요. 휴 액스턴은 위대한 정신을 지닌 뛰어난 학자였어요……. 지금 그 대학에서 그의 자리를 차지하고 있는 놀라운 인물과는 전혀 다른……. 액스턴과 난 그 세 학생을 두고 서로 좀 질투를 했어요. 우리 둘이 선의의 경쟁을 벌인 셈이지요. 우린 서로를 잘 알았으니까. 어느 날 액스턴이 그 학생들을 아들처럼 여긴다고 말하더군요. 난 좀 화가 났어요. 나도 그들을 아들처럼 여겼으니까……."

그는 돌아서서 대그니를 보았다. 이제 그의 양쪽 뺨을 가로질러 그어진 나이를 나타내는 주름들이 보였다. 그가 말했다.

"내가 이 연구소 설립을 지지하자 그 셋 중 한 학생이 나를 저주했어요. 그 후로는 그 학생을 볼 수 없었지요. 처음 몇 년 동안은 그것 때문에 괴로웠어요. 그 학생이 옳았던 건 아닐까 하는 생각도 가끔 했고……. 그 일은 잊은 지 오래이지만."

스태들러 박사는 미소를 지었다. 이제 그의 미소와 얼굴에는 고통만이 남아 있었다.

"그 세 학생들. 지성이 제공한 모든 희망을 지녔고 눈부신 미래를 보장받았던 그들……. 그 셋 중에서 프란시스코 단코니아는 타락한 바람둥이가 됐고, 라그나르 다네스쾰은 해적이 됐어요. 인간정신의 약속은 끝난 거지요."

"나머지 한 사람은 누구였죠?" 대그니가 물었다.

스태들러 박사는 어깨를 으쓱했다.

"그 친구는 그런 악명조차 떨치지 못했어요. 종적도 없이 사라졌지요. 거대한 익명의 늪에 빠져버린 거지요. 어디서 경리 보조 노릇이나 하고 있겠지요."

◆

제임스 태거트가 외쳤다. "그건 거짓말이야! 난 도망치지 않았어! 아파서 온 거라고. 닥터 윌슨한테 물어봐. 일종의 감기야. 닥터 윌슨이 증명해줄 거야. 그런데 내가 여기 있는 건 어떻게 알았지?"

대그니는 방 한가운데 서 있었다. 그녀의 코트 깃과 모자챙에서 눈송이들이 녹고 있었다. 그녀는 주위를 둘러보며 마음의 여유만 있었다면 슬픔이라고 인정했을 기분을 느꼈다.

그곳은 허드슨 강가 태거트 저택에 있는 방이었다. 제임스가 그 집을 물려받았지만 그는 거의 발걸음도 하지 않았다. 어렸을 때 아버지의 서재였던 방이었다. 제임스가 그 방을 쓰고 있었지만 아무도 살지 않는 것 같은 황량한 분위기였다. 의자들은 두 개를 제외하고는 모두 덮개를 씌워 놓았고 벽난로에는 불기가 없었다. 전기히터의 열기는 쓸쓸한 느낌을 주었고 전선이 뒤엉킨 채 바닥에 늘어져 있었다. 그리고 유리를 깐 책상 위에는 아무것도 없었다.

제임스는 수건을 목도리처럼 두르고 소파에 누워 있었다. 그의 옆에 있는 의자 위에는 담배꽁초가 수북한 재떨이가 놓여 있었고 바닥에는 위스키 병과 찌그러진 종이컵, 이틀 지난 신문이 널려 있었다. 벽난로 위에는 먼 철교를 배경으로 서 있는 할아버지의 전신 초상화가 걸려 있었다.

"오빠, 입씨름할 시간 없어."

"그건 네 아이디어였어! 그러니까 이사회에서 네 아이디어였다고 인정해줘. 그 빌어먹을 리어든 금속 때문에 이렇게 된 거라고! 오런 보일이 납품할 때까지 기다렸으면……"

면도도 하지 않은 그의 얼굴에는 여러 감정이 뒤엉켜 있었다. 공포, 증오, 승리감, 희생자에게 분풀이하는 속 시원함…… 그리고 도움을 얻고 싶어하는 조심스럽고 애원 어린 눈빛.

그가 자신 없이 말꼬리를 흐렸지만 대그니는 아무 대꾸도 하지 않았다. 그녀는 코트 주머니에 손을 찌른 채 말없이 그를 바라보고 있었다.

그가 한탄했다. "이제 우린 할 수 있는 게 아무것도 없어! 워싱턴에 전화해서 정부가 비상사태를 핑계로 피닉스-두랑고 노선을 압수해 우리에게 넘기도록 손을 써달라고 했지만 그건 논의조차 할 수 없대! 어리석은 선례를 남기게 될까 봐 두려워서 반대하는 사람들이 너무 많대!…… 우리가 시간을 벌 수 있도록 전국철도연맹을 움직여서 댄 콘웨이가 1년 더 철도를 운행할 수 있도록 기한을 연장해주게 했는데 그가 거절했어! 그래서 콜로라도에 있는 엘리스 와이엇과 그 친구들에게 워싱턴에 압력을 넣어 콘웨이에게 철도를 계속 운행하라는 명령을 내리게 만들라고 했더니 그 개자식들이 싫다는 거야! 자기들이 우리보다 더 몸이 달아야 하는데, 이대로 가다간 다 망해버릴 텐데……. 그런데도 싫대!"

대그니는 피식 웃고는 아무 말도 하지 않았다.

"이제 더 이상 방법이 없어! 우린 진퇴양난이야. 그 지선을 포기할 수도 없고 완공할 수도 없어. 중단할 수도, 계속할 수도 없다고. 우린 돈도 없어. 모두 우릴 피할 거야! 리오 노르테 노선이 없다면 우리에게 뭐가 남겠어? 그런데 우린 그 노선을 완공할 수가 없어. 우린 보이콧 당할 거야.

블랙리스트에도 오르고. 철도노동조합에서 우리를 상대로 소송을 걸 거야. 그런 법이 있으니까. 우린 그 노선을 완공할 수 없어! 제기랄! 이제 어쩌면 좋지?"

그녀는 잠시 기다렸다가 냉담하게 물었다. "다 끝났어? 그럼 앞으로 우리가 어떻게 해야 할지 말해주지."

제임스는 무거운 눈꺼풀 아래에서 그녀를 올려다보며 침묵을 지켰다.

"이건 제안이 아니라 최후통첩이야. 그냥 듣고 받아들여. 난 리오 노르테 노선을 완공할 거야. 태거트 대륙횡단철도가 아니라 나 개인으로. 부사장 자리는 잠시 휴직하고 내 이름으로 회사를 만들 거야. 이사회에서는 리오 노르테 노선을 나한테 넘겨주기만 하면 돼. 내가 직접 공사를 맡을 거야. 돈도 내가 알아서 끌어오고. 내가 전부 책임지고 제때 완공시킬 거야. 리어든 금속으로 만든 레일이 안전하다는 게 입증되면 리오 노르테 노선을 태거트 대륙횡단철도에 넘기고 내 자리로 돌아가겠어. 내 말은 그게 다야."

제임스는 침실용 슬리퍼를 신은 발을 흔들며 조용히 그녀를 바라보았다. 대그니는 인간의 얼굴에 어린 희망이 추하게 보일 수 있으리라고는 상상도 하지 못했는데 지금 제임스에게서 그 모습을 보고 있었다. 교활함이 섞인 추한 희망. 대그니는 이런 순간에도 동생을 속일 궁리부터 하는 오빠를 보고 있을 수가 없어서 그에게서 시선을 돌렸다.

"그럼 그동안 태거트 대륙횡단철도는 누가 운영하지?"

뜻밖에도 그가 걱정스런 목소리로 처음 한 말이었다.

대그니는 조용히 웃었다. 그 씁쓸한 웃음이 늙은이 웃음처럼 들려서 그녀 자신도 깜짝 놀랐다.

"에디 윌러스." 그녀가 말했다.

"아, 안 돼! 에디는 안 돼!"

대그니는 다시 우울한 웃음을 터뜨렸다.

"그런 일에는 오빠가 나보다 똑똑한 줄 알았는데. 에디는 부사장 대리 역할을 할 거야. 내 책상에 앉아서. 오빠는 누가 태거트 대륙횡단철도를 운영할 거라고 생각해?"

"하지만 어떻게……."

"난 비행기로 에디의 사무실과 콜로라도를 오갈 거야. 장거리 전화도 이용할 거고. 지금까지 해오던 대로 할 거야. 달라지는 건 없어. 오빠가 친구들에게 쇼를 해야 한다는 것과…… 내가 조금 더 힘들어지는 것 말고는."

"무슨 쇼?"

"알면서 그래. 난 오빠와 이사들이 어떤 게임을 벌이고 있는지 전혀 몰라. 여기저기 얼마나 많은 줄을 대놓고 기회를 엿보고 있는지, 얼마나 여러 개의 얼굴을 갖고 있는지…… 난 그런 거 알지도 못하고 알고 싶지도 않아. 오빠와 이사들은 내 뒤에 숨으면 돼. 리어든 금속 때문에 위협을 느끼는 친구들과 사이가 벌어질까 봐 걱정되면 오빠는 리오 노르테 노선 공사와 아무 관련이 없다고 그들에게 말해. 다 내가 하는 짓이라고. 그들이 나를 저주하고 욕하면 옆에서 거들어도 돼. 오빠와 이사들은 모험을 걸거나 적을 만들 필요가 없어. 내가 하는 일을 방해만 하지 않으면 돼."

제임스가 천천히 말했다. "그야…… 물론 거대 철도회사의 정책에는 복잡한 문제들이 많이 얽혀 있지만……, 한 사람 이름으로 된 작은 독립 업체라면 간단히……."

"그래, 오빠. 그거야. 나도 다 알아. 오빠가 리오 노르테 노선을 나에게 넘긴다고 발표하는 순간 태거트 주식은 다시 오를 거야. 큰 회사를 뜯어먹으려고 이 구석 저 구석에서 기어 나오던 빈대들도 물러날 거고. 그들이 나를 어떻게 공략할지 결정하기 전에 난 공사를 마칠 거고. 난 오빠와 이사들의 허락을 얻어내기 위해 설명하고 입씨름하고 싶지 않아. 그 일을 해내려면 그럴 시간이 없어. 그래서 나 혼자 할 작정이야."

"그리고…… 만약 네가 실패한다면?"

"실패하면 나 혼자 무너지는 거지."

"그럴 경우 태거트 대륙횡단철도는 너에게 아무런 도움도 될 수 없다는 거 알고 있지?"

"알아."

"우리한테 기대지 않을 거야?"

"응."

"네 행동이 우리의 명성에 영향을 미치지 않게 우리와의 모든 공식적인 관계를 끊을 거야?"

"응."

"만약 실패하거나 사회적 물의를 일으킬 경우…… 휴직이 아니라 완전히 퇴사하고…… 부사장 자리로 돌아오지 않는다는 합의도 이루어져야 할 것 같은데."

대그니는 잠시 눈을 감았다가 대답했다. "좋아. 그럴 경우 돌아가지 않겠어."

"리오 노르테 노선을 너에게 넘기기 전에 그 노선이 성공할 경우 우리에게 다시 원가로 넘긴다는 서면 계약서가 필요해. 그렇지 않으면 우리에게 그 노선이 필요하다는 점을 악용해 네가 횡재를 노릴 수도 있으니까."

대그니는 잠시 충격을 받는 눈빛이었지만 이내 자선이라도 베풀 듯 무관심하게 말했다.

"좋아. 계약서에 그렇게 써."

"그리고 네 임시 후임자는……."

"응?"

"진짜로 에디 윌러스를 그 자리에 앉히고 싶은 건 아니지?"

"진짜로 그러고 싶은데."

"하지만 에디는 부사장 **대리** 노릇도 못 해! 존재감도 없고 태도며……."

"에디는 자신의 일과 내 일을 알아. 내가 뭘 원하는지도 알고. 나는 에디를 신뢰해. 난 에디와 함께 일할 수 있어."

"우리 회사의 뛰어난 젊은 인재들 중에서 뽑는 게 낫지 않을까? 집안도 좋고 세련되고……."

"에디 윌러스로 해."

제임스는 한숨을 쉬었다.

"좋아. 단…… 그 문제는 신중하게 처리해야 해. 뒤에서 태거트 대륙횡단철도를 운영하는 사람이 너라는 의심을 사면 안 되니까. 그 사실은 아무도 알게 해서는 안 돼."

"어차피 다들 알게 될 거야. 하지만 공개적으로는 아무도 인정하지 않을 테니 모두 만족할 거야."

"그래도 겉보기에는 그럴듯하게 위장해야지."

"물론이지! 오빠가 원한다면 길에서 만나도 모르는 척해도 돼. 오빠는 나를 모르는 사람이라고 하고, 나는 태거트 대륙횡단철도라는 회사는 들어본 적도 없다고 하는 거지."

제임스는 바닥을 내려다보며 생각에 잠겨 있었다.

대그니는 돌아서서 창문 밖 풍경을 바라보았다. 희끄무레한 겨울 하늘이 보였다. 저 아래 허드슨 강가에 프란시스코의 차가 오나 살펴보던 도로가 있었다. 프란시스코와 뉴욕의 고층 건물들을 바라보던 절벽도 보였다. 숲 너머에는 록데일 역으로 이어지는 오솔길들이 있었다. 눈이 대지를 덮고 있어서 눈을 뚫고 하늘을 향해 뻗은 가느다란 나뭇가지들만 보였다. 마치 그녀의 기억 속 풍경의 뼈대만 남아 있는 듯했다. 온통 잿빛과 흰빛인 풍경은 마치 한 장의 사진 같았다. 추억을 위해 소중히 간직하지만 아무것도 되살릴 수 없는 죽은 사진.

"이름은 뭐라고 지을 건데?"

대그니는 흠칫 놀라 돌아섰다.

"뭐?"

"네 회사 이름은 뭐라고 지을 거냐고."

"아…… 대그니 태거트 철도라고 하지 뭐."

"그렇지만…… 그게 현명한 결정일까? 오해를 살 수도 있는데. **태거트**란 이름이 들어가면……."

대그니가 지쳐서 화를 냈다. "그럼 뭐라고 지었으면 좋겠어? 미스 무명 철도? 마담 에스 철도? 존 골트 철도?"

그러더니 갑자기 차갑고 위험한 미소를 지었다.

"그걸로 하자. 존 골트 철도."

"맙소사, 안 돼!"

"돼."

"하지만 그건…… 허접한 속어에 지나지 않아!"

"맞아."

"그런 중대한 사업을 농담거리로 만들면 안 돼! 그건 너무 천박하고…… 품위 없는 짓이야!"

"그래?"

"아니, 도대체 왜 그런 이름을 붙이겠다는 거야?"

"오빠처럼 다른 사람들도 모두 충격을 받을 테니까."

"넌 그런 장난치는 사람이 아니잖아."

"이번엔 그래 보려고."

제임스가 미신을 믿는 사람처럼 잔뜩 소리를 낮추어 말했다. "대그니, 그건 말이야…… 불길한 이름이야……. 그 이름의 의미는……."

그는 말꼬리를 흐렸다.

"그 이름의 의미가 뭔데?"

"몰라. 하지만 사람들이 그 이름을 입에 올리는 경우는 어떤 감정 상태일 때냐 하면……."

"두려움? 절망? 무의미함?"

"그래…… 바로 그거야."

제임스는 대그니가 분노 어린 눈을 반짝이며 처음으로 즐거운 표정을 짓자 그만 입을 다물어야겠다고 생각했다.

"존 골트 철도란 이름으로 모든 서류를 꾸며." 대그니가 말했다.

제임스는 한숨지으며 말했다. "할 수 없지. **네** 회사니까."

"아무렴!"

제임스는 놀라서 동생을 흘낏 쳐다보았다. 대그니는 부사장의 품위를 버리고 행복하게 막노동꾼 행세를 하고 있었다.

"서류와 법적인 문제에는 어려움이 따를 수도 있어. 허가를 받으려면……."

대그니가 그를 향해 홱 돌아섰다. 그녀의 얼굴에는 아직 밝고 격렬한 표정이 남아 있었다. 하지만 즐거운 얼굴은 아니었고 웃음기도 없었다. 이제 그녀의 표정은 원초적인 느낌을 주었다. 제임스는 다시는 그런 표정을 보지 않았으면 좋겠다고 생각했다.

"잘 들어, 오빠." 대그니가 말했다.

제임스는 인간이 그런 목소리를 내는 걸 들어본 적이 없었다.

"이 거래에서 오빠가 해줄 일이 하나 있는데, 꼭 해주는 게 좋을 거야. 워싱턴 정치가들은 끌어들이지 마. 그들을 통해 필요한 허가, 인가, 특허는 다 받아내되 그들이 나를 방해하지 못하게 해. 만일 방해하려고 하면…… 오빠, 우리의 조상 냇 태거트가 사업 허가를 취소시키려는 정치가를 죽였다는 소문 들었지? 냇 태거트가 진짜 살인을 저질렀는지, 소문일 뿐인지는 나도 몰라. 하지만 이 말은 할 수 있어. 만일 할아버지가 살인을 저질렀다면 난 그 기분을 충분히 이해할 수 있어. 만일 소문일 뿐이라면 내가 대신 나서서 가문의 전설을 완성시킬 수도 있어. 진심이야."

◆

　프란시스코 단코니아가 그녀의 책상 앞에 앉아 있었다. 그는 멍한 얼굴이었다. 대그니가 사업적인 만남에 어울리는 분명하고 냉정한 어조로 자신이 철도회사를 만들게 된 경위와 목적에 대해 설명하는 내내 그는 멍한 얼굴을 하고 있었다. 그는 아무 말 없이 듣기만 했다.

　대그니는 그가 그렇게 진이 빠진 듯한 수동적인 얼굴을 하고 있는 걸 본 적이 없었다. 그의 얼굴에는 조롱도, 즐거움도, 적의도 없었다. 그는 이 순간에 속해 있지 않고 닿을 수 없는 세계에 존재하는 듯했다. 하지만 두 눈은 그녀를 주의 깊게 바라보고 있었고 그녀가 생각하는 것 이상을 보는 듯했다. 대그니는 그의 눈이 한쪽 면에 특수 반사 코팅을 해서 안에서는 밖이 보이지만 밖에서는 안을 볼 수 없는 유리 같다고 생각했다.

　"프란시스코, 이곳으로 와달라고 한 건 사무실에 있는 내 모습을 보여주고 싶어서였어. 내가 사무실에 있는 모습 한 번도 못 봤잖아. 예전의 너였다면 나의 이런 모습에서 커다란 의미를 발견했을 텐데."

　프란시스코는 천천히 눈을 움직여 사무실을 둘러보았다. 벽의 장식이라고는 세 가지밖에 없었다. 태거트 대륙횡단 철도 노선도, 냇 태거트의 동상을 제작할 때 모델이 되었던 초상화, 그리고 커다란 철도 달력(밝고 조잡한 색깔들로 이루어진 그 달력은 매년 그림만 바꿔서 태거트 철도역마다 걸어놓는 것으로 대그니의 첫 일터였던 록데일 역에도 걸려 있었다).

프란시스코가 자리에서 일어나며 조용히 말했다. "대그니, 너를 위해서 하는 말인데……"

그는 겨우 감지할 수 있을 정도로 잠깐 망설인 뒤 말을 이었다. "내게 조금이라도 연민이 있다면 네가 지금 하려는 부탁을 하지 마. 하지 마. 그리고 지금 나를 보내줘."

도무지 그답지 않은 말이었다. 잠시 후 대그니가 물었다. "왜지?"

"대답할 수 없어. 어떤 질문에도 대답할 수 없어. 그 문제에 대해 이야기하지 않는 게 최선인 이유 중 하나가 그거야."

"내가 무슨 부탁을 하려고 하는지 알고 있다는 거야?"

"응."

대그니의 시선이 너무나 간절한 질문을 담고 있어서 그는 이렇게 덧붙이지 않을 수 없었다. "내가 그 부탁을 거절하리란 것도 알고."

"왜?"

프란시스코는 이런 상황을 예견하고 있었고 피하고 싶었다는 듯 두 손을 펼쳐 보이며 우울한 웃음을 지었다.

대그니가 조용히 말했다. "프란시스코, 그래도 부탁해야겠어. 그게 내가 할 일이니까. 그 다음은 너에게 달려 있지만. 어쨌든 난 최선을 다해보고 싶으니까."

프란시스코는 계속 서 있었지만 동의의 뜻으로 고개를 까딱하며 말했다. "정 그렇다면 들어주지."

"리오 노르테 노선을 완공하려면 1,500만 달러가 필요해. 내가 갖고 있던 태거트 주식을 팔아서 700만 달러는 확보했어. 그 이상은 구할 수가 없어. 내가 만들 회사 이름으로 800만 달러 상당의 채권을 발행할 생각이야. 그 회사채를 사달라고 너를 부른 거야."

프란시스코는 대답하지 않았다.

"프란시스코, 난 지금 거지처럼 네게 돈을 구걸하고 있는 거야. 난 사업에선 구걸이 있을 수 없다고 생각해왔어. 사업상의 거래란 가치와 가치를 교환하는 것이고, 상대에게 내놓을 것이 있어야 한다고 믿었으니까. 비록 지금 이렇게 구걸하고 있지만 그런 믿음에는 변함이 없고, 사람들이 어떻게 다른 방식의 거래를 하며 존재할 수 있는지 이해할 수 없어. 모든 객관적 사실을 근거로 판단하건대 리오 노르테 노선은 미국 최고의 철도가 될 거야. 모든 알려진 기준으로 판단하건대 최고의 투자이고. 그런데 바로 그 점이 내 발목을 잡고 있어. 사람들에게 훌륭한 사업을 제안하는데 돈을 끌어모을 수가 없어. 그 사업이 훌륭하다는 이유로 사람들이 투자를 거부하니까. 내 회사 채권을 사겠다는 은행이 없어. 그래서 너에게 제공할 것 없이 구걸만 하게 된 거야."

대그니는 냉정하고 정확한 목소리로 자신의 뜻을 전한 뒤 프란시스코의 대답을 기다렸다. 하지만 프란시스코는 침묵을 지켰다.

"난 너한테 내놓을 게 없어. 그래서 투자라는 말은 못 하겠어. 넌 돈 버는 데는 관심이 없어. 이미 오래전에 사업에 흥미를 잃었으니까. 그러니까 공정한 거래라고 하진 않겠어. 구걸이야."

대그니는 숨을 들이쉰 뒤 덧붙였다. "너에게는 아무 의미 없는 일일 테니 그냥 자선을 베푼다고 생각해줘."

"그만." 프란시스코가 낮은 목소리로 말했다.

대그니는 그 이상한 목소리가 고통인지 분노인지 알 수 없었다. 그가 눈을 내리깔고 있었다.

"프란시스코, 그래주겠어?"

"아니."

잠시 후 대그니가 말했다. "너를 부른 건 네가 동의해줄 거라고 생각해서가 아니라 내 말을 이해할 수 있는 사람이 너뿐이기 때문이었어. 그래서 노력은 해봐야겠다고 생각했던 거야."

그녀는 자신의 감정을 들키지 않으려는 듯 목소리를 낮게 깔았다.

"있잖아, 난 네가 진짜 떠났다고 믿을 수가 없어……. 네가 아직 내 말을 들을 수 있다는 걸 아니까. 너의 삶은 타락했지만 네 행동은 그렇지 않아. 네 말도……. 그래서 노력은 해봐야겠다고 생각했지……. 하지만 이제 더 이상은 널 이해하려고 애쓸 수가 없어."

"내가 힌트를 하나 주지. 모순은 존재하지 않아. 모순에 부딪히면 자신의 전제들이 맞는지 확인해봐. 그럼 하나는 틀렸다는 걸 발견하게 될 거야."

대그니가 속삭이듯 말했다. "너에게 무슨 일이 있었던 건지 왜 말해주지 않는 거야?"

"지금 그걸 말해주면 그냥 의구심만 품고 있는 것보다 더 큰 상처를 받게 될 테니까."

"그렇게 지독한 일이야?"

"그 답은 너 스스로 찾아야 해."

대그니는 고개를 저었다.

"너에게 뭘 내놓아야 할지 모르겠어. 이제 네게 가치 있는 것이 뭔지 모르겠어. 거지도 반대급부를, 도와주고 싶은 이유를 제공하잖아. 한때 넌…… 성공에 아주 큰 가치를 두었지. 사업적 성공. 우리가 그런 이야기했던 거 기억해? 넌 아주 엄격했지. 내게 많은 걸 기대했어. 나에게 그 기대에 부응해서 살라고 했지. 난 그렇게 했고. 넌 내가 태거트 대륙횡단철도에서 어디까지 올라갈 수 있을지 궁금해했어."

대그니는 손을 들어 사무실을 가리켰다.

"난 여기까지 올라왔어. 그래서 생각했지⋯⋯. 네가 옛 날에 소중히 여겼던 가치들을 추억하는 것이 아직 의미가 있다면⋯⋯ 그저 재밋거리나 잠깐의 슬픈 감상으로라 도⋯⋯ 무덤에 꽃을 놓는 것 같은⋯⋯ 그렇다면 추억이라 는 이름으로⋯⋯ 내게 돈을 주고 싶을지도 모른다고."

"아니."

대그니가 힘들여 말했다. "그 정도의 돈은 네게 아무것 도 아니잖아. 넌 그 정도의 돈은 무의미한 파티들에 써버 리고⋯⋯ 산세바스티안 광산엔 그보다 많은⋯⋯."

프란시스코가 시선을 들었다. 대그니를 똑바로 쳐다보 는 그의 눈에 처음으로 살아 있는 반응이 나타났다. 밝고 무자비하고 믿지지 않을 정도로 당당한 표정이었다. 대그 니의 비난이 힘을 준 듯했다.

그의 생각에 답하듯 대그니가 천천히 말했다. "오, 그래, 나도 알아. 난 그 광산 때문에 널 저주했어. 널 비난하고 경멸이란 경멸은 다 퍼부었지. 그래 놓고 지금 너에게 돈 을 구걸하고 있어. 제임스처럼. 거지처럼. 그래, 네가 이긴 거야. 나를 마음껏 비웃고 경멸해도 좋아. 어쩌면 그걸 반 대급부로 제공할 수도 있겠군. 네가 원하는 게 재밋거리라 면, 제임스와 멕시코 정치가들이 굽실거리는 걸 즐겼다면 나를 그렇게 만드는 것도 즐겁지 않을까? 기쁘지 않을까? 내가 너에게 졌다고 인정하는 걸 듣고 싶지 않아? 내가 네 앞에서 굽실거리는 걸 보고 싶지 않아? 어떤 걸 원하는지 말만 해. 그대로 해줄 테니까."

프란시스코가 번개같이 움직여서 대그니는 그가 어떻게 움직이기 시작했는지도 알 수 없었다. 다만, 첫 동작이 몸서리치는 것처럼 느껴졌을 뿐이다. 그는 책상을 돌아와서 그녀의 한 손을 잡아 자신의 입술로 가져갔다. 처음에는 그녀에게 힘을 주기 위한 목적인 듯한 엄숙한 존경의 몸짓으로 시작되었지만 그녀의 손에 입을 맞추고 있는 동안에는 그 자신이 그 행동에서 힘을 얻으려 애쓰고 있는 듯했다.

그는 대그니의 손을 놓고 그녀의 놀란 눈을 내려다보며 미소지었다. 그는 그 미소에 고통과 분노, 애정이 담겨 있음을 굳이 감추려 하지 않았다.

"대그니, 굽실거리고 싶어? 넌 그 말의 의미를 모르고 앞으로도 영원히 모를 거야. 굽실거린다고 솔직하게 인정하고 굽실거리는 사람은 없어. 네가 나에게 구걸하는 게 네가 할 수 있는 가장 용감한 행동이라는 사실을 내가 모를 것 같아? 그렇지만…… 대그니, 나에게 부탁하지 마."

"내가 너에게 의미 있는 존재였다면…… 아직 네 마음에 내가 조금이라도 남아 있다면……." 대그니가 속삭였.

그녀는 프란시스코를 바라보았다. 프란시스코의 표정이

둘이 마지막 밤을 보낼 때 침대에 누워 도시의 불빛을 배경으로 지었던 표정이라고 생각한 순간 그에게선 들어본 적 없는 외침이 들렸다.

"내 사랑, 난 못 해!"

두 사람은 충격에 빠져 말없이 서로를 바라보았다. 대그니는 프란시스코의 얼굴이 변하는 모습을 보았다. 마치 스위치라도 올린 듯 갑작스러운 변화였다. 그는 웃음을 터뜨리며 그녀에게서 물러서더니 너무나 태연해 귀에 거슬리는 목소리로 말했다.

"말이 잘못 나왔군. 숱한 여자들에게 그런 표현을 쓰다 보니. 지금과는 좀 다른 상황들이었지만."

대그니는 고개를 떨군 채 프란시스코의 시선을 의식하지 않고 몸을 잔뜩 웅크렸다.

잠시 후 고개를 든 그녀는 무심한 눈으로 프란시스코를 쳐다보았다.

"좋아, 프란시스코. 훌륭한 연기였어. 진짜라고 믿었으니까. 내게 그런 식으로 상처를 줘서 즐거움을 얻고 싶었다면 성공한 거야. 아무 부탁도 안 할게."

"난 미리 경고했어."

"네가 어느 편인지 몰라서 그랬어. 믿기 어렵지만 넌 오런 보일과 버트럼 스커더, 그리고 너의 옛 스승 편이었어."

"나의 옛 스승?" 프란시스코가 날카롭게 물었다.

"로버트 스태들러 박사."

프란시스코가 안도하며 조용히 웃었다.

"아, 그 사람? 자신의 목적을 위해 내 수단들을 빼앗고 그걸 정당하다고 생각하는 약탈자이지. 대그니, 네가 나에게 그들 편이라고 말한 것 꼭 기억해줘. 언젠가 내가 그 기억을 상기시키며 아직도 그렇게 말하고 싶은지 물어볼 테니까."

"굳이 상기시킬 필요도 없을 거야."

프란시스코는 떠나려고 돌아섰다. 그는 손을 들어 가볍게 인사하며 말했다.

"리오 노르테 노선이 만들어질 수 있다면 그 노선에 행운이 있기를 빌어주지."

"만들어질 거야. 존 골트 노선으로 불리게 될 거고."

"뭐?!"

그 소리는 진짜 비명이었다. 대그니가 조롱하듯 킥킥 웃으며 말했다.

"존 골트 노선."

"대그니, 도대체 왜?"

"맘에 안 들어?"

"어떻게 그런 이름을 골랐지?"

"미스터 무명이나 미스터 제로보단 낫잖아, 안 그래?"

"대그니, 왜지?"

"놀랍잖아."

"그 이름이 뭘 의미한다고 생각해?"

"불가능한 것. 이룰 수 없는 것. 너를 비롯한 모든 사람이 그 이름을 두려워하듯 내 철도를 두려워하지."

프란시스코는 대그니를 보지 않고 웃기 시작했다. 대그니는 그가 지금 그녀를 까맣게 잊고 먼 곳에 가 있음을, 그녀와 무관한 무언가에 대한 격한 유쾌함과 괴로움이 섞인 웃음을 웃고 있음을 확신했다.

이윽고 프란시스코가 그녀에게 고개를 돌리며 진지하게 말했다. "대그니, 내가 너라면 그러지 않을 거야."

대그니는 어깨를 으쓱했다.

"제임스도 그 이름을 좋아하지 않았지."

"그 이름이 뭐가 좋은데?"

"난 그 이름이 싫어! 너 같은 사람들 모두가 기다리는 운명도, 포기도, 도움을 청하는 절규 같은 '존 골트가 누구냐?'는 무의미한 질문도 다 싫어. 존 골트에 대한 변명들을 듣는 것도 신물이 나고. 난 그에 대항해서 싸울 거야."

"지금 그러고 있어." 프란시스코가 조용히 말했다.

"난 그를 위해 철도를 만들 거야. 와서 자기 거라고 주장하도록!"

프란시스코는 슬픈 미소를 지으며 고개를 끄덕였다.

"그는 그렇게 할 거야."

◆

 용광로 쇳물의 빛이 천장을 가로질러 흘러가다가 벽에 부딪쳤다. 리어든은 등 하나만 밝혀놓고 책상에 앉아 있었다. 빛의 테두리 밖에서는 사무실 안의 어둠이 밖의 어둠과 하나가 되어 있었다. 리어든은 그곳이 용광로 불빛들이 자유로이 움직이는 허공이고 책상은 공중에 매달린 뗏목 같은 기분이 들었다. 둘만의 은밀한 공간을 제공해주는 뗏목. 대그니가 그의 책상 앞에 앉아 있었다.

 그녀는 외투를 벗고 회색 정장 차림의 날씬하고 꼿꼿한 몸으로 넓은 안락의자에 대각선으로 비스듬히 앉아 있었다. 책상 가장자리에 놓인 그녀의 손 하나만 빛의 테두리에 들어와 있었고 그 위의 흰 블라우스와 삼각형으로 풀어헤친 앞섶, 얼굴은 어슴푸레하게만 보였다.

 "좋아요, 행크. 리어든 금속으로 철교를 만들겠어요. 존 골트 철도 사장으로서 정식으로 주문하는 거예요." 대그니가 말했다.

 리어든은 책상 위의 빛 속에 펼쳐진 철교 설계도를 내려다보며 미소지었다.

 "우리가 보낸 설계도를 검토할 시간은 있었나요?"

 "그럼요. 내 의견이나 칭찬은 필요 없을 거예요. 주문이 모든 걸 말해주니까."

"좋아요. 고마워요. 생산을 시작하겠어요."

"존 골트 철도가 주문을 넣거나 회사의 기능을 할 수 있는 형편인지 묻고 싶지 않으세요?"

"그럴 필요 없어요. 당신이 여기 온 것이 모든 걸 말해주니까."

대그니는 미소지었다.

"맞아요. 행크, 모든 준비가 끝났어요. 그 이야기를 전하고 철교에 대한 세부사항을 직접 의논하러 왔어요."

"좋아요. 궁금해서 그러는데 존 골트 철도의 채권을 산 사람들은 어떤 이들인가요?"

"모두 그럴 만한 여력이 없는 사람들이에요. 모두 자기 회사를 키워가고 있는 입장이라서 다른 곳에 투자할 돈이 없거든요. 하지만 그들에겐 존 골트 철도가 필요했고 다른 사람에게 도움을 청하지 않았어요."

대그니는 가방에서 서류 한 장을 꺼내 책상 너머로 건넸다.

"존 골트 주식회사 투자자들이에요."

대부분 그가 아는 이름들이었다. '콜로라도 주 와이엇 정유의 엘리스 와이엇, 콜로라도 주 닐슨 모터의 테드 닐슨, 콜로라도 주 해먼드 자동차의 로렌스 해먼드, 콜로라도 주 스톡턴 주물의 앤드루 스톡턴.' 다른 주에 있는 기업의 이름들도 몇 개 있었는데 '펜실베이니아 주 대너거 석탄의 케네스 대니거'가 눈에 띄었다. 출자금은 다섯 자리 수에서 여섯 자리 수까지 다양했다.

리어든이 만년필을 꺼내 명단 맨 아래에 '펜실베이니아 주 리어든 철강의 헨리 리어든, 100만 달러'라고 적은 후 대그니에게 다시 건넸다.

대그니가 조용히 말했다. "행크, 당신은 명단에 넣고 싶지 않았어요. 리어든 금속에 너무 많은 돈을 투자해서 누구보다 형편이 어려울 테니까요. 당신은 또 다른 모험을 할 여력이 없어요."

"난 과분한 호의는 사양합니다." 리어든이 차갑게 말했다.

"그게 무슨 뜻이죠?"

"내 사업에 다른 사람들이 나보다 큰 모험을 걸게 할 순 없어요. 만일 그게 도박이라면 내가 제일 큰돈을 걸어야죠. 그 노선이 내 금속의 첫 전시장이 될 거라고 당신 입으로 말하지 않았어요?"

대그니는 고개를 숙이며 엄숙하게 말했다. "좋아요. 고마워요."

"덧붙여 말하자면 난 이 돈을 잃을 거라고 생각하지 않아요. 난 이 채권이 주식으로 전환될 수 있는 조건들을 알고 있어요. 그래서 엄청난 수익을 기대하고 있고, 당신이 그걸 가능하게 해줄 거예요."

대그니는 웃음을 터뜨렸다.

"아, 행크, 그동안 너무 많은 겁쟁이 바보들을 상대하다 보니 나도 모르게 그들의 생각에 물들어서 그 철도가 가망이 없다고 여기게 됐지 뭐예요! 진실을 일깨워줘서 고마워요. 그래요. 당신에게 엄청난 수익을 올려주게 될 거예요."

"그 겁쟁이 바보들만 없다면 이 사업에는 아무 위험도 없을 텐데. 그들을 물리쳐야죠. 우린 그럴 수 있어요."

리어든은 책상 위의 서류 중에서 전보 두 장을 집어 대그니에게 내밀었다.

"이 세상에는 아직 살아 있는 존재들이 남아 있어요. 당신도 이것들을 보고 싶을 거예요."

전보 한 장의 내용은 다음과 같았다. "그 사업을 2년 내로 시작할 작정이었는데 국립과학연구소의 성명을 보고 당장 착수하기로 결정했음. 콜로라도와 캔자스시티 사이의 965킬로미터 구간에 리어든 금속으로 만든 30센티미터 수송관을 설치할 것을 약속함. 자세한 사항은 추후 통지. 엘리스 와이엇."

또 다른 전보의 내용은 "주문대로 추진 바람. 켄 대너거"였다.

리어든이 설명했다. "켄도 당장 추진할 준비는 되어 있지 않았어요. 리어든 금속 8,000톤을 들여 구조용 강재를 만드는 일이니까. 탄광에 사용할."

두 사람은 마주 보고 미소지었다. 더 이상의 말이 필요치 않았다.

대그니가 전보를 다시 건넬 때 리어든은 아래를 흘끗 보았다. 책상 가장자리에 놓인 그녀의 손이 불빛을 받아 투명하게 보였다. 손가락이 가늘고 긴 그 여성스러운 손은 잠시 긴장을 푼 듯했다.

"콜로라도의 스톡턴 주물회사에서 대신 납품해주기로 했어요. 어맬거메이티드 전철기&신호기 주식회사에서 못 해주겠다고 한 것 말이에요. 그쪽에서 리어든 금속 문제로 당신에게 연락할 거예요."

"벌써 연락받았어요. 현장 인력은 어떻게 했어요?"

"닐리의 엔지니어들이 남아 있어요. 최고 실력자들이죠. 내게 필요한. 현장 감독들도 대부분 남았고요. 그들을 부리는 일은 그리 어렵지 않을 거예요. 어차피 닐리는 별 쓸모도 없었어요."

"인부들은요?"

"지원자들이 넘치는걸요. 노조도 방해하지 않을 거예요. 지원자들 대부분이 가명을 쓰고 있어요. 그들은 노조원들이죠. 그들은 일거리를 간절히 원해요. 현장에 경비원을 몇 명 배치해놓긴 했지만 아무 문제 없을 거예요."

"당신 오빠 제임스의 이사회는요?"

"그들은 자신들이 존 골트 철도와 아무 관련이 없고 그 사업을 얼마나 한심하게 여기는지 신문을 통해 알리느라 정신이 없어요. 내가 요구한 건 다 들어줬고요."

대그니의 어깨선이 팽팽하면서도 날아오를 자세를 취하듯 뒤로 자연스럽게 젖혀져 있었다. 긴장은 그녀에게 자연스러운 것이고 불안감이 아닌 즐거움의 표시인 듯했다. 회색 정장 속 온몸의 긴장감이 어둠 속에서 어렴풋이 보였다.

"에디 윌러스가 운행 담당 부사장 자리를 맡았어요. 필요한 게 있으면 그에게 연락하세요. 난 오늘 밤 콜로라도로 떠나요."

"오늘 밤?"

"네. 일주일이나 시간을 낭비했으니 얼른 보충해야죠?"

"당신 전용기로 가나요?"

"네. 한 열흘쯤 있다가 돌아올 거예요. 한 달에 한두 번은 뉴욕에 오려고요."

"거기선 어디에서 지내요?"

"현장에 있는 내 객차에서요. 원래 에디 건데 빌려 쓰는 거죠."

"안전하겠어요?"

"뭐가요?"

대그니는 깜짝 놀라 웃음을 터뜨렸다.

"어머, 행크. 나를 남자 취급하지 않기는 이번이 처음이네요. 물론 안전할 거예요."

리어든은 그녀를 보지 않고 있었다. 책상 위에 놓인 숫자가 적힌 서류를 보고 있었다.

"우리 회사 엔지니어들에게 철교 건설비 내역과 대략적인 일정을 뽑아보게 했어요. 당신하고 그걸 의논하고 싶었어요."

그가 서류를 내밀었다. 대그니는 뒤로 기대앉아 서류를 읽었다.

쐐기 모양 불빛이 그녀의 얼굴을 비추었다. 리어든은 선명한 윤곽을 드러낸 그녀의 단호하고 관능적인 입술을 보았다. 대그니가 몸을 뒤로 조금 더 기대자 입술 모양과 아래로 내리깐 속눈썹의 검은 선만 어렴풋이 보였다.

리어든은 속으로 생각했다. '당신을 처음 본 순간부터 그 생각을 했지! 2년 동안 오직 그 생각만 했지!' 그는 꼼짝 않고 앉아서 대그니를 바라보고 있었다. 그는 지금까지 철저히 억눌러왔던, 스스로 느끼고 알고 있었으나 애써 외면해온 말들을 듣고 있었다. 마음속에서도 절대 발설하지 않고 지워버리고 싶었던 말들. 그것은 너무나 갑작스러운 일이었고 그녀에게 직접 고백이라도 하듯 충격적이었다. '당신을 처음 본 순간부터…… 오직 당신의 몸, 그 입술, 나를 바라보는 그 눈만을……. 내가 당신에게 했던 모든 말, 당신이 그토록 안전하게 생각했던 모든 회의, 우리가 논의했던 모든 중요한 문제를 통해서 당신은 나를 신뢰했지. 당신의 위대성을 인정한다고? 당신의 가치를 알아본다고? 마치 당신이 남자인 것처럼?…… 당신의 신뢰를 무수히 저버린 나! 내 생의 유일한 빛나는 만남…… 내가 존경하는 단 한 사람…… 내가 아는 최고의 사업가, 나의 동지, 나와 함께 처절한 전투를 치르는 파트너……. 그런데 내가 만난 가장 고귀한 존재에게…… 난 가장 저열한 욕망을 품었으니……. 내가 어떤 인간인지 알아요? 상상조차 할 수 없는 저열한 욕망을 품고 사는 나. 당신에겐 결코 닿아서는 안 되는 더러운 욕망, 난 그걸 오직 당신에게만 품었어요……. 난 당신을 만나기 전까지는 그 욕망이 어떤 것인지조차 몰랐어요. 난 이렇게 생각했죠. 난 아니야. 난 그따위 욕망에 무너지지 않아……. 하지만 당신을 만난 후로 2년 동안 한순간도 멈추지 않고……. 그 욕망이 어떤 건지 알아요? 네기 당신을 볼 때, 밤에 잠 못 들고 누워 있을 때, 수화기 너머로 당신의 목소리를 들을 때 , 일을 하면서도 그 욕망을 떨쳐내지 못할 때 무슨 생각을 하는지 듣고 싶어요?…… 당신은 상상조차 할 수 없는 상태로 당신을 끌어내리고…… 그런 짓을 한 장본인이 나란 것을 아는 고통. 당신을 그저 하나의 몸뚱이로 격하시키고, 당신에게 동물의 쾌락을 가르치고, 당신이 그걸 필요로 하는 것을 보고, 당신이 내게 그것을 애원하는 것을 보고, 당신의 훌륭한 정신이 음란한 욕망에 의존하는 것을 보고…… 당신 본연의 모습, 깨끗하고 당당한 힘으로 세상에 맞서는 당신을 지켜보다가 내 침대에 있는 당신을 보는 것⋯⋯. 나의 더러운 생각에, 내가 당신의 수치를 보기 위한 목적으로 행하는 짓에 몸을 맡기는 당신, 입에 담을 수조차 없는 관능을 위해 내게 순종하는 당신⋯⋯. 난 당신을 원하지만 그로 인해 저주받게 되기를!'

대그니는 어둠 속에서 몸을 뒤로 기대어 서류를 읽고 있었다. 리어든은 반사된 불빛이 그녀의 머리카락을 만지고 어깨와 팔, 맨살이 드러난 팔목으로 내려가는 것을 지켜보았다.

'⋯⋯지금 이 순간 내가 무슨 생각을 하고 있는지 알아요? 당신의 회색 정장과 벌어진 목깃⋯⋯ 너무나 젊고, 엄숙하고, 자신감 넘치는 당신⋯⋯. 만일 내가 당신을 쓰러뜨리고 그 정장 치마를 들춘다면⋯⋯ 당신은 어떻게 될까?'

대그니가 흘끗 올려다보자 리어든은 얼른 책상 위의 서류를 보았다. 잠시 후 그가 말했다.

"철교의 실제 건설비용은 우리가 처음 예상했던 것보다 낮아요. 철교가 튼튼해서 추가로 선로를 하나 더 깔 수 있을 거예요. 앞으로 몇 년 내에 그 지역에는 추가 선로가 필요할 테고. 비용을 분산시키는 기간이⋯⋯."

그가 말하는 동안 대그니는 어둠을 등지고 램프 불빛을 받고 있는 그의 얼굴을 바라보았다. 램프가 그녀의 시야 밖에 있어서 마치 그의 얼굴이 책상 위의 서류들을 비추고 있는 것 같았다. 그의 목소리와 하나의 목적을 향한 강한 추진력을 지닌 정신의 명료함 또한 환한 빛을 발하는 듯했다. 그의 얼굴은 그의 말과 같았다. 차분한 시선에서부터 수척한 뺨, 아래로 처진 냉소적인 입에까지 한 가지 주제가 흐르는 듯했다. 무정한 금욕주의라는 주제.

◆

그날은 사고 소식으로 시작되었다. 뉴멕시코에서 애틀랜틱 서던 화물열차가 산악지대 급경사에서 여객열차와 정면충돌해 산 아래로 굴렀다고 했다. 그 화물열차에는 애리조나 광산을 출발해 리어든 제철소로 가는 구리 5,000톤이 실려 있었다.

리어든은 애틀랜틱 서던 철도회사 총괄 책임자에게 전화를 걸었지만 그에게 들은 말은, "세상에, 리어든 씨. 그걸 우리가 어떻게 알겠습니까? 사고 현장을 복구하는 데 얼마나 걸릴지 누가 알 수 있겠어요? 우리 철도의 최악의 사고인데……. 모릅니다, 리어든 씨. 그 지역에는 다른 철도가 없어요. 선로가 350미터나 망가졌어요. 바위 사태도 일어났고요. 구조열차가 접근할 수가 없어요. 사고열차를 언제, 어떻게 끌어올릴지 우리도 모르겠습니다. 적어도 2주 이상은 걸릴 테고……. **사흘요?** 리어든 씨, 그건 불가능합니다! 우리도 어쩔 수가 없어요!…… 고객들에게는 천재지변이라고 말하면 돼요! 납품이 좀 지연되면 어떻습니까? 이런 경우 아무도 당신을 탓할 수 없어요!"였다.

그로부터 2시간 내에 리어든은 비서와 운송부 젊은 엔지니어 둘, 도로 지도, 장거리 전화의 도움으로 트럭 군단을 모아 현장에서 가장 가까운 애틀랜틱 서던 철도역에서 트럭들을 개저식 무개화물차에 실었다. 개저식 무개화물차는 태거트 대륙횡단철도에서 빌렸고, 트럭은 뉴멕시코, 애리조나, 콜로라도 전역에서 끌어모았다. 리어든의 엔지니어들이 개인 트럭 소유주들에게 전화를 걸어 긴 흥정이 필요 없는 금액을 제시했다.

그것은 리어든이 세 번째로 주문한 구리였다. 첫 번째와 두 번째 주문은 결국 무위로 돌아갔다. 한 회사는 아예 문을 닫아버렸고, 또 다른 회사는 어쩔 수 없는 사정을 핑계로 지금까지 납품을 미루고 있었다.

리어든은 바쁜 일정을 모두 소화하면서 그 사태를 수습했다. 언성을 높이지도 않았고 긴장이나 불안감, 두려움을 내보이지도 않았다. 그는 마치 기습공격을 당한 군 지휘관처럼 신속정확하게 움직였고, 그의 비서 그웬 아이브스는 침착한 부관 역할을 해냈다. 그웬 아이브스는 이십 대 후반의 여자였다. 그녀의 조화로우면서도 완고한 얼굴은 리어든의 사무실에 있는 최고급 사무용 집기들과 잘 어울렸다. 그녀는 리어든의 무자비할 정도로 유능한 직원들 중 하나로, 업무 처리 방식을 보면 일할 때는 감정적 요소를 용서할 수 없는 부도덕성으로 여기는 이성적인 결벽증이 느껴졌다.

비상사태를 넘기자 그웬 아이브스가 한마디 했다. "사장님, 모든 납품업체들에 태거트 대륙횡단철도를 이용해달라고 요청해야겠습니다."

"나도 그 생각을 하고 있었어. 콜로라도 플레밍에게 전보를 쳐. 그 구리 광산 부지에 대한 선택 매매권을 갖겠다고." 리어든이 대답했다.

리어든은 사무실 책상에서 전화 두 대로 공장장과 구매부장과 통화하며 모든 일정과 광석 재고량을 점검했다. 존 골트 노선 마지막 레일을 제작 중이라 운이나 다른 사람에게 맡겨 용광로 작업을 1시간이라도 지체시킬 수가 없었다. 그때 버저가 울리고 그웬 아이브스가 어머님이 찾아오셨다고 알렸다.

리어든은 가족에게 약속 없이는 제철소에 찾아오지 말라고 당부해놓았다. 그들이 제철소를 싫어해서 거의 발걸음을 하지 않는 것이 그에게는 다행스런 일이었다. 리어든은 어머니에게 그냥 돌아가시라고 말하고 싶은 강한 충동을 느꼈다. 하지만 열차 사고를 수습할 때보다 더 큰 인내심을 발휘하며 조용히 말했다.

"좋아. 들어오시라고 해."

리어든의 어머니는 도전적이고 방어적인 태도로 들어섰다. 그녀는 그 사무실이 아들에게 어떤 의미인지 알고 있었으며, 아들이 어머니보다 더 중요하게 여기는 대상에 분노를 표시하는 듯한 시선으로 사무실을 둘러보았다. 그녀는 핸드백과 장갑, 옷매무새를 가다듬느라 한참이나 뜸을 들인 후 의자에 앉으며 한탄하듯 혼잣말로 중얼거렸다.

"어미가 아들을 만나러 와 비서실에서 기다리다가 속기사 허락을 받아야 하다니, 잘하는 짓이다……."

"어머니, 중요한 일이에요? 오늘 정신없이 바빠요."

"문젯거리는 너만 있는 게 아니야. 물론 중요한 일이다. 내가 중요한 일도 아닌데 여기까지 힘들게 차를 타고 나왔겠니?"

"무슨 일인데요?"

"필립 일이야."

"뭔데요?"

"필립이 불행해."

"네?"

"그 아이는 제 손으로 돈 한 푼 못 벌고 너한테 얻어 쓰며 사는 걸 옳지 않은 일이라고 생각하고 있어."

"그렇군요! 그러잖아도 필립이 그걸 깨닫기를 기다리고 있었는데." 리어든이 놀란 미소를 지으며 말했다.

"감수성이 예민한 사람이 그런 처지에 있는 건 옳은 일이 아니지."

"그야 물론이죠."

"내 생각에 동의해주니 기쁘구나. 그러니까 필립에게 일자리를 줘."

"뭐라고요?"

"여기 제철소에서 일하게 해줘. 물론 사무실 책상에 앉아서 하는 깨끗하고 고상한 일이어야 하고 월급도 괜찮아야지. 공장 일꾼들이나 냄새나는 용광로 근처에는 갈 필요 없는 그런 일로 줘."

리어든은 어머니의 말을 들으면서도 도무지 믿기지가 않았다.

"어머니, 진담 아니시죠?"

"진담이지. 필립이 원하는 게 그거란 걸 우연히 알게 됐어. 자존심 때문에 너한테 이야기를 못 꺼내고 있는 거야. 그러니까 네가 제철소에서 일해달라고 부탁하는 식으로 먼저 이야기를 꺼내면 좋아하면서 받아들일 거야. 그래서 내가 일부러 여기까지 온 거야. 내가 중간에서 시킨 걸 필립이 눈치채지 못하도록."

리어든의 상식으로는 지금 귀에 들리는 말들을 이해할 수가 없었다. 한 가지 생각이 마치 스포트라이트처럼 그의 머릿속을 환히 비추고 있어서 다른 사람들 눈에 그게 보이지 않을 수 있다는 것을 상상조차 할 수 없었다. 그 생각이 당혹스런 외침으로 터져 나왔다.

"하지만 필립은 철강업에 대해선 아는 게 없어요!"

"그게 무슨 상관이야? 필립에겐 일이 필요해."

"하지만 그 일을 할 수가 없다고요."

"그 아인 자신감을 얻고 스스로 중요한 존재라는 기분을 느껴야만 해."

"그렇지만 아무 쓸모도 없을 거예요."

"그 아인 자신이 필요한 존재라는 걸 느껴야만 해."

"여기서요? 무엇에 필요할까요?"

"넌 피 한 방울 안 섞인 남들에게도 일자리를 줬어."

"그들은 생산적인 일을 할 수 있으니까요. 필립이 뭘 할 수 있죠?"

"그 아인 네 동생이야, 안 그래?"

"그게 무슨 상관이 있어요?"

리어든의 어머니는 충격에 할 말을 잃고 믿을 수 없다는 듯한 시선을 보냈다. 잠시 두 사람은 마치 서로 다른 행성에 존재하는 듯한 거리감을 느끼며 서로를 바라보았다.

리어든의 어머니가 마법의 주문을 외는 레코드판이라도 틀어놓은 듯한 목소리로 결코 의심할 수 없는 진실을 다시 말했다.

"그 아인 네 동생이야. 필립은 일자리가 필요해. 자선금이 아니라 정당한 대가를 받고 있다는 떳떳한 기분을 느낄 수 있도록 월급을 받아야 한다고."

"정당한 대가요? 하지만 필립은 아무 가치도 없을 거예요."

"넌 그 생각이 우선이지? 네 이익에 대한 생각. 동생 좀 도와주라고 했더니 그 아이를 통해 어떻게 이익을 낼지 궁리부터 하는구나. 너에게 이익이 되지 않으면 도와주지 않겠다는 거야?"

그녀는 아들의 눈빛을 보고 시선을 외면하더니 황급히 목소리를 높여 말했다. "그래, 맞아. 넌 지금도 필립을 도와주고 있어. 길거리의 거지를 도와주듯이. **물질적** 도움······. 넌 그것밖에 모르지. 동생에게 **정신적으로** 필요한 게 뭔지, 일자리가 그 아이의 자존심을 얼마나 살려줄지 생각해본 적 있어? 필립은 기지처럼 살기가 싫은 거야. 너에게서 독립하고 싶어한다고."

"하는 일도 없이 받는 월급으로요?"

"그 애긴 빼먹질 않는구나. 네게 돈을 벌어주는 사람들은 여기 많이 있잖아."

"그런 사기극을 벌여서 필립을 도와주라고요?"

"꼭 그런 식으로 말할 필요는 없잖아."

"사기극이에요, 아니에요?"

"이래서 너랑은 대화가 안 통하는 거야. 넌 인간도 아니야. 넌 동정심도 없고 동생에 대해 아무 감정도 없어. 동생을 측은히 여길 줄을 몰라."

"사기극이에요, 아니에요?"

"넌 인정머리가 없어."

"그런 사기극이 정당하다고 생각하세요?"

"넌 세상에서 제일 부도덕한 인간이야. 오로지 정의만 생각하지! 사랑은 느낄 줄을 몰라!"

리어든은 벌떡 일어섰다. 갑작스럽고 단호한 그의 동작은 이야기가 끝났으니 나가달라는 뜻이었다.

"어머니, 전 제철소를 운영하고 있는 거예요. 매춘굴이 아니라."

"헨리!"

어머니는 아들의 언어 선택에 분노에 찬 헐떡거림만을 토해냈다.

"다시는 필립 취직 이야긴 꺼내지도 마세요. 쇠 찌꺼기 치우는 청소부 자리도 못 주니까. 제철소에 발도 못 들이게 할 거예요. 잘 알아두세요. 어머니가 필립을 도우려고 애쓰는 것까진 제가 뭐라고 하지 않겠지만 내 제철소를 그런 목적을 위한 수단으로 삼을 생각은 하지 마세요."

어머니의 부드러운 턱살에 잡힌 주름들이 서서히 냉소하는 듯한 모습으로 변했다.

"네 제철소가 뭔데? 무슨 성전이라도 돼?"

"그야…… 그럼요." 리어든은 그 생각에 놀라며 조용히 대답했다.

"넌 사람들이나 도덕적 의무에 대한 생각은 안 하니?"

"전 어머니가 도덕이라고 부르는 게 도대체 뭔지 모르겠어요. 사람들 생각은 안 하고요. 하지만 필립에게 일자리를 주면 정말 일자리가 필요한, 그리고 충분한 자격을 갖춘 유능한 사람들의 얼굴을 똑바로 볼 수 없을 거예요."

어머니가 벌떡 일어섰다. 그녀는 자라목을 하고 키 크고 꼿꼿한 아들을 올려다보며 의분에 찬 비통한 목소리로 말했다.

"**그래서** 네가 잔인하다는 거야. 그래서 네가 비열하고 이기적이라는 거라고. 동생을 사랑한다면 자격이 없어도 일자리를 줘야지. 자격이 없으니까 더 기꺼이 줘야지. **그런 게** 진정한 사랑이고 친절이고 형제애지. 안 그러면 사랑이 왜 있는 거야? 자격을 갖춘 사람에게 일자리를 주는 건 미덕이 아니지. 미덕은 자격이 없는 사람에게 베푸는 거잖아."

리어든은 악몽을 꾸며 도저히 믿을 수가 없어서 공포를 느끼지 못하는 아이처럼 어머니를 바라보면서 천천히 말했다.

"어머닌 지금 자신이 무슨 말을 하고 있는지 모르고 있어요. 전 어머니 말이 진심이라고 믿을 정도로 어머니를 경멸하진 않아요."

리어든을 가장 놀라게 한 것은 어머니의 표정이었다. 어머니의 패배감에 찬 표정에 야비하고 냉소적인 교활함이 어렸는데, 마치 세속적인 지혜로 아들의 순진함을 비웃는 듯했다.

어머니의 표정은 그가 꼭 알아야 할 문제에 대한 경고 신호처럼 계속 기억에 남아 있었다. 하지만 리어든은 그걸 붙들고 씨름할 수가 없었다. 그것이 생각해볼 가치가 있는 일이라고 스스로를 납득시킬 수도 없었고, 막연한 불안감과 혐오감 외에는 아무 단서도 찾을 수 없었다. 게다가 그것에 할애할 시간도 없었다. 그는 지금 그 생각을 할 수가 없었다. 다음 방문객이 그의 책상 앞에 앉아 제발 좀 살려달라고 애원하고 있었다.

방문객은 살려달라는 표현을 쓰지는 않았지만 리어든은 그의 말속에 그런 뜻이 담겨 있음을 알 수 있었다. 방문객은 강철 500톤을 달라는 말만 했다.

그는 미네소타 주에 있는 워드 수확기계 회사 대표 워드였다. 워드 수확기계 회사는 오점 없는 명성을 지닌 내실 있는 기업으로, 크게 성장은 하지 못해도 절대 망하지 않을 그런 회사였다. 워드 가문은 대대로 성심을 다해 회사를 운영해왔고, 지금 리어든을 찾아온 워드는 네 번째 계승자였다.

워드는 오십 대 남자로 무신경한 느낌을 주는 네모진 얼굴을 하고 있었다. 그는 얼굴에 고통을 드러내는 것을 사람들 앞에서 옷을 벗는 것만큼이나 부끄러운 일로 여길 것 같은 인상이었다. 그는 냉담하고 사무적인 태도로 이야기했다. 그는 아버지 때부터 거래해온 작은 철강회사가 있는데 그 회사는 오런 보일의 어소시에이티드 철강에 인수되었고, 주문을 넣은 지 1년이 지났는데 아직 납품을 받지 못하고 있다고 했다. 그리고 지난 한 달 동안 리어든을 직접 만나기 위해 무척 애썼다고 했다.

"리어든 씨, 당신 제철소가 풀가동 중이고 새로 주문을 받을 형편이 안 된다는 거 잘 알고 있습니다. 이제 미국에 남아 있는 쓸 만한, 그러니까 믿을 만한 철강회사는 당신 회사뿐이라 당신의 오랜 대형 고객들도 차례를 기다려야 하는 상황이니까요. 우리 회사에 예외적인 혜택을 주어야 하는 이유를 댈 수도 없습니다. 하지만 이대로 손놓고 있다간 회사 문을 닫을 수밖에 없는 처지라." 그의 목소리가 조금 갈라졌다 "회사 문을 닫는 걸 볼 수가 없어서 아직은…… 그래서 이렇게 부탁하러 왔습니다. 가망 없는 일일지라도…… 하는 데까지 해봐야 하니까."

그것은 리어든이 이해할 수 있는 언어였다.

"도와드리고는 싶지만 시기가 아주 좋지 않네요. 대규모 특별 주문을 우선적으로 처리해야 할 입장이라서요."

"압니다. 그래도 내 말을 들어주실 수 있을까요?"

"그럼요."

"돈 문제라면 원하는 대로 드릴 수 있습니다. 돈으로라도 보상할 수 있다면 얼마든지 추가비용을 물겠습니다. 정상가의 두 배라도 좋으니 물건만 대주세요. 회사를 유지할 수만 있다면 올 한 해 손해를 봐도 좋습니다. 한 2년 적자를 봐도 사비로 메울 용의가 있어요. 그렇게 버티기만 하면 될 겁니다. 이런 상황은 오래 지속될 수 없으니까요. 상황은 나아지게 되어 있어요. 그래야만 하고요. 그렇지 않으면 우리 모두……."

그는 말꼬리를 흐렸다. 그러고는 단호하게 덧붙였다.

"나아져야만 해요."

"그럴 겁니다." 리어든이 대꾸했다.

그의 확신에 찬 목소리 아래로 존 골트 노선에 대한 생각이 화음처럼 깔렸다. 존 골트 노선 공사는 진전 중이었다. 리어든 금속에 대한 공격도 잠잠해졌다. 리어든은 수 킬로미터 거리를 두고 서 있는 자신과 대그니 태거트 사이에 있는 모든 장애물이 제거되고 빈 공간만 남아 있으며, 아무런 제약 없이 공사만 마무리하면 될 것 같은 기분이 들었다. '그들은 우리를 방해하지 않을 거야.' 그 말이 그의 마음속에서 전투의 노래처럼 울렸다. '그들은 우리를 방해하지 않을 거야.'

워드가 말했다. "우리 공장에서는 수확기계를 연간 1,000대씩 생산합니다. 그런데 작년에는 300대밖에 만들지 못했어요. 폐업 정리 하는 데도 찾아다니고 큰 회사들에서 몇 톤씩 구걸도 하고 하이에나처럼 온갖 곳을 다 쑤시고 다녀서 겨우 강철을 구했죠. 지루하게 신세 한탄을 늘어놓으려는 게 아니라 그런 식으로 사업을 유지해야 하는 때가 오리라곤 상상도 하지 못했습니다. 그동안 내내 오린 보일 씨는 다음 주에는 납품을 해주겠다고 약속했어요. 하지만 그가 간신히 만들어내는 강철은 번번이 그의 새 고객에게 넘어갔고, 아무도 그 이유를 말해주지 않았지만 새 고객들이 정치적 연줄이 있는 사람들이란 수군거림이 내 귀에까지 들려왔어요. 이젠 보일 씨와 연락도 안 돼요. 그는 벌써 한 달 넘게 워싱턴에 가 있어요. 그의 회사에선 철광석을 구하지 못해 자신들도 어쩔 수 없다는 말만 하고 있고요."

"그들에게 시간 낭비하지 마세요. 그 회사에선 아무것도 얻어낼 수 없으니까요." 리어든이 말했다.

워드가 도무지 믿을 수 없는 사실을 발견한 듯한 목소리로 말했다. "리어든 씨, 아무래도 보일 씨의 경영방식에는 사기가 있는 것 같습니다. 도대체 그의 목적이 뭔지 모르겠어요. 지금 그 회사의 용광로 절반이 놀고 있는데 지난달에 신문마다 어소시에이티드 철강에 대한 거창한 기사가 실렸어요. 그 회사의 생산에 대한 기사냐고요? 아니에요. 보일 씨가 직공들을 위해 지은 멋진 주택단지에 대한 소개였어요. 지난주에는 강철이 어떻게 만들어지고 사람들을 위해 어떻게 쓰이는지를 보여주는 영화를 만들어 모든 고등학교에 보냈죠. 현재 보일 씨는 라디오 프로그램 하나를 맡아서 철강산업의 중요성에 대해 이야기하면서 철강산업 전체를 지켜야 한다고 주장하고 있어요. '전체'라는 게 뭘 의미하는지 모르겠어요."

"나는 알아요. 잊어버리세요. 그는 대가를 치르게 될 겁니다."

"리어든 씨, 난 말이에요. 자기가 하는 모든 일이 다른 사람들을 위한 것이라고 떠벌리는 사람들이 마음에 안 들어요. 그건 진실도 아닐뿐더러 진실이라고 해도 옳지 않으니까요. 난 강철이 필요한 이유가 내 사업을 구하기 위해서라고 말하겠어요. 내 사업이니까. 만일 회사 문을 닫아야 한다면……. 아, 요즘은 그걸 이해하는 사람이 아무도 없어요."

"나는 이해합니다."

"네…… 그래요. 당신은 이해할 거라고 생각합니다. 아시다시피 그게 나의 가장 큰 관심사예요. 하지만 고객들도 걱정되는 게 사실이에요. 그들은 오랫동안 나와 거래해왔고 나를 믿고 의지해왔어요. 요즘은 기계 구하기가 하늘의 별 따기예요. 미네소타에서 농부들이 농기구를 구할 수 없게 되면, 한창 바쁜 추수기에 기계가 고장나 부속도 못 구하고 새로 살 수도 없게 되면 어떤 상황이 벌어질지 아세요? 구할 수 있는 거라곤 오런 보일이 만든 영화밖에 없으면…… 맙소사……. 그리고 우리 회사 직원들도 걱정입니다. 그들 중에는 우리 아버지 때부터 일했던 사람들도 있는데, 지금은 달리 갈 데도 없어요."

앞으로 6개월 동안은 긴급 주문들에 맞추어 용광로를 풀가동할 계획이라 추가 생산은 불가능했다. 하지만 존 골트 노선을 생각하자 용기가 솟았다. '그걸 해낼 수 있다면 무엇이든 할 수 있어.' 리어든은 새로운 문제가 열 가지쯤 생겨도 거뜬히 해결할 수 있을 듯했다. 이 세상에 불가능한 일은 없을 듯했다.

리어든은 수화기를 향해 손을 뻗으며 말했다. "공장장한테 전화해서 앞으로 몇 주일 동안 생산량이 얼마나 되는지 확인해보죠. 일부 주문들에서 몇 톤씩 빌릴 수 있는 방법이 있는지……."

워드가 얼른 고개를 돌렸지만 리어든은 얼핏 그의 표정을 볼 수 있었다. '내겐 아무것도 아닌 일인데 그에겐 이토록 중요하구나!' 리어든은 그런 생각이 들었다.

리어든은 수화기를 들었다가 다시 내려놓아야 했다. 사무실 문이 벌컥 열리며 그웬 아이브스가 달려들어왔다.

그웬 아이브스가 그런 식으로 갑자기 뛰어들어 손님과의 면담을 방해하거나, 침착한 얼굴이 부자연스럽게 일그러지거나, 눈이 먼 것처럼 보이거나, 발걸음이 휘청거리는 것은 있을 수 없는 일이었다.

"사장님, 방해해서 죄송합니다."

그녀는 그렇게 말했지만 사무실도, 워드 씨도 눈에 들어오지 않고 오직 리어든만 보이는 듯했다.

"급한 소식이 있어서요. 방금 기회균등법안이 의회에서 통과됐답니다."

먼저 비명을 지른 건 무신경한 워드였다.

"맙소사, 아냐! 안 돼!"

리어든은 벌떡 일어나 한쪽 어깨가 앞으로 기울어진 부자연스럽게 굽은 자세로 서 있었다. 하지만 그건 순간이었다. 그는 시력을 회복하는 듯 주변을 둘러보며 말했다.

"미안합니다."

그는 그웬 아이브스와 워드를 동시에 쳐다보며 다시 앉았다.

"우린 그 법안이 의회에 상정되었다는 소식을 듣지 못했는데, 안 그래?" 그가 침착하고 냉정한 목소리로 말했다.

"네, 사장님. 기습 통과시킨 듯합니다. 45분밖에 안 걸렸어요."

"마우치한테서는 연락 없었고?"

"네, 사장님." 그웬 아이브스가 힘주어 대답했다.

"5층 사환이 달려와서 방금 라디오에서 들었다고 알려

쳤습니다. 제가 신문사에 전화해서 확인했고요. 워싱턴 마우치 씨에게 연락을 취해봤지만 그의 사무실에서는 전화를 받지 않았습니다."

"그 사람한테서 마지막으로 연락이 온 게 언제였지?"

"열흘 전요."

"좋아. 고마워, 그웬. 계속 연락을 취해봐."

"네, 사장님."

그웬 아이브스가 밖으로 나갔다. 워드는 모자를 들고 일어서 있었다. 그가 웅얼거렸다.

"그럼, 이만 가보는 게……"

"앉으세요!" 리어든이 단호하게 말했다.

워드는 그를 바라보며 의자에 앉았다.

"우리 사업 이야기 아직 안 끝났습니다, 안 그래요?" 리어든이 말했다.

워드는 리어든이 어떤 감정으로 입이 일그러진 것인지 알 수 없었다.

"워드 씨, 세상에서 제일 더러운 개자식들이 우리를 비난하는 이유 중 하나가 뭔지 아세요? 그래요, '위기 상황에서도 정상적으로 사업을 유지한다'는 우리의 모토지요. 워드 씨, 정상적으로 사업을 유지하는 겁니다!"

리어든은 수화기를 들고 공장장을 연결해달라고 말했다. "저기, 피트…… 뭐라고요?…… 그래요, 나도 들었어요.

그만. 그 애긴 나중에 합시다. 내가 알고 싶은 건 몇 주 내로 강철 500톤을 더 만들 수 있어요?…… 그래요, 나도 알아요. 어렵다는 거 알아요……. 날짜와 수량을 말해줘요."

리어든은 종이에 숫자들을 급히 휘갈겨 쓴 다음 말했다. "좋아요. 고마워요."

그러고는 전화를 끊었다.

그는 잠시 숫자들을 들여다보다가 종이 여백에 간단한 계산을 했다. 그리고 고개를 들었다.

"좋습니다, 워드 씨. 열흘 내로 강철을 보내죠." 그가 말했다.

워드가 돌아가자 리어든은 비서실로 나가 정상적인 목소리로 그웬 아이브스에게 말했다.

"콜로라도의 플레밍에게 전보 보내. 내가 왜 거래를 취소해야만 하는지 그도 알 거야."

그웬 아이브스는 지시에 따르겠다는 뜻으로 고개를 숙여 보였다. 그녀는 리어든과 시선을 맞추지 않았다.

리어든은 다음 방문객을 보며 안으로 들어오라는 몸짓을 했다.

"처음 뵙겠습니다. 들어오시죠."

그는 그 문제는 다음에 생각하기로 했다. '한 걸음씩 나아가야 하고 계속해서 나아가야 한다.' 그 순간 의식이 무자비하게 단순해지면서 한 가지 생각만이 부자연스러울 정도로 명료하게 떠올랐다. '그것 때문에 멈춰선 안 돼.' 그 생각은 과거도, 미래도 없이 홀로 존재했다. 리어든은 자신이 멈추어선 안 되는 것이 무엇인지, 그 생각이 왜 그토록 절대적인 중요성을 지니는지에 대해 고민하지 않았다. 그 생각이 그를 지배했고 그는 복종했다. 그는 한 걸음씩 나아갔다. 미리 잡혀진 일정을 모두 소화해냈다.

마지막 방문객이 돌아가고 그가 방에서 나왔을 때는 늦은 시각이었다. 나머지 직원들은 모두 퇴근하고 그웬 아이브스만 빈 사무실을 지키고 있었다. 그녀는 꼭 쥔 두 손을 무릎에 얹고 꼿꼿한 자세로 앉아 있었다. 그녀는 고개를 똑바로 들고, 표정은 얼어붙어 있었다. 그녀의 뺨 위로 눈물이 하염없이 흘러내렸다.

그웬 아이브스는 리어든을 보고 죄스러운 듯 말했다. "사장님, 죄송합니다."

그녀는 굳이 눈물을 감추려고 애쓰지 않았다.

리어든은 그녀에게 다가가서 부드럽게 말했다. "고마워."

그웬 아이브스가 놀라서 쳐다보았다.

리어든은 미소를 보냈다.

"그웬, 지금 나를 과소평가하고 있다는 생각 안 들어? 나를 위해 울긴 이르지 않아?"

그웬 아이브스가 속삭이듯 말했다. "다른 건 다 참을 수 있어도……"

그녀는 책상 위의 신문들을 가리키며 말했다. "사람들이 그걸 탐욕에 대한 승리라고 부르는 건……."

리어든은 껄껄 웃었다.

"그런 언어의 왜곡이 그웬을 분노하게 만드는 건 이해해. 하지만 다른 건 문제될 게 없잖아?"

그웬 아이브스는 입가의 긴장을 좀 풀며 리어든을 바라보았다. 그녀가 보호해줄 수 없었던 희생자가 무너져가는 세상에서 그녀에게 확신을 주는 유일한 존재였다.

리어든은 그녀의 이마를 살짝 만졌다. 평소에는 좀처럼 볼 수 없는 그 격식을 깬 그의 행동은 그가 비웃을 수 없었던 것들에 대한 무언의 인정이었다.

"그웬, 퇴근해. 오늘은 더 할 일이 없으니까. 나도 조금 있다 퇴근할 거야. 아니, 기다리지 마."

자정이 넘은 시각이었다. 리어든은 사무실 책상에 앉아 존 골트 노선 철교 설계도를 들여다보고 있다가 갑자기 일을 멈추었다. 무감각의 벽이 허물어지기라도 한 것처럼 더 이상 피할 수 없는 감정이 엄습한 것이다.

그는 상체가 반쯤 푹 꺾였으나 얼마 안 남은 저항력에 매달려 가슴을 책상 가장자리에 붙이고 버텼다. 마치 지금 그에게 가능한 유일한 성취는 힘없이 숙인 머리가 책상에 떨어지지 않는 것인 듯했다. 그는 오직 고통만을, 절규하는 무한한 고통만을 의식하며 잠시 그렇게 앉아 있었다.

모든 생각을 중단시킨 그 끔찍하고 추악한 고통이 지배하고 있는 것이 자신의 정신인지 아니면 육체인지도 알 수 없었다.

하지만 그 고통은 몇 분 만에 끝났다. 그는 조용히 고개를 들고 똑바로 앉은 후 의자 등받이에 몸을 기댔다. 이제 그는 몇 시간 동안 그 순간을 미룬 것이 회피가 아니었음을 알 수 있었다. 그가 그것에 대해 생각하지 않았던 것은 생각할 게 없기 때문이었다.

그는 자신에게 조용히 말했다. "생각은 행동하기 위해 사용하는 무기이다. 하지만 나는 아무 행동도 할 수 없다. 생각은 선택의 도구이다. 하지만 내게는 선택의 여지가 없다. 생각은 목적을 정하고 그것에 이르는 방법을 알려준다. 하지만 갈가리 찢겨나가는 내 삶의 문제에서 나는 아무런 목소리도, 목적도, 방법도, 방어수단도 가질 수 없다."

리어든은 그런 생각을 하며 경악했다. 그는 자신이 지금까지 그 어떤 재난이 닥쳐도 두려움을 몰랐던 것이 행동이라는 만병통치약을 가지고 있었기 때문임을 처음으로 깨달았다. 그는 '승리의 확신이 아니라(그 누가 그것을 확신할 수 있겠는가?) 행동할 기회. 그것만 있으면 된다'라는 생각이 들었다. 리어든은 난생처음 진짜 공포에 대해, 등 뒤로 손이 묶인 채 파멸에 이르는 것에 대해 생각해보았다.

'그래, 그럼 손이 묶인 채 나아가는 거다. 쇠사슬에 묶인 채 나아가는 거다. 그래도 난 멈추지 않을 것이다.' 하지만 또 다른 목소리가 들려왔다. 그는 그 목소리에 반항하며 절규했다. '그 문제에 대해선 생각해봐야 소용없어…… 소용없다고……. 뭐 하러?…… 그냥 내버려둬!'

하지만 그 목소리를 멈출 수가 없었다. 그는 존 골트 노선 철교 설계도를 펴놓고 꼼짝도 하지 않고 앉아서 반은 소리이고, 반은 그림인 목소리가 하는 말들을 들었다. '그들은 나 없이 그런 결정을 내렸어.…… 그들은 나를 부르지도, 내 의견을 묻지도, 내 말을 들어보지도 않았어.…… 그들은 내게 알려야 할 의무조차 없어. 내 삶의 일부를 잘라내서 절름발이처럼 걸어가게 해놓고도…… 그 일에 관련된 사람들은, 그들이 누구이든, 어떤 이유나 필요에 따라 행동했든, 나를 고려사항에 넣지도 않았어.'

긴 길 끝에 있는 표지판에 '리어든 철광'이라고 적혀 있었다. 그 표지판은 검은 줄무늬를 이룬 철광석 위에…… 무수한 밤들과 세월 위에…… 그의 핏방울로 움직이는 시계 위에 걸려 있었다. 그는 먼 훗날을 위해, 길 위에 걸린 표지판을 위해 기꺼이, 희열에 차서 피를 바쳤다.…… 노력, 힘, 정신, 희망을 바쳤다.…… 하지만 그 모든 것이 의회에 앉아 투표한 사람들의 변덕에 의해 파괴되었다.…… 그들이 어떤 정신으로 그런 짓을 했는지 누가 알겠는가? …… 누구의 의지로 그들이 권력의 자리에 앉게 되었는지 누가 알겠는가? 그들이 무슨 동기로 움직였는지, 무엇을 알고 있었는지, 그들 중 누가 혼자 힘으로 땅속에서 철광석 한 덩어리라도 캐낼 수 있는지⋯⋯. 그가 한 번도 본 적 없는 사람들, 줄무늬를 이룬 철광석을 본 적도 없는 사람들의 변덕이 모든 것을 파괴했다.⋯⋯ 그들이 그렇게 결정했으니까. 무슨 권리로?

리어든은 고개를 저으며 생각했다. '깊이 숙고해서는 안 되는 것들이 있다. 보는 이를 오염시키는 악이 존재한다. 인간이 보아도 되는 것에는 한계가 있다. 나는 그것에 대해 생각해서도, 자세히 들여다보아서도, 그 근원의 본질을 알려고 해서도 안 된다.'

리어든은 침착하고 공허한 기분을 느끼며 내일이면 괜찮아질 것이라고 다짐했다. 그는 오늘 밤의 나약함을 용서할 수 있었다. 장례식에서 흘리는 눈물 같은 거니까. 그러고 나면 벌어진 상처를 안고, 비틀거리는 공장을 붙들고 살아가는 법을 배우게 되니까.

그는 일어나서 창가로 걸어갔다. 제철소가 황량하고 고요하게 느껴졌다. 그는 검은 굴뚝들 위의 희미한 붉은빛과 하늘 위로 길게 소용돌이치며 올라가는 증기, 거미줄 같은 크레인과 다리들을 보았다.

그는 난생처음 느껴보는 쓸쓸한 고독감에 젖었다. 그웬 아이브스와 워드 씨는 그를 보면서 희망과 안도감을 느끼고 용기를 되찾을 수 있었다. 그런데 **그는** 누구를 통해 그런 것들을 얻을 수 있을까? 이번만은 그에게도 그런 사람이 필요했다. 리어든은 고통받는 모습을 솔직하게 보여줄 수 있는, "난 너무 지쳤어"라고 말하며 잠시 기대어 휴식을 취할 수 있는 친구가 있었으면 좋겠다는 생각이 들었다. '내가 아는 사람 중에 지금 함께 있고 싶은 이가 있을까?' 바로 떠오른 대답은 충격적이었다. '프란시스코 단코니아.'

리어든은 자신의 분노에 찬 웃음소리를 들으며 현실로 돌아왔다. 그 어리석은 갈망이 그를 퍼뜩 정신 차리게 만들었다. '나약함에 탐닉하면 그렇게 되는 거야.' 그는 자신을 나무랐다.

그는 창가에서 아무 생각도 하지 않으려고 애썼다. 하지만 마음속에서 자꾸 들리는 말이 있었다. '리어든 철광…… 리어든 석탄…… 리어든 철강…… 리어든 금속…… 그것들이 다 무슨 소용인가? 나는 왜 그것들을 이루었나? 왜 다시 일을 벌이고 싶어 하나?'

철광석 광산 바위에서 일하던 첫날…… 바람 속에 서서 폐허가 된 제철소를 내려다보던 날…… 여기 이 사무실 창가에 서서 금속 기둥 몇 개로 엄청난 하중을 지탱할 수 있는 철교를 생각하던 날. 트러스와 아치를 결합하고 대각선 지지대에 상부를…….

리어든은 생각을 멈추었다. 그는 그날 트러스와 아치를

결합하는 것에 대해 생각하지 **않았다**.

다음 순간 그는 어느새 책상으로 돌아와 편히 앉을 생각도 하지 못하고 한쪽 무릎만 의자에 올려놓고 설계도면에, 책상 압지에, 누군가의 편지들에 닥치는 대로 직선과 곡선, 삼각형을 그리고 계산을 하기 시작했다.

1시간 후 그는 장거리 전화를 걸어 철로 위의 객차 안 침대 옆 전화기가 울리기를 기다렸다가 말했다.

"대그니! 우리 철교 말이에요……. 내가 보낸 설계도는 쓰레기통에 버려요. 왜냐하면…… 뭐라고요?…… 아, 그거요? 상관없어요! 약탈자들의 법 따윈 신경 쓰지 말아요! 잊어버려요! 대그니, 우린 그런 것에 신경 쓸 필요 없어요! 당신이 리어든 트러스라고 부르며 그토록 찬양했던 아이디어 말이에요. 그건 아무 가치도 없어요. 내가 역사상 최고의 트러스를 고안해냈어요! 당신은 얼마 안 되는 비용으로 기차 네 대가 동시에 지나갈 수 있고, 수명이 300년은 되는 철교를 건설할 수 있어요. 이틀 내로 설계도를 보내겠지만 지금 당장 알려주고 싶었어요. 트러스와 아치의 결합에 의한 거예요. 대각선 지지대를 써서…… 뭐라고요?…… 무슨 소린지 못 알아듣겠어요. 감기 걸렸어요?…… 고맙긴요. 벌써. 내가 자세히 설명해줄 때까지 기다려요."

존 골트 노선

노동자는 테이블 건너편의 에디 윌러스를 향해 미소지었다.

에디 윌러스가 말했다. "도망자가 된 기분이군요. 왜 내가 몇 달 동안 이곳에 못 왔는지 알죠?"

에디는 그러면서 직원 식당을 가리켰다.

"난 지금 부사장이니까요. 운행 담당 부사장. 제발 심각하게 받아들이지 말아요. 버틸 수 있는 데까지 버티다가 이렇게 도망쳐 나온 거예요. 하루 저녁만이라도……. 승진이란 걸 하고 나서 처음 저녁을 먹으러 내려왔을 때 사람들이 모두 쳐다봐서 다시는 올 용기가 나지 않았어요. 뭐, 쳐다보라고들 하죠. 당신은 안 그러니까. 당신이 변함없는 모습을 보여줘서 기뻐요.…… 아뇨, 그녀를 못 만난 지 2주나 됐어요. 하지만 전화 통화는 매일 하죠. 어떤 날은 하루

두 번씩도.…… 그래요, 그녀가 어떻게 지내는지 알아요. 그녀는 그곳 생활을 즐기고 있어요. 우리가 전화선을 통해 듣는 게 뭐죠? 소리의 진동 아닌가요? 그녀의 목소리는 마치 빛의 진동으로 변해가는 것처럼 들리죠. 그 말이 무슨 뜻인지 당신이 알지 모르겠지만. 그녀는 홀로 지독한 전투를 치르고 승리하는 걸 즐기고 있어요.…… 아, 그럼요. 그녀는 이기고 있어요! 요즘 왜 신문에 존 골트 노선에 관한 기사가 안 나는지 알아요? 아주 잘 되어가고 있으니까. 다만…… 리어든 금속으로 만든 선로는 최고의 철도가 되겠지만 그 철도를 이용할 강력한 기관차가 없다면 무슨 소용이겠어요? 지금 우리에게 남겨진 고물 기관차들을 봐요. 석탄을 때서 달리는 고물 기관차들. 구식 전차 선로에나 어울리는 속도밖에 내지 못하잖아요.…… 그래도 희망은 있어요. 유나이티드 기관차사가 파산했어요. 최근 몇 주 동안 일어난 사태 중 제일 잘된 일이죠. 드와이트 샌더스가 그 회사를 인수했으니까. 그는 국내 유일의 훌륭한 항공기 공장을 가지고 있는 뛰어난 젊은 엔지니어죠. 그는 유나이티드 기관차를 인수하기 위해 항공기 공장을 형에게 팔아야 했어요. 기회균등법에 따라야 하니까. 물론 형제끼리 짜고 벌인 일이지만 그를 비난할 수 있겠어요? 어쨌든 우린 이제 유나이티드에서 디젤기관차가 생산되는 것을 보게 될 거예요. 드와이트 샌더스가 공장을 가동시킬 테니까.……

그래요, 그녀는 드와이트 샌더스에게 의지하고 있어요. 그걸 왜 묻죠?…… 그래요, 드와이트 샌더스는 지금 우리에게 매우 중요한 인물이에요. 그가 처음 생산할 디젤기관차 열 대를 사기로 계약을 맺었어요. 그녀에게 전화해서 계약이 체결됐다고 전했더니 그녀가 웃으며 말했어요. '봤지? 두려워할 이유가 없지?'…… 그녀가 그런 말을 한 건 내가 두려워하고 있다는 것을 알기 때문이었어요. 내가 말하지 않았는데도 그녀는 알고 있었죠. …… 그래요, 두려워요.…… 모르겠어요.…… 무엇이 두려운지 안다면 그것에 대처할 수 있으니까 두렵지 않을 거예요. 하지만 이건…… 말해봐요. 당신도 내가 운행 담당 부사장 자리에 있는 걸 경멸하지 않나요?…… 하지만 그게 악한 짓이란 걸 모르겠어요?…… 무슨 명예요? 내가 도대체 뭔지 모르겠어요. 광대인지, 유령인지, 대역인지, 아니면 그저 타락한 꼭두각시인지. 그녀의 사무실에서 그녀의 책상에 앉아 있노라면 난 그보다 더 끔찍한 존재가 된 것 같은 기분이 들어요. 살인자가 된 것 같아요.…… 물론 난 **그녀를** 위해 꼭두각시 노릇을 해야 하고, 그게 명예로운 일이라는 것을 알아요. 하지만…… 하지만 왠지 모르게 제임스 태거트를 위해 꼭두각시 노릇을 하고 있는 것만 같은 끔찍한 기분이 들어요. 그녀가 왜 꼭두각시를 내세워야만 하는 거죠? 왜 뒤에 숨어야만 하는 거죠? 그들은 왜 그녀를 태거트 빌딩에서 내쫓은 거죠? 그녀가 우리 급행화물차와 수하물차 입구 건너편 뒷골목에 있는 콧구멍만한 사무실로 이사한 거 알아요? 나중에 시간 내서 꼭 가봐요. 그곳이 바로 존 골트 주식회사 사무실이니까. 그래도 실질적으로 태거트 대륙횡단철도를 운영하는 사람은 그녀라는 것을 모두가 알죠. 그녀는 왜 자신이 멋지게 일하고 있는 것을 숨겨야 할까요? 그들은 왜 그녀의 공을 인정하지 않는 걸까요? 그들은 왜 그녀의 성취를 강탈하는 걸까요? 나를 내세워서! 그들은 왜 그녀의 성공을 불가능하게 만들려고 수단과 방법을 가리지 않는 걸까요? 그녀 덕에 파멸하지 않고 있는 것인데. 그들은 왜 자신의 목숨을 구해준 그녀를 괴롭히는 걸까요?…… 당신 왜 그래요? 왜 그런 눈으로 쳐다봐요?…… 그래요, 당신은 이해할 거에요.…… 거기에는 딱 꼬집어 말할 수는 없지만 뭔가 사악한 것이 숨어 있어요. 그래서 내가 두려워하는 거예요.…… 그런 짓을 하고도 아무 일 없이 그냥 넘어갈 수는 없어요.…… 이상한 일이기는 하지만 그들도, 제임스를 비롯한 태거트 빌딩의 모든 겁쟁이도 아는 것 같아요. 빌딩 전체에 죄스럽고 비겁한 분위기가 감돌거든요. 죄스럽고 비겁하고 죽은 듯한 분위기. 이제 태거트 대륙횡단철도는 영혼을 잃은 사람과 같아요.…… 자신의 영혼을 **배반한** 사람.…… 아뇨, 그녀는 신경도 안 써요. 지난번에는 아무 연락도 없이 뉴욕에 왔어요. 내 사무실, 아니 **그녀의** 사무실에 앉아 있는데 갑자기 문이 열리더니 그녀가 들어왔어요. 그녀는 이렇게 말했어요. '월러스 부사장님, 철도역 교환원 자리를 찾고 있는데 제게 기회를 주시겠습니까?' 나는 그들 모두를 저주하고 싶었지만 웃지 않을 수 없었어요. 그녀를 만나서 너무 기뻤고 그녀가 행복하게 웃고 있었으니까. 그녀는 공항에서 바로 왔다고 했어요. 바지와 비행용 점퍼 차림이었는데 그 모습이 근사했어요. 바람을 많이 맞아서 피부가 거칠어져 있었는데 마치 선탠을 한 것처럼 보였어요. 휴가를 즐기고 돌아온 것처럼. 그녀는 나에게 그녀의 의자에 그냥 앉아 있으라 하고 책상에 앉아 존 골트 노선의 새 철교에 대해 이야기했어요.…… 아니, 왜 그런 이름을 지었는지 그녀에게 물어본 적 없어요.…… 그 이름이 그녀에게 어떤 의미인지도 몰라요. 일종의 도전 아닐까요?…… 누구에 대한 도전인지는 모르겠어요.…… 아, 그건 중요하지 않아요. 아무 의미도 없으니까. 존 골트는 존재하지 않으니까. 하지만 난 그녀가 그 이름을 쓰지 않았다면 좋았을 거라고 생각해요. 난 그 이름을 좋아하지 않으니까. 당신은요?…… 당신은 좋아한다고요? 그런데 목소리가 그다지 밝질 않네요."

◆

 존 골트 철도회사 사무실 창문들은 어두운 뒷골목을 향해 나 있었다. 책상에 앉은 대그니는 고개를 들었다. 하늘은 보이지 않고 그녀의 시야 위로 솟은 건물 벽만 보였다. 초고층 건물인 태거트 대륙횡단철도 빌딩의 측벽이었다.

 뉴욕 본사는 반쯤 허물어진 건물 1층의 방 두 개를 차지하고 있었다. 그 건물은 아직 서 있긴 했지만 위층들은 안전하지 못해서 비워진 상태였다. 입주자들은 반쯤 파산한 상태로 그 건물처럼 과거의 관성에 의해 존재하고 있었다.

 대그니는 새 사무실이 마음에 들었다. 돈이 절약되니까. 새 사무실에는 남아도는 집기나 사람이 없었다. 집기는 고물상에서 사 온 것이었다. 그리고 직원들은 그녀가 찾을 수 있었던 가장 훌륭한 인재들이었다. 그녀는 가끔 뉴욕에 올 때마다 시간이 없어 사무실 환경에 신경 쓰기보다 사무실이 목적에 맞는 기능을 하고 있는지에만 주목했다.

 그녀는 자신이 왜 갑자기 일손을 놓고 창유리를 타고 흐르는 가느다란 빗줄기와 골목 건너편 건물 벽을 바라보게 되었는지 알지 못했다.

 자정이 지난 시각이었다. 몇 안 되는 직원들은 모두 퇴근하고 없었다. 그녀는 새벽 3시에 전용기를 타고 콜로라도로 돌아갈 예정이었다. 할 일은 거의 남아 있지 않았고 에디의 보고서 몇 개만 읽으면 되었다. 하지만 갑자기 급박한 긴장감이 깨지면서 도무지 일에 집중할 수가 없었다. 보고서를 읽는 게 너무 힘에 부쳤다. 집에 가서 자기에는 너무 늦었고 공항으로 출발하기에는 너무 일렀다. '넌 지금 지쳤어.' 그녀는 그렇게 생각하며 엄격하고 경멸 어린 초연한 태도로 자신의 기분을 살폈다. 그 기분은 이내 지나갈 것임을 알기 때문이었다.

그녀는 짤막한 라디오 뉴스를 듣고 20분 만에 비행기 조종석에 올라 뉴욕으로 날아왔다. 드와이트 샌더스가 아무 이유도, 설명도 없이 갑자기 은퇴했다는 뉴스였다. 그녀는 드와이트 샌더스를 만나 은퇴를 만류하기 위해 급히 뉴욕으로 향했던 것이다. 하지만 대륙을 횡단해 날아오며 그의 흔적조차 찾을 수 없을 듯한 예감에 빠졌다.

창밖의 봄비는 아무 움직임도 없어서 마치 엷은 안개처럼 보였다. 대그니는 책상에 앉은 채로 동굴처럼 생긴 태거트 터미널 급행화물차와 수하물차 입구를 바라보았다. 천장 강철 들보 사이로 갓 없는 전구들이 밝혀져 있었고 낡은 콘크리트 바닥에는 수하물이 쌓여 있었다. 그곳은 버려지고 죽은 듯한 느낌을 주었다.

대그니는 사무실 벽의 톱니 모양으로 갈라진 금을 흘끗 쳐다보았다. 사방이 고요했다. 그녀는 무너져가는 건물에 홀로 있었다. 마치 이 도시에 홀로 있는 듯한 기분이었다.

그녀는 여러 해 동안 억눌러온 감정을 느꼈다. 이 순간을, 이 사무실과 비에 젖어 반짝이는 텅 빈 거리의 고요를 초월한 고독감. 이룰 만한 가치를 지닌 것이 전무한 잿빛 황무지의 고독감. 어린 시절의 고독감.

대그니는 일어나서 창가로 걸어갔다. 창유리에 얼굴을 대자 태거트 빌딩 전체가 시야에 들어왔다. 빌딩의 선들이 하늘로 뻗어 올라가 아득한 높이의 정점에서 하나로 합쳐졌다. 그녀는 자신이 썼던 사무실의 캄캄한 유리창을 올려다보았다. 자신과 태거트 빌딩 사이에는 유리창과 비의 장막, 몇 개월의 시간만 존재하는 것이 아니라 다시는 그곳으로 돌아갈 수 없는 추방자가 된 듯한 기분이 들었다.

대그니는 벽의 회반죽이 떨어져나간 사무실 유리창에 얼굴을 대고 서서 자신이 사랑하는 모든 것의 상징이 닿을 수 없는 빌딩을 바라보고 있었다. 그녀는 자신의 고독의 본질을 알지 못했다. 그것을 표현할 수 있는 말은 "이건 내가 기대한 세상이 아니다" 정도였다.

열여섯 살 때 그녀는 밑에서 올려다본 고층 빌딩의 선들처럼 아득히 먼 곳에서 하나의 점으로 합쳐지는 태거트 철도를 바라보며 에디 윌러스에게 말했다. 저 지평선 너머에서 어떤 사람이 선로를 잡고 있는 것 같은 느낌이 든다고. 아니, 아버지나 회사 사람은 아니라고. 언젠가는 그 사람을 만나게 될 거라고.

대그니는 고개를 저으며 창가에서 돌아섰다.

그녀는 책상으로 돌아갔다. 그러고는 보고서를 집으려고 팔을 뻗다가 갑자기 풀썩 책상에 엎드려 팔에 머리를 얹었다. '이러지 마.' 그녀는 그렇게 생각하면서도 몸을 일으키지 않았다. 아무도 보는 사람이 없으니 상관없었다.

그녀가 지금껏 외면해왔던 갈망이었다. 그녀는 이제 그 갈망을 직시하며 이렇게 생각했다. '만일 감정이란 것이 세상에 대한 인간의 반응이라면, 만일 내가 철도와 태거트 빌딩과 그 이상의 것을 사랑한다면, 그것들에 대한 내 사랑을 사랑한다면 그렇다면 내가 놓친 하나의 반응이, 가장 위대한 반응이 있다. 그것들의 총합, 그것들의 최후의 표현으로서 내가 지상에서 사랑한 모든 것의 목적을 담은 감정을 발견하는 것.…… 나와 같은 의식을 가진 사람, 내가 그의 세계의 의미가 되고 그가 내 세계의 의미가 되는 그런 존재를 발견하는 것.…… 아니, 프란시스코 단코니아도, 행크 리어든도 아니다. 내가 만났거나 존경했던 인물이 아니다.…… 아직 느껴본 적은 없지만 그걸 느낄 수만 있다면 인생을 바칠 수도 있는 감정의 대상이 될 존재.' 대그니는 가슴을 책상에 붙인 채 천천히 몸을 뒤쳤다. 그녀는 온몸의 근육들로, 신경들로 그 갈망을 느꼈다.

'그게 네가 원하는 거야? 그렇게 간단한 거야?' 그녀는 그렇게 생각하면서도 그것이 간단하지 않음을 알았다. 그녀의 일에 대한 사랑과 육체의 갈망 사이에는 끊을 수 없는 연결고리가 존재했다. 마치 하나가 그녀에게 다른 것에 대한 권리를 주는 듯했다. 권리와 의미를. 마치 하나가 다른 것의 완성이고, 육체의 갈망은 동등한 위대성을 지닌 존재를 통해서만 만족될 수 있을 듯했다.

대그니는 팔에 얼굴을 묻은 채 천천히 고개를 저었다. 영원히 그것을 발견할 수 없을 듯했다. 그녀가 원한 세상은 오직 그녀의 머릿속에만 존재하는 듯했다. 그저 그것에 대한 생각과…… 인생을 살다보면 그것에서 반사된 빛을 드물게 한 번씩 보는 것…… 그래서 그것을 알고 가슴에 품고 따라가는 것.

대그니는 고개를 들었다.

창밖 골목길에 그녀의 사무실 문 앞에 서 있는 남자의 그림자가 드리워져 있었다.

문은 그림자와 몇 발자국 떨어져 있었고, 그녀에게는 그 남자의 모습도, 가로등도 보이지 않고 보도 위의 그림자만 보였다. 남자는 미동도 않고 서 있었다.

그가 사무실로 들어오려는 사람처럼 문 가까이 서 있어서 대그니는 노크 소리가 들리기를 기다렸다. 하지만 남자의 그림자가 뒤로 홱 물러서더니 돌아서서 멀어져갔다. 이윽고 그가 멈추자 모자챙과 어깨 그림자만 보였다. 그림자는 잠시 가만히 서 있다가 흔들리더니 다시 가까워지며 길어졌다.

대그니는 두렵지 않았다. 그녀는 꼼짝도 하지 않고 앉아 멍한 놀라움 속에서 지켜보았다. 남자는 문 앞에 멈추었다가 다시 물러섰다. 그는 골목 한가운데에서 초조하게 서성이다가 다시 멈추었다. 그의 그림자가 보도 위에서 불규칙한 추처럼 움직이며 소리 없는 싸움의 과정을 보여주었다. 남자는 들어올 것인지 도망칠 것인지 결정을 하지 못하고 자신과 싸우고 있었다.

대그니는 초연히 그 싸움을 구경했다. 다른 반응을 보일 힘이 없어 그저 지켜볼 수밖에 없었다. 그녀는 무감각하게 막연한 궁금증을 느꼈다. '누구지? 어둠 속에서 나를 지켜보고 있었던 건가? 커튼 없는 창을 통해 내가 책상에 엎드려 있는 모습을 보았을까? 지금 내가 그의 고독한 모습을 지켜보고 있는 것처럼 그도 나의 고독한 모습을 지켜보고 있었을까?' 대그니는 아무 느낌도 없었다. 그들은 죽은 도시의 정적 속에 단둘이 존재했다. 대그니는 그가 수 킬로미터 밖에 존재하는 정체 없는 고통의 그림자처럼 느껴졌다. 두 사람은 같은 생존자였지만 그녀의 문제가 그에게서 멀리 떨어져 있듯 그의 문제도 그녀에게서 멀리 떨어져 있었다. 그림자가 그녀의 시야에서 사라졌다가 다시 나타났다. 대그니는 잠자코 앉아서 비에 젖어 반짝이는 어두운 골목길의 보도에 드리워진 미지의 고통의 그림자를 지켜보고 있었다.

그림자가 다시 사라졌다. 대그니는 기다렸다. 그림자는 다시 돌아오지 않았다. 대그니는 그제야 벌떡 일어섰다. 그녀는 그 남자가 싸움에서 이겼는지 졌는지 알고 싶었다. 그녀는 그의 정체와 동기를 알고 싶은 절박한 충동에 사로잡혔다. 그녀는 어두운 비서실로 달려나가 문을 벌컥 열어젖히고 밖을 내다보았다.

골목은 비어 있었다. 드문드문 서 있는 가로등 밑의 젖은 거울처럼 보이는 보도는 점점 좁아지며 멀리 뻗어 있었다. 사람은 아무도 보이지 않았다. 방치된 상점의 깨진 유리창이 검은 구멍처럼 보였다. 그 너머로는 하숙집들이 보였다. 길 건너에는 태거트 대륙횡단철도 지하 터널로 들어가는 캄캄한 입구에 걸린 등불에 비친 빗줄기가 보였다.

◆

리어든은 서류에 서명한 후 책상 건너편으로 밀어두고 고개를 돌렸다. 다시는 그것들에 대해 생각하고 싶지 않았고, 어서 빨리 이 순간이 먼 과거 속에 묻혔으면 하는 마음뿐이었다.

폴 라킨이 머뭇거리며 서류를 향해 팔을 뻗었다. 그는 어쩔 줄 몰라 하며 눈치를 살폈다.

"행크, 이건 법적인 형식일 뿐이네. 자네도 알다시피 난 앞으로도 이 광산을 자네의 소유로 여길 걸세."

리어든은 천천히 고개를 저었다. 그것은 목 근육의 움직임에 지나지 않았고, 그의 얼굴은 마치 낯선 사람과 이야기하듯 냉담했다.

"아니. 법적으로 내 소유가 아니면 내 것이 아닌 거지."

"그렇지만…… 내가 신뢰할 만한 사람이라는 건 자네도 잘 알잖나. 철광석 공급에 대해서는 걱정하지 말게. 우린 계약을 맺었네. 나를 믿고 의지해도 된다는 거 자네도 알잖나."

"모르네. 그럴 수 있기를 바랄 뿐이지."

"내가 약속했잖나."

"나는 다른 사람의 약속에 좌우된 적이 없네."

"아니, 왜…… 왜 그런 소릴 하나? 우린 친구야. 난 자네가 원한다면 무엇이든 하겠네. 자넨 내가 생산하는 것을 다 가져가게 될걸세. 광산은 여전히 자네 소유야. 아니, 자네 소유나 다름없어. 자넨 두려워할 게 없다고. 내가……행크, 왜 그러나?"

"말하지 말게."

"그렇지만…… 대체 왜 그러나?"

"난 장담을 좋아하지 않아. 내가 대단히 안전한 것처럼 굴고 싶지도 않고. 난 안전하지 않으니까. 우린 계약을 맺었지만 난 자네가 그 계약을 준수하도록 강제할 수 없어. 난 내 처지를 잘 알고 있네. 나와의 약속을 지킬 작정이라면 더 이상 그것에 대해 이야기하지 말고 그냥 행동으로 보여주게."

"왜 모든 게 내 탓인 것처럼 그런 시선으로 보나? 내가 이번 일을 얼마나 애석하게 생각하는지 잘 알면서. 내가 자네 광산을 산 건 자네를 돕고 싶어서였네. 그래도 생판 남보다는 친구에게 넘기는 게 낫지 않나. 이번 일은 내 탓이 아니네. 나도 그 끔찍한 기회균등법이 싫고 그 배후에 어떤 사람들이 있는지도 모르네. 난 그 법이 통과될 줄은 꿈에도 몰랐어. 처음 그 소식을 듣고 얼마나 충격을 받았는지……."

"신경 쓰지 말게."

"난 단지……."

"왜 자꾸만 그 이야기를 하려고 하나?"

"행크, 난 자네에게 최고가를 지불했네. 법에는 '적당한 보상'을 해주도록 되어 있지만. 나는 누구보다도 높은 금액을 불렀네." 라킨이 애원하는 목소리로 말했다.

리어든은 아직 책상 위에 놓여 있는 서류를 바라보았다. 그는 서류에 적힌 철광석 광산의 매매 금액에 대해 생각했다. 라킨은 그 돈의 3분의 2를 정부에서 대출받았다. 새 법의 조항 중에 "지금까지 기회를 갖지 못했던 새 주인들에게 공정한 기회를 제공하기 위해" 그런 대출을 허용한다는 내용이 있었다. 그리고 나머지 금액의 3분의 2는 그 광산을 담보로 그가 라킨에게 빌려준 것이었다. 리어든은 문득 이런 생각이 들었다. '내가 광산을 넘기고 받은 정부 돈, 그건 어디서 나온 걸까? 누구의 노동이 그 돈을 만들었을까?'

"행크, 걱정할 필요 없네. 형식상의 서류일 뿐이니까." 라킨의 목소리에는 이해할 수 없는 고집스런 애원이 들어 있었다.

리어든은 라킨이 원하는 게 무얼까 하는 궁금증이 막연하게 일었다. 라킨은 매매라는 물리적인 사실을 넘어서는 무언가를 기다리는 듯했다. 리어든이 자비를 베푸는 말이나 행동을 해주기를 기대하는 듯했다. 최고의 행운을 얻은 이런 순간에도 라킨의 눈은 넌더리나는 거지의 표정을 담고 있었다.

"행크, 왜 그렇게 화를 내나? 형식적인 절차일 뿐인데. 새로운 역사적 조건일 뿐이라고. 역사적 조건은 어쩔 수 없는 것이네. 그건 누구의 잘못도 아니지. 그리고 다 살아갈 길이 있게 마련이네. 다른 사람들을 보게. 그들은 신경도 안 써. 그들은……"

"그들은 꼭두각시를 내세워 강탈당한 사업체를 조종하고 운영하지. 난……"

"아니, 왜 그런 표현을 쓰나?"

"자네도 알다시피 난 그런 게임에는 능하지 못하네. 자넬 내 손아귀에 넣고 광산의 경영을 배후조종할 술책을 짤 시간도, 그러고 싶은 생각도 없어. 난 소유권을 공유하지 않네. 자네의 비겁함을 이용해서, 끊임없이 교묘한 술수로 자네를 위협해서 소유권을 쥐고 싶지도 않고. 난 그런 식으로 사업을 하지 않고 겁쟁이들은 상대하지 않네. 광산은 자네 것이네. 자네가 생산하는 모든 철광석에 대해 나에게 우선권을 주고 싶다면 그렇게 하면 되네. 약속을 깨고 싶다면 그것도 자네 마음이고."

라킨은 상처받은 얼굴이었다. 그가 정의감에 찬 질책 어린 냉담한 목소리로 말했다.

"자네 정말 너무하는군. 난 자네에게 불신당할 만한 짓을 한 적이 없네."

그는 서둘러 서류를 집어들었다.

리어든은 서류가 라킨의 코트 안주머니로 들어가는 것을 지켜보았다. 코트 앞자락이 벌어지면서 울퉁불퉁한 뱃살을 꽉 죄고 있는 조끼의 주름들과 와이셔츠 겨드랑이의 땀자국이 보였다.

27년 전에 본 얼굴이 불현듯 떠올랐다. 이제 기억도 나지 않는 어느 도시의 길모퉁이에서 본 전도사의 얼굴이었다. 기억에 남아 있는 것은 슬럼가의 시커먼 벽들과 가을 저녁의 비, 그리고 전도사의 정의감에 찬 악의였다. 그의 작은 입이 벌어지더니 어둠 속에 대고 이렇게 외쳤다.
"……가장 고귀한 이상, 그것은 우리 인간이 형제들을 위해 살고, 강한 자는 약한 자를 위해 일하고, 능력을 가진 사람은 그렇지 못한 사람을 위해 봉사하고……."

그리고 열여덟 살의 행크 리어든도 보였다. 긴장한 얼굴, 빠른 걸음걸이, 뜬눈으로 지새운 밤들의 에너지와 흥분에 취한 몸, 당당하게 치켜든 머리, 맑고 단호한 눈, 목표를 향해 자신을 무자비하게 혹사시킨 사람의 눈. 폴 라킨의 청년 시절 모습도 상상이 되었다. 애늙은이의 얼굴로 자신에게 기회를 달라고 세상에 애원하며 비굴한 웃음을 흘리는 모습. 만일 열여덟 살의 행크 리어든에게 그 모습을 보여주며 이것이 네가 가는 길의 종착점이라고, 이런 인간이 네가 피땀 흘려 이룬 결실을 대신 챙길 것이라고 말했다면…….

그것은 생각이 아니라 두개골 내부를 주먹으로 얻어맞은 듯한 충격이었다. 잠시 후 충격에서 벗어나 다시 생각이란 것을 할 수 있게 된 리어든은 열여덟 살의 자신이 그런 사실을 알았더라면 어떤 기분을 느꼈을지 알 것 같았다. 라킨이라는 추잡한 물건을 발로 밟아 으깨서 가루로 만들어버리고 싶었을 터였다.

리어든은 그런 감정을 느껴본 적이 없었다. 그래서 잠시 후에야 그것이 사람들이 증오라고 부르는 감정임을 깨달을 수 있었다.

라킨은 일어나서 이제 그만 가보겠다는 말을 웅얼거리며 상처받은 건 자신이라는 듯 원망하는 표정으로 입술을 일그러뜨렸다.

리어든은 펜실베이니아 주에서 제일 큰 석탄회사를 소유한 켄 대너거에게 탄광을 넘길 때는 이상하게도 고통이 거의 느껴지지 않았다. 증오도 일지 않았다. 켄 대너거는 폐쇄적이고 강한 인상의 오십 대 남자로 광부로 출발해서 지금의 자리에까지 올랐다.

리어든이 탄광 양도증서를 건네자 대너거는 담담하게 말했다. "당신에겐 석탄을 원가로 주겠다는 말을 아직 안 한 것 같군요."

리어든이 놀라서 흘깃 그를 보았다.

"그건 법에 어긋납니다."

"내가 당신 집 거실에서 당신에게 무슨 명목으로 현금을 건네는지 누가 알겠습니까?"

"리베이트 말이군요."

"그래요."

"그건 20여 개의 법에 위반됩니다. 적발되면 당신이 나보다 더 혹독한 대가를 치를 거예요."

"물론이죠. 그건 당신을 위한 보호장치가 될 수 있고요.

나의 선의에 좌우되지 않을 수 있으니까."

리어든은 행복한 미소를 지었다. 하지만 매라도 맞듯 눈을 질끈 감더니 고개를 저었다.

"고맙군요. 하지만 난 그런 사람이 아닙니다. 내 이익을 챙기기 위해 정당한 대가를 지불하지 않고 원가만 낼 수는 없어요."

그러자 대너거가 화난 목소리로 대꾸했다. "그건 나도 마찬가지예요. 이봐요 리어든. 내가 지금 불로소득을 얻고 있다는 것을 모를 것 같아요? 그 광산은 돈으로 환산할 수 없는 가치를 지니고 있어요. 요즘 같은 때에는."

"당신은 내 광산을 사겠다고 나서지 않았어요. 내가 사달라고 부탁했죠. 철광업 쪽에도 당신 같은 사람이 있었다면 내 철광석 광산을 기꺼이 넘길 수 있었을 텐데 그렇지가 못했어요. 내게 호의를 베풀고 싶다면 리베이트 제안은 하지 마세요. 내가 그 누구보다 높은 가격을 지불할 수 있도록 해주세요. 그래야 정당하게 당신의 석탄에 대한 우선권을 가질 수 있을 테니까요. 대금은 내가 알아서 마련할 테니 석탄만 대주세요."

"그러지요."

리어든은 한동안 왜 웨슬리 마우치에게서 소식이 없나 궁금했다. 워싱턴으로 몇 번 전화를 걸었지만 응답이 없었다. 그러던 차에 마우치가 대리인을 통해 그와의 계약을 종료한다는 달랑 한 문장짜리 통보서를 보내왔다. 2주 후, 웨슬리 마우치가 경제기획 국가자원국 조정관보에 임명되었다는 소식이 신문에 실렸다.

리어든은 무수한 밤을 지새우며 원치 않는 새로운 감정과 맞서 싸우다가 결론지었다. '그 문제에 연연하지 말자. 세상에는 차마 말로 표현할 수 없는 악이 존재하며, 나는 그런 사실을 알고 있다. 하지만 그 세세한 부분들에 신경 써봐야 아무 소용 없다. 일을 더 열심히 하자. 조금만 더. 악에 굴복하지 말자.'

제철소 압연기에서 만들어진 철교용 들보와 도리들이 날마다 존 골트 노선의 공사 현장으로 실려갔고, 협곡을 이을 리어든 금속 철교의 첫 부분이 봄의 첫 햇살 속에서 초록빛이 도는 푸른색으로 반짝이고 있었다. 리어든은 고통을 느낄 시간이나 화를 낼 기운이 없었다. 충격은 몇 주 만에 가셨다. 격렬한 증오의 발작도 잠잠해지더니 완전히 사라졌다.

어느 날 저녁 에디 윌러스에게 전화를 걸었을 때 그는 자제력을 확고히 되찾은 상태였다.

"에디, 나 지금 뉴욕에 와 있어요. 웨인 포클랜드 호텔. 내일 여기 와서 아침식사 같이 합시다. 의논할 일이 있어요."

에디 윌러스는 무거운 죄책감을 안고 약속 장소로 향했다. 그는 기회균등법의 충격에서 아직 벗어나지 못한 상태였다. 그 사건으로 그의 마음에는 검푸른 멍자국 같은 둔중한 아픔이 남아 있었다. 그는 정체 모를 악의를 숨기고 있는 듯한 뉴욕의 모습이 싫었다. 그는 기회균등법의 희생자 중 한 사람을 마주하기가 두려웠다. 마치 자신도 모종의 끔찍한 방식으로 가해자 역할을 한 것만 같은 기분이었다.

하지만 리어든을 보자 그런 기분은 눈 녹듯 사라졌다. 리어든의 태도에서는 희생자의 모습을 전혀 찾아볼 수 없었다. 호텔 방 창문 너머로 이른 아침의 봄 햇살이 도시의 창문들에서 빛나고 하늘은 젊고 싱그러운 연푸른색을 띠고 있었다. 사무실들은 아직 닫혀 있었다. 뉴욕이란 도시는 악의를 품고 있는 게 아니라 언제라도 행동할 태세를 갖춘 기쁨과 희망에 찬 모습이었다. 마치 리어든처럼. 리어든은 잠을 푹 자서 활기가 넘치는 듯했다. 그는 일이라는 흥미진진한 게임을 잠시도 미루고 싶지 않아서 옷을 갈아입는 것조차 성가셨는지 아직도 목욕가운 차림이었다.

"어서 와요, 에디. 너무 이른 시간에 부른 거라면 미안해요. 지금밖에 시간이 없어서. 아침 먹고 바로 필라델피아로 돌아가야 해요. 식사하면서 이야기합시다."

그의 진청색 플란넬 목욕가운 가슴 주머니에 흰 글씨로 'HR'이란 머리글자가 수놓아져 있었다. 그는 이 방에서, 그리고 이 세상에서 젊고 느긋하고 편안해 보였다.

웨이터가 활력을 주는 신속하고 효율적인 동작으로 아침 식사 테이블을 밀고 들어왔다. 에디는 빳빳한 새하얀 테이블보와 햇살에 반짝이는 은식기, 오렌지주스 잔을 넣은 두 개의 얼음 그릇을 바라보는 게 즐거웠다. 그는 그런 물건들이 자신에게 힘과 기쁨을 줄 수 있을 줄은 미처 몰랐다.

"이 문제에 대해서는 대그니와 장거리 전화로 이야기하고 싶지 않았어요. 대그니는 할 일이 많으니까. 우리 둘이 바로 처리할 수 있는 문제예요." 리어든이 말했다.

"나에게 그럴 권한이 있다면요."

리어든이 미소지었다.

"있어요."

그러고는 테이블 너머로 몸을 기울이며 물었다. "에디, 현재 태거트 대륙횡단철도 재정 상태가 어때요? 많이 힘든가요?"

"힘든 정도가 아니죠."

"직원들 임금은 줄 수 있어요?"

"어려워요. 신문에는 안 나게 막아놨지만 알 만한 사람은 다 알 거예요. 전체적으로 임금이 체불되고 있고, 제임스는 이제 핑곗거리도 다 떨어졌어요."

"리어든 금속 레일 1차 대금 지급 기한이 다음 주라는 거 알아요?"

"네, 압니다."

"그럼 지급유예 계약을 맺읍시다. 기한을 연장해주겠어요. 존 골트 노선 완공 6개월 후까지 나에게 돈을 주지 않아도 돼요."

에디 윌러스는 쿵 소리가 나게 잔을 내려놓았다. 그는 아무 말도 할 수 없었다.

리어든이 조용히 웃었다.

"왜 그래요? 당신은 이 제안을 받아들일 권한이 있어요, 안 그래요?"

"리어든 씨…… 무슨 말을 해야 할지…… 모르겠어요."

"그냥 '좋아요'라고만 하면 돼요."

"좋아요, 리어든 씨." 에디가 들릴락 말락 한 소리로 말했다.

"서류를 만들어서 보내죠. 제임스에게 말하고 서명하라고 하세요."

"네, 리어든 씨."

"제임스와는 상대하고 싶지 않아요. 내 제안을 받아들이는 것이 내게 큰 인심이라도 쓰는 것인 양 꾸미느라 2시간은 낭비할 테니까."

에디는 자신의 접시만 내려다보고 있었다.

"왜 그래요?" 리어든이 물었다.

"리어든 씨, 감사의 말을 전하고 싶지만…… 큰 감사를 전할 말이 생각이 안 나서……."

"이봐요, 에디. 당신은 훌륭한 사업가의 자질을 지녔으니 몇 가지 문제를 확실히 해두고 넘어가는 게 좋겠어요. 이런 상황에서는 감사가 있을 수 없어요. 난 태거트 대륙횡단철도를 위해 이러는 게 아니에요. 내 입장에서 이 일은 단순하고 실리적이고 이기적인 것이에요. 지금 당신 회사에서 레일 대금을 수금하면 당신 회사에 치명적인 타격을 입힐 수도 있는데 내가 그런 짓을 왜 하겠어요? 당신 회사가 쓸모가 없다면 서둘러 수금을 해야겠죠. 난 자선가도 아니고 무능한 회사에 도박을 걸지도 않아요. 하지만 당신 회사는 아직 미국 최고의 철도회사예요. 존 골트 노선이 완공되면 태거트 대륙횡단철도는 재정적으로 가장 튼튼한 회사가 될 거예요. 그렇기 때문에 나로선 기다려줄 이유가 있지요. 게다가 대기트 대륙횡단철도는 내 레일 때문에 곤경에 처해 있어요. 난 당신 회사가 승리하는 걸 볼 작정이에요."

"리어든 씨, 그래도 감사해야죠. 자선보다 훨씬 큰 걸 베풀어주셨으니까."

"아니에요. 모르겠어요? 난 최근에 거금을 손에 넣었어요.……내가 원한 바는 아니었지만. 난 그 돈을 투자할 수도 없어요. 투자해봐야 부질없는 일이고……. 어떻게 보면 같은 싸움에서 같은 적들에게 불리하도록 돈을 쓰는 것이니 기쁜 일이지요. 결국 난 적들 때문에 손에 쥔 돈으로 그들과 맞서 싸우는 당신 회사를 도울 수 있게 된 셈이지요."

에디는 그 말이 상처를 건드린 듯 움찔했다.

"바로 그 점이 끔찍해요!"

"뭐가요?"

"그들이 당신에게 한 짓과…… 그 대가로 당신이 지금 하고 있는 일. 내 말은……." 에디는 말을 끊었다. "리어든 씨, 죄송합니다. 이런 식으로 사업 이야기를 하면 안 되는데."

리어든이 미소지었다.

"고마워요, 에디. 당신 말뜻이 뭔지 알아요. 하지만 잊어버려요. 그들에겐 신경 쓸 것 없어요."

"네. 다만…… 리어든 씨, 이런 말을 해도 될까요? 온당치 못한 말이란 건 알아요. 부사장으로서 하는 말도 아니고요."

"말해요."

"당신의 제안이 대그니와 나, 그리고 태거트 대륙횡단철도의 모든 훌륭한 직원에게 어떤 의미인지는 굳이 말할 필요도 없어요. 당신도 알고 있으니까요. 당신이 우리를 신뢰하고 있다는 것도 알고 있죠. 하지만…… 하지만 제임스 태거트도 혜택을 입는다는 사실이 끔찍해요. 제임스와 그 일당들이 당신에게 어떤 짓을 했는데 그들을 구해주게 되다니……."

리어든이 웃음을 터뜨렸다.

"에디, 제임스 같은 사람들에게 신경 쓸 필요가 뭐가 있어요? 우린 특급열차를 몰고 가고 있고, 그들은 열차 지붕 위에서 자기들이 지도자라고 시끄럽게 떠들어대고 있어요. 우리가 왜 신경 써요? 우린 그들까지 함께 태우고 갈 힘이 있는데…… 안 그래요?"

◆

"못 버틸 거야."

이글거리는 여름 태양이 도시의 창문에 불꽃의 얼룩을 만들었고 거리의 먼지 속에서 섬광이 일었다. 열기가 건물 지붕에서 흰 달력까지 이른거리는 기둥외 형태로 솟아올랐다. 달력은 모터가 계속 움직여서 6월 마지막 날들을 가리키고 있었다.

사람들은 말했다. "못 버틸 거야. 존 골트 노선에 첫 열차가 운행되면 레일이 갈라질 거야. 철교까지 가지도 못할 걸. 설령 철교까지 간다고 해도 철교가 열차 무게를 견디지 못해 무너질 거고."

콜로라도 산지에서 화물열차들이 피닉스-두랑고 철길을 달려 내려가 북으로는 와이오밍 태거트 대륙횡단철도 간선으로, 남으로는 뉴멕시코와 애틀랜틱 서던 간선으로 향했다. 와이엇 유전에서 출발한 유조차들이 먼 주(州)에 있는 산업시설을 향해 줄지어 사방으로 달려갔다. 일반 대중은 유조차들이 태양 광선처럼 조용히 움직인다고 여겼고, 나중에 전등 불빛이나 용광로의 열기, 모터의 움직임이 되기 전에는 그 존재를 인식하지 못하고 태양 광선처럼 당연시했다.

피닉스-두랑고 철도는 7월 25일에 운행이 중단될 예정이었다.

사람들은 말했다. "행크 리어든은 탐욕스런 괴물이야. 그가 얼마나 많은 돈을 벌어들였는지 봐. 그런데도 뭐 하나 내놓은 게 있어? 사회적 양심이란 걸 보여준 적 있어? 그 인간은 돈밖에 모르지. 돈을 벌기 위해서라면 무슨 짓이든 할 인간이야. 철교가 무너져서 사람들이 목숨을 잃는다고 해도 신경도 안 쓸걸."

또 사람들은 말했다. "태거트 가문은 대대로 무자비한 인간들이야. 죽은 고기를 먹고사는 대머리수리의 피가 흐른다니까. 그 가문의 창시자 냇 태거트를 생각해봐. 역사상 가장 악명 높은 반사회적 악당이었지. 나라를 착취해서 자신의 배를 불린 인간이야. 태거트 가문 인간들은 돈벌이만 된다면 주저 없이 사람들을 위험에 빠뜨릴 수 있는 자들이야. 그들은 강철 레일보다 싸다는 이유로 질 나쁜 레일을 사들였어. 요금만 챙기고 대재앙이나 형체를 알아볼 수 없게 된 시신 따윈 신경도 안 쓸 거라고."

사람들이 그런 말을 한 것은 다른 사람들이 그렇게 말했기 때문이다. 그들은 왜 여기저기서 그런 말들이 들리는지 알지 못했다. 그들은 그 이유를 제시하지도, 묻지도 않았다. 프리쳇 박사는 "이성은 미신 중에서도 가장 고지식한 미신입니다"라고 말했다.

클로드 슬레이젠호프는 라디오 연설에서 이렇게 말했다. "여론의 근원이요? 여론의 근원은 없습니다. 자연스럽게 일반화되는 것이죠. 집단적 정신의 집단적 본능의 반응이죠."

오런 보일은 미국 최고 부수를 자랑하는 시사잡지《글로브》와 인터뷰를 가졌다. 야금 전문가들의 중대한 사회적 책임을 주제로 한 인터뷰였고, 세상에서 핵심적인 역할을 하고 있는 금속의 질에 인간의 생명이 달려 있는 경우가 너무나 많다는 사실을 특히 강조했다. "새 제품을 선보일 때 인간을 실험 대상으로 삼아서는 안 된다는 것이 내 생각입니다." 그는 이렇게 말했지만 구체적으로 이름을 언급하지는 않았다.

어소시에이티드 철강의 수석 야금 전문가는 텔레비전 프로그램에 출연해서 이렇게 말했다. "아뇨. 나는 그 철교가 무너질 거라고 말하진 않겠습니다. 절대로요. 다만, 내게 아이들이 있다면 그 철교를 처음 건너는 열차에는 절대

태우지 않을 겁니다. 하지만 그건 어디까지나 개인적인 선택일 뿐이며, 나는 아이들을 아주 많이 좋아합니다."

버트럼 스커더는 《퓨처》에 다음과 같이 썼다. "나는 리어든-태거트 철교가 무너질 것이라고 주장하지는 않는다. 그 철교는 무너질 수도 있고 무너지지 않을 수도 있다. 그것은 중요한 문제가 아니다. 중요한 것은 공공정신에서 우러난 행동은 취해본 적 없는 방종한 두 개인주의자의 오만과 이기심, 탐욕에 맞서 이 사회가 어떤 보호장치를 가지고 있느냐이다. 이 두 사람은 자신들의 판단력을 맹신해 공인된 전문가들의 지배적인 다수 의견도 무시한 채 동료 인간들의 생명을 위태롭게 하려고 하고 있다. 사회가 그것을 묵인해야 할까? 만일 철교가 무너진다면 그때 가서 예방책을 마련하는 것은 너무 늦지 않을까? 소 잃고 외양간 고치는 격이 아닐까? 문제의 소지가 있는 일들에 대해서는 일반적인 사회 원칙들에 따라 미리 단속해야 한다는 것이 나의 한결같은 믿음이다."

자칭 '사심 없는 시민위원회'라는 단체에서는 정부 전문가 평가단이 1년 동안 존 골트 노선의 안전성에 대해 연구한 다음 그 노선의 열차 운행을 허가하라는 탄원서를 만들어 서명 운동을 벌였다. 탄원서에는 서명 운동 참가자들이 오직 '시민의 의무감'으로 발벗고 나선 것이라고 적혀 있었다. 밸프 유뱅크와 모트 리디가 누구보다 먼저 서명했다. 모든 신문이 그 서명 운동을 대대적으로 보도했다. 사심 없는 사람들이 벌인 운동이라 더 존중되었다.

존 골트 노선 건설공사의 진척 상황에 대한 보도는 어느 신문에서도 찾아볼 수가 없었다. 현장을 취재하러 오는 기자도 없었다. 언론의 전반적인 편집정책은 5년 전 어느 저명한 편집국장이 한 말을 통해 알 수 있었다. "객관적인 사실은 존재하지 않는다. 사실에 대한 보도는 누군가의 의견일 뿐이다. 따라서 사실에 대해 쓰는 것은 부질없는 일이다."

몇몇 기업가들은 리어든 금속에 상업적 가치가 있을 수도 있다는 가능성에 대해 고려해보아야 한다고 생각했다. 그들은 그 문제에 대한 조사를 실시했다. 그러나 그들은 야금 전문가를 고용해 리어든 금속을 연구하게 하거나 에지니어를 건설 현장에 내보내지 않고 여론조사를 실시했다. 각 분야의 두뇌 만 명에게 다음과 같은 질문이 주어졌다. "존 골트 노선의 기차를 타시겠습니까?" "아니요"라는 답변이 압도적이었다.

공개적으로 리어든 금속을 옹호하는 목소리는 들리지 않았다. 그리고 태거트 대륙횡단철도의 주가가 아주 천천히, 아주 은밀하게 오르고 있다는 사실에 의미를 부여하는 사람도 없었다. 그러나 상황을 지켜보며 신중하게 움직이는 이들이 있었다. 모언은 여동생 이름으로 태거트 주식을 샀다. 벤 닐리는 사촌 이름, 폴 라킨은 가명으로 주식을 샀다. "난 논란을 일으키고 싶지 않아." 그들 중 한 명이 한 말이었다.

제임스 태거트는 이사회에서 어깨를 으쓱하며 말했다. "아, 물론 공사는 차질 없이 진행되고 있습니다. 아, 그럼요. 믿고 안심해도 됩니다. 내 여동생은 인간이 아니라 내 연기관 엔진이니 그녀의 성공에 놀랄 필요는 없어요."

제임스 태거트는 철교 들보 몇 개가 갈라져 떨어지면서 인부 세 명이 죽었다는 소문을 듣자 벌떡 일어나 비서실로 달려가 당장 콜로라도에 전화하라고 명령했다. 그는 의지할 것이 필요한 듯 비서의 책상에 기대어 공포로 눈의 초점을 잃은 채 서 있었다. 그러다 갑자기 입가에 미소를 지으며 말했다.

"지금 헨리 리어든이 어떤 낯짝을 하고 있을지 무척 궁금하군."

그는 소문이 거짓이라는 말을 듣자 외쳤다.

"천만다행이군!"

하지만 목소리에 실망이 어려 있었다.

필립 리어든은 그 소문을 듣고 친구들에게 말했다. "그래! 그도 어쩌다 한 번은 실패할 수도 있겠지. 어쩌면 나의 위대한 형은 본인이 생각하는 것만큼 그렇게 위대하지 않을지도 몰라."

릴리언 리어든은 남편에게 말했다. "여보, 어제 다과모임에서 당신을 위해 싸웠어요. 그 여자들이 대그니 태거트가 당신 내연녀라고 하잖아요.…… 오, 제발 그런 눈으로 보지 말아요! 말도 안 되는 소리란 거 알아요. 그래서 그 여자들, 다시는 그런 소리 못 하게 혼내줬어요. 그 멍청한 여자들은 대그니 태거트가 당신 내연녀가 아니라면 세상에 맞서 당신의 금속을 옹호할 리가 없다는 거예요. 물론 난 그런 오해를 할 만큼 어리석지는 않아요. 난 그 태거트 가(家) 여자가 성적인 것에는 무관심하고 당신에게도 전혀 관심이 없다는 걸 알아요. 그리고 여보, 만일 당신에게 그런 짓을 할 용기가 있었다면(물론 없지만) 딱딱한 정장 차림의 계산기 같은 여자가 아닌 여성스러운 금발의 쇼걸을……. 어머, 헨리, 농담이에요! 그런 눈으로 보지 말아요!"

제임스 태거트가 비참하게 말했다. "대그니, 이제 우린 어떻게 될까? 태거트 대륙횡단철도의 인기가 완전히 곤두박질쳤어!"

대그니는 마음속에 즐거움의 암류가 흐르고 있어서 언제라도 쉽게 즐거움을 느낄 수 있는 것처럼 유쾌한 웃음을 터뜨렸다. 그녀는 편안하게 입을 벌리고 웃었다. 햇볕에 탄 얼굴에서 새하얀 치아가 반짝였다. 두 눈은 드넓은 땅에서 익숙해진 대로 먼 곳에 초점을 맞추고 있었다. 제임스는 최근 그녀가 뉴욕에 올 때마다 시선은 자신을 향하고 있으면서도 자신을 보고 있지 않는 것 같은 기분을 느꼈다.

"우리 이제 어쩌지? 대중이 우리에게 완전히 등을 돌렸어!"

"오빠, 냇 태거트에 대해 사람들이 하는 이야기 생각나? 냇 태거트는 경쟁자 중에서 부러운 사람이 딱 한 명 있다고 말했대. '대중 따윈 신경 안 써!'라고 말한 사람. 그 말을 자신이 했으면 좋았을 거라고."

여름날 도시에 깔린 저녁의 무거운 정적 속에서 한 남자 또는 한 여자가 공원 벤치나 길모퉁이, 열린 창가에서 신문에 실린 존 골트 노선 건설공사 진척 상황에 대한 짤막한 기사를 보고 갑자기 희망이 솟는 것을 느끼며 도시를 바라보는 경우가 있었다. 그들은 이 세상에서 그런 일이 일어나기를 갈망하는 젊은이들이거나 그런 일들이 일어났던 세상에 산 적이 있는 노인들이었다. 그들은 철도에는 관심조차 없었고 사업에 대해서는 아무것도 몰랐다. 누군가 몹시 힘든 싸움에서 이기고 있다는 것만 알 뿐이었다. 그들은 싸우는 이의 목적을 찬양하지 않았고 여론의 목소리를 믿었다. 그런데도 존 골트 노선이 건설되고 있다는 기사를 읽으며 순간적인 활력을 얻었고 자신들의 문제가 쉽게 느껴졌다.

샤이엔의 태거트 대륙횡단철도 화물 조차장과 어두운 뒷골목의 존 골트 철도 사무실을 제외하고는 아무도 모르게, 조용히 화물이 모여들고 화물열차 주문이 쌓여가고 있었다. 존 골트 노선의 첫 열차를 위한 것이었다. 대그니 태거트는 첫 열차가 관례대로 유명인사들과 정치인들을 가득 태운 여객용 특급열차가 아니라 특별 화물열차가 될 것이라고 발표했다.

화물들은 농장, 목재 집하장, 전국의 광산에서, 그리고 마지막 생존수단이 콜로라도의 새 공장인 원격지에서 온 것이었다. 이 화물주들에 대해서는 아무도 기사를 쓰지 않았는데, 그것은 그들이 사심 없는 사람들이 아니기 때문이었다.

피닉스-두랑고 철도는 7월 25일에 폐쇄될 예정이었다. 그리고 존 골트 노선의 첫 열차는 7월 22일에 운행될 계획이었다.

"태거트 양, 우린 당신이 그 열차를 운행하도록 허용하지 않을 겁니다." 기관사 노조 대표가 말했다.

대그니는 얼룩진 사무실 벽을 등지고 낡은 책상에 앉아 있었다. 그녀는 꼼짝도 하지 않으며 말했다.

"나가요."

노조 대표는 철도회사 간부들의 반짝거리는 사무실에서 그런 말을 들어본 적이 없었다. 그는 당황한 얼굴이었다.

"내가 여기 온 건……."

"나한테 할 말이 있으면 처음부터 다시 시작해요."

"뭘요?"

"당신들이 나한테 무엇을 허용하겠다는 말은 하지 말라고요."

"그건, 우리 노조원들에게 당신의 열차를 운전하도록 허용하지 않겠다는 뜻이었습니다."

"그건 다르죠."

"어쨌든 우린 그렇게 결정했습니다."

"누가 그걸 결정했죠?"

"위원회죠. 당신이 하려는 일은 엄연한 인권 침해 행위예요. 당신은 돈을 벌기 위해 사람들을 죽음으로 내몰 권리가 없어요. 철교가 무너질 경우에 말입니다."

대그니는 백지 한 장을 집어 그에게 건넸다. "여기에 그 내용을 적어요. 계약서를 만들어 서명합시다."

"무슨 계약서요?"

"당신네 조합원들을 존 골트 노선 열차에 고용하지 않겠다는 내용의 계약서요."

"아니…… 잠깐만요. 난 그런 말은 안 했고……."

"그런 계약서에는 서명하고 싶지 않나요?"

"네, 난……."

"왜죠? 철교가 붕괴되리란 걸 알면서?"

"내가 원하는 건 그저……"

"난 당신이 뭘 원하는지 알아요. 내가 주는 일자리를 이용해서 조합원들의 목을 조르고 조합원들을 이용해서 내 목을 조르는 거죠. 당신은 내가 일자리를 제공하길 원하면서도 내가 일자리를 제공하는 걸 불가능하게 만들고 싶어 해요. 당신에게 선택권을 주겠어요. 열차는 운행될 거예요. 당신은 그것에 대한 선택권이 없어요. 하지만 열차를 당신네 조합원이 운전하게 될 것인지의 여부는 당신이 선택할 수 있어요. 당신이 조합원들에게 운전을 하지 못하게 해도 열차는 운행될 거예요. 내가 직접 운전하는 한이 있어도요. 만일 철교가 무너진다면 이 나라에는 더 이상 철도가 남아 있지 않게 되겠죠. 만일 철교가 무너지지 않는다면 당신네 조합원들은 존 골트 노선에서 일자리를 얻을 수 없을 거예요. 당신네 조합원들과 나 중에서 누가 더 절실하게 상대를 필요로 하는지 잘 생각해보고 결정해요. 난 열차를 운전할 수 있지만 그들은 철도를 건설할 수 없으니 알아서 선택해요. 당신네 조합원들이 열차를 운전하지 못하도록 막을 건가요?"

"막겠다는 말은 안 했어요. 그런 말은 꺼내지도 않았다고요. 하지만…… 하지만 당신은 아무도 시도한 적 없는 일에 목숨을 걸라고 강요할 권리가 없어요."

"난 그 누구에게도 그 열차를 운전하라고 강요할 생각이 없어요."

"그럼 어떻게 할 작정이죠?"

"지원자를 찾겠어요."

"아무도 지원하지 않는다면요?"

"그건 내 문제이니 당신이 신경 쓸 필요 없어요."

"난 조합원들에게 지원하지 말라고 권고할 겁니다."

"그렇게 해요. 당신 마음대로 권고해요. 당신 마음대로 이야기하고요. 단, 선택은 그들에게 맡겨요. 막으려고 하지 말고요."

태거트 철도의 모든 기관차고에 '운행 담당 부사장 에디 윌러스'가 서명한 공고가 나붙었다. 존 골트 노선 첫 운행 열차의 운전을 맡고 싶은 기관사는 7월 15일 오전 11시까지 윌러스 부사장 사무실에 지원하라는 내용이었다.

7월 15일 오전 11시 15분, 대그니의 사무실 전화벨이 울렸다. 길 건너 태거트 빌딩 저 높은 곳에서 에디가 건 전화였다.

"대그니, 이리로 오는 게 좋겠어."

그의 목소리가 이상했다.

대그니는 황급히 골목길을 건너 대리석 깔린 복도를 지나 아직도 '대그니 태거트'라는 유리 명패가 달려 있는 문을 밀어서 열었다.

비서실이 사람들로 북적거렸다. 책상 사이의 공간에 사

람들이 꽉 들어차 있었고 벽에 기대선 사람들도 있었다. 대그니가 들어서자 모두 조용해지며 모자를 벗었다. 대그니는 희끗희끗한 머리와 근육질의 어깨들을 보았다. 책상에 앉은 직원들의 웃는 얼굴과 방 끝에 서 있는 에디 윌러스의 얼굴이 보였다. 아무 설명이 필요 없었다.

에디는 부사장실 문가에 서 있었다. 대그니가 그에게 다가갈 수 있도록 사람들이 길을 내주었다. 에디가 손을 들어 비서실로 모여든 사람들과 수북이 쌓인 편지와 전보들을 가리켰다.

"대그니, 전원이 지원했어. 태거트 대륙횡단철도의 모든 기관사들이. 올 수 있는 사람들은 다 왔어. 멀리 시카고 지부에서까지."

그는 우편물들을 가리키며 말을 이었다. "나머지는 우편으로 지원했고. 정확히 말하자면 세 명만 연락이 없었어. 그중 한 명은 북부 숲으로 휴가를 떠났고, 한 명은 입원 중이고, 나머지 한 명은 운전 과실로 구속 중이야. 자기 자동차를 몰다가 그렇게 됐어."

대그니는 비서실에 모인 사람들을 보았다. 모두 미소를 억누르고 엄숙한 얼굴을 하고 있었다. 대그니는 감사의 표시로 고개를 숙여 보였다. 그녀는 판결을 받아들이듯 고개를 숙인 채 잠시 그대로 서 있었다. 그 판결은 자신과 이곳에 모인 모든 사람, 빌딩 밖 세상에 적용되는 것임을 그녀는 알고 있었다.

"고맙습니다." 그녀가 말했다.

그곳에 모인 대부분의 사람들은 그녀를 여러 번 본 이들이었다. 하지만 고개를 드는 그녀를 보면서 많은 이가 놀라움을 금치 못했다. 운행 담당 부사장이 여자이고 아름답다는 사실을 처음으로 깨달은 것이다.

뒤쪽에서 한 사람이 갑자기 쾌활하게 외쳤다. "제임스 태거트를 타도하라!"

모두 폭소하며 환호와 박수갈채를 보냈다. 그 반응은 그 사람의 외침과 전혀 어울리지 않았다. 하지만 그의 외침은 그들에게 필요한 핑곗거리를 제공했다. 그들은 권위에 대한 저항으로 그 사람에게 박수갈채를 보내고 있는 듯했다. 하지만 그들은 자신들이 진짜로 박수갈채를 보내고 있는 대상이 누구인지 알고 있었다.

대그니가 고개를 들고 웃으며 말했다. "아직 너무 일러요. 앞으로 일주일만 기다립시다. 그때 축하합시다. 꼭 그렇게 될 겁니다!"

그들은 첫 열차를 운전할 사람을 제비뽑기로 결정했다. 지원자들의 이름이 적힌 쪽지를 모아놓고 대그니가 하나를 뽑았다. 당첨자는 그 자리에 없었지만 태거트 대륙횡단 철도 최고의 기관사 중 한 명인 네브래스카 지부에서 태거트 혜성특급을 맡고 있는 팻 로건이었다.

◆

　대그니는 뉴욕에 와 있는 리어든에게 전화를 걸었다.
"행크, 내일 기자회견을 열 생각이에요."
　리어든이 껄껄 웃으며 대꾸했다. "그럴 리가!"
　"맞아요."
　대그니의 목소리는 위험할 정도로 지나치게 진지했다.
　"신문들이 갑자기 내 존재를 깨닫고 질문 공세를 퍼붓고 있어요. 대답을 해줘야 해요."
　"잘 해요."
　"그러죠. 내일도 뉴욕에 있을 건가요? 당신도 그 자리에 있으면 좋겠어요."
　"좋아요. 나도 놓치고 싶지 않군요."
　존 골트 철도회사 사무실에서 열린 기자회견에 온 기자들은 세상에서 일어나는 사건들의 본질을 세상 사람들에게 감추는 것을 기자의 본분으로 여기도록 훈련된 젊은이들이었다. 그들의 일상적인 임무는 아무 의미도 없는 어휘를 교묘히 골라 쓰며 공익에 대해 떠드는 공인의 청중 노릇을 해주는 것이었다. 그리고 그들이 일상적으로 하는 일은 자기 취향대로 단어들을 조합해 구체적인 뜻을 전달하지 않는 문장을 만드는 것이었다. 그래서 그들은 지금 하고 있는 인터뷰를 이해할 수가 없었다.

대그니 태거트는 슬럼가 지하실처럼 보이는 사무실 책상에 앉아 있었다. 그녀는 흰 블라우스에 진청색 정장을 차려입었는데, 군대식 우아함이 느껴질 정도로 격식을 갖추어 멋지게 재단한 옷이었다. 그녀는 꼿꼿이 앉아서 지나치리만큼 위엄 있는 태도를 보였다.

리어든은 구석에 있는 고장난 안락의자에 비스듬히 앉아 있었다. 그는 긴 다리를 안락의자의 한쪽 팔걸이에 걸치고 반대쪽 팔걸이에 등을 기대고 있었다. 그의 태도는 좀 지나치다 싶을 정도로 편안하고 자유로워 보였다.

대그니는 군대식 보고처럼 분명하고 단조로운 목소리로 서류를 들여다보지 않고 기자들을 똑바로 쳐다보면서 존 골트 노선의 기술적 사실들을 발표했다. 선로의 성질, 철교의 수용력, 건설공법, 비용에 대해 정확한 수치를 들어 설명했다. 그러고는 은행가의 담담한 목소리로 존 골트 노선의 재정적 전망과 자신이 기대하는 수익을 제시했다.

"이상입니다." 설명이 끝난 후 그녀가 말했다.

"그게 끝이라고요? 대중에게 전하는 메시지는 없습니까?" 기자 하나가 물었다.

"지금까지 말한 내용이 내 메시지입니다."

"아니, 그게 아니라…… 자기변호는 안 합니까?"

"무엇에 대해서요?"

"존 골트 노선의 존재를 정당화하고 싶지 않나요?"

"이미 했는데요."

냉소를 달고 사는 듯한 남자가 말했다. "버트럼 스커더도 말했듯이, 당신의 철도가 불량품일 경우 우리가 어떤 보호장치를 갖고 있는지 알고 싶습니다."

"우리 철도를 이용하지 마세요."

다른 기자가 물었다. "그 노선을 건설한 동기는 말씀해주시지 않을 건가요?"

"이미 말했는데요. 내가 기대하는 수익이라고."

"아, 태거트 양, 그런 말 마세요!" 젊은 기자가 외쳤다.

그는 신참이라 아직 자신의 일에 대한 정직한 자세를 잃지 않고 있었고 왠지 대그니 태거트에게 호감이 갔다.

"그건 틀린 말입니다. 모든 사람이 당신에 대해 그렇게 말하고 있죠."

"그런가요?"

"진심으로 한 말은 아닐 거라고 믿습니다.…… 그리고 그것에 대해 해명하고 싶으실 겁니다."

"아, 네, 원하신다면 그렇게 하죠. 통상적으로 철도의 평균 수익률은 투자금의 2퍼센트 정도입니다. 그렇게 많은 일을 하면서 그렇게 적은 수익을 올리는 산업은 스스로를 부도덕하게 여겨야 합니다. 이미 설명했듯이 존 골트 노선의 비용과 예상 운송량을 비교해보면 수익이 투자금의 15퍼센트 이상이 될 것으로 기대됩니다. 물론 요즘은 수익이 4퍼센트 이상인 산업은 폭리를 취하는 것으로 여겨집니다. 그럼에도 불구하고 나는 가능하다면 존 골트 노선에서 20퍼센트의 수익을 얻도록 최선을 다할 생각입니다. 그것이 내가 존 골트 노선을 건설한 동기입니다. 이제 충분히 설명이 됐나요?"

젊은 기자는 무력하게 그녀를 바라보았다.

"그렇지만 태거트 양, 당신 **자신을** 위해 수익을 올리겠다는 뜻은 아니죠? 물론 소액 주주들을 위해서겠죠?"

"아니요. 나는 태거트 대륙횡단철도의 최대 주주 중 한 사람이고, 따라서 수익금에서 가장 큰 몫을 챙기게 될 겁니다. 사실 리어든 씨는 나보다 훨씬 유리한 위치에 있죠. 그의 회사에는 다른 주주들이 없어서 수익금을 나눌 필요가 없으니까요. 리어든 씨, 직접 한 말씀 해주시겠습니까?"

"그러죠, 기꺼이. 리어든 금속 제조법은 나만 아는 비밀이고, 생산비용은 여러분이 상상할 수 없을 만큼 낮다는 사실을 감안할 때 앞으로 몇 년 안에 나는 무려 20퍼센트의 수익을 대중들에게서 갈취할 것으로 기대합니다."

"리어든 씨, 대중들에게서 갈취하겠다는 게 무슨 뜻입니까? 당신이 낸 광고대로 당신의 금속이 다른 어느 제품보다 수명은 세 배 이상 길고 가격은 절반밖에 안 될 거라면 대중도 혜택을 보는 게 아닌가요?" 젊은 기자가 물었다.

"오, 그걸 깨달으셨나요?" 리어든이 말했다.

"두 분은 지금 기자회견을 하고 있다는 사실을 알고 계신가요?" 냉소적인 기자가 물었다.

대그니가 정중하게 놀라움을 표하며 말했다. "아니, 홉킨스 씨, 기자회견이 아니라면 우리가 왜 당신들과 이야기하고 있겠습니까?"

"당신이 한 말을 신문에 그대로 실어도 되겠습니까?"

"꼭 그렇게 해주길 부탁드립니다. 제가 지금부터 하는 말을 그대로 받아 적어주시겠습니까?"

대그니는 기자들이 받아 적을 준비를 할 때까지 기다린 뒤 말했다. "태거트 양은 이렇게 말했다. 따옴표 열고. 나는 존 골트 노선에서 거금을 벌어들이기를 기대합니다. 나는 꼭 해내고 말 겁니다. 따옴표 닫고. 대단히 감사합니다."

"여러분, 질문 있습니까?" 리어든이 물었다.

아무도 질문하지 않았다.

대그니가 말했다. "이제 존 골트 노선 개통에 대해 말씀드려야겠군요. 첫 열차는 7월 22일 오후 4시, 와이오밍 주의 태거트 대륙횡단철도 샤이엔 역에서 출발합니다. 80칸짜리 특별 화물열차가 될 것입니다. 태거트 대륙횡단철도에서 대여한 8,000마력 4기통 디젤기관차가 열차를 끌 것입니다. 열차는 콜로라도 주 와이엇 접속역까지 평균 시속 160킬로미터로 논스톱으로 달릴 것입니다. 뭐라고 하셨죠?"

대그니는 나직하고 긴 휘파람 소리를 들으며 그렇게 물었다.

"태거트 양, 시속 몇 킬로미터라고 하셨습니까?"

"평균 시속 160킬로미터요. 비탈과 커브까지 포함해서요."

"하지만 정상적인 속도보다 느리게 운행해야 되는 것 아닌가요? 태거트 양, 당신은 여론에 대한 고려는 안 하시나요?"

"**합니다**. 여론이 아니었다면 평균 시속 100킬로미터면 충분했을 겁니다."

"운전은 누가 합니까?"

"그 문제로 어려움이 많았습니다. 태거트 기관사 전원이 지원해서요. 부기관사, 제동수, 승무원도 마찬가지였고요. 그래서 모든 승무원을 제비뽑기로 결정해야만 했습니다. 기관사는 태거트 혜성특급의 팻 로건, 부기관사는 레이 매킴입니다. 나도 그들과 기관실에 동승할 거고요."

"설마!"

"개통식에 참석해주세요. 7월 22일입니다. 기자 여러분을 가장 환영합니다. 나는 평소와는 반대로 신문에 나고 싶어 혈안이 되었습니다. 정말로요. 라디오 마이크와 텔레비전 카메라의 집중 조명을 받고 싶습니다. 철교 주변에 카메라를 몇 대 설치하세요. 철교가 무너지면 흥미로운 장면들을 건질 수 있을 테니까요."

"태거트 양, 나도 그 열차에 탄다고 말씀해주시겠습니까?" 리어든이 말했다.

대그니는 그에게 시선을 돌렸고 잠시 그들은 그곳에 둘만 존재하는 듯 서로를 응시했다.

"물론이죠, 리어든 씨." 대그니가 대답했다.

◆

그녀가 리어든을 다시 만난 것은 7월 22일 태거트 철도 샤이엔 역 플랫폼에서였다.

대그니는 플랫폼에 내려설 때 아무도 찾지 않았다. 마치 모든 감각이 하나로 합쳐진 듯 하늘과 태양, 엄청난 인파가 내는 소리를 구분할 수 없었고 충격과 빛만 느껴졌다.

하지만 그녀가 처음 본 사람은 바로 그였고, 얼마나 오랫동안 그만 보고 있었는지 그녀 자신도 알 수 없었다. 그는 존 골트 열차 기관차 옆에 서서 그녀의 의식 밖에 존재하는 누군가와 이야기하고 있었다. 회색 바지와 셔츠 차림의 그는 기술자처럼 보였지만 사실은 리어든 철강의 행크 리어든이었기에 주위 사람들의 시선을 받고 있었다. 그의 머리 위로 은빛 기관차 정면의 'TT'라는 글자가 보였다. 기관차의 선들은 허공을 향해 돌진하기 위해 뒤로 기울어져 있었다.

둘 사이에는 거리가 있었고 사람들이 북적이고 있었지만 대그니가 플랫폼에 내려선 순간 리어든의 시선은 그녀 쪽으로 움직였다. 둘은 서로를 응시했고, 대그니는 그도 자신과 같은 기분을 느끼고 있다는 것을 알 수 있었다. 오늘은 두 사람의 미래가 달린 엄숙한 모험의 날이 아니라 그저 즐거운 날이었다. 그들의 일은 마무리되었다. 지금 이 순간, 미래는 없었다. 그들은 현재를 이루어냈다.

그녀는 언젠가 그에게 스스로가 매우 중요하게 느껴져야만 진정으로 가벼움을 느낄 수 있다고 말한 적이 있었다. 그 열차의 운행이 다른 사람들에게 어떤 의미이건 그들 둘에게는 자신이 오늘의 유일한 의미였다. 다른 사람들이 인생에서 무엇을 추구하건 그들 둘이 추구하는 것은 지금 느끼는 것에 대한 권리였다. 두 사람은 플랫폼에서 멀찌감치 떨어져서 서로에게 그렇게 말하고 있는 듯했다.

그러다 대그니가 먼저 시선을 돌렸다.

그녀는 자신에게도 사람들의 이목이 집중되고 있음을 깨달았다. 사람들이 그녀를 둘러싸고 있었고 그녀는 웃으며 질문에 대답했다.

그녀는 이렇게 많은 군중이 모여들 줄은 몰랐다. 플랫폼에, 선로에, 역 앞 광장에 사람들이 가득했고, 측선 유개 화물차 지붕 위와 눈에 보이는 모든 집의 창가에도 구경꾼들이 모여 있었다. 무언가가, 모종의 분위기가 그들을 끌어모은 것이었다. 하다못해 제임스 태거트까지 마지막 순간에 마음이 바뀌어 존 골트 노선 개통식에 참석하겠다고 했다. 대그니는 그를 오지 못하게 했다.

"오빠가 오면 역에서 쫓아낼 거야. 오빠가 참석해선 안 되는 행사야."

그러고는 에디 윌러스를 태거트 대륙횡단철도 대표로 개통식에 참석하게 했다.

대그니는 군중들이 자신을 주목하고 있는 것이 놀라웠다. 이 행사는 자신만의 개인적인 것이어서 그것에 대한 의사소통이 불가능하기 때문이었다. 하지만 다른 한편으로 성취의 광경은 한 인간이 다른 인간들에게 제공할 수 있는 가장 큰 선물이기에 그들이 와서 그것을 보고 싶어하는 것이 당연하다고 여겨졌다.

대그니는 이 세상의 누구에게도 분노를 느끼지 않았다. 그녀가 견뎌온 것들은 아직 존재하기는 하지만 더 이상 아프지 않은 희미한 안개 같은 것이 되었다. 그것들은 이 순간의 현실 앞에서 힘을 잃을 수밖에 없었다. 오늘의 의미는 은빛 기관차에 비친 햇살처럼 찬란하고 강렬해서 모두가 그것을 인식하지 않을 수 없었다. 아무도 그것을 의심할 수 없었고 그녀는 이제 증오할 대상이 없었다.

에디 윌러스가 그녀를 지켜보고 있었다. 그는 태거트 대륙횡단철도 간부들과 지부장들, 시민 지도자들, 그리고 열차가 시속 160킬로미터로 통과할 수 있도록 허가를 얻기 위해 설득과 뇌물, 협박을 가했던 각 지역 관료들에 둘러싸여 있었다. 오늘 이 행사에서 그는 비로소 자신이 부사장임을 실감했고 부사장 역할을 멋지게 해냈다. 하지만 그는 주위 사람들과 이야기를 나누면서도 눈으로는 계속 군중 속의 대그니를 좇고 있었다. 대그니는 푸른 바지와 셔츠 차림으로 공식적인 임무는 모두 그에게 맡기고 마치 승무원의 일원에 지나지 않는 것처럼 열차에만 관심을 쏟고 있었다.

대그니가 그를 보더니 다가와서 악수를 청했다. 그녀의 미소는 그들이 굳이 말로 표현할 필요가 없는 모든 것을 나타내는 듯했다.

"에디, 여기서는 네가 태거트 대륙횡단철도야."

"그래." 에디가 낮은 목소리로 엄숙하게 대답했다.

기자들이 그녀를 한쪽으로 끌고 갔다. 기자들은 에디에게도 질문을 퍼부었다. "윌러스 씨, 이 노선에 대한 태거트 대륙횡단철도의 정책은 무엇입니까?", "윌러스 씨, 태거트 대륙횡단철도는 그저 사심 없는 관찰자에 지나는 않는 건가요?" 에디는 최선을 다해 답변했다. 그는 디젤기관차에 비친 햇살을 바라보고 있었다. 하지만 그가 마음의 눈으로 보고 있는 것은 숲 속 빈터의 햇살과 언젠가는 자신이 철도를 운영할 것이고 너는 나를 돕게 될 것이라고 말하는 열두 살 소녀였다.

에디는 멀찍이서 승무원들이 기관차 앞에 모여 서서 카메라 플래시 세례를 받고 있는 모습을 지켜보았다. 대그니와 리어든은 여름 휴가지에서 스냅 사진을 찍듯 미소짓고 있었다. 기관사 팻 로건은 작고 실팍한 몸과 희끗희끗한 머리, 수수께끼 같은 얼굴 표정을 지닌 남자로, 즐거우면서도 무관심한 듯한 태도로 포즈를 취했다. 거구의 청년인 부기관사 레이 매킴은 당혹감과 우월감이 섞인 표정으로 웃고 있었다. 나머지 승무원들은 카메라 부대를 향해 윙크라도 할 기세였다. 사진기자 하나가 웃으며 말했다.

"불운한 표정 좀 지어주실 수 없습니까? 편집장님이 그걸 원하거든요."

대그니와 리어든도 기자들의 질문에 대답하고 있었다. 이제 그들의 답변에는 조롱이나 신랄함이 들어 있지 않았다. 그들은 인터뷰를 즐기고 있었다. 마치 기자들의 선의의 질문에 답하는 듯했다. 그리고 아무도 모르는 사이 실제로 그렇게 되었다.

"이 운행이 어떻게 될 것이라고 기대하십니까? 목적지에 도착할 것이라고 생각하십니까?" 기자 한 명이 제동수 한 사람에게 물었다.

"목적지에 도착할 겁니다. 당신도요." 제동수가 대답했다.

"로건 씨, 자녀가 있으신가요? 별도로 보험이라도 드셨습니까? 철교를 염두에 두고 하는 질문입니다."

"지레 걱정하지 마세요." 팻 로건이 경멸 어린 목소리로 대답했다.

"리어든 씨, 당신의 레일이 열차의 하중을 견디리란 것을 어떻게 알죠?"

"사람들에게 인쇄기 만드는 것을 처음 알려준 이는 **어떻게** 그걸 알았을까요?" 리어든이 되물었다.

"태거트 양, 3,000톤 무게의 철교 위로 7,000톤 무게의 열차가 달릴 수 있다는 것을 무엇으로 입증합니까?"

"내 판단요." 대그니가 대답했다.

평소에 자신의 직업을 경멸하던 기자들은 오늘은 왠지 모르게 일이 즐거웠다. 그중에서도 이미 악명 높은 성공을 이루었고, 나이보다 두 배는 냉소적인 얼굴을 한 젊은 기자가 갑자기 말했다.

"내가 뭐가 되고 싶은지 알겠어! 난 **뉴스를** 다루는 사람이 되고 싶어."

역사에 걸린 시계가 3시 45분을 가리키고 있었다. 승무원들이 열차 끄트머리의 승무원실로 향했다. 군중의 움직임과 소음이 잦아들었다. 사람들이 무의식적으로 말과 행동을 멈추었던 것이다.

배차원이 480킬로미터 떨어진 와이엇 유전으로 가는 철도에 위치한 모든 역의 교환원들로부터 상황을 보고받았다. 그가 역사 밖으로 나와 대그니를 보면서 철도에 아무 이상이 없다는 신호를 보냈다. 대그니는 기관차 옆에 서서 한쪽 손을 들고 그 신호를 똑같이 따라했다. 신호를 알아들었다는 표시였다.

직사각형 유개화물차들이 일정한 간격을 두고 길게 늘어선 모습이 마치 등뼈처럼 보였다. 저 끝에서 차장이 손을 흔들자 대그니도 마주 손을 흔들었다.

리어든과 로건, 매킴은 차려 자세를 한 것처럼 조용히 서서 그녀가 먼저 열차에 오르기를 기다렸다. 대그니가 기관차 옆 사다리를 밟고 올라선 순간 미처 하지 못한 질문이 생각난 기자가 외쳤다.

"태거트 양, 존 골트가 누굽니까?"

대그니는 한 손으로 금속 사다리를 잡고 몸을 돌려 군중의 머리 위에 매달린 채 대답했다.

"우리요!"

그녀의 뒤를 따라 로건과 매킴, 리어든이 차례로 기관실에 오르자 봉인이라도 하듯 기관실 문이 굳게 닫혔.

하늘 위 신호교(橋)의 신호등이 초록빛이었다. 선로 사이에도 초록빛이 낮게 깔려 저 멀리 선로가 구부러지는 곳까지 이어져 있었다. 그곳의 초록 신호등은 여름의 초록 잎사귀들을 배경으로 서 있었는데 잎사귀들도 신호등처럼 보였다.

기관차 앞 선로 양쪽에서 남자 둘이 흰 비단 띠를 잡고 있었다. 콜로라도 지부장과 끝까지 남아준 벤 닐리의 기술 책임자였다. 에디 윌러스가 철도 개통을 상징하는 테이프 커팅을 할 예정이었다.

그가 가위를 손에 들고 기관차를 등지고 서자 사진기자들이 포즈 취하는 것을 도와주었다. 그들은 좋은 사진을 얻으려면 테이프 커팅을 두세 번 해야 한다며 여분의 띠를 준비해놓았다고 설명했다. 에디는 그들의 말에 따르려다가 돌연 마음을 바꾸었다.

"아니요. 거짓으로는 안 합니다."

에디는 부사장의 권위가 느껴지는 나직한 목소리로 카메라들을 가리키며 지시했다.

"뒤로 물러서요. 더. 내가 테이프 커팅을 할 때 한 번만 찍고 바로 비켜요."

사진기자들은 황급히 뒤로 물러섰다. 1분밖에 남지 않았다. 에디는 선로 사이에 서서 카메라들을 등지고 기관차를 향해 돌아섰다. 그러고는 흰 띠에 가위를 댔다. 그는 모자를 벗어 옆으로 던지고 기관차를 올려다보았다. 그의 금발이 산들바람에 휘날렸다. 기관차는 냇 태거트의 문장을 단 거대한 은 방패 같았다.

시곗바늘이 정각 4시를 가리키는 순간 에디 윌러스는

손을 들었다.

"팻, 시동 걸어요!" 그가 외쳤다.

열차 시동이 걸리는 순간 그는 가위로 띠를 자르고 재빨리 몸을 피했다.

그는 측선에 서서 기관차 창문이 스쳐 지나갈 때 자신에게 손을 흔들어 인사하는 대그니를 보았다. 기관차가 지나간 후에도 그는 그 자리에 서서 화물칸 사이로 나타났다 사라졌다 하는 사람들로 북적이는 플랫폼을 바라보고 있었다.

◆

초록빛이 도는 푸른 선로가 먼 지평선의 한 점에서 시작된 두 줄기 분출물처럼 그들을 향해 돌진했다. 침목들은 하나의 흐름이 되어 열차 바퀴 아래로 밀려들었다. 흐릿한 줄무늬 하나가 땅에 낮게 깔려 기관차와 나란히 달렸다. 나무들과 전신주들이 불쑥 나타났다가 누가 뒤로 잡아당기기라도 하는 듯 사라졌다. 초록의 평원이 유유히 흘러갔다. 하늘 가장자리에서 산들의 긴 물결이 방향을 돌려 열차를 따라오는 듯했다.

대그니는 발아래 바퀴의 움직임이 느껴지지 않았다. 열차가 선로 위에 떠서 기류를 타고 달리듯 지속적인 추진력에 의해 부드럽게 비행하는 기분이었다. 그녀는 속도를 느낄 수 없었다. 몇 초마다 초록 신호등이 스쳐 지나가는 것이 이상하게 여겨졌다. 그녀는 신호등이 3킬로미터 간격으로 설치되어 있다는 것을 알고 있었다.

팻 로건 앞에 있는 속도계 바늘이 160을 가리키고 있었다.

대그니는 부기관사 의자에 앉아 가끔 팻 로건에게 시선을 던졌다. 팻 로건은 구부정한 자세로 편안히 앉아 한 손을 마치 우연히 손이 그곳에 닿은 것처럼 조절판 위에 가볍게 올려놓고 있었지만 두 눈은 전방을 주시하고 있었다. 그는 전문가의 자신감과 여유를 보이면서도 절대적인 냉혹성을 지닌 일에 대한 고도의 집중력을 잃지 않고 있었다. 레이 매킴은 대그니와 팻 로건 뒤의 벤치에 앉아 있었다. 그리고 리어든은 기관실 한가운데에 서 있었다.

리어든은 달리는 열차 안에서 중심을 잃지 않으려고 다리를 벌리고 서서 주머니에 양손을 찌르고 앞을 응시하고 있었다. 그는 철길 옆 풍경에는 관심도 없었고 오직 레일만을 바라보고 있었다.

대그니는 그를 흘낏 돌아보며 생각했다. '사람들은 소유의 본질을 알지도 못하면서 그것의 실체를 의심한다. 소유란 서류나 인증, 허가의 형태로 존재하는 것이 아니다. 그의 눈에 들어 있다.'

기관실을 가득 채우고 있는 소리는 그들이 달리는 공간의 일부처럼 느껴졌다. 그 소리에는 모터의 낮은 웅웅거림과 열차의 여러 부분들이 내는 다양한 쇳소리, 그리고 흔들리는 유리창의 높고 가느다란 울림이 섞여 있었다.

　물탱크, 나무, 오두막집, 곡물 창고 같은 것들이 줄무늬를 이루며 쏜살같이 지나갔다. 그것들이 차창을 스쳐가는 모습은 마치 자동차 와이퍼의 움직임 같았다. 전신주들은 열차와 경주라도 벌이는 듯했다. 전신주가 일정한 리듬으로 나타났다가 사라지는 모습은 마치 하늘에 그려진 고른 심박동 기록 같았다.

　대그니는 앞쪽의 선로와 시야를 가린 엷은 안개를 바라보았다. 그 안개는 언제 재앙을 만나 산산조각 날지 몰랐다. 그녀는 기관차 뒤쪽 객차에 다고 있을 때보다 더 안전한 기분을 느꼈다. 열차가 장애물과 충돌하면 앞 유리와 함께 그녀의 가슴이 제일 먼저 그것과 부딪치게 될 텐데도 말이다. 그녀는 그 이유를 깨달으며 미소지었다. 맨 앞에서 앞을 훤히 보고 알 수 있기 때문에, 정체 모를 힘에 의해 어딘지도 모르는 곳으로 무작정 끌려가는 것이 아니기 때문에 안전함을 느끼는 것이었다. 운명에 맡기는 것이 아니라 앞길을 아는 것, 그것이야말로 가장 위대한 존재감이었다.

　기관실 유리창에 비친 들판은 더 광활하게 보였다. 대지가 시야 앞에 탁 트여 있듯이 움직임에도 열려 있는 듯했다. 먼 것도, 닿지 못할 것도 없었다. 앞쪽에 호수의 반짝거림이 언뜻 보이는가 싶더니 다음 순간 그녀는 호수 옆을 지나고 있었다.

그것은 보는 것과 만지는 것 사이에 존재하는 거리의 기묘한 단축이었다. '보는 것과 만지는 것뿐 아니라 소망과 성취, 그리고 정신과 육체(이 두 단어는 그녀의 마음속에서 순간 멈칫했다가 선명하게 떠올랐다). 먼저 비전이 떠오르고 그 다음에는 그것을 표현할 물리적 형태가 따라온다. 먼저 생각이 떠오르고 그 다음에는 목표를 향해 똑바로 나아가는 행동이 이어진다. 둘 중 하나가 없다면 다른 하나가 의미를 지닐 수 있을까? 행동하지 않고 바라기만 하거나 목표도 없이 움직이는 것은 악이 아닐까? 세상을 살금살금 돌아다니며 기를 쓰고 그 둘을 갈라놓고 서로 반목하게 만드는 것은 누구의 악의일까?'

대그니는 고개를 저었다. 그녀는 자신의 뒤에 있는 세상이 왜 그 모양인지 고민하고 싶지 않았다. 그녀는 세상에 관심이 없었다. 시속 160킬로미터의 속도로 세상에서 도망치고 있으니까. 그녀는 열린 옆 창문에 기대어 이마의 머리카락을 날리는 바람의 속도를 느꼈다. 그녀는 그 속도감이 주는 쾌감에 몸을 맡긴 채 뒤로 기댔다.

하지만 그녀의 마음은 계속 줄달음치고 있었다. 생각의

파편들이 철로변의 전신주들처럼 그녀의 의식을 스치고 지나갔다. '육체적 쾌감? 이것은 강철로 만든 기차이고…… 리어든 금속으로 만들어진 레일 위를 달리고 있고…… 기름과 발전기의 힘으로 움직인다.…… 공간 속의 물리적 움직임이 주는 육체적 감각. 그것이 지금 내가 느끼는 것의 이유와 의미가 아닐까?…… 나는 지금 당장 레일이 산산조각 난다고 해도 상관없을 것만 같은 기분인데…… 그런 일은 절대 없겠지만…… 어쨌든 지금 이 체험이 너무 소중해서 그런 사고가 일어난다고 해도 상관없을 것 같은데…… 사람들은 그것을 저속하고 동물적인 기쁨이라고 부른다고? 육체의 저속하고 물질적이며 불명예스러운 쾌감이라고 부른다고?'

대그니는 눈을 감고 미소지었다. 그녀의 머리카락이 바람에 나부꼈다.

그녀가 눈을 뜨자 자신을 내려다보고 있는 리어든이 보였다. 레일을 바라보던 그 눈길이었다. 그녀는 둔중한 충격에 의지력을 잃어 꼼짝도 할 수 없었다. 그녀는 의자에 누운 채 그를 마주 응시했고 바람 때문에 셔츠의 얇은 천이 몸에 달라붙었다.

리어든이 먼저 시선을 돌렸고 대그니는 다시 눈앞에서 갈라지는 대지를 보았다.

대그니는 생각하고 싶지 않았지만 소음들 밑에 깔린 모

터의 웅웅거림처럼 생각이 이어졌다. 그녀는 주위를 둘러보았다. '천장의 고운 그물 모양의 금속, 그리고 철판들을 연결하는 구석의 대못들, 누가 그것들을 만들었는가? 인간 근육의 야만적인 힘? 지금 팻 로건 앞에 있는 네 개의 다이얼과 세 개의 레버가 뒤에 있는 열여섯 개 모터의 어마어마한 힘을 지탱하고, 한 인간이 손으로 가볍게 조종할 수 있도록 만들어준 것은 누구인가?

그런 것들을 가능하게 한 능력. 바로 그것이 사람들이 악으로 여기는 것인가? 물질적 세계에 대한 천한 관심이라고 부르는 것인가? 물질의 노예가 되는 것인가? 정신이 육체에 굴복하는 것인가?'

대그니는 그런 생각을 차창 밖으로 내동댕이치고 싶은 듯 고개를 저었다. 그녀는 여름 벌판 위의 태양을 보았다. 그런 의문들은 그녀가 늘 알고 있었던 진실의 단편들이기에 새삼 고민할 필요도 없었다. 전신주들처럼 그냥 지나가게 내버려두자. 그녀가 아는 진실은 하늘 위에서 끊임없이 이어지는 전선 같았다. 그것에, 이 여행에, 그녀의 감정에, 인간 세상 전체에 맞는 표현은 '너무나 단순하고 너무나 타당하다!'였다.

대그니는 시골 풍경을 내다보았다. 아까부터 철길 옆에 일정한 간격으로 사람들이 서 있는 게 눈에 띄었지만 미처 그 의미를 깨달을 사이도 없이 순식간에 스쳐 지나갔다.

그러다 이윽고 영화 필름이 빠른 속도로 돌아가며 장면을 만들어내듯 그 의미가 파악이 되었다. 그녀는 노선 완공 후 철길을 지키도록 지시해놓기는 했지만 인간 사슬을 이루어 철로변에 늘어서 있도록 사람들을 고용하지는 않았다. 1.5킬로미터 간격으로 한 사람씩 서 있었다. 어린 학생도 있었고 구부정하니 서 있는 노인도 있었다. 모두가 비싼 소총부터 구식 머스킷 총까지 나름의 무기로 무장하고 있었다. 그리고 모두 철도원 모자를 쓰고 있었다. 그들은 태거트 대륙횡단철도 직원의 아들과 정년퇴직자들이었다. 그들은 자발적으로 이 열차를 지키기 위해 모인 것이었다. 그들은 기관차가 지나가면 부동자세로 서서 군대식으로 총을 들어 인사했다.

대그니는 그 의미를 깨닫자 갑자기 웃음보가 터진 듯 웃어대기 시작했다. 그녀는 어린아이처럼 몸을 흔들며 웃어댔는데 그 소리가 마치 해방의 흐느낌 같았다. 진즉에 그 의장대를 알아본 팻 로건이 살짝 미소 띤 얼굴로 그녀에게 고개를 끄덕여 보였다. 대그니는 차창 밖으로 팔을 내밀어 철길 파수꾼들에게 힘차게 손을 흔들었다.

먼 언덕 꼭대기에 사람들이 모여 서서 손을 흔드는 모습이 보였다. 언덕 아래 골짜기에는 잿빛 집들이 흩어져 마을을 이루고 있었다. 집들은 그곳에 떨어진 채 잊혀진 듯 지붕이 기울어지고 벽도 세월에 색이 바래 칙칙했다. 그곳

주민들은 수세대에 걸쳐 동쪽에서 해가 떠서 서쪽으로 지는 것 말고는 세월의 흐름을 나타내는 것이 없는 삶을 살았을 터였다. 그런 그들이 마치 긴 침묵을 뚫고 울려 퍼지는 나팔 소리처럼 들판을 가로지르는 은빛 머리 혜성 같은 열차를 구경하기 위해 언덕에 오른 것이다.

집들이 더 자주, 철길에 더 가깝게 나타나기 시작하면서 창가에, 현관에, 지붕에 서 있는 사람들이 보였다. 건널목에서 도로를 막고 있는 구경꾼들도 보였다. 도로들이 마치 부챗살처럼 퍼지며 휙휙 지나가 사람들의 형체를 구분할 수 없었고, 열차를 향해 흔드는 팔들만 보였다. 그 팔들은 열차가 일으키는 바람에 흔들리는 나뭇가지 같았다. 사람들이 건널목의 흔들리는 붉은 신호등 아래 서 있었고 그들의 머리 위 표지판에는 '멈추시오. 보시오. 들으시오'라고 쓰여 있었다.

열차가 시속 160킬로미터로 달려 지나간 역은 플랫폼에서 지붕까지 사람들로 뒤덮인 움직이는 조각품 같았다. 흔들리는 팔들과 허공으로 던진 모자들, 기관차를 향해 던진 꽃다발이 얼핏 보였다.

지나는 역마다 구경하고 환호하고 행운을 빌어주기 위해 군중이 모여 있었다. 대그니는 낡은 역사의 검댕이 묻은 처마에 걸린 화환들과 세월에 시달린 벽을 장식한 붉고 희고 푸른 깃발들을 보았다. 그녀는 학창 시절 철도의 역사에 관한 내용이 실린 교과서에서 열차의 첫 운행을 축하하기 위해 모인 인파 사진을 보고 부러워했는데 바로 그런 장면이 눈앞에 펼쳐졌다. 냇 태거트가 열차를 타고 전국을 돌면 그가 지나는 역마다 사람들이 그 모습을 보기 위해 운집했던 시대로 돌아간 듯했다. 그 시대는 지나갔다. 그 후로 수세대가 지났다. 이제 축하할 만한 행사는 어디에도 없었고 냇 태거트가 세운 벽들에 해가 갈수록 균열만 커져 가고 있었다. 그런데 다시 구경꾼들이 몰려들었다. 냇 태거트의 시대에 그랬던 것처럼, 그때와 같은 감정에 이끌려서.

대그니는 리어든을 흘끗 쳐다보았다. 그는 군중들의 환호를 전혀 의식하지 않고 벽에 기대서 있었다. 그는 전문가의 날카로운 눈으로 레인과 열차의 성능을 주시하고 있었다. 그의 마음속에서 '성공이야!'라는 외침이 울려 퍼지고 있는 동안 '사람들이 환호하고 있어!' 따위의 생각은 끼어들 수도 없다는 듯한 태도였다.

회색 바지와 셔츠 차림의 훤칠한 몸은 행동에 나설 만반의 준비가 되어 있는 듯 보였다. 바지는 그의 긴 다리와 편안히 서 있는(그러면서도 언제라도 앞으로 튀어나갈 준비를 갖춘) 가볍고 확고한 자세를 강조해주었다. 셔츠의 짧은 소매는 살집 없는 팔의 힘을 강조했고, 벌어진 셔츠 사이로는 단단한 가슴이 보였다.

대그니는 자신이 그를 너무 자주 돌아보고 있음을 깨닫고 얼른 고개를 돌렸다. 하지만 오늘은 과거와도, 미래와도 단절되어 있었고, 그녀의 생각들에는 함축적인 의미가 담겨 있지 않았다. 그저 밀폐된 공간에 그와 함께 갇혀 있는 듯한 강렬한 느낌이 들고, 그의 레일이 열차의 주행을 강조해주듯 그가 가까이에 존재하는 것이 오늘에 대한 인식을 강조해줄 뿐 그 이상의 의미는 없었다.

그녀는 의식적으로 고개를 돌려 다시 리어든을 보았다. 그도 그녀를 바라보고 있었다. 그는 시선을 돌리지 않고 차갑게 그녀를 마주 바라보았다. 대그니는 도전적인 미소를 지었다. 그녀는 그 미소의 완전한 의미를 알려고 하지 않았다. 다만, 그의 완고한 얼굴에 매서운 따귀를 날리는 것과 같다는 것만 알 뿐이었다. 그녀는 그가 떨면서 절규하는 모습을 보고 싶은 갑작스런 욕구에 사로잡혔다. 그녀는 무모한 즐거움을 느꼈고, 왜 이렇게 숨을 쉬기가 힘든지 의아해하며 천천히 고개를 돌렸다.

그녀는 의자에 편히 기대앉아 앞을 응시하고 있었지만 자신이 리어든을 의식하는 것 못지않게 리어든도 자신을 의식하고 있음을 알 수 있었다. 그녀는 그 특별한 자의식을 즐겼다. 다리를 꼬거나 창턱에 팔을 올리고 기대거나 이마로 흘러내린 머리카락을 쓸어 넘기는 모든 동작이 '그가 보고 있을까?'라는 생각으로 강하게 강조되었다.

소도시들을 지난 철길은 이제 점점 더 험한 시골을 달리고 있었다. 평원이 주름처럼 접히듯 계속해서 철길이 커브 뒤로 사라지고 산등성이들이 가까이 다가왔다. 콜로라도의 평평한 선반 모양 바위들이 철길 옆으로 다가들고 먼 하늘이 푸르스름한 산의 물결 속으로 녹아들었다.

저 멀리 앞쪽의 공장 굴뚝들 위로 희뿌연 연기가 보이더니 이내 거미줄 모양의 발전소와 바늘처럼 생긴 강철 구조물이 나타났다. 열차는 덴버에 가까워지고 있었다.

대그니는 팻 로건을 흘낏 보았다. 그는 몸이 앞으로 조금 더 구부러지고 손가락과 눈에 약간의 긴장감이 어려 있었다. 그녀처럼 그도 이 속도로 대도시를 지나는 것의 위험성을 잘 알고 있었다.

그것은 순간의 연속이었지만 그들에게는 히니의 전체로 다가왔다. 처음에는 차창 밖으로 외딴 형상들이(공장 건물들이었다) 지나가더니…… 그 형상들은 흐릿한 거리와 합쳐졌다. 그런 다음 열차 앞쪽에 선로가 삼각주 모양으로 펼쳐졌는데 마치 열차를 태거트 역으로 빨아들이는 깔때기 입구처럼 보였다. 그들을 보호해주는 것이라고는 땅 위에 흩어져 있는 구슬 모양의 초록색 전구들뿐이었다.…… 측선의 유개화물차들이 지붕 꼭대기의 평평한 띠처럼 질주했다.…… 그 다음에는 승강장의 지붕 덮인 선로가 검은 구멍처럼 그들의 얼굴을 향해 날아왔고…… 그들은 폭발적인 소음을 뚫고 내달렸다. 둥근 유리 지붕에 부딪치는 기차 바퀴 소리, 강철 기둥들 사이의 어둠 속에서 액체처럼 일렁이는 군중의 환호성…… 열차는 빛나는 아치와 그 너머 하늘에 매달린 초록 신호등을 향해 질주했다. 초록 신호등들은 마치 공중에 있는 문손잡이처럼 그들 앞에서 문을 하나씩 열어주었다. 그러더니 어느새 자동차들로 가득한 거리와 사람들로 터져나갈 듯한 열린 창문들, 울부짖는 사이렌 소리를 스쳐 지나갔고…… 멀리 있는 고층 빌딩 꼭대기에서는 종이로 만든 눈송이들이 반짝이며 떨어지고 있었다. 은빛 총알 같은 열차가 도시를 뚫고 지나가는 광경을 구경하던 이가 뿌린 것이었다.

그들은 다시 도시를 벗어나 바위투성이 산비탈에 도착했다. 도시가 그들을 화강암 벽에 내던진 것을 가느다란 바위턱이 아슬아슬하게 잡은 듯 별안간 눈앞에 산이 나타났다. 그들은 수직 절벽 옆구리에 매달려 달리고 있었다. 뒤틀린 바위들이 층층이 쌓여 이루어진 거대한 벽이 태양을 가로막았다. 그들은 흙도, 하늘도 보이지 않는 푸르스름한 어스름 속을 달렸다. 철길은 바위벽을 둘둘 감고 있었고 커브를 돌 때마다 바위벽이 열차를 눌러 없앨 것처럼 달려들었다. 하지만 이따금 철길 끝에서 산이 두 개의 날개처럼 갈라지기도 했다. 한쪽 날개는 카펫처럼 깔린 솔잎으로 이루어진 초록빛이었고, 다른 쪽 날개는 벌거벗은 바위로 이루어진 적갈색이었다.

대그니는 열린 차창을 통해 아래를 내려다보았다. 허공에 걸린 기관차의 은빛 옆구리가 보였다. 더 아래쪽으로는 바위턱에서 바위턱으로 떨어지는 가느다란 물줄기가 보였고, 물을 향해 늘어진 양치식물처럼 보이는 것은 햇빛에 반짝이는 자작나무 꼭대기였다. 대그니는 기관차에 꼬리처럼 붙은 유개화물차들이 화강암 비탈을 돌아 달리고, 그 아래로 뒤틀린 바위벽이 수 킬로미터에 걸쳐 뻗어 있으며, 열차 뒤에서 초록빛이 도는 푸른 레일이 실타래처럼 풀리는 광경을 지켜보았다.

별안간 정면에 바위벽이 솟아오르며 기관차 앞 유리 전체를 가려 실내가 캄캄해졌다. 바위벽이 너무 가까이 있어 도저히 피할 시간이 없을 듯했다. 하지만 커브를 도는 열차 바퀴의 쇳소리가 들리더니 갑자기 앞이 환해졌다. 그리고 좁은 바위턱 위로 뻗은 철길이 보였다. 그 바위턱은 허공에서 끝났다. 기관차 코는 똑바로 하늘을 향하고 있었다. 그들을 살릴 수 있는 것은 바위턱 끝에서 커브를 그리며 이어진 초록빛이 도는 푸른 레일뿐이었다.

대그니는 생각했다. '내 팔보다 굵지 않은 두 줄의 금속이 열여섯 개의 모터가 내는 어마어마한 힘을 7,000톤 무게의 강철과 화물이 지닌 추력을 지탱하고 통제해 커브를 돌게 하는 도저히 불가능한 묘기를 부렸다. 무엇이 그걸 가능하게 했을까? 그 미지의 분자 배열에 도대체 어떤 힘이 들어 있기에 우리의 생명은 물론 80량의 유개화물차들을 기다리는 모든 사람의 삶까지 구해주는 위력을 발휘할 수 있게 된 것일까?' 그녀는 실험실 화덕 불빛 속에서 금속 샘플의 흰 액체를 들여다보고 있는 한 남자의 얼굴과 손이 떠올랐다.

대그니는 금세라도 폭발할 듯한 격한 감정에 휩싸였다. 그녀는 모터실을 향해 돌아서서 문을 활짝 열어젖히고 기관차의 심장이 고막을 찢어발기는 울부짖음을 토해내며 박동하는 곳으로 도망쳐 들어갔다.

잠시 그녀는 하나의 감각, 즉 청각으로만 존재하는 듯했다. 그녀의 귀에 들리는 것은 높아졌다 낮아지고 다시 높아졌다 낮아지는 긴 울부짖음뿐이었다. 그녀는 밀폐된 금속 방에 서서 흔들거리며 거대한 발전기들을 보았다. 그녀의 가슴속 승리감은 그 발전기들과 그것들에 대한 그녀의 사랑, 그녀가 택한 평생 과업의 이유와 하나로 묶여 있었기에 그 발전기들을 보고 싶었던 것이다. 격한 감정이 주는 비정상적일 정도로 명징한 의식 속에서 그녀는 지금까지 모르고 있었지만 꼭 알아야만 하는 어떤 것을 알 것만 같은 기분을 느꼈다. 그녀는 요란하게 웃어댔지만 그 웃음소리는 들리지 않았다. 계속되는 엔진의 울부짖음이 다른 모든 소리를 삼켰던 것이다. "존 골트 노선!" 그녀는 자신의 목소리가 입술을 지나는 느낌을 즐기기 위해 그렇게 외쳤다.

대그니는 엔진과 벽 사이의 좁은 통로를 천천히 걸었다. 그녀는 마치 살아 있는 생물체의 은빛 피부를 찢고 들어온 침입자라도 된 듯한 기분을 느끼며 회색 금속 실린더들과 꼬인 코일들, 봉인된 관들, 철망 속에서 발작적으로 회전하는 금속 날들에서 고동치는 생명을 지켜보았다. 그 거대한 형체의 엄청난 복잡성은 보이지 않는 경로들로 빠져나가고 내부의 격렬함은 지침반의 가느다란 바늘로, 계기판에서 깜빡이는 초록색과 빨간색 불로, '고압'이라는 글씨가 박힌 길쭉한 캐비닛들로 이어졌다.

대그니는 생각했다. '왜 나는 기계들을 볼 때마다 유쾌한 확신을 느끼는 것일까? 이 거대한 형체들에는 비인간적인 것과 관련된 두 가지 특징, 즉 이유 없음과 목적 없음이 확실하게 부재한다. 모터의 모든 부분은 '왜?'와 '무엇을 위해?'에 대한 대답의 구현이다. 내가 숭배하는 정신이 선택한 인생의 각 단계들처럼. 모터는 강철로 주조된 도덕률이다.'

그녀의 생각은 계속 이어졌다. '모터는 **살아 있다.** 그것은 살아 있는 힘(그 복잡한 구조를 파악하고 목표를 정하고 형태를 부여한 인간정신)의 행위가 물리적인 형태로 나타난 것이기 때문이다.' 순간적으로 모터들이 투명해져 내부의 신경망이 훤히 보이는 듯했다. 그 신경망은 모터의 전선이나 회로들보다 더 복잡하고 중요했으며, 각 부분을 처음 고안해낸 인간정신이 이어진 이성의 연결망이었다.

'모터는 **살아 있다.** 하지만 모터의 영혼은 원격조종기로 모터를 조종한다. 모터의 영혼은 그런 성취를 이룰 수 있는 능력을 지닌 모든 인간 안에 존재한다. 그 영혼이 지상에서 사라진다면 모터들도 멈출 것이다. 모터를 움직이는 힘은 그 영혼이니까. 내 발 밑의 바닥 아래에 있는 기름이 아니니까. 그 영혼이 사라지면 기름은 다시 원시적인 액체로 전락할 테니까. 모터를 움직이는 것은 강철 실린더들도 아니다. 그 영혼이 사라지면 강철 실린더들은 추위에 떠는 야만인들이 사는 동굴 벽의 녹 자국으로 남게 될 테니까. 모터를 움직이는 것은 살아 있는 정신의 힘, 생각과 선택과 목적의 힘이다.'

대그니는 기관실로 돌아가며 웃고 무릎 꿇고 만세를 부르고 싶은 기분을 느꼈다. 지금 느끼는 감정을 표현할 길이 없음을 알면서도 어떻게든 표출하고 싶었다.

그녀는 걸음을 멈추었다. 기관실로 이어지는 문 계단 옆에 리어든이 서 있었다. 그는 대그니가 왜 모터실로 도망쳤고 무엇을 느꼈는지 알고 있는 사람처럼 그녀를 바라보고 있었다. 두 사람은 꼼짝도 하지 않고 서 있었고 그들의 몸은 좁은 통로에서 하나가 되었다. 대그니의 몸속 박동은 모터들의 박동과 하나였고 그것은 그에게서 나오는 듯했다. 그 박동이 대그니의 의지를 앗아갔다. 그녀와 리어든은 둘 사이에 굳이 말로 표현할 필요가 없는 순간이 존재했음을 느끼며 조용히 기관실로 돌아갔다.

앞쪽의 절벽들은 빛나는 액체 상태의 금 같았다. 아래쪽 계곡에서는 그림자들이 점점 길어지고 있었다. 해는 서쪽 봉우리 아래로 지고 있었다. 열차는 서쪽으로 태양을 향해 달려 올라갔다.

하늘이 레일처럼 초록빛이 도는 푸른색으로 짙어졌을 때 먼 골짜기의 공장 굴뚝들이 보였다. 와이엇 유전에서 방사선 모양으로 퍼진 콜로라도의 새 도시 중 하나였다. 대그니는 현대식 주택들과 평평한 지붕들, 대형 유리창들의 네모진 선들을 바라보았다. 사람들의 형체를 알아보기에는 거리가 너무 멀었다. 그 사람들이 멀리 있는 열차를 보고 있지는 않을 것이라는 생각이 든 순간, 건물들 사이에서 로켓 하나가 쏘아 올려져 도시의 하늘 위로 높이 솟구치더니 어둑해져가는 하늘을 배경으로 금빛 별들의 분수처럼 터졌다. 그녀에게는 보이지 않는 사람들이 산을 끼고 줄무늬를 그리며 질주해오는 열차를 보고 어스름 속에 불기둥을 쏘아 환영 인사를 한 것이다. 그것은 축하의 상징일 수도, 도움을 청하는 뜻일 수도 있었다.

갑자기 다음 커브길 너머에 하늘에 낮게 걸린 흰색과 빨간색 전등이 보였다. 비행기 불빛은 아니었다. 전등을 받치고 있는 원뿔 모양의 금속 지지대가 보였던 것이다. 그것이 와이엇 정유 유정탑임을 깨달은 순간, 선로가 급강하하면서 산이 둘로 쪼개진 듯 대지가 입을 벌렸고, 그 밑바닥인 와이엇 언덕 발치에 시커먼 협곡을 잇는 리어든 금속 철교가 보였다.

열차는 나는 듯 질주해 내려가고 있었다. 대그니는 세밀한 경사나 점진적으로 하강하는 멋진 커브는 까맣게 잊고 열차가 아래로 곤두박질치는 듯한 기분을 느꼈다. 그녀는 다가서는 철교를 바라보았다. 산의 장막 틈새로 길게 비치는 한 줄기 석양빛을 받아 초록빛을 띤 푸른색으로 반짝이는 금속 레이스 세공품 같은 작은 사각형 터널과 공중에서 십자형으로 교차된 몇 개의 들보들. 철교 근처에 사람들이 검은 얼룩처럼 모여 있었으나 그들은 그녀의 의식 밖으로 물러났다. 그녀는 점점 고조되는 기차 바퀴 소리를 들었고…… 그 리듬에 맞추어 어떤 음악의 주제가 그녀의 의식을 잡아당기며 커져갔다.…… 그러더니 별안간 음악 소리가 기관실 가득 울려 퍼졌지만 그녀는 그 음악이 자신의 마음속에서만 울리고 있음을 알았다. 그것은 리처드 핼리의 〈5번 협주곡〉이었다. 그녀는 궁금증에 빠졌다. '리처드 핼리는 이런 순간을 위해 그 곡을 쓴 것일까? 그도 이런 기분을 알고 있었을까?' 열차는 속도를 더 높였고 도약판을 벗어나 허공을 날아가는 듯했다. 대그니는 이런 생각이 들었다. '이건 공정한 실험이 아니야. 우린 저 철교에 닿지 못할 거야.' 그녀는 위에 있는 리어든의 얼굴을 보고 고개를 더 뒤로 젖히며 그를 똑바로 응시했다. 그들은 요란한 쇳소리와 발밑에서 굴러가는 바퀴 소리를 들었다. 금속막대가 말뚝 울타리를 따라 달리는 듯한 소리와 함께 차창 너머로 철교의 사선들이 흐릿하게 지나갔다. 그러다 갑자기 차창 밖이 깨끗해지며 열차는 다시 언덕을 오르기 시작했다. 와이엇 정유 유정탑들이 비틀거리며 나타났다. 팻 로건이 고개를 돌리더니 웃음을 머금은 시선으로 리어든을 흘끗 올려다보았다. 그러자 리어든이 말했다.

"끝났어요."

지붕 끝에 '와이엇 접속역'이라고 쓰여 있었다. 대그니는 그것을 바라보며 뭔가 이상하다고 느꼈다. 표지판이 움직이지 않았던 것이다. 열차가 멈추었음을 깨닫는 순간 그녀는 그 여행에서 가장 큰 충격에 휩싸였다.

어딘가에서 사람들 목소리가 들려왔다. 아래를 내려다보니 플랫폼에 사람들이 서 있는 것이 보였다. 기관차 문이 활짝 열렸고 자신이 제일 먼저 내려야 한다는 것을 알고 있는 대그니는 문 쪽으로 향했다. 바깥바람을 온몸으로 맞으며 선 순간 그녀는 자신의 몸의 가녀림과 가벼움을 느꼈다. 그녀는 사다리의 철제 손잡이를 꽉 잡고 아래로 내려갔다. 사다리를 반쯤 내려갔을 때 남자의 억센 손이 그녀의 허리를 잡더니 번쩍 들어서 플랫폼에 내려놓았다. 대그니는 그녀 앞에서 웃고 있는 소년 같은 남자가 엘리스 와이엇이라는 게 믿어지지 않았다. 그녀가 기억하는 긴장되고 냉소적인 얼굴은 온데간데없고 자신이 원하는 세상에서 웃고 있는 순수하고 열성적이며 관대한 소년의 얼굴이 보였다.

대그니는 움직이지 않는 땅에 적응하지 못하고 그의 팔에 몸을 맡긴 채 그의 어깨에 기댔다. 그녀는 웃으며 그의 말을 듣다가 대답했다.

"우리가 해내리란 걸 몰랐어요?"

주위의 얼굴들이 눈에 들어왔다. 존 골트 철도회사 투자자들로 닐슨 모터, 해먼드 자동차, 스톡턴 주물 등에서 나온 사람들이었다. 대그니는 말없이 그들과 악수를 나누었다. 그녀는 힘없이 엘리스 와이엇에게 기대서서 눈을 덮고 있는 머리를 쓸어 올리다가 이마에 검댕이 자국을 남겼다. 그러고는 미소를 머금고 있는 승무원들과도 말없이 악수를 나누었다. 주위에서 카메라 플래시가 터졌고 산비탈 유정에서도 사람들이 손을 흔들었다. 그녀와 군중의 머리 위에서 은빛 방패 글자인 TT가 마지막 태양빛을 받고 있었다.

엘리스 와이엇이 안내를 맡았다. 그는 팔을 휘둘러 군중들 사이로 길을 내며 그녀를 어딘가로 이끌었다. 카메라를 든 남자가 갑자기 대그니 옆으로 접근하며 외쳤다.

"태거트 양, 대중에게 전하는 메시지는 없습니까?"

그러자 엘리스 와이엇이 길게 이어진 화물차를 가리키며 말했다. "저거요."

대그니는 오픈카 뒷좌석에 앉아 굽이진 산길을 달려 올라가고 있었다. 그녀 옆에는 리어든이, 운전석에는 엘리스 와이엇이 타고 있었다.

자동차는 절벽 가장자리에 있는 집 앞에 멈추어 섰다. 인가는 보이지 않았고 아래쪽 산비탈에는 유전뿐이었다.

"물론 두 분은 오늘 밤 우리 집에서 묵을 겁니다. 어디서 묵을 거라고 생각하셨죠?" 집으로 들어가며 엘리스 와이엇이 말했다.

대그니가 웃으며 대답했다. "모르겠어요. 그 생각은 전혀 안 했어요."

"여기서 가장 가까운 도시도 차를 타고 1시간은 나가야 돼요. 승무원들은 그곳으로 갔어요. 당신네 회사 지부 직원들이 축하 파티를 열어주고 있어요. 아니, 도시 전체가요. 테드 닐슨을 비롯한 다른 투자자들에게 당신들을 위한 파티나 연설회는 마련하지 않겠다고 했어요. 혹시 원하나요?"

"절대 아니에요! 고마워요, 엘리스." 대그니가 말했다.

커다란 창문과 고급 가구 몇 점이 있는 방에 놓인 저녁 식탁에 앉았을 때는 이미 날이 저문 뒤였다. 얼굴은 무표정하지만 정중한 늙은 인디언이 흰 재킷을 차려입고 조용히 식사 시중을 들었다. 엘리스 와이엇은 이 집에서 그 인디언과 단둘이 살고 있었다. 방 안과 창문 밖에 몇 개의 불이 타오르고 있었다. 식탁 위의 촛불들과 유정탑의 불들, 그리고 하늘의 별들.

엘리스 와이엇이 말했다. "지금 일거리가 충분하다고 생각해요? 1년만 기다려봐요. 바쁘게 만들어줄 테니까. 대그니, 하루에 유조차 두 대요? 네 대, 여섯 대, 아니 당신이 원하는 수만큼 가능할 겁니다."

그는 손을 들어 산비탈의 불빛들을 가리켰다.

"저거요? 내가 앞으로 개발할 것에 비하면 아무것도 아니에요."

그는 서쪽을 가리켰다.

"부에나 에스페란자 고개. 이곳에서 8킬로미터 떨어진 곳에 있죠. 내가 그곳에다 뭘 만들지 모두 궁금해하고 있어요. 유혈암. 비용 때문에 유혈암에서 석유 추출을 포기한 게 언제 적 일이죠? 내가 어떤 방법을 개발해냈는지 기대해요. 역사상 가장 싼 석유가 될 거고, 양도 무궁무진해서 진흙 웅덩이처럼 보이는 최대 규모의 유조가 만들어질 겁니다. 송유관은 주문했냐고요? 행크, 당신과 나는 사방으로 송유관을 건설해야 할 겁니다.…… 아, 죄송합니다. 역에서 처음 만났을 때 내 소개를 안 한 것 같군요. 내 이름조차 밝히지 않았어요."

리어든이 씩 웃었다.

"이제 압니다."

"죄송합니다. 원래 경솔한 성격은 아닌데 너무 흥분해서요."

"무엇 때문에 흥분하셨죠?" 대그니가 놀리듯 눈을 가늘게 뜨고 물었다.

와이엇은 잠시 그녀를 마주 응시하더니 웃음기 있는 목소리와 어울리지 않는 엄숙한 어조로 말했다.

"내가 맞은 가장 아름다운 따귀 때문에요. 난 따귀를 맞을 짓을 했고요."

"우리의 첫 만남 이야기인가요?"

"맞아요."

"아니에요. 그때 당신의 행동은 정당했어요."

"그랬죠. 당신을 제외한 모든 것에 대해서. 대그니, 오랜 세월 실망만 하다가 예외를 발견하게 돼서……. 그런 이야기는 그만둡시다! 라디오에서 당신들에 대해 뭐라고 떠드는지 들어볼까요?"

"아뇨."

"좋아요. 나도 듣고 싶지 않아요. 자기들끼리 떠들어대라고 하죠. 이제 다들 유행에 편승하고 있어요. **우리가** 유행이고."

그는 리어든을 흘낏 보며 물었다. "왜 웃죠?"

"당신이 어떤 사람인지 궁금했어요."

"난 내 진짜 모습을 보일 기회가 없었죠. 오늘 밤을 제외하고는."

"여기서 이렇게 세상과 동떨어져서 혼자 살고 있어요?"

와이엇이 창문을 가리켰다.

"저기 있을 건 다 있는 걸요."

"사람들은요?"

"사업상 찾아오는 사람들을 위해 손님방을 마련해놓았죠. 그 외의 사람들과는 되도록이면 멀리 떨어져 살고 싶어요."

그는 앞으로 몸을 기울여 잔들에 포도주를 다시 채웠다.

"행크, 콜로라도로 오지 그래요? 뉴욕과 동부는 버리고요! 여기가 르네상스의 중심지이니까요. 제2의 르네상스. 유화와 대성당의 르네상스가 아니라 유정탑과 발전소, 리어든 금속으로 만든 모터들의 르네상스. 석기시대와 철기시대를 거쳐 이제 우린 리어든 금속의 시대로 접어들었어요. 당신의 금속이 무한한 가능성을 만들어냈으니까요."

리어든이 대답했다. "펜실베이니아에 땅을 살 계획이에요. 내 제철소 주변에. 이곳에 지사를 세우면 비용이 훨씬 싸게 먹히겠지만 알다시피 법적으로 불가능하게 됐으니까요. 빌어먹을 인간들! 어쨌든 난 그들을 이길 겁니다. 제철소를 확장할 거예요. 대그니가 사흘 만에 콜로라도에 닿을 수 있는 화물 운송서비스를 제공하면 어디가 르네상스의 중심지가 될지 내기합시다!"

대그니가 말했다. "1년만 주세요. 그럼 존 골트 노선으로 태거트 철도망을 정상화시켜 사흘 만에 대륙을 횡단할 수 있는 화물 운송서비스를 제공할 테니까요. 리어든 금속 철길을 달려 대양에서 대양까지!"

"세상을 움직이려면 지렛대가 필요하다고 말한 사람이 누구였죠? 내 앞길을 막지만 말라고 해요. 어떻게 세상을 움직이는지 보여줄 테니까!" 엘리스 와이엇이 말했다.

대그니는 '와이엇의 웃음소리기 왜 이렇게 듣기 좋은 걸까' 하는 생각이 들었다. 와이엇과 리어든, 그리고 그녀 자신의 목소리까지도 전에는 들어본 적 없는 음조를 내고 있었다. 이윽고 식탁에서 일어섰을 때 대그니는 방 안의 조명이라곤 촛불들뿐임을 깨닫고 놀라움을 감추지 못했다. 그동안 눈부시게 환한 불빛 속에 앉아 있는 듯했기 때문이다.

엘리스 와이엇이 자신의 잔을 들어 올리더니 리어든과 대그니의 얼굴을 보며 말했다. "지금 같은 세상을 위하여!"

그는 단숨에 잔을 비웠다.

대그니는 와이엇이 몸을 뒤로 젖히면서 팔을 올려 손에 든 잔을 거칠게 내던지는 동작을 보면서 잔이 벽에 부딪혀 박살나는 소리를 들었다. 그것은 축하의 동작이 아니라 반항적인 분노의 동작이었다. 고통의 비명을 대체하는 악의에 찬 동작이었다.

"엘리스, 왜 그래요?" 대그니가 속삭였다.

와이엇이 그녀에게 돌아섰다. 여전히 거친 동작이었지만 눈빛은 맑았고 얼굴은 차분했다. 그리고 놀랍게도 온화한 미소까지 짓고 있었다.

"미안해요. 신경 쓰지 말아요. 지금 같은 세상이 계속될 거라고 생각하면 돼요."

와이엇이 대그니와 리어든을 이끌고 바깥 계단을 올라갈 때 땅에는 달빛이 줄무늬를 이루고 있었다. 손님방이 있는 2층 야외 복도에서 와이엇은 잘 자라는 인사를 남기고 계단을 내려갔다. 달빛이 색깔을 빨아들이듯 소리도 빨아들이는 듯했다. 와이엇의 발소리가 멀어지더니 이윽고 사라지자 근방에 사람이 아무도 없는 듯 긴 시간 동안 이어져온 고독의 냄새를 풍기는 정적이 깔렸다.

대그니는 자신의 방을 향해 돌아서지 않았다. 리어든도 움직이지 않았다. 그들의 발치에는 가느다란 난간과 텅 빈 공간밖에 없었다. 아래쪽에는 유정탑의 그물무늬 그림자들이 빛나는 바위에 십자 모양으로 날카로운 검은 선들을 그리며 층층이 이어져 있었다. 흰색과 빨간색 불빛 몇 개가 맑은 공기 속에서 떨리고 있었는데 마치 강철 대들보에 매달린 빗방울 같았다. 저 멀리 태거트 철도를 따라 세 개의 작은 초록 불빛이 나란히 걸려 있었다. 그 너머 공간이 끝나는 곳에 있는 거미줄 모양의 직사각형은 철교였다.

대그니는 소리도, 움직임도 없는 리듬을 느꼈다. 마치 존 골트 노선에서 아직도 달리고 있는 듯 고동치는 긴장감이 느껴졌다. 그녀는 소리 없는 부름에 답하여, 그리고 저항해 천천히 돌아서서 리어든을 바라보았다.

대그니는 리어든의 얼굴에 나타난 표정을 보고 그것이 여행의 끝이 될 것임을 자신이 이미 알고 있었다는 사실을 비로소 깨달았다. 그것은 일반적으로 여행의 끝을 나타내는, 얼굴 근육은 늘어지고 입은 쑥 나오고 허기에 시달린 표정이 아니었다. 그의 얼굴선은 팽팽해 이목구비가 뚜렷해 보였으며 젊고 순수한 느낌을 주었다. 꼭 다문 입은 입술이 안쪽으로 살짝 들어가 있어서 윤곽이 선명해 보였다. 눈만이 흐릿하고 아래쪽 눈꺼풀이 부어 있었으며 증오와 고통이 담긴 시선을 보냈다.

충격이 그녀의 몸을 서서히 마비시켰고…… 목과 위장이 죄어왔으며…… 숨을 쉴 수 없게 만드는 조용한 경련만이 의식되었다. 그녀가 느끼는 감정은 이것이었다. '그래요, 행크, 그래요.…… 지금이에요.…… 이것도 그 싸움,

뭐라고 표현할 수 없는 그 싸움의 일부이니까.…… 그들에 대항하는 우리의 존재방식이니까.…… 우리의 위대한 능력이니까. 그 능력 때문에 사람들은 우리에게 고통을 주지만 그것은 행복을 느끼는 능력이니까.…… 지금, 이렇게, 아무 말도, 질문도 없이…… 우리 둘이 원하니까.'

대그니는 리어든의 팔이 자신을 감싸안는 것을 느꼈다. 그녀의 두 다리가 그에게로 바싹 끌어당겨졌다. 그녀의 가슴이 그의 가슴에 눌려 뒤로 젖혀졌다. 그리고 입술이 포개졌다. 대그니는 그것이 증오의 행위처럼 느껴졌고 날카로운 채찍이 몸을 휘감고 살을 파고드는 듯한 충격에 빠졌다.

그녀의 손이 그의 어깨에서 허리로, 다리로 움직이며 그동안 그를 만날 때마다 고백하지 못했던 욕망을 발산시켰다. 이윽고 그에게서 입술을 뗐을 때 그녀는 승리감에 차서 소리 없이 웃고 있었다. 그녀의 웃음은 이렇게 말하는 듯했다. '행크 리어든…… 수도원 같은 사무실, 사업적인 회의, 무자비한 거래에서의 엄격하고 다가가기 힘든 행크 리어든.…… 그런 당신의 모습을 기억해요?…… 난 지금 그 모습을 생각하며 내가 당신을 이런 상태로 만들었다는 사실을 즐기고 있어요.' 하지만 리어든은 웃지 않았다. 그는 적처럼 굳은 표정이었다. 그는 다시 그녀의 얼굴을 끌어당겨 부상이라도 입히듯 거칠게 키스했다.

대그니는 그가 떨고 있는 것을 느끼며 이것이야말로 자신이 그에게서 끌어내고 싶었던 절규라고 생각했다. 그의 고통스런 저항이 갈기갈기 찢기면서 나오는 굴복. 하지만 그것은 그의 승리이기도 했다. 그녀의 웃음은 그에게 바치는 경의였고 그녀의 저항은 곧 복종이었다. 그녀의 모든 맹렬한 힘은 그의 승리를 더 위대하게 만들기 위한 목적에서 나온 것이었다. 리어든은 이제 그녀는 자신의 욕망을 충족시키는 수단에 지나지 않음을 강조하려는 듯 그녀를 꽉 껴안고 있었고, 기꺼이 그런 존재로 격하되고자 하는 그녀의 마음은 그의 승리를 의미했다. 대그니는 생각했다. '내가 무엇이든, 내가 자신의 용기와 일, 정신, 자유에 대해 얼마나 큰 자부심을 품고 있든 당신의 육체적 쾌락을 위해 모든 걸 바치겠어요. 당신을 위해 나를 이용해요. 당신이 나를 필요로 한다면 내겐 그것보다 더 큰 보상은 없어요.'

그들 뒤에 있는 두 개의 방에서 불빛이 타오르고 있었다. 리어든은 대그니의 손목을 잡고 자신의 방으로 밀어 넣었다. 그녀의 허락이나 저항 따위는 필요 없다고 말하는 듯한 동작이었다. 그는 문을 잠그고 그녀를 바라보았다. 그녀는 똑바로 서서 그를 마주 응시하며 팔을 뻗어 탁상 위의 불을 껐다. 그가 다가왔다. 그는 경멸에 찬 동작으로 다시 불을 켰다. 대그니는 처음으로 그의 미소를 보았다.

그가 한 행동의 목적을 강조하는 조롱 어린 느리고 관능적인 미소였다.

리어든은 침대에 반쯤 누운 대그니를 안고 그녀의 옷을 벗겼다. 그동안 대그니는 그의 목선을 따라 어깨까지 키스해 내려갔다. 그녀의 갈망을 나타내는 모든 동작이 그에게 충격을 주는 듯했고, 그의 몸속에서 의심 어린 분노가 몸서리치는 것이 느껴졌다. 하지만 그녀의 어떤 동작도 그녀의 갈망의 증거를 보고 싶어하는 그의 탐욕을 만족시키지는 못했다.

그는 선 채로 그녀의 알몸을 내려다보며 몸을 굽히고 말했다. 그것은 질문이라기보다는 오만한 승리의 선언이었다.

"원해요?"

대그니는 눈을 감고 입을 벌려 말이라기보다는 헐떡거림에 가까운 소리를 냈다.

"네."

대그니는 팔에 느껴지는 것이 그의 셔츠이고 입술에 느껴지는 것이 그의 입술이란 것을 알았지만 나머지 부분은 그의 것과 자신의 것을 구분할 수가 없었다. 육체와 정신을 구분할 수 없는 것처럼. 지금까지 그들이 묵묵히 걸어온 인생길은 존재에 대한 사랑에 오롯이 헌신하는 용기로 선택한 것이었다. 그들은 인생에서 거저 주어지는 것이 없으며 스스로 욕망을 품고 금속과 레일, 모터를 만드는 정성과 노고로 그 욕망을 실현해야 한다고 생각하며 살아왔다. 인간은 자신의 즐거움을 위해 세상을 개조할 수 있으며, 생명 없는 물질을 자신이 선택한 목적에 맞게 변형시켜 그것에 의미를 부여할 수 있다는 신념이 그들에게 힘을 주었다. 그리고 그들이 택한 인생길은 그들을 이 순간에 이르게 했다. 그들은 가장 높은 가치에 대한 응답으로, 다른 방식으로는 표현할 길 없는 감탄의 표시로 자신의 육체를 상대에게 선물로 바쳐 존재의 가치를 증명하고 보상하는 강렬한 황홀경에 도달했다. 그가 그녀의 숨결에서 신음 소리를 듣는 순간 그녀도 그의 육체가 전율하는 것을 느꼈다.

신성한 것과 세속적인 것

대그니는 자신의 팔에서 빛나는 띠들을 보았다. 팔목부터 어깨까지 일정한 간격을 이룬 모습이 마치 팔찌 같았다. 낯선 방 창문의 블라인드 틈으로 들어온 빛의 띠들이었다. 그녀는 검은 구슬 모양으로 멍이 든 팔꿈치 위쪽을 보았다. 그녀의 팔은 그녀의 몸을 덮고 있는 담요 위에 놓여져 있었다. 그녀는 다리와 엉덩이는 의식했지만 나머지 몸은 햇살로 만들어진 공중의 우리에 편안히 늘어져 있는 것처럼 그저 가벼움만 느꼈다.

그녀는 고개를 돌려 리어든을 보며 생각했다. '그토록 냉담하고 유리벽을 둘러친 듯 형식적인 태도를 보이던 행크 리어든이, 감정에 초연한 것을 긍지로 알던 그가……격정의 밤을 보낸 후 이렇게 내 곁에 누워 있다. 환한 대낮에는, 말로는 표현할 수 없는 격정.…… 하지만 그것은 마

주 바라보는 우리의 눈 속에 들어 있으며, 우리는 그것에 이름과 의미를 부여하고 싶어한다.'

리어든은 대그니에게서 어린 소녀의 얼굴을 보았다. 그녀의 입가에는 미소가 어려 있었고 자연스런 휴식 상태에서 눈부시게 빛나는 듯했다. 머리카락이 뺨을 가로질러 굴곡진 어깨로 흘러내려와 있었고, 그녀의 눈은 간밤에 그가 원하는 건 모두 받아주었던 것처럼 그가 하려는 말은 무엇이든 받아들일 준비가 된 듯 그를 응시했다.

리어든은 손을 뻗어 그녀의 뺨에 흘러내린 머리카락을 잡았다. 깨지기 쉬운 물건이라도 다루듯 조심스런 손길이었다. 그는 손끝으로 머리카락을 들어올리고 그녀의 얼굴을 바라보았다. 그러더니 머리카락을 자신의 입술로 가져갔다. 머리카락에 입을 맞추는 동작은 부드러웠지만 머리카락을 잡은 손에는 절망이 어려 있었다.

그는 다시 털썩 누워 눈을 감았다. 그의 얼굴은 젊고 평화로워 보였다. 대그니는 긴장이 사라진 그의 얼굴을 보자 그가 그동안 얼마나 불행했는지 알 것 같았다. 하지만 이제 다 지나갔다고, 불행은 끝났다고 그녀는 생각했다.

리어든이 그녀에게 눈길을 주지 않으며 일어났다. 그의 얼굴은 다시 무표정했고 닫혀 있었다. 그는 바닥에서 옷을 주워들었다. 그러고는 방 한가운데 서서 몸을 반쯤 돌린 채 옷을 입기 시작했다. 그는 대그니가 존재하지 않는 것처럼, 아니 그녀가 있어도 상관없는 것처럼 행동했다. 셔츠 단추를 채우고 바지 허리띠를 매는 그의 동작은 의무를 수행하듯 민첩하고 정확했다.

대그니는 침대에 누워 그의 움직임을 바라보며 그 시간을 즐겼다. 그녀는 리어든의 회색 바지와 셔츠가 마음에 들었다. 꼭 존 골트 철도 기술자처럼 보였다. 그리고 햇살과 그림자가 이룬 줄무늬 속에 있어서 마치 쇠창살에 갇힌 죄수 같았다. 하지만 그것은 더 이상 쇠창살이 아니었고 존 골트 철도가 깨부순 장벽의 틈새였다. 블라인드 밖에서 그들을 기다리고 있는 것의 예고였다. 그녀는 와이엇 접속역에서 첫 열차를 타고 새 선로를 달려 뉴욕으로 돌아갈 터였다.…… 태거트 빌딩에 있는 사무실과 이제 그녀 앞에 활짝 열린 모든 것을 향해서……. 하지만 지금은 그 생각은 잊고 싶었다. 그녀는 처음 그와 입술이 닿은 순간을 떠올렸다. 지금 그녀는 모든 것을 잊고 오직 그 순간만을 느낄 수 있었다. 그녀는 블라인드 틈새로 보이는 하늘을 향해 반항적인 미소를 지었다.

"당신이 이걸 알아됐으면 좋겠소."

옷을 다 입은 리어든이 침대 옆에 서서 그녀를 내려다보며 말했다. 억양 없는 침착하고 분명한 목소리였다. 대그니는 순하게 그를 올려다보았다. 리어든이 말했다.

"당신에 대한 내 감정은 경멸이오. 하지만 나 자신에 대한 경멸에 비하면 그건 아무것도 아니지. 난 당신을 사랑하지 않아요. 난 지금껏 그 누구도 사랑한 적이 없소. 나는 당신을 처음 본 순간부터 당신을 원했소. 창녀를 원하듯이. 그것과 똑같은 이유와 목적으로. 하지만 당신은 그런 욕망의 대상이 되기에는 너무나 고귀한 존재라고 생각했기에 지난 2년간 나 자신을 저주하며 살아왔소. 그런데 아니었소. 당신도 나만큼 타락한 존재였소. 그런 사실을 알아낸 것을 증오해야 마땅한데 난 그렇지 않소. 어제까지만 해도 당신이 그런 짓을 할 수 있는 여자라고 누군가 내게 말했다면 난 그를 죽여버렸을 것이오. 그런데 오늘부터는 당신이 그런 여자가 아니지 못하게 하기 위해 목숨이라도 내놓을 것이오. 내가 지금까지 당신에게서 본 모든 위대한…… 난 그것을 지키기 위해 동물적 쾌락을 주기는 당신의 음란한 재능을 포기하지 않을 것이오. 당신과 나, 우리 둘은 자신의 힘을 자랑스럽게 여기는 위대한 존재들이었소. 안 그렇소? 그런 우리가 이렇게 됐고……. 난 그 문제에 대해 자신을 기만하고 싶지 않소."

리어든은 말로 자신을 채찍질하듯 천천히 이야기했다. 그의 목소리에는 감정이 전혀 실려 있지 않았다. 다만, 활기 없는 노력만 느껴졌다. 그것은 기껍게 말하는 목소리가 아니라 의무감에서 나온 불쾌하고 고통스러운 소리였다.

"나는 아무도 필요치 않다는 것을 명예로 여기고 살아왔소. 그런데 이제 당신이 필요하오. 나는 언제나 신념에 따라 행동했고 그게 내 긍지였소. 하지만 나는 스스로 경멸해 마지않는 욕망에 굴복했소. 그 욕망은 나의 정신과 의지, 존재, 힘이 당신에게 비굴하게 의존하도록 만드는 것이오. 내가 존경하는 대그니 태거트가 아니라 당신의 몸뚱이, 손, 입, 당신 근육의 몇 초 간의 경련에 의존하도록 말이오. 나는 약속을 깬 적이 없었소. 그런데 평생의 서약을 깨고 말았소. 나는 숨겨야 하는 행동을 한 적이 없었소. 그런데 이제 거짓말하고 숨겨야만 하오. 난 무엇을 원하든 온 세상 사람들이 보는 앞에서 그런 사실을 선언하고 원하는 것을 성취했소. 그런데 이제 내 유일한 욕망은 나 자신에게조차 말하고 싶지 않은 것이오. 하지만 그게 내 유일한 욕망이오. 나는 당신을 가질 것이오. 그것을 위해서라면 모든 것을 포기할 수 있소. 제철소도, 리어든 금속도, 내가 평생 이루게 될 것들도. 나 자신을 버리는 것보다 더 큰 대가를 치르더라도 당신을 가질 것이오. 그것은 내 자부심을 포기하는 것으로, 당신도 그것을 알아주기 바라오. 뭐라고 표현할 수 없는 우리의 행동에 대해 나는 위장하거나 회피하거나 침묵하고 싶지 않소. 나는 사랑, 가치, 충성, 존경에 대해 위장하고 싶지 않소. 나는 한 조각의 명예라도 남겨서 그 뒤에 숨고 싶지 않소. 나는 자비를 구걸한 적이 없소. 내 스스로 선택한 것이니 그에 따르는 모든 결과를 감수하겠소. 내 선택의 의미를 인정하겠소. 그것은 타락이고 그런 사실을 부인하지 않겠소. 하지만 나는 그것을 그 어떤 미덕과도 바꾸지 않겠소. 내 뺨을 때리고 싶으면 그렇게 해요. 난 당신이 그렇게 해주기를 바라오."

대그니는 똑바로 일어나 앉아서 담요를 목까지 끌어올려 몸을 가리고 그의 말을 듣고 있었다. 리어든은 처음에는 그녀의 눈이 믿을 수 없는 충격으로 어두워져가는 것을 보았다. 그러다 점점 더 열심히 귀를 기울이는 듯했다. 그녀의 시선은 그의 얼굴에 박혀 있었지만 그 이상의 것을 보고 있는 듯했다. 그녀는 처음으로 깨달은 뜻밖의 사실에 대해 곰곰이 생각하는 듯했다. 리어든은 자신의 얼굴에 비친 한 줄기 빛이 점점 더 강해져가는 것을 느꼈다. 그를 보고 있는 대그니의 얼굴에 그 빛이 반사되고 있었던 것이다. 그녀의 얼굴에서 충격이 가시고 경이감이 나타났다. 그러더니 조용하면서도 반짝이는 빛을 발하는 묘하게 평온한 얼굴이 되었다.

그의 말이 끝나자 대그니는 웃음을 터뜨렸다.

리어든은 그녀의 웃음에 분노가 담겨 있지 않은 것에 충격을 받았다. 대그니는 단순하고 편안하고 즐겁게 웃고 있었다. 그것은 문제를 해결했을 때의 웃음이 아니라 처음부터 아무 문제도 없었음을 발견했을 때의 웃음이었다.

그녀는 과장된 동작으로 팔을 움직여 담요를 벗어던졌

다. 그러고는 벌떡 일어서 바닥에 자신의 옷이 있는 것을 보고 옆으로 툭 찼다. 그녀는 알몸으로 그와 마주 서서 말했다.

"행크, 난 당신을 원해요. 나는 당신이 생각하는 것보다 더 동물적이에요. 나는 처음 만난 순간부터 당신을 원했고 지금 부끄러운 건 그런 사실을 몰랐다는 것뿐이에요. 지난 2년 동안 내게 가장 빛나는 순간들은 당신 사무실에서 당신을 똑바로 볼 수 있을 때였는데, 지금껏 그 이유를 깨닫지 못하고 있었어요. 나는 당신과 함께 있을 때 느끼는 감정이 무엇인지, 왜 그런 감정을 느끼는지 알지 못했어요. 이젠 알겠어요. 행크, 내가 원하는 건 침대에서의 당신이에요. 나머지 시간에는 나에게 얽매일 필요 없어요. 당신은 위장하거나 속일 필요도 없을 거예요. 내 생각은 하지 말아요. 신경도 쓰지 말아요. 당신의 정신, 의지, 존재, 영혼까지 내게 줄 필요 없어요. 당신의 가장 저급한 욕망이 나를 향하고 있기만 하면 돼요. 나는 당신이 경멸해 마지않는 그 쾌락만을 원하는 동물이에요. 하지만 그 쾌락은 당신에게서 얻는 것이어야만 해요. 당신은 그것을 위해 고귀한 미덕을 포기해야겠지만 난, 나는 포기할 게 없어요. 나는 추구하는 게 없으니까요. 나는 너무나 저속한 인간이라 세상에서 가장 아름다운 광경을 기관차에 타고 있는 당신의 모습과 바꿀 수도 있어요. 나는 기관차에 탄 당신의 모습을 무심히 바라볼 수가 없을 거예요. 당신은 이제 내게 의존하게 되었다는 두려움을 품을 필요가 없어요. 당신에게 의존하고 당신의 변덕에 휘둘릴 사람은 나이니까요. 당신은 언제, 어디서, 어떤 조건에서든 원하기만 하면 나를 가질 수 있어요. 좀 전에 나의 음란한 재능이라고 했나요? 그것 때문에 당신은 다른 어떤 재산보다 안전하게 나를 소유할 수 있어요. 당신은 나를 마음대로 처분할 수 있어요. 나는 그런 사실을 인정하는 것을 두려워하지 않아요. 당신에게는 모든 걸 바칠 수 있으니까요. 당신에게는 우리 관계가 성취를 위협하는 요소가 되겠지만 내게는 그렇지 않아요. 나는 책상에 앉아서 일하다가 주위 상황이 견딜 수 없이 힘들어지면 밤에 당신의 침대에 들어갈 수 있다는 사실에서 힘을 얻을 거예요. 아까 타락이라는 표현을 썼나요? 나는 당신보다 훨씬 더 타락했어요. 당신은 우리 관계에 죄책감을 느끼지만 난 오히려 자랑스럽게 생각하니까요. 나는 그것이 지금까지 내가 이룬 그 어떤 일보다 자랑스러워요. 존 골트 노선을 건설한 것보다도. 나의 가장 자랑스러운 성취가 무엇이냐고 묻는다면 행크 리어든과 잔 것이라고 대답하겠어요. 내가 얻어낸 것이니까."

리어든이 그녀를 침대에 던졌고 두 사람의 몸이 만나는 소리가, 리어든의 고통스런 신음 소리와 대그니의 웃음소리가 방 안에 울려 퍼졌다.

◆

 거리의 어둠 속에서는 비가 내리는 것이 보이지 않았지만 길모퉁이 가로등 밑에 빗줄기가 반짝이는 등갓처럼 걸려 있었다. 제임스 태거트는 주머니를 뒤적이다가 손수건을 잃어버렸다는 사실을 깨달았다. 그는 손수건을 잃어버린 것과 비가 오는 것, 그리고 코감기에 걸린 것이 자신을 겨냥한 개인적인 음모라도 되는 듯 분노 어린 적개심을 품고 욕지거리를 했다.

 보도에 묽은 죽 같은 진흙이 얇게 깔려 있어서 신발 밑바닥이 철벅거렸고 목깃 속으로 한기가 스몄다. 그는 걷고 싶지도, 멈추고 싶지도 않았다. 갈 곳도 없었다.

 그는 이사회가 끝난 후 사무실을 나서며 이제 약속이 없다는 것을 문득 깨달았다. 기나긴 저녁 시간이 버티고 있는데 함께 시간을 보낼 사람이 없었다. 어제 밤새 라디오가 존 골트 노선의 승리에 대해 떠들어대더니 오늘은 신문마다 그 이야기로 떠들썩했다. 태거트 대륙횡단철도라는 이름이 그 철도망처럼 전국으로 뻗어나가 신문들에 대대적으로 실렸고 제임스 태거트는 축하에 미소로 답했다. 이사회에서 이사들이 태거트 주가가 치솟고 있다는 이야기를 하며 대그니와 맺은 서면 계약 내용을 보여줄 수 있는지 조심스럽게 물어올 때도 그는 긴 테이블 상석에 앉아 미소를 보냈다. 이사들은 계약서 내용을 확인해보더니 빠져나갈 구멍이 없다고, 대그니는 존 골트 노선을 태거트 대륙횡단철도에 당장 넘길 수밖에 없다고 말했다. 그러고는 태거트 대륙횡단철도의 찬란한 미래에 대해, 회사가 제임스 태거트에게 진 빚에 대해 떠들었다.

제임스 태거트는 회의 내내 빨리 끝나서 집에 가고 싶다는 생각만 했다. 그러나 막상 거리로 나서자 오늘 밤에는 도저히 집에 들어갈 수 없을 것 같았다. 그는 앞으로 몇 시간 동안은 혼자 있을 수가 없었지만 불러낼 사람이 아무도 없었다. 그는 사람들을 만나고 싶지 않았다. 아까 그의 위대성을 찬양하던 이사들의 눈빛이 자꾸 떠올랐다. 그에 대한, 그리고 더욱 놀랍고 끔찍하게도 그들 자신에 대한 경멸이 담긴 교활하고 흐릿한 눈빛.

그는 고개를 숙이고 걸었다. 이따금 바늘 같은 빗줄기가 목덜미를 찔렀다. 그는 신문 가판대를 지날 때마다 외면했다. 신문들이 그를 향해 존 골트 노선이라는 이름을 외쳐대는 듯했다. 그리고 그가 듣고 싶지 않은 또 하나의 이름 라그나르 다네스퀼. 어젯밤 긴급 구호품인 공작기계를 실은 화물선이 노르웨이에 정박해 있다가 라그나르 다네스퀼에게 나포되었다. 제임스는 그 소식을 듣자 왠지 모르게 마음이 뒤숭숭했다. 그것은 존 골트 노선에 대한 감정과 비슷했다.

그는 생각했다. '감기 때문이야. 감기에 걸리지 않았다면 이런 기분을 느끼지 않았을 거야. 감기에 걸린 사람이 기분이 최상일 수가 없지. 나도 어쩔 수가 없어. 지금 내가 노래하며 춤이라도 춰야겠어?' 그것은 자신의 목격자 없는 기분을 심판하는 미지의 재판관들에게 던지는 성난 질문이었다. 그는 다시 손수건을 찾으려고 주머니를 뒤지다가 욕지거리를 내뱉으며 화장지를 사는 게 낫겠다고 생각했다.

한때는 번화가였던 광장 건너편의 싸구려 잡화점 하나가 늦은 시간까지 문을 닫지 않고 손님을 기다리고 있었다. 제임스는 광장을 건너며 조만간 가게 하나가 더 폐업하겠구나라고 생각하며 즐거움을 느꼈다.

잡화점 안에는 불이 환히 밝혀져 있었고 피곤한 얼굴의 여점원 몇 명이 한산한 판매대에 서 있었다. 구석진 곳에 힘없이 혼자 서 있는 손님을 위해 레코드판에서 요란한 음악이 흘러나오고 있었다. 제임스는 자신이 감기에 걸린 게 여점원 탓이라도 되는 듯한 목소리로 화장지를 달라고 했지만 그의 목소리에 실린 날카로움은 음악에 묻혀버렸다. 여점원은 뒤에 있는 진열대로 몸을 돌렸다가 다시 돌아서더니 재빨리 제임스의 얼굴을 흘끗 살펴보았다. 그녀는 화장지를 집어 들고 머뭇거리며 호기심에 찬 눈길로 제임스를 자세히 보았다.

"제임스 태거트시죠?" 그녀가 물었다.

"그래요! 왜요?" 제임스가 퉁명스럽게 말했다.

"어머!"

여점원은 폭죽이 터지는 것을 구경하는 어린아이처럼 숨을 헐떡거리며 영화배우라도 보듯 그를 바라보았다.

"태거트 씨, 오늘 아침 신문에서 봤어요."

그녀가 빠르게 재잘거렸다. 그녀의 얼굴에 엷은 홍조가 나타났다가 사라졌다.

"그게 얼마나 위대한 일인지 신문에 나와 있었어요. 그 일을 해낸 사람이 태거트 씨인데 태거트 씨는 그런 사실이 알려지는 걸 원치 않으셨다면서요."

"아."

제임스가 말했다. 그가 미소짓고 있었다.

"사진이랑 똑같으세요."

그녀는 몹시 놀라워하며 말한 뒤 덧붙였다. "태거트 씨가 우리 가게에 나타나다니!"

"그러면 안 되나?" 제임스가 재미있어하는 목소리로 물었다.

"제 말은, 온 나라가 그 이야기로 떠들썩한데, 그리고 그 일을 해낸 사람이 태거트 씨인데…… 그런데 태거트 씨가 여기 있는 게 믿기지 않는다는 거예요! 전 중요한 사람을 만난 적이 없거든요. 신문에 날 정도로 중요한 일들은 저에게는 먼 세상 이야기였죠."

제임스는 자신의 존재가 어떤 장소를 그럴듯하게 만들어주는 것을 경험한 적이 없었다. 여점원은 피곤이 싹 가신 듯했고 싸구려 잡화점이 드라마 속 한 장면이 된 것 같은 표정을 짓고 있었다.

"태거트 씨, 신문에 난 태거트 씨에 대한 이야기가 사실인가요?"

"뭐라고 났는데요?"

"태거트 씨의 비밀에 대한 이야기요."

"무슨 비밀?"

"모두 태거트 씨의 철교가 버틸지 못 버틸지를 놓고 싸울 때 태거트 씨는 그 싸움에 끼지 않고 묵묵히 전진하셨다면서요. 태거트 씨는 철교가 버틸 것을 아셨으니까요. 아무도 확신을 갖지 못했는데도 말이에요. 사실 그 노선은 태거트사의 프로젝트였고, 태거트 씨가 뒤에서 모든 것을 지휘했는데도 그 공을 인정받든 못 받든 관심이 없어서 비밀에 부치셨다면서요."

회사 홍보부에서 만든 보도자료를 이미 읽은 제임스는 대답했다. "그래요, 사실이에요."

자신을 바라보는 그녀의 눈빛이 그게 사실인 것처럼 느껴지도록 만든 것이다.

"태거트 씨, 정말 멋진 분이세요."

"신문에서 본 걸 다 그렇게 자세히 기억해요?"

"아, 네. 흥미로운 기사들은요. 중요한 것들 말이에요. 전 그런 기사를 읽는 게 좋아요. 저에겐 중요한 일이 일어나지 않으니까요."

여점원은 자기연민에 젖지 않고 쾌활하게 말했다. 그녀의 목소리와 동작에서 젊고 결연한 활기가 느껴졌다. 그녀는 붉은빛이 도는 갈색 곱슬머리를 하고 있었으며, 눈과 눈 사이가 멀었고, 들창코의 콧마루에 주근깨가 나 있었다. 자세히 들여다보면 매력적이었지만 특별히 눈길을 끄는 얼굴은 아니었다. 세상 구석구석에 흥미진진한 비밀이 숨어 있기를 기대하는 듯한 열성과 호기심 가득한 눈을 제외하면 그저 평범한 작은 얼굴일 뿐이었다.

"태거트 씨, 위대한 인물이 된 기분이 어떠세요?"

"어린 아가씨의 기분은 어떤데요?"

여점원은 웃음을 터뜨렸다.

"그야, 멋지죠."

"그럼 아가씨가 나보다 낫군."

"어머, 어쩜 그런 말씀을……"

"신문에 나는 큰 사건들과 무관하게 사는 게 행운일 수도 있지. 큰 사건. 그런데 크다는 게 뭐지?"

"그야…… 중요한 거죠."

"중요한 게 뭔데?"

"그건 태거트 씨가 말씀해주셔야죠."

"중요한 건 없어요."

여점원은 믿을 수 없다는 듯한 눈으로 쳐다보았다.

"다른 사람도 아니고 태거트 씨가, 다른 날도 아니고 바로 오늘 그런 말씀을 하시다니!"

"난 전혀 기쁘지 않아요. 평생 이렇게 기쁘지 않았던 날도 없을 거야."

제임스는 여점원이 걱정스런 눈빛으로 자신의 얼굴을 살펴보는 것을 보고 깜짝 놀랐다. 평생 그런 눈빛을 받아본 적이 없었던 것이다.

"태거트 씨, 몹시 지치셨군요. 그들에게 지옥에나 가라고 하세요." 여점원이 진지하게 말했다.

"그들?"

"태거트 씨를 힘 빠지게 하는 모든 사람이요. 그건 옳지 않으니까요."

"뭐가?"

"태거트 씨가 이런 기분을 느끼시는 거요. 태거트 씨는 힘든 시간을 보내셨지만 다 이겨내셨으니 이제 즐기셔야 해요. 태거트 씨는 그럴 자격이 있다고요."

"어떤 식으로 즐기는 게 좋을까?"

"아, 모르겠어요. 하지만 전 오늘 밤 태거트 씨가 멋진 축하 파티를 즐기고 계실 줄 알았어요. 거물들이 모인 화려한 파티에서 샴페인을 터뜨리고 도시들의 열쇠를 선물로 받고……. 이렇게 혼자 돌아다니시다가 화장지나 사러 들어오실 줄은 몰랐어요!"

"잊기 전에 화장지부터 줘요." 제임스는 10센트를 건네며 말했다. "그리고 화려한 파티에 대해 말하자면, 내가 오늘 밤 아무도 만나고 싶지 않을 수도 있다는 생각은 안 들었어요?"

여점원은 진지하게 생각한 뒤 대답했다. "네. 그런 생각은 안 들었어요. 그런데 이제 알 것 같아요. 태거트 씨가 왜 사람들을 만나고 싶어하지 않으시는지."

"왜?"

제임스 자신은 대답할 수 없는 질문이었다.

"태거드 씨 마음에 찰 만큼 훌륭한 사람이 없으니까요."

여점원이 간단하게 대답했다. 그것은 아부가 아니라 사실을 말하는 것이었다.

"그렇게 생각해요?"

"태거트 씨, 저도 사람들을 별로 좋아하지 않아요. 대부분의 사람들을요."

"나도 그래요. 난 아무도 좋아하지 않아요."

"태거트 씨 같은 분은 사람들이 얼마나 야비한지 몰라요. 그들은 기회만 생기면 태거트 씨 같은 분을 짓밟고 이용하려고 하죠. 위대한 인물들은 세상 사람들에게서 벗어날 수 있어야 해요. 항상 벼룩의 먹이가 될 필요는 없는 거죠. 제 생각이 틀릴 수도 있지만요."

"벼룩의 먹이라, 그게 무슨 뜻이지?"

"아, 전 힘들 때마다 스스로에게 이렇게 말해요. '늘 온갖 더러운 꼴을 당하고 벼룩에 물린 기분을 느끼며 살지 않으려면 어떻게 해서든 이 시궁창에서 벗어나야 해.' 하지만 벼룩에 물리는 건 어디서든 마찬가지이고 오히려 벼룩이 더 커질 수도 있겠죠."

"훨씬 커지지."

여점원은 뭔가 골똘히 생각하듯 침묵을 지키더니 슬프게 말했다. "우습죠."

"뭐가?"

"책에서 봤는데 위대한 인물들은 다 불행하고 위대해질수록 더 불행해진대요. 그땐 이해가 안 됐는데 어쩌면 진실인지도 모르겠어요."

"아가씨가 생각하는 것 이상으로 진실이지."

여점원은 심란한 표정으로 외면했다.

"위대한 인물들에 대해 왜 그렇게 걱정하지? 혹시 영웅 숭배자라도 되는 건가?" 제임스가 물었다.

여점원이 다시 제임스를 보았다. 그녀의 표정은 여전히 엄숙하고 진지했지만 마음의 미소는 빛나고 있었다. 그녀는 제임스에게 사적인 감정이 가득한 눈길을 보내면서도 조용하고 냉정한 목소리로 대답했다.

"태거트 씨, 이 세상에 영웅 말고 존경할 게 있나요?"

갑자기 종소리도, 벨 소리도 아닌 날카로운 소리가 울리기 시작하더니 신경을 자극하며 이어졌다.

여점원은 자명종 소리에 잠이 깬 듯 고개를 번쩍 들더니 한숨지으며 말했다. "가게 문 닫을 시간이에요."

아쉬운 듯한 목소리였다.

"가서 모자 가져와요. 밖에서 기다릴 테니까." 제임스가 말했다.

여점원은 상상조차 할 수 없었던 일이 벌어진 것처럼 그를 빤히 쳐다보았다.

"농담 아니시죠?" 그녀가 속삭이듯 물었다.

"농담 아니에요."

여점원은 직원실을 향해 번개같이 달려갔다. 판매대도, 점원의 임무도, 남자의 초대를 받고 너무 좋아하는 기색을 보이면 여성으로서의 매력이 떨어진다는 사실도 모두 잊은 듯했다.

제임스는 눈을 가늘게 뜨고 그녀의 뒷모습을 지켜보았다. 그는 지금 자신이 느끼는 감정에 굳이 이름을 붙이지 않았다. 어떤 감정을 갖게 되었을 때 그 정체를 파악하려 애쓰지 않고 그저 느끼는 것, 그것이 그가 인생에서 유일하게 고수하는 원칙이었다. 지금의 감정은 유쾌한 것이었고 그것으로 충분했다. 하지만 그 감정은 그가 말로 표현하지 않을 생각의 산물이었다. 그는 신분이 낮은 여자들을 많이 만나보았다. 그런 여자들은 그를 존경하는 척하며 아양을 떨었지만 속셈이 훤히 들여다보였다. 그는 그런 여자들을 좋아하지도 않았지만 그렇다고 그들의 뻔한 연극에 분개하지도 않았다. 그저 권태로운 쾌락만을 즐겼고 그들의 게임에서 상대에게 어울리는 대접을 해주었다. 하지만 이 여자는 달랐다. 그가 말로 표현하지 않을 생각은 이것이었다. '이 빌어먹을 멍청이는 진심이야.'

빗속에 서서 그녀를 초조하게 기다리고 있는 것도, 오늘 밤 자신에게 필요한 사람은 그녀라는 사실도 그의 마음을 어지럽히거나 모순으로 느껴지지 않았다. 그는 자신이 지금 느끼는 필요에 의미를 부여하지 않았다. 의미도 없고 말로 표현되지도 않은 것은 모순이 될 수 없었다.

이윽고 그녀가 나왔을 때 제임스는 그녀의 수줍은 태도와 고개를 빳빳이 든 모습이 이루는 묘한 조화에 주목했다. 그녀는 볼품없는 레인코트를 입었는데 칼라에 단 싸구려 보석 때문에 더 촌스럽게 보였다. 그리고 플러시 천으로 만든 꽃들이 달린 작은 모자가 곱슬머리 위에 도전적으로 자리하고 있었다. 묘하게도 고개를 빳빳이 든 모습이 그녀의 옷차림을 매력적으로 보이게 했다. 그런 옷도 얼마나 잘 입어내는지 강조해주고 있는 듯했다.

"우리 집에 가서 술 한 잔 할래요?" 제임스가 물었다.

여점원은 초대에 응하는 적절한 말이 생각나지 않는 듯 말없이 엄숙하게 고개를 끄덕였다. 그러더니 그를 보지 않으면서 혼잣말처럼 이야기했다.

"태거트 씨는 오늘 밤 아무도 만나고 싶어하지 않으셨는데 지금 **저를** 만나고 싶다고······."

제임스는 자랑스러움이 담긴 그런 엄숙한 목소리를 들어본 적이 없었다.

여점원은 택시에서 제임스 옆에 앉아 침묵을 지키며 길가 고층 빌딩들만 올려다보고 있었다. 그러다 이윽고 입을 열었다.

"뉴욕에서 이런 일들이 일어난다는 이야기는 들어보았지만 제게 일어날 줄은 몰랐어요."

"어디 출신이지?"

"버펄로요."

"가족은 있어요?"

여점원은 머뭇거리다 대답했다. "그럴 거예요. 버펄로에."

"그럴 거라니, 그게 무슨 말이지?"

"가출했거든요."

"왜?"

"사람답게 살려면 가족을 떠나야만 한다고 생각했어요."

"왜? 무슨 일 있었어요?"

"아무 일도 없었어요. 영원히 아무 일 없을 것 같았고요. 그래서 견딜 수가 없었어요."

"그게 무슨 소리예요?"

"그건…… 저기…… 당신에겐 솔직하게 말씀드려야겠죠? 우리 아버진 무능했고 엄마는 남편이 무능해도 상관이 없었어요. 일곱 식구 중에서 나 혼자만 계속 돈을 벌고 나머지 식구들은 늘 운이 없는 게 지긋지긋했어요. 집에서 벗어나지 않으면 결국 나도 그들처럼 폐인이 될 것 같았죠. 그래서 어느 날 기차를 타고 고향을 떠났어요. 식구들에게 인사도 하지 않고요. 식구들은 내가 떠나는 걸 몰랐어요."

그녀는 문득 떠오른 생각에 흠칫 놀라며 조그맣게 웃음을 터뜨렸다.

"태거트 씨, 그때 탄 기차가 태거트 기차였어요."

"뉴욕엔 언제 왔어요?"

"6개월 전에요."

"혼자 살아요?"

"네." 그녀가 행복하게 말했다.

"뭘 하고 싶었는데?"

"그건…… 뭔가가 되고 어딘가에 이르고 싶었어요."

"어디에?"

"아, 모르겠어요……. 하지만 사람들은 세상에서 뭔가를 하잖아요. 전 뉴욕 사진들을 보며 생각했어요."

그녀는 빗물로 얼룩진 차창 너머의 거대한 빌딩들을 가리키며 말했다. "누군가 저 빌딩들을 지었다.…… 그는 하는 일 없이 앉아서 부엌이 지저분하다고, 지붕이 샌다고, 배관이 막혔다고, 세상이 참 거지같다고 우는 소리만 하고 있진 않았다……."

그녀는 몸서리치듯 고개를 홱 돌려 제임스를 똑바로 보며 말을 이었다. "태거트 씨, 우린 진저리나게 가난했지만 천하태평이었어요. 제가 참을 수 없었던 건 식구들이 아무 의욕도 없는 거였어요. 손가락 까딱하는 것도 귀찮아하고 쓰레기통도 비우려고 하지 않았죠. 그런데 옆집 여자는 가족을 부양하는 게 제 의무라고 했어요. 뭔가가 되는 건 중요하지 않다면서요. 인간이 무슨 대단한 일을 할 수 있겠느냐면서요!"

제임스는 그녀가 밝은 눈을 하고 있지만 마음속 깊은 곳에는 상처가 웅크리고 있음을 알 수 있었다.

"가족 이야긴 하고 싶지 않아요. 태거트 씨와는요. 이것도…… 태거트 씨를 만나는 행운도…… 그들은 가질 수 없는 것이죠. 전 이 행운을 그들과 함께 나누지 않을 거예요. 이 행운은 그들의 것이 아니라 제 거니까요."

"몇 살이지?" 제임스가 물었다.

"열아홉이요."

제임스는 자신의 집 거실 불빛 속에서 그녀를 보면서 잘 먹어 살만 좀 붙으면 보기 좋을 것이라고 생각했다. 키와 골격에 비해 너무 살이 없었다. 그녀는 몸에 꼭 맞는 싸구려 검정 원피스를 입고 그 초라함을 감추기 위해 짤랑거리는 화려한 플라스틱 팔찌들을 차고 있었다. 그녀는 그곳이 박물관이라도 되는 것처럼, 물건에 절대 손을 대선 안 되고 경건하게 눈에만 담아가야 하는 것처럼 멀뚱히 서서 둘러보고 있었다.

"이름은?" 제임스가 물었다.

"셰릴 브룩스요."

"앉아요."

그가 말없이 술을 섞는 동안 그녀는 안락의자 끄트머리에 앉아 얌전히 기다렸다. 그가 술을 건네자 의무적으로 몇 모금 마신 다음 잔을 손에 꼭 쥐고만 있었다. 제임스는 그녀가 술의 맛을 느낄 여유가 없음을 알 수 있었다.

그는 술을 벌컥벌컥 들이켠 후 짜증스럽게 잔을 내려놓았다. 그도 술을 마시고 싶은 생각이 없었다. 그는 침울하게 거실 안을 서성이며 그녀의 시선이 자신을 따라다니고 있는 것을 즐겼다. 그녀의 부드럽고 맹목적인 시선에 자신의 움직임과 커프스단추, 구두끈, 등갓, 재떨이가 엄청나게 중요한 의미를 갖는 것도 즐겼다.

"태거트 씨, 무엇 때문에 그렇게 불행하세요?"

"내가 행복하든 불행하든 왜 신경 쓰지?"

"그야…… 태거트 씨가 행복하고 자랑스러울 자격이 없다면 누가 그런 자격이 있겠어요?"

"내가 알고 싶은 게 그거야. 누구지?"

제임스는 그녀를 향해 홱 돌아섰다. 도화선에 불이 붙은 듯 말이 터져 나왔다.

"그는 철광석과 용광로를 발명하지 않았어, 안 그래요?"

"누가요?"

"리어든. 그는 제련, 화학, 공기 압축도 발명하지 않았어. 무수한 다른 사람들이 아니었다면 그의 금속도 발명될 수 없었을 거야. 그의 금속! 그는 왜 그것을 자기 거라고 생각하지? 왜 자기 발명품이라고 생각하지? 모든 사람이 다른 모든 사람의 업적을 이용하고 있어. 뭔가를 발명할 수 있는 사람은 아무도 없다고."

셰릴이 어리둥절해서 말했다. "하지만 철광석과 그 모든 것은 늘 세상에 존재했어요. 그런데 왜 아무도 리어든 씨처럼 그 금속을 만들어내지 못한 거죠?"

"그는 고귀한 목적을 위해 그것을 만든 게 아냐. 자기이익을 위해서 만든 거지. 그는 다른 이유로는 아무것도 한 적이 없어."

신성한 것과 세속적인 것

"태거트 씨, 그게 뭐가 잘못인가요?"

셰릴은 질문을 던진 후 갑자기 수수께끼가 풀린 듯 조용히 웃었다.

"태거트 씨, 그건 말이 안 돼요. 태거트 씨 진심은 그게 아니에요. 태거트 씨는 리어든 씨가 노력에 대한 정당한 대가를 얻는 것이란 걸 알고 계세요. 태거트 씨도 그렇고요. 태거트 씨는 겸손의 뜻으로 그런 말씀을 하시는 거예요. 당신들이 얼마나 위대한 일을 했는지 세상 사람들이 다 아니까요. 태거트 씨와 리어든 씨, 그리고 당신 동생. 그녀도 아주 멋진 분일 거예요!"

"그래? 그렇게 생각하는군. 내 동생은 철도와 철교를 건설하는 데 인생을 바치고 있는 냉혹하고 무신경한 여자지. 위대한 이상을 위해서가 아니라 그 일이 좋다는 이유만으로. 본인이 좋아서 하는 일인데 감탄할 게 뭐가 있어? 난 콜로라도의 부자 기업가들을 위해 그 노선을 건설한 게 과연 위대한 일인지 모르겠어. 운송수단이 필요한 황폐한 지역에 사는 가난한 사람들이 얼마나 많은데."

"그렇지만 태거트 씨, 그 노선을 건설하기 위해 싸운 건 태거트 씨였잖아요."

"그래. 그것이 회사와 주주들과 직원들을 위한 내 임무였으니까. 하지만 내가 그걸 즐기리라고 기대하진 마. 단순한 쇠를 필요로 하는 나라들이 얼마나 많은데, 그런 복잡한 금속을 만들어낸 게 과연 위대한 일인지 모르겠어. 중국에서는 가난한 집의 나무 지붕에 박을 못조차 부족하다는 거 알아?"

"하지만…… 그건 태거트 씨 탓이 아니잖아요."

"누군가는 그런 현실에 주목해야지. 자신의 이득에 연연하지 않는 누군가. 주위에 고통이 만연한 요즘 같은 세상에 감수성을 지닌 사람이라면 새로운 금속을 만든답시고 10년씩이나 쇠나 주물럭거리고 있을 수가 없지. 그게 위대하다고 생각해? 그건 우월한 능력이 아니라 머리에 강철 1톤을 쏟아부어도 꿈쩍도 안 할 무신경함이지! 세상에는 그보다 훨씬 더 위대한 능력을 가진 사람들이 많지만 그들에 관한 이야기는 신문에 나지 않고, 건널목으로 달려가 그들을 찬양하는 이들도 없어. 그들은 인류의 고통이 미음을 짓누르는 시대에 무너지지 않는 철교 따위를 만들 수 없는 사람들이니까!"

셰릴은 이제 환희와 열정이 가라앉은 눈빛으로 조용하고 정중하게 그를 바라보고 있었다. 제임스는 기분이 한결 나아졌다.

그는 술잔을 들어 한 모금 들이켠 후 갑작스레 떠오른 기억에 킬킬거리고 웃었다.

그는 이제 더 편안하고 활기찬 목소리로 친구에게 터놓고 이야기하듯 그녀에게 말했다. "하지만 어제 와이엇 접속역에서 전해온 첫 라디오 속보를 듣고 오렌 보일이 보인 반응은 가관이었지. 셰릴도 그때 그의 얼굴을 봤어야 했는데! 아주 새파랗게 질리더라니까! 그가 어젯밤 그 충격을 이기려고 어떻게 했는지 알아? 발랄라 호텔에 스위트룸을 하나 빌렸지. 그게 무슨 뜻인지 셰릴도 알 거야. 내가 마지막으로 들은 소식에 의하면 오늘까지도 그곳에 있다더군. 그의 몇몇 친구들과 암스테르담 거리의 여자들과 어울려 개처럼 퍼마시면서!"

"보일 씨가 누구인데요?" 셰릴이 멍하니 물었다.

"제 꾀에 제가 넘어가는 뚱보. 똑똑하긴 한데 가끔 너무 똑똑해서 오히려 화를 입는. 셰릴도 어제 그의 얼굴을 봤어야 했는데! 얼마나 재미있었는지 몰라. 플로이드 페리스 박사도 마찬가지이고. 국립과학연구소의 고상한 페리스 박사. 말솜씨만 번드르르한 국민의 종. 그는 그 소식을 듣고 전혀 기뻐하지 않았어. 전혀. 하지만 천하의 간살쟁이답게 아주 잘 처신했지. 사실 그의 말 한 마디 한 마디에서 고통의 몸부림이 느껴지긴 했지만. 오늘 아침에 한 인터뷰 말이야. 그는 인터뷰에서 이렇게 말했지. '국가가 리어든에게 그 금속을 주었으니 이제 그가 국가에 보답할 차례이다.' 지금까지 나라 덕에 거저먹고 살아온 사람이 누군지 고려하면 대단히 멋진 말이지. 대단히. 그래도 버트럼 스커더보단 나았어. 동료 기자들이 소감을 말해달라고 하자

'노코멘트'라고만 하더군. 태어날 때부터 아비시니아의 시(詩)에서 섬유업계 여자 화장실 상태까지, 누가 의견을 묻건 묻지 않건 주둥이를 닫은 적이 없다는 버트럼 스커더가! 그리고 멍청한 늙은이 프리쳇 박사는 리어든이 그 금속을 발명한 게 아니라고 떠들고 다니고 있지. 이름을 밝힐 수 없는 믿을 만한 소식통에게 들었는데 리어든이 무일푼 발명가를 살해하고 제조법을 훔쳤다고!"

그는 행복하게 킬킬거리고 있었다. 셰릴은 고차원의 수학 강의를 듣고 있는 것처럼 아무것도 이해할 수가 없었다. 그가 하는 말에는 심오한 의미가 담겨 있어서 곧이곧대로 받아들여서는 안 된다는 믿음 때문이었다.

제임스는 술잔을 다시 채운 뒤 쭉 들이켰다. 그는 갑자기 쾌활함이 싹 가신 듯했다. 그는 안락의자에 구부정하게 앉아서 시원하게 벗겨진 이마 밑의 흐리멍덩한 눈으로 셰릴을 올려다보았다.

"내일 돌아올 거야." 즐겁지 않은 웃음소리 같은 목소리로 그가 말했다.

"누가요?"

"내 동생. 나의 사랑스런 동생. 오, 그 앤 본인이 위대하다고 생각할 거야, 안 그래?"

"태거트 씨, 동생을 싫어하시나봐요?"

제임스는 다시 즐겁지 않은 웃음소리를 냈고, 그 의미가 너무나 분명해서 굳이 대답이 필요치 않았다.

"왜죠?" 셰릴이 물었다.

"자기가 대단히 훌륭한 줄 아니까. 도대체 무슨 권리로 그렇게 생각하는 거지? 사람이 무슨 권리로 자신을 훌륭한 존재로 여길 수 있지? 훌륭한 인간은 없는데."

"태거트 씨, 진심은 아니시죠?"

"내 말은, 우린 그저 인간일 뿐이라는 거야. 인간이 뭐지? 약하고 추하고 죄 많은 존재이지. 태어날 때부터 뼛속까지 썩은 존재. 그러니까 인간이 실천해야 할 미덕은 겸손뿐이지. 평생 자신의 더러운 존재에 대해 무릎 꿇고 용서를 빌어야만 한다고. 인간이 스스로를 훌륭하다고 여긴다면 그게 바로 썩었다는 증거야. 어떤 일을 해냈든 자만은 죄 중에서도 가장 나쁜 죄지."

"하지만 자신이 한 일이 훌륭하다는 것을 알고 있다면요?"

"그것에 대해 사죄해야지."

"누구한테요?"

"그 일을 하지 않은 사람들한테."

"전…… 이해가 안 돼요."

"물론 그렇겠지. 그걸 이해하려면 오랜 세월 수준 높은 지식을 연구해야 하니까. 사이먼 프리쳇 박사가 저술한 《우주의 형이상학적 모순》이라는 책에 대해 들어봤어?"

세릴은 겁에 질려 고개를 저었다.

"어쨌든, 무엇이 훌륭한 건지 어떻게 알아? 무엇이 훌륭한 건지 누가 아냐고. 누가 그걸 알 수 있겠어? 절대란 건 없어. 프리쳇 박사가 확실하게 증명한 사실이지. 세상에 절대적인 건 없어. 모든 게 의견일 뿐이지. 그 철교가 무너지지 않았다는 걸 어떻게 알지? 단지 그렇게 **생각하는** 것일 뿐이야. 애초에 철교가 존재한다는 걸 어떻게 알지? 세릴, 프리쳇 박사의 연구 같은 철학이 학구적이고 실생활과 동떨어져 있고 비실용적이라고 생각하지? 그렇지 않아. 절대로!"

"하지만 태거트 씨, 태거트 씨가 건설한 철도는……."

"그 철도란 게 뭔데? 물질적 성취일 뿐이야. 철도가 중요한가? 물질적인 것에 위대성이 존재할까? 지급한 동물만 그 철교를 보고 감탄하지. 세상에는 그보다 고귀한 것들이 너무 많아. 그것들은 사람들에게 인정을 받을까? 절대 아니지! 사람들을 봐. 몇 가지 물질을 교묘하게 섞어서 만든 걸 가지고 라디오며 신문이며 요란법석을 떨어대잖아. 사람들이 고귀한 문제에 신경 쓰는 거 봤어? 신문 1면에 정신의 현상에 대한 기사가 난 적 있어? 예민한 감수성의 소유자가 인정받는 세상이야? 세릴, 이 타락한 세상에서 위대한 인물은 불행할 수밖에 없는 운명이라는 게 과연 진실인지 궁금하다고?"

그는 세릴에게로 몸을 기울여 그녀를 뚫어지게 쳐다보았다.

"내가 한 가지 이야기해주지. 불행은 미덕의 증표야. 만일 어떤 사람이 불행하다면, 진짜로 진실로 불행하다면 그건 그가 우월한 인간이란 의미야."

세릴은 당혹스럽고 걱정스런 얼굴이 되었다.

"하지만 태거트 씨, 태거트 씨는 원하는 것을 다 가지셨어요. 이제 태거트 씨는 미국 최고의 철도를 소유하게 되었고, 신문에서는 태거트 씨를 이 시대 최고의 사업가라고 찬양하고 있어요. 회사 주가가 치솟아서 하룻밤 새에 엄청난 돈을 버셨고요. 태거트 씨는 모든 걸 가지셨어요. 그런데 기쁘지 않으세요?"

그의 대답이 나오기 전의 짧은 순간에 세릴은 그에게서 갑작스런 공포를 느끼고 깜짝 놀랐다.

"안 기뻐." 그가 대답했다.

"그럼 차라리 철교가 무너지길 바라신 건가요?"

세릴은 자기가 왜 목소리를 낮추어 속삭이는지 알 수 없었다.

"난 그런 말은 안 했어!" 제임스가 날카롭게 대꾸했다.

그러더니 어깨를 으쓱하며 경멸 섞인 몸짓으로 손을 내저었다.

"이해를 못 하는군."

"죄송해요……. 제가 배워야 할 게 너무 많다는 거 잘 알아요!"

"난 철교보다 훨씬 고귀한 것을 향한 갈망에 대해 이야기하는 거야. 물질적인 것으로는 결코 만족시킬 수 없는 갈망."

"뭔데요? 태거트 씨가 원하시는 게 뭔데요?"

"이런, 또 그러는군! '그게 뭐냐'고 묻는 순간, 모든 것에 꼬리표를 붙이고 현실의 잣대를 들이대는 천박하고 물질적인 세계로 돌아가는 거야. 내가 이야기하고 있는 것들은 물질주의자의 언어로 정의될 수 없고…… 인간은 결코 닿을 수 없는 고원한 정신 영역에……. 어쨌든 인간의 성취란 게 뭐지? 지구는 우주에서 회전하는 하나의 원자에 지나지 않아. 철교 하나가 태양계에서 얼마나 중요하겠어?"

셰릴은 갑작스런 행복한 깨달음에 눈이 맑아졌다.

"태거트 씨, 태거트 씨는 위대한 분이세요. 자신의 성취에 만족하지 못하시는 거잖아요. 태거트 씨는 아무리 많은 것을 이뤄도 더 많은 것을 이루고 싶어하는 분이시죠. 태거트 씨는 야심가예요. 제가 가장 찬양하는 게 바로 야심이에요. 멈추지도, 포기하지도 않고 계속 전진하는 것. 태거트 씨, 이제 이해하겠어요. 위대한 철학들을 다 이해하진 못해도요."

"배우게 되겠지."

"네, 열심히 배우겠어요!"

그녀의 눈빛에는 제임스에 대한 감탄이 그대로 남아 있었다. 제임스는 그녀의 시선을 은은한 스포트라이트처럼 받으며 술잔을 다시 채우러 거실을 가로질러 걸어갔다. 이동식 바 뒤의 벽감에 거울이 걸려 있었다. 그는 거울에 비친 자신의 모습을 흘끗 보았다. 키는 훤칠한데 맥없이 축 처진 모습이 인간의 우아함을 고의적으로 부정하는 듯했고, 숱이 줄어가는 머리카락과 시무룩한 입이 보였다. 문득 그녀가 자신을 전혀 보고 있지 않다는 생각이 들었다. 그녀가 보고 있는 것은 당당한 어깨와 바람에 날리는 머리카락을 가진 철교 건설자의 영웅적인 모습이었다. 제임스는 그녀를 놀리고 있는 듯한 기분이 들어서 킬킬거리며 웃었다. 그녀를 보기 좋게 속였다는 우월감에 승자의 만족감을 느꼈다.

제임스는 술을 홀짝거리며 침실 문을 흘끗 보면서 이런 모험의 일반적인 결말에 대해 생각했다. 여자가 경외감에 차 있어서 반항도 못 할 것 같았다. 그는 불빛 아래 고개를 숙이고 앉아 있는 여점원의 황동빛으로 반짝이는 머리카락과 쐐기 모양으로 드러난 어깨의 매끄러운 살을 바라보았다. 그러다 시선을 돌리며 생각했다. '왜 신경 쓰지?'

그가 느낀 희미한 욕망은 육체적인 불편함에 지나지 않았다. 행동을 부추기는 성적 충동도 특별히 그녀에게 끌려서가 아니라 이런 기회를 놓치지 않으려는 남자의 심리에서 비롯된 것이었다. 그는 셰릴이 베티 포프보다 훨씬 나으며, 자신이 지금까지 만난 여자들 중에서 제일 괜찮을지도 모른다는 생각을 인정하면서도 별 감흥이 없었다. 베티 포프에게 느꼈던 감정과 다를 게 없었다. 그녀의 몸을 갖기 위해 애쓰고 싶을 만큼 쾌락에 대한 기대가 크지 않았다. 그는 쾌락을 즐기고 싶은 욕망이 없었다.

"늦었군. 어디 살지? 한 잔 더 마시고 집에 바래다주지." 그가 말했다.

슬럼가의 참담한 셋집 앞에서 그가 작별 인사를 하자 셰릴은 그에게 묻고 싶은 생각이 간절한 것을 억누르느라 애쓰며 머뭇거렸다.

"저기……." 그녀는 말을 꺼냈다가 포기했다.

"뭐?"

"아니에요, 아무것도, 아무것도!"

제임스는 그녀가 하려던 질문이 "또 만날 수 있을까요?"였다는 것을 알고 있었다. 그는 그녀를 다시 만날 생각이면서도 대답을 해주지 않는 것에서 쾌감을 느꼈다.

그녀는 마지막 시도라도 하듯 다시 그를 올려다보며 진지한 목소리로 조용히 말했다. "태거트 씨, 정말 감사해요.…… 다른 남자 같았으면…… 그러니까, 그것만 원했을 텐데……. 태거트 씨는 정말 훌륭하세요. 정말로!"

제임스는 흥미로운 미소를 머금고 그녀에게로 가까이 몸을 기울였다.

"그걸 원했나?"

셰릴은 화들짝 놀라며 뒤로 물러섰다.

"그런 뜻으로 드린 말씀이 아니에요! 이를 어째! 그런 암시가 아니었는데……."

그녀는 얼굴이 새빨개져서 홱 돌아서더니 셋집의 길고 가파른 계단을 달려 올라갔다.

제임스는 묘하게 무겁고 몽롱한 만족감을 느끼며 골목길에 서 있었다. 미덕이라도 실천한 기분이었다. 480킬로미터에 이르는 존 골트 노선 옆에 서서 환호를 보낸 모든 사람에게 복수라도 한 기분이었다.

◆

기차가 필라델피아에 도착하자 리어든은 한 마디 말도 없이 그녀를 떠났다. 혼잡한 플랫폼과 움직이는 기관차들이 있는 낮의 현실에서는, 그가 존중하는 현실에서는 돌아오는 여정에 보낸 밤들은 인정받을 자격이 없다는 듯이. 대그니는 혼자 뉴욕으로 갔다. 하지만 그날 저녁 그녀의 아파트 초인종이 울리자 그녀는 자신이 그 소리를 기다리고 있었음을 깨달았다.

리어든은 말없이 들어섰다. 하지만 그의 시선이 그 어떤 인사말보다 친근한 느낌을 주었다. 그의 얼굴에 경멸의 미소가 엷게 감돌았다. 지난 몇 시간 동안 그녀와 자신이 이 순간을 애타게 기다려왔음을 인정하는 동시에 비웃는 미소였다. 그는 거실 한가운데 서서 천천히 주위를 둘러보았다. 이곳이 그녀의 아파트였다. 지난 2년 동안 그의 고통의 중심이었던 곳, 그러면 안 되는 줄 알면서도 늘 마음이 향했던 곳, 들어올 수 없었던 곳. 그런데 이제 주인처럼 아무 때나 편하게 드나들 수 있게 되었다. 그는 안락의자에 앉아 다리를 쭉 뻗었다. 대그니는 앉으라는 허락이 떨어지길 기다리기라도 하듯, 그리고 그 기다림이 즐거운 듯 그의 앞에 서 있었다.

"그 노선을 건설한 게 엄청난 일을 해낸 거라고 말해도 되겠소?" 리어든이 물었다.

대그니는 놀라서 그를 흘끗 쳐다보았다. 그가 그런 식으로 대놓고 칭찬해준 적이 없었기 때문이다. 그의 목소리에는 진심으로 감탄이 어려 있었지만 얼굴에는 비웃음이 아직 가시지 않고 있었다. 무언가 목적이 있어서 하는 말 같았다.

"오늘 종일 당신에 대한 질문들에 답하느라 바빴소. 존 골트 노선과 리어든 금속, 그리고 미래에 대한 질문들도 있었지. 그리고 금속 주문이 쇄도해서 정신없었소. 시간당 수천 톤씩 주문이 밀려들었소. 9개월 전만 해도 주문이 한 건도 없었는데. 오늘은 리어든 금속이 급히 꼭 필요하다고 나에게 개인적으로 하소연하고 싶어하는 사람들 때문에 아예 전화선을 뽑아놔야만 했지. 당신은 오늘 뭐 했소?"

"몰라요. 에디의 보고를 듣고…… 사람들을 피하고…… 존 골트 노선에 추가로 투입할 열차들을 수배하고…… 사흘 동안 화물이 산더미처럼 쌓여서 기존 운행 스케줄로는 물량을 다 소화할 수가 없게 됐거든요."

"오늘 당신을 만나고 싶어하는 사람들이 아주 많았겠지, 안 그렇소?"

"맞아요."

"당신과 말 한 마디만 나눌 수 있다면 무엇이라도 내놓을 기세였겠지, 안 그렇소?"

"아마…… 그랬을 거예요."

"당신이 어떤 사람인지 기자들이 계속 묻더군. 어느 지방 신문의 젊은 기자는 당신이 위대한 여성이라고 계속 떠들고. 자기는 당신을 만나게 되더라도 감히 말도 못 붙일 거라나. 그 친구 말이 맞소. 그들이 두려움에 떨며 이야기하는 미래는 당신이 만든 거니까. 당신은 다른 사람들은 상상조차 할 수 없는 용기를 지녔으니까. 지금 사람들이 앞다투어 쟁탈하려고 하는 부에 이르는 모든 길을 개척한 건 바로 당신의 힘이니까. 세상에 홀로 맞설 수 있는 힘.

자신의 의지에만 주목하는 힘."

대그니는 숨이 막혀 가빠지려는 것을 애써 진정시켰다. 그의 목적을 깨달은 것이다. 그녀는 움츠리지 않고 매를 견디듯 엄숙한 표정으로 똑바로 서 있었다. 칭찬을 받는 것이 아니라 질책을 당하고 있는 듯했다.

"사람들이 당신에게도 계속 질문을 해댔겠지, 안 그렇소?" 리어든이 앞으로 몸을 기울이며 집중해서 말했다. "당신을 감탄의 눈으로 바라보고. 그들은 까마득한 산꼭대기에 서 있는 당신에게 모자를 벗어 인사하는 것 말고는 달리 할 수 있는 게 없는 것처럼 보였겠지. 안 그렇소?"

"그래요." 대그니가 속삭이듯 대답했다.

"그들은 당신에게 다가갈 수도, 당신 앞에서 말을 할 수도, 당신의 옷자락을 만져서도 안 된다는 것을 아는 것처럼 보였겠지. 그건 사실이니까. 그들은 존경의 눈으로 당신을 보았겠지, 안 그렇소? 당신을 우러러 보았겠지?"

리어든은 대그니의 팔을 홱 끌어당겨 무릎을 꿇려 앉힌 후 그녀의 상체를 자신의 다리 위로 잡아당기고 몸을 굽혀 입을 맞추었다. 대그니는 소리 없이 웃었다. 조롱 섞인 웃음이었다. 하지만 두 눈은 쾌감에 젖어 반쯤 감겨 있었다.

몇 시간 후 리어든은 침대에 누워 손으로 대그니의 몸을 더듬다가 갑자기 그녀의 허리를 안아 뒤로 젖히고 그녀에게 몸을 굽히며 물었다. 그의 목소리는 낮고 침착했지만 대그니는 그의 격한 표정과 헐떡거림이 느껴지는 목소리에서 그 질문이 몇 시간의 고민 끝에 불쑥 튀어나온 것임을 알 수 있었다.

"당신을 가졌던 다른 남자들은 누구요?"

리어든은 그 질문이 마치 세세한 부분까지 시각화된 하나의 장면이기라도 한 것처럼 그녀를 바라보았다. 몹시 혐오하지만 무시해버릴 수 없는 장면. 대그니는 그의 목소리에서 경멸과 증오, 고통을 들었다. 하지만 고통과 어울리지 않는 묘한 열정도 느꼈다. 그는 그녀를 꽉 껴안은 채 그 질문을 던졌던 것이다.

대그니는 침착하게 대답했다. 하지만 리어든은 그녀의 눈빛이 흔들리는 것을 보았고, 그것은 그녀가 그의 마음을 훤히 꿰뚫어보고 있다는 경고와도 같았다.

"행크, 다른 남자는 하나밖에 없었어요."

"언제?"

"열일곱 살 때."

"지속적인 관계였소?"

"몇 년 동안."

"누구지?"

대그니는 몸을 뒤로 젖혀 그의 팔에 누웠고 그가 긴장된 얼굴을 더 가까이 들이댔다. 대그니는 그의 눈을 똑바로 보면서 대답했다.

"대답 안 할래요."

"그를 사랑했소?"

"대답 안 해요."

"그와의 잠자리가 좋았소?"

"그래요!"

리어든은 그녀의 눈에 담긴 웃음을 보고 뺨을 맞은 듯한 기분을 느꼈다. 그것이 그가 두려워하면서도 원하던 대답이란 것을 안다는 듯한 웃음이었다.

리어든은 그녀의 두 팔을 비틀어 등 뒤로 꺾었고 그녀의 가슴이 그의 가슴에 짓눌렸다. 대그니는 어깨가 찢기는 듯한 아픔 속에서 쾌감으로 허스키해진 그의 목소리를 들으며 그의 말에 담긴 분노를 느꼈다.

"그가 누구요?"

대그니는 대답하지 않고 어두우면서도 묘하게 빛나는 눈으로 그를 빤히 바라보기만 했다. 리어든은 고통으로 일그러진 그녀의 입에서 비웃음이 흘러나오고 있는 것을 보았다.

하지만 리어든의 입술이 닿자 그녀의 입술은 굴복하고 말았다. 리어든은 격렬하고 절망적인 포옹이 그 이름 모를 경쟁자를 그녀의 과거에서 지울 수 있기라도 하듯, 더 나아가 그녀의 모든 부분을, 심지어 그 경쟁자까지도 자신의 쾌감의 도구로 만들 수 있기라도 하듯 그녀를 꽉 껴안았다. 그리고 그녀의 뜨거운 반응에서 그녀의 마음을 읽을 수 있었다.

◆

컨베이어벨트의 실루엣이 석양빛으로 물든 하늘을 배경으로 움직이며 석탄을 먼 탑 꼭대기로 올리는 모습이 마치 무수한 검은 양동이들이 땅에서 빠져나와 대각선을 그리며 하늘로 올라가는 듯했다. 한편, 푸른 작업복 차림의 청년이 코네티컷 '퀸 볼베어링 회사' 측선에 늘어선 무개화물차들에 실린 기계들에 체인을 감아 고정시키고 있었다. 철컥거리는 체인 소리와 멀리서 요란하게 울리는 컨베이어벨트 소리가 합쳐졌다.

어맬거메이티드 전철기&신호기 주식회사의 모언 사장이 공장에서 집으로 돌아가는 길에 걸음을 멈추고 길 건너편에 서서 그 광경을 지켜보고 있었다. 그는 배가 볼록 튀어나온 땅딸막한 몸에 가벼운 외투를 걸치고 희끗희끗해져가는 금발에 중산모를 쓰고 있었다. 초가을의 한기가 느껴지는 9월이었다. 퀸 공장 건물들의 문은 모두 활짝 열려있었고 사람들과 크레인들이 기계를 밖으로 옮기고 있었다. 모언은 시체에서 주요 장기를 빼내고 있는 것 같다는 생각이 들었다.

"이것도야?" 모언은 이미 대답을 알면서도 엄지손가락으로 가리키며 물었다.

"네?" 모언이 거기 서 있는 줄 몰랐던 청년이 물었다.

"이 회사도 콜로라도로 옮기는 거냐고."

"네."

"코네티컷에서 지난 2주일 동안 벌써 세 번째 회사군. 그리고 뉴저지, 로드아일랜드, 매사추세츠 같은 대서양 연안 지역에서 벌어지고 있는 일을 보면……."

청년은 모언을 보고 있지 않았고 그의 말도 듣고 있지 않는 것 같았다.

모언이 말을 이었다. "수도꼭지에서 물이 새는 것 같다니까. 그 물은 다 콜로라도로 흘러가고 있지. 돈이 다 그리로 몰린다고."

청년은 캔버스 천으로 덮인 거대한 물체 위로 체인을 던진 뒤 날렵하게 그 위로 올라갔다.

"사람들이 고향에 대한 애향심이 있어야 되는데…… 고향을 떠나고 있어. 도대체 어떻게 된 건지 모르겠어."

"법 때문이죠." 청년이 말했다.

"무슨 법?"

"기회균등법."

"그게 무슨 뜻이지?"

"퀸 사장님은 1년 전에 콜로라도에 지사를 열 계획을 세우고 있었대요. 그런데 그 법 때문에 계획이 좌절됐죠. 그래서 콜로라도로 완전히 옮겨갈 결심을 한 거예요."

"그게 핑곗거리가 되는 이유를 모르겠군. 그 법은 꼭 필요했어. 한심하고 수치스런 일이야.…… 여기서 몇 세대를 내려온 전통 있는 회사들이…… 법으로 어떻게 해야지, 원……."

청년은 일을 즐기듯 민첩하고 유능하게 움직였다. 그의 뒤에서는 컨베이어벨트가 요란한 소음을 내며 계속 올라가고 있었다. 멀리 깃대처럼 솟은 네 개의 공장 굴뚝 주변에서 연기가 천천히 소용돌이치는 모습이 붉은 노을 속에 내걸린 조기(弔旗) 같았다.

모언은 할아버지 때부터 그 모든 굴뚝과 함께 살아왔다. 그리고 사무실 창문 너머로 컨베이어벨트를 바라보며 산 세월이 30년이었다. 길 건너 퀸 볼베어링 회사가 사라진다는 것은 그에게는 상상도 하지 못할 일이었기에 퀸의 결심을 알면서도 믿지 않았다. 그가 말하고 듣는 소리들처럼 물리적인 현실과 동떨어진 것으로 여겼다. 이제 현실이라는 실감이 들었다. 그는 측선의 무개화물차들이 떠나지 못하도록 막을 기회가 아직 남아 있기라도 한 것처럼 그곳을 떠나지 못했다.

"이건 옳지 않아."

그는 하늘 전체에 대고 말했지만 그의 말을 들을 수 있는 존재는 무개화물차 위의 청년뿐이었다.

"우리 아버지 시대에는 이렇지 않았어. 난 대단한 인물도 아니고 누구와 싸우고 싶지도 않아. 세상이 어떻게 된 걸까?"

대답이 없었다.

"자네 경우만 해도 그래. 자네를 콜로라도로 데려간대?"

"저요? 아니요. 전 여기 직원이 아니에요. 임시직이에요. 이사만 돕는 거예요."

"일이 끝나면 어디로 갈 건데?"

"모르겠어요."

"회사들이 계속 떠나면 어쩔 작정인가?"

"두고 봐야죠."

모언은 의심스런 눈길로 흘낏 올려다보았다. 청년이 혹시 자신을 두고 한 말인지도 모른다는 생각이 들었던 것이다. 하지만 청년은 일에만 집중하고 있었고 그를 내려다보지 않았다. 청년이 다음 무개화물차로 옮겨가자 모언도 따라가며 허공에 대고 애원하듯 말했다.

"난 권리가 있어, 안 그런가? 난 여기서 태어났어. 난 자랄 때 전통 있는 기업들이 계속 이곳에 있을 거라고 생각했어. 그리고 우리 아버지처럼 회사를 경영할 수 있을 거라고 생각했지. 인간은 누구나 자신이 사는 지역에 속해 있고 그것에 의지할 권리가 있어, 안 그래?…… 대책이 필요해."

"무엇에 대해서요?"

"그래, 자넨 그걸 대단하게 여기겠지, 안 그래? 태거트 붐과 리어든 금속, 그리고 콜로라도 주로의 골드러시, 와이엇과 그 패거리들이 신나게 생산량을 늘리면서 흥청거리는 것! 다들 그걸 대단하게 여기지. 어딜 가든 그 소리밖에 안 들릴 거야. 사람들은 여섯 살짜리 아이가 방학 계획을 짜듯 온통 들떠서 헬렐레하고 있지. 국가 차원의 밀월 기간이나 영원한 독립기념일 같을 거야!"

청년은 아무 말도 없었다.

"내 생각은 달라."

모언은 그렇게 말한 뒤 목소리를 낮추어 덧붙였다. "신문들도 마찬가지이고. 명심해. 신문들은 그 일에 대해 아무 보도도 하지 않고 있어."

모언은 아무 대답도 듣지 못했다. 들리는 것은 철컥거리는 체인 소리뿐이었다.

"왜 다들 콜로라도로 몰려가는 거지? 여기에는 없고 거기에만 있는 게 도대체 뭐지?"

청년이 히죽거리며 말했다. "어쩌면 거기에는 없는데 여기에는 있는 것 때문일 수도 있죠."

"뭐라고?"

청년은 대꾸하지 않았다.

"난 모르겠어. 거긴 후진적이고 원시적이며 미개한 지역이야. 현대적인 정부조차 없지. 그곳 주정부는 미국에서 최악이야. 제일 게을러빠지고. 하는 일이라곤 법과 치안 유지밖에 없다니까. 주민을 위해 하는 일이 없어. 아무도 도와주지 않는다고. 그런데 왜 최고의 기업들이 모두 그곳으로 가려고 하는지 모르겠어."

청년은 그를 내려다보았지만 아무 말도 하지 않았다.

모언이 한숨지으며 말했다. "이래선 안 돼. 기회균등법은 건전한 발상이었어. 모두에게 기회가 주어져야 해. 퀸 같은 사람들이 그 법을 부당한 방법으로 이용하는 건 더럽고 수치스러운 일이야. 그는 왜 다른 사람이 콜로라도에서 볼베어링 제조회사를 차리는 걸 용납하지 못하는 거지?…… 그리고 콜로라도 사람들이 우릴 좀 가만히 내버려둬줬으면 좋겠어. 콜로라도 스톡턴 주물회사는 전철기와 신호기 사업을 시작할 권리가 없었어. 그건 오래전부터 내 사업이었으니까. 난 선임자의 권리가 있어. 그건 불공평하다고. 과열 경쟁이야. 신참이 억지로 끼어들게 놔둬선 안 되는 거라고. 내가 전철기와 신호기를 어디다 팔 수 있겠어? 콜로라도에는 큰 철도회사가 두 개였지. 그런데 피닉스-두랑고가 없어지는 바람에 이제 태거트 대륙횡단철도밖에 안 남았어. 피닉스-두랑고의 댄 콘웨이를 그렇게 몰아낸 건 공평치 못해. 경쟁의 여지가 있어야지.…… 난 오런 보일에게 강철을 주문한 지 6개월이나 됐어. 그런데 그는 아무것도 약속할 수가 없대. 리어든 금속이 강철 시장을 엉망으로 만들어놨거든. 그 금속으로 수요가 몰려서 보일은 생산을 감축할 수밖에 없지. 리어든이 그런 식으로 시장을 무너뜨리는 건 공정하지 못해.…… 나도 리어든 금속이 필요한데 도대체 구할 수가 없어! 리어든 금속 구매 대기자들을 줄을 세워놓으면 세 개 주를 합친 길이는 될 걸. 하지만 와이엇이나 대너거 같은 그의 친구들을 제외하고는 금속 한 조각도 손에 넣을 수가 없어. 공정하지 못한 일이지. 차별이라고. 나도 누구 못지않게 훌륭한 사람이야. 나도 그 금속에 대한 자격이 있다고."

청년이 위를 올려다보며 말했다. "지난주에 펜실베이니아에 있었어요. 그곳에서 리어든 제철소를 봤죠. 아주 바쁘게 돌아가더군요! 평로방식 용광로를 네 개나 새로 만들고 추가로 여섯 개를 더 만든대요.…… 새 용광로를."

그는 남쪽을 보며 말을 이었다. "대서양 연안 지역에서는 지난 5년 동안 새 용광로를 만든 곳이 한 곳도 없었는데……."

그는 캔버스 천을 씌운 모터 위에 우뚝 서서 멀리 있는 연인을 바라보듯 열정과 갈망이 담긴 엷은 미소를 지으며 황혼 속을 응시했다.

"거긴 바빴어요……."

청년의 얼굴에서 미소가 싹 가시더니 체인을 거칠게 다루기 시작했다. 지금까지의 유연한 동작과는 사뭇 다른 것이 화가 난 듯했다.

모언은 스카이라인과 컨베이어벨트, 바퀴, 공장 굴뚝에서 나오는 연기를 바라보았다. 저녁 하늘로 자욱이 평화롭게 피어오른 연기가 석양 너머 어딘가에 있는 뉴욕까지 안개처럼 길게 퍼져나가고 있었다. 모언은 석양빛을 받아 성화처럼 타오르는 공장 굴뚝과 가스 탱크, 크레인, 고압선에 둘러싸인 뉴욕을 생각하자 안심이 되었다. 고향의 낯익은 거리의 우중충한 건물들 사이로 힘의 물결이 도도하게 흐르는 듯했다. 모언은 무개화물차 위의 청년도 마음에 들었다. 청년의 일하는 모습이 믿음직하고 공업 지역의 스카이라인과 잘 어울렸다. 그런데도 모언은 그 긴고하고 영원한 벽들 어딘가에서 금이 가기 시작하고 있다는 불길한 예감을 떨쳐버릴 수가 없었다.

모언이 말했다. "대책이 필요해. 지난주에 내 친구 회사가 망했어.…… 정유회사였지. 오클라호마에 유정이 몇 개 있었는데…… 엘리스 와이엇과의 경쟁에서 살아남을 수가 없었어. 공정하지 못한 일이야. 힘없는 사람들한테도 기회를 줘야지. 와이엇의 생산량에 제한을 가해야 해. 한 사람이 시장을 독식하는 건 말이 안 되지.…… 나도 어제 뉴욕에서 차에 기름이 떨어지는 바람에 차를 거기 두고 빌어먹을 통근열차를 타고 돌아왔다니까. 기름을 넣어주는 곳이 있어야지. 기름이 부족하다고 말이야……. 이대로는 안 돼. 대책이 있어야 해…….”

모언은 스카이라인을 바라보며 그것을 파괴하려는 이름 모를 존재가 누구일까 생각했다.

"어떻게 했으면 좋겠는데요?" 청년이 물었다.

"누구, 나? 나야 모르지. 난 국가적인 문제들을 해결할 수 있는 대단한 인물이 아니니까. 난 그저 먹고살 돈이나 벌었으면 좋겠어. 내가 아는 건, 누군가 대책을 마련해야만 한다는 거지.…… 이대론 안 돼.…… 참, 자네 이름이 뭔가?"

"오언 켈로그요."

"이봐, 켈로그. 앞으로 세상이 어떻게 될 것 같나?"

"알고 싶지 않을걸요."

먼 탑에서 밤교대를 알리는 호각 소리가 울렸다. 모언은 시간이 늦어졌음을 깨닫고 한숨지으며 외투 단추를 채우고 돌아섰다.

그가 떠나기 전에 말했다. "사실 대책이 마련되고 있지. 조치가 취해질 거야. 건설적인 조치가. 경제기획 국가자원국에 더 많은 권한을 주는 법안이 통과됐어. 그리고 아주 유능한 인물이 최고 조정관에 임명됐지. 난 처음 들어본 이름이지만 신문에서는 주목할 만한 인물이라고 평하고 있어. 웨슬리 마우치라는 사람이지."

◆

대그니는 늦은 시간 거실 창가에 서서 도시를 바라보고 있었다. 도시의 불빛들이 모닥불의 검은 재에 남은 마지막 불티처럼 보였다.

그녀는 평온했고 눈 깜짝할 사이 흘러간 지난 한 달의 매순간을 차분히 돌이켜보고 싶었다. 그녀는 태거트 대륙횡단철도 사무실로 돌아온 감회를 느낄 겨를도 없었다. 할 일이 너무 많아서 자신이 유배당했다가 돌아왔다는 사실조차 잊고 있었던 것이다. 그녀는 제임스가 자신의 복귀에 대해 무슨 말을 했는지, 언급을 하기나 했는지 기억이 나지 않았다. 하지만 한 남자의 반응은 궁금했다. 그녀는 웨인 포클랜드 호텔에 전화를 걸었지만 세뇨르 프란시스코 단코니아가 부에노스아이레스로 돌아갔다는 이야기만 들었다.

대그니는 긴 서류 하단에 서명하던 순간이 떠올랐다. 존 골트 노선이라는 이름이 사라진 순간이었다. 이제 그 노선은 태거트 대륙횡단철도의 리오 노르테 노선이 되었다. 그곳 승무원들만 그 이름을 포기하기를 거부했다. 대그니도 그 이름을 포기하기가 힘들었다. 그녀는 '존 골트 노선'이라는 명칭을 쓰지 않으려고 애쓰면서 그게 왜 그렇게 힘든지, 왜 아련한 슬픔이 밀려드는지 의아했다.

어느 날 저녁, 대그니는 태거트 빌딩 뒷골목에 있는 존 골트 철도회사 사무실을 찾아갔다. 그것은 충동적인 행동이었고 자신이 무엇을 원하는지도 알 수 없었다. 그냥 마지막으로 한 번 가보고 싶었다. 건물 앞에 널빤지 벽이 쳐져 있었다. 마침내 건물이 생명을 다해 철거 중인 모양이었다. 대그니는 널빤지 벽을 넘어 언젠가 길 위로 어떤 이가 긴 그림자를 드리웠던 가로등 불빛에 의지해 자신이 쓰던 사무실 안을 들여다보았다. 1층에는 아무것도 남아 있지 않았다. 칸막이도 모두 뜯어냈고 천장에는 잘려진 파이프들이 매달려 있었으며 바닥에는 돌조각들이 높이 쌓여 있었다. 볼 것이 아무것도 없었다.

그녀는 리어든에게 혹시 지난봄 어느 밤에 사무실 밖에 서서 안으로 들어가고 싶은 욕망과 싸운 적이 있는지 물어보았다. 하지만 그가 대답하기도 전에 표정만 보고도 아니란 것을 알 수 있었다. 그녀는 리어든에게 그런 질문을 한 이유를 말해주지 않았다. 그녀는 왜 그 기억이 아직도 때때로 마음을 어지럽히는지 알 수 없었다.

그녀의 거실 창문 너머로 검은 하늘에 작은 화물 꼬리표처럼 걸려 있는 직사각형 전광판 달력이 보였다. 9월 2일이었다. 대그니는 달력의 날짜와 벌인 경주를 생각하며 도전적인 미소를 흘렸다. 이제 데드라인도, 장벽도, 위협도, 제한도 없었다.

현관문을 열쇠로 여는 소리가 들렸다. 그녀가 기다려온, 오늘 밤 꼭 듣고 싶었던 소리였다.

리어든은 그녀가 마음의 표시로 준 열쇠를 사용해 늘 그랬듯이 자연스럽게 들어왔다. 그는 모자와 코트를 의자에 던졌는데, 이제 대그니에게는 익숙한 동작이었다. 그는 검은 파티복 차림이었다.

"어서 와요." 대그니가 말했다.

"난 아직도 이 집에 들어섰을 때 당신이 없기를 기대하고 있소." 리어든이 대꾸했다.

"그럼 당신은 태거트 대륙횡단철도 사무실로 전화해야 할걸요."

"항상? 다른 데는 아니고?"

"행크, 질투해요?"

"아니. 그 기분이 어떨지 궁금할 뿐이오."

리어든은 대그니에게 다가가고 싶은 마음을 억누르며 멀리서 그녀를 바라보았다. 원하면 언제든 그녀에게 다가갈 수 있다는 사실을 더 오래 즐기기 위해서였다. 대그니는 사무복 같은 회색 스커트와 남자 셔츠처럼 재단된 속이 비치는 흰 블라우스를 입고 있었다. 블라우스는 허리선 위가 나팔 모양으로 벌어져서 군살 없는 날씬한 엉덩이를 강조해주었다. 리어든은 그녀 뒤쪽에서 비치는 불빛을 통해 나팔 모양으로 벌어진 블라우스 속의 가녀린 몸매를 볼 수 있었다.

"파티는 어땠어요?" 대그니가 물었다.

"좋았소. 최대한 빨리 빠져나왔지. 왜 안 온 거요? 초대받았는데."

"공적인 자리에서는 당신을 보고 싶지 않아서요."

리어든은 그 말뜻을 안다는 것을 강조하듯 대그니를 흘끗 보더니 즐거운 미소를 지었다.

"당신은 구경거리를 많이 놓쳤소. 전국금속산업위원회는 이제 다시는 나를 주빈으로 모시는 시련을 자초하지 않을 거요. 어쩔 수 없는 경우가 아니라면."

"무슨 일이 있었는데요?"

"아무 일 없었소. 연설이 많았지."

"당신에게도 시련이었나요?"

"아니…… 그래요. 어떤 면에서는……. 진심으로 그 자리를 즐기고 싶었는데."

"마실 것 줄까요?"

"그래 주겠소?"

대그니가 술을 가지러 가려고 돌아서자 리어든은 뒤에서 그녀의 어깨를 잡고 그녀의 머리를 뒤로 젖혀 입을 맞추었다. 이윽고 그가 고개를 들자 대그니는 자신이 그의 주인임을 당당히 주장하듯 다시 그의 얼굴을 끌어당겼다. 그러고는 그에게서 물러섰다.

"술은 됐소. 별로 생각 없으니까. 당신의 시중을 받고 싶어서 마시겠다고 한 거요."

"그럼 시중 들어줄게요."

"됐소."

그는 미소지으며 소파에 벌렁 누워 깍지 낀 두 손으로 머리를 받쳤다. 그는 자기 집 같은 편안함을 느꼈다. 그가 처음 발견한 진짜 집이었다.

"그 파티에서 가장 견딜 수 없었던 건 그 자리의 모든 사람이 어서 파티가 끝나기를 바라는 마음밖에 없었다는 사실이오. 애초에 파티를 왜 열었는지 모르겠어. 그럴 필요 없었는데. 날 위한 파티였다면."

대그니는 담뱃갑을 집어 그에게 내밀고는 라이터 불을 켜서 그의 담배에 불을 붙였다. 정중히 시중을 드는 자세였다. 리어든이 조용히 웃자 그녀는 미소로 답하고 그와 멀리 떨어진 곳의 의자 팔걸이에 앉았다.

"행크, 당신은 왜 그 초대를 받아들였죠? 지금까지는 그들과 어울리지 않았잖아요."

"평화 제의를 거절하고 싶진 않았소. 내가 그들을 이겼고 그들도 그걸 아니까. 난 그들과 절대로 어울리지 않을 테지만 주빈으로 참석해달라는 초대는……. 난 그들이 패배를 깨끗이 인정하는 멋진 사람들이라고 생각했소. 그들을 관대한 사람들이라고 여겼소."

"그들을요?"

"관대한 건 나라고 말하고 싶은 거요?"

"행크! 그동안 그들이 당신에게 한 짓들을 생각하면……"

"내가 이겼소, 안 그래요? 그래서 난 그렇게 생각했던 거요. 난 그들이 리어든 금속의 가치를 진작 알아보지 못한 걸 탓하고 싶진 않았소. 결국 알아봤으니 그것으로 됐다고 생각했지. 사람은 누구나 자기 식대로, 그리고 때가 되어야 깨달음을 얻는 거니까. 물론 그동안 그들이 비겁함과 질시, 위선을 보였던 건 사실이지만 겉으로만 그랬을 거라고 생각했소. 내가 옳다는 게 만천하에 밝혀졌으니 난 그들이 진정으로 리어든 금속의 가치를 인정해 나를 초대했을 거라고 믿었고……"

잠시 침묵이 흐르는 사이 대그니는 미소를 지었다. 그녀는 리어든이 차마 입 밖에 내지 못하는 말이 무엇인지 알았다. "……그것만으로도 그들 모두를 용서할 수 있으리라 생각했소."

리어든이 말을 이었다. "하지만 그게 아니었소. 그들이 나를 왜 초대했는지 도무지 알 수가 없었소. 나를 기쁘게 해주기 위해서도, 내게서 뭔가를 얻기 위해서도, 자신들의 체면을 살리기 위해서도 아니었소. 그 파티에는 아무런 목적도, 의미도 없었지. 그들은 리어든 금속을 비난할 때도 별 생각이 없었던 것처럼 지금도 마찬가지요. 그들은 나 때문에 시장에서 밀려날 것을 심각하게 두려워하고 있지도 않소. 그것조차도 별로 신경 쓰지 않고 있소. 그 파티가 어땠는지 알아요? 그들은 사람이라면 마땅히 숭배해야 할 가치들이 있고, 파티를 여는 것이 가치를 숭배하는 방법이라는 가르침에 따라 맹목적으로 움직이는 것 같았소. 아득한 선조들의 메아리를 따라가는 유령들처럼. 난…… 나는 그걸 견딜 수가 없었소."

대그니가 엄격한 얼굴로 말했다. "그런데도 당신이 관대하지 않다고요!"

리어든이 그녀를 흘끗 올려다보았다. 두 눈이 즐거움으로 환히 빛나고 있었다.

"왜 그들에게 그렇게 화를 내는 거지?"

대그니는 애정을 숨기려고 목소리를 낮게 깔았다. "당신은 그 파티를 즐기려고 간 건데……."

"내 탓도 있지. 아무것도 기대하지 말았어야 했는데. 내가 뭘 바라고 간 건지 모르겠소."

"난 알아요."

"난 원래 파티 같은 걸 좋아하지 않는 사람이오. 이번에는 왜 다를 거라고 기대했는지 모르겠어.…… 난 리어든 금속이 모든 것을, 사람들까지도 바꿔놓았다고 생각하며 거기 간 거요."

"그래요, 행크. 나도 알아요!"

"거긴 뭔가를 추구할 수 있는 자리가 아니었소.…… 당신, 기억나오? 언젠가 당신이 말했지. 축하할 것이 있는 사람만 축하 자리를 가져야 한다고."

대그니의 담뱃불이 허공에서 멈추었다. 그녀는 꼼짝도 않고 앉아 있었다. 그녀는 그 말을 했던 파티와 그의 집과 관련된 이야기는 한 번도 꺼낸 적이 없었다. 잠시 후 그녀는 조용히 대답했다.

"기억나요."

"그게 무슨 뜻이었는지 알겠소.…… 그때도 알았었고."

리어든은 그녀를 똑바로 응시했다. 대그니는 시선을 떨구었다.

리어든은 침묵을 지키다가 밝은 목소리로 말했다. "제일 끔찍한 건 사람들 입에서 나오는 모욕이 아니라 찬사지. 난 오늘 밤 그들이 쏟아내는 찬사를 견딜 수가 없었소. 특히 내가 모두에게(그들에게, 이 도시에, 이 나라에, 전 세계에) 꼭 필요한 존재라는 찬사! 그들은 자신을 필요로 하는 사람들과 교류하는 것을 최고의 영광으로 여기는 것 같았소. 사실 난 나를 필요로 하는 사람들을 견딜 수가 없는데."

그는 대그니를 흘끗 보며 물었다. "당신도 내가 필요하오?"

대그니가 진지하게 대답했다. "간절히요."

리어든이 웃음을 터뜨렸다.

"아니, 내 말은 그런 뜻이 아니었소. 사람들은 그런 뜻으로 말한 게 아니었소."

"나와 그 사람들이 어떻게 다른데요?"

"당신은 자신이 원하는 것에 대한 값을 치르지만 그들은 거지처럼 구걸하지."

"행크, 내가…… 값을 치른다고요?"

"아무것도 모르는 순진한 얼굴 하지 말아요. 내 말이 무슨 뜻인지 잘 알면서."

"그래요." 대그니가 미소지으며 속삭였다.

"그들에 대해선 더 이상 신경 쓸 것 없어!"

리어든은 자신이 누리는 편안한 호사를 강조하듯 소파에 누운 채 다리를 쭉 뻗어 자세를 바꾸며 행복하게 말했다.

"난 공인 노릇에는 소질 없으니까. 지금 그건 중요하지도 않고. 그들이 뭘 보건 보지 않건 우린 신경 쓸 것 없어. 이제 그들은 우리를 방해하지 않을 거요. 우리의 앞길은 탄탄대로요. 우리 부사장님, 다음 사업 계획은 뭔가요?"

"리어든 금속으로 대륙횡단철도를 건설하는 거죠."

"얼마나 빨리?"

"내일 아침에 시작할 거고, 앞으로 3년 안에 끝낼 거예요."

"3년 안에 할 수 있을까?"

"존 골트, 아니 리오 노르테가 지금처럼 잘 된다면."

"앞으로 더 잘 될 거요. 지금은 시작일 뿐이니까."

"돈이 들어오는 대로 간선을 한 구간씩 뜯어내고 리어든 금속 레일로 교체할 계획이에요."

"좋소. 당신이 원하는 때에 시작해요."

"간선에서 뜯어낸 낡은 레일은 지선으로 옮길 거예요. 그렇게 하지 않으면 오래 버티지 못할 테니까. 이제 3년만 있으면 당신은 리어든 금속 철도를 달려 샌프란시스코의 파티에 참석할 수 있을 거예요. 누군가 그곳에서 당신에게 파티를 열어준다면."

"나도 3년 안에 콜로라도, 미시건, 아이다호의 내 제철소들에서 리어든 금속이 쏟아져 나오게 할 계획이오."

"당신 제철소요? 지사 말인가요?"

"음."

"기회균등법은 어쩌고요?"

"그 법이 3년 후에도 존재할 거라고 생각하는 건 아니겠지? 우리가 멋지게 성공해냈으니 그런 썩어빠진 법은 없어질 수밖에 없소. 이제 나라 전체가 우리 편이오. 지금 누가 우리에게 딴지를 걸고 싶겠소? 그런 터무니없는 법을 누가 지지하겠소? 지금 워싱턴에서는 올바른 정신을 가진 사람들이 로비 활동을 벌이고 있소. 그들은 다음 회기 때 기회균등법을 폐기시킬 거요."

"그럼…… 좋죠."

"지난 몇 주 동안 새 용광로들을 가동시키느라 정신없이 바빴는데 이제 모두 자리가 잡혀서 느긋하게 쉴 수 있게 됐소. 책상에 앉아 건달처럼 빈둥거리며 리어든 금속 주문이 쏟아져 들어오는 걸 지켜보며 내 마음에 드는 회사에만 물건을 대주면서 돈을 긁어모을 수 있게 됐지.…… 참, 내일 아침 필라델피아행 첫차가 무슨 열차요?"

"모르겠어요."

"모른다고? 운행 담당 부사장이 뭐 하는 사람이지? 내일 7시까지 제철소에 가야 하오. 6시경에 출발하는 열차가 있소?"

"5시 30분에 첫 열차가 출발할 거예요."

"그 열차를 탈 수 있도록 일찍 깨워주겠소. 아니면 나를 위해 열차 출발을 지연시키겠소?"

"깨워줄게요."

대그니는 침묵하고 있는 리어든을 지켜보았다. 좀 전에 들어올 때는 피곤해 보였는데 지금은 피로가 싹 가신 듯했다.

"대그니, 왜 공적인 자리에서는 나를 보고 싶지 않았소?"

그가 불쑥 물었다. 목소리가 바뀌어 숨겨진 진지함이 느껴졌다.

"당신의…… 공적인 삶의 일부가 되고 싶지 않으니까요."

리어든은 대꾸하지 않았다. 잠시 후 그가 지나가는 말투로 물었다.

"마지막으로 휴가를 간 게 언제였소?"

"2년…… 아니, 3년 전일 거예요."

"그때 뭘 했는데?"

"한 달 예정으로 애디론댁에 갔다가 일주일 만에 돌아왔죠."

"나도 5년 전에 그랬소. 난 오리건으로 갔었지만."

리어든은 똑바로 누워서 천장을 바라보았다.

"대그니, 함께 휴가나 갑시다. 내 차로 몇 주 동안 어디든 가는 거요. 아무도 우리를 알아보지 못하는 시골길을 달리는 거지. 행선지도 남기지 말고, 신문도 전화도 끊고…… 공적인 삶에서 완전히 벗어나는 거요."

대그니는 일어나서 그에게 다가갔다. 그녀는 소파 옆에 서서 불빛을 등지고 그를 내려다보았다. 그에게 자신의 얼굴을, 애써 웃음을 참고 있는 얼굴을 보이고 싶지 않았다.

"당신도 몇 주 시간을 낼 수 있지 않소? 한 고비는 넘겼으니까. 이제 안전하니까. 앞으로 3년간은 다시 이런 기회가 오지 않을 거요."

"좋아요, 행크." 대그니는 애써 차분하고 담담한 목소리로 답했다.

"그러겠소?"

"언제 떠나고 싶어요?"

"월요일 아침."

"좋아요."

대그니는 의자로 돌아가려고 몸을 돌렸다. 하지만 리어든이 그녀의 손목을 잡아 끌어당겨 그녀는 그의 몸 위로 엎어졌다. 리어든은 불편한 자세로 그녀를 안고 한 손으로 그녀의 머리를 잡고 입을 맞추었다. 나머지 한 손은 그녀의 얇은 블라우스 속으로 넣어 어깨와 허리, 다리를 애무했다.

대그니가 속삭였다. "이래서 난 당신이 필요한 거예요!"

그녀는 그를 밀어내고 얼굴의 머리카락을 쓸어 올리며 일어섰다. 리어든은 그대로 누워 눈을 가늘게 뜨고 그녀를 올려다보았다. 그의 눈이 조롱기 어린 뜨거운 관심으로 반짝였다. 대그니는 자신의 몸을 내려다보았다. 슬립 끈 하나가 풀려 슬립이 한쪽 어깨에서 반대쪽 옆구리로 비스듬히 내려와 있었고, 그는 훤히 비치는 블라우스 속 젖가슴을 들여다보고 있었다. 대그니는 슬립 끈을 묶으려고 손을 올렸다. 그러자 리어든이 그녀의 손을 제지했다. 대그니는 그의 의도를 읽고 조롱의 미소를 지었다. 그녀는 일부러 천천히 걸어가 테이블에 기대어 그를 바라보고 서서 양손으로 테이블 가장자리를 잡고 어깨를 뒤로 젖혔다. 그가 좋아하는 대조였다. 엄격한 옷차림과 반라의 몸, 철도회사 부사장과 그의 여자.

리어든은 몸을 일으켜 소파에 편안히 기대앉아 다리를 꼬아 앞으로 쭉 펴고 두 손은 주머니에 찌른 채 자신의 소유물을 평가하듯 그녀를 바라보았다.

"부사장님, 리어든 금속으로 대륙횡단철도를 깔고 싶다고 하셨나요? 만일 내가 금속을 안 준다면? 이제 난 고객을 고를 수 있소. 가격도 내 마음대로 정할 수 있고. 만일 1년 전이었다면 당신과의 잠자리를 대가로 요구했을 거요."

"나도 당신이 그랬으면 좋겠어요."

"그럼 나와 잤을까?"

"물론이죠."

"사업을 위해 몸을 파는 건가?"

"사는 사람이 당신이라면요. 당신도 좋아했을 거 아닌가요."

"당신은?"

"나도요." 그녀가 속삭였다.

리어든은 그녀에게 다가가 그녀의 어깨를 잡고 얇은 블라우스 속 그녀의 젖가슴에 입을 맞추었다. 그러고는 그녀를 안고 한참이나 바라보다가 물었다.

"그 팔찌는 어쨌소?"

두 사람은 지금까지 그 팔찌에 대해 언급한 적이 없었다. 대그니는 잠시 시간이 흘러서야 침착한 목소리를 되찾을 수 있었다.

"갖고 있어요." 그녀가 대답했다.

"그걸 찼으면 좋겠소."

"그럼 나보단 당신이 곤란할 텐데요."

"차요."

대그니는 리어든 금속으로 만든 팔찌를 꺼내왔다. 그녀는 리어든을 빤히 쳐다보면서 말없이 그에게 팔찌를 내밀었다. 그녀의 손에서 초록빛이 도는 푸른 팔찌가 빛나고 있었다. 리어든은 그녀를 마주 보며 손목에 팔찌를 채워주었다. 팔찌가 찰칵 소리를 내며 채워지는 순간 대그니는 고개를 숙여 그의 손에 입을 맞추었다.

◆

자동차 보닛 아래로 땅이 흘러갔다. 위스콘신 산지의 굽잇길을 벗어나자 인간 노동의 유일한 증거인 고속도로가 나타났다. 덤불과 잡초, 나무들의 바다 위로 위태롭게 뻗은 다리 같은 고속도로. 맑고 푸른 하늘 아래에서 부드럽게 넘실대는 바다는 노란색과 오렌지색으로 이루어져 있었고, 산비탈에 튀어나와 있는 빨강과 골짜기에 웅덩이처럼 남아 있는 초록도 간간이 눈에 띄었다. 그림엽서 같은 풍경 속에서 자동차 보닛이 보석 세공인의 작품처럼 보였다. 보닛의 크롬 강철에 햇살이 부서지고 검은 에나멜에 하늘이 비쳤다.

대그니는 다리를 앞으로 쭉 뻗고 차창에 기대앉아 있었다. 그녀는 넓고 안락한 좌석과 어깨 위의 포근한 햇살이 좋았고, 시골 풍경이 아름답다는 생각이 들었다.

"내가 보고 싶은 건 광고판인데." 리어든이 말했다.

대그니는 웃음을 터뜨렸다. 자신이 머릿속으로만 생각한 것에 그가 답했기 때문이다.

"누구한테 뭘 팔려고요? 1시간 동안 자동차 한 대, 집 한 채 구경 못 했잖아요."

"바로 그게 마음에 안 들어."

리어든은 운전대를 잡은 채 앞으로 살짝 몸을 기울이며 이마를 찌푸렸다.

"이 도로를 봐요."

사막에 버려진 푸석푸석한 뼈처럼 표백된 기다란 콘크리트 도로는 햇빛과 눈(雪)에 자동차 바큇자국, 기름자국, 탄소자국 같은 움직임의 광택이 다 닳아 없어져버린 듯했다. 콘크리트의 갈라진 틈새에서 푸른 잡초가 자라고 있었다. 오랫동안 아무도 이용하지 않고 보수도 하지 않은 도로였지만 갈라진 곳은 별로 없었다.

"훌륭한 도로야. 튼튼하게 만들어진 도로지. 이 도로를 만든 사람은 통행량이 많을 거라고 생각했던 게 분명해." 리어든이 말했다.

"그래요……."

"이런 풍경이 마음에 안 들어."

"나도 그래요."

대그니는 미소지으며 덧붙였다. "사람들은 광고판이 시골 풍경을 망친다고 불만이 많죠. 여기 와서 이런 시골 풍경을 보면 좋아하겠네요. 난 그런 사람들이 싫어요."

대그니는 오늘의 즐거움 속에 도사리고 있는 작은 균열 같은 불안감을 떨쳐버리고 싶었다. 그녀는 지난 3주간 쐐기 모양의 자동차 보닛 주위로 스쳐 지나가는 시골 풍경을 보며 가끔 불안감에 빠졌다. 그녀는 미소지으며 생각했다. '자동차 보닛은 내 시야에서 하나의 부동점이 되었다. 땅은 지나갔지만 보닛은 흐릿해진 세계의 중심이자 초점, 보호물이 되었다.…… 나와 운전대를 잡고 있는 리어든 앞에 있는 보닛.' 대그니는 그것이 자신의 세계의 모습인 것에 만족해 미소지었다.

방랑길에 나서 마음 가는 대로 정처 없이 일주일을 달린 후 아침에 하루의 여정을 시작하며 리어든이 말했다.

"대그니, 휴식은 반드시 목적이 없어야만 하는 걸까?"

"아뇨. 어떤 공장에 가보고 싶은 거죠?" 대그니가 웃으며 대답했다.

리어든은 굳이 죄책감을 느끼는 척하거나 변명할 필요 없이 웃으며 대답했다. "새기노 만 근처에 버려진 철광이 있다고 들었소. 철광석이 모두 고갈됐다고 하더군."

그들은 미시건을 가로질러 그 철광으로 향했다. 텅 빈 광산의 바위턱들 사이로 걸어 들어가니 하늘을 배경으로 구부정하니 서 있는 크레인의 잔해가 보였고, 누군가 버린 녹슨 도시락통이 발치에서 덜거덕거렸다. 대그니는 슬픔보다 강한 불안감에 휩싸였다. 하지만 리어든은 쾌활하게 말했다.

"고갈됐다고? 여기서 얼마나 많은 철광석과 돈이 나올 수 있는지 내가 똑똑히 보여주겠어!"

돌아가는 차 안에서 그가 말했다. "적임자만 나타나면 당장 내일 아침이라도 저 광산을 사서 맡길 텐데."

이튿날 일리노이 평원을 향해 서남쪽으로 달리며 그는 긴 침묵 후에 불쑥 말했다. "아니, 그 법이 폐지될 때까지 기다려야지. 저 광산을 운영할 수 있는 사람은 내 가르침이 필요치 않을 거야. 나를 필요로 한다면 아무 가치도 없는 인간이지."

두 사람은 늘 그랬던 것처럼 상대에게 이해받고 있다는 굳건한 믿음을 가지고 일에 대한 이야기를 나눌 수 있었다. 하지만 사적인 이야기는 하지 않았다. 리어든은 두 사람의 열정적인 관계가 육체적인 것일 뿐, 정신적인 대화를 통해 정의되어질 수 없는 것처럼 행동했다. 대그니는 밤마다 낯선 남자의 품에 안겨 있는 듯한 기분을 느꼈다. 몸의 전율은 고스란히 다 보여주면서도 그것이 마음의 파문까지 일으키는지는 절대로 알려주지 않는 남자. 대그니는 알몸으로 그의 곁에 누워 있을 때도 팔에 찬 리어든 금속 팔찌는 풀지 않았다.

대그니는 그가 지저분한 길가 호텔의 숙박계에 '스미스 부부'라고 적는 것이 얼마나 싫은지 알 수 있었다. 그는 예정된 사기극에서 예정된 이름을 적으며 분노로 입을 앙다물었는데, 그것은 그런 사기극을 벌일 수밖에 없도록 만든 사람들을 향한 분노였다. 대그니는 호텔 종업원들이 다 알고 있다는 듯한 교활한 대도를 무심히 지켜보았다. 마치 손님과 호텔 종업원이 공모해 수치스러운 범죄를 저지르고 있는 듯했다. 쾌락을 탐하는 범죄. 하지만 리어든은 둘만 있을 때는 그런 문제에 전혀 신경 쓰지 않는 듯했다. 그녀를 안을 때 그의 눈은 생기가 넘쳤고 아무런 죄의식도 없었다.

그들은 소도시와 후미진 샛길들을 지났다. 그들이 오랫동안 보지 못한 풍경이었다. 대그니는 소도시들의 모습에서 불안감을 느꼈다. 며칠이 지나서야 그녀는 가장 간절하게 보고 싶은 것이 무엇인지 깨달았다. 새 페인트였다. 집들은 다리지 않은 옷을 입은 사람들처럼 보였다. 똑바로 서 있고 싶은 의욕마저 상실한 사람들. 집들의 처마 돌림띠는 축 처진 어깨 같았고, 뒤틀린 현관 계단은 찢어진 옷단, 판자로 막아놓은 깨진 유리창은 반창고 같았다. 행인들은 새 차를 쳐다보긴 했지만 진귀한 물건을 구경하는 표정은 아니었다. 그 반짝이는 검은 물체가 외계의 존재라도 되는 듯 믿을 수 없어 하는 눈길로 응시했다. 거리에 탈것들이 다니긴 했지만 대부분 말이 끄는 것이었다. 마력의 본래 형태와 쓰임새를 까마득히 잊고 있었던 대그니는 그것의 귀환이 달갑지 않았다.

그날 건널목에서 리어든이 킥킥대며 가리키는 것을 보고 대그니는 웃지 않았다. 언덕 너머에서 작은 지역 철도 회사 열차 한 대가 높은 굴뚝으로 검은 연기를 토해내는 구닥다리 기관차에 이끌려 비틀거리며 달려오고 있었다.

"맙소사, 행크, 웃을 일이 아니에요!"

"알아요."

그로부터 1시간 동안 110킬로미터를 달린 후 대그니가 말했다. "행크, 태거트 혜성특급이 저런 석탄 때는 기관차에 이끌려 대륙을 횡단하는 광경이 보여요?"

"대그니, 왜 그래? 침착해요."

"미안해요.⋯⋯ 디젤기관차를 생산할 사람을 찾지 못하면 나의 새 철도도, 당신의 새 용광로들도 모두 무용지물이 되고 말 거란 생각이 자꾸 들어서요. 빨리 그런 사람을 찾지 못하면요."

"콜로라도의 테드 닐슨이 있잖소."

"그래요. 그가 새 공장을 열 수 있는 방법만 찾는다면요. 그는 존 골트 철도회사에 투자하느라 무리를 했어요."

"그 투자로 이득을 많이 봤잖소."

"그래요. 하지만 그동안 발이 묶여 있었죠. 이제 전진할 준비가 됐는데 공작기계를 구할 수가 없어요. 어디에서도, 어떤 가격으로도 공작기계를 살 수가 없어요. 주문을 해도 납품이 계속 지연되고 있어요. 그는 폐업한 공장에서 중고라도 구해 쓰려고 지금 전국을 이 잡듯 뒤지고 있어요. 조만간 생산에 들어가지 못하면……"

"그는 해낼 기요. 이제 누가 그를 믹겠소?"

"행크, 가보고 싶은 데가 있는데 그곳으로 가면 안 될까요?" 대그니가 갑자기 물었다.

"물론. 어디든지. 어디요?"

"위스콘신에 있어요. 우리 아버지 때에 거기 큰 모터회사가 있었어요. 거기 우리 철도 지선이 있었는데 7년 전 그 공장이 문을 닫으면서 폐쇄됐죠. 지금은 낙후 지역으로 전락했을 거예요. 어쩌면 거기 테드 닐슨이 쓸 수 있는 기계가 남아 있을지도 몰라요. 테드 닐슨이 그곳은 찾아보지 않았을 거예요. 잊혀진 곳이고 교통수단도 닿지 않아서."

"내가 찾아내겠소. 회사 이름이 뭐였지?"

"20세기 모터회사요."

"아, 거기! 내가 어렸을 때 최고의 모터회사 중 하나였지. 아마 최고였을걸. 석연치 않은 일로 문을 닫았던 것 같은데…… 무슨 일이었는지 기억이 안 나."

사흘을 찾아다녀서야 희뿌옇게 탈색된 버려진 도로를 발견할 수 있었다. 두 사람은 20세기 모터회사를 향해 금화의 바다처럼 반짝이는 노란 잎들 사이를 달리고 있었다.

"행크, 테드 닐슨에게 무슨 일이 생기면 어쩌죠?" 침묵 속에서 달리다가 대그니가 불쑥 물었다.

"왜 그에게 무슨 일이 생기겠소?"

"모르겠어요. 그냥…… 드와이트 샌더스 생각이 나서요. 그는 사라졌어요. 이제 유나이티드 기관차 회사는 끝났죠. 그리고 다른 회사들도 디젤을 생산할 형편이 못 돼요. 더 이상 주문을 받는 곳이 없어요. 그리고 기관차가 없다면 철도가 무슨 쓸모가 있겠어요?"

"다른 것들도 다 마찬가지지."

잎사귀들이 바람에 흔들리며 반짝였다. 잎사귀들은 불의 색깔과 움직임으로 풀에서 덤불로, 나무들로 수 킬로미터에 걸쳐 펼쳐져 있었다. 자연 그대로의 무제한의 풍요 속에서 빛나는 잎사귀들은 목적의 성취를 축하하는 듯했다.

리어든이 미소지으며 말했다. "황무지에도 의미가 있지.

난 황무지가 좋아지기 시작했소. 아무도 발견하지 못한 신천지."

대그니는 쾌활하게 고개를 끄덕였다.

"비옥한 땅이야. 풀과 나무들이 자라난 것을 봐요. 나라면 저 덤불을 깨끗이 밀어내고 그 자리에……."

두 사람의 얼굴에서 웃음기가 가셨다. 길가 풀숲에서 시체 같은 것을 보았기 때문이다. 주유소 주유기의 잔해인 유리 조각이 붙어 있는 녹슨 통이었다.

눈에 보이는 건 그것뿐이었다. 주유소 자리에 남은 검게 탄 기둥 몇 개와 콘크리트 조각 하나, 그리고 반짝이는 유릿가루는 덤불 속에 묻혀 자세히 들여다보지 않으면 눈에 띄지도 않았으며, 1년만 더 지나면 아예 사람들의 시야에서 사라질 터였다.

그들은 시선을 거두었다. 수 킬로미터에 걸쳐 펼쳐진 잡초 속에 또 무엇이 숨어 있는지 알고 싶지 않아서 계속 달렸다. 그들은 침묵과 같은 무게의 경이감에 젖어 있었다. 놀라운 속도로 모든 것을 삼켜버리는 잡초의 위력에 대한 경이감이었다.

산모퉁이를 돌아서자 도로가 뚝 끊겼다. 타르와 진흙으로 이루어진 움푹 팬 길이 이어졌고, 콘크리트 덩어리 몇 개가 튀어나와 있었다. 누군가 콘크리트를 깨서 실어간 듯했고, 그곳에는 잡초조차 자라지 않았다. 먼 산꼭대기에 전신주 하나가 거대한 무덤 위의 십자가처럼 하늘을 배경으로 비스듬히 서 있었다.

비포장 흙길과 도랑, 짐마차 바큇자국을 따라 낮은 기어로 기다시피해서 전신주가 있는 산 너머 골짜기의 정착촌에 닿았을 때는 3시간이 지난 후였고, 타이어 하나가 펑크 나 있었다.

한때 공업도시였다가 이제 폐허로 변한 그곳에는 아직 집 몇 채가 남아 있었다. 움직일 수 있는 것은 모두 떠났지만 일부 주민들은 남아 있었다. 빈 건물들은 돌무더기 같았는데 세월이 아닌 인간의 손길이 할퀴고 간 것이었다. 판자들이 닥치는 대로 뜯겨져나가고, 지붕널들이 군데군데 사라지고, 텅 빈 지하실에는 구멍이 숭숭 뚫려 있었다. 당장 내일의 일도 생각지 않는 맹목적인 손길이 그때그때 필요에 따라 약탈해간 듯했다. 폐허 위에 드문드문 사람 사는 집이 흩어져 있었고, 눈에 보이는 움직임이라고는 그 집들의 굴뚝에서 올라오는 연기밖에 없었다. 외곽에는 학교 건물이었던 콘크리트 뼈대가 서 있었는데 꼭 해골처럼 보였다. 유리 없는 시커먼 창문들은 눈구멍, 끊어진 전선들은 머리카락 같았다.

저 멀리 산 위에 20세기 모터회사 공장이 있었다. 그 벽들과 지붕, 굴뚝들은 마치 요새처럼 견고한 느낌을 주었다. 옆으로 기울어진 은빛 물탱크만 아니면 완벽해 보였을 터였다.

나무와 산비탈만이 수 킬로미터에 걸쳐 뒤엉켜 있을 뿐 공장으로 가는 길은 찾을 수가 없었다. 그들은 가느다란 연기가 피어오르는 집을 향해 달려갔다. 자동차 소리를 들었는지 문이 열리고 한 노파가 발을 질질 끌며 나왔다. 노파는 맨발에 밀가루 포대 같은 옷을 입고 있었고 몸은 구부정하고 두루뭉술했다. 그녀는 놀라움도, 호기심도 없이 차를 보았다. 피로 외에는 아무것도 느끼지 못하는 존재의 멍한 눈길이었다.

"공장으로 가는 길 좀 알려주시겠습니까?" 리어든이 물었다.

노파는 바로 대답하지 않았다. 마치 영어를 할 줄 모르는 듯했다. 이윽고 그녀가 물었다.

"무슨 공장요?"

리어든이 손가락으로 가리키며 대답했다. "저거요."

"문 닫았어요."

"압니다. 저곳으로 가는 길이 있나요?"

"몰라요."

"여기 길이 있긴 한가요?"

"숲에 길들이 있어요."

"차가 다닐 수 있는 길도요?"

"그럴 거예요."

"어떤 길로 가는 게 가장 좋을까요?"

"몰라요."

열린 문틈으로 집 내부가 보였다. 쓸모없는 가스오븐이 있었는데 넝마가 가득 든 것으로 보아 옷 서랍으로 쓰고 있는 듯했다. 구석에 돌로 만든 화덕이 있었고 낡은 주전자 아래에서 장작 몇 개가 타오르고 있었다. 벽에는 검댕이 자국이 줄무늬처럼 길게 그려져 있었다. 식탁 다리에 흰 물체가 기대어져 있었는데 어느 집 화장실에서 떼어낸 세면기였고, 시든 양배추가 가득 들어 있었다. 식탁 위에 놓인 빈 병에는 수지 양초가 꽂혀 있었다. 마룻바닥은 페인트칠이 모두 벗겨진 축축한 잿빛이었다. 걸레로 열심히 문질러 닦았지만 이미 바닥 깊숙이 스며든 때와의 대결에서 패배하고 만 사람의 노고가 시각적으로 표현되어 있는 듯했다.

누더기를 걸친 아이들이 노파 뒤로 조용히 하나씩 모여들었다. 자동차를 바라보는 아이들의 눈길에는 아이 특유의 반짝이는 호기심이 아니라 위험의 기미가 보이면 바람처럼 사라질 태세를 갖춘 미개인의 긴장감이 어려 있었다.

"공장까지는 몇 킬로미터나 됩니까?" 리어든이 물었다.

"16킬로미터요."

노파는 그렇게 대답했다가 덧붙였다. "8킬로미터인가?"

"다음 마을까지는요?"

"다음 마을은 없어요."

"어딘가에는 있죠. 거기까지 얼마나 가면 되느냐는 겁니다."

"그래요. 어딘가에는."

집 옆 공터에 전선으로 만든 빨랫줄에 걸린 낡은 누더기들이 보였다. 잡초가 무성한 텃밭에서는 닭 세 마리가 모이를 쪼아먹고 있었고, 배관 파이프 길이의 횃대에도 한 마리가 앉아 있었다. 돼지 두 마리가 쓰레기투성이 진흙탕에서 뒤뚱뒤뚱 걸어다니고 있었고, 진흙탕에 놓인 디딤돌들은 고속도로에서 뜯어낸 콘크리트 덩어리였다.

멀리서 끽끽거리는 소리가 들려서 돌아보니 한 남자가 공동 우물에서 두레박으로 물을 긷고 있었다. 리어든과 대그니는 그 남자가 양동이 두 개를 들고 천천히 길을 따라 내려오는 모습을 지켜보았다. 앙상한 팔에 비해 양동이가 너무 무거워 보였다. 남자의 나이는 짐작하기가 어려웠다. 남자는 리어든의 차를 보고 걸음을 멈추었다. 그는 낯선 사람들을 흘끗 쳐다보더니 시선을 외면했다. 의심 많고 비밀스런 눈빛이었다.

리어든은 10달러짜리 지폐를 꺼내 그에게 내밀며 물었다. "공장으로 가는 길 좀 알려주시겠습니까?"

남자는 뚱하고 무관심한 눈으로 돈을 보았다. 그는 양동이를 든 채 돈은 받을 생각도 하지 않았다. 대그니는 탐욕이 없는 사람은 바로 저런 사람일 것이라고 생각했다.

"여기서는 돈이 필요 없어요." 남자가 말했다.

"그럼 일도 안 하나요?"

"해요."

"돈 대신 뭘 사용하죠?"

남자는 그제야 무거운 양동이를 내려놓았다.

"우린 돈은 사용하지 않고 우리끼리 물물교환을 해요."

"타지 사람들과는 어떻게 거래하고요?"

"우린 여기서만 살아요."

"여기서 사는 게 쉽지 않을 것 같은데요."

"그게 당신하고 무슨 상관이죠?"

"상관은 없고 그냥 궁금해서요. 왜들 여기 남아서 사는 건가요?"

"우리 아버진 여기서 식료품점을 했어요. 공장만 문을 닫은 겁니다."

"왜 떠나지 않았죠?"

"어디로요?"

"어디로든요."

"뭐하러요?"

대그니는 양동이를 바라보고 있었다. 밧줄 손잡이가 달린 그 네모진 양동이는 석유통이었다.

"공장으로 가는 길이 있는지 좀 알려주시겠습니까?" 리어든이 말했다.

"길이야 많죠."

"차가 다닐 수 있는 길이 있나요?"

"그럴걸요."

"어떤 길인데요?"

남자는 잠시 심각하게 고민한 후 말했다. "학교에서 좌회전해 쭉 가면 굽은 떡갈나무가 나올 거예요. 거기 길이 있는데 한 2주 정도 비가 안 오면 괜찮아요."

"마지막으로 비가 온 게 언제였죠?"

"어제요."

"다른 길은 없고요?"

"핸슨네 목초지를 지나서 숲을 건너가면 거기 튼튼하고 좋은 길이 있어요. 그 길은 샛강까지 이어져 있고."

"샛강에 다리는 있나요?"

"아니요."

"다른 길은요?"

"차가 다니는 길을 찾는 거라면 밀러네 땅 건너편에 포장도로가 있어요. 차가 다니기에는 최고죠. 학교에서 우회전해서……."

"하지만 그 길은 공장으로 가는 길이 아니죠, 안 그런가요?"

"공장으로 가는 길은 아니죠."

"좋아요. 우리가 찾아보죠." 리어든이 말했다.

그가 자동차 시동을 건 순간 커다란 돌멩이가 앞 유리로 날아왔다. 박살이 나진 않았지만 햇살이 퍼지는 모양으로 금이 갔다. 누더기 차림의 꼬마가 요란한 웃음소리를 내며 모퉁이 뒤로 숨었고, 창문과 문틈 뒤에서 호응하는 아이들의 날카로운 웃음소리도 들렸다.

리어든은 욕이 튀어나오려는 것을 애써 참았다. 남자가 살짝 얼굴을 찌푸리며 무기력하게 길 건너편을 보았다. 노파는 아무 반응 없이 구경만 하고 있었다. 그녀는 아무런 흥미도, 목적도 없이 조용히 서서 지켜보고 있었는데, 마치 사진 건판에 발라놓은 감광물질이 형태를 흡수하듯 시야에 들어오는 대상을 무조건 받아들이는 듯했다.

대그니는 그녀를 자세히 살펴보았다. 그녀의 두루뭉술한 몸은 나이를 먹거나 게을러서가 아닌 듯했다. 임신을 한 것 같았다. 도무지 믿기지 않았지만 더 자세히 보니 그녀의 먼지 색깔 머리는 하얗게 센 것이 아니었고 얼굴에는 주름도 거의 없었다. 공허한 눈과 구부정한 어깨, 발을 질질 끄는 걸음걸이 때문에 노인으로 보인 것이었다.

대그니는 그녀에게 몸을 기울이고 물었다. "몇 살이세요?"

여자는 대그니를 빤히 쳐다보았는데, 화난 눈빛이 아니라 왜 그런 것을 물어보나 싶어서 쳐다보는 것 같았다.

"서른일곱요." 그녀가 대답했다.

왔던 길을 되돌아 다섯 블록을 달려갔을 때 대그니가 말했다. "행크, 그 여자는 나보다 두 살밖에 많지 않았어요!" 겁에 질린 목소리였다.

"그래요."

"세상에, 어쩌다 저 지경이 된 걸까요?"

리어든은 어깨를 으쓱하며 대답했다. "존 골트가 누구지?"

그들이 마을을 떠나며 마지막으로 본 것은 광고판이었다. 칠이 벗겨져 칙칙한 잿빛을 띠고 있었지만 그림은 알아볼 수 있었다. 세탁기 광고였다.

마을 너머 먼 들판에서 천천히 움직이고 있는 남자의 형체가 보였다. 무리하게 힘을 쓰느라 몸이 흉하게 뒤틀려 있었는데 손으로 쟁기를 밀고 있었다.

2시간 후 그들은 3킬로미터 정도를 달려 20세기 모터회사 공장에 도착했다. 그들은 산비탈을 오르며 자신들이 헛수고를 하고 있음을 깨달았다. 정문에 녹슨 자물쇠가 채워져 있었지만 대형 유리창들이 모두 박살나서 사람이나 마멋, 토끼들이 마음대로 드나들 수 있었고 마른 잎들까지 들어가 바닥에서 뒹굴고 있었다.

공장은 비워진 지 오래였다. 덩치 큰 기계들은 문명화된 방식으로 옮겨진 듯 콘크리트 바닥에 남겨진 구멍들이 깔끔했다. 나머지는 약탈자들이 마구잡이로 훔쳐간 듯했다. 남아 있는 것은 거지 중의 상거지도 마다할 뒤틀리고 녹슨 판자 조각, 석고 조각, 유리 조각뿐이었다. 튼튼하게 만들어진 철제 계단이 멋진 나선형을 그리며 지붕까지 이어져 있었다.

리어든과 대그니는 천장의 갈라진 틈으로 햇살 한 줄기가 대각선으로 떨어지는 넓은 홀에서 걸음을 멈추었다. 그들의 발소리가 메아리쳐 울리다가 멀리 있는 빈 방들로 사라졌다. 새 한 마리가 강철 서까래 사이로 날아 들어오더니 날개를 푸드득거리며 다시 하늘로 날아갔다.

"혹시 모르니까 샅샅이 뒤져보는 게 좋겠어요. 당신은 공장을 맡아요. 난 부속 건물을 돌아볼 테니까. 되도록 빨리 끝내요." 대그니가 말했다.

"당신 혼자 돌아다니게 하고 싶지 않소. 바닥이며 계단이 얼마나 안전한지도 모르는데."

"말도 안 돼요! 공장쯤은 나 혼자서도 돌아다닐 수 있어요. 난파선 같은 곳이기는 하지만. 우리 빨리 끝내요. 여기서 빨리 나가고 싶으니까."

대그니는 머리 위에 기하학적으로 완벽한 강철 다리들이 걸려 있는 조용한 마당을 지나며 아무것도 보고 싶지 않았지만 억지로 모든 것을 살펴보았다. 마치 사랑하는 사람의 시신을 부검하는 듯한 심정이었다. 그녀는 이를 악물고 시선을 자동 탐조등처럼 움직였다. 그녀는 빠르게 걸었다. 어디서고 걸음을 멈출 필요가 없었던 것이다.

그녀가 걸음을 멈춘 곳은 실험실로 썼던 방인 듯했다. 그리고 그녀를 멈추게 한 것은 전선 코일이었다. 쓰레기더미에서 튀어나와 있는 코일. 그녀는 그런 식으로 전선을 말아놓은 것은 처음 보았는데도 아득하고 어렴풋한 기억 속의 물건처럼 친근했다. 그녀는 코일을 잡아당겨보았지만 꿈쩍도 하지 않았다. 쓰레기더미에 묻힌 어떤 물건의 일부인 모양이었다.

벽에 남아 있는 파손된 잔여물들(수많은 콘센트들과 육중한 케이블, 납 도관, 유리관, 선반도 문도 없는 붙박이 캐비닛들)의 용도로 보건대 그 방은 실험실이었던 게 분명했다. 쓰레기더미에는 유리, 고무, 플라스틱, 금속이 잔뜩 있있고 칠판으로 썼던 진회색 슬레이트 조각도 보였다. 그리고 바닥 전체에 휴지들이 뒹굴고 있었다. 이 방 주인이 들여오지 않은 물건들, 이를 테면 팝콘 봉지, 위스키 병, 싸구려 잡지도 있었다.

대그니는 쓰레기더미에서 코일을 빼내려고 애썼지만 헛수고였다. 커다란 물건에 붙어 있는 모양이었다. 그녀는 아예 무릎을 꿇고 앉아 쓰레기더미를 파헤치기 시작했다.

손이 베이고 온몸이 먼지투성이가 되어서야 그녀는 일어서서 코일이 붙어 있는 물건을 바라보았다. 파손된 모터였다. 대부분의 부품들이 사라졌지만 남은 것으로도 원래 형태와 목적을 짐작할 수 있었다.

대그니는 그런 모터를 본 적이 없었다. 그 비슷한 것조차 구경한 적이 없었다. 그녀는 그 부품들이 어떤 기능을 수행하기 위해 고안된 것인지 도무지 알 수 없었다.

그녀는 변색된 관들과 기묘하게 생긴 연결부들을 자세히 살펴보며 자신이 알고 있는 모든 종류의 모터들을 떠올렸다. 하지만 그것과 일치하는 모터는 없었다. 전기 모터 같은데 어떤 연료를 쓰는 것인지 알 수 없었다. 증기도, 석유도, 그녀가 아는 어떤 연료도 아니었다.

대그니는 신음을 토해내고 쓰레기더미에 몸을 던졌다. 그녀는 쓰레기 위를 기어다니며 눈에 띄는 종이는 다 집어서 읽어보고 던져버렸다. 손이 와들와들 떨리고 있었다.

그러다 결국 간절히 찾던 물건을 발견했다. 타이핑된 종이 몇 장을 집게로 고정시킨 것이었는데 문서의 일부였다. 문서의 앞부분과 뒷부분은 없어졌고 집게 밑에 남아 있는 종이 조각들이 얼마나 두꺼운 문서였는지를 말해주었다. 누렇게 변색된 그 문서는 모터 설명서였다.

텅 빈 공장 발전소에 있던 리어든은 대그니가 부르는 소리를 들었다. "행크!" 그건 공포에 찬 비명이었다.

그는 소리가 들려온 쪽을 향해 내달렸다. 대그니가 종이 뭉치를 들고 방 한가운데 서 있었다. 그녀의 손에서는 피가 흐르고 있었고, 스타킹도 찢어져 있었다. 옷도 먼지투성이였다.

"행크, 이게 뭔 거 같아요?"

그녀가 발치에 있는 이상한 물건을 가리키며 물었다. 충격으로 제정신이 아닌, 현실에서 단절된 무언가에 홀린 듯한 목소리였다.

"이게 뭐처럼 보여요?"

"다쳤소? 무슨 일이오?"

"아니에요!⋯⋯오, 신경 쓸 것 없어요. 난 괜찮아요. 이걸 봐요. 이게 뭔지 알아요?"

"당신, 꼴이 그게 뭐요?"

"쓰레기더미에서 이걸 찾아내느라고요. 난 괜찮아요."

"떨고 있는데."

"당신도 곧 그렇게 될 거예요. 행크! 이걸 봐요. 얼른 보고 뭔지 말해줘요."

리어든은 대그니가 가리키는 것을 흘끗 보다가 바닥에 앉아 자세히 살펴보았다.

"특이하게 만든 모터군." 그가 이마를 찡그리며 말했다.

"이걸 읽어봐요." 대그니가 문서를 내밀었다.

리어든은 그 문서를 읽고 시선을 들며 말했다. "세상에!"

대그니도 그의 옆에 앉았다. 두 사람은 잠시 아무 말도 할 수 없었다.

"코일이었어요." 대그니가 입을 열었다.

그녀는 마음이 달음박질치는 기분이었다. 그녀 앞에 돌풍처럼 나타난 모든 것을 따라잡기가 벅찼고 말이 두서없이 튀어나왔다.

"내가 처음 발견한 건 코일이었어요. 그런 그림을 본 적이 있거든요. 똑같지는 않지만 비슷한 거죠. 학교 다닐 때요. 옛날 책에서 봤는데 아주아주 오래전에 불가능하다고 포기한 모델이었죠. 난 기차 모터에 대한 건 닥치는 대로 다 읽었으니까요. 한때 사람들이 그런 모터를 구상하고 몇 년 동안 실험을 했는데 결국 성공하지 못하고 포기했대요. 그리고 몇 세대 동안 잊혔죠. 난 이 시대에 그걸 연구한 과학자가 있으리라곤 상상도 하지 못했어요. 그런데 있었어요. 그리고 성공했어요!…… 행크, 무슨 말인지 알겠어요? 오래전에 사람들은 대기에서 정전기를 끌어내 그걸 동력으로 전환시켜 작동하는 모터를 발명하려고 했어요. 하지만 성공하지 못했고 결국 포기했죠."

그녀는 파손된 물체를 가리키며 말했다. "그런데 그게 여기 있어요."

리어든은 고개를 끄덕였다. 그는 웃지 않았다. 그는 모터를 들여다보며 곰곰이 생각에 잠겼는데 행복한 생각은 아닌 듯했다.

"행크! 이게 뭘 의미하는지 모르겠어요? 동력 모터 역사상 내연기관의 발명 이후 최고의 혁명이에요! 내연기관보다 더 위대한 거죠. 모든 것을 쓸어내고…… 모든 것을 가능하게 해주는. 드와이트 샌더스 같은 사람들은 끝나는 거죠! 누가 디젤에 관심을 갖겠어요? 누가 석유나 석탄, 주유소 때문에 걱정하고 싶겠어요? 내가 뭘 상상하는지 알겠어요? 디젤기관차의 절반 크기에 힘은 열 배나 강한 신식 기관차예요. 연료 몇 방울만 있으면 무제한의 힘을 내는 자가 발전기. 역사상 가장 깨끗하고 빠르고 싼 장치죠. 이 모터가 우리의 운송체계에, 그리고 나라 전체에 어떤 영향을 미칠지 알아요? 1년 안에?"

리어든의 얼굴에서는 흥분을 찾아볼 수 없었다. 그가 천천히 말했다.

"누가 만들었지? 왜 여기 버려진 거지?"

"우리가 밝혀낼 거예요."

리어든은 손에 든 종이뭉치를 보면서 생각에 잠긴 목소리로 물었다. "대그니, 이 모터를 만든 사람을 찾지 못한다면 지금 남아 있는 것을 가지고 다시 만들 수 있겠소?"

대그니는 한참 후에 기운 빠지는 목소리로 대답했다. "아니요."

"아무도 못 하겠지. 그러나 그 사람은 해냈소. 이 글의 내용으로 보아 그는 성공했소. 이 모터는 최고의 발명품이오. 하지만 이제는 존재하지 않지. 우리 힘으로는 다시 작동시킬 수 없으니까. 없어진 부분을 다시 만들어내려면 그 사람만큼 뛰어난 천재가 필요하니까."

"그 사람을 찾아내겠어요. 지금 하고 있는 모든 일을 중단하고라도."

"그가 살아 있다면."

대그니는 그의 목소리에서 비관적인 예감을 느꼈다.

"왜 그런 식으로 말하죠?"

"그가 살아 있을 것 같지가 않소. 살아 있다면 이런 발명품을 쓰레기더미에서 썩게 했을까? 이런 엄청난 성취를 사장시켰을까? 그가 살아 있다면 벌써 몇 년 전에 자가 발전기를 갖춘 기관차가 만들어졌을 거요. 지금쯤 세계적인 유명인사가 되었을 테니 굳이 찾아 나설 필요도 없고."

"난 이 모터가 그렇게 오래전에 만들어진 것 같지는 않아요."

리어든은 문서의 종이 상태와 모터의 녹슨 부분을 보면서 말했다. "10년은 됐을 거요. 그보다 조금 더 됐을 수도 있고."

"그를 찾아내야 해요. 그를 아는 사람이라도. 너무 중요한 것이라……"

"오늘날 그 누가 만들어내거나 소유한 것보다 중요하지. 난 그를 찾을 수 있을 것 같지가 않소. 그를 찾아내지 못한다면 아무도 그의 모터를 다시 만들지 못할 거요. 지금 남아 있는 것으로는 부족해요. 하나의 실마리밖에 안 되니까. 매우 귀중한 실마리이기는 하지만 그것만 가지고 모터를 다시 만들려면 100년에 한 명 나올까 말까 한 천재가 필요하지. 이 시대의 모터 설계자들이 도전이라도 할 것 같소?"

"아니요."

"일류 설계자는 남아 있지도 않소. 모터 분야에서는 몇 년 동안 새 아이디어 자체가 없었고. 그쪽도 죽어가는 분야지. 이미 죽었거나."

"행크, 만약 그 모터가 만들어진다면 어떤 의미가 될지 알아요?"

리어든이 짧게 웃으며 말했다. "이 나라 모든 사람의 수명이 10년쯤 연장되는 것이라고 할 수 있겠지. 그 모터 덕에 얼마나 많은 것을 더 쉽고 더 싸게 만들고, 인간의 노동 시간이 얼마나 많이 절감되고, 노동의 대가를 얼마나 더 많이 받게 될지를 고려한다면 말이오. 기관차뿐이오? 그 모터를 단 자동차, 선박, 비행기는 어떨까? 트랙터는? 발전소는? 정전기를 동력으로 바꾸는 변환 장치를 작동시키는 데 필요한 약간의 연료비만 들이면 무제한의 에너지를 공급받을 수 있는 거요. 그 모터는 나라 전체를 움직이고 환하게 밝힐 수 있소. 집집마다, 아까 골짜기에서 보았던 그런 사람들의 집에까지 전깃불을 밝히며 살게 될 거요."

"그렇게 될 거예요. 그걸 만든 사람을 찾아내고 말 거니까."

"해봅시다."

리어든이 벌떡 일어섰다. 하지만 그는 파손된 모터를 내려다보며 유쾌하지 않은 웃음소리를 냈다.

"존 골트 노선에 꼭 맞는 모터였는데."

그러고는 사무적으로 말했다. "우선 인사부가 어딘지 찾아봅시다. 인사 기록이 남아 있으면 그걸 뒤져보는 거요. 연구원들과 엔지니어들 명단이 필요하니까. 현재 이 공장이 누구 소유인지도 모르고, 주인을 만나기도 쉽지 않을 것 같소. 공장을 이 지경으로 방치해놓은 것을 보면. 그 다음에는 연구소의 모든 방을 뒤져봅시다. 나중에 엔지니어 몇 명을 이곳으로 보내서 공장의 나머지 부분까지 샅샅이 훑게 하고."

방을 나서다가 대그니가 문간에서 멈추어 섰다. 그녀가 목소리를 낮춰서 말했다.

"행크, 그 모터는 이 공장에서 제일 귀중한 물건이었어요. 공장 전체보다도, 공장 안의 모든 것을 합쳐놓은 것보다도 귀중했죠. 그런데 아무도 가져가지 않고 쓰레기더미에 버려져 있었어요. 아무도 가져갈 필요를 못 느낀 거죠."

"나도 그 점이 놀랍고 끔찍하오." 리어든이 말했다.

인사부는 그리 오래 걸리지 않고 찾을 수 있었다. 문에 붙어 있는 문패를 보고 인사부 사무실을 찾을 수 있었지만 남아 있는 것은 그 문패뿐이었다. 집기도, 종이도 없었다. 박살난 유리창에서 떨어진 유리 조각들밖에 보이지 않았다.

그들은 모터가 있는 방으로 돌아갔다. 그들은 엎드려 기어다니며 바닥에 흩어져 있는 쓰레기들을 일일이 확인했다. 하지만 별 수확이 없었다. 실험실 자료가 담긴 듯한 종이들은 모두 모아서 읽어보았지만 모터에 대한 언급은 어디에도 없었고, 모터 설명서도 더 이상 찾을 수 없었다. 팝콘 봉지들과 위스키 병이 파도처럼 이 방을 휩쓸고 간 침입자 무리가 어떤 부류인지를 말해주었다.

모터의 일부였을 수도 있는 금속 조각 몇 개를 찾아냈지만 너무 작아서 쓸모가 없었다. 누군가 모터 부품들을 뜯어간 것은 일반적인 용도로 사용하기 위해서였을 수도 있었다. 남은 부분은 사람들의 관심을 끌기에는 너무나 생소한 모양이었다.

대그니는 껄끄러운 바닥을 기어다니느라 무릎과 손바닥이 얼얼했다. 그녀는 손바닥을 쫙 펴서 바닥을 짚은 채 분노로 몸을 떨었다. 신성모독에 대한 아프고 무력한 분노였다. 신성한 모터에서 뜯어낸 전선으로 만든 빨랫줄에 기저귀가 널려 있고, 바퀴들은 공동 우물의 도르래로 쓰이고, 실린더는 위스키 병 주인의 애인 창가에 놓인 제라늄 화분으로 둔갑했을 수도 있다는 생각이 들었던 것이다.

산 위에는 아직 잔광이 남아 있었지만 골짜기에서는 푸른 안개가 피어올랐다. 하늘은 잎사귀들의 붉은빛과 금빛을 닮은 석양빛으로 물들어갔다.

수색작업을 마쳤을 때는 주위가 이미 어두워져 있었다. 대그니는 일어나 창틀만 남아 있는 창가에 서서 이마에 시원한 바람을 맞았다. 하늘은 암청색이었다.

"나라 전체를 움직이고 환히 밝힐 수 있었는데." 그녀는 모터를 내려다보며 말했다.

그리고 창밖을 내다보았다. 그녀는 긴 전율과 함께 신음하며 얼굴을 팔에 묻었다.

"왜 그래요?" 리어든이 물었다.

대그니는 대답하지 않았다.

리어든은 창밖을 내다보았다. 저 아래 골짜기에서 어둠이 짙어가고 있는 가운데 희미한 얼룩 몇 개가 흔들리고 있었다. 수지 양초 불빛이었다.

와이엇의 횃불

"부인, 유감이지만 현재 그 공장 소유주가 누구인지는 아무도 모릅니다. 아마 앞으로도 그럴 거고요." 문서기록 보관소 직원이 말했다.

그 직원은 방문객도 거의 없고 서류철에는 먼지가 뽀얗게 앉은 1층 사무실 책상에 앉아 있었다. 그는 창밖 광장에 주차된 번쩍거리는 차를 바라보았다. 진흙투성이 광장은 한때 번성했던 군청 소재지의 중심이었다. 직원은 막연한 경이감이 어린 눈빛으로 미지의 두 방문객을 응시했다.

"왜요?" 대그니가 물었다.

직원은 서류철에서 꺼낸 서류 뭉치를 무력하게 가리켰다. "법원에서 그 공장 소유주가 누구인지 결정해야 하는데 어떤 법원도 결정을 내리지 못할 겁니다. 그 일을 맡을 법원도 없고."

"왜요? 무슨 일이 있었는데요?"

"그 공장, 그러니까 20세기는 팔렸어요. 20세기 모터회사. 그런데 동시에 두 소유주에게 팔렸어요. 두 번 팔린 거죠. 당시, 그러니까 2년 전에 세상을 떠들썩하게 만든 사건이었는데 이제……."

그는 서류를 가리키며 말을 이었다. "서류 뭉치만 남아 법의 심판을 기다리고 있죠. 어떤 판사가 그 복잡하게 얽힌 소유권 분쟁을 해결하겠어요."

"무슨 일이 있었던 건지 설명해주시겠어요?"

"그 공장의 마지막 법적 소유주는 위스콘신 주 롬의 피플스 모기지사였어요. 롬은 공장에서 북쪽으로 48킬로미터 떨어져 있는 소도시죠. 그 모기지사는 쉽게 대출해준다는 광고를 요란하게 해댔어요. 마크 욘츠라는 인물이 사장이었죠. 그가 어디 출신인지, 그리고 어디로 떠났는지 아무도 몰랐지만 피플스 모기지사가 망한 날 아침, 그가 사우스다코타의 얼간이들에게 20세기 모터회사를 판 동시에 그 공장을 담보로 일리노이의 한 은행에서 대출을 받았다는 사실이 밝혀졌어요. 그리고 공장에 가보니 기계를 모조리 내다 팔아서 텅 비어 있었어요. 그 기계들을 누구에게 팔았는지는 아무도 몰라요. 그러니까 그 공장은 주인만 여럿이고 챙길 건 없는 셈이죠. 지금 상황은…… 사우스다코타 사람들과 은행, 피플스 모기지사 채권단이 그 공장의 소유권을 주장하며 서로를 상대로 소송을 제기했지만 아무도 거기서 바퀴 하나 빼낼 권리가 없어요. 어차피 빼낼 바퀴도 없고."

"마크 욘츠는 그 공장을 팔기 전에 운영을 했었나요?"

"천만에요! 그는 뭘 운영하는 사람이 아니었어요. **불로소득만** 얻으려고 했죠. 결국 그 공장을 운영해서 벌 수 있는 것보다 훨씬 많은 돈을 챙겼고요."

직원은 여자와 나란히 앉아 있는 엄격한 얼굴의 금발 남자가 창밖에 있는 자신들의 차를 감시하는 이유가 궁금했다. 그 차 트렁크 문은 열려 있었고, 그 안에는 캔버스 천으로 싸서 밧줄로 단단히 묶은 커다란 물건이 들어 있었다.

"공장 기록들은 어떻게 됐죠?"

"무슨 기록 말입니까?"

"생산 기록, 작업 기록, 그리고 인사 서류 같은 거요."

"아, 이제 그런 건 전혀 남아 있지 않습니다. 그동안 많은 약탈이 있었거든요. 경찰이 문에 자물쇠를 채워놨는데도 그 공장의 소유권을 주장하는 사람들이 집기들을 닥치는 대로 들고 갔죠. 서류 같은 건…… 스탄스빌의 넝마주이들이 쓸어갔을 거예요. 스탄스빌은 골짜기에 있는 마을인데 요새 사는 형편이 말이 아니거든요. 그걸 태워서 불쏘시개로 썼을 거예요."

"혹시 여기에 그 공장에서 일했던 사람이 있나요?" 리어든이 물었다.

"아니요. 여긴 없고 다들 스탄스빌에 살았죠."

"전부 다요?" 대그니가 폐허가 된 마을을 떠올리며 속삭이듯 물었다. "그럼…… 엔지니어들도요?"

"네, 부인. 거긴 공장 때문에 생긴 마을이었으니까요. 다들 오래전에 떠났지만."

"혹시 공장에서 일했던 사람들 중에 기억나는 이름이 있나요?"

"아니요, 부인."

"그럼 그 공장을 마지막으로 운영한 사람은 누구죠?" 리어든이 물었다.

"모르겠습니다. 제드 스탄스가 죽은 후로 주인도 여러 번 바뀌고 이런저런 문제들도 많아서요. 제드 스탄스가 공장 설립자죠. 이 지역 전체를 건설한 인물이기도 하고요. 12년 전에 저세상으로 갔죠."

"그 이후 소유주들의 이름을 모두 알려줄 수 있나요?"

"아니요. 3년 전에 법원에 불이 나서 옛날 기록이 모두 소실됐어요. 달리 기록을 찾아볼 데도 없고요."

"마크 욘츠라는 사람이 어떻게 그 공장을 인수하게 됐는지는 모르고요?"

"그건 압니다. 롬 시장 배스컴한테서 샀어요. 배스컴 시장이 어떻게 그 공장을 소유하게 됐는지는 모르고요."

"지금 배스컴 시장은 어디 있죠?"

"아직 롬에 있어요."

"대단히 고맙습니다. 그분을 찾아가봐야겠군요." 리어든이 일어서며 말했다.

리어든과 대그니가 문 밖으로 나가려고 할 때 문서기록보관소 직원이 물었다. "뭘 찾으시는 겁니까?"

"친구를 찾고 있어요. 연락이 끊긴 친구인데, 그 공장에서 일했어요." 리어든이 말했다.

◆

위스콘신 주 롬의 배스컴 시장은 의자에 편히 기대앉아 있었다. 꼬질꼬질한 셔츠 속 기슴과 배의 굴곡이 시양배같았다. 햇살과 먼지가 뒤섞인 공기가 그의 집 현관을 무겁게 짓누르고 있었다. 그가 팔을 흔들자 손가락에 낀 반지의 큼직한 싸구려 황옥 알이 번쩍거렸다.

"헛수고요, 헛수고. 완전히 헛수고. 이곳 사람들에게 물어보고 다녀봐야 시간 낭비요. 공장 사람들은 모두 떠났고 그들에 대해 기억하는 사람은 이제 아무도 없소. 이 시의 주민들은 거의 다 떠났소. 아무 쓸모없는 인간들만 남았지. 나 역시 아무 쓸모없는 인간이고. 쓰레기 도시의 시장이니까."

그는 두 방문객에게 의자를 권했지만 여자가 현관 난간 앞에 그냥 서 있는 것에 신경 쓰지 않았다. 그는 뒤로 기대앉아 그녀의 길쭉한 몸매를 감상했다. '고급이군.' 그는 그렇게 생각하며 그녀와 함께 온 남자도 부자임에 틀림없다고 결론지었다.

대그니는 롬의 거리를 바라보았다. 집과 보도, 가로등, 그리고 음료 광고판까지 보였지만 얼마 못 가서 스탠스빌 꼴이 될 것 같은 느낌이 들었다.

"아니, 공장 기록은 남아 있지 않소. 그걸 찾고 있다면 포기하시오. 폭풍 속에서 나뭇잎을 쫓는 것과 같으니까. 폭풍 속의 나뭇잎. 누가 서류 따위를 챙기겠소? 이런 시대에는 다들 쓸모 있는 물건들만 챙겨요. 실리적이어야 살아남으니까."

먼지 낀 유리창 너머로 거실이 보였다. 뒤틀린 마룻바닥에 페르시아 양탄자가 깔려 있었고, 지난해에 빗물이 새 얼룩진 벽에 크로뮴 장식이 있는 이동식 바가 세워져 있었으며, 낡은 등유 램프를 올려놓은 비싼 라디오도 보였다.

"그래요, 내가 그 공장을 마크 욘츠에게 팔았소. 마크는 좋은 사람이었소. 친절하고 활발하고 정력적이고. 그가 모험을 걸긴 했소. 누군들 안 그러겠소? 물론 그가 좀 지나치긴 했소. 나도 그가 그럴 줄은 몰랐지. 난 그가 법의 테두리를 벗어나지 않을 정도로 똑똑한 줄 알았소. 요즘은 무법천지이지만."

배스컴 시장은 차분하고 솔직한 태도로 리어든과 대그니를 보며 미소지었다. 그의 두 눈은 지적이지 않았지만 예리했고, 미소는 친절하지 않았지만 선량했다.

"나는 당신들이 탐정이라고 생각하지는 않지만 탐정이라도 상관없소. 난 마크와 작당해서 부정한 돈을 챙기지도 않았고 그가 어디로 갔는지도 모르니까."

배스컴 시장은 한숨지으며 말을 이었다. "사실 난 그를 좋아했고 그가 여기 계속 살았으면 했소. 목사님 설교 같은 건 신경 쓸 필요 없소. 마크도 살아야만 했으니까. 안 그렇소? 그는 다른 사람들보다 나쁜 것이 아니라 영리한 것일 뿐이오. 그러다 걸리는 사람도 있고 용케 잘 빠져나가는 사람도 있고…… 그 차이지.…… 아니, 그가 공장을 살 때 그걸로 뭘 하려고 했는지 난 몰랐소. 그래요, 그는 그 낡은 부비트랩을 사면서 나에게 값을 아주 후하게 쳐줬소. 그래요, 그 공장을 사면서 나에게 호의를 베푼 셈이오. 아니, 난 그에게 공장을 사도록 압력을 넣은 적이 없소. 그럴 필요가 없었으니까. 그 전에 내가 그에게 몇 번 호의를 베풀었소. 고무줄 같은 법들이 많아서 시장 자리에 있다보면 친구를 위해 힘을 써줄 수 있으니까. 아니, 뭐 어떻소? 이 세상에서 부자가 되려면 그 방법뿐인데."

그는 사치스러운 검은 차를 흘낏 보며 말을 이었다. "당신들도 잘 알겠지만."

"공장 이야기나 계속하시죠." 리어든이 감정을 억누르며 말했다.

"나는 원칙을 들먹이는 사람들을 참을 수가 없소. 원칙이 밥 먹여주는 것도 아닌데. 인생에서 중요한 것은 물질적 자산이오. 지금은 이론을 따질 때가 아니오. 주위의 모든 것이 무너져가고 있소. 난…… 나는 실패가 목표가 아니오. 이상을 추구하고 싶은 사람은 그렇게 하라고 해요. 나는 공장을 가질 테니까. 나는 이상은 필요 없고 하루 세 끼를 원하오."

"공장은 왜 샀나요?"

"사업체를 왜 사들이겠소? 거기서 뽑아낼 수 있는 것은 뭐든지 뽑아내기 위해서이지. 내게는 좋은 기회를 알아보는 눈이 있소. 그 낡아빠진 공장이 파산 매각으로 나왔는데 사겠다고 나서는 사람이 없었소. 그래서 내가 헐값에 인수했지. 오래 갖고 있을 필요도 없었고. 마크가 두서너 달 만에 가져갔으니까. 그래요, 영리한 거래였소. 날고 기는 거물 사업가도 그 공장으로 나만큼 큰 수익을 올리지는 못했을걸."

"공장을 인수할 때 가동 중이었나요?"

"아니요. 닫혀 있었소."

"공장을 다시 열려는 시도는 했고요?"

"천만에. 난 실리적인 사람이오."

"거기서 일하던 사람들 중에 기억나는 이름이 있나요?"

"없소. 만난 적도 없고."

"공장에서 갖고 나온 물건이 있나요?"

"좋소. 말하지. 공장 안을 둘러보니 제드의 책상이 눈에 들어오더군요. 제드 스탄스 말이오. 그는 당대의 거물이었지. 튼튼한 마호가니로 만든 멋진 책상이었소. 그래서 집으로 실어왔소. 그리고 어떤 중역은 화장실에 샤워 부스를 설치해놓았는데 처음 보는 것이었소. 유리문에 인어 조각이 있었는데 진짜 예술품이었소. 조각이 아주 매력적이었지. 유화보다 더. 그래서 그 샤워 부스를 이리 옮겨다놨소. 뭐 어떻소? 그땐 내가 공장 주인이었고, 값나가는 물건은 무엇이든 빼올 자격이 있었는데."

"그 공장을 파산 매각으로 내놓은 사람이 누구였죠?"

"아, 매디슨의 커뮤니티 내셔널 은행이 파산하면서 내놓은 거요. 어마어마한 파산이었지! 위스콘신 주 전체가 끝장날 뻔했으니까. 이쪽 지역은 끝장이 났고. 모터공장 때문에 은행이 망했다는 이야기도 있지만 이미 커뮤니티 내셔널 은행은 물이 새는 양동이 같았고, 모터공장은 마지막 남은 보루였다는 소리도 있소. 커뮤니티 내셔널은 서너 개 주 여기저기에 부실 투자를 했거든. 은행장은 유진 로슨이라는 인물이었는데, 가슴 따뜻한 은행가로 불렸소. 2, 3년 전만 해도 이쪽 지역에선 유명인사였다오."

"로슨은 공장을 운영했나요?"

"아니요. 그 낡은 쓰레기더미 같은 공장에서 회수 가능한 금액을 초과하는 엄청난 돈을 빌려주기만 했소. 공장이 파산했을 때 유진 로슨에게는 그 공장이 마지막 남은 지푸라기였소. 결국 석 달 후에 은행도 파산했지."

시장은 한숨지은 후 말을 이었다. "은행 파산으로 이곳 사람들의 타격은 이만저만이 아니었소. 모두 평생 모은 돈을 커뮤니티 내셔널에 맡겨놓고 있었으니까."

배스컴 시장은 애석한 눈빛으로 현관 난간 너머의 풍경을 바라보았다. 그러다 엄지손가락을 들어 길 건너에 있는 사람을 가리켰는데, 어느 집 현관 계단에 무릎을 꿇고 앉아 고생스럽게 걸레질을 하고 있는 백발의 청소부였다.

"저 여자 보여요? 견실하고 남부럽지 않게 살던 사람이 저렇게 됐소. 저 여자 남편은 포목점을 운영했소. 아내가 노후에 편안히 살 수 있게 해주려고 평생 열심히 일했고, 죽을 때 많은 돈을 남겼지만…… 불행히도 그 돈은 커뮤니티 내셔널 은행에 들어 있었소."

"공장이 망했을 때 누가 운영하고 있었죠?"

"아, 어맬거메이티드 서비스 주식회사라는 급조된 회사였소. 민들레 홀씨 같은 거였지. 무(無)에서 왔다가 무로 돌아가는."

"그 회사 사람들은 어디 있나요?"

"민들레 홀씨가 어디로 날아가겠소? 미국을 다 뒤져서 찾아봐요. 찾아보라고."

"유진 로슨은 어디 있죠?"

"아, 그 사람? 잘됐지. 워싱턴에서 일자리를 얻었으니까. 경제기획 국가자원국에 들어갔소."

리어든은 분노가 치밀어 벌떡 일어나 감정을 억누르며 말했다. "정보 주셔서 고맙습니다."

시장이 차분하게 말했다. "천만에요, 친구. 천만에요. 무엇을 찾고 있는지 모르겠지만 내가 말한 대로 포기해요. 그 공장에선 더 이상 얻을 게 없으니까."

"친구를 찾고 있다고 말씀드렸는데요."

"아, 마음대로 해요. 그렇게 애써 찾는 길 보니 아주 소중한 친구인 모양이오. 당신과 당신 부인이 아닌 매력적인 숙녀에게."

대그니는 리어든의 얼굴이 새하얗게 질리는 것을 보았다. 입술까지도 조각처럼 하얘져서 피부색과 구분이 되지 않았다.

"그 더러운 입……."

그가 말을 내뱉자마자 그녀가 얼른 잘랐다.

"내가 왜 이 사람의 부인이 아니라고 생각하시죠?" 그녀가 시장에게 침착하게 물었다.

배스컴 시장은 리어든의 반응에 놀란 기색이었다. 그는 공범에게 자신의 영리함을 자랑하고 싶어하는 심리에서 그런 말을 한 것이지 악의는 없었던 것이다.

시장이 호인다운 태도로 말했다. "숙녀분, 난 평생 많은 것을 봤어요. 부부라면 침실을 생각하며 서로를 보지 않아요. 이 세상에서는 고결하거나 즐기며 살거나 둘 중 하나를 선택해야 해요. 둘 다 선택할 수는 없다오."

"내가 시장님께 물었어요. 시장님은 교훈적인 대답을 해 줬고." 대그니가 리어든을 침묵시키기 위해 말했다.

"숙녀분, 한 가지 요령을 알려주자면 싸구려 잡화점에 가서 결혼반지를 사서 끼고 다녀요. 확실한 방법은 못 되지만 도움은 되니까." 배스컴 시장이 말했다.

"고맙습니다. 안녕히 계세요." 대그니가 말했다.

그녀의 엄격하고 침착한 태도는 리어든에게 조용히 따라오라는 명령과도 같았다.

롬에서 몇 킬로미터 벗어났을 때 리어든이 대그니를 보지도 않고 절망적인 목소리로 나직이 속삭였다. "대그니, 대그니, 대그니…… 정말 미안하오!"

"난 아무렇지도 않은걸요."

잠시 후 그가 평정을 되찾는 것을 보고 대그니가 말했다. "진실을 말하는 사람에게 화내지 말아요."

"그 진실은 그가 참견할 일이 아니었소."

"그가 어떤 추측을 하건 당신이나 내가 참견할 일은 아니죠."

리어든은 이를 악물고 말했는데 계속해서 그를 괴롭히던 생각이 무의식적으로 나온 듯했다.

"그 인간 같지도 않은 작자에게서 당신을 보호해주지 못해서……"

"보호해줄 필요 없었어요."

리어든은 여전히 대그니를 보지 않은 채 침묵을 지켰다.

"행크, 내일이든 다음 주든 화가 가라앉으면 시장이 한 말에 대해 잘 생각해봐요. 수긍이 되는 부분이 있는지."

리어든은 그녀에게로 고개를 홱 돌렸지만 아무 말도 하지 않았다.

한참 후 그가 피곤에 지친 담담한 목소리로 말했다. "뉴욕에 전화해서 엔지니어들을 불러 공장을 뒤지게 하는 건 불가능하겠소. 우리 둘이 여기서 그들을 만날 수는 없으니까. 우리 둘이 모터를 찾아냈다는 사실이 알려지면 안 되니까.…… 아까 공장에서는…… 그걸 까맣게 잊고 있었어."

"전화 걸 곳을 찾으면 내가 에디에게 전화할게요. 태거트 소속 엔지니어 둘만 보내라고 하겠어요. 난 혼자 여기 휴가 와 있는 걸로 하면 돼요."

300여 킬로미터를 더 달려서야 장거리 전화를 걸 수 있는 곳이 나왔다. 에디 윌러스는 대그니의 목소리를 듣고 숨이 넘어갈 듯한 소리를 냈다.

"대그니! 도대체 어디 있는 거야?"

"위스콘신. 왜?"

"도무지 연락이 닿아야 말이지. 당장 돌아오는 게 좋겠어. 되도록 빨리."

"무슨 일 있어?"

"아직은 아무 일 없는데 돌아가는 분위기가……. 얼른 와서 막아야 해. 막을 수 있을지 모르겠지만."

"무슨 일인데?"

"신문도 안 봤어?"

"응."

"전화로는 이야기 못 해. 자세한 이야기를 다 할 수가 없으니까. 대그니, 미친 소리 같겠지만 그들이 콜로라도를 죽일 계획을 세우고 있는 것 같아."

"바로 갈게." 대그니가 말했다.

◆

맨해튼의 태거트 터미널 아래에는 화강암을 뚫어서 만든 터널이 있었다. 터미널의 모든 선로로 하루 종일 열차들이 덜컹거리며 다니던 시절, 측선으로 쓰던 터널들이었다. 하지만 열차 통행량이 줄면서 그 공간의 필요성이 사라졌고 측선 터널들은 마른 강바닥처럼 버려졌다. 녹슬어 가는 선로 위 화강암 벽에 등 몇 개만 푸른 얼룩처럼 남아 있었다.

대그니는 모터의 잔해를 그 터널 중 한 곳의 창고에 보관했다. 원래 비상용 발전기가 있던 자리였는데 발전기는 제거된 지 오래였다. 대그니는 태거트 연구소의 쓸모없는 젊은 연구원들을 신뢰하지 않았다. 그들 중에서 그녀가 발견한 모터의 가치를 알아볼 수 있는 유능한 엔지니어는 두 명밖에 없었다. 대그니는 그 두 사람에게 모터에 대해 알려주고 위스콘신의 공장을 조사하는 임무를 맡겼다. 그러고는 아무도 찾을 수 없는 곳에 모터를 숨겼다.

인부들이 모터를 터널 창고에 옮겨놓고 떠나자 그녀도 그들을 따라 나가 철문을 잠그려다 열쇠를 손에 쥔 채 멈추어 섰다. 그 정적과 고독 속에서 지난 며칠 간 고민하던 문제가 문득 떠올랐고 지금이 결단을 내릴 때라는 생각이 들었다.

그녀의 전용 객차가 몇 분 후 워싱턴으로 떠날 열차 꽁무니에 연결된 채 터미널 플랫폼에서 대기하고 있었다. 그녀는 유진 로슨과 만나기로 약속이 되어 있었지만 그 약속을 취소해야겠다는 생각이 들었다. 그녀가 뉴욕에 돌아와서 알게 된 일들, 에디가 막아달라고 간청한 것들에 대항할 방법을 찾으려면 시간이 필요했다.

그녀는 아무리 머리를 쥐어짜도 그것들에 맞서 싸울 방법도, 싸움의 규칙도, 무기도 생각이 나지 않았다. 어떤 일에 정면으로 대응하고 결단내리는 것을 어려워해본 적이 없는 그녀에게 무력감은 생소하고 이상한 체험이었다. 하지만 그녀가 맞서 싸워야 할 문제들은 분명한 형태도 없고, 뭐라고 정의할 수도 없는 안개 같은 것이었다. 액체에 가까운 덩어리처럼 형체를 알아보기도 전에 부단히 변화하는 것이었다. 그녀는 마치 정면은 보지 못하고 측면만 볼 수 있는 것처럼 재난의 소용돌이가 몰려오는 것을 어렴풋이 감지하면서도 그것을 똑바로 볼 수가 없었다.

기관사 노조는 존 골트 노선의 모든 열차의 최고 운행 속도를 시속 100킬로미터로 제한해줄 것을 요구하고 나섰다. 차장과 제동수 노조는 존 골트 노선의 모든 화물차의 길이를 차량 60대로 줄이라고 주장했다.

와이오밍, 뉴멕시코, 유타, 애리조나 주에서는 콜로라도에서 운행되는 열차 수가 자기네 주에서 운행되는 열차 수보다 많아서는 안 된다고도 주장했다.

오런 보일을 대표로 내세운 집단은 리어든 금속의 생산량을 동일한 수준의 조업능력을 지닌 다른 제철소의 생산량과 같은 수준으로 제한하는 생계유지법의 통과를 요구했다.

또 모언 사장이 이끄는 무리는 리어든 금속을 원하는 모든 고객에게 균등하게 공급하는 공정분배법의 통과를 요구했다.

버트럼 스커더가 이끄는 무리는 동부의 기업들이 주를 떠나는 것을 금하는 공공안정법의 통과를 촉구했다.

경제기획 국가자원국 최고 조정관 웨슬리 마우치는 무수한 성명서를 발표했는데, 그 성명서들은 '비상 조치권'과 '경제 불균형'이라는 말만 반복할 뿐 도무지 내용과 목적이 명확하지 않았다.

에디 윌러스가 조용하면서도 절규하는 듯한 목소리로 물었다. "대그니, 저들이 무슨 권리로 저러는 거지? 무슨 권리로?"

대그니는 제임스 태거트 방으로 찾아가서 말했다. "오빠, 이건 오빠의 싸움이야. 내 싸움은 끝났어. 오빠는 약탈자들을 다루는 데는 선수여야 해. 저들을 막아."

제임스는 시선을 피하며 말했다. "네 편의에 맞춰 국가 경제를 운영할 수는 없어."

"난 국가 경제를 운영할 생각 따윈 없어! 국가 경제를 운영하는 사람들이 나를 가만히 좀 내버려두기를 바랄 뿐이야! 난 철도를 운영하고 있고…… 내 철도가 무너지면 국가 경제가 어떻게 될지 알고 있지!"

"그렇게 겁에 질릴 필요 없어."

"오빠, 리오 노르테 노선이 우리 회사의 유일한 수입원이고, 그 노선 덕에 우리가 무너지지 않고 버티고 있다는 사실을 내 입으로 꼭 설명해줘야겠어? 우린 거기서 나오는 한 푼의 돈이, 승객 한 사람, 화물 하나가 아쉬운 상황이란 걸 모르겠어?"

제임스는 대답하지 않았다.

"고장난 디젤기관차들까지 총동원해도 콜로라도의 운송 수요를 만족시키지 못하고 있는 판국에…… 열차 운행 속도와 길이를 줄이면 어떻게 되겠어?"

"노조들의 주장에도 일리가 있어. 망하는 철도회사들이 수두룩하고 실업자들이 넘쳐나는 실정이니 그들에겐 리오 노르테 노선의 빠른 속도가 불공평하게 느껴지는 거지. 그들은 리오 노르테 노선의 속도를 줄이고 열차를 늘려서 일자리가 골고루 돌아가길 원하고 있어. 우리가 그 새 선로의 혜택을 독점하는 건 불공평하고 자신들도 권리를 챙겨야 한다는 거지."

"무슨 권리를 챙기겠다는 거야? 뭘 했다고?"

제임스는 대답하지 않았다.

"열차 한 대가 하던 일을 두 대가 하게 되면 그 비용은 누가 부담할 건데?"

제임스는 대답하지 않았다.

"기관차들과 화물열차들은 어디서 구하지?"

제임스는 대답하지 않았다.

"그 사람들 말이야, 태거트 대륙횡단철도를 무너뜨리고 나면 무슨 일을 할 거지?"

"난 태거트 대륙횡단철도의 이익을 보호할 작정이야."

"어떻게?"

제임스는 대답하지 않았다.

"콜로라도를 죽이고서…… 어떻게?"

"잘나가는 사람들에게 더 발전할 기회를 주는 것보다 생계 문제 해결이 절실한 사람들의 처지를 살피는 게 우선이지."

"콜로라도를 죽이면 그 빌어먹을 약탈자들은 뭘 먹고 살지?"

"넌 지보적 사회정책이라면 무조건 다 반대해왔어. 과열경쟁방지법이 통과됐을 때도 넌 재난이 닥칠 거라고 경고했던 것 같은데…… 재난은 없었어."

"**내가** 구해줬으니까! 오빠 같은 바보 멍청이들을! 하지만 이번엔 구해줄 수 없을 거야!"

제임스는 시선을 피하며 어깨를 으쓱했다.

"내가 구해주지 않으면 누가 구해주겠어?"

제임스는 대답하지 않았다.

이곳 지하 터널에서는 그 모든 일이 현실 같지가 않았다. 제임스의 싸움에 그녀가 끼어들 자리가 없었다. 생각도, 동기도, 목적도, 도덕적 기준도 불분명하고 모호하기만 한 사람들에 맞서 취할 행동이 없었다. 그들에게 할 말도 없었다. 어차피 그들은 듣지도 않고 대답도 없을 테니까. 이성이 무기가 될 수 없는 세계에서 무엇을 무기로 쓴단 말인가! 그 세계는 그녀가 들어갈 수 없는 곳이었다. 그러므로 모든 것을 제임스에게 맡기고 그의 이기심에 기대는 수밖에 없었다. 하지만 그의 동기는 이기심이 아니라는 어렴풋한 깨달음에 오싹한 공포를 느꼈다.

대그니는 앞에 있는 물체를, 모터의 잔해가 담긴 유리상자를 바라보았다. 그 모터를 만든 사람에 대한 생각이 문득 떠올랐는데 그것은 절망의 부르짖음이라고 할 수 있었다. 순간 그녀는 그를 찾아서 기대고 싶은, 그에게 방법을 묻고 싶은 무력한 갈망에 휩싸였다. 그런 위대한 정신의 소유자는 이 싸움에서 이길 수 있는 방법을 알고 있을 테니까.

대그니는 주위를 둘러보았다. 지하 터널이라는 분명하고 이성적인 세계에서는 모터를 만든 사람을 찾는 것보다 더 급하고 중요한 일이 없었다. '오런 보일과 입씨름을 벌이고…… 모언 사장과 이치를 따지고…… 버트럼 스커더에게 애원하느라 그 일을 미뤄도 되는 것일까?' 그녀는 완성된 모터가 기관차에 장착되어 200량의 열차가 리어든 금속 선로를 시속 300킬로미터로 달리는 모습을 상상했다. '그 상상을 현실로 바꿀 수도 있는데 지레 포기하고 시속 100킬로미터로 달리는 60량 열차에 대해 협상하느라 시간을 낭비해야 할까?' 그녀는 무능력자들을 앞질러 서는 안 된다는 중압감에 머리가 터질 것 같은 고통을 견뎌야 하는 비루한 삶을 선택할 수는 없었다. "얌전히 있어라.…… 억제해라.…… 속도를 늦춰라.…… 최선을 다하지 마라, 최선은 필요 없다!"는 세상의 규칙에 따라 살 수는 없었다.

그녀는 워싱턴행 열차를 타기 위해 결연히 돌아서서 터널을 나섰다.

철문을 잠그는데 희미한 발소리가 들려오는 듯했다. 그녀는 어두운 터널을 위아래로 살펴보았다. 아무도 없었고 축축한 화깅임 벽에서 일렬로 빛나는 푸른 등들만 보였다.

◆

리어든은 법을 만들어달라고 요구하는 무리들과 싸울 수가 없었다. 그들과 싸우든가, 아니면 제철소를 계속 가동시키든가 둘 중 하나를 선택해야 했다. 그는 철광석을 공급받지 못하고 있었다. 싸움은 하나만 해야 했다. 양쪽 모두에 매달릴 시간이 없었다.

여행에서 돌아와보니 약속된 철광석 선적분이 도착하지

않고 있었다. 라킨에게서는 아무런 설명도 듣지 못했다. 리어든의 사무실로 불러오면서도 약속 날짜보다 사흘이나 늦게 나타나 사과 한 마디 하지 않았다. 그는 리어든의 시선을 피하며 입을 꾹 다물고 적의와 위엄을 나타냈다.

"사람을 아무 때나 자기 편한 시간에 오라 가라 하는 건 예의가 아니지." 라킨이 말했다.

리어든은 천천히, 신중하게 물었다. "철광석이 왜 안 왔지?"

"나도 어쩔 수 없는 일이니 비난하지 말게. 잘못도 없이 욕먹는 건 못 참아. 나도 자네 못지않게 광산을 잘 운영할 수 있어. 자네가 하던 대로 다 했다고. 그런데 왜 자꾸 예기치 않은 사건이 터지는지 모르겠어. 예기치 않은 사태는 내 잘못이 아니잖아."

"지난달에 누구한테 철광석을 보냈나?"

"자네 몫을 보내줄 작정이었는데, 정말 그럴 작정이었는데, 미네소타 북부 전체에 폭우가 쏟아지는 바람에 지난달에는 열흘이나 일을 하지 못했어. 정말로 자네에게 보내주려고 했으니까 나를 나무랄 생각 말게. 그건 진심이었으니까."

"내 용광로 하나가 멈춰도 자네의 진심을 넣으면 다시 돌아갈까?"

"바로 그래서 아무도 자네와는 거래도, 대화도 하지 않는 거야. 자넨 비인간적이니까."

"방금 알게 됐는데, 지난 석 달 동안 자넨 철광석을 호수의 배가 아니라 철도로 실어 보냈더군. 왜지?"

"그야, 내 사업이니까 내 방식대로 하는 거지."

"왜 비용이 더 드는 방식을 택한 거지?"

"자네가 무슨 상관인가? 자네한테 그 비용을 달라는 것도 아닌데."

"그런 식으로 호수 운송업을 무너뜨리고 난 후에 철도 운송비를 감당할 수 없게 되면 어쩔 텐가?"

"자네야 매사에 돈 생각밖에 안 하지만 사회적·애국적 책임을 중시하는 사람들도 있네."

"무슨 책임?"

"이를테면, 태거트 대륙횡단철도 같은 철도회사는 국민 복지에 필수적인 존재이고, 현재 적자로 운영 중인 제임스의 미네소타 지선을 지원하는 것이 사회적 의무이지."

리어든은 책상 너머로 몸을 기울였다. 도무지 풀리지 않는 수수께끼 같던 일들이 이해되기 시작했다.

"지난달에 누구한테 철광석을 보냈나?" 그가 차분하게 물었다.

"그야, 누구한테 보내든 그건 내 개인적인 문제이고……."

"오런 보일, 맞지?"

"자네의 이기적 이익을 위해 국가 전체의 철강산업을 희생시킬 수는 없는 노릇이고……."

"나가게." 리어든이 침착하게 말했다.

이제 모든 것이 분명해졌다.

"오해 말게. 내 의도는……."

"나가."

라킨은 리어든의 사무실에서 나갔다.

그 후 리어든은 밤낮으로 전국을 뒤져 이미 버려졌거나 곧 버려지게 될 광산을 찾았다. 전화나 전보를 이용하기도 하고 비행기를 타고 직접 날아가 허름한 식당의 컴컴한 구석자리에 앉아 쫓기는 사람들처럼 긴장된 만남을 가지기도 했다. 리어든은 테이블 건너편에 앉은 사내의 얼굴과 태도, 목소리만으로 어느 정도의 투자 위험을 감수해야 할지 결정해야만 했다. 그는 상대방의 정직을 바라는 것이 호의를 바라는 것만큼 싫으면서도 보장 없는 약속을 믿고 알지도 못하는 사람들에게 돈을 쏟아부었다. 망해가는 광산의 주인이라고 나선 사람들에게 서류도 없이 돈을 빌려주었다. 마치 범죄자들 사이의 거래처럼 은밀히, 현금으로만 돈이 오갔다. 설령 상대방이 사기를 친다고 해도 이 거래에서는 가해자가 아니라 피해자가 처벌받게 된다는 것을 쌍방이 알고 있었기에 상대방이 사기꾼이라면 그는 꼼짝없이 당할 수밖에 없었다. 하지만 그렇게 돈을 쏟아부으면 그의 용광로들에 계속 철광석을 공급할 수 있고 용광로

들은 계속 흰 금속을 쏟아낼 수 있었기에 위험한 투자를 멈출 수가 없었다.

"사장님, 계속 이러면 남는 게 없지 않겠습니까?" 보다 못한 제철소 구매 책임자가 물었다.

"양으로 승부해야죠. 리어든 금속의 시장은 무한하니까." 리어든이 지친 목소리로 대답했다.

구매 책임자는 머리가 희끗희끗한 노인으로 야윈 얼굴이 냉담한 인상을 풍겼으며, 단돈 한 푼도 허투루 쓰는 법이 없는 철저한 성격의 소유자로 정평이 나 있었다. 그는 리어든의 책상 앞에 서서 눈을 가늘게 뜨고 차갑고 엄격한 시선으로 리어든을 똑바로 응시했다. 리어든은 그토록 심오한 동정의 눈길은 받아본 적이 없었다.

리어든이 달리 방법이 없다고 생각했다. 밤낮으로 생각해봐도 방법은 그것뿐이었다. 가치와 가치를 교환하는 것, 원하는 것을 얻기 위해 대가를 지불하는 것, 자신의 노력으로 얻은 산물을 대가로 내놓지 않고는 아무것도 요구하지 않는 것. 가치가 매개되지 않는다면 무엇으로 거래가 이루어질 수 있을까?

"사장님, 시장이 무한하다고요?" 구매 책임자가 냉담하게 물었다.

리어든은 그를 흘끗 올려다보았다.

"아무래도 난 이 시대가 요구하는 거래를 할 수 있을 만큼 똑똑하질 못한 것 같군요."

리어든은 둘 사이에 생각으로만 오간 대화에 그렇게 결론지었다.

구매 책임자가 고개를 저었다.

"아닙니다, 사장님. 하나의 머리로는 그 두 가지를 다 할 순 없고 한 가지만 가능하죠. 제철소 운영을 잘하거나 아니면 워싱턴 정가 운영을 잘하거나."

"어쩌면 나도 그들의 방식을 배워야 하는지도 몰라요."

"사장님은 그걸 배울 수도 없거니와 배워봤자 사장님에게는 아무 도움도 안 됩니다. 사장님은 그런 거래에서 이길 수 없어요. 모르시겠어요? 사장님은 약탈의 대상이니까요."

혼자 남겨진 리어든은 발작적인 분노에 휩싸였다. 전에도 느껴본 적이 있는 전기 충격처럼 갑작스럽고 고통스런 분노였다. 정당성을 갖고 있지도, 추구하지도 않는 노골적이고 의식적인 악과는 거래 자체가 불가능하다는 깨달음에서 솟구치는 분노였다. 하지만 자기방어라는 정당한 명분으로 그 악을 무찌르고 싶다는 생각이 든 순간, 배스컴 시장의 히죽거리는 살진 얼굴이 보이더니 그의 점잔빼는 목소리가 들렸다.

"……당신과 당신 부인이 아닌 매력적인 숙녀."

그러자 정당한 명분은 사라지고 분노의 고통은 굴복의 수치스러운 고통으로 바뀌었다. 그는 누구를 비난할 자격이 없었다. 정의를 부르짖으며 용맹하게 싸우다가 기쁘게 죽어갈 자격이 없었다. 약속을 깨고, 속마음을 숨기고, 배신을 저지르고, 기만하고, 거짓말하고, 사기치고……. 그는 그 모든 죄를 범한 것이다. 그런 그가 어떤 타락을 경멸할 수 있겠는가? 정도의 문제는 중요하지 않았다. 정도에 관계없이 악은 악이니까.

리어든은 어깨를 축 늘어뜨리고 앉아 정직과 정의를 부르짖을 수 없는 자신의 처지를 비관하고 있었지만, 사실 지금 그의 손에서 유일한 무기를 빼앗은 것이 자신의 엄격한 정직성과 무자비한 정의감이란 사실을 깨닫지 못했다. 그는 약탈자들에 대항해 싸우겠지만 그의 무기인 격노는 사라지고 없었다. 그래서 죄인으로서 싸움에 임할 수밖에 없었다. 그는 그 사실을 말하지 않았으나 고통이, 추아한 고통이 대신 말해주었다. '내가 무슨 자격으로 돌을 던지겠는가?'

리어든은 책상에 엎드렸다. '대그니, 대그니, 이것이 내가 치러야 할 대가라면 기꺼이 치르겠소.' 그는 자신의 욕망에 대해 정당한 대가를 치르는 것밖에는 달리 방법이 없다고 믿었다.

그는 밤이 늦어서야 집에 도착해 소리를 내지 않고 서둘러 2층 침실로 올라갔다. 그는 자신의 집에 도둑고양이처럼 몰래 숨어 들어가는 것이 싫었지만 벌써 몇 개월째

거의 밤마다 그렇게 하고 있었다. 무슨 이유에서인지 가족들과 마주치는 것이 견딜 수 없었다. 자신의 죄책감 때문에 가족들을 미워해서는 안 된다고 스스로를 달래보기도 했지만 증오의 뿌리는 그것이 아님을 어렴풋이 느낄 수 있었다.

그는 잠시 위기를 모면한 도망자의 기분으로 침실 문을 닫았다. 그러고는 가족들에게 들키지 않으려고 조심스럽게 옷을 벗었다. 가족들이 자신에 대해 생각하는 것조차 싫었다.

잠옷으로 갈아입고 담뱃불을 붙이는데 침실 문이 열렸다. 노크도 없이 그의 침실에 드나들 수 있는 단 한 사람은 스스로 들어온 적이 없었기에, 리어든은 잠시 멍하니 바라본 뒤에야 릴리언이 들어왔다는 것을 믿을 수 있었다.

릴리언은 옅은 연두색 엠파이어 스타일의 하이웨이스트 원피스 차림이었고 치마에 플리츠 주름이 우아하게 잡혀 있었다. 얼핏 보면 파티용 드레스인지 실내복인지 구분하기 어려웠다. 문 앞에 서 있는 그녀의 몸이 빛을 받아 매력적인 실루엣을 이루고 있었다.

"낯선 사람에게 자신을 소개해선 안 된다는 건 알지만 어쩔 수가 없네요. 전 리어든 부인입니다." 그녀가 부드럽게 말했다.

리어든은 그녀가 빈정대는 것인지 애원하는 것인지 알

수 없었다.

릴리언은 무심하고 오만한 태도로 문을 닫았다. 주인다운 행동이었다.

"릴리언, 무슨 일이오?" 리어든이 조용히 물었다.

"여보, 너무 많은 걸 고백해선 안 되죠."

릴리언은 유유히 방을 가로질러 걸어가 침대를 지나 안락의자에 앉았다.

"그렇게 무뚝뚝하고 노골적으로. 당신의 그 말은 특별한 이유가 있어야만 내게 시간을 내줄 수 있다는 뜻이잖아요. 당신 비서를 통해 약속을 잡아야 하는 건가요?"

리어든은 방 한가운데 서서 입에 담배를 물고 묵묵히 그녀를 바라보았다.

릴리언이 웃음을 터뜨렸다.

"내가 당신을 찾아온 이유는 당신은 결코 짐작할 수 없는 아주 의외의 것이죠. 외로움. 거지에게 적선하는 셈치고 당신의 그 비싼 관심을 부스러기라도 좀 던져주겠어요? 내가 특별한 이유도 없이 여기 있는 게 싫은가요?"

"아니. 당신이 원한다면." 리어든이 조용히 대답했다.

"난 100만 달러짜리 주문이나 전국적인 거래, 레일, 철교 같은 거창한 의논거리는 없어요. 정치 이야기도 하고 싶지 않고요. 다른 여자들처럼 전혀 중요하지 않은 일들에 대해 재잘거리고 싶을 뿐이에요."

"계속해요."

"헨리, 내 말을 막는 데 그보다 나은 방법은 없죠?" 릴리언이 무력하고 애원하는 듯한 진지한 태도로 말했다. "당신이 그러면 내가 무슨 말을 하죠? 밸프 유뱅크가 내게 바치기 위해 쓰고 있는 새 소설에 대해 이야기하면 당신의 흥미를 끌 수 있을까요?"

"진실을 원한다면…… 전혀 아니오."

릴리언은 웃으며 물었다. "진실을 원하지 않는다면요?"

"그럼 뭐라고 대답해야 할지 모르겠소."

리어든은 자신이 정직성을 내세우는 것이 이중적인 파렴치한 행위임을 깨닫고 머리를 세게 얻어맞은 듯 피가 쏠리는 것을 느꼈다. 그는 진심으로 한 말이었지만 이제 그가 가지고 있지 못한 것을 내세운 꼴이 되었기 때문이다.

"진실도 아닌 걸 왜 원하는 거요? 뭐하려고?" 그가 물었다.

"아, **그게** 바로 양심적인 사람들의 잔인함이죠. 당신은 이해하지 못하겠지만, 안 그래요? 진정한 헌신은 상대를 행복하게 해주기 위해서라면 기꺼이 거짓말도 하고 속이기도 하는 거예요. 상대가 현실 세계에 만족하지 못하면 그가 원하는 세계를 만들어주는 거고요."

"그래. 난 이해하지 못하겠군." 리어든이 천천히 말했다.

"사실 아주 간단한 거예요. 만일 당신이 아름다운 여자에게 아름답다고 말했다면 당신이 그녀에게 해준 게 뭐죠? 아무 손해도 보지 않고 사실만을 이야기한 거죠. 하지만 못생긴 여자에게 아름답다고 말했다면 미의 개념을 파괴하면서까지 그녀에게 커다란 경의를 표한 거예요. 여자가 지닌 미덕들을 보고 그녀를 사랑하는 건 의미가 없어요. 그건 그녀가 마땅히 얻어야 할 대가이지 선물이 아니니까요. 하지만 여자가 지닌 악덕들을 보고 그녀를 사랑하는 건 진짜 선물이죠. 그녀가 마땅히 얻어야 할 대가가 아니니까요. 악덕들을 보고 사랑하는 건 그녀를 위해 모든 미덕을 모독하는 것이고…… **그것이야말로** 진정한 사랑의 선물이죠. 자신의 양심, 이성, 고결성, 귀중한 자존감을 희생시키는 거니까요."

리어든은 멍하니 그녀를 바라보았다. 진심으로 한 말인지 궁금하지도 않을 정도로 썩어빠진 헛소리라 그런 말을 한 저의가 의심스러울 뿐이었다.

릴리언은 응접실 대화에 어울리는 밝은 목소리로 말을 이어갔다. "여보, 자기희생이 아니면 사랑이 뭐겠어요? 그리고 자신에게 가장 귀하고 중요한 걸 희생하지 않는다면 그게 어디 자기희생인가요? 하지만 난 당신이 그걸 이해하리라 기대하지 않아요. 당신 같은 지독한 청교도는 그걸 이해할 수 없죠. 그래서 청교도가 철저한 이기주의자라는 거예요. 당신은 세상이 무너져도 그 완전무결한 자아를 손톱만큼도 더럽히지 않을 사람이죠."

리어든이 이상하게 긴장된 엄숙한 목소리로 천천히 말했다. "난 완전무결하다고 주장한 적 없소."

릴리언이 웃음을 터뜨렸다.

"그럼 지금 그 태도는 뭐죠? 정직한 대답을 고집하고 있잖아요, 안 그래요?"

그녀는 맨살이 드러난 어깨를 으쓱하며 말했다. "오, 여보, 그렇게 심각하게 받아들이지 말아요! 그냥 말이 그렇다는 거예요."

리어든이 말없이 재떨이에 담배를 비벼 껐다.

"여보, 내가 여기 온 건 남편이 있긴 한데 얼굴을 잊어버릴 것 같다는 생각이 들어서예요."

그녀는 방 저편에 서 있는 남편을 자세히 살펴보았다. 진청색 잠옷을 입고 있어서 길고 곧고 탄탄한 몸의 윤곽이 강조되어 보였다.

"당신은 정말 매력적이에요. 요 몇 달 사이에 훨씬 더 보기 좋아졌어요. 더 젊어지고. 더 행복해 보인다고 할까? 긴장도 많이 풀리고. 물론 그 어느 때보다 바빠졌고 공습에 나선 지휘관처럼 행동하지만 그건 어디까지나 겉모습일 뿐이에요. 마음속은…… 긴장이 많이 풀렸어요."

리어든은 놀라서 아내를 바라보았다. 아내의 말은 사실이었다. 자신이 미처 깨닫지 못하고 있었을 뿐 모두 사실이었다. 그는 아내의 관찰력이 놀라웠다. 지난 몇 달 동안 그들은 거의 얼굴을 보지 못하고 살았다. 그는 콜로라도에서 돌아온 후로 그녀의 침실에 들어간 적이 없었다. 그리고 아내가 오히려 그걸 좋아하리라 여겼다. 그래서 그녀가 자신의 변화에 민감한 이유가 궁금했고, 자신이 아내를 너무 나쁜 쪽으로만 오해했던 것은 아닌가 하는 생각이 들었다.

"난 몰랐소." 그가 말했다.

"당신한테 아주 잘 어울려요. 사실 놀랍기도 하고요. 요사이 당신은 지독히 힘든 시간을 보냈잖아요."

리어든은 그게 혹시 질문인가 하는 생각이 들었다. 릴리언은 대답이라도 기다리듯 침묵을 지켰지만 대답을 강요하지 않고 쾌활하게 말했다.

"제칠소에 어려움이 많다는 거 알아요. 게다가 정치 상황까지 불길한 조짐을 보이고 있죠. 안 그래요? 지금 논의 중인 법안들이 통과되면 당신에게 타격이 크겠죠. 그렇죠?"

"그래. 그럴 거요. 하지만 **당신은** 그런 문제에 관심이 없지 않소?"

"어머, 아니에요!"

릴리언은 고개를 들고 그를 똑바로 쳐다보았다. 그가 전에 본 적이 있는 베일에 싸인 멍한 눈이었다. 남편이 절대 풀지 못할 수수께끼를 담은 눈.

"얼마나 관심이 많은데요.…… 경제적 손실 때문은 아

니지만." 그녀가 부드럽게 덧붙였다.

리어든은 심술과 빈정거림, 미소를 방패삼아 모욕을 전하는 릴리언의 비겁한 태도가 혹시 그가 늘 생각했던 것과는 반대로 고문의 방법이 아니라 뒤틀린 형태의 절망, 그를 고통스럽게 만들려는 욕구가 아니라 그녀 자신의 고통의 고백, 사랑받지 못하는 아내의 자존심을 지키기 위한 방어, 은밀한 애원이 아닐까 하는 생각이 처음으로 들었다. 그녀가 미묘하고 암시적이고 애매한 태도로 이해를 요구한 것은 노골적인 악의가 아니라 숨겨진 사랑일 수도 있었다. 리어든은 그런 생각에 경악했다. 그렇다면 그의 죄가 더 커질 수밖에 없었던 것이다.

"헨리, 정치 이야기를 하자면 내게 재미난 생각이 하나 있어요. 당신네 편에서 줄기차게 부르짖는 슬로건이 뭐죠? '계약의 신성함'…… 아닌가요?"

릴리언은 남편의 눈이 빛나면서 자신을 흘끗 쳐다보는 것을 놓치지 않았다. 그녀의 공격에 남편이 처음으로 반응을 보인 것이다. 그녀는 웃음을 터뜨렸다.

"계속해요." 그가 위협이 담긴 낮은 목소리로 말했다.

"아니, 뭐하러요? 이미 다 알고 있으면서."

"당신이 하고 싶은 말이 뭐요?" 감정이 담기지 않은 가혹하리만큼 엄한 목소리였다.

"내가 불평을 늘어놓는 굴욕적인 처지가 되길 원해요?

너무나 진부하고 흔해빠진 불평인데. 자기보다 못한 사람들과 다르다는 걸 긍지로 여기는 내 남편이란 사람의 시각으로 보면 말이에요. 과거에 당신이 내 행복을 당신의 인생 목표로 삼겠노라고 맹세했다는 사실을 내 입으로 꼭 상기시켜야겠어요? 그리고 지금 당신은 내가 행복한지 불행한지도 모르고 있다는 사실도요?"

리어든은 온갖 감정들이 가슴을 후벼파는 듯한 고통을 느꼈다. 그녀의 말이 애원임을 깨닫자 알 수 없는 죄책감이 뜨겁게 밀려들었다. 그리고 애정 없는 차갑고 추악한 연민도 고개를 들었다. 억눌린 목소리 같은 막연한 분노도 가세해 그 분노는 혐오감에 몸부림치며 이렇게 외치고 있었다. '내가 왜 그녀의 뒤틀리고 썩어빠진 거짓말을 상대해줘야 하지?…… 왜 연민 때문에 고문을 받아야 하지?…… 그녀가 인정하려들지 않는 감정을, 나로선 알 수도, 이해할 수도, 짐작할 수도 없는 감정을 지켜주기 위해 내가 희망 없는 짐을 짊어져야 하는 이유가 뭐지?…… 저 빌어먹을 겁쟁이는 만일 나를 사랑한다면 왜 그걸 솔직히 인정하고 나와 함께 그 문제를 해결하려고 들지 않는 거지?' 하지만 또 하나의 목소리가 더 큰 소리로 말하고 있었다. '그녀에게 죄를 뒤집어씌우지 마. 그건 겁쟁이들의 낡은 수법이니까.…… 죄인은 **너야**.…… 그녀가 무슨 짓을 하건 네 죄에 비하면 아무것도 아니지.…… 그녀가 옳아.……

그녀가 옳다는 게 구역질나지? 그럼 구역질해봐, 이 더러운 간통자야.…… 그녀가 옳아!'

"릴리언, 어떻게 해야 행복하겠소?" 그가 억양 없는 목소리로 물었다.

릴리언은 뒤로 편안히 기대앉으며 미소지었다. 아까부터 그녀는 남편의 얼굴을 주시하고 있었다.

그녀가 따분하다는 듯이 말했다. "오, 여보! 그건 사기꾼 변호사의 질문이죠. 법의 허점을, 빠져나갈 구멍을 노리는."

그녀는 일어나서 어깨를 으쓱하고는 무력감을 나타내는 우아하고 기운 없는 몸짓을 해보였다.

"헨리, 내가 어떻게 해야 행복할 수 있을까요? 그건 당신이 말해줘야죠. 당신이 나를 행복하게 해줄 방법을 찾아냈어야죠. 나는 몰라요. 당신이 방법을 찾아서 내게 제시해야죠. 그건 당신의 책임이자 의무예요. 하지만 그 약속을 이행하지 않는 남자가 당신만은 아닐 거예요. 그건 제일 떼먹기 쉬운 빚이죠. 오, 당신은 철광석 값은 절대 떼먹지 않을 거예요. 인생의 빚만 떼먹지."

릴리언은 유유히 방을 가로질러 걸었고, 초록과 노랑으로 이루어진 치맛자락이 길게 소용돌이쳤다.

"이런 요구가 비현실적이라는 거 알아요. 난 당신을 저당잡은 것도 아니고 총도 족쇄도 없어요. 헨리, 난 당신을 붙잡아둘 방법이 없어요. 당신의 명예밖에."

리어든은 아내를 계속 바라보고 있기 위해, 그 모습을 견디기 위해 안간힘을 쓰고 있었다.

"원하는 게 뭐요?" 그가 물었다.

"여보, 내가 뭘 원하는지 진심으로 알고 싶다면 당신 혼자서도 짐작할 수 있는 게 많을 거예요. 예를 들어 지난 몇 달 동안 당신이 노골적으로 나를 피해왔는데 아내 입장에서 그 이유를 알고 싶지 않을까요?"

"너무 바빴소."

릴리언은 어깨를 으쓱했다.

"아내는 남편의 삶에서 가장 우선적인 존재가 되고 싶어 하죠. 나는 당신이 모든 걸 버리겠다고 맹세했을 때 그 모든 것에 용광로는 포함되지 않는 줄은 몰랐어요."

그녀는 리어든에게 가까이 다가가 자신과 남편 둘 다를 조롱하는 듯한 미소를 지으며 그를 껴안았다.

리어든은 젊은 신랑이 귀찮게 달라붙는 창녀를 떼어내듯 본능적으로 사납게 아내를 밀어냈다.

그러고는 자신의 무자비한 반응에 충격을 받아 그 자리에 얼어붙은 듯 서 있었다. 릴리언은 당혹감이 그대로 드러난 수수께끼도, 위장도, 방패도 없는 얼굴로 그를 바라보았다. 그녀가 어떤 계산으로 그런 행동을 했든 리어든의 반응은 그녀가 전혀 예상하지 못한 것이었다.

와이엇의 횃불

"릴리언, 미안하오." 리어든이 진심과 고통이 담긴 낮은 목소리로 말했다.

릴리언은 대꾸하지 않았다.

"미안하오.······ 너무 피곤해서." 리어든이 생기 없는 목소리로 덧붙였다.

그 삼중의 거짓말에 그는 가슴이 무너졌다. 그 거짓말은 그가 도저히 견딜 수 없는 배신을 담고 있었지만 릴리언에 대한 배신은 아니었다.

릴리언이 짧은 웃음소리를 냈다.

"일 때문에 그렇게 된 거라면 받아들여야죠. 용서해줘요. 나는 다만 아내의 의무를 다하려고 했을 뿐이니까요. 나는 당신이 동물적인 본능에서 자유롭지 못한 호색가인 줄 알았거든요. 나는 그런 걸 밝히는 여자가 아니고요."

그녀는 아무 생각 없이 냉담하게 말을 내뱉고 있었다. 그녀는 하나의 의문을 품고 모든 가능한 답을 확인하고 있었다.

리어든은 그녀의 마지막 말에 그녀를 똑바로 응시할 수 있었다. 이제 더 이상 방어적일 필요가 없었다.

"릴리언, 당신은 무슨 목적으로 사는 거요?" 그가 물었다.

"그런 예의 없는 질문을 하다니! 교양인은 그런 거 묻지 않아요."

"그럼 교양인들은 어떤 삶을 살지?"

"아마 아무것도 시도하지 않을 거예요. **그게** 교양이니까."

"그럼 시간을 어떻게 보내지?"

"배관 파이프 만드는 데 쓰진 않죠."

"당신, 자꾸 그렇게 비꼬는 이유가 뭐지? 당신이 배관 파이프를 경멸한다는 건 알고 있어. 오래전에 그 점을 분명히 했으니까. 당신의 경멸은 내게 아무 의미도 없어. 왜 자꾸 그런 말을 하는 거지?"

릴리언은 충격을 받은 얼굴이었지만 리어든은 그 이유를 알 수 없었다. 자신이 **그 말을** 해야 한다고 확신했던 이유도 알 수 없었다.

릴리언이 냉담하게 물었다. "나한테 갑자기 질문 세례를 퍼붓는 목적이 뭐죠?"

"당신이 진정으로 원하는 것이 있는지 알고 싶소. 만일 있다면, 그리고 내가 줄 수 있는 것이라면 주고 싶고."

"그걸 **사려고요?** 당신은 **돈으로 사는** 것밖에 모르죠. 그런 식으로 쉽게 빠져나가려고 하죠. 아뇨, 내가 원하는 건 그렇게 쉽고 간단한 게 아니에요. 물질적인 게 아니라고요."

"뭔데?"

"당신."

"릴리언, 그게 무슨 뜻이지? 동물적인 의미는 아니겠지."

"그래요. 동물적인 의미는 아니에요."

와이엇의 횃불

"그럼 뭐지?"

문 앞에 서 있던 릴리언은 돌아서서 고개를 들고 리어든을 보며 차갑게 미소지었다.

"당신은 이해 못 해요." 그녀는 그렇게 말하고 나가버렸다.

아직 그를 괴롭히고 있는 건 릴리언이 결코 자신의 곁을 떠나려 하지 않을 것이며, 자신은 결코 그녀에게 떠나달라는 말을 할 권리가 없을 것이란 생각과 그로서는 이해할 수도, 응해줄 수도 없는 아내의 감정을 존중해주고 그녀에게 일말의 동정을 품어야 한다는 생각, 아내에게는 경멸밖에 느낄 수 없다는 것, 아무리 스스로를 책망하고 연민과 정의감에 호소해보아도 끄떡도 않는 맹목적인 경멸밖에 느껴지지 않는다는 것이었다. 그리고 무엇보다도 견딜 수 없는 것은 자신이 아내보다 더 비열한 인간임을 알면서도 그 사실을 인정하고 싶지 않은 반발심이었다.

그러나 얼마 안 가서 그 모든 괴로움은 아스라이 사라지고 기꺼이 모든 것을 견딜 수 있다는 생각만 남았다. 그는 결의에 차 있으면서도 평온했는데 침대에 누워 베개에 얼굴을 묻고 대그니 생각을 하고 있었기 때문이다. 그의 곁에 늘어져서 그의 손길 아래 떨고 있는 대그니의 가녀리고 섬세한 몸. 그는 대그니가 뉴욕에 있었으면 좋겠다고 생각했다. 그럼 한밤중이라도 당장 그녀에게 달려갔을 테니까.

◆

　유진 로슨은 책상이 대륙 전체를 지휘하는 폭격기 조작반이라도 되는 것처럼 앉아 있었다. 하지만 가끔 그 사실을 잊고 웅크리기도 했는데 그럴 때마다 양복 속의 늘어지는 근육이 세상을 향해 삐죽거리는 듯했다. 그의 입은 꼭 다물어지지 않았고 야윈 얼굴에서 불편할 정도로 돌출되어 있어 상대의 시선을 끌었다. 그리고 말을 할 때 촉촉한 아랫입술이 불필요하리만큼 뒤틀렸다.

　"난 부끄럽지 않아요. 태거트 양, 난 매디슨 커뮤니티 내셔널 은행 사장을 지낸 이력을 부끄러워하지 않는다는 걸 알아두시오." 유진 로슨이 말했다.

　"니는 그런 이야긴 끄낸 적도 없는데요." 대그니가 차갑게 대꾸했다.

　"은행이 파산하면서 나도 모든 것을 잃었으니 난 도의적인 책임을 느낄 필요가 없어요. 오히려 그런 희생을 자랑스럽게 여겨야지."

　"난 그저 20세기 모터회사에 대해 몇 가지 묻고 싶어서……"

　"뭐든 물어봐요. 난 감출 게 없으니까. 양심에 거리낄 게 없으니까. 내가 그 이야기를 곤혹스러워할 거라고 생각했다면 오산이오."

"그 회사에 대출을 해줬을 당시 공장을 소유했던 사람들에 대해 묻고 싶어서……"

"그들은 아주 좋은 사람들이었소. 그러니까 그건 매우 안전한 투자였지. 물론 인간적인 기준에서 하는 말이오. 다른 은행가들처럼 현금을 기준으로 하는 말이 아니라. 나는 그들에게 공장을 구입할 돈을 대출해줬어요. 그들에게는 돈이 필요했으니까. 돈이 필요하다는 것, 난 그것만으로도 대출을 해줄 수 있었어요. 태거트 양, 내 기준은 필요였어요. 탐욕이 아닌 필요. 내 아버지와 할아버지는 개인의 부를 축적하기 위해 커뮤니티 내셔널 은행을 세웠어요. 나는 그분들께 물려받은 재산을 고귀한 이념을 위해 썼고요. 나는 돈더미에 올라앉아서 대출이 필요한 가난한 사람들에게 담보를 요구하지 않았어요. 내게는 마음이 담보였어요. 물론 나는 이 물질적인 나라에서 나를 이해해줄 사람이 있으리라고 기대하지는 않아요. 태거트 양, 내가 얻은 보상은 **당신네** 부류가 그 진가를 알지 못하는 것이오. 은행으로 나를 찾아온 사람들은 내 책상 앞에 당신 같은 태도로 앉아 있지 않았어요. 그들은 겸손하고 확신이 없고 근심과 걱정으로 지쳐 있었어요. 말도 제대로 하지 못했고. 내가 얻은 보상은 그들의 감사의 눈물과 떨리는 목소리, 축복의 말이었어요. 한 여인은 다른 은행에서 모두 거절당했다가 내가 대출을 해주겠다고 하자 내 손에 입을 맞추기까지 했죠."

"그 모터공장 소유주 이름 좀 알려줄 수 있나요?"

"그 공장은 그 지역에서 꼭 필요한 존재였어요. 절대적으로. 그렇기 때문에 내가 그 공장에 대출을 해준 건 너무나 정당한 일이었지. 다른 생계수단이 없는 수천 명의 노동자들에게 일자리를 제공했으니까."

"혹시 그 공장에서 일했던 사람들을 알아요?"

"물론이오. 난 그들을 모두 알고 있었어요. 나의 관심은 기계가 아니라 사람에 있었으니까. 내가 관심을 가졌던 건 산업의 인간적 측면이지 금전적 측면이 아니었어요."

대그니는 그에게 몸을 기울이며 물었다. "그럼 그곳에서 일했던 엔지니어들도 알고 있나요?"

"엔지니어들? 아니, 아뇨. 난 민주적이었어요. 내 관심을 끈 건 진짜 노동자들이었어요. 보통 사람들. 그들은 모두 내 얼굴을 알았어요. 내가 작업장에 들어가면 손을 흔들며 '유진, 안녕하세요'라고 인사를 했죠. 그들은 나를 유진이라고 불렀어요. 당신은 그런 것에는 흥미 없겠죠. 지나간 과거니까. 당신이 워싱턴에 온 진짜 목적이 당신의 철도에 대해 이야기하기 위해서라면……."

그는 다시 꼿꼿이 앉아 폭격기 자세를 취하며 말을 이었다. "당신에게 특별한 배려를 약속할 수 있을지 모르겠소. 난 개인의 특권이나 이익보다는 국가의 복지를 우선으로 생각해야 하는 입장이라……."

"나는 철도 이야기를 하러 온 게 아니에요. 당신과 우리 회사에 대해 이야기하고 싶은 생각 없어요." 대그니가 당황한 표정으로 그를 보면서 말했다.

"그래요?" 그는 실망한 목소리였다.

"그래요. 그 모터공장에 대해 알아보러 왔어요. 거기서 일했던 엔지니어 중에 생각나는 이름이 있나요?"

"난 그들의 이름을 물은 적도 없어요. 나는 그런 기생충 같은 존재들에게는 관심이 없었으니까. 오직 진짜 노동자, 공장을 움직이는, 손에 굳은살 박인 사람들에게만 관심이 있었으니까. 그곳 노동자들은 내 친구들이었소."

"그 사람들 이름 좀 알려주겠어요? 그곳에서 일한 사람이면 누구든 괜찮아요."

"친애하는 태거트 양, 아주 오래전 일이고 그곳에서 일한 사람들이 수천 명이나 되는데 어떻게 기억합니까?"

"한 사람도 기억이 나지 않나요?"

"물론 기억나지 않아요. 내가 지금까지 살아오면서 만난 사람들이 바닷가 모래알처럼 많은데 그 하나하나를 어떻게 기억할 수 있겠소."

"그 공장에서 만들어내는 것들에 대해 잘 알았나요? 그곳에서 하는 일들이나…… 계획에 대해서는요?"

"물론이오. 나는 어디든 투자를 하면 계속 관심을 기울입니다. 그 공장에도 자주 시찰을 나갔어요. 공장은 아주 잘 돌아가고 있었어요. 놀라운 성과를 내고 있었지요. 노동자들의 주거환경도 국내 최고였어요. 집집마다 창문에 레이스 커튼이 달려 있고 화분이 놓여 있었어요. 정원도 가꾸고. 아이들을 위해 학교도 새로 지었어요."

"그곳 연구소에서 무슨 일을 하는지 알았나요?"

"아, 그래요, 거기 아주 훌륭한 연구소가 있었어요. 최첨단에 역동적이고 진보적인 비전과 멋진 계획들을 갖고 있었죠."

"그럼 혹시…… 새로운 방식의 모터를 생산하는 계획에 대해 들어봤나요?"

"모터? 무슨 모터요? 난 자세한 것까지 알아볼 시간은 없었어요. 나의 목적은 사회적 진보, 세계적 번영, 인간의 형제애와 사랑이었으니까요. 태거트 양, 사랑 말입니다. 그게 모든 것의 열쇠죠. 사람들이 서로를 사랑하는 법을 배운다면 모든 문제가 해결될 거예요."

대그니는 그의 축축한 입술의 움직임을 보고 싶지 않아 시선을 돌렸다.

사무실 한구석에 이집트 상형문자가 새겨진 돌덩이가 받침대 위에 놓여 있었다. 그리고 벽감에는 거미처럼 팔이 여섯 개인 힌두 여신상이 있었다. 벽에는 무엇을 나타내는지 알 수 없는 거대한 도표가 걸려 있었는데 마치 통신판매 회사의 판매 차트 같았다.

"따라서 태거트 양, 철도 문제로 찾아온 거라면…… 나는 늘 나라의 복지를 최우선으로 생각하는 사람이고, 그것을 위해서라면 그 누구의 이익도 주저 없이 희생시킬 수 있지만, 그래도 난 도와달라는 애원을 못 들은 척한 적이 없고……"

대그니는 그를 보며 그가 자신에게 원하는 것이 무엇인지, 그를 살아 움직이게 하는 원동력이 무엇인지 깨달았다.

그녀는 혐오감에 절규하고 싶은 것을 꾹 참으며 애써 담담하게 말했다. "철도 이야기는 하고 싶지 않아요. 그 문제에 대해 할 말이 있으면 제 오빠 제임스 태거트와 해요."

"지금과 같은 시기에 내게 당신 회사의 입장에 대해 호소할 절호의 기회를 놓치고 싶진 않을 것 같은데……"

"혹시 그 모터공장 관련 기록을 갖고 있나요?"

대그니는 두 손을 맞잡고 꼿꼿이 앉아 있었다.

"무슨 기록이요? 나는 은행이 파산하면서 모든 것을 잃었다고 이미 말한 것 같은데."

그의 몸이 다시 축 늘어졌다. 흥미가 사라진 것이다.

"하지만 상관없어요. 내가 잃은 건 물질적인 부이니까. 이념을 위해 고통받은 사람이 역사상 내가 처음은 아니니까. 나는 주위 사람들의 이기적인 탐욕 때문에 실패했어요. 이익과 돈만 추구하는 사람들이 우글거리는 나라에서 작은 한 주에서만이라도 형제애와 사랑을 꽃피우려고 했지만 실패로 끝나고 말았죠. 그건 내 잘못이 아니었어요. 이제 난 그들에게 지지 않을 겁니다. 멈추지 않을 겁니다. 지금 난 더 광범위하게, 동료 인간의 권리를 위해 싸우고 있어요. 태거트 양, 기록이라고요? 내가 매디슨을 떠나며 남긴 기록은 평생 기회란 것을 가져보지 못한 가난한 사람들의 가슴에 새겨져 있어요."

대그니는 불필요한 말은 한 마디도 하고 싶지 않았지만 롬에서 남의 집 계단을 닦고 있던 청소부가 자꾸 생각나 자신도 모르게 불쑥 물었다.

"그 후로 그 지역에 가본 적이 있나요?"

"그건 내 잘못이 아니라니까!" 유진 로슨이 소리쳤다. "돈이 있으면서도 내 은행과 위스콘신 주민들을 위해 돈을 내놓지 않은 부자들 잘못이지! 당신은 나를 비난할 수 없어! 나는 모든 것을 잃었으니까!"

"로슨 씨, 당시에 공장을 소유했던 회사 대표 이름은 혹시 기억하나요? 당신이 돈을 빌려준 회사 말이에요. 어맬거메이티드 서비스, 맞죠? 거기 사장이 누구였죠?"

"아, 그 사람? 그래요, 기억해요. 그의 이름은 리 헌새커였어요. 아주 훌륭한 젊은이였는데 큰 시련을 겪었지."

"그 사람 지금 어디 있죠? 주소를 알고 있나요?"

"아마…… 오리건 어디에 있을 거예요. 오리건 그레인지빌인가…… 내 비서가 주소를 알고 있어요. 그런데 왜 그를 찾으려는 건지……. 태거트 양, 웨슬리 마우치 씨를 만나고 싶어서 그러는 거라면, 마우치 씨는 철도에 영향을 미치는 문제들에 관해서 내 의견을 매우 중시하기 때문에……."

"마우치 씨를 만나고 싶은 생각은 없습니다." 대그니가 일어서며 말했다.

"그렇다면 난 도저히 이해가…… 날 찾아온 이유가 뭡니까?"

"20세기 모터회사에서 일한 적이 있는 어떤 사람을 찾고 있거든요."

"그 사람을 찾는 이유는?"

"우리 회사에서 일해줬으면 해서요."

유진 로슨은 도저히 못 믿겠다는 듯, 조금 화가 난 듯 양팔을 펼쳐 보였다.

"지금 회사의 운명이 걸린 중대한 결정들이 내려지기 직전인데 직원 하나 고용하려고 시간을 낭비하고 있어요? 당신 회사의 운명은 당신이 찾는 직원이 아니라 마우치 씨에게 달려 있어요."

"안녕히 계세요." 대그니가 인사했다.

그녀가 돌아서자 유진 로슨이 격앙된 목소리로 말했다.

"당신은 나를 경멸할 권리가 없어."

대그니는 걸음을 멈추고 돌아보았다.

"난 그런 말 한 적 없어요."

"난 아무 죄도 없어요. 내 돈을 잃었으니까. 대의명분을 위해 내 돈을 다 잃었으니까. 내 동기는 순수했어요. 나 자신을 위해선 아무것도 원하지 않았어요. 난 자신의 이익을 추구한 적이 없어요. 태거트 양, 난 평생 이익을 얻은 적이 없다고 당당히 말할 수 있어요!"

그러자 대그니가 조용하고 차분한 목소리로 엄숙하게 말했다. "로슨 씨, 그건 인간이 할 수 있는 말 중에서 가장 경멸받아 마땅한 말이라고 생각합니다."

◆

"난 기회를 가져본 적이 없어요!" 리 헌새커가 말했다.

그는 종이가 널려 있는 부엌 식탁에 앉아 있었다. 수염이 텁수룩하고 셔츠도 꾀죄죄했다. 통통한 얼굴은 매끈하고 멍해 보였으며 아무런 경험도 없는 것처럼 보였다. 또 희끗희끗한 머리와 흐릿한 눈은 몹시 지쳐 보여 나이를 짐작하기가 힘들었다. 그는 마흔두 살이었다.

"아무도 나에게 기회를 주지 않았어요. 사람들은 나를 이 지경으로 만들어놓고 만족스러워하겠죠. 난 타고난 권리를 빼앗겼어요. 그들이 친절한 척하는 걸 그냥 내버려둬선 안 돼요. 그들은 더러운 위선자들이에요."

"누가요?" 대그니가 물었다.

"전부 다. 사실 인간은 다 개자식이고, 안 그런 척해봐야 소용없어요. 정의? 쳇! 이걸 봐요!"

그는 팔을 들어 주위를 가리켰다.

"나 같은 사람이 이 꼴로 전락했어요!" 리 헌새커가 대답했다.

창밖으로 보이는 시골도 아니고 도시는 더더욱 아닌 곳의 황량한 지붕들과 헐벗은 나무들에 비친 오후의 햇살이 잿빛 어스름 같았다. 어스름과 축축함이 부엌 벽들에 스며든 듯했다. 개수대에는 아침에 먹은 접시들이 잔뜩 쌓여 있었고, 스토브에서는 스튜 냄비가 싸구려 고기의 기름진 냄새를 풍기는 김을 토해내고 있었으며, 식탁 위 종이들 사이에는 먼지투성이 타자기가 놓여 있었다.

리 헌새커가 말했다. "20세기 모터회사는 미국 산업사에서 가장 빛나는 이름 중 하나였어요. **내가** 그 회사 사장이었고, 내가 그 공장 소유자였어요. 하지만 사람들은 내게 기회를 주려고 하지 않았어요."

"20세기 모터회사 사장은 아니지 않았나요? 어맬거메이티드 서비스라는 회사의 사장이 아니었나요?"

"맞는데, 그게 그거예요. 우리가 그 공장을 인수했으니까. 우린 그 사람들처럼, 아니 그들보다 더 잘 운영해볼 작정이었어요. 우리도 그들만큼 중요한 인물들이었으니까. 사실 제드 스탠스가 뭐가 그리 대단합니까? 내세울 거 하나 없는 시골 자동차 정비공에 지나지 않았는데. 반면에 난 한때 뉴욕 400대 명문가에 속했던 집안 출신이에요. 우리 할아버지는 국회의원을 지냈고. 내가 학교에 다닐 때 우리 아버지가 나한테 차 한 대 사줄 형편이 못 됐던 건 내 탓이 아니에요. 다른 애들은 다 차가 있었는데. 나도 그 애들 못지않은 명문가 출신이었는데. 내가 대학에 들어갈 때……."

그는 갑자기 말을 끊고 물었다. "어느 신문사에서 나왔다고요?"

대그니가 이름을 말해주었는데도 리 헌새커는 그녀가 누구인지 모르는 듯했다. 대그니는 왠지 그게 다행스러웠고 굳이 신분을 밝히고 싶지 않았다.

"신문사에서 나왔다는 말은 안 했는데요. 그 모터공장에 대해 알아보려는 건 사적인 목적 때문이지 기사를 쓰기 위해서가 아니에요." 그녀가 대답했다.

"아."

리 헌새커는 실망한 기색이었다. 대그니가 고의로 속이기라도 한 것처럼 그는 뚱한 표정으로 말했다.

"지금 내가 쓰고 있는 자서전에 대한 인터뷰를 하러 왔는지도 모른다고 생각했는데." 그는 식탁 위의 종이들을 가리켰다. "해줄 이야기가 많았는데. 난…… 이런, 젠장!"

무언가 잊고 있었던 게 퍼뜩 생각난 모양이었다.

그는 스토브로 달려가 냄비 뚜껑을 열고 지긋지긋하다는 듯 무성의하게 스튜를 젓기 시작했다. 그러고는 젖은 숟가락을 스토브 위에 내던지고 기름진 스튜 국물이 스토브 불로 뚝뚝 떨어지도록 방치한 채 식탁으로 돌아왔다.

"그래요, 난 자서전을 쓸 거예요. 여건만 허락된다면. 하지만 저런 자질구레한 일에 신경 쓰면서 어떻게 진지한 작업에 몰두할 수 있겠어요?" 그러면서 그는 스토브 쪽으로 고개를 홱 돌리며 말했다. "친구 좋아하네! 친구라는 것들이 그깟 숙식 좀 제공한다고 사람을 중국인 노동자처럼 부려먹어? 내가 오갈 데 없는 신세가 됐다고! 옛 친구라는 것들이! 한 녀석은 집에서는 손가락 하나 까딱 않고 종일 가게에 나가 앉아 있지. 그 코딱지만한 문방구가 지금 내가 쓰고 있는 책과 비교나 될 수 있겠어? 여자는 시장에 가면서 나한테 빌어먹을 스튜나 봐달라고 하고. 작가는 편안한 마음으로 글에 집중해야 한다는 걸 알면서도 신경도 쓰지 않지. 그 여자가 오늘 어떻게 한 줄 알아요?"

그는 대그니에게 비밀이라도 털어놓듯 몸을 가까이 기울이며 개수대의 접시들을 가리켰다.

"아침 먹은 설거지도 안 하고 시장에 가면서 나중에 다녀와서 하겠대요. 난 그녀의 속셈을 알아요. 내가 설거지를 해놓기를 바라는 거죠. 골탕 좀 먹어보라지. 그대로 놔둘 거예요."

"모터공장에 대해 몇 가지 물어봐도 될까요?"

"내 인생에는 그 모터공장밖에 없었다고 오해하지 말아요. 난 그 전에도 중요한 자리를 많이 맡았으니까. 의료장비, 종이 용기, 남자 모자, 진공청소기 제조업체들과 여러 번 인연을 맺었어요. 물론 그런 것들은 내게 큰 기회를 제공하지 못했지만. 그 모터공장은⋯⋯ 내가 기다려온 큰 기회였죠."

"그 공장을 어떻게 인수하게 됐나요?"

"그 공장은 내 것이 될 운명이었어요. 내겐 그 공장이 꿈의 실현이었고. 공장이 파산해서 문을 닫았어요. 제드 스탠스의 후계자들이 초고속으로 회사를 말아먹은 거죠. 나도 정확한 건 모르지만 한심한 일을 벌이다가 파산에 이른 거죠. 철도회사는 그곳 지선을 폐쇄했어요. 그 공장을 사겠다고 나서는 사람이 아무도 없었죠. 하지만 그 공장에는 제드 스탠스에게 수백만 달러를 벌어준 훌륭한 장비들이 있었어요. 내가 원하던 설비이고 내게 어울리는 기회였어요. 그래서 난 친구 몇 명과 손잡고 어맬거메이티드 서비스를 설립한 다음 약간의 돈을 끌어모았어요. 하지만 그것으로는 충분하지 못했고 대출을 받아야만 했죠. 그건 완벽하게 안전한 투자였어요. 우리는 위대한 도전에 나선 열정과 희망으로 가득한 젊은이들이었으니까요. 하지만 우리에게 격려를 보내준 사람이 있었을 것 같아요? 없었어요. 탐욕스럽고 무자비한 특권층! 아무도 우리에게 공장을 주지 않으려는데 우리가 어떻게 성공할 수 있겠어요? 부모에게 공장을 물려받은 역겨운 인간들과 어떻게 경쟁할 수 있겠어요? 우리도 그들과 똑같은 기회를 가질 권리가 있지 않나요? 오, 정의 이야기는 꺼내지도 말아요! 난 돈을 빌리기 위해 개같이 뛰어다녔으니까. 그런데도 그 미다스 멀리건 개자식은 내게 모진 시련을 줬어요."

대그니가 허리를 꼿꼿이 세웠다.

"미다스 멀리건이라고요?"

"그래요. 생긴 거나 하는 짓이 영락없는 트럭 운전사인 무식한 은행가!"

"미다스 멀리건을 안다고요?"

"아느냐고요? 사실 나는 그를 이긴 유일한 사람이에요. 그래 봤자 얻은 것도 없지만!"

대그니는 이따금 갑작스런 불안감에 빠져 미다스 멀리건의 실종에 대해 궁금해했다. 그것은 빈 배들이 바다에서 떠돌거나 정체 모를 빛이 하늘에서 번쩍거렸다는 이야기를 들을 때 드는 궁금증과 같았다. 그녀가 꼭 그 수수께끼를 풀어야 할 이유는 없었지만 그것들은 불가사의한 수수께끼가 아니었다. 답이 없는 게 아니라 단지 사람들이 그 답을 모를 뿐이었다.

미다스 멀리건은 한때 미국 최고의 부자였고, 그래서 가장 비난받는 인물이기도 했다. 그는 투자해서 돈을 잃은 적이 없었으며 그의 손이 닿은 것은 모두 금으로 변했다. "그건 내가 무엇에 손을 대야 하는지 알기 때문이지." 그의 말이었다. 그의 투자 패턴은 도무지 종잡을 수가 없었다. 그는 흠잡을 데 없이 안전하다고 여겨지는 거래를 거부하는가 하면, 다른 은행가들은 거들떠 보지도 않는 모험적인 사업에 거금을 투자하기도 했다. 그는 전국 곳곳에서 예기치 못한 눈부신 성공의 총알을 멋지게 쏘아 올리는 방아쇠 역할을 했다. 처음에 리어든 철강에 돈을 투자해서 리어든이 펜실베이니아의 버려진 세칠소들을 사들일 수 있도록 도와준 것도 바로 그였다. 한 경제학자가 그를 대담한 도박꾼이라고 부르자 그는 이렇게 말했다. "당신이 절대 부자가 될 수 없는 이유는 내가 하는 일을 도박이라고 생각하기 때문이오."

소문에 의하면 미다스 멀리건과 거래할 때는 반드시 지켜야 할 불문율이 하나 있다고 했다. 그에게 대출을 받으러 가서 개인적인 필요나 감정을 들먹이면 바로 쫓겨나고 다시는 멀리건을 만날 수 없다는 것이었다.

미다스 멀리건에게 동정을 모르는 인간보다 더 악한 인

간이 있다고 생각하는지 묻자 그는 이렇게 대답했다.

"그럼요. 있지요. 다른 사람의 동정을 무기로 이용하는 인간."

그는 오랜 세월 은행가로 일하면서 자신에 대한 대중의 공격을 모두 무시했지만 딱 한 번 예외가 있었다. 원래 그의 이름은 미다스가 아닌 마이클이었다. 인도주의자 그룹의 신문 칼럼니스트가 그에게 미다스 멀리건이라는 별명을 붙여주었고, 그 별명이 그에게 치욕스런 꼬리표가 되자 멀리건은 자신의 이름을 '미다스'로 바꾸어달라고 법원에 개명 신청을 했다. 그 신청은 받아들여졌다.

그는 동시대인들의 눈에 용서받을 수 없는 죄를 범한 죄인이었는데, 그 죄는 자신의 부를 자랑스러워한 것이었다.

대그니는 미다스 멀리건에 대한 소문을 들었지만 그를 직접 만난 적은 없었다. 미다스 멀리건은 7년 전에 종적도 없이 사라졌다. 어느 날 아침 집에서 나간 후 영영 돌아오지 않았다. 그 이튿날 시카고에 있는 멀리건 은행 고객들은 은행이 문을 닫게 되었으니 예금을 찾아가라는 통지서를 받았다. 추후 조사 결과에 따르면 멀리건은 은행 닫을 준비를 사전에 철저히 해놓았고 직원들은 그의 지시에 따르기만 했음이 밝혀졌다. 미국에서 그보다 더 질서 있게 문을 닫은 은행은 어디에도 없었다. 모든 고객이 원금과 이자를 정확하게 돌려받았다. 은행의 모든 자산은 조각조각 나뉘어 여러 금융기관에 팔렸다. 나중에 결산해보니 수입과 지출이 딱 맞아떨어져서 한 푼도 남는 돈이 없었다. 멀리건 은행은 그렇게 깨끗이 정리되었다.

멀리건이 왜 그런 결정을 내렸는지, 그 후로 어떻게 되었는지, 수백만 달러에 이르는 그의 개인 재산은 어디로 갔는지 아무도 알 수 없었다. 멀리건은 재산과 함께 애초에 존재한 적도 없는 것처럼 사라져버렸다. 그는 그런 결정을 내릴 것이라고 미리 경고한 적도 없었고 그의 동기를 미루어 짐작할 수 있게 한 사건도 없었다. 은퇴를 원했다면 은행을 팔아 엄청난 이득을 남길 수도 있었을 텐데 은행을 그런 식으로 없애버린 이유는 무엇이었을까? 모두 그런 궁금증을 품었지만 아무도 그 답을 찾지 못했다. 그는 가족도, 친구도 없었다. 그의 하인들도 아무것도 몰랐다. 그는 평소와 다름없이 아침에 집을 나섰고 다시는 돌아오지 않았다. 그것이 전부였다.

대그니는 멀리건의 실종을 떠올릴 때마다 뉴욕의 고층 빌딩이 하룻밤 새에 길모퉁이에 빈터만 남기고 감쪽같이 사라지는 것처럼 불가능한 일이라는 생각이 들었다. 멀리건 같은 인물은, 그리고 그가 가진 거금은 어디에도 숨어 있을 수가 없었다. 고층 빌딩이 들판이나 숲에 숨겨져 있어도 사람들 눈에 띄지 않을 수 없는 것처럼 말이다. 고층 빌딩은 파괴된다고 해도 그 파편의 양이 어마어마해서 이

목을 끌 수밖에 없다. 그러나 멀리건은 사라졌다. 지난 7년 동안 온갖 소문과 억측, 이론이 무성하고 세계 곳곳에서 그를 보았다는 목격자들이 나타났지만 그럴듯한 단서는 나오지 않았다.

멀리건에 관한 소문 중에서 대그니가 믿는 것이 하나 있었다. 그 소문 속의 멀리건은 그의 평소 모습과 딴판이라 사람들이 그의 성격을 토대로 지어낸 이야기일 수가 없기 때문이다. 그 소문에 따르면 그가 실종되던 봄날 아침에 그를 마지막으로 목격한 사람은 시카고의 멀리건 은행 옆 길모퉁이에서 꽃을 팔던 노파라고 했다. 노파의 증언은 다음과 같았다. 그날 아침 멀리건은 그해 처음 나온 초롱꽃 한 다발을 샀다. 그는 그 어느 때보다 행복한 얼굴이었다. 아무런 장애물도 없는 멋진 삶을 향해 첫발을 내딛는 청년 같은 얼굴이었다. 고통과 긴장의 흔적들, 세월의 찌꺼기가 깨끗이 사라진 얼굴에는 즐거운 열정과 평온만이 남아 있었다. 멀리건은 순간적인 충동에 이끌린 듯 꽃을 집어 들더니 재치 있는 농담이라도 할 것처럼 노파에게 눈을 찡긋해 보이며 말했다.

"살아 있다는 것, 내가 그걸 얼마나 사랑하는지 아십니까?"

노파가 어리둥절해서 쳐다보자 그는 꽃다발을 공처럼 던져 올렸다가 받으며 그 자리를 떠났다. 사업가다운 단정하고 고급스러운 코트를 입은 건장하고 꼿꼿한 모습으로 창문에서 봄 햇살이 반짝이는 수직 절벽 같은 빌딩들을 뒤로하고 멀리 사라졌다.

 독한 스튜 냄새 속에서 리 헌새커가 말했다. "미다스 멀리건은 심장에 달러 표시가 찍힌 악당이었어요. 단돈 50만 달러에 내 미래가 달려 있었는데…… 그 정도는 그에겐 푼돈에 지나지 않았는데 내 대출 신청을 딱 잘라 거절했어요. 담보가 없다는 이유만으로. 아무도 나에게 큰 사업을 벌일 수 있는 기회를 주지 않았는데 내가 어떻게 담보를 마련할 수 있었겠어요? 다른 사람들에게는 돈을 빌려주면서 왜 나한테는 빌려주지 않은 거죠? 그건 명백한 차별이에요. 그는 내 기분 따윈 신경도 안 썼어요. 내 과거의 실패 기록을 보면 모터공장은 고시히고 야채 피는 수레도 소유할 자격이 없다고 독설을 퍼붓더라고요. 실패라니! 무식한 식료품상들이 종이 용기를 써주지 않는데 난들 무슨 뾰족한 수가 있겠어요? 자기가 무슨 권리로 내 능력을 함부로 평가해? 아니, 내 미래를 위한 계획들이 왜 이기적인 독점주의자의 독단적인 의견에 의존해야 하지? 난 그냥 참고 넘어가지 않기로 했어요. 당하고만 있을 수는 없었으니까. 그래서 그를 상대로 소송을 걸었어요."

 "**뭘** 걸었다고요?"

 리 헌새커가 자랑스럽게 말했다. "그래요, 소송. 당신네 완고한 동부 주에서는 이상하게 여길지 몰라도 일리노이 주에는 매우 인간적이고 진보적인 법이 있어서 그를 상대로 소송을 걸 수 있었죠. 그런 사례는 처음이었지만 똑똑하고 진보적인 변호사를 둔 덕에 방법을 찾을 수 있었어요. 생계와 관련된 문제에서는 그 어떤 이유로도 차별을 금하는 경제비상사태법을 이용한 거죠. 원래 일용직 노동자들을 보호하기 위한 법이었지만 나와 내 동업자들에게도 적용할 수 있었어요. 그래서 우리는 법정에서 그동안 우리가 얼마나 불운했는지를 호소하고 멀리건이 내게 야채 파는 수레도 소유할 자격이 없다는 독설을 퍼부었다고 증언했어요. 그리고 우리 어맬거메이티드 서비스 동업자 전원이 명망도, 신용도 없고 생계를 잇기가 막막한 처지라 모터공장을 인수하는 것이 생계를 이어갈 유일한 기회라고, 미다스 멀리건은 우리를 차별할 권리가 없다고, 따라서 우리는 경제비상사태법에 의거해 그에게 대출을 요구할 자격이 있다고 주장했죠. 아, 완벽하게 이길 수 있는 소송이었는데 하필이면 담당 판사가 내러갠섯이었어요. 그 고리타분한 수도승 같은 판사는 생각하는 게 수학자 같고 인간미라고는 없었죠. 그는 재판 내내 눈이 가려진 대리석상처럼 앉아 있었어요. 그러다 재판이 끝나자 배심원단이 미다스 멀리건에게 유리한 평결을 내리도록 유도했어요. 나와 내 동업자들에게 아주 가혹한 말을 하면서요. 하지만 우리는 상급 법원에 항소했고, 상급 법원에서는 그 평결을 뒤집어 멀리건에게 우리의 요구대로 대출을 해주도록 명령했죠. 그는 3개월 안에 법원의 명령에 따라야 했지만 그 3개월이 되기도 전에 아무도 이해할 수 없는 사건이 벌어졌고 그는 은행과 함께 사라졌어요. 우리는 재판에서 이기고도 한 푼도 대출을 받지 못할 처지가 된 거죠. 우린 거금을 들여 탐정을 사서 그를 찾으려고 했지만, 누군들 안 그랬겠어요? 결국 포기하고 말았어요."

'아니야, 그건 아니야' 하고 대그니는 생각했다. 정말이지 구역질나는 사건이었지만 그동안 미다스 멀리건이 겪은 다른 일들보다 훨씬 끔찍하지는 않았다. 미다스 멀리건은 그런 식으로 정의를 내세우는 법이나 규칙, 명령 때문에 많은 손실을 입었고, 그 사건보다 액수가 훨씬 큰 경우도 수두룩했다. 그래도 묵묵히 견디며 싸웠고 더 열심히 일했다. 그렇기 때문에 그 사건으로 인해 무너졌을 리가 없었다.

"내러갠섯 판사는 어떻게 됐죠?"

대그니는 무의식중에 물으며 자신의 잠재의식 속에서 내러갠섯이 어떤 의미를 지니기에 그런 질문을 하게 된 것인지 의아해했다. 그녀는 내러갠섯 판사에 대해 잘 몰랐지만 그의 이름이 북미대륙 원주민의 이름이기 때문에 기억하고 있었다. 다음 순간, 최근 몇 년 동안 그의 소식을 들지 못했다는 생각이 퍼뜩 들었다.

"아, 그는 은퇴했어요." 리 헌새커가 대답했다.

"그래요?"

그건 신음 소리에 가까웠다.

"네."

"언제요?"

"한 6개월 후에요."

"은퇴 후에는 뭘 한대요?"

"몰라요. 그 뒤로는 아무도 소식을 모르는 것 같던데요."

리 헌새커는 대그니가 왜 그렇게 겁에 질린 얼굴을 하고 있는지 의아해했다. 대그니가 느끼는 두려움의 일부는 자신도 그 이유를 알 수 없다는 데서 비롯된 것이었다.

"모터공장에 대해 이야기해줄 수 있어요?" 그녀가 애써 말했다.

"결국 매디슨에 있는 커뮤니티 내셔널 은행의 유진 로슨이 공장 매입 대금을 빌려주기는 했지만 그 사람은 일만 벌여놓는 무능력자에 지나지 않았어요. 우리를 끝까지 봐줄 돈이 없어서 우리가 파산했을 때 도움이 되지 못했죠. 공장이 파산한 건 우리 탓이 아니었어요. 처음부터 모든 상황이 불리했으니까. 철도도 없는데 어떻게 공장을 운영합니까? 철도는 있어야 하는 거 아닌가요? 난 어떻게든 그 지선을 다시 정상화시키려고 애를 썼지만 그 염병할 태거트 대륙횡단······."

 그는 말을 뚝 끊더니 물었다. "잠깐, 혹시 **그** 태거트 가문 사람인가요?"

 "태거트 대륙횡단철도 운행 담당 부사장이에요."

 리 헌새커는 잠시 멍하니 그녀를 바라보았다. 그의 흐리멍덩한 눈에서 공포와 아부, 증오가 싸우고 있었다. 싸움의 결과가 갑작스러운 으르렁거림으로 터져 나왔다.

 "난 당신 같은 거물들 필요 없어! 내가 당신을 두려워할 거라는 착각은 하지 마시오. 내가 일자리를 구걸할 거라는 기대도 하지 말고. 난 누구에게도 호의를 구걸하지 않으니까. 당신은 이런 식으로 말하는 사람과 상대하는 것에 익숙하지 않겠지. 안 그래요?"

 "헌새커 씨, 공장에 대해 알려주면 정말 감사하겠어요."
 "공장에 관심 갖기에는 때가 좀 늦었어요. 왜 그러죠? 양심의 가책 때문인가요? 당신네 철도회사는 제드 스탄스에게는 그 공장으로 더럽게 부자가 되게 해주고 우리에게는 기회조차 주지 않았어요. 어차피 똑같은 공장인데. 우리도 그가 한 대로 다 했는데. 우린 그에게 가장 큰 돈벌이가 되어준 바로 그 모터를 바로 제작하기 시작했어요. 그런데 이름도 들어보지 못한 신참이 콜로라도에서 닐슨 모터회사라는 싸구려 공장을 차려서 스탄스 모터와 동급의 새 모터를 만들어 반값에 팔기 시작했어요! 우리도 어쩔 수 없는 일이었죠, 안 그래요? 제드 스탄스는 그 시대에 파괴적 경쟁자가 나타나지 않아서 성공할 수 있었지만 우린 그렇지가 않았어요. 닐슨과 경쟁할 모터가 없는데 어떻게 그와 싸우겠어요?"

"스탄스 연구소도 인수했었나요?"

"네, 그래요. 그것도 거기 있었죠. 거기 다 있었죠."

"스탄스의 사람들도요?"

"일부만요. 공장이 문을 닫으면서 많이 떠났어요."

"연구원들은요?"

"떠났어요."

"그럼 새로 연구원을 고용했나요?"

"네, 그래요. 몇 명. 하지만 난 연구소 같은 데 쓸 돈이 별로 없었어요. 숨 돌릴 만큼 자금이 넉넉했던 적이 없었으니까. 공장이 인간적인 효율성 측면에서 창피할 정도로 구식이라 현대화와 재단장이 절대적으로 필요했는데 그 비용 대기도 벅찼어요. 중역실들도 아무 장식 없는 회벽에 코딱지만한 화장실이 딸려 있었어요. 현대 심리학자들은 우울한 환경에서는 최선을 다할 수가 없다고 말하죠. 그래서 내 사무실을 밝은색으로 꾸미고 화장실도 샤워부스가 있는 현대식 공간으로 개조해야만 했어요. 게다가 직원들을 위해 새 식당과 오락실, 휴게실을 갖추는 데도 많은 돈이 들었어요. 직원들의 사기 진작은 꼭 필요하니까, 안 그래요? 깨어 있는 사람이라면 인간은 주위의 물질적 요소들에 의해 만들어지고, 인간의 정신은 자신의 생산 도구에 의해 형성된다는 사실을 알고 있죠. 하지만 사람들은 이 경제 결정의 법칙이 작용할 때까지 기다리려고 하질 않아요. 우린 모터공장을 처음 갖게 된 거였어요. 그래서 도구가 우리의 정신을 결정하도록 해야만 했어요. 안 그래요? 하지만 아무도 우리에게 시간을 주지 않았어요."

"당신의 연구원들은 무슨 연구를 했나요?"

"아, 그들 모두 명문대 출신으로 대단히 촉망받는 젊은 이들이었죠. 하지만 내겐 아무 도움도 되지 않았어요. 그들이 도대체 뭘 한 건지 모르겠어요. 그냥 앉아서 월급만 축낸 것 같아요."

"연구소 책임자는 누구였죠?"

"아니, 그걸 지금 어떻게 기억해요?"

"그럼 연구원들 중에 기억나는 사람이 있나요?"

"내가 고용인들을 일일이 만날 시간이 있었는 줄 알아요?"

"혹시 연구원들 중에서…… 완전히 새로운 종류의 모터에 대한 실험을 하고 있다는 이야기를 한 사람이 있었나요?"

"무슨 모터요? 경영을 책임지고 있는 사람은 연구소에서 얼쩡거리지 않아요. 난 그때 회사 운영 자금을 마련하기 위해 뉴욕과 시카고에서 살다시피 했어요."

"공장장은 누구였죠?"

"로이 커닝엄이라는 아주 유능한 사람이었어요. 작년에 교통사고로 죽었어요. 음주운전이었대요."

"동업자들 이름과 주소 좀 알려줄 수 있어요? 기억나는 사람이 있나요?"

"그들 소식은 몰라요. 그런 걸 알아볼 기분이 아니었으니까."

"혹시 공장 기록을 보관하고 있나요?"

"물론이에요."

대그니는 솔깃해서 허리를 꼿꼿이 폈다.

"좀 볼 수 있을까요?"

"그럼요!"

리 헌새커는 흥이 나서 벌떡 일어나 황급히 방으로 들어갔다. 그가 방에서 가지고 나와 대그니 앞에 내려놓은 것은 신문기사를 모아놓은 두툼한 앨범이었다. 그의 신문 인터뷰와 보도자료가 들어 있었다.

리 헌새커가 자랑스럽게 말했다. "나도 거물 기업가 중 한 명이었어요. 보다시피 전국적으로 알려진 인물이었다고요. 내 인생을 글로 쓰면 심오하고 인간적인 책이 탄생할 수 있어요. 적절한 생산 도구만 있었다면 오래전에 썼을 텐데." 그는 화가 나서 타자기를 내리치며 말했다. "이 빌어먹을 타자기로는 작업을 할 수가 없어요. 제멋대로 건너뛰어서. 이런 타자기로 어떻게 영감을 받아 베스트셀러를 쓸 수 있겠어요?"

"헌새커 씨, 고맙습니다. 이제 더 들을 이야기는 없는 것 같군요. 혹시 스탄스의 후계자들은 어떻게 됐는지 모르죠?" 대그니가 일어서며 말했다.

"아, 그들은 공장을 말아먹은 후 도망쳤어요. 아들 둘에 딸 하나, 그렇게 셋이었는데. 루이지애나 듀런스에 숨어 살고 있다는 소식을 들은 게 마지막이었어요."

대그니가 돌아서면서 마지막으로 본 리 헌새커는 스토브로 달려가 냄비 뚜껑을 열다가 손을 데어 냄비 뚜껑을 바닥에 떨어뜨리고 욕지거리를 해대고 있었다. 스튜가 타버렸던 것이다.

◆

스탄스의 재산은 거의 남은 것이 없었고 그의 자식들의 생활은 비참했다.

"태거트 양, 그들을 만나지 않는 게 좋을 겁니다."

루이지애나 듀런스 경찰서장이 말했다. 그는 느리고 단호한 태도를 지닌 노인으로 맹목적인 분노가 아닌 엄격한 기준에서 나온 쓰라린 표정을 하고 있었다.

"세상에는 별의별 인간들이 다 있어요. 살인자도 있고 범죄광도 있고. 하지만 그 스탄스 씨들은 점잖은 사람이 만나서는 안 되는 인간들이에요. 태거트 양, 그들은 악질이에요. 불쾌하고 더러운……. 그래요, 그들은 아직 여기 있어요. 이제 둘만 남았어요. 한 사람은 자살했어요. 4년 전에. 추악한 이야기예요. 에릭 스탠스, 그는 셋 중에 막내였어요. 마흔이 넘어서까지 여린 감수성을 내세우며 징징대는 한심한 인간이었죠. 사랑이 필요하다는 말을 입에 달고 살았어요. 연상의 여자들 품에서 살다가 갑자기 열여섯 살밖에 안 된 아가씨를 쫓아다니기 시작했어요. 그와는 아무 관계도 없는 정숙한 아가씨였죠. 그 아가씨가 약혼자와 결혼하던 날, 에릭 스탠스는 그들 집에 침입했어요. 교회에서 결혼식을 마치고 집에 돌아온 그들은 침실에서 죽어 있는 에릭 스탠스를 발견했어요. 칼로 손목을 긋고 지저분하게 죽어 있었죠. 조용히 자살하는 사람은 용서할 수 있어요. 다른 사람의 고통이나 인내의 한계에 대해 누가 심판할 수 있겠어요? 하지만 누군가에게 해코지하기 위해 스스로 목숨을 끊는 인간, 악의로 목숨을 버리는 인간은…… 용서나 변명의 여지가 없어요. 뼛속까지 철저히 썩은 인간이니까. 그런 인간에게는 미안해하거나 상처받을 필요 없이 침을 뱉어줘야 해요. 에릭 스탠스는 그런 인간이었어요. 원한다면 남은 두 사람이 있는 곳을 가르쳐주겠어요."

대그니는 부랑자들을 위해 마련한 임시 숙소에서 제럴드 스탄스를 만날 수 있었다. 그는 간이침대에 반쯤 뒤틀린 자세로 누워 있었다. 머리는 아직 검었지만 공허한 얼굴의 짤막한 흰 턱수염이 시든 잡초 같았다. 그는 잔뜩 취해 있었고, 세상을 향한 막연한 악의를 품은 목소리로 말하면서 계속해서 아무 의미 없이 킬킬거렸다.

"그 위대한 공장이 쫄딱 망했지. 그렇게 된 거요. 쫄딱 망해버렸다고. 그게 안타까워요? 어차피 그 공장은 썩어 있었는데. 모든 인간이 썩었고. 난 누군가에게 용서를 빌어야 하지만 빌지 않을 거야. 난 신경 안 써. 사람들은 어떻게든 버티려고 발악을 하지. 다 썩었는데. 시커멓게 썩었는데. 자동차고 건물이고 영혼이고 다 썩었는데. 아무래도 상관없는데. 내가 돈푼깨나 있을 때는 인델리라는 작자들이 내 휘파람에 맞춰 재주를 부렸지. 교수, 시인, 지식인, 세상을 구하겠다는 사람들, 형제애를 부르짖는 사람들. 그들이 내 휘파람에 맞춰 재주를 부렸다니까. 난 예전에는 선을 베풀고 싶어했지만 지금은 그렇지 않아. 이제 선이란 건 존재하지 않으니까. 이 빌어먹을 우주 전체에 빌어먹을 선은 존재하지 않으니까. 난 하기 싫은 건 안 한다고. 그 공장에 대해 알고 싶은 게 있으면 내 여동생에게 물어봐요. 내 사랑스런 여동생은 아무도 손댈 수 없는 신탁예금이 있어서 무사히 빠져나올 수 있었지. 내 여동생은 베어네즈 소스를 곁들인 안심 스테이크가 아니라 햄버거를 먹으며 소박하게 살지만 이 오빠에게 그 돈을 한 푼이라도 나눠주는 줄 알아요? 공장을 망하게 만든 숭고한 계획은 나만의 아이디어가 아니라 내 여동생의 아이디어이기도 했는데, 그렇다고 나한테 한 푼이라도 내놓을까요? 쳇! 가서 그 공작부인을 만나봐요. 만나보라고. 내가 그 공장에 왜 신경 쓰겠어? 기름투성이 기계만 잔뜩 있었는데. 난 그 공장에 대한 모든 권리와 자격을 술 한 잔에 당신에게 넘길 수 있어. 내가 스탄스 가문의 마지막 후계자이지. 스탄스…… 위대한 이름이었는데. 그걸 당신에게 팔겠어. 내가 한심한 건달로 보이겠지. 하지만 다른 인간들도 다 마찬가지이고 당신 같은 돈 많은 귀부인도 다를 것 없어요. 난 인류를 위해 선을 베풀고 싶었지. 젠장! 다들 기름에 튀겨버리고 싶어. 그럼 엄청 재미날 거야. 다들 숨통을 조이고 싶어. 그게 뭐가 어때서? 어차피 망한 세상이야!"

옆 침대에서 자고 있던 백발의 주름진 노인이 몸을 뒤척이며 신음했다. 그러자 그의 누더기에서 5센트짜리 동전이 빠져나와 바닥에 떨어졌다. 제럴드 스탄스는 얼른 동전을 집어 자신의 주머니에 넣으며 대그니를 흘낏 보았다. 그의 얼굴이 악의에 찬 미소로 일그러졌다.

"저 사람을 깨워서 문제를 일으키고 싶어요? 난 당신이 거짓말하는 거라고 우기면 되니까 맘대로 하쇼." 그가 말했다.

아이비 스탠스가 사는 냄새 고약한 방갈로는 미시시피 강변의 마을 언저리에 있었다. 집에 식물이 무성했는데 치렁치렁 늘어진 이끼류와 왁스를 입힌 듯한 잎사귀들이 마치 침을 흘리고 있는 듯한 느낌을 주었고, 작은 거실에 고여 있는 공기 속의 지나치게 많은 휘장들도 같은 느낌을 주었다. 고약한 냄새는 먼지가 뽀얗게 앉은 구석과 뒤틀린 동양 여신들의 발치에 놓인 은 항아리에서 타오르는 향에서 나는 것이었다. 아이비 스탠스는 베개 위에 불룩한 자루 모양의 부처처럼 앉아 있었다. 꼭 다문 작은 초승달 모양의 입은 칭찬을 바라는 어린아이의 앵돌아진 입 같았는데, 쉰을 넘긴 여자의 통통하고 창백한 얼굴에는 어울리지 않았다. 두 눈은 생기 없는 물웅덩이 같았다. 그리고 목소리는 빗방울 떨어지는 소리처럼 단조로웠다.

"아가씨, 그런 질문들에는 대답해줄 수 없어요. 연구소? 엔지니어들? 내가 왜 그런 것들을 기억해야 하죠? 그런 것들에 신경 쓴 사람은 우리 아버지이지 내가 아니에요. 우리 아버지는 사업밖에 모르는 사악한 사람이었죠. 아버지는 돈만 알았지 사랑에는 관심조차 없었어요. 우리 삼남매는 아버지와 전혀 달랐어요. 우리의 목표는 기계를 생산하는 것이 아니라 선을 행하는 것이었어요. 우린 공장에 위대한 새 계획을 도입했어요. 그게 11년 전 일이죠. 우린 사람들의 탐욕과 이기심, 저급한 동물적 본능에 지고 말았어요. 정신과 물질, 영혼과 육체의 영원한 싸움. 그들은 몸뚱이를 단념하려고 하지 않았어요. 우린 그것밖에 요구하지 않았는데. 난 그 사람들이 하나도 기억나지 않아요. 기억하고 싶지도 않고.…… 엔지니어들? 그 혈우병을 퍼뜨린 건 그들이었어요.…… 그래요, 혈우병이라고 했어요. 피가 멎지 않고 계속 천천히 흘러나왔으니까. 그들이 제일 먼저 도망쳤어요. 그들은 하나, 둘 우리를 떠나기 시작했어요.…… 우리 계획? 그건 '능력에 따라 일하고 필요에 따라 가져간다'는 숭고한 역사적 가르침을 실천에 옮기는 것이었어요. 공장의 모든 직원이, 청소부에서부터 사장까지 똑같은 월급을 받았어요. 최소한의 필요 금액을. 우린 1년에 두 번씩 대중 집회를 열었고, 거기서 모두가 자신에게 필요한 금액을 제시했죠. 월급은 투표로 결정했어요. 다수의 뜻으로 각자의 필요와 능력을 평가한 거죠. 공장에서 나오는 수입은 그 결과에 따라 배분했어요. 보상은 필요에 따라, 처벌은 능력에 따라 정해졌어요. 투표에 의해 가장 많이 필요하다고 결정된 사람에게 가장 많은 돈을 줬어요. 그리고 투표에서 자신의 능력만큼 성과를 내지 못했다고 평가된 사람에게는 벌금을 물렸고 초과근무를 해서 그 벌금을 갚게 했어요. 그것이 우리의 계획이었죠. 이타심의 원칙에 기초한 우리 계획은 사람들에게 자신의 이득을 위해서가 아니라 형제애로 일할 것을 요구했어요."

대그니는 마음속의 차갑고 준엄한 목소리를 들었다. '기억해.…… 잘 기억해두라고.…… 완전한 악을 볼 기회는 많지 않으니까.…… 잘 보고 기억해둬.…… 언젠가는 그것의 본질에 어울리는 단어를 발견하게 될 거야.' 하지만 다른 한편에서는 무력한 절규도 들려왔다. '이 정도는 아무것도 아니야.…… 전에도 들었던 말이야.…… 어디서나 들려오는 소리이지.…… 진부한 헛소리에 지나지 않아.…… 그런데 왜 난 견딜 수가 없지? 견딜 수가 없어.…… 견딜 수가!'

"왜 그래요, 아가씨? 왜 그렇게 벌떡 일어나요? 왜 그렇게 몸을 떨어요?…… 뭐라고요? 더 크게 말해요. 안 들리니까.…… 그 계획이 어떻게 됐냐고? 이야기하고 싶지 않아요. 일이 아주 더럽게 꼬이고 해가 갈수록 악화됐으니까. 난 인간 본성에 대한 믿음을 잃게 됐어요. 차가운 계산을 하는 머리가 아니라 순수한 사랑을 품은 가슴으로 잉태된 계획이 4년 만에 경찰과 변호사 손에서 파산이라는 비참한 종말을 맞았어요. 하지만 난 내 실수를 깨달았고 이제 다시는 그런 실수를 저지르지 않게 됐어요. 기계와 제조업자, 돈의 세계, 물질의 노예가 된 세계에서 벗어났으니까. 난 인도의 위대한 신비 속에 들어 있는 정신의 해방을 배우고 있어요. 육체의 속박으로부터의 해방, 물질에 대한 정신의 승리."

대그니는 분노로 시야가 흐릿해진 가운데 한때는 도로였지만 이제 갈라진 틈으로 잡초가 자라는 긴 콘크리트 길과 쟁기질을 하느라 몸이 휜 남자의 모습을 떠올렸다.

"아가씨, 난 기억나지 않는다고 했잖아요.…… 난 그 사람들 이름을 몰라요. 하나도 몰라요. 우리 아버지가 그 연구소에서 어떤 모험을 했는지도 몰라요!…… 내 말 안 들려요?…… 난 그런 질문 태도에 익숙하지 않고…… 같은 질문 되풀이하지 말아요. '엔지니어'란 말밖에 몰라요?…… 내 말 하나도 안 들려요?…… 도대체 왜 그래요? 난, 난 당신 얼굴이 마음에 안 들어요. 당신은…… 나 좀 그냥 내버려둬요. 난 당신이 누군지도 모르고 당신에게 해를 끼친 적도 없어요. 난 노인이에요. 그런 눈으로 보지 말아요, 난…… 물러서요! 가까이 오지 말아요. 소리지르겠어요! 난…… 오, 그래요, 그 사람 알아요! 수석 엔지니어. 그래요. 연구소장이었어요. 그래요. 윌리엄 헤이스팅스. 그 이름 맞아요. 윌리엄 헤이스팅스. 기억나요. 그는 와이오밍 브랜던으로 떠났어요. 우리 계획이 발표된 다음 날 퇴사했어요. 두 번째 퇴사자였죠……. 아니, 아니에요. 첫 번째 퇴사자는 기억나지 않아요. 중요한 인물이 아니었으니까."

◆

　머리가 희끗희끗한 침착하고 단정한 여자가 문을 열어주었다. 대그니는 몇 초가 지나서야 그녀가 집에서 입는 소박한 면 원피스 차림이란 것을 깨달았다.

"윌리엄 헤이스팅스 씨를 만날 수 있을까요?" 대그니가 물었다.

　여자가 아주 잠깐 대그니를 바라보았다. 무언가를 묻는 듯하면서도 엄숙한 느낌을 주는 묘한 눈빛이었다.

"누구세요?"

"태거트 대륙횡단철도의 대그니 태거트예요."

"오, 태거트 양, 들어와요. 나는 윌리엄 헤이스팅스 부인이에요."

　말 한 마디 한 마디에 엄숙함이 경고처럼 배어 있었다. 그녀는 정중했지만 웃음은 보이지 않았다.

　공업도시의 교외에 있는 소박한 집이었다. 집으로 이어지는 언덕 꼭대기의 헐벗은 나뭇가지들이 차갑고 푸른 하늘을 향해 뻗어 있었다. 거실 벽은 은회색이었고 흰 갓을 씌운 램프의 크리스털 몸체에서 햇살이 부서지고 있었다. 열린 문 너머로 붉은 점들이 찍힌 흰 벽지를 바른 간이 식탁 코너가 보였다.

"태거트 양, 제 남편과 사업상 아는 사이였나요?"

"아니요. 헤이스팅스 씨를 직접 만난 적은 없습니다. 하지만 사업상 아주 중요한 문제로 만나뵙고 싶어서요."

"태거트 양, 남편은 5년 전에 세상을 떠났어요."

대그니는 눈을 감았다. 심장이 쿵 내려앉는 듯한 충격이 밀려왔다. 그렇다면 그녀가 찾는 사람은 헤이스팅스가 분명했다. 리어든의 말이 옳았다. 바로 그래서 그 모터가 쓰레기더미에 버려져 있었던 것이다.

"유감이군요."

헤이스팅스 부인뿐 아니라 자신에게도 해당되는 말이었다.

헤이스팅스 부인의 얼굴에 슬픈 미소가 살짝 어렸다. 하지만 운명을 담담하게 받아들이는 평온함이 깃든 엄숙한 얼굴이었다.

"헤이스팅스 부인, 몇 가지 여쭤봐도 될까요?"

"그럼요. 앉아요."

"혹시 헤이스팅스 씨의 연구에 대해 아시나요?"

"아주 조금요. 아니, 모른다고 해야겠네요. 그이는 집에서 일 이야기는 안 했어요."

"남편께서는 한때 20세기 모터회사 수석 엔지니어로 일하셨죠?"

"네. 그 회사에서 18년 동안 일했어요."

"사실은 헤이스팅스 씨를 만나 그 회사에서 한 연구와

그 연구를 포기한 이유에 대해 듣고 싶어서 왔어요. 그곳에서 무슨 일이 일어났는지 말씀해주실 수 있나요?"

헤이스팅스 부인의 얼굴 가득 슬픔과 익살이 담긴 미소가 번졌다.

"나도 그걸 알고 싶은걸요. 하지만 이제 알 수 없겠죠. 그이가 그 회사를 떠난 이유는 알아요. 제드 스탠스의 후계자들이 터무니없는 일을 벌였기 때문이죠. 그이는 그런 조건에서는, 그리고 그런 사람들을 위해서는 일하지 않겠다고 했어요. 하지만 다른 문제도 있었죠. 20세기 모터에서 무슨 일이 벌어지고 있는 것 같았는데 그이는 그 문제에 대해서는 말을 해주지 않았어요."

"혹시 무슨 단서라도 갖고 계신가요? 정말이지 너무나 간절히 알고 싶어요."

"단서는 없어요. 나도 알아보려다가 포기했거든요. 그걸 이해할 수도, 설명할 수도 없어요. 하지만 무슨 일이 있었다는 건 알아요. 남편은 20세기 모터를 떠나 이곳으로 와서 에크미 모터에 기술부장으로 들어갔어요. 당시에는 성장 중인 성공적인 기업이었죠. 남편은 그곳에서 자신이 좋아하는 일을 할 수 있었어요. 남편은 원래 정신적인 갈등이 많은 사람이 아니었고 늘 자신의 행동에 확신이 있었어요. 늘 마음이 평온했고요. 하지만 위스콘신을 떠나와서 1년 내내 도저히 풀리지 않는 문제와 씨름하듯 고통스러워했어요. 그러던 어느 날 아침, 에크미 모터를 그만뒀다고 하더군요. 이제 은퇴해서 더 이상 직장에 다니지 않겠다고요. 그는 자신의 일을 사랑했어요. 일이 삶의 전부인 사람이었죠. 하지만 그이는 차분하고 자신 있고 행복해 보였어요. 이곳에 온 후로 그런 모습을 본 건 처음이었죠. 그이는 그런 결정을 내린 이유를 묻지 말아달라고 했어요. 그래서 난 이유를 묻지 않았고 반대도 하지 않았어요. 이 집이 있고 저축한 것도 있어서 소박하게나마 여생을 보낼 수 있었으니까요. 그이가 그런 결정을 내린 이유는 지금까지도 몰라요. 우린 그 후로 조용하고 아주 행복한 나날을 보냈어요. 그이는 무척이나 만족스러운 것 같았어요. 예전에는 볼 수 없었던 묘한 평온함을 보였죠. 그이는 이상한 행동 같은 건 하지 않았는데 어쩌다 한 번씩 어디에 간다거나 누구를 만난다는 말도 없이 외출을 했어요. 죽기 전 2년 동안은 여름마다 어디 간다는 말도 하지 않고 한 달씩 집을 비웠어요. 그 외에는 늘 살던 대로 살았고요. 그이는 공부를 많이 했고, 지하실에 틀어박혀 혼자만의 연구에 몰두했어요. 난 그이가 무슨 연구를 했는지 몰라요. 죽고 나서 지하실에 내려가보니 모든 기록을 없애버렸더군요. 그이는 5년 전에 심장병을 앓다가 죽었어요."

대그니가 절망하며 물었다. "남편께서 무슨 연구를 했는지 모르신다고요?"

"난 공학에 대해서는 아는 게 없어서요."

"혹시 남편 분의 연구에 대해 알 만한 친구나 동료는 없을까요?"

"모르겠어요. 그이는 20세기 모터에 있을 때 너무 일에만 매달려서 여가 시간이 거의 없었고, 여가 시간은 나하고만 보냈어요. 우린 사교생활이란 게 전혀 없었죠. 그이는 동료를 집에 데려온 적이 없어요."

"남편 분이 20세기 모터에 있을 때 모터를 개발했다는 이야기는 하지 않았나요? 모든 산업에 대혁신을 일으킬 완전히 새로운 방식의 모터요."

"모터? 네, 맞아요. 모터 이야기를 몇 번 했어요. 어마어마하게 중요한 발명품이라고 했어요. 하지만 그이가 만든 게 아니에요. 젊은 조수의 작품이었어요."

그녀는 대그니의 얼굴 표정을 보며 천천히 덧붙였다. "알겠어요."

책망이 아닌 슬픈 즐거움이 깃든 목소리였다.

"아, 죄송해요!"

대그니는 자신도 모르게 안도의 환호성을 지르듯 노골적인 미소를 지었음을 깨닫고 얼른 사과했다.

"아니, 괜찮아요. 이해해요. 당신이 찾고 있는 건 모터를 만든 사람이군요. 난 그의 생사조차 모르지만 그래도 죽었다고 생각할 이유는 없어요."

"제 인생의 절반을 바쳐서라도 그를 찾아내겠어요. 헤이스팅스 부인, 그는 그만큼 중요한 사람이에요. 그가 누구죠?"

"몰라요. 이름도 모르고 아무것도 몰라요. 난 그이의 동료는 아무도 몰라요. 그이는 언젠가 세상을 뒤바꿀 젊은 엔지니어가 있다는 말만 해줬어요. 그이는 직원들을 대할 때 능력밖엔 보지 않았어요. 그이의 사랑을 받은 부하직원은 그 젊은 엔지니어뿐이었을 거예요. 그이 입으로 그렇게 말한 건 아니지만 그 젊은 엔지니어에 대해 이야기하는 것을 보고 알 수 있었죠. 어느 날 그이가 집에 와서 그 모터가 완성되었다며 이렇게 말했어요. '이제 겨우 스물여섯 살밖에 안 된 친구야!' 그 말을 하던 그이의 목소리가 아직도 생생해요. 그리고 한 달쯤 있다가 제드 스탠스가 세상을 떠났죠. 그 후로 그이는 그 모터나 젊은 엔지니어 이야기는 다시는 꺼내지 않았어요."

"그 젊은 엔지니어가 어떻게 됐는지 모르신다고요?"

"그래요."

"그를 찾아낼 방법도 모르시고요?"

"그래요."

"그의 이름을 알아낼 수 있는 단서도 없고요?"

"없어요. 그 모터가 그렇게 귀중한 건가요?"

"금액으로 따질 수도 없을 만큼 귀중해요."

"이상하네요. 위스콘신을 떠나고 몇 년 후에 문득 그 모터가 생각나서 남편에게 그 위대한 발명품은 어떻게 됐느냐고, 그걸로 뭘 할 수 있느냐고 물은 적이 있어요. 남편은 아주 이상한 눈빛으로 쳐다보면서 대답했어요. '아무것도……'"

"왜요?"

"그 이야기는 하지 않았어요."

"20세기 모터에서 일한 사람들 중에 기억나는 사람이 있으세요? 그 젊은 엔지니어를 알았던 사람이나 그의 친구 말이에요."

"아니요, 난…… 잠깐! 잠깐만요. 단서를 줄 수 있을 것 같아요. 그의 친구를 찾을 수 있는 곳을 알려줄 수 있을 것 같아요. 그 친구의 이름은 모르지만 주소는 알아요. 말이 이상하죠. 자초지종을 설명할게요. 이곳으로 이사 2년쯤 지난 어느 날 저녁 남편이 외출하게 됐는데 마침 그날 밤 나도 차가 필요했어요. 남편은 기차역에 있는 식당에서 저녁을 먹기로 했으니 나중에 그리로 태우러 오라고 하더군요. 누구와 저녁식사를 하기로 했는지는 말하지 않았어요. 밤에 차를 몰고 기차역으로 갔더니 남편이 식당 밖에서 남자 둘과 서 있더군요. 한 남자는 젊고 키가 컸어요. 그리고 한 남자는 늙었는데 굉장히 눈에 띄는 얼굴이었어요. 한 번 보면 절대 잊을 수 없는 그런 얼굴. 남편이 나를 보더니 그

와이엇의 횃불

들과 헤어져 내게 왔어요. 그들은 역 플랫폼을 향해 걸어갔고요. 마침 기차가 들어오고 있었죠. 남편이 젊은 남자를 가리키며 말했어요. '저 사람 봤소? 내가 말했던 그 친구요.' '모터를 만든 위대한 발명가요?' '그래요. 그 사람.'"

"다른 이야기는 하지 않았고요?"

"안 했어요. 그게 9년 전 일이에요. 그런데 지난봄 샤이엔에 사는 오빠에게 놀러가게 됐어요. 어느 오후에 오빠가 가족 모두를 데리고 멀리 드라이브를 나갔죠. 우린 로키산맥 높은 곳의 오지까지 들어갔고 도로변 식당에 들렀어요. 그런데 식당 카운터 뒤에 눈에 띄는 백발 남자가 있었어요. 그 사람이 우리가 시킨 샌드위치와 커피를 준비하는 동안 나는 그를 계속 쳐다봤어요. 분명 본 적이 있는데 어디서 봤는지 기억이 나지 않아서요. 식당을 나와서 차를 타고 몇 킬로미터를 달린 후에야 기억이 났어요. 그곳으로 가봐요. 샤이엔 서쪽 산지 86번 도로변이에요. 레녹스 구리 주물공장 노동자들이 사는 주택단지 근처예요. 이상하게 들리겠지만 확실해요. 그 식당 요리사는 그때 기차역에서 남편의 젊은 우상과 함께 있던 그 남자였어요."

◆

그 식당은 길고 험한 오르막길 꼭대기에 있었다. 식당의 유리벽은 일몰의 어둠 속으로 층층이 가라앉고 있는 바위들과 소나무들에 광택의 옷을 입혔다. 아래쪽은 어두웠지만 식당 안에는 아직 석양빛이 남아 있었고, 그 모습이 마치 썰물이 빠져나간 뒤에 남은 조그만 물웅덩이 같았다.

대그니는 카운터 자리 끄트머리에 앉아 햄버거 샌드위치를 먹고 있었다. 간단한 재료와 놀라운 솜씨가 만들어낸, 그녀가 지금까지 먹어본 음식 중에 최고의 요리였다. 노동자 두 명이 식사를 마치고 있어서 대그니는 그들이 떠나기를 기다렸다.

그녀는 카운터 뒤의 남자를 유심히 살펴보았다. 그는 키가 크고 호리호리했으며 고성(古城)이나 은행 중역실에 어울리는 기품을 지니고 있었지만 간이식당 카운터 뒤에서도 전혀 어색해 보이지 않았다. 그는 헌 요리사 가운을 마치 정장처럼 입고 있었다. 일하는 모습에서도 전문가의 유능함이 느껴졌다. 동작 하나하나가 편안했고 효율적이었다. 얼굴은 마른 편이었고 백발이 차가운 느낌의 푸른 눈동자와 잘 어울렸다. 정중하고 엄격한 표정 뒤에 유머가 숨어 있었지만 다른 사람이 알아보려고 하면 바로 사라져버렸다.

두 노동자가 식사를 마치고 계산을 하고 나갔는데 각자 10센트씩 팁을 남겼다. 대그니는 그가 민첩하고 정확한 동작으로 빈 그릇을 치우고 팁을 흰 가운 주머니에 넣은 후 카운터 닦는 모습을 지켜보았다. 그가 일을 마치고 돌아서더니 대그니를 보았다. 대화를 청하는 눈길이 아니라 냉담한 시선이었다. 하지만 대그니는 그가 아까부터 자신의 뉴욕 스타일 정장과 하이힐, 절대 시간을 허투루 쓰지 않는 태도를 꿰뚫어보고 있었음을 알 수 있었다. 그의 차갑고 날카로운 눈은 그녀가 이런 곳에 올 사람이 아니라는 것을 알고 있으며, 그녀가 온 목적을 알게 되기를 기다리고 있다고 말하는 듯했다.

"장사는 어때요?" 대그니가 물었다.

"아주 안 좋아요. 다음 주에 레녹스 주물공장이 폐업하게 돼서 나도 곧 식당 문을 닫고 다른 데로 옮겨야 해요." 분명하고 냉정하면서도 진심이 느껴지는 목소리였다.

"어디로요?"

"아직 결정하지 못했어요."

"무슨 일을 하실 생각인데요?"

"모르겠어요. 적당한 자리를 찾으면 자동차 정비소를 열어볼까 생각하고 있어요."

"어머, 안 돼요! 다른 직업으로 바꾸시기에는 요리 솜씨가 너무 아까워요. 요리사 말고 다른 직업을 생각하시면 안 돼요."

그의 입가에 묘한 미소가 번졌다.

"안 돼요?" 그가 정중히 물었다.

"네! 뉴욕에서 일해보시는 건 어때요?"

그가 놀란 눈으로 쳐다보았다.

"진짜예요. 큰 철도회사 식당칸 담당 부서 책임자 자리를 줄 수 있어요."

"왜 그런 제안을 하는지 물어봐도 될까요?"

대그니는 흰 냅킨에 싼 햄버거 샌드위치를 들어 보였다. "이게 그 이유 중 하나예요."

"고맙군요. 다른 이유는요?"

"당신은 대도시에 살아본 적도 없고, 어떤 자리든 유능한 사람을 찾기가 얼마나 힘든지 모를 거예요."

"나도 조금은 알아요."

"그러세요? 그럼 어떠세요? 연봉 1만 달러에 뉴욕에서 일해볼 생각 없으세요?"

"없어요."

유능한 사람을 발견하고 보상을 해줄 수 있게 된 기쁨에 취해 있던 대그니는 충격을 받고 그를 빤히 쳐다보았다.

"내 말을 이해하지 못하신 것 같네요."

"이해했어요."

"그런 기회를 거절하시겠다고요?"

"그래요."

"왜죠?"

"개인적인 이유예요."

"더 나은 일자리를 가질 수 있는데 왜 이런 일을 고집하시죠?"

"난 더 나은 일자리를 찾고 있지 않아요."

"출세하고 돈을 벌 수 있는 기회를 원하시지 않는다고요?"

"그래요. 왜 그렇게 집착해요?"

"능력이 사장되는 걸 견딜 수 없어서요!"

그가 천천히, 진지하게 말했다. "나도 그래요."

대그니는 그와 심오한 감정을 공유하고 있는 듯한 유대감을 느꼈고, 그 바람에 마음이 풀어져서 절대 누구에게도 약한 모습을 보이지 않는다는 원칙을 깨고 말했다.

"그런 건 이제 신물이 나요!"

무의식중에 터져 나온 절규에 자신도 흠칫 놀랐다.

"자신의 일을 잘 해낼 수 있는 사람을 찾고 싶은 갈망이 너무나 커요!"

그녀는 스스로 인정하기를 거부했던 절망감이 폭발하지 못하도록 억누르기 위해 손등을 눈에 댔다. 그녀는 자신의 절망감이 얼마나 큰지, 모터를 만든 사람을 찾아다니면서 인내심이 얼마나 고갈되었는지 모르고 있었다.

"미안해요."

그가 낮은 목소리로 말했다. 사과라기보다는 동정심의 표현처럼 들렸다.

대그니는 그를 흘낏 올려다보았다. 그가 미소짓고 있었다. 대그니는 그 미소가 둘 사이의 유대감을 깨기 위한 것임을 알 수 있었다. 미소에 정중한 비웃음이 어려 있었던 것이다.

그가 말했다. "요리사를 찾으려고 뉴욕에서 이곳 로키산맥까지 먼 길을 달려오지는 않았을 텐데요."

"그래요. 다른 목적으로 왔어요."

대그니는 양팔로 카운터를 짚고 앞으로 몸을 기울였다. 평정을 되찾은 그녀는 만만치 않은 상대를 만났음을 느꼈다.

"10년 전쯤 20세기 모터회사에서 일한 젊은 엔지니어를 아시나요?"

순간 무거운 정직이 흘렸다. 대그니는 자신을 바라보는 그의 시선을 한 마디로 정의할 수는 없었지만 매우 주의 깊은 눈길인 것만은 확실했다.

"그래요, 알아요." 그가 대답했다.

"그의 이름과 주소 좀 알려주시겠어요?"

"왜요?"

"그 사람을 꼭 찾아야 하거든요."

"그 사람이 뭐가 그렇게 중요해서요?"

"세상에서 가장 중요한 사람이에요."

"그래요? 왜?"

"그의 연구에 대해 아세요?"

"네."

"그가 어마어마하게 중요한 아이디어를 생각해낸 것을 아세요?"

그는 잠시 뜸을 들인 후에야 입을 열었다. "누군지 물어도 될까요?"

"대그니 태거트예요. 태거트 대륙횡단철도……."

"태거트 양. 누군지 알아요."

그가 경의에 찬 목소리로 담담하게 말했다. 이제 마음속 의문이 풀렸고 더 이상 놀랍지 않다는 듯한 표정이었다.

"그럼 단순한 호기심으로 이러는 것이 아니란 걸 아시겠네요. 나는 그에게 필요한 기회를 줄 수 있는 지위에 있고, 그가 원하는 건 다 들어줄 수 있어요."

"그에게 관심을 갖게 된 계기가 무엇인지 물어도 될까요?"

"그의 모터요."

"그의 모터에 대해 어떻게 알았죠?"

"20세기 모터공장 폐허 속에서 모터의 잔해를 발견했어요. 하지만 너무 심하게 망가져서 다시 만들 수도, 작동법을 알아낼 수도 없었어요. 그 모터가 작동을 했었고 내 철도회사, 더 나아가 이 나라, 전 세계의 경제를 구원할 발명품이란 사실까지만 알 수 있었죠. 내가 그 모터를 만든 사람을 찾아내려고 어떤 길을 추적해왔는지는 묻지 마세요. 그건 중요하지 않으니까요. 지금은 내 삶도, 일도 중요하지 않아요. 그를 찾는 것 말고는 아무것도 중요하지 않아요. 어떻게 당신을 찾아오게 됐는지도 묻지 마세요. 당신이 그 길의 끝이에요. 그의 이름을 말해주세요."

그는 꼼짝도 하지 않고 서서 대그니를 똑바로 응시하며 그녀의 이야기를 듣고 있었다. 그의 강렬한 눈빛은 그녀의 말을 한 마디도 놓치지 않고 조심스럽게 마음에 담아두는 듯했다. 그러면서도 자신의 목적은 철저히 숨겼다. 그는 한참 동안 움직이지 않았다.

"태거트 양, 포기해요. 당신은 그를 찾을 수 없어요."

"그의 이름이 뭐죠?"

"난 그에 대해 아무것도 말해줄 수 없어요."

"아직 살아 있나요?"

"아무것도 말해줄 수 없다니까요."

"그럼 당신 이름은 뭐죠?"

"휴 액스턴."

대그니는 머릿속이 하얘져서 정신을 차리려고 애쓰며 계속 속으로 웅얼거렸다. '넌 지금 병적인 흥분 상태야.…… 말도 안 되는 생각이야.…… 우연히 이름이 같을 뿐이야.' 하지만 그녀는 불가해한 공포로 마비된 상태에서도 그가 휴 액스턴이라는 것을 확신했다.

"휴 액스턴이라고요? 그 철학자요?⋯⋯ 이성의 최후의 옹호자?" 그녀가 더듬거리며 물었다.

그러자 그가 유쾌하게 대답했다. "아, 그래요. 돌아온 이성의 최초의 옹호자이기도 하고."

그는 대그니가 충격받는 것을 보고 놀라지 않았고 놀랄 필요도 못 느끼는 듯했다. 그는 굳이 자신의 정체를 감출 이유도 없고 정체가 드러난 것에 대해 화가 나지도 않는 것처럼 담담해 보였다. 심지어 친절하게 느껴지기까지 했다.

"요즘 젊은 사람들은 내 이름도 모르고 내가 어떤 사람인지도 모르는 줄 알았는데." 그가 말했다.

"그런데⋯⋯ 여기서 뭐 하고 계신 거예요?" 대그니는 팔을 들어 주위를 가리키며 말했다. "이건 말도 안 돼요!"

"확실해요?"

"뭐 하시는 거죠? 곡예? 실험? 아니면 비밀 임무라도 수행하고 계신 건가요? 특별한 목적을 위해 연구라도 하시는 건가요?"

"아니요, 태거트 양. 먹고살기 위해 일하고 있어요."

그의 말과 목소리에서 진실의 단순성이 느껴졌다.

"액스턴 박사님⋯⋯ 그건 말도 안 돼요. ⋯⋯ 철학자가⋯⋯ 생존하는 가장 위대한 철학자가⋯⋯ 불후의 명성을 떨칠 인물이⋯⋯ 왜 **이렇게** 살아야 하는 거죠?"

"태거트 양, 그건 내가 철학자이기 때문이에요."

대그니는 그에게서 아무 도움도 받을 수 없음을, 그런 질문들이 부질없음을, 액스턴은 모터 발명가나 자신의 운명에 대해 아무 설명도 하지 않을 것임을 확신했다. 이제 그녀에게는 확신하거나 이해하는 능력이 사라진 것 같기는 했지만 말이다.

액스턴은 그녀의 마음을 꿰뚫어보고 있음을 증명이라도 하듯 조용히 말했다. "태거트 양, 포기해요. 소용없는 짓이니까. 당신은 지금 자신이 얼마나 가망 없는 일에 매달리고 있는지 짐작도 하지 못하고 있기 때문에 더욱 절망적이에요. 당신이 논쟁이나 속임수, 호소를 통해 내게서 원하는 정보를 얻어내기 위해 머리를 짜내는 수고를 덜어주고 싶어요. 내 말을 받아들여요. 그 일은 성공할 수 없어요. 당신이 그 모터를 만든 사람을 찾기 위해 밟아온 길 끝에 내가 있다고 했는데, 태거트 양, 그 길은 막다른 골목이에요. 다른 상투적인 추적방식, 즉 탐정을 고용하는 데 돈과 노력을 낭비하지 말아요. 탐정을 고용해도 아무것도 알아낼 수 없을 테니까. 당신은 결국 내 경고를 무시할 수도 있지만 높은 지성을 갖춘 사람이니 내가 허투루 하는 말이 아니란 걸 알 거예요. 포기해요. 지금 당신이 밝혀내려는 비밀은 정전기로 작동하는 모터의 발명보다 더 중요한, 훨씬 더 중요한 문제와 연관되어 있어요. 내가 당신에게 해줄 수 있는 조언은 단 하나뿐이에요. 존재의 본질상 모순은 존재할 수 없다는 것. 천재의 발명품이 쓰레기더미에 버려져 있고, 철학자가 식당 요리사로 일하고 싶어하는 게 상상조차 할 수 없는 일로 여겨진다면 당신의 전제를 다시 확인해봐요. 뭔가 잘못된 게 있을 테니까."

대그니는 전에도 그 말을 들은 적이 있었다. 그것은 프란시스코 입에서 나온 말이라는 걸 깨닫고 흠칫 놀랐다. 그제야 액스턴이 프란시스코의 스승이었다는 사실이 기억났다.

"액스턴 박사님, 원하시는 대로 그 문제에 대해서는 더 이상 묻지 않겠어요. 그것과 전혀 관계없는 질문을 하나 하고 싶은데 괜찮을까요?"

"물론."

"로버트 스태들러 박사님께 들었는데, 패트릭 헨리대학에 재직하실 때 두 박사님께서 총애하던 제자 셋이 있었다고 하더군요. 장래가 촉망되는 매우 뛰어난 학생들이었다고요. 그중 하나가 프란시스코 단코니아였고요."

"그래요. 나머지 하나는 라그나르 다네스퀼이었고."

"제가 하려던 질문은 아니지만, 또 한 명은 누구였죠?"

"알아봐야 아무 의미 없어요. 유명인이 아니니까."

"스태들러 박사님은 두 분이 그 세 학생을 놓고 경쟁을 벌였다고 하시더군요. 두 분 다 그 학생들을 아들처럼 여겨서."

"경쟁? **그가** 그 학생들을 잃은 거지요."

"그 세 학생들의 지금 모습이 자랑스러우신가요?"

액스턴은 시선을 돌려 저 멀리 바위들을 비추고 있는 이울어가는 석양빛을 응시했다. 마치 전쟁터에서 피를 흘리는 아들을 바라보는 아버지 같았다. 그가 대답했다.

"기대했던 것 이상으로 자랑스러워요."

이제 밖은 어두워져 있었다. 액스턴이 돌아서서 주머니에 있는 담뱃갑을 꺼내 한 개비를 빼다가 대그니의 존재를 상기하고 그녀에게 담뱃갑을 내밀었다. 그녀가 한 개비를 뺐고 액스턴이 성냥불을 탁 켰다. 그가 성냥불을 흔들어 끄자 유리벽 안과 밖의 어둠 속에 조그만 담뱃불 두 개만 남았다.

대그니는 일어나서 돈을 내며 말했다. "액스턴 박사님, 감사해요. 속임수나 애원으로 박사님을 괴롭히지 않겠어요. 탐정을 고용하지도 않을 거고요. 하지만 절대 포기하지 않겠다는 말씀은 드려야겠네요. 전 그 모터를 만든 사람을 꼭 찾아내야 해요. 찾아낼 거고요."

"그가 당신을 찾으려고 하기 전에는 안 될 거예요. 어차피 그는 당신을 찾게 되겠지만."

대그니가 식당을 나와 자신의 차를 향해 걸어가는 동안 식당 불이 켜졌다. 대그니의 시선이 길가 우편함에 닿았고 놀랍게도 거기 '휴 액스턴'이라고 공공연히 쓰여 있었다.

대그니는 식당 불이 시야에서 사라지고도 구불구불한 길을 한참이나 더 달린 후에야 액스턴이 준 담배 맛이 특별하다는 것을 깨달았다. 그녀가 지금껏 피워온 담배들과는 달랐다. 대그니는 얼마 안 남은 담배꽁초를 자동차 계기반 불빛에 대고 상표를 확인했다. 이름은 없고 상표뿐이었다. 얇고 흰 종이에 금빛 달러 표시가 찍혀 있었다.

대그니는 호기심에 담배를 자세히 살펴보았다. 처음 보는 상표였다. 태거트 터미널 가판대의 담배를 수집하는 노인이 문득 떠올랐고, 그가 수집할 만한 담배라는 생각에 그녀의 입가에 미소가 번졌다. 그녀는 담뱃불을 끄고 핸드백에 꽁초를 넣었다.

그녀가 샤이엔에 도착해 렌트한 자동차를 돌려주고 태거트 역 플랫폼으로 갔을 때 57번 열차가 와이엇 접속역을 향해 떠날 준비를 마치고 기다리고 있었다. 뉴욕으로 가는 동부행 간선열차를 타려면 30분을 기다려야 했다. 대그니는 플랫폼 끝으로 걸어가 신호등 기둥에 지친 몸을 기댔다. 그녀는 역무원들 눈에 띄고 싶지 않았다. 누구와도 말을 하고 싶지 않았고 휴식을 취하고 싶었다. 한산한 플랫폼에 사람들이 삼삼오오 모여 있었는데 열띤 토론을 벌이는 듯했고 평소보다 신문들이 더 많이 눈에 띄었다.

대그니는 57번 열차의 불 켜진 창들을 바라보며 멋진 성취를 상징하는 그 모습에서 잠시나마 위안을 느꼈다. 57번 열차는 존 골트 노선을 따라 소도시들과 구불구불한 산길, 구경꾼들이 지켜 서서 환호성을 지르던 초록 신호등이 켜진 역들, 여름 하늘을 향해 불꽃들이 쏘아 올려지던 골짜기들을 지날 터였다. 이제 기차 지붕 위 나뭇가지들에는 시들어 비틀린 잎들이 매달려 있었고 열차에 오르는 승객들도 털옷에 목도리 차림이었다. 존 골트 노선이 제공하는 초고속 운행은 이미 오래전에 당연시되었기에 승객들은 존 골트 노선을 달리는 것이 평범한 일상이라도 되는 것처럼 자연스럽게 움직였다. 대그니는 혼자 생각했다. '우리가 해낸 거야. 우린 적어도 이만큼은 해냈어.'

뒤쪽에 서 있는 두 남자의 대화가 갑자기 그녀의 주의를 끌었다.

"그렇지만 법이 그런 식으로 통과돼선 안 되지. 그렇게 날치기로."

"그것들은 법이 아니야. 법령이지."

"그럼 불법이지."

"불법이 아니야. 지난달 의회에서 그가 법령을 내릴 수 있는 권한을 갖도록 해주는 법이 통과됐거든."

"아무리 법령이라도 그렇게 느닷없이 내리는 게 아니지."

"국가 비상사태인데 미리 설득할 틈이 어디 있어."

"하지만 그건 옳지 않아. 적절하지도 않고. 리어든 같은 사람은 어떡하라고 그런……"

"자네가 왜 리어든 걱정을 하나? 부자라 다 방법이 있을 텐데."

대그니는 가장 먼저 눈에 띈 신문 가판대로 달려가서 석간 한 부를 집었다.

1면에 기사가 실려 있었다. 경제기획 국가자원국 최고 조정관 웨슬리 마우치가 "국가 비상사태에 대한 대책으로 다음과 같은 법령들을 기습 발표했다"는 내용이었다. 법령들의 내용은 다음과 같았다.

> 국내의 모든 철도회사는 모든 열차의 최고 속력을 시속 100킬로미터로 줄이고, 차량 수는 최고 60량으로 줄이며, 이웃한 다섯 개의 주들로 이루어진 구역 내의 모든 주에서 동일한 수의 열차를 운행한다. 이를 위해 현재 구역들을 나누는 작업이 진행 중이다.
>
> 국내의 제철소들은 합금 생산량을 동급 생산력을 지닌 다른 제철소들의 합금 생산량과 동일하게 유지한다. 또한 모든 고객에게 공평하게 합금을 공급한다.
>
> 국내의 모든 제조업체는 규모와 종류에 관계없이 경제기획 국가자원국의 특별 허가 없이는 현재 위치에서 다른 곳으로 이전할 수 없다.
>
> 이와 관련해 국내 철도회사들이 부담하게 될 추가 비용을 보상해주고 '재조정 과정의 충격 완화를 위

해' 5년 동안 모든 철도회사 채권(담보 여부와 전환 여부에 관계없이)의 원금과 이자 지급을 정지한다.

이 법령들을 집행할 인력 운용 자금 마련을 위해 콜로라도 주에 특별세를 부과한다. 이는 '가난한 주들이 국가 비상사태의 타격을 이겨낼 수 있도록 도와줄 수 있는 가장 부유한 주가 콜로라도이기 때문이며', 콜로라도의 모든 기업들에 총매출액의 5퍼센트를 세금으로 물리는 형식이 될 것이다.

"이제 우린 어쩌지?"

대그니는 지금까지 단 한 번도 입 밖에 내본 적 없는 절규와도 같은 질문을 던졌다. 그녀는 늘 그 질문에 스스로 답할 수 있음을 긍지로 여겨왔지만, 몇 발짝 떨어진 곳에 누더기를 걸친 부랑자가 서 있는 것을 미처 깨닫지 못했기에 이성의 탄원으로 그 말을 뱉은 것이었다.

부랑자는 서글픈 미소를 지으며 어깨를 으쓱했다.

"존 골트가 누구지?"

대그니의 공포 중심에 있는 것은 태거트 대륙횡단철도도, 고문대에 묶여 사지가 찢기는 고문을 당하는 행크 리어든도 아니었다. 두 개의 장면이 그녀의 의식을 가득 메워 아무 생각도 끼어들 틈을 주지 않았다. 그 장면은 그녀가 아직 묻기 시작하지 않은 질문들에 대한 명백한 대답이었다. 한 장면에서는 엘리스 와이엇이 그녀의 책상 앞에 서서 서릿발 같은 질타를 보내고 있었다. "이제 당신들은 나를 파멸시킬 힘을 가졌고, 나는 최후를 맞게 될지도 모르오. 하지만 난 결코 혼자 쓰러지지 않을 거요. 당신들도 모두 파멸시킬 거요." 그리고 또 한 장면에서는 엘리스 와이엇이 벽에 유리잔을 던져 박살내고 있었다.

대그니는 상상조차 할 수 없는 무시무시한 재앙이 다가오고 있는 듯한 불길한 예감과 어떻게든 그 재앙을 막아야 한다는 생각뿐이었다. 당장 엘리스 와이엇에게 달려가 막아야 했다. 무엇을 막아야 하는지는 몰라도 반드시 막아야 했다.

무너진 건물 아래 깔려 있다고 해도, 폭격을 맞았다고 해도 아직 목숨이 붙어 있다면 행동을 취하는 것이 인간의 가장 우선적인 의무이기에 대그니는 플랫폼을 달려 내려가 역장을 찾아 "내가 탈 거니까 57번 열차를 출발시키지 말아요!"라고 외쳤다. 그런 후 플랫폼 너머 어둠 속에 있는 공중전화 부스로 달려가 장거리 전화 교환원에게 엘리스 와이엇의 집으로 전화를 연결해달라고 했다.

그녀는 공중전화 부스 벽에 기대어 눈을 감고 어딘가에서 울려대는 금속성 전화벨 소리를 듣고 있었다. 하지만 아무 응답이 없었다. 벨 소리는 드릴로 그녀의 귀를, 온몸을 뚫는 듯한 충격을 주며 발작적으로 이어졌다. 그녀는 수화기가 엘리스 와이엇에게 닿을 수 있는 유일한 희망인 것처럼 꽉 움켜쥐고 있었다. 벨 소리가 더 컸으면 좋겠다는 생각이 간절했다. 자신이 듣는 소리가 그의 집에서 울리는 벨 소리가 아님을 잊은 것이다. 그녀는 자신도 모르게 미친 듯이 외쳐대고 있었다.

"엘리스, 안 돼요! 안 돼! 안 돼!"

교환원의 비난 어린 차가운 목소리가 그녀를 제정신으로 돌아오게 했다.

"저쪽에서 응답이 없습니다."

대그니는 57번 열차 창가 자리에 앉아 리어든 금속 선로를 달리는 바퀴 소리를 들었다. 그녀는 열차의 흔들림에 몸을 맡기고 있었다. 검은 차창이 그녀가 보고 싶지 않은 시골 풍경을 감춰주었다. 그녀는 두 번째로 존 골트 노선을 달리는 것이었고, 첫 번째의 기억은 떠올리고 싶지 않았다.

존 골트 노선의 투자자들. 그들이 자기 분야에서 성공해 번 돈을 존 골트 노선에 맡겨준 것은 그녀에게는 명예였다. 그들은 그녀의 능력에 돈을 걸었다. 그들은 그녀의 일에, 그리고 자신들의 일에 의지했다. 그런데 결국 그들을 배신하고 약탈자들의 덫에 걸려들게 했다. 이제 기차도, 철도의 원동력인 화물도 없게 될 것이다. 존 골트 노선은 제임스 태거트가 투자자들의 돈을 챙길 수 있는 도구에 지나지 않았다. 제임스는 그 대가로 자신의 철도를 약탈자들의 손에 넘겼다. 존 골트 노선 채권은 오늘 아침까지만 해도 안전과 미래를 보장해주는 자랑스런 보물이었지만 이제 아무도 사려고 하지 않는, 아무 가치도, 미래도, 힘도 없는, 이 나라의 마지막 희망의 문을 닫고 바퀴를 멈추게 할 힘밖에 없는 종이 쪼가리가 되었다. 그리고 태거트 대륙횡단철도는 업체들의 생산 활동을 가능하게 하고 그 생산물을 원동력 삼아서 움직이는 살아 있는 시설이 아니라, 아직 세상의 빛을 보지도 못한 위대성의 태아들을 집어삼키는 식인종이 되었다.

콜로라도에 부과되는 세금. 엘리스 와이엇이 내게 될 세금은 그를 꼼짝 못 하게 묶어놓고 도저히 살아갈 수 없게 만드는 일이 주 업무인 인간들에게 월급으로 주어질 것이다. 와이엇이 열차도, 유조차도, 리어든 금속으로 만든 송유관도 확보하지 못하도록 감독할 인간들. 자기방어권조차 빼앗긴 엘리스 와이엇은 이제 목소리도, 무기도 없으며 스스로를 파괴하는 도구가 되고 말았다. 자신을 파괴하는 자들에게 식량과 무기를 제공하는 비극적인 신세가 된 것이다. 그의 눈부신 에너지가 오히려 그의 목을 졸라매는 올가미가 되었다. 엘리스 와이엇, 유혈암에서 무궁무진한 석유를 얻어내고자 했으며 제2의 르네상스를 이야기하던 그가…….

대그니는 창턱에 엎드려 팔에 얼굴을 묻었다. 한편, 차창 밖에서는 멋진 커브를 이룬 초록빛이 도는 푸른 레일과 산, 골짜기, 콜로라도의 새 도시들이 어둠에 묻힌 채 지나가고 있었다.

열차가 갑자기 멈추는 바람에 그녀는 흠칫 놀라 똑바로 앉았다. 예정에 없던 정차였고, 작은 역 플랫폼을 가득 메운 사람들이 같은 곳을 바라보고 있었다. 주위의 승객들이 창가로 몰려들어 밖을 살펴보았다. 대그니도 벌떡 일어나 열차 밖으로 달려나가 플랫폼을 스치는 차가운 바람 속에 섰다.

그녀는 군중들의 웅성거림을 가르는 날카로운 비명을 내지르기 직전에 자신이 무엇을 보게 될 것인지 이미 알고 있었음을 깨달았다. 산과 산 사이의 와이엇 정유 언덕이 불바다가 되어 그 빛이 하늘을 밝히고 기차역 지붕과 벽에서 너울거렸다.

나중에 엘리스 와이엇이 언덕 기슭의 기둥에 판자 하나를 박아놓고 홀연히 사라졌다는 소식을 들었을 때, 그리고 그 판자에 적힌 글을 읽게 되었을 때 대그니는 그런 글이 적혀 있으리란 것을 이미 알고 있었던 듯한 기분이 들었다. 글의 내용은 다음과 같았다.

"원상 복구 해놓고 떠납니다. 가져요. 당신들 거니까."

아틀라스 1

1판 1쇄 발행일 2013년 12월 9일
1판 5쇄 발행일 2023년 10월 11일

지은이 에인 랜드
옮긴이 민승남

발행인 김학원
발행처 (주)휴머니스트출판그룹
출판등록 제313-2007-000007호(2007년 1월 5일)
주소 (03991) 서울시 마포구 동교로23길 76(연남동)
전화 02-335-4422 **팩스** 02-334-3427
저자·독자 서비스 humanist@humanistbooks.com
홈페이지 www.humanistbooks.com
유튜브 youtube.com/user/humanistma **포스트** post.naver.com/hmcv
페이스북 facebook.com/hmcv2001 **인스타그램** @humanist_insta

편집주간 황서현 **편집** 정다이 전두현 박민영 **디자인** 김태형
조판 홍영사 **용지** 화인페이퍼 **인쇄** 청아디앤피 **제본** 경일제책

ⓒ 휴머니스트, 2013

ISBN 978-89-5862-666-4 04840
     978-89-5862-669-5 (세트)

- 이 책은 저작권법에 따라 보호받는 저작물이므로 무단 전재와 무단 복제를 금합니다.
- 이 책의 전부 또는 일부를 이용하려면 반드시 저자와 (주)휴머니스트출판그룹의 동의를 받아야 합니다.